HEYNE BÜCHER

SCIENCE FICTION

Herausgegeben
von Wolfgang Jeschke

Von **Kate Wilhelm** erschien in der Reihe
HEYNE SCIENCE FICTION & FANTASY:

Hier sangen früher Vögel · 0603600
Der Clewiston-Test · 0603765
Winterlicher Strand ➶ Science Fiction Jahresband 1983, hrsg. von Wolfgang Jeschke · 0603962
Wacholderzeit · 0603983
Fühlbare Schatten · 0604050
Margaret und ich · 0604114
Somerset träumt · 0604527
Huysmans Schoßtierchen · 0604596
Verrückte Zeit · 0604635
Die dunkle Tür · 0604809
Inseln im Chaos · 0605536
Kinder des Windes · 0605537

In der
BIBLIOTHEK DER SCIENCE FICTION LITERATUR:

Hier sangen früher Vögel · 0601

In der
ALLGEMEINEN REIHE:

Die Hamlet-Falle · 0107785

KATE WILHELM

INSELN IM CHAOS

Roman

Aus dem Amerikanischen übersetzt von
WALTER BRUMM

Deutsche Erstausgabe

WILHELM HEYNE VERLAG
MÜNCHEN

HEYNE SCIENCE FICTION & FANTASY
Band 0605536

Titel der amerikanischen Originalausgabe
DEATH QUALIFIED
Deutsche Übersetzung von Walter Brumm
Das Umschlagbild zeigt ein Mandelbrot-Muster

Umwelthinweis:
Dieses Buch wurde auf
chlor- und säurefreiem Papier gedruckt.

Redaktion: Wolfgang Jeschke

Erstveröffentlichung by St. Martin's Press, New York
Mit freundlicher Genehmigung der Autorin
und Mohrbooks, Literary Agency, Zürich

Printed in Germany 1996
Umschlaggestaltung: Atelier Ingrid Schütz, München
Technische Betreuung: M. Spinola
Satz: Schaber Satz- und Datentechnik, Wels
Druck und Bindung: Ebner Ulm

ISBN 3-453-11877-4

Für Julie A. Stevens, mit Anerkennung und Zuneigung

Kann der Flügelschlag eines Schmetterlings in Brasilien einen Tornado in Texas auslösen?

EDWARD N. LORENZ

I

Sie nannten ihn immer Tom. Die Wartungsmannschaft, die Ärzte, alle nannten ihn so, und obwohl er wußte, daß es nicht sein wirklicher Name war, reagierte er darauf. Tue dies, Tom, tue das, komm her, Tom, faß mit an.

Manchmal konnte er beinahe einen anderen Namen für sich denken, aber er wollte sich niemals ganz in seinem Bewußtsein bilden. Es fing mit einem Gedanken an, einer Idee, einer Regung, einen anderen Namen zu sagen, sich nicht umzusehen, wenn sie Tom sagten, aber dann bekam er es mit der Angst, und der Gedanke verschwand wieder. *Guten Morgen, Tom. Wie geht's? Irgendwelche Träume, Episoden? Hier ist deine Medizin. So ist's brav. Und nun geh zur Arbeit. Bis morgen früh, Tom.*

Er bewohnte ein kleines Apartment auf dem Gelände. Manchmal bereitete er seine Mahlzeiten dort, meistens aber aß er in der Cafeteria. Er hatte eine Essenmarke. *Guten Morgen, Tom. Schinken, Spiegeleier, was soll es sein?* Von der Cafeteria zum Sprechzimmer der Ärztin. Von dort zum Büro der Wartungsabteilung. Dann draußen auf dem Gelände, Abfälle einsammeln, Mülltonnen leeren, manchmal Reinigungsarbeiten in den Gebäuden, mit der Bohnermaschine. Die Arbeit mit dieser gefiel ihm am besten von den Arbeiten im Innern, aber am liebsten war er draußen beschäftigt. Unkraut jäten, Mulch ausbreiten, mit der Mähmaschine fahren, lange, geschwungene Muster in die Rasenfläche machen, die wie eine Erinnerung roch. Einmal mußte er Fenster reparieren, und das war ihm zuwider gewesen. Durch die Scheiben hinein zu schauen, als sähe er eine separate Welt, die nicht seine Welt und nicht einmal wirklich war, hatte ihn nervös gemacht. Nicht, daß er sich vor Fenstern gefürchtet hätte, nervös machte ihn, daß die Fenster falsch waren, hatte er der Ärztin gesagt. Das war aber auch nicht genau, was es war.

Wie ist es dann, Tom? Sag mir, was du meinst.

Er konnte es ihr nicht sagen. Er hatte versucht, ihre Hand an die fensterähnliche Schale zu führen, die ihn umgab, nicht hart wie die Fenster des Gebäudes, sondern nachgiebig, sich dehnend, wenn es nötig war, dann wieder schrumpfend, daß sie genau paßte, aber immer vorhanden. Er hatte versucht, sie ihre eigene Schale fühlen zu lassen, zu erklären, daß sie nicht so eng angepaßt sein müsse. Als er versuchte, ihre Schale zu berühren, hatte sie nach jemand gerufen, und jemand hatte ihm eine Spritze gegeben. Gestern. Heute morgen. Irgendwann. Alles, was nicht jetzt war, war irgendwann.

Hin und wieder mußte er die Fenster putzen, und sie fragten ihn, ob die Fenster ihn ängstigten. Er sagte, nein. Sie fragten ihn, ob er ihre Schalen sehen könne. Er sagte, nein. Er sagte, er wisse nicht, was sie meinten. Sie fragten ihn, ob er eine Schale habe, die sich dehnen und zusammenziehen könne. Es sagte, nein. Er sagte, er wisse nicht, was sie meinten. Er fürchtete sich vor der Ärztin. Wenn er ihr die Wahrheit sagte, rief sie jemanden, der ihm eine Spritze gab. Und wenn er dann hinausging, war es anders. Statt grüne Blätter zu sehen, konnten sie ganz verschwunden sein, oder es konnte Schnee am Boden liegen. Oder es konnte in einer anderen Weise anders sein, die ihn nervös machte. Er sagte ihnen nie, wenn die Blätter nicht richtig waren.

Irgendwann. Er wachte vor seinem Fernseher auf, ein beschriebenes Stück Papier in den Fingern: *Nimm die Medizin nicht.* Er warf ihn fort.

Irgendwann. Er erwachte in einem Sessel in seinem winzigen Wohnraum, einen Zettel in den Fingern: *Nimm die Medizin nicht.* Er warf ihn fort.

Irgendwann. Er erwachte und hielt sich die Hand,

die blutig war. Als er sie säuberte, sah er Kratzer in der Handfläche, wie mit einer Nadel eingeritzt: *Nicht.*

Guten Morgen, Tom. Wie geht's? Irgendwelche Träume, Episoden? Hier ist deine Medizin. So ist es brav. Nun geh zur Arbeit.

Die Medizin war eine lange rote Kapsel in einem kleinen weißen Papierbecher, zu dem ein zweiter kleiner Papierbecher mit Wasser gehörte. Er steckte die Kapsel in den Mund und schluckte sie mit dem Wasser hinunter und ging hinaus zur Wartungsabteilung, um seine täglichen Aufträge entgegenzunehmen. Unterwegs spuckte er die Kapsel in die Hand und steckte sie in die Tasche.

Mehrmals berührte er die Kapsel in seiner Tasche. Klebrig. Er zerbrach sie zwischen den Fingern und öffnete sie. Körner wie feiner Sand waren in der Tasche.

Tom, jäte den Löwenzahn aus den Osterglocken. Er bückte sich, um anzufangen, aber er zitterte vor Kälte. *He, Tom, bist du krank oder was? Muß die Grippe sein. Alle Welt hat die Grippe. Geh nach Hause, Tom. Leg dich ein paar Tage ins Bett, und alles wird wieder gut sein.*

Irgendwann. *Guten Morgen, Tom. Man sagte mir, du seist krank, also brachte ich dir die Medizin herüber. Möchtest du zum Arzt?*

Als sie gegangen war, spuckte er die rote Kapsel aus. Er zitterte so stark, daß er sie fallen ließ. Kein Arzt. Keine Medizin. Kein Arzt. Keine Medizin. Kein Arzt. Er schlief.

Irgendwann. *Guten Morgen, Tom. Geht es dir besser? Die Hälfte des Wartungspersonals hat die Grippe oder was immer es ist. Der Arzt sagt, du sollst einfach ausruhen und viel Flüssigkeit trinken und Aspirin nehmen, wenn du dich schlecht fühlst. Hier ist deine Medizin. Ja, nimm sie schon.*

Sie beobachtete ihn so lange, daß die klebrige rote Kapsel in seinem Mund zu schmelzen begann und er die Körner wie Sand fühlte. Er hustete sie in ein Papiertaschentuch. Sie zog sich zurück.

Er schwitzte und fror abwechselnd. Sein Herzschlag raste, verlangsamte, pochte dumpf und heftig. Tiefe, den ganzen Körper erfassende Krämpfe nahmen ihm den Atem, und er krümmte sich vor Schmerz, und als sie nachließen, zitterte er so heftig, daß er kein Glas halten konnte, keinen Löffel, um die Suppe zu essen. Wenn sie ihn fragten, wie es ihm gehe, sagte er immer: »besser«. Sie brachten ihm jeden Tag das Essen, und eines Tages nahm er die Schüssel und trank die ganze Suppe aus, dann trank er alle Milch und den Saft. Er hatte lange nichts gegessen.

An dem Tag, als er die Suppe trank, wurde ihm bewußt, daß er schmutzig und unrasiert war, daß er seine Kleidung nicht gewechselt hatte, seit ... Er wußte nicht, seit wann. Er duschte. Beim Rasieren betrachtete er sein Gesicht im Spiegel, wie er es manchmal tat. Sein Gesicht, nicht Toms. Wenn er dies tat, geschah es mit großer Anspannung und Intensität, als könnte dieses fremde Gesicht heute vielleicht vertrauter werden. Dann würde sich dieser fremde Mund öffnen und ihm etwas sagen, was er wissen mußte. Blaue Augen, blutunterlaufen, als ob er geweint hätte. Er erinnerte sich, wie er zusammengekrümmt auf dem Bett gelegen und wie ein Kleinkind geweint hatte. Braunes, leicht gewelltes Haar. Ein schmales Gesicht, dünne Lippen, spitzes Kinn. Er war gut genährt, mit gut entwickelten Muskeln.

Einen Augenblick lang dachte er, sein Spiegelselbst würde ihm den anderen Namen sagen; er wußte ihn beinahe, seinen wirklichen Namen; er war da und wartete nur darauf, daß er ihn aussprechen würde. Er öffnete den Mund, wie um jenes andere Selbst zum Sprechen zu ermutigen, und der Schrecken durchfuhr ihn, daß er den Rand des Waschbeckens umklammerte und die Augen fest zudrückte. Als er wieder normal atmen und die Augen öffnen konnte, sah er sein Spiegelbild nicht an.

Er rasierte sich fertig und zog rasch saubere Kleider an: Bluejeans, Hemd, Pullover, Socken, Stiefel. Dann setzte er sich auf die Bettkante. Er wußte nicht, was er als nächstes tun sollte. Ein Zittern überkam ihn, aber es war nur ein schwaches Nachbeben der reißenden Krämpfe, die er ertragen hatte. Er wartete, bis das Zittern sich legte, dann stand er auf und sah sich in seinem Quartier um.

Es war sehr klein. Ein Sofa und ein Stuhl und eine Lampe waren im Wohnzimmer, und ein Fernseher auf einem Ständer. Alles war braun oder beige, sogar ein schäbiger Teppich. Eine kleine Küche mit einem Kühlschrank halber Größe, ein Herd mit drei Platten, zwei winzige Schrankteile, die ein paar Teller, Gläser, eine einzige Tasse enthielten. Ein hellbrauner Tisch mit Resopalplatte und zwei Stühle aus Metall und Plastik nahmen den größten Teil des Raumes ein. Die Schlafkammer war ähnlich, kahl und anstaltsmäßig: ein Feldbett, eine schmale Kommode und ein kleiner Kleiderschrank, der Arbeitskleidung wie die enthielt, welche er jetzt trug.

Und noch etwas, dachte er unbestimmt, aber mehr kam ihm nicht in den Sinn. Etwas anderes. Er sah in den Kühlschrank: Milch, die sauer geworden war, ein paar Eier, Käse, Saft, Äpfel … Etwas anderes, dachte er wieder.

Er kehrte in den Wohnraum zurück und schaltete den Fernseher ein. Drei Kanäle kamen klar herein, eine Unterhaltungssendung, ein Kinderprogramm und ein Film über Löwen. Zwei Fenster waren ihm gegenüber, dahinter Dunkelheit und starker Regen, der gegen die Scheiben schlug. Er wollte aufstehen, um die Rolläden herunterzulassen, dann ließ er es sein. Tom hatte nie bemerkt, daß er wie ein Fisch in einem Aquarium war. Er wußte alles über Tom, was er tat, wie er seine Zeit vor dem Fernseher verbrachte, die meisten Abende davor einschlief und sich benommen in die Schlafkammer schleppte, wenn er aufwachte und Schnee den Bildschirm füllte. Nie hatte er bemerkt, ob die Rolläden aufgezogen oder heruntergelassen waren. Er wußte alles über Tom. Er wußte, daß er und Tom derselbe Mann waren, und daß sein Name nicht Tom war, und in einer Weise, die er nicht begreifen konnte, war ihm bewußt, daß Tom nicht wirklich war, daß er aber niemandem von dieser Erkenntnis erzählen durfte.

Er zwang sich, vor dem Fernseher zu sitzen, wo Leute herumsprangen und schrien und einander umarmten. Sein Kopf begann zu schmerzen, die Augen brannten wieder, aber die Tränen blieben spärlich, und diesmal waren sie nicht von Furcht oder Schmerz verursacht, sondern von Frustration, weil er kaum ertragen konnte, daß die Rolläden aufgezogen waren und daß er von dort draußen in der Dunkelheit beobachtet werden konnte, und daß er nicht wußte, was er dagegen tun konnte. Seine Furcht vor Frau Doktor war größer als seine Abneigung gegen fremde Neugier.

Der Regen prasselte noch heftiger als zuvor gegen die Scheiben, wurde von Windböen gepeitscht. Graupeln, dachte er. Es graupelte. Die Vorstellung machte ihn frösteln. Er saß ganz still und überlegte; dann stand er plötzlich auf, ging in die Schlafkammer, zog eine Decke vom Bett und wickelte sich hinein. Als er ins Wohnzimmer zurückkehrte, ließ er die Rolläden herunter. Er ging in die Küche und wieder in die Schlafkammer und ließ auch dort die Rolläden herunter. Jemand würde mit seinem Abendessen kommen und ihn zusammengekauert auf dem Sofa finden, eingewickelt in eine Decke, fröstelnd. Es war in Ordnung, daß der Lautstärkeregler am Fernseher heruntergedreht war; Tom sah die Programme oft ohne den Ton. Er saß mit geschlossenen Augen, hielt die Decke um sich und dachte über Toms Lebensweise nach.

Diese Woche war es anders gewesen; sie hatten ihm jeden Tag das Essen gebracht. Er mußte innehalten und versuchen, sich darüber klarzuwerden, ob Woche die richtige Länge der Zeit war, und merkte, daß er es nicht wußte. Er war zu krank gewesen, um es zu bemerken. Auf einmal begriff er, daß er nicht unter der Grippe gelitten hatte, sondern an Entzugserscheinungen. Entzug, dachte er bei sich. Die roten Kapseln. Er hätte an dieser radikalen Entziehungskur sterben können, verwarf aber den Gedanken; er wußte nicht einmal, was er sich abgewöhnt hatte. Ein starkes Beruhigungsmittel; die Antwort kam so schnell wie die Formulierung seiner Unwissenheit.

Genauso plötzlich kam ihm der Gedanke, daß er nicht wußte, wie lange er Tom gewesen war. Er wußte nicht, welcher Monat, welcher Tag, geschweige denn, welches Jahr es war. Er befeuchtete sich die Lippen, dann tat er es noch einmal.

Als er einen Schlüssel im Türschloß hörte, wäre er vor Schreck beinahe aufgesprungen. Die Tür ging auf, und einer der Männer von der Cafeteria kam mit dem Tablett herein.

»He, wie geht's? Du hast die Rolläden heruntergelassen. Dachte, du wärst vielleicht ausgegangen, tanzen oder was.«

»Kalt«, murmelte er, zog die Decke fester um sich und vergrub das Gesicht darin.

»Ja, scheußlicher Sturm draußen. Gefrierender Regen, Graupeln, und morgen früh wird es schneien. Frühling in den Rockies.« Er ging zum Küchenabteil durch und kam mit dem Mittagstablett zurück. »Bleib schön eingewickelt und warm. Dann also bis morgen.«

Er fühlte, wie seine Schale den jungen Mann berührte und sich dehnte, um ihn zu begleiten, als er über den Parkplatz lief, der die Wohnungen von der Cafeteria trennte. Die Graupeln knallten wie Eiszapfen gegen die Rolläden. Im großen Gebäude auf der anderen Seite des Parkplatzes blieb der junge Mann stehen, um sich das Gesicht mit einer Serviette zu wischen.

»Ah, Michael, gut, daß ich Sie getroffen habe. Wie geht es Tom?«

Die Schale schnellte beinahe zurück, als die Frau Doktor auf den jungen Mann zukam. Sie war grauhaarig, trug einen burgunderroten Regenmantel und einen Schirm. Ihre Augen waren sehr dunkel, die dunkelsten Augen, die er je gesehen hatte. Die furchterregendsten Augen, die er je gesehen hatte.

»Hallo, Dr. Brandywine. Besser, würde ich sagen. Wenigstens hat er sein Mittagessen gegessen. Zum ersten Mal. Er fröstelt, sitzt in eine Decke gewickelt vor dem Fernseher. Hat die Rolläden heruntergelassen, weil es so stürmt, nehme ich an.«

»Nun, wenn er ißt, dann ist es ein gutes Zeichen. Ein böses Virus, das zur Zeit sein Unwesen treibt.«

Michael ging weiter zur Cafeteria, und sie blickte in die andere Richtung und rief: »Kommen Sie, Herbert?«

Der Mann, der sich ihr zugesellte, war groß und übergewichtig, mit weißem Haar und hellblauen Augen – Dr. Margolis. Er grinste. »Ich hörte, was er sagte. Zu dumm. Mehr Glück beim nächsten Mal.«

»Hören Sie auf! Das ist nicht komisch.«

Er lachte. Er hatte einen Regenmantel an und zog nun einen Hut aus der Tasche, er brachte ihn in die richtige Form und setzte ihn auf. Dann verließen sie das Gebäude, eilten zu einem abgestellten Wagen, stiegen ein und fuhren davon.

Der Mann, den sie Tom nannten, erhob sich langsam vom Sofa und ging in die Küche, wo sein Abendessen wartete. Es war warm und recht gut. Roastbeef, Kartoffelpüree, Soße, und vorher eine Suppe ... Er aß alles auf, er trank den Karton Milch und stand auf, um sich Kaffee zu bereiten, bevor ihm einfiel, daß Tom keinen Kaffee trank. Im Schrank war ein Glas mit koffeinfreiem Pulverkaffee. Er schaute das Glas an, dann stellte er es zurück.

In Ordnung, sagte er zu sich selbst. Tom war kein Gefangener; er hatte ein wenig Geld. Hin und wieder ging er sogar allein einkaufen. Im der Kommode seiner Schlafkammer fand er dreiundvierzig Dollar, und in den Taschen der schmutzigen Jeans, die er vorher getragen hatte, mehrere Eindollarnoten und etwas Kleingeld. Keine Geldbörse, keine Wagenschlüssel, keine Ausweispapiere. Einen Wohnungsschlüssel, der kaum einen Unterschied machte, weil *sie* auch alle Schlüssel hatten. Er nahm seinen Poncho aus dem Schrank, zog ihn über und ließ die Kapuze fast bis zu den Augen herunter, dann ging er hinaus in den Sturm. In dieser Richtung war die Cafeteria, und dort die Wartungsabteilung, und beiden gegenüber führte ein Weg durch die Bäume zu dem Gehsteig, der entlang der Straße zum nächsten Lebensmittelgeschäft führte, wo Tom eine vertraute Gestalt war. In der anderen Richtung, weiter entfernt, lag ein weiteres Geschäft, ein Minimarkt, in dem er nur einmal gewesen war. Er schlug diese Richtung ein.

Er hatte nicht gewußt, was nach der Lektüre der Zeitungen und Zeitschriftenartikel geschehen würde. Nichts geschah. Er bereitete starken Kaffee und trank ihn, dann eine zweite Tasse. Das Koffein machte ihn schwindlig, und er konnte nicht stillsitzen. März 1989. Es war keine Überraschung. Tom hatte an den Wochenenden jeden Abend das Fernsehen eingeschaltet. Er hatte den Wechsel der Jahreszeiten gesehen, war sich in einer undeutlichen Weise des Zeitablaufs bewußt gewesen. Endlich ging er zu Bett, erschöpft und frustrierter denn je. Zum ersten Mal fragte er sich, ob er vielleicht wirklich die Grippe habe.

Nach dem Erwachen begriff er, daß er die Dinge, die er gekauft hatte, verstecken mußte. Jemand würde mit seiner Medizin und seinem Frühstück kommen, und sie durften nicht merken, daß sich irgend etwas geändert hatte, selbst wenn sie keine Ahnung hatten, was die Veränderung bedeutete. Es war Freitag, nach seiner

Rechnung. Er war noch zu krank, um zu arbeiten, und würde das Wochenende für sich haben. Vielleicht würde sich manches klären, wenn er ein paar Tage Zeit zum Denken hätte.

Er stand auf und eilte in die Küche, wo er bestürzt und furchtsam den Tisch betrachtete. Wie, wenn sie gekommen waren, während er geschlafen hatte? Der Frau Doktor würde so etwas niemals entgehen. Eine weitere Spritze, viele weitere Spritzen, und wenn er wieder zur Arbeit ginge, mochte es Winter sein, oder Sommer. Er ging zum Fenster und zog den Rolladen so weit hoch, daß er hinausspähen konnte. Es schneite heftig. Er wandte sich wieder dem Tisch zu.

Er hatte Notizbücher und Bleistifte und Kugelschreiber gekauft. Er hatte Kaffee und neue Zeitungen und Zeitschriften. Er hatte ein paar Taschenbücher. Er spülte den koffeinfreien Pulverkaffee durch die Toilette und füllte das Glas mit richtigem Kaffee, stellte es in den Schrank zurück. Dann wollte er das leere Glas in den Mülleimer werfen, zögerte jedoch; sie könnten es bemerken. Statt dessen steckte er es in die Jackentasche, um es später irgendwo wegzuwerfen. Die anderen Dinge versteckte er zwischen der Matratze und den Sprungfedern seines Bettes. Als die junge Frau mit dem langen Zopf kam, saß er vor dem Fernseher, eingewickelt in die Decke.

Am Montag, als er wieder zur Arbeit ging, war nichts klarer geworden. Der Schnee schmolz bereits. Jeden Tag nahm er die rote Kapsel, steckte sie in den Mund und spuckte sie später aus. Er lernte, wie er sie längere Zeit im Mund behalten und sogar murmelnde Antworten geben konnte, wenn er sie unter der Zunge hielt. Tom hatte niemals viel geredet, und jetzt tat er es auch nicht. Ein gemurmeltes Ja oder Nein war alles, was er an den meisten Tagen von sich gab.

»Irgendwelche Träume, Episoden?«

»Nein.«

Er wußte immer, wann Dr. Brandywine in der Eingangshalle ihres Gebäudes oder in dem Büro war, wo er sich jeden Morgen meldete. Wenn es sein mußte, blieb er stehen, um eine Blume zu betrachten, oder um sich einen Schnürsenkel zu binden, oder einfach, um leer in die Ferne zu blicken und zu warten, bis sie ins Labor oder in einen Seminarraum ging; dann ging er hinein und ließ sich seine Kapsel geben. Gewöhnlich waren drei Leute dort, die sich nicht für ihn interessierten. Mit ihnen war es einfach. Mit Dr. Brandywine war es niemals einfach.

Wenn er wußte, daß er ihr nicht aus dem Weg gehen konnte, zog er seine Schale so eng um sich, daß er sich von ihr erstickt fühlte, so beengt, daß er sich unbeholfen bewegte; so war es in Ordnung, passend für Tom. Er versuchte stets, sie nicht direkt anzusehen, aber manchmal befahl sie es ihm: »Sieh mich an, Tom. Sag mir die Wahrheit. Irgendwelche Träume?«

Dann sah er ihr Kinn an, oder ihr dünnes eisengraues Haar, durch das ihre Kopfhaut wie rosa Kaugummi zu sehen war. Er schaute ihr Ohrläppchen an, oder die goldene Kette, an der ihre Lesebrille hing.

Er wußte jetzt, wo er war: auf einem College-Campus. Tom war einfach hier gewesen, ohne sich Gedanken darüber zu machen. Der Campus war nicht sehr groß. Es war ein privates College, sehr angesehen, und lag ein paar Meilen nördlich von Denver. Die Zahl der Studenten lag bei fünfhundert. Dr. Brandywines Fachbereich Psychologie war in einem roten Ziegelbau untergebracht. Dr. Margolis' Fachbereich Computerwissenschaften war in dem großen Gebäude, wo die Cafeteria sich befand; ein Flügel war Studentenwohnheim. Dr. Schumaker hatte den Fachbereich Mathematik im Naturwissenschaftsgebäude auf der anderen Seite des Campus. Er war dort nur einen Tag in der Woche. Dies waren die einzigen drei Leute, die ihn interessierten und die er fürchtete.

Jeden Freitagnachmittag meldete er sich in Dr. Brandywines Büro und erhielt einen Umschlag mit vierzig Dollar. Er sagte nie etwas, und gewöhnlich sagte auch die Person hinter dem Schreibtisch nichts. Wenn es die junge Frau war, die Brillengläser dick wie Flaschenböden trug und einen Zopf hatte, der ihr bis zur Taille reichte, sprach sie freundlich, nannte ihn Tom und wünschte ihm ein schönes Wochenende. Er wußte ihren Namen nicht.

Er begann sich anderer Orte zu entsinnen: einer von Gebirgszügen und isoliert aufragenden und abgetragenen Bergkegeln umgebenen Wüste; einer halbkreisförmigen vulkanischen Caldera; eines Nadelwaldes mit schräg einfallendem Sonnenlicht; des gleichen Waldes im Nebel, wenn es von den Bäumen tropfte.

Eines Nachts wachte er plötzlich auf und hatte den Namen Nell im Kopf. »Nell!« sagte er. »Nell!« Kein Erinnerungsbild begleitete den Namen. Nur der Name ging ihm durch den Kopf. Er stand auf und tappte durch die dunkle Wohnung. Nell. Nell.

Tom wachte nie bei Nacht auf, schaltete nie das Licht ein, nachdem er sich schlafen gelegt hatte, und auch in dieser Nacht tat er es nicht, doch konnte er nicht wieder einschlafen. Er zog das Notizbuch unter der Matratze hervor, tastete nach einem Schreibstift und ging damit zum Küchentisch. Durch die winzigen Ritzen des Rolladens drang etwas Licht in den Raum, nicht genug, daß er lesen konnte, aber genug, um das leere weiße Papier zu sehen. Er hatte noch nichts in das Notizbuch geschrieben. Jetzt tat er es. Nell, schrieb er, und nach kurzem Zögern fügte er einen weiteren Namen hinzu: Travis. Er konnte die Buchstaben nicht ausmachen, wußte aber, was er geschrieben hatte.

Er schlug mit der Hand auf die Tischplatte, dann griff er wieder zum Stift und starrte auf seine Finger. Die Hand hatte früher schon geschrieben, unaufgefordert: Sie hatte ihm gesagt, er solle die Medizin nicht nehmen. Dieser andere, der nicht Tom war, hatte mit ihm kommuniziert. *Tu es wieder!* Er versuchte die Finger zu entspannen, die Spannung in Arm und Schulter zu lockern, und schließlich schrieb er *verbotener Name,* dann ließ er den Stift auf den Tisch fallen.

Er stand auf, ging zum Wohnzimmerfenster, um auf den Parkplatz hinauszuschauen, zum ragenden Gebäude jenseits davon. Ein beleuchtetes Treppenhaus, ein paar Lichter in Fenstern dort oben, niemand in Sicht. Und er dachte, verboten. Nicht vergessen, aber verboten.

Der April verging. Der Mai war heiß, und die Trockenheit kehrte wieder und drohte das Gras zu versengen. Er mulchte und mähte und beschnitt. Er bohnerte die Böden und trug Abfälle hinaus.

Er konnte fortgehen. Niemand schenkte ihm wirklich Aufmerksamkeit. *Nimm deine Medizin. Irgendwelche Träume? Irgendwelche Episoden?* Er wußte, daß sie ihn verfolgen und zurückbringen würden, wenn er ginge, aber das war nicht alles. Er mußte bleiben, weil er diesen verbotenen Namen finden mußte. Er war hier.

Der Campus war für die Graduationsfeier hergerichtet; eine Plattform war aufgebaut und mit den blauen und orangefarbenen Stoffbahnen der Collegefarben drapiert. Unter Baldachinen standen lange Tische, die für den Empfang mit Blumen geschmückt waren. Die Absolventen und ihre Familien und Gäste waren noch nicht eingetroffen, würden aber innerhalb der nächsten halben Stunde kommen.

Er hatte ein Unkraut aus dem Beet mit Kanna vor dem Verwaltungsgebäude gezogen und richtete sich gerade auf, als er sich Dr. Schumaker gegenübersah. Er machte auf der Stelle kehrt und floh. Er hörte erst auf zu rennen, als er um die Ecke des Gebäudes war, dann ging er sehr schnell zur Rückseite, wo der Lieferanteneingang war. Hinter den Abfalltonnen sank er schweratmend zu Boden. Idiotisch, dachte er, so davonzurennen, sich durch diese Dummheit zu verraten. Blödsinnig. Er starrte vor sich hin, aber er beobachtete Dr. Schumaker. Ohne zu denken, hatte er seine Schale ausgeweitet, um zu beobachten und zu lauschen, um zu sehen, ob er sich durch eine Dummheit wie das Weglaufen verraten hatte.

Dr. Schumaker ging weiter. An der Tür blickte er stirnrunzelnd zurück.

»Morgen, Walter«, sagte Dr. Brandywine, als sie zu ihm trat. Was für ein langes Gesicht!

»Dieser Tom lief mir gerade über den Weg. Warum in aller Welt behalten Sie ihn da?«

»Tom? Warum sollte ich nicht? Er ist harmlos, und ein guter Arbeiter. Und billig.« Sie lachte leise.

»Hören Sie, ich sagte es Ihnen schon mal, und ich sage es jetzt wieder. Er ist eine Gefahr für Sie, für uns alle. Sehen Sie zu, daß Sie ihn loswerden.«

»Nun, Walter, wenn ich es nicht besser wüßte, würde ich sagen, daß ein schlechtes Gewissen aus Ihnen spricht. Außerdem, wohin könnte er gehen? Hier kann ich ihn wenigstens im Auge behalten. Nein, lassen Sie nur. Haben Sie eine erhebende Abschiedsrede vorbereitet?«

Er sah sich um, als andere Leute in die Nähe kamen, und seine Stimme wurde zu einem halblauten Murmeln. »Er weiß Bescheid. Dieser Ausdruck in seinem Gesicht: Er weiß Bescheid.«

»Nichts, Walter. Er weiß nichts. Er ist gut für uns. Eine kleine Lucas-Gedächtnishilfe ist uns allen eine Mahnung zu mehr Aufrichtigkeit.«

Lucas! Die Welt veränderte sich. Überall spannten sich Linien und Bänder, ein Netz leuchtender Linien umhüllte ihn, drohte ihn zu erdrücken. Er hob die Hand vor die Augen und schrie und fiel vornüber auf den Boden.

2

Er lag in gekrümmter Haltung auf der Erde, hatte die Augen fest zugedrückt. Überall waren Stimmen.

Dr. Schumaker: »... alles Idealisten, die nach höchster Vervollkommnung streben ...«

Dr. Brandywine: »Du weißt, daß ich die einzige bin, die dir helfen kann. Solange du Tom bist, bist du sicher ...«

Schumaker: »... bei jedem Schritt werden Ihnen Versuchungen begegnen, aber Sie haben die inneren Maßstäbe und die Kraft ...«

Brandywine: »Er hat Furchtbares getan. Du weißt das. Sie werden dich einer Schockbehandlung unterziehen, vielleicht sogar einer Lobotomie. Gemeingefährliche Geisteskrankheit ...«

»... eine Welt erben, die als schlecht und böse verschrien wird, aber dies dient oft nur als Vorwand und Rechtfertigung für persönliche Verweigerungshaltungen. Es scheint, daß die Starken den Schwachen bei jeder Gelegenheit ihren Willen aufzwingen, aber auch das sollte nicht zum Gegenstand von Verallgemeinerungen gemacht werden. Sie sind die Starken. Ihre Jugend, Ihr Mut, das sind die Stärken ...«

»Hör mich an, Tom! Hör zu! Er darf nie wieder herausgelassen werden. Niemals! Verstehst du mich?«

Dr. Margolis: »Großer Gott! All das Blut!«

»Wir müssen ihn von hier wegbringen! Beweg dich nicht, Tom! Bleib ganz ruhig! Wir suchen eine Decke ...«

»All das Blut! Es wird nicht gehen.«

»Wir müssen ihn dabehalten! Holen Sie eine Decke.«

All das Blut! All das Blut! All das Blut! All das …

»Ich kann dich retten. Ich werde dich beschützen. Aber du mußt genau das tun, was ich sage. Verstehst du mich?«

»Was Sie in dieser Akademie hier gelernt haben, ist nicht nur reine Wissensvermittlung. Von vielleicht noch größerer Bedeutung ist, daß Sie in einem Geist und mit einer Haltung ins Leben hinausgehen werden, die den entscheidenden Unterschied ausmachen, nicht nur in den kleinen Dingen des Alltags, sondern vor allem in den großen und wichtigen Entscheidungen und Prüfungen, vor die das Leben Sie stellen wird …«

»Tom, wenn du jemals wieder eine Episode wie diese erlebst, mußt du es mir sofort sagen. Unverzüglich. Verstehst du mich? Antworte mir!«

»Ja.«

Dr. Margolis: »Wir müssen ihn einliefern. Mein Gott, wir können so etwas nicht tun. Sehen Sie sich ihn an!«

»… dankbar für Ihr Geburtsrecht, für dieses schöne Land, das Ihr Land ist, und fassen Sie aus tiefster Verantwortung und innerster Überzeugung den Entschluß, alles, was Sie an diesem Land schön finden, Ihren Nachkommen noch schöner zu hinterlassen …«

»Wickeln Sie ihn darin ein. Heb deinen Fuß auf, Tom. Wir haben dich sicher; du wirst nicht fallen. Wickeln Sie die Decke um seine Schuhe. So ist es gut. Säubern Sie den Computer, löschen Sie alles, was er eingegeben hat. Und ich werde die Disketten nehmen. Geben Sie mir zehn Minuten, bevor Sie die Polizei rufen.«

»Mein Gott, Ruth, der Computer ist zerstört! Alles ist hin! Der Datenspeicher ist leer!«

»Dann holen Sie die Ersatzdisketten! Wir müssen uns beeilen!«

»Das ist eben, was ich Ihnen zu erklären versuche. Sie sind nicht da.«

»Sie müssen da sein! Schaffen wir ihn hinaus zum Wagen, dann helfe ich Ihnen suchen.«

»... einzig mögliche Ausdruck von Dankbarkeit ist der Dienst an Ihren Mitmenschen. Der kleinste Akt von Großzügigkeit wird sich tausendfach vergrößern ...«

»Dieser Name ist verboten. Du wirst nie wieder daran denken. Du wirst nicht darauf hören, wenn jemand dich damit anredet. Du wirst ihn nicht sehen. Der Name und alles, was damit zusammenhängt, ist verboten. Du bist Tom.«

Guten Morgen, Tom. Irgendwelche Träume? Irgendwelche Episoden? Nimm deine Medizin.

Eine fremde Stimme, eine lachende Stimme: »Du bist ins Netz verstrickt? Tu den nächsten Schritt, er ist leicht.«

»... weder Ruhm noch Geld, sondern die Verwirklichung der Hoffnungen und Träume ...«

»Nein!« stöhnte er. Die Augen schmerzten ihn, so fest drückte er sie zu. »Nein!« Er zog die Schale zu sich her, bis er sich am Ersticken fühlte, bis die Stimmen verstummten; nun konnte er den eigenen Herzschlag hören. Er mußte Dr. Brandywine finden und ihr sagen, daß es wieder geschehen war. Sie konnte ihm helfen. Niemand außer Dr. Brandywine konnte ihn retten. Er rührte sich nicht.

Er fürchtete sich, die Augen zu öffnen. Er fürchtete sich, eine Bewegung zu machen. *Sie werden dich hier finden,* dachte er. Die Worte wurden in seinem Kopf von einer Stimme gesprochen, die Toms Stimme ganz ähnlich war, aber doch anders. *Sie werden dich aufheben und zum Bett tragen, und sie wird kommen und dir eine Spritze geben, und morgen noch eine, und dann noch eine. Du wirst es ihr nicht erzählen müssen. Wenn sie dich sieht, wird sie Bescheid wissen. Und wenn du wieder hinausgehst, wird Schnee am Boden liegen.*

Oder, dachte er voll Schrecken, vielleicht würde ihm diesmal nicht erlaubt, wieder hinauszugehen. Vielleicht würden sie ihn diesmal fortschicken, wie Dr. Schumaker es wollte. In eine geschlossene Anstalt für kriminelle Geisteskranke würden sie ihn schicken, hatte Dr. Brandywine gesagt.

Er hörte Schritte, dann Stimmen. »Was für ein Schwätzer!«

»Da hast du das richtige Wort gefunden.« Eine Bierdose zischte auf. »Gehst du dieses Wochenende angeln?«

»Nein. Wir fahren mit den Kindern zum Picknick nach Estes hinauf.«

Von ferne war Applaus zu hören, der kein Ende nehmen wollte und immer wieder anschwoll und schließlich verebbte. Die beiden Männer näherten sich dem Abfallbehälter und warfen etwas hinein.

»Wird ein paar Stunden dauern, bis alles abgebaut ist. Das Aufsammeln machen wir morgen; heute schaffen wir bloß die Tische und Stühle und das Zeug hinein …« Sie entfernten sich.

Bei ihrer Annäherung hatte er sich noch fester zusammengezogen, und nun streckte er die schmerzenden Muskeln. Plötzlich merkte er, daß er die Augen geöffnet hatte und den beiden mit seinem Blick folgte.

In der Ferne ertönte ›Pomp and Circumstance‹. Er stemmte sich mit den Armen hoch, kam auf die Knie und zog ein Bein hoch, um den Fuß auf den Boden zu setzen. Schließlich, den Blick unverwandt auf die Füße gerichtet, stand er aufrecht. Er fürchtete sich, wieder aufzublicken.

Er mußte Dr. Brandywine suchen. Es mußte sein. Er ballte die Fäuste, ohne den Blick zu heben. Sie würde bei der Feier sein, dachte er dann, und konnte die Hände öffnen. Er erinnerte sich, das Wort *nicht* in die Handfläche geritzt zu sehen. Als er diesmal hinschaute, waren beide Handflächen von den roten Abdrücken seiner Nägel gezeichnet. Nicht. Er war schmutzig von seinem Sturz; das Gesicht, beide Hände. Er würde duschen, seine Kleidung in Ordnung bringen und sie dann suchen gehen. Er nickte seinen Füßen zu und machte sich auf den Heimweg zu seiner Wohnung. Dabei beobachtete er zuerst einen Fuß, dann den anderen, und so weiter, bis er am Ziel war.

Obwohl es in seiner Wohnung stickig warm war, schloß er die Tür und ließ alle Rolläden herunter, bevor er duschte. Er blieb lange unter der Dusche, und dann trocknete er sich nur flüchtig ab, bevor er in die Schlafkammer ging, um sich anzuziehen. Mit ausgestreckter Hand blieb er vor dem Schrank stehen, hob langsam das Gesicht und blickte zur Decke des Wandschranks. *Etwas anderes,* dachte er. In der Decke des Wandschranks war ein Paneel, das von vier Schrauben gehalten wurde.

Wie in einem Traum wandte er sich um und ließ den Blick durch die Kammer schweifen. Kahl, wie ausgeräumt, nichts Persönliches in Sicht. Aber es sollten Plakate an der Wand sein, und Nells Bild, und eins von Travis. Nell! Er schloß die Augen und schüttelte den Kopf. Nell. Seine Frau. Travis, sein Sohn. Ihn schwindelte vor Schock, und er suchte einen Augenblick lang Halt an der Schranktür. Dann rannte er beinahe in Panik zur Küche, ergriff einen der Stühle, riß eine Schublade auf, nahm ein Tafelmesser heraus und eilte zurück zum Wandschrank.

Wie, wenn jemand das Paneel geöffnet hatte? Die Tonbänder gefunden hatte? Dies war seine Wohnung gewesen, bevor … Bevor … Er hatte hier gelebt, hatte eine Stereoanlage, einen Kassettenrecorder, Tonkassetten … Und er hatte die Kassetten da oben hineingetan. Er hatte hier gewohnt, als die Arbeiter gekommen waren, um Wärmedämmung anzubringen, und die Öffnung in die Decke des Wandschrankes geschnitten hatten, um Zugang zum Zwischenboden dort oben zu bekommen.

In seiner Hast war er so ungeschickt, daß er die Schrauben nicht aufbrachte. Er wischte sich Schweiß aus den Augen und holte tief Luft, dann noch einmal, und steckte die gerundete Messerspitze wieder in den Schraubenschlitz; diesmal konnte er sie aufdrehen und mit der freien Hand auffangen. Die nächste, dann die dritte. Die vierte löste er, nahm sie aber nicht heraus; statt dessen schwenkte er das Paneel seitwärts, um die Öffnung freizulegen, wie er es an dem Abend getan hatte, als er die Kassetten versteckte. Dann erhob er sich auf dem Stuhl auf die Zehenspitzen und tastete in dem dunklen Zwischenboden umher und fand den Plastikbeutel, wo er ihn untergebracht hatte.

Er wollte ihn schon herausziehen, hielt aber inne und überlegte. Es gab kein anderes Versteck außer dem hier oben, wo sie sicher gewesen waren. Wie lange? Er wußte nicht, wie viele Jahre. Er zog den Plastikbeutel so nahe zur Öffnung, daß er ihn anschauen konnte, dann schob er ihn wieder zurück. Sechzehn Zwei-Stunden-Kassetten. Später, sagte er sich. Aber bald.

Er zog sich an und bereitete eine Tasse Kaffee, stark und schwarz, und auf einmal wünschte er sich ein Bier. Tom hatte Alkoholverbot. Auch Koffein durfte er nicht haben, sagte er sich, als er den Kaffee schlürfte. Wenn er ging, war ein Bier fällig, nein zwei Biere, eiskalt. Dann ein Café, Espresso oder Cappuccino, vielleicht beides. Er nickte. Beides.

Bald würden die Feierlichkeiten zu Ende sein, Punsch und Kuchen und Gebäck abgeräumt, und dann könnte er sie in ihrem Büro antreffen.

Beinahe wäre er über den Stuhl gefallen, so stark erschütterte ihn der voll ausgebildete Gedanke. »Nein«, sagte er laut. Nie wieder. Und zum ersten Mal wußte er, daß er nicht wagen konnte, ihr so nahe zu kommen, daß sie ihn berühren konnte. Mit einer Berührung konnte sie ihn beherrschen, selbst wenn er nicht verstand, wie sie es machte. Er wußte dies mit absoluter Gewißheit. Er mußte fort von hier, jetzt, heute abend. Als ihm die Notwendigkeit seiner Flucht bewußt wurde, begriff er im gleichen Augenblick, daß er zuerst etwas anderes zu erledigen hatte.

Vor allem mußte er still sitzen und überlegen, die Bruchstücke der Erinnerungen zu einem Bild zusammenzufügen. Und er mußte Dr. Brandywine ganz aus dem Weg gehen. Er wußte, daß er nicht in seiner Wohnung bleiben konnte; er war an diesem Abend der Aufräumungsmannschaft zugeteilt, und am Morgen wieder. Wenn er nicht zur Arbeit käme, würden sie jemanden schicken. Er durfte jetzt kein verdächtiges Verhalten zeigen, auf keinen Fall. Auf dem Parkplatz wurden Motoren angelassen; die Feierlichkeiten waren zu Ende, die Besucher brachen auf.

Eine Hand auf der Türklinke, hielt er mit geschlossenen Augen inne. »Mein Name ist Lucas Kendricks.« Da, dachte er in stillem Jubel, er hatte ihn wieder. Sie hatte versucht, Lucas Kendricks umzubringen und ihn durch Tom zu ersetzen, aber es war ihr nicht gelungen.

Lucas Kendricks.

3

An diesem Abend ging er zum Minimarkt und kaufte eine kleine Taschenlampe. Um zwei Uhr früh verließ er seine Wohnung, schlich zur Rückseite des Gebäudekomplexes und arbeitete sich weiter zum Gebäude der psychologischen Fakultät, ihrem Gebäude. Wenn er weglaufen wollte, brauchte er Geld. Er wußte, daß sie Geld in einer Kassette im Büro aufbewahrten; aus dieser Bargeldkasse bezahlten sie ihm seinen Wochenlohn. Er hatte beobachtet, wie die junge Frau mit dem Zopf die Geldkassette aus einer Schublade genommen, geöffnet und seinen Umschlag herausgenommen hatte, um ihn auszuzahlen, diesmal etwas früher als sonst, weil alles für die Graduationsfeier geschlossen sein würde.

Die Studenten würden im Laufe der nächsten Tage abreisen; dieses Wochenende war traditionell ein Party-Wochenende. Musik dröhnte über den Campus, in allen Schlafsälen waren die Lampen eingeschaltet, Studenten waren draußen auf den Rasenflächen, gingen überall herum, tanzten auf dem Parkplatz, rauchten offen und ungeniert, lachten, schrien … Die akademischen Fakultätsgebäude aber lagen dunkel und still.

Er wußte, welches Fenster er aufbringen konnte; er hatte sämtliche Fenster des Gebäudes geputzt und mit Glaserkitt ausgebessert, wo es nötig war. Er drückte das Fenster vorsichtig auf und stieg ein. Drinnen wanderte er still durch den Korridor zum äußeren Büro und hinter den Tresen. Keine Geldkassette war in der Schublade. Er zitterte vor Furcht, daß er ihrem Büro so nahe war. Irgendwo auf dem Campus ging eine Serie von Knallfröschen los, und er brach beinahe zusammen. Er hielt sich am Schreibtisch fest und wartete, bis sein Zittern nachließ. Dann ging er zur Tür ihres Büros und öffnete sie. Er hatte das Gefühl, nicht atmen zu können, und wartete, bis auch diese Empfindung verging, dann trat er ein und zog die Tür hinter sich zu.

Viele Male war er in diesem Büro gewesen, zu viele Male, dachte er jetzt, da er die Furcht akzeptierte, die ihn erfüllte. Trübes Licht von einer Straßenlaterne draußen sickerte in den Raum; die Jalousien waren nicht ganz geschlossen. Er dachte, daß jeder, der vorbeiginge, hereinschauen und ihn im Büro stehen sehen würde. Er schluckte angestrengt, dann zwang er sich, den beigefarbenen Teppich zu überqueren, vorbei an dem bequemen hölzernen Armsessel, in dem er häufig gesessen hatte, und um ihren Schreibtisch. Er setzte seine kleine Taschenlampe sparsam ein, hielt das Ende mit der Hand umfaßt und beschränkte den Lichtaustritt zusätzlich. So untersuchte er die Schubladen, ließ das Licht über die Tischplatte gehen. Der Anblick eines Briefbeschwerers lähmte ihn. Es war eine Halbkugel von der Größe einer halbierten Melone, durch deren Glas ein kleines Haus und zwei Gestalten zu sehen waren.

Mit seiner Lähmung entfiel die Taschenlampe seinen Fingern; er sackte gegen den Schreibtisch und rang nach Luft. *Es schneit nicht,* sagte er leise. *Es ist in Ordnung. Es schneit nicht.*

»Schau den Briefbeschwerer an, Tom. Sieh den Schnee fallen. Behalte den Schnee im Auge, Tom, wie er fällt, fällt …«

Jetzt wußte er, daß es eines der Stichworte war, die sie benutzte, um ihn zu hypnotisieren. »Es schneit, Tom.« Das genügte schon, um ihn in eine Trance zu versetzen. Das Betrachten des Briefbeschwerers mit dem fallenden Schnee war genug. Was noch? Er war überzeugt, daß auch eine Berührung damit verbunden war, konnte sie sich jedoch nicht vergegenwärtigen.

Er merkte, daß er gebückt dastand, den Kopf auf der Brust, aber endlich gelang es ihm, die Hand auszustrecken und seine Taschenlampe wieder aufzuheben. Die Schreibtischschubladen waren verschlossen. »Es schneit nicht«, flüsterte er und richtete das Licht wieder auf die Tischplatte, hielt Ausschau nach etwas, womit er die Schubladen aufbrechen konnte. Statt dessen hörte er auf, den Lichtkegel hin und her zu schwenken, und richtete ihn auf das Faltblatt eines Reisebüros unter dem Briefbeschwerer. Er streckte die Hand danach aus, zog sie aber hastig zurück, bevor er den Briefbeschwerer berührte. Schweiß trat ihm auf die Stirn, ein Schauer überlief seinen Rücken. Er wischte sich die Lippen mit dem Handrücken, schloß die Augen, griff nach dem Faltblatt und zog es mit einem Ruck heraus. Dann kehrte er dem Schreibtisch den Rücken zu, um zu sehen, was in dem Faltblatt war.

Sie reiste Sonntag nach England! Sonntagmorgen um sechs Uhr dreißig ab Stapleton. Das Ticket für den Rückflug war auf den 1. Juli datiert. Er wandte den Blick vom Briefbeschwerer ab, als er das Faltblatt wieder darunterschob. Er vergaß, daß er die Schreibtischschubladen öffnen wollte, statt dessen verließ er eilig das Büro, kletterte zum Fenster hinaus und kehrte in seine Wohnung zurück. Das Feiern auf dem Campus dauerte an; die Fenster des Wohnkomplexes waren beleuchtet, Studenten waren auf den Gehsteigen und Rasenflächen vor vielen der Türen. Niemand schenkte ihm Beachtung, als er den Hauseingang zu seiner Wohneinheit betrat.

Erschöpft warf er sich aufs Bett und überlegte hin und her: Sonntag. Am Samstag würde sie ihn in ihr Büro rufen. Das tat sie immer, bevor sie eine Reise unternahm. Bei dem Gedanken, Instruktionen entgegenzunehmen, ballte er die Fäuste.

Als der Samstagmorgen kam, ging er durch das nasse Moos um die Beete nahe ihrem Gebäude. Er kniete nieder, schmierte Kunstdünger und Kalkstaub auf Hosenbeine und Turnschuhe, steckte die Hände in feuchte Erde und ging dann hinein, um seine Medizin in Empfang zu nehmen. Zuvor wischte er die Hand flüchtig an seinen Jeans ab und schenkte den schmutzigen Fußabdrücken, die er von der Tür bis zum Schreibtisch hinterließ, keine Beachtung. Als sie herauskam und zu reden begann, schenkte er auch ihr keine Beachtung. Er fühlte den durchbohrenden Blick dieser schwarzen Augen, und innerlich war er so angespannt, daß er dachte, er könne sich nicht mehr bewegen. Sie wandte sich ab und ging wieder in ihr Büro, und er tappte wortlos hinaus.

Getan! Nun konnte er für den Rest des Tages verschwinden, und morgen würde sie fort sein. Er verbrachte oft Tage in den nahen Wäldern. Wenn sie ihn fragte: »Wohin gehst du? Was machst du?« murmelte er »Wald. Weiß nicht.« Wenigstens hatte sie ihm nicht auch das verboten.

Noch immer plagte ihn der Gedanke an *etwas anderes,* das aber noch immer außer Reichweite blieb. Etwas anderes. Aber er wußte, daß er nicht warten würde, bis der nebulöse Gedanke Gestalt annehmen würde. Kein Warten mehr. Morgen würde er in ihr Haus gehen und die Habseligkeiten von Lucas Kendricks suchen. Sie mußte sie versteckt haben, auf dem Dachboden oder im Keller, irgendwo, nur für den Fall, daß sie einmal gezwungen sein würde, Lucas Kendricks oder seinen Leichnam beizubringen. Er erinnerte sich an ihr Haus oben am Hang des Hügels, obwohl er dachte, daß Tom nach jenen ersten paar Wochen wahrscheinlich niemals dort gewesen war. Wochen? Er bemühte sich, diesen Zeitraum genauer zu bestimmen, doch gelang es ihm nicht. Er war jedenfalls sicher, daß es Wochen gewesen waren. Mehr und mehr Bruchstücke von Erinnerungen stellten sich jetzt ein, aber in keiner vernünftigen Reihenfolge, nicht zuerst dies, dann das, nicht Ursache und Wirkung. Sie hatte seine Erinnerungen von Lucas Kendricks, von Nell und Travis genommen, sie hatte ihm die Identität genommen, hatte ihn ausgeleert und durch einen Verrückten ersetzt.

Ihm schauderte bei dem Gedanken an die Jahre, die er Tom gewesen war, ein Verrückter, der Stimmen hörte und keine Vergangenheit hatte, keine Zukunft, nur den unmittelbaren Augenblick. Schaudernd wünschte er, Dr. Brandywine zu erwürgen. Er wollte sie nicht erschießen oder ihr ein Messer ins Herz stoßen, sondern sie mit beiden Händen erwürgen und zusehen, wie diese schwarzen Augen aus den Höhlen traten und dann leer wurden.

Es war ein langer Fußmarsch. Gleich nachdem er sich gemeldet und seine Medizin bekommen hatte, war er aufgebrochen, und nun war es mindestens Mittag. Tom hatte niemals eine Uhr gebraucht, aber Lucas wußte, daß er seit mindestens zwei Stunden unterwegs sein mußte. Er war in Schweiß gebadet. Die kurvenreiche, ansteigende Straße war schmal und sah täuschend verlassen aus. Die vielen Einfahrten straften den Anschein von Wildnis Lügen. Zweimal hatte er sich im dichten Unterholz verkrochen, als Motorengeräusch die Annäherung von Wagen angekündigt hatte, und nun war er nicht mehr weit von ihrer Zufahrt.

Der Gedanke: etwas anderes, schlug wie eine Trommel in seinem Kopf, im Takt mit seinem Puls. Etwas anderes. Er blieb vor der Einfahrt stehen: etwas anderes. Nicht hier, weiter die Straße aufwärts. Etwas anderes.

Ein weiterer Wagen näherte sich. Er rannte die Einfahrt hinauf, bis die Biegung ihn der Sicht der Straße entzog, dann machte er wieder halt, diesmal aber aus Vorsicht. Sie mochte jemanden im Haus zurückgelassen haben, eine Haushälterin, einen Hausmeister oder was. In der Deckung der Vegetation schlich er näher heran, bis er das Haus und die Garage sehen konnte;

abermals machte er halt. Ein staubiger alter Ford stand in der Zufahrt.

Das Haus war zweistöckig, mit einer Gewölbedecke im Wohnzimmer, einem Balkon, der dieses Wohnzimmer überblickte, Schlafräume, die davon ausgingen. Küche, Speisezimmer, Arbeitszimmer und Waschküche vervollständigten das Erdgeschoß. Er sah jeden Raum vor seinem inneren Auge, wie er bei seinem letzten Besuch hiergewesen war. Und der Ford. Ihre Haushälterin, dachte er. Miranda. Aber sie würde nicht bleiben, nicht die ganze Zeit, das war sicher. Hinter einem Baum kauerte er nieder, um zu warten.

Innerhalb einer Stunde ging die Haustür auf, und eine untersetzte Chicanofrau kam heraus. Sie trug zwei Topfpflanzen, die sie in ihrem Wagen verstaute: dann ging sie wieder ins Haus und kam mit zwei weiteren zurück. Sie trug noch mehrere heraus, bevor sie endlich zusperrte, in den Ford stieg und davonfuhr.

Er wartete noch einige Minuten, war jedoch überzeugt, daß sonst niemand in der Nähe war. Er trottete zum Haus, machte einen Umweg, um durch das Garagenfenster zu spähen, und erstarrte. Ihre Corvette stand in der Garage, und dahinter, teilweise mit einer blauen Plastikplane zugedeckt, stand ein grauer Honda Civic. Sein Wagen.

Ihm war, als wäre er in einen Traum eingetreten. Alle Bewegungen waren traumartig, und wie in einem Traum schwebten Bilder, Worte, Stimmen frei vor ihm. Im Traum schlug er das Fenster ein und betrat die Garage; er öffnete die Tür seines Wagens, setzte sich hinter das Lenkrad und lauschte den verschiedenen Stimmen:

»He, wer bist du? Bist du auch im Netz? Hui!«

»Lucas, komm herauf. Ich brauche dich.« Emils Stimme. Aber Emil war tot.

Im Handschuhfach fand er seine Geldbörse, seine Uhr und die Wagenschlüssel. Er streifte die Armbanduhr über. Sie ging noch. In der Geldbörse waren beinahe hundert Dollar. Er langte wieder ins Handschuhfach, diesmal, um einen dicken Umschlag herauszunehmen, der viertausendzweihundert Dollar enthielt. Er wußte, wieviel darin war. Der Motor sprang nicht an. Die Batterie, dachte er. Er stieg aus, öffnete die Kühlerhaube der Corvette und durchsuchte die Garage nach Werkzeug.

»Hör zu, Mann, wir sind es bloß. Paß auf, verdammt! Er hat den Computer und die Speicher zerschlagen, aber ich habe die Disketten. Hast du gehört?«

Er fuhr die kurvenreiche Bergstraße zu schnell hinauf, und diese junge Stimme war da: »He, gib gefälligst acht, ja?«

»Ich kann nicht. Ich kann nicht.« Überall erstreckte sich das Geflecht, Bänder und Linien, gespannt, schimmernd, sich dehnen, ihn erstickend. Er trat auf die Bremse, drückte die Stirn gegen das Lenkrad und schloß die Augen.

»Na, ist schon gut. Dann suchst du eben nicht. Wirst es schon herausbringen, wenn es Zeit ist, sie zu holen.«

Er fand Handschuhe und zog sie an, dann hob er die Batterie aus dem Honda, baute an ihrer Stelle die Batterie der Corvette ein und schloß die Kabel an. Er ließ Benzin aus dem Tank der Corvette ab und füllte es in den des anderen Wagens, er tat etwas davon in den Vergaser, fand Öl für einen Rasenmäher oder was. Es mußte gehen, bis er eine Tankstelle erreichte. Als nächstes schaltete er die Zündung ein, der Motor hustete, keuchte – und sprang an. Er war hinter dem Lenkrad, als er sich erinnerte, wie er, in eine Decke gewickelt, auf der Beifahrerseite in den Wagen gestoßen worden war. Sie war gefahren. Soviel Blut, soviel Blut. Er warf einen Blick zur Kopfstütze neben sich. Staubig und grau, keine Spur von Blut. Sein Kopf war auch mit der Decke umwickelt gewesen. Er befühlte seine Stirn, ertastete die Narbe. Sie hatte die Wunde vernäht.

»Lucas, ich brauche dich!«

»Ich komme schon, Emil. Ich komme.«

»Du wirst wissen, wann es Zeit ist, sie zu holen. Du wirst es wissen!«

Noch immer im Traum stieg er aus dem Honda und untersuchte das Garagentor, fand den Knopf, der es öffnete, und fuhr hinaus auf die Zufahrt. Wenn der Wagen später nicht starten würde, konnte er ihn anschieben, ins Rollen bringen und die abschüssige Straße hinunterfahren. Er schaltete die Zündung aus und steckte die Schlüssel ein. Die Nummernschilder, dachte er plötzlich. Man würde ihn aufhalten. Er ging zurück in die Garage, schraubte die Nummernschilder von der Corvette und befestigte sie am Honda. Dann war er fertig.

Etwas anderes, dachte er. Etwas anderes. Er blickte umher, hielt Ausschau nach dem anderen. Er sah das offene Garagentor und schloß es in der Hoffnung, daß Miranda nichts bemerken würde, bevor Dr. Brandywine zurückkehrte.

»Tom, hör mich an. Hast du die Disketten angerührt? Hast du sie weggetan? Antworte mir, Tom!«

»Nein.«

Er suchte nicht nach einer Richtung, als er um das Haus und auf einem Pfad in den Wald ging. Der Pfad war nicht überwachsen, selbst wenn Dr. Brandywine ihn nicht mehr benutzte, nicht seit Emils Tod. Emil, dachte er wie aus weiter Ferne. Tot. Emil war tot. Seine Sicht trübte sich, und er wischte die Tränen weg. Emil Frobisher war tot.

»Tom, hör mir gut zu. Er kann nie wieder herauskommen. Er hat Furchtbares, Schreckliches getan. Es ist nicht deine Schuld. Du bist unschuldig, aber du mußt ihn begraben lassen. Dieser Name ist verboten. Alles, was mit diesem Namen zusammenhängt, ist verboten. Du wirst niemals an ihn denken ...«

Er blieb stehen; voraus war eine kleine Scheune. Emil Frobishers Besitz hatte einst aus einer Farm mit Nebengebäuden bestanden; die Scheune stand noch. Er hielt nicht nach dem Haus jenseits der Scheune Ausschau, überlegte nicht, wer jetzt dort wohnen mochte, und ob die Leute zu Hause waren. Er starrte nur die Scheune an. Auf dem Heuboden war Holz gelagert und einige alte Flügelfenster. Hinter all dem Zeug, in einem dunklen Winkel, wo die Seitenwand im spitzen Winkel mit dem Dach zusammentraf, war ein Plastikbehälter mit Computerdisketten. Er befeuchtete die Lippen und ging auf die Scheune zu.

Er schnitt sich die Hand an einer zerbrochenen Fensterscheibe, als er sich durch das staubige alte Zeug auf dem Dachboden arbeitete. Der Plastikbehälter war an Ort und Stelle. Er zog ihn heraus, klemmte ihn unter den Arm, stieg die Leiter herunter und verließ die Scheune. Draußen stand ein kleiner Junge und beobachtete Lucas mit furchtloser Aufmerksamkeit.

»He, du hast dir weh getan.«

Lucas blickte auf seine Hand. *All das Blut. Lieber Gott, all das Blut.*

Wortlos eilte er an dem Kind vorbei und in den Wald; auf dem Pfad begann er zu laufen.

4

An manchen Sommertagen ähnelte der Fluß einer schlafenden exotischen Schlange, die sich kaum bewegte, kaum atmete; an solchen Tagen glänzte er grün, mit silbernen Schuppen. Manchmal war er wie flüssiges Silber, das um ruhige, kornblumenblau leuchtende Stauwasserbereiche strömte; oder leuchtete spiegelnd, als ob ein Stück Himmel herabgefallen wäre. Im Frühjahr war er blaßgrau; dann verwischte sein vom See gespeistes Wasser sich mit den Schmelzwasserströmen des Kaskadengebirges und schoß turbulent und angeschwollen zu Tal, als ob er die Aufgabe hätte, den Ozean zu kühlen, und wäre ein übermäßig gewissenhafter Diener, eifrig bestrebt, seine Pflicht zu erfüllen. Im Winter wurde er oft schwarz und sah täuschend träge aus. Dann und wann lösten sich Eisschollen vom Ufer, tanzten und drehten sich in selbstvergessenen Pirouetten, schaukelten auf und ab und schmolzen allmählich dahin, um zuletzt im Tumult von Wellen und Strömung zu ertrinken.

Wenn Holztrift war, rollten und drehten sich die langen Stämme im schäumenden Wasser; oft blieben sie an Felsen hängen und schlugen auf und nieder wie lebende Geschöpfe, die einer Falle zu entkommen suchen. Der Fluß spielte mit den Stämmen; manchmal hielt er ein Ende fest und ließ das andere höher und höher aus dem Wasser steigen, bis es schließlich wie mit einem Donnerschlag wieder auf die Wasseroberfläche krachte.

Auch andere Dinge wurden flußabwärts getragen: ein Kanupaddel, ein Schwimmer von einer Anglerausrüstung, ein Elch, ein Coyote, einmal ein Schwarzbär.

Styroporreste von Picknick-Verpackungen, Plastikbecher…

Der Fluß lachte, er flüsterte, er brüllte. Er hatte seine eigenen Lieder. Und Geheimnisse. Er kannte Stille und Seufzer. Und die Morgensonne warf Silber auf das Wasser; am Abend spann sie Gold.

Hier bei Turners Point war die letzte Strecke ungezähmten Wildwassers. Zehn Meilen flußabwärts war ein Staudamm, und etwa bei Turners Point wurde der Fluß breiter und immer ruhiger, bis er zu einem leuchtend blauen Stausee wurde, der so kalt war, daß ganze Bäume aufrecht in seinem Wasser erhalten geblieben waren.

Bäume und Wasser. Wasser und Bäume. Nadelbäume, die so tiefe Schatten warfen, daß unter ihnen nur Pflanzen und Tiere lebten, die im Halbdunkel gedeihen konnten. Der Boden war eine dichte, federnde Matte aus Nadeln; hier und dort durchbrachen verwitterte Lavafelsen den Waldboden. Nach den Herbstregen und dann wieder im Frühling erschienen Pilze in verschwenderischer Fülle.

Auf der anderen Seite des Flusses, gegenüber von Turners Point, begleitete ein zehn Meter hohes Kliff den Flußlauf. Stromabwärts wurde es zu einer der Begrenzungen des Stausees, und stromaufwärts ragte es dreißig Meter hoch oder noch höher, eine senkrechte Barriere für den Fluß. Auf dieser Seite stieg das Terrain weniger steil an; es bot Platz für die Fernstraße, für Turners Point mit seinen mehreren Dutzend Gebäuden, dem Gemischtwarenladen und der Tankstelle und Hütten des Campingplatzes, die so nahe beieinander standen, daß sie wie ein langes, niedriges Gebäude aussahen. Hinter dem Gemischtwarenladen, fünf Meter über den Fluß, war ein kiesbestreuter Parkplatz mit einer gepflasterten Zufahrt zu einer Slipanlage für Boote. Am Ende der Hüttenreihe erhob sich ein zwanzig Meter breiter und mehr als zehn Meter hoher, mit

Moos und blaßgrünen und roten Flechten bewachsener Felsblock, auf dem sich zwei zottige Fichten hoch über dem Flußufer angesiedelt hatten.

Wäre der Felsblock nicht gerade dort zur Ruhe gekommen, hätte Nell Kendricks die halbe Meile von ihrem Ufergrundstück zum Laden in Turners Point bequem zu Fuß gehen können, aber der Block verhinderte den Zugang von der Seite, und sie mußte fahren, zuerst auf einer Privatstraße, dann beinahe eine Meile auf einer Kreisstraße und schließlich eine halbe Meile auf der Fernstraße. In Turners Point bog diese vom Fluß ab und begann ihren kurvenreichen Anstieg zur Paßhöhe und weiter zu den östlichen Hängen des Kaskadengebirges.

Heute gehörte Nell zu dem runden Dutzend Stammkunden, die sich jeden Donnerstag einfanden, wenn der Bücherbus auf den Parkplatz gerollt kam, wo er im Sommer grobkörnigen Staub aufwirbelte und im Winter den Schneematsch aufwühlte. Nell hatte Bücher für sich selbst und ein paar für ihre Kinder ausgeliehen, obwohl keines der beiden jetzt in der ersten Woche der Sommerferien irgendein Interesse am Lesen bekundet hatte. Travis hatte die Anregung mit unverhohlener Verblüffung aufgenommen. Nell hatte auch ein paar Bücher für ihre Nachbarin Jessica Burchard mitgenommen. Mikey, die Fahrerin des Bücherbusses, begleitete Nell zu ihrem Wagen; jede von ihnen trug einen Arm voll Bücher.

»Wie ich sagte«, versicherte Mikey, »noch eine Budgetkürzung, und wir schwimmen mit dem Bauch nach oben. Dieser verdammte Bus schafft kaum die Steigung hier herauf, und sie wollen, daß wir bis zum Pfadfinderlager hinauffahren. Können Sie sich das vorstellen? Das ist eine gewundene kleine Landstraße und steil!«

Mikey war eine große schlaksige Frau von knapp vierzig Jahren, mit widerspenstigem roten Haar, das ständig den verschiedenen Baskenmützen und Haarklammern und Kopftüchern entkam, die sie trug. Sie überragte Nell um einen halben Kopf, die immer sagte, sie sei einsachtundfünfzig und dabei gute zwei Zentimeter zugab, welche die Natur ihr versagt hatte.

»Warum schicken sie die Pfadfinder nicht herunter, wenn sie Bücher wollen? Es sind nur ein paar Meilen auf guten Wegen«, sagte Nell, als sie die Bücher auf dem Beifahrersitz ihres Kleinlasters abluden.

»Warum sollten sie jetzt anfangen, vernünftig zu werden? Kommen Sie, trinken wir zusammen eine Cola oder was.« Sie winkte Lonnie Rowan zu, einer kleinwüchsigen, breiten Frau in roten Hosen, die gerade auf den Parkplatz gefahren war. »Hallo, Lonnie! Ich hab diesen neuen Krimi, den Sie wollten.«

»Machen Sie nur«, sagte Nell. »Ich bring inzwischen die Getränke hinten raus.« Mikey nickte und ging zu Lonnie, während Nell den Gemischtwarenladen ansteuerte. Sie nickte den Leuten zu, wechselte mit mehreren ein paar Worte, hielt sich aber nicht auf. Sie kannte alle hier, begegnete ihnen bei den regelmäßigen Einkäufen oder beim Bücherbus oder irgendwo in der Gegend. Alljährlich hielten sie Gemeindeversammlungen ab, in denen endlos diskutiert wurde, wie man die Langholztransporte veranlassen könnte, vor Erreichen der Ortsdurchfahrt langsamer zu fahren, wie man Touristen anlocken könnte, wer wen heiratete oder sich scheiden ließ …

In Turners Point hatte es einmal einen Turner gegeben; er hatte den Gemischtwarenladen errichtet, dem jetzt eine Art Cafeteria angegliedert war. Chuck Gilmore war jetzt Eigentümer des Ladens, der Tankstelle und der Hütten auf dem Campingplatz. Im Laden gab es belegte Brote unter einer Glasglocke, skandalös teures Obst, Angelausrüstungen, Köderwürmer und Lachseier in einer Kühltruhe, Bier, alkoholfreie Getränke, Brot, das immer Tage alt zu sein schien. Seltsam, daß das Brot niemals frisch war, ganz gleich wie früh man den Laden aufsuchte.

Nell schlängelte sich durch die Gruppe von Leuten im Ladeneingang. Donnerstag, wenn der Bücherbus nach Turners Point kam, war gesellige Stunde, Zeit für die Einheimischen, sich über die lokalen Ereignisse zu informieren und ein bißchen zu klatschen. Als sie an den zu zweit oder zu dritt zusammenstehenden Leuten vorbeiging, hörte Nell Bruchstücke der Gespräche:

»Ich weiß nicht, warum sie immer die Straßen aufreißen müssen, sobald das Wetter schön wird. Maud brauchte mehr als zwei Stunden, um hier heraus zu kommen.«

»Wenn sie weitermachen wie bisher und das ganze Geld für die Fernstraße verpulvern, die keine Reparatur nötig hat, können sie weiterhin behaupten, daß für die alte Halleck Hill Road kein Geld da ist, oder daß sie einfach nicht dazu kommen, die Straße zu sanieren.«

»Und schließlich wird der Zustand so schlecht, daß sie beide Enden sperren und die Straße auflassen. Damit ist das Problem dann gelöst.«

Nell erreichte den Kühlschrank und nahm zwei Coladosen heraus, hob sie in die Höhe, daß Louise Gilmore sie sehen konnte. Sie tauschten ein Lächeln und Kopfnicken aus; wäre Chuck im Laden gewesen, so wäre Nell zur Kasse gegangen und hätte wortlos Bargeld auf den Tresen gelegt, aber Louise war in Ordnung. Sie nickte und schrieb es ihr an. Nell schob sich an Dolores Lutz und Sarah Sedgewick vorbei und verließ den Laden durch die rückwärtige Tür zur Terrasse. Ein paar Tische mit daran befestigten Bänken standen hier draußen, roh gehobelt und voller Splitter. Kein Einheimischer machte jemals davon Gebrauch, nur Touristen, die zu spät merkten, daß ihre Kleider hängenbleiben und Harzflecken davontragen würden. Nell ging zum Geländer am Rand der Terrasse und stellte die Cola für Mikey darauf, dann öffnete sie ihre eigene Dose und blickte zum Fluß hinaus.

Unterhalb der Terrasse hatten ein paar Männer einen

Tisch aufgestellt und spielten Karten; jemand hatte unter einem der Grills ein qualmendes Feuer in Gang gebracht; ein paar Jungen drehten Felsbrocken um und starrten wie gebannt auf den freigelegten Boden. Der Rauch vom Grill zog Nell in die Augen; sie wandte sich ab, als Mikey und Stu Hermann zu ihr kamen. Stu hatte eine Bierdose in einer Hand und eine Plastiktüte voller Bücher in der anderen. Er war siebzig oder älter, ging wie ein junger Mann und las ein Buch pro Tag, und das schon seit Jahren.

»Hallo, Nellie. Wie geht's?« Er grinste sie an und ließ die Plastiktüte auf den Boden der Terrasse sinken. »Sie werden immer schwerer«, sagte er. »Muß mich über kurz oder lang einschränken.«

Bevor Nell etwas sagen konnte, sog Mikey scharf den Atem ein und stieß ihn in einem Schrei wieder aus.

Vom anderen Ende der Terrasse rief jemand herüber: »Jemand ist im Fluß!«

Nell fuhr herum und sah sie. Eine oder zwei Sekunden lang hielt der Fluß den Leichnam einer nackten Frau nahe der Oberfläche. Der Kopf war gebeugt, die Arme baumelten, das lange Haar wehte wie Seetang um den Oberkörper. Dann wurde die Gestalt wieder in die Tiefe gezogen.

Nell nahm die Kurven so schnell, daß der Kleinlaster Kies verspritzte, aber sie verlangsamte erst, als sie ihre eigene Zufahrt erreichte, eine Fortsetzung der ungeteerten Straße, die vor ihrem Haus endete. Sie trat auf die Bremse und rutschte sogar ein wenig, als die Räder blockierten.

Neben der Straße parkte ein Lastwagen mit einem schwenkbaren Greifer. Zwei Männer standen dabei und blickten jetzt zu ihr her, hatten aber eben noch zu der hohen, edlen Kiefer aufgesehen, die den Beginn ihres Grundstücks markierte.

Sie reckte den Kopf zum Seitenfenster hinaus. »Was machen Sie da?«

Einer der Männer grinste sie an, es war ein unverschämtes Lächeln von der Art, wie manche sehr große Männer es für kleine Frauen, Kinder oder niedliche Tiere reservieren.

Der andere sagte: »Wir fällen diese Kiefer. Wollen gerade damit anfangen.« Er sah wie ein Collegestudent aus, fröhlich und munter.

»Was reden Sie da? Dieser Baum steht auf einem Privatgrundstück. Meinem Eigentum. Sie dürfen sie nicht anrühren!«

»Wir haben Anweisung, sie zu fällen, Schatz. Und ich denke, das werden wir tun.«

»Warten Sie hier«, sagte sie, nachdem sie tief Luft geholt hatte. »Sie sind von ...« Sie spähte zur Aufschrift an der Tür des Fahrerhauses. Clovis Holzprodukte. »Da muß ein Irrtum vorliegen. Warten Sie einen Augenblick.«

Der mit dem Grinsen zuckte die Achseln, langte in den Lastwagen und nahm eine offene Bierdose heraus. Er trank sie leer, stellte sie auf die Kühlerhaube des Lastwagens, dann sah er auf seine Uhr. »Fünf Minuten, Schatz, dann gehen wir wieder an die Arbeit.«

Wieder? Sie blickte zur Kiefer auf und sah, daß einer von ihnen bereits oben gewesen war. Ein Seil baumelte vom untersten Ast, fünfzehn Meter hoch, es war noch nicht gesichert. Sie nickte, legte den Gang ein, ließ mehr Kies spritzen und raste zu ihrem Haus am Ende der Zufahrt, vierhundert Meter entfernt.

Im Haus stürmte sie durch das Wohnzimmer die Treppe hinauf zu ihrem Schlafzimmer, wo sie den Waffenschrank aufsperrte und ihre alte Remington herausriß. Sie lud die Waffe, während sie durch das Haus zurück zum Kleinlaster lief. Dann raste sie die Zufahrt hinaus, wo die beiden Männer noch immer herumstanden und zu der Kiefer hinaufblickten. Es war ein altes

Exemplar mit einem Stammdurchmesser von fast zwei Metern, sechzig Meter hoch und mit einer so schön und gleichmäßig ausgebildeten Krone, daß sie allen heranwachsenden Jungkiefern als Vorbild hätte dienen können.

Als sie aus ihrem Kleinlaster sprang, kam einer der Männer, der Collegestudent, mehrere Schritte auf sie zu. »Sehen Sie, meine Dame, hier ist unsere Arbeitsanweisung, unterzeichnet und ganz korrekt. Mrs. Kendricks sagte, der Baum soll gefällt werden, und wir sind die Leute, die das tun. Machen Sie uns keine Schwierigkeiten, okay?«

Ohne ihn zu beachten, ging sie um ihren Wagen, öffnete die Tür auf der Beifahrerseite und zog das Gewehr heraus. Sie hielt den Lauf zu Boden gerichtet. »Halt«, sagte sie zu dem Mann, der auf sie zukam. »Gehen Sie zurück!«

Der andere lachte und setzte sich wieder in Bewegung. »Das muß man gesehen haben! Diese Knarre ist ja größer als Sie.«

Sie hob das Gewehr, und alle konnten das Klicken hören, als sie entsicherte. »Ich sagte, Sie sollen zurückgehen. Steigen Sie in Ihren Lastwagen und verschwinden Sie. Ich bin Mrs. Kendricks, und dieser Baum wird nicht angerührt. Haben Sie gehört?«

Der mit dem Papier in der Hand erstarrte. Der andere warf in gespielter Angst die Arme hoch, kam aber näher und grinste wieder. Sie zielte auf den Lastwagen, und das peitschende Krachen des Schusses zerriß erschreckend die Stille. Die Bierdose flog von der Kühlerhaube.

»Scheiße!« sagte der mit dem Papier und wandte sich von ihr ab.

Der andere blieb stehen wo er war; ein finsterer, bösartiger Ausdruck breitete sich über seinem Gesicht aus. »Sind Sie verrückt oder was? Tun Sie das verdammte Gewehr weg!«

»Als Nächstes ist der linke Vorderreifen dran«, sagte sie und zielte wieder. Als der Mann sich erneut auf sie zubewegte, schwenkte sie den Gewehrlauf, um ihn in Schach zu halten. »Oder vielleicht ein Kerl, der mich auf meinem Grund und Boden bedroht.« Er blieb stehen.

»Komm schon! Laß uns von hier verschwinden!« rief der andere. Er trat unter den Baum, bekam das herabhängende Ende des Seils zu fassen und zog es herunter. Dann warf er das Seil in den Lastwagen, riß die Tür auf der Fahrerseite auf und stieg ein.

Langsam und mit offensichtlichem Widerwillen tat der zweite Mann einen Schritt rückwärts, dann drehte er sich um, ging zum Lastwagen und stieg auf der anderen Seite ein.

»Und sagen Sie Chuck Gilmore, daß ich ihn belangen werde, wenn er so etwas noch einmal versucht. Und nächstes Mal werde ich auf jeden schießen, der unerlaubt mein Grundstück betritt, nicht bloß auf eine Bierdose. Sagen Sie ihm das!«

Sie begann erst zu zittern, als der Lastwagen fort war und die Bäume aufhörten, die Echos der Räder und des Motors hin und her zu werfen, als wollten sie sie prüfen, bis die Stille zurückgekehrt war, spürbarer als zuvor.

Als ihr Zittern nachließ, als es nicht mehr als ein leises Beben war, das sie durcheilte und ihr Herz schneller schlagen ließ, bevor es sich wieder entspannte, ging sie langsam zu der alten Kiefer und berührte den Stamm, wie um ihr Mut zu machen. In ihrem Kopf murmelte die Stimme ihres Großvaters: »Leg deine Hand an die Rinde, Mädchen. Wenn du dir Mühe gibst, kannst du fühlen, wie der Lebenssaft aufsteigt.« Sie hatte das nie gefühlt, und die plattige dicke Borke der Kiefer war auch kein geeignetes Objekt für den Versuch, aber sie fühlte etwas, das keinen Namen hatte. Sie wußte, daß man sich Schwindelgefühl einhandelte, wenn man am Fuß eines mächtigen Baumes stand und daran hinaufblickte. Aber jetzt tat sie es, empor am Muster der längsrissigen Tafelborke, deren Oberfläche glatt und grau schimmerte und die von rötlichvioletten Schluchten durchzogen war, und höher hinauf, wo der Stamm eine glatte, mattglänzende Säule war, die schließlich in die Dunkelheit der dichten, kegelförmigen Krone führte, wo wenig Licht durchdringen konnte, und nirgends der Himmel darüber zu sehen war. Es war, als ob die Welt im Wipfel des Baumes endete.

Ihr schwindelte, und sie mußte sich von der Kiefer abwenden, diesmal, um ihr Land zu betrachten, ihren Privatwald. Ihren verzauberten Wald, hatte sie ihn vor vielen Jahren genannt; ihr Großvater hatte ihr nüchtern zugestimmt, daß dies genau richtig sei. Von hier ging es abwärts bis zu den Häusern, die hinter den Bäumen nicht zu sehen waren. Auf dieser Seite der Straße hatte ihr Großvater seinem Vater geholfen, den natürlichen Urwald auszulichten, um den stehengebliebenen Bäumen Raum zum Wachsen zu verschaffen. Er hatte seine Waldpflege weiter ausgeübt, bis hohes Alter und Gebrechlichkeit ihn daran gehindert hatten, und dann hatte sie die Aufgabe übernommen. Diese Seite war durchforstet, ohne zu dichten Unterwuchs aus Stangenholz und Schwachholz, sogar die Dickichte aus Dornsträuchern waren ausgelichtet. Hier standen die alten Bäume in parkähnlichen Abständen, und sie waren allesamt Riesen: Kiefern, Fichten, einige Zedern und Ahorne, weil Großvater ihre Herbstfärbung geschätzt hatte. An feuchten Stellen standen Schwarzerlen, und weiter abwärts stand der Hain von Walnußbäumen, den ihr Urgroßvater gepflanzt hatte.

Nach und nach machte sich das stille Leben des Waldes mit seinen leisen Geräuschen wieder bemerkbar. Ein kleines Rascheln in den hohen Gräsern, zwei Kreuzschnäbel flogen vorbei und zeigten ihre ziegelroten Unterseiten; ein Häher rief, ein anderer antwortete. Nell nickte. Alles war wieder in Ordnung.

Sie ging zum Wagen, legte das Gewehr auf den Beifahrersitz und fuhr langsam zurück zu dem kleinen Haus, das sie mit ihren zwei Kindern bewohnte. Das große Haus war durch Fliederbüsche, die selbst so groß wie Bäume waren, und blaßrosa, scharlachrot, gelb, orange und weiß blühende Rhododendren gegen Sicht abgeschirmt. Sie parkte vor der Garage, weil sie wieder fort mußte, um ihre Tochter Carol abzuholen. Sie nahm das Gewehr heraus und ging ins Haus. Ihr Urgroßvater hatte es aus gespaltenen Zedernstämmen erbaut, und niemand hatte je eine Notwendigkeit gesehen, etwas für die Instandhaltung zu tun, was über die Erneuerung der Türen und Fenster hinausging. Das Schindeldach aus Zedernholz war noch original. Die Garage war ein jüngerer Anbau, den ihr Vater vor dreißig Jahren errichtet hatte, und im Haus war eine Wärmeisolierung hinzugekommen. Bis auf diese Veränderungen war das Haus noch so, wie ihr Urgroßvater es geplant und hinterlassen hatte.

»Travis?« rief sie bei der Wohnzimmertür. »He, Travis, wo bist du?«

Sie ging zum Fuß der Treppe und rief wieder, obwohl sie schon wußte, daß er wahrscheinlich unten am Fluß war. Sie hatte es schon befürchtet, als sie in höchster Eile von Turners Point zurückgekehrt war. Zuerst hatte sie nur eins denken können: Lieber Gott, mach, daß er die Leiche nicht gesehen hat! Dann hatte sie unterwegs nach ihm und seinem Fahrrad Ausschau gehalten. Wenn er die Tote im Fluß gesehen hatte, würde er mit dem Rad losrasen, um sie flußabwärts noch einmal zu sehen; in diesem Fall wäre er Nell auf der Schotterstraße begegnet. Trotzdem, sie mußte sich vergewissern. Ihr Schritt beschleunigte sich, als sie das Haus durch die Hintertür verließ. Davor lag eine kleine Rasenfläche, sieben Meter breit, und dann ging es steil zum Fluß hinab. Dieser machte hier eine scharfe Biegung, so daß auf ihrer Seite eine kiesdurchsetzte Sandbank und seichtes, langsam fließendes Wasser war, während es auf der anderen Seite am Kliff sehr tief und schnell dahinströmte.

Von der Sandbank aus sah sie Travis draußen im angebundenen Boot treiben, fünf Meter vom Ufer. Er lag auf dem Rücken, beschirmte mit einer Hand die Augen gegen die Nachmittagssonne und ließ ein Bein über die Bordwand baumeln

»Travis! Komm hierher!« Sie ging ihm über die Sandbank entgegen.

Er setzte sich aufrecht, zog den Fuß an Bord und grinste herüber. »Es ist angebunden, Mama.«

»Du kommst sofort hierher! Augenblicklich!«

»Ich möchte noch draußen bleiben. Weißt du, vielleicht komme ich ins Guinness-Buch der Rekorde, wenn ich ein paar Tage hier draußen bleibe. Ich wette, das hat noch niemand gemacht.«

»Travis, ich warne dich.« Sie schüttelte das Gewehr und sah, wie seine Augen sich weiteten.

»Hast du diesen Schuß abgefeuert?« fragte er. »Warum?«

»Solltest du nicht anfangen, dich an Land zu ziehen, bis ich bis drei gezählt habe, schieße ich vor oder hinter dir Löcher ins Boot.« Sie wartete nicht ab, wie er auf die Drohung reagieren würde. »Eins.« Travis begann Hand über Hand an dem Seil zu ziehen, das sein Boot an einem großen Felsblock am Ufer verankerte.

Grollend und unzufrieden kam er zu ihr. »Du tust es die ganze Zeit. Wir alle tun es. Warum darf ich nicht? Selbst wenn ich ins Wasser fallen würde, es geht mir nur bis zu den Knien. Was regst du dich auf?«

Sie wußte das alles. Und sie taten es wirklich die ganze Zeit; es war die einzige Möglichkeit, an dieser Stelle des Flusses zu angeln. Sie mußten weit genug hinaus zum Rand der Flachwasserzone, sonst würden ihre Haken beim Einholen der Angelleinen hängenbleiben.

»Du hast nie gesagt, daß ich es allein nicht tun darf«, beklagte sich Travis, als er aus dem Boot stieg und es halb auf die Sandbank zog, um die Leine am Uferbewuchs festzubinden.

»Ich sage es jetzt«, sagte Nell. »Du gehst mit dem Boot nicht allein auf den Fluß hinaus. Niemals, solange kein Erwachsener dabei ist. Ist das klar?«

Er zuckte die Achseln. Es war ein Anheben der Schulter, eine leichte Bewegung mit der linken Hand, genau wie sein Vater es immer machte. Immer häufiger sah Nell in letzter Zeit Lucas in ihrem Sohn. Jetzt beobachtete er sie verstohlen, genauso wie Lucas es getan hatte, um ihre Stimmung auszuloten. Dunkles, lockiges Haar, braune Augen, Gewandtheit waren die Erbteile ihrer Gene; sein langer, geschmeidiger Körper, sein Mienenspiel und seine Gesten waren das Erbe seines Vaters.

Er beendete die Einschätzung ihrer Stimmung und grinste breit. »Was hast du geschossen?«

»Eine Bierdose. Komm mit! Gehen wir hinauf zum Haus.« Unterwegs legte sie ihm den Arm um die Schulter und erzählte ihm von den Männern, die gekommen waren, die große Kiefer zu fällen. Vom treibenden Leichnam im Fluß sagte sie nichts; davon würde er früh genug hören. Auf einmal kam ihr der Gedanke, daß sie sich im Belagerungszustand befand. Fremde kamen, um ihre Bäume zu fällen. Leichen erschienen in ihrem Fluß, und Gott sei Dank hatte Travis das nicht gesehen. Soviel war ihr jetzt klar. Es wäre ihm unmöglich gewesen, seine Aufregung und vielleicht sogar Furcht zu verbergen. Und Lucas war wieder im Lande. Erst vor zwei Tagen hatten seine Eltern angerufen und es ihr gesagt: Lucas war wieder da. Sie merkte, daß sie den Gewehrschaft so fest umklammert hielt, daß ihre Hand schmerzte.

5

Als Nell und Travis das Haus betraten, läutete das Telefon. Sie nahm den Hörer ab, und Travis ging hinaus, die Bücher aus dem Wagen zu holen. Carol, Nells Tochter, war am Apparat und bat um Erlaubnis, für eine Grillparty bei ihrer Freundin bleiben zu dürfen. Micheles Mutter würde sie bis zehn nach Hause bringen. Nachdem sie mit Micheles Mutter gesprochen hatte, erklärte sich Nell einverstanden. Sie legte auf, als Travis hereingeeilt kam, um zu verkünden, daß er James Gresham begleiten würde, um ein krankes Schwein anzuschauen; er brauchte seinen Pullover für später. Hinter ihm stand James, der Veterinär und Nells Mieter war. Er war ein großer und dunkelhäutiger Mann von ruhiger Wesensart, und im Moment lächelte er breit, während er zuhörte, wie Travis seine Mutter über seine Pläne unterrichtete. »Ich fragte ihn, ob er mitkommen will«, sagte James von der offenen Haustür. »Auf dem Heimweg werden wir für einen Imbiß haltmachen, wenn das recht ist. Tawna hat heute abend Unterricht, und man muß was essen und alles, nicht wahr?«

Nach kurzem Zögern nickte sie. »Aber steh ihm nicht im Weg, Travis. Du tust genau, was James dir sagt. Wo ist der Patient?« fragte sie Gresham dann. Travis rannte schon die Treppe hinauf, seinen Pullover zu holen.

James sagte es ihr; es war ziemlich weit, fast dreißig Meilen.

»Ich geh hinüber zu Doc und bring Jessica ihre Bücher«, sagte Nell. »Sollte ich nicht hier sein, wenn Sie zurückkommen, könnten Sie Travis eine Weile oben bei sich behalten?«

»Natürlich. Kein Problem.«

Travis kam schnaufend und schwitzend zurück und zog einen Pullover am Boden hinter sich her. »Werden Sie das Schwein aufschneiden müssen? Kann ich die Gedärme sehen?« Er winkte Nell beiläufig zu und ging mit James Gresham hinaus zum Kombiwagen, ganz auf die Erläuterung des Mannes konzentriert.

Inzwischen war es halb sechs. Nell ging durch den Wald und auf einem Pfad, der kaum zu erkennen war, um den monolithischen Felsen zum Haus der Burchards. Nell und Doc waren die einzigen, die den Pfad regelmäßig benutzten, sah man von Travis ab, der die Wälder im Umkreis kannte wie den Inhalt seiner Hosentasche. Aber Travis kümmerte es wenig, ob es einen Pfad gab. Nell stieg über Wurzelwerk und einen bemoosten Stamm, umging kräftige junge Schößlinge und hielt inne, als Docs Haus in Sicht kam. Wenn Häuser Automobile wären, dachte sie, würde ihres ein Ford Modell T sein, und Docs Haus ein Ferrari. Sein Grundriß war wie ein Bumerang geformt, dessen Außenkante dem Fluß zugekehrt war, so daß jeder Raum einen Ausblick auf den Fluß bot, entweder nach Süden oder nach Westen.

Von nun an bis Sonnenuntergang war die beste Tageszeit für einen Besuch bei ihren Nachbarn. Er und Jessica saßen gewöhnlich draußen auf der Terrasse, wo sie einen großen Teil ihrer gemeinsamen Zeit verbrachten. Blickten sie zuerst nach Süden, so wendeten sie sich nach und nach westwärts, bis sie den Sonnenuntergang sehen konnten. Nell hatte es nicht eilig, zu ihnen zu kommen. Jessica würde begierig sein, Einzelheiten darüber zu erfahren, was sie in Turners Point gesehen hatte, wer dort gewesen war und was getan hatte. Nell verlagerte die Last der Bücher von einem Arm zum anderen und lehnte sich an eine Erle. Ihr Blick hatte nicht auf dem Haus geruht, sondern auf dem Fluß, der bis zu diesem Punkt vom dichten Wald verborgen gewesen war. Keine Boote waren in Sicht, aber das war auch nicht zu erwarten, nicht flußaufwärts. Hatten sie die Tote schon gefunden? Sie schauderte bei dem Gedanken, einen Leichnam durch das Wasser an Land zu ziehen, über Felsen und versunkene Stämme mit starren Ästen … Sie biß sich auf die Unterlippe und schüttelte den Kopf, um die Vorstellung zu vertreiben.

Sie gab der Erle einen Klaps und ging weiter. Doc mußte Ausschau nach ihr gehalten haben. Er eilte aus dem Haus, als sie den Waldrand verließ, und dort hinter dem Haus zog er sie an sich und küßte sie.

»Du warst heute dort unten? Es muß schrecklich für dich gewesen sein. Fühlst du dich einigermaßen?«

»Ganz gut, danke«, sagte sie. Ihre Stimme klang gedämpft an seiner Brust. Sie atmete den guten herben Geruch ein, der immer an ihm haftete. Nach ein paar Augenblicken löste sie sich aus seiner Umarmung, stellte sich auf die Zehenspitzen und gab ihm einen flüchtigen Kuß. »Wir sollten lieber weitergehen. Ich kann nicht sehr lang bleiben.« Er strich ihr übers Haar, dann ließ er sie widerwillig los. Sie gingen nebeneinander.

Er war ein schlanker Mann von dreiundvierzig Jahren, mit schmalen Schultern und langen, schmalen Fingern. Sein Haar lichtete sich und war an den Schläfen von Grau durchzogen; sein Gesicht war schmal und kantig. Er würde einst einer dieser dürren alten Männer sein, die man manchmal sieht, hatte sie einmal lachend gesagt und mit dem Finger die Krümmung einer seiner vorstehenden Rippen nachgezogen. Er bewegte sich mit einer raschen, rastlosen Energie; alles was er tat, geschah mit den gleichen schnellen Bewegungen, die beinahe ruckartig wurden, außer wenn er einen Patienten hatte: dann war es, als legte er einen anderen Gang ein, und seine Bewegungen wurden flüssig, seine Haltung nachdenklich, sogar gelöst. Sie hatte ihn als

Patientin kennengelernt und war später sehr überrascht gewesen, diesen zweiten Mann hinter der Maske freundlicher Teilnahme und Geduld zu entdecken.

»Ich muß mit dir reden«, sagte sie mit leiser Stimme, als sie sich der Terrasse näherten. »Lucas kommt. Montag war er bei seinen Eltern. Wahrscheinlich ist er jetzt unterwegs hierher.«

Docs Schritte stockten, und er wandte sich ihr zu, umfaßte ihre Schultern. Sie drückte die Bücher an sich, um zu verhindern, daß sie fielen. »Warum läßt du dich nicht von ihm scheiden und machst einen Schlußstrich?«

Es war mehr eine Forderung als eine Frage. Sie schüttelte den Kopf zum Zeichen, daß sie keine Diskussion wollte. »Unten am Strand, nachdem die Kinder schlafen gegangen sind?«

Er nickte unwillig, wandte aber ein wenig den Kopf und lauschte, als ein Wagen quietschend die Kurve in der Zufahrt nahm. »Später, ungefähr um elf.« Sie trennten sich am Haus. Doc machte einen Bogen zur Rückseite, um durch eine Hintertür hineinzugehen, während sie um die Ecke zur Frontseite ging und die Stufen zur Terrasse erstieg. Dann schritt sie fast die ganze Länge der mit Rotholz beplankten Terrasse ab zu Jessica, die in ihrem Rollstuhl saß und auf den Fluß hinausblickte. Bei ihr war Frank Holloway, ein weiterer Nachbar, der wie sie zum Fluß hinunterschaute.

Natürlich, dachte Nell resigniert. Die Geschichte von der toten Frau im Fluß mußte inzwischen in aller Munde sein. Überall würden sich Gruppen bilden, den Fall diskutieren, Theorien aufstellen und diejenigen befragen, die sie gesehen hatten ... Das Vorstellungsbild des Leichnams, wie er über scharfkantige Felsen und abgesunkene Stämme zum Ufer gezogen wurde, erschien wieder vor ihrem inneren Auge, und abermals schüttelte sie unwillig den Kopf, um das Bild zu vertreiben. Sie warf einen raschen, suchenden Blick zum

Fluß. Von hier aus waren die Hütten zu sehen. Leute standen herum, einige saßen an Tischen, keine Boote lagen angebunden an den Stegen. Sie waren alle draußen und halfen bei der Suche. Der Fluß beschrieb hier seine letzte Krümmung vor dem Stausee und wurde wieder vom Wald verschluckt. In der Ferne, dort, wo er zwischen den Mauern der Nadelwälder verschwand, konnte sie mehrere kleine Boote ausmachen. Ein Schauer überlief sie, und sie winkte Frank Holloway zu, der den Kopf in ihre Richtung gewandt hatte.

Er stellte ein Glas ab, stand auf und kam ihr die wenigen Schritte entgegen, die sie von den Sitzmöbeln trennte. Er war Ende sechzig, vielleicht sogar siebzig; Nell konnte das Alter von Menschen nie beurteilen. Wahrscheinlich war er alt, aber sie hatte ihren Großvater seinen sechsundachtzigsten Geburtstag feiern sehen, und alt war nicht das Wort, das für die beiden Männer gebraucht werden konnte. Frank war ihr Anwalt, Docs Anwalt, jedermanns Anwalt in der Gegend hier, obwohl er halb im Ruhestand lebte. Ein- oder zweimal die Woche fuhr er zu seiner Anwaltskanzlei und übernahm hin und wieder sogar einen Fall, doch verbrachte er den größten Teil seiner Zeit mit Angeln und der Arbeit an einem Buch, das er schrieb.

Er erzählte den Leuten gern, er habe seine Schlipse weggeworfen. Jetzt kleidete er sich in Jeans und Flanellhemden, und wenn es warm genug wurde, in Bermudashorts und kurzärmelige Freizeithemden. Sogar wenn er nach Eugene in seine Kanzlei fuhr, zog er sich nicht anders an. Er habe sich das Recht auf Zwanglosigkeit verdient, behauptete er.

Er kam mitleidig auf Nell zu. »Sie auch, arme Nell. Welch ein Schock!« Er legte ihr einen Arm um die Schultern, drückte sie kurz mit den Fingerspitzen und nahm ihr dann die Bücher ab.

»Danke«, sagte sie und rieb sich den Arm, wo die

Bucheinbände sich in die Haut gedrückt hatten. »Hallo, Jessie. Wie geht's?«

Die Antwort war, wie immer: »Nicht allzu schlecht. Wie schrecklich, nicht?« Die Worte waren natürlich passend, aber ihr Gesichtsausdruck verriet die kaum gezügelte Begierde, alles über den Fall noch einmal und möglichst ausführlich zu hören.

Jessie war älter als Doc, fünf Jahre älter, oder acht. Niemand sagte etwas darüber; manchmal sah sie zwanzig Jahre älter aus, obwohl sie zu anderen Zeiten wie ein Mädchen aussehen konnte. Es hing davon ab, wie stark sie ihre Arthritis zum betreffenden Zeitpunkt plagte. An diesem Abend schien sie unter Kontrolle zu sein. Jessie beugte sich im Rollstuhl vor und beobachtete aufmerksam Nells Gesicht. Mit einer Hand hielt sie einen Feldstecher, der auf ihrem Schoß lag. Es war schwierig, ihre körperliche Erscheinung zu beurteilen, weil sie immer weite, knöchellange Röcke mit Falten und Plissees trug. Auch ihre Blusen waren weit, mit langen Ärmeln, und dazu trug sie im Sommer fast immer einen Seidenschal, im Winter einen wollenen Schal. Ihre Finger waren verkrümmt, die Knöchel unförmig und wund.

»Wie furchtbar muß es gewesen sein«, sagte sie, sah Nell an und wartete.

»Wenigstens lungerte sie nicht lange da unten herum«, sagte Lonnie Rowan, die plötzlich mit einem Tablett voller Gläser, Wein, Käse und Salzgebäck aus dem Haus kam. Sie trug noch immer die roten Hosen, die sie in Turners Point angehabt hatte. Ein Kriminalroman, erinnerte sich Nell; Lonnie hatte einen besonderen Kriminalroman bestellt.

»Sie mußte nach Hause und auf einen Baumfäller schießen«, fuhr Lonnie fort, während sie die Dinge vom Tablett auf den Tisch verteilte. Sie warf Nell einen schnellen Seitenblick zu.

»Nell hat noch nie im Leben auf jemanden geschossen«, sagte Doc, als er auf die Terrasse kam. »Entweder erschießt sie ihn oder sie schießt gar nicht.«

»Die Baumfäller sagten, Nell habe auf sie geschossen«, widersprach Lonnie.

»Was hat das mit dem Leichnam im Fluß zu tun?« fragte Jessie. Sie blickte von Nell zu Frank Holloway, der die Achseln zuckte.

Unmittelbar hinter Doc erschien Clive Belloc in der Türöffnung. Er trug Jeans, ein gelbbraunes Arbeitshemd und seine schweren Stiefel, als wäre er gerade von der Arbeit gekommen. Er war Taxator für eine Holzhandelsgesellschaft; die Leute sagten, er sei einer der besten in seinem Fach, und daß er schon nach einem kleinen Waldspaziergang auf den Festmeter genau sagen könne, wieviel Schnittholz man daraus gewinnen konnte. Bis auf die Umgebung seiner Augen, die im Sommer wie im Winter von einer Sonnenbrille geschützt wurde, war seine Haut braunrot wie Mahagoni und sein Haar hellblond gebleicht.

»Ich fuhr bei dir vorbei, aber das Haus war leer. Ich dachte mir, das du hier sein würdest«, sagte er zu Nell. Er ignorierte alle anderen in einer Weise, die den Schluß zuließ, daß er noch niemand sonst auf der Terrasse bemerkt hatte. »Weißt du, was sie unten im Ort sagen? Mein Gott! Was ist bei dir draußen passiert?«

»Wer sagt was?«

»Wurde dieses Mädchen erschossen? Weiß man es schon?« fragte Jessie. Niemand schenkte ihr Beachtung.

»Zwei Burschen hielten unten bei Chuck und sagten, du hättest auf sie geschossen. Chuck ist fuchsteufelswild. Was hat sich bei dir abgespielt?« Clive war beinahe nahe genug herangekommen, um sie zu berühren, wahrte aber diese letzte Distanz. So war es immer.

»Chuck ist verrückt! Chuck? Dieser Scheißkerl! Er weiß nicht, was fuchsteufelswild bedeutet! Ich bin diejenige, die fuchsteufelswild ist.«

»Du hast auf Chuck geschossen?« fragte Jessie.

»Oh, Jessie! Nein, ich habe auf niemanden geschossen. Ich habe auf eine Bierdose geschossen.«

Frank nahm sie beim Ellbogen und steuerte sie zu einem Stuhl. »Was wir brauchen, ist ein Gläschen. Und dann erzählen Sie uns, warum Sie auf eine Bierdose geschossen haben und wieso zwei Kerle dachten, sie könnten auf sie geschossen haben. Es sei denn, einer war als Bierdose verkleidet.«

Nell setzte sich und nahm das Weinglas, das Doc ihr eingeschenkt hatte. Verspätet begrüßte Clive die anderen, dann bediente er sich vom Bourbon.

»Also gut«, sagte Nell, nachdem sie einen Schluck getrunken hatte. »Als ich heute nachmittag nach Hause kam, waren zwei Kerle mit den Vorbereitungen beschäftigt, diese schöne alte Kiefer am Ende meiner Zufahrt zu fällen. Ich sagte ihnen, sie sollten die Finger davon lassen, aber sie lachten bloß, also ging ich und holte das Gewehr. Mehr ist nicht daran.«

»Und das machte Chuck wütend?« fragte Jessie verwundert. »Doc, würdest du mir noch einen mixen, bitte?« Sie trank einen Old Fashioned nach dem anderen. Doc nahm das Glas und ging zu dem Tisch, auf dem die Weine und Spirituosen standen.

»Du meinst, Chuck habe sie geschickt?« fragte Doc. »Solch eine Dummheit würde er nicht begehen.«

»Wer sonst? Er weiß, daß ich gewöhnlich noch eine Weile unten bleibe und mit Mikey und Gina schwatze, und wer sonst noch am Bücherbus auftaucht. Normalerweise wäre ich nicht vor fünf nach Hause gekommen. Heute … heute war es anders, und ich erwischte sie gerade, als sie anfangen wollten.«

»Nun, Nell«, sagte Frank kritisch, »das will nicht viel besagen. Viele Leute wissen, daß Sie jeden Donnerstag unten sind, wenn der Bücherbus kommt.«

»Aber nicht viele Leute legen es darauf an, mich zu schikanieren – Chuck legt es darauf an, das wissen Sie.

Ich vertrieb ihn von meinem Grund, als er einen Weg hinunter zu meinem Strand freischlagen wollte. Ich lasse ihn und seine betrunkenen Angler nicht auf mein Land und denke nicht daran, ihm ein Wegerecht zu verkaufen. Er hat seine Gründe«, schloß sie finster.

»Du bedrohtest ihn?« fragte Clive nun. »Chuck behauptet, diese Burschen hätten gesagt, du hättest ihm gedroht.«

»Und ob ich das tat. Ich sagte, ich würde auf jeden schießen, der ungebeten meinen Grund betritt.«

»Um Himmels willen!« rief Clive aus. »Warum sagtest du ihnen nicht einfach, wer du bist und daß dir dieser verdammte Baum gehört? Hast du dir überhaupt ihre Arbeitsanweisung angesehen? Vielleicht hatten sie sich nur in der Adresse geirrt – falsches Haus, falscher Baum.«

»Ich sagte es ihnen, aber sie fanden das bloß lustig. Das fanden sie nicht mehr, als ich sagte, ich würde ihnen die Reifen ihres Lastwagens zerschießen, und als einer der Kerle auf mich zukam, fand er es auch nicht komisch, als ich auf seinen Bauch zielte, südlich vom Äquator. Das löschte das Grinsen im Nu aus seinem dummen Gesicht.«

»Nun, wahrscheinlich dachten sie, die Besitzerin des Grundstücks wohnt im großen Haus, wie man vermuten würde«, sagte Lonnie. Sie war bei der offenen Tür stehengeblieben und dachte nicht daran zu weichen, bevor sie alles gehört hätte. »Im allgemeinen ist es doch so, daß die Eigentümer im großen Haus wohnen, und die Bediensteten im kleinen Haus.«

»Fang nicht wieder damit an, Lonnie«, murmelte Nell.

Lonnie schnupfte, blickte zu Jessie. »Wie viele zum Abendessen, mehr will ich nicht wissen. Es wird Zeit, damit anzufangen.«

Es gab Diskussion und Überredung, und am Ende waren alle einverstanden, zum Essen zu bleiben. Lonnie nickte in einer Weise, die zu verstehen gab, daß sie es von Anfang an gewußt hatte. Sie putzte einmal in der Woche bei Frank Holloway, jede zweite Woche für Clive Belloc und war dreimal in der Woche bei Doc und Jessie. Sie war eine mittelmäßige Reinigungskraft, aber eine ausgezeichnete Köchin, und für sie gab es in Turners Point keine Geheimnisse. Durch ihre Arbeit bei Doc und Frank verfolgte sie die juristischen, medizinischen und persönlichen Aspekte ihres Lebens praktisch von Tag zu Tag, von Woche zu Woche. Und obwohl Lonnie nicht für Nell arbeitete, wußte diese, daß Lonnie sich auch über sie auf dem laufenden hielt, als ob sie dafür bezahlt würde. Um so mehr heimliches Vergnügen bereitete Nell das Wissen, daß Lonnie ihr und Docs Geheimnis offenbar noch nicht ausgekundschaftet hatte.

»Nell«, sagte Clive, nachdem die Diskussion um das Abendessen endlich beendet war, »erzähl mir von diesen Burschen. Für wen arbeiteten sie?«

Sie warf ihm einen unfreundlichen Blick zu und stand auf, um ihr Weinglas aufzufüllen. »Ich wußte, daß du für sie Partei ergreifen würdest«, sagte sie kalt. »Oder hast du ihnen erzählt, wie viele Festmeter aus dem Baum herauszuholen wären?«

Clive preßte die Lippen zusammen; sein sonnenverbranntes Gesicht wurde noch dunkler. Er war ein paar Jahre älter als Nell, aber er sah jungenhaft aus, besonders jetzt, da er errötete.

»Er hat recht, Nell«, sagte Doc. »Du wirst dich mit der Firma in Verbindung setzen müssen und die Sache regeln, wenn es einen Fehler im Arbeitsauftrag gegeben hat. Und sieh zu, daß du herausbringst, wer den Arbeitsauftrag ausgeschrieben hat, wenn dein Name darauf steht.«

»Clovis Soundso«, sagte sie. »Clovis Holzprodukte, oder so ähnlich.«

»Nie gehört«, sagte Clive. »Bist du sicher?«

Sie zuckte die Achseln und kehrte zu ihrem Stuhl zurück.

»Darf ich mal Ihr Telefon benutzen, Doc?« fragte Clive. Als Doc nickte, ging er ins Haus. Die anderen blickten schweigend zum Fluß hinunter.

Wie weit war sie inzwischen? überlegte Nell. Sie wehrte sich gegen die Vorstellung von einer Frau, die ertrunken an Bäume getrieben wurde, bald hier und bald dort festhing, dann von der Strömung weitergezogen wurde, das lange Haar wie Seetang im Wasser wehend ...

Clive kehrte stirnrunzelnd zurück, ratloser als zuvor. »Es ist eine Firma aus Salem«, sagte er. »Ein kleines Unternehmen, Hersteller von Holzzäunen und Fertigteilen aus Holz, verbunden mit einer Landschaftsgärtnerei, solche Dinge; hat nichts mit Holzeinschlag oder Langholztransporten zu tun.«

»Na, dann ist es ein einfacher Irrtum, Nell«, sagte Doc. »Der falsche Ort, der falsche Baum, sogar der falsche Bezirk.« Er lachte.

»Vielleicht«, sagte Nell ohne Überzeugung. Sie mochte nicht mehr davon reden. Aber die beiden hatten ihren Namen gehabt, dachte sie. Mrs. Kendricks.

»Sie müssen es so sehen, Nell«, sagte Frank in seiner nachdenklichen, juristisch geschulten Weise. »Chuck möchte Zugang zu diesem kleinen Strand. Jeder weiß das. Natürlich ist es nicht Ihr Strand, das wissen Sie selbst. Jeder kann dort bei Tag oder Nacht mit dem Boot landen, kein Problem.« Nell machte ein unhöfliches Geräusch, und er neigte den Kopf und blickte sie über die Halbgläser seiner Lesebrille an. »Es ist verständlich und einleuchtend, daß Sie keinen öffentlichen Weg auf Ihrem Grund haben wollen und nicht wünschen, daß der Strand zu einem öffentlichen Picknickplatz gemacht wird. Zugegeben. Was mir nicht einleuchtet, ist, daß Chuck sich Sie zur Feindin machen sollte. Er hat es mit Überredung versucht, mit Bestechung, und dann hat er versucht, seinen Willen einfach durchzusetzen, indem er mit dem Wegebau anfing. Demnächst wird er sich wahrscheinlich etwas anderes ausdenken. Aber es wird kein Frontalangriff sein. Wissen Sie, es gibt keinen vernünftigen Menschen im ganzen Bezirk, der glaubt, Sie könnten umgestimmt werden, wenn man einen Ihrer Bäume fällt. Und Chuck ist nicht dumm.«

Er musterte sie mit ruhiger Aufmerksamkeit, bis sie endlich widerwillig nicken mußte. Chuck war nicht dumm, und der Versuch, auf ihrem Grund und Boden einen Baum fällen zu lassen, wäre eine Dummheit gewesen. Aber jemand hatte die Leute geschickt, und sie hatten ihren Namen gehabt. Im selben Augenblick dachte sie: *Lucas!*

Sie stand auf. »Mir ist gerade etwas eingefallen«, sagte sie, und ihre Stimme klang sogar in ihren eigenen Ohren rauh. »Ich kann nicht bleiben. Ich muß nach Hause.«

Jessie streckte die Hand nach ihr aus. »Was gibt es? Was ist geschehen?«

»Mir ist nicht gut. Zuviel ist heute vorgegangen. Ich habe noch was zu tun. Ich werde dich anrufen, Jessie. Morgen. Ich lasse von mir hören.« Ihr war bewußt, daß ihr Verhalten auf die anderen unvernünftig und sprunghaft wirken mußte, aber nichts von allem, was ihr in den Sinn kam, war richtig; sie stellte ihr Glas weg und stand auf.

»Ich fahr dich nach Hause, Nell.« Clive war an ihrer Seite, legte die Hand auf ihren Arm.

»Nein.« Sie machte sich von ihm los. »Nein, ich möchte gehen. Ich muß nachdenken. Es fehlt mir nichts, ich bin nicht krank. Kopfschmerzen, das ist alles. Ich habe Kopfschmerzen.«

»Laß mich«, sagte Doc und kam zu ihr. »Ich begleite dich ein Stück, Nell.«

Sie nickte stumm, und sie gingen zusammen zum

Wald. Außer Hörweite der anderen, die auf der Terrasse zurückgeblieben waren, sagte sie mit gedämpfter Stimme: »Lucas muß diese Männer geschickt haben. Er hat es schon mal versucht. Und sein Vater sagte, er sei unterwegs hierher. Ich glaube, er ist schon da und beobachtet. Komm lieber nicht heute abend. Ruf nicht an. Er ist irgendwo in der Nähe.«

»Lieber Gott! Hat er dich bedroht? Besorge dir eine richterliche Verfügung, halt ihn dir vom Leib!«

Sie schüttelte den Kopf. »Es ist schon in Ordnung, Doc. Bleib einfach weg, bis er fort ist. Gib ihm keine Munition.« Sie versuchte zu lächeln. »Wenn er uns zusammen sähe, würde er Bescheid wissen. Und es würde eine Waffe für ihn sein.«

Doc blieb stehen und hielt sie zurück. »Wirst du ihn wieder in dein Bett lassen?«

Sanft berührte sie seine Wange. »Nein. Kehr jetzt um. Sag ihnen einfach, ich sei aufgeregt, zuviel sei heute auf mich eingestürmt. Überreizt. Sagt man das nicht? Die adligen Damen der viktorianischen Ära waren die ganze Zeit überreizt, nicht wahr?«

Er wollte sie an sich ziehen, aber sie wich zurück und schüttelte den Kopf. Nach kurzem Zögern machte er kehrt und ging zurück zu seinem Haus. Sie beobachtete ihn kurze Zeit, dann machte sie sich auf den Heimweg.

Lucas, dachte sie wieder. Lucas. Bis zu diesem Augenblick auf der Terrasse war es ihr irgendwie unwirklich vorgekommen, daß er nach all diesen Jahren unterwegs zu ihr war, einfach nicht real; nun aber hatte sie das sichere Gefühl, daß er in der Nähe war, und sie wußte noch nicht, wie sie diesmal mit ihm zurechtkommen würde. Sie begann zu eilen. Wenn sie vorher daran geglaubt hätte, würde sie Travis nie alleingelassen haben. Nicht einmal für eine Minute.

6

Nell fuhr den Kleinlaster in die Garage und sperrte das Tor ab. Sie schloß die Tür zum Schuppen ab, wo der Balkenmäher und der alte Traktor standen, dann ging sie ins Haus und eilig durch die Räume, um Fenster, Türschlösser und Außenbeleuchtungen zu überprüfen. Vergeblich, dachte sie dabei; die Türschlösser waren ein Witz. Außerdem würde er nicht hierher kommen und erwarten, sie im kleinen Haus zu finden; sie hatten zusammen im großen Haus gelebt. Sie runzelte die Stirn. Es könnte sein, daß er plötzlich bei ihren Mietern auftauchte; sie würde Tawna und James warnen müssen, daß sie ihre Türen zusperrten.

So war es letztes Mal gewesen. Sie hatte Travis zu Bett gebracht und war ins Wohnzimmer hinuntergegangen. Großvater war vor dem Fernseher eingenickt. Sie war in die Küche gekommen und hatte Lucas' Silhouette vor dem Abendhimmel gesehen. Der Atem stockte ihr bei der Erinnerung an jenen Augenblick, die so scharf und klar in ihrem Gedächtnis stand, daß sogar eine sexuelle Erregung erwachte. Sie schüttelte den Kopf. Nie wieder. Er war drei Wochen geblieben, und am zehnten September war er gegangen. Carol war im folgenden Juni zur Welt gekommen, in diesem Monat waren es sechs Jahre. Wieder schüttelte sie den Kopf, energischer als zuvor. Eher würde sie ihn umbringen, dachte sie grimmig.

Sie erschrak, als das Telefon läutete. Einen Augenblick lang hatte sie dieses eigentümliche Stechen im Magen, das sich immer einstellte, wenn die Kinder irgendwo bei anderen Leuten waren und das Telefon läutete. Immer war sie in diesem einen Augenblick überzeugt, daß einem von ihnen etwas Schreckliches zugestoßen sei. Sie nahm den Hörer ab. Es war John Kendricks, ihr Schwiegervater.

»Ist er schon dort?« fragte er mit uncharakteristischer Schroffheit.

»Nein. Ich habe nichts von ihm gehört.«

»Nell, Kind, Amy und ich werden das Gefühl nicht los, daß er in bösen Schwierigkeiten steckt. Und wir meinen, es wäre gut, wenn die Kinder nicht dort sein würden, wenn er auftaucht. Schließlich könnte die Polizei hinter ihm her sein, nicht?«

»Polizei? Warum sollte sie?«

»Das ist es eben, Kind. Wir wissen es nicht. Aber wir wissen, daß es böse Schwierigkeiten gibt.«

Sie schüttelte den Kopf und mußte sich die Lippen befeuchten, um zu sprechen. »Vielleicht kommt er nicht mal hierher.«

»O doch, er wird kommen. Verlaß dich drauf. Und, Nell, Amy und ich würden die Kinder gern zu uns nehmen und mit ihnen einen Besuch bei Janet und Dan machen. Für ein paar Tage vielleicht, eine Woche.«

Janet war seine Tochter, Dan ihr Mann. Er hatte eine Ranch im Gebiet der Blue Mountains.

»Du bist wirklich in Sorge, wie?« fragte Nell mit leiser Stimme.

Nach einer Pause sagte er barsch: »Wir alle machen uns Sorgen, nehme ich an. Etwas stimmt nicht. Er ist mein Sohn, aber diese Kinder sind meine Enkel. Was immer er getan hat, er ist ein erwachsener Mann, aber die Kinder haben nichts getan, womit sie Ängste und Beunruhigung verdient hätten. Amy und ich haben den ganzen Tag und Abend darüber geredet und beratschlagt. Und ich wollte es dir sagen.«

Sie sprachen noch ein paar Minuten, und sie sagte, sie würde später zurückrufen, wenn es nicht zu spät würde. Jederzeit, sagte er mit fester Stimme. Und er könnte die Kinder um zehn Uhr früh abholen, wenn sie bis dahin ihre Sachen zusammenpacken könnte.

Was für Schwierigkeiten erwartete er, fragte sie sich, als sie aufgelegt hatte. Daß Polizei mit gezogenen Pistolen hereinplatzen würde? Lucas von Sinnen, verrückt, unter Drogen? Befürchteten sie, daß sie und Lucas streiten, handgreiflich werden und die Kinder ängstigen könnten? Wieder durchwanderte sie das Haus, ohne etwas Auffälliges zu sehen. Nells Schwiegereltern wußten, daß sie die Absicht hatte, Lucas hinauszuwerfen, wenn er wieder zu ihr käme. Sie hatte es ihnen gesagt. Wurde Zeit, hatte Amy, seine Mutter, durch schmale Lippen gesagt. John, sein Vater, hatte sie umarmt und ihr die Wange geküßt.

Als John am Dienstag angerufen hatte, war sie wie gelähmt gewesen; Gehirn, Körper, alles an ihr war taub geworden. Bis zum Abend hatte sie sich mit Erfolg eingeredet, daß Lucas nicht hier bei ihr auftauchen würde. Wenn er zu ihr wollte, hätte er es bis zum Abendessen schaffen können. Am Mittwoch hatte sie sich überzeugt, daß er dorthin zurückgekehrt sei, wo immer er die vergangenen sechseinhalb Jahre verbracht hatte. Aber während der folgenden Nacht hatte sie erkannt, daß ihr Körper sich nach seinem Körper sehnte, daß sie wünschte, er werde gerade so auftauchen, wie er es letztesmal getan hatte, einfach da sein, als wäre er nie fortgewesen. Sie war aus dem Bett gesprungen, wütend über den Verrat ihres Körpers, und hatte erkannt, daß sie ihn fürchtete. Nicht wegen einer körperlichen Bedrohung, die er darstellte; er stellte keine dar, sondern weil ihr Körper nichts von Zeit und Verlassenheit und Entehrung wußte. Ihr Körper wollte seinen Körper. Und dafür haßte sie ihn mehr als dafür, daß er sie all diese Jahre allein gelassen hatte, daß er sie geschwängert hatte und einfach fortgegangen war, mehr als für seine Verleugnung der Vaterschaft, der Verantwortung, des einfachen Anstands.

Sie hatte ihn so oft gebraucht, hatte in dieser Not geweint, aber damit war es vorbei. Nie wieder. Letztesmal hatte es keine Warnung gegeben, keine Möglichkeit, die sexuelle Aufwallung zu beherrschen. Eine Wolke von Pheromonen, dachte sie; sie waren beide von Pheromonen überwältigt gewesen, genauso wie damals, als sie sich während ihrer Studienzeit kennengelernt hatten. Beherrschung war in jenen Tagen ihrer Jugend ein Wort ohne Bedeutung gewesen. Und wieder, als er zurückgekehrt war. Aber nicht mehr. Nie wieder. Die Leidenschaft war da, aber Leidenschaft konnte in Haß kanalisiert werden und diesen Haß stärker aufflammen lassen, als Liebe oder Lust es vermochte. Diesmal war sie gewarnt. Diesmal würde die Leidenschaft, die er in ihr sah, ihn verbrühen.

Als Travis von James Gresham zu Hause abgeliefert wurde, hatte sie ihre Entscheidung getroffen, die Kinder zu ihren Großeltern zu schicken.

John Kendricks war so geschmeidig und locker wie Lucas, und wie Travis hatte er das gleiche halbe Lächeln, das gleiche Repertoire von Gesten, die alle irgendwie aussahen, als hätten sie begonnen und würden vor ihrer Vollendung absichtlich abgebrochen. Ein angedeutetes Achselzucken, eine unvollständige Handbewegung. Er war so braun wie sein gerösteter Weizen, und die tiefen Runzeln waren wie hellere Schluchten zwischen den braunen Hügeln seines Gesichts. Er war Weizenfarmer, und Nell verstand recht gut, daß er nicht zum Vergnügen für eine Woche fortgehen und alles zurücklassen würde, wenn er nicht von der dringenden Notwendigkeit überzeugt gewesen wäre. Er umarmte sie mit verlegener Unbeholfenheit, aber mit den Kindern war er beinahe kindisch.

»Wie sah er aus?« fragte Nell mit leiser Stimme, als die Kinder hin und her rannten und ihre Sachen in Johns Geländewagen verstauten. »Was sagte er?«

»Sah gut aus, gesund. Sagte verdammt wenig. Er war ziemlich müde. Sagte, wenn jemand käme und nach ihm fragte, sollten wir sagen, er sei seit Jahren nicht dagewesen. Ich fragte ihn, wer kommen würde, und er sagte irgendwer. Du weißt, wie er sein kann.«

Sie nickte. »Aber …«

»Ein Wagen kam in die Einfahrt, um zu wenden, du weißt, wie sie es machen. Und er auf wie von der Tarantel gestochen und zum Fenster, um aus der Deckung des Vorhangs zu beobachten. Wie ein Mann auf der Flucht, Kind.«

»Mama, darf ich die Kamera mitnehmen?« schrie Travis aus dem Fond des Geländewagens.

»Kommt nicht in Frage.«

John drückte ihr leicht den Arm und sagte: »Wenn für mich noch Platz im Wagen bleibt, sollten wir uns jetzt auf den Weg machen. Paß auf dich auf, Kind.«

Carol rannte wieder ins Haus, um ihre Flickenpuppe zu suchen, und Travis holte noch Comic-Hefte für die Fahrt, und schließlich stieg John Kendricks ein und drückte auf die Hupe. Beide Kinder kamen wieder aus dem Haus gestürzt. Nell vergewisserte sich, daß sie richtig angeschnallt waren; es gab weitere Küsse und Versprechen, anzurufen, zu schreiben, brav zu sein … Dann stand sie in der Zufahrt und sah dem Wagen nach, wie er hinter der ersten Biegung verschwand.

Als die Stille wieder Einzug hielt, ging sie zum Haupthaus hinauf, um Tawna Gresham zu warnen, daß Lucas auftauchen könnte.

Als Carol ein Jahr alt wurde, war Nells Großvater gestorben. Nell hatte versucht, Lucas anzurufen; sie hatte einen Einschreibebrief geschickt; sie hatte ein Telegramm geschickt. Keine Antwort, keine Reaktion. John und Amy Kendricks hatten sich gesorgt, daß sie in solch einem abgelegenen Haus lebte. Sie hatte Haus und Grund geerbt, aber es gab wenig Bargeld, und sie wollte das Kapital ihres Erbes nicht angreifen. Sie brachte es nicht über sich, die Walnußbäume zu verkaufen, noch nicht. Schließlich hatte sie beschlossen, eines der Häuser zu vermieten, und mit dieser Entscheidung war die Erkenntnis einhergegangen, daß sie mit ihren beiden Kindern im ursprünglichen Haus leben wollte. Außerdem konnte das große Haus für das Dreifache dessen vermietet werden, was sie für das kleine bekommen würde, und sie brauchte das Geld.

Tawna und James hatten sich beworben, außer ihnen Dutzende von anderen Leuten. Sie hätten Schwierigkeiten gehabt, eine geeignete Wohnung zu finden, hatte Tawna erklärt. Sie hatte Arbeit in der Universitätsverwaltung gefunden, und James konnte seinen Beruf als Veterinär ortsunabhängig nachgehen, aber sie hatten auch heranwachsende Kinder. Ihre Tochter spielte Flöte. Und manchmal sagte sie, bringe James seine Arbeit mit nach Hause – ein krankes Tier, das rund um die Uhr gepflegt werden müsse. Sie war sehr korrekt gewesen, beinahe reserviert, als spräche sie nicht von den eigenen Problemen und Wünschen, sondern von denen anderer Leute.

»Er behandelt große Tiere«, hatte sie zum Schluß erwähnt.

»So? Auch Elefanten?«

»Nein«, hatte Tawna ernst geantwortet, und genauso ernst hinzugefügt: »Aber er würde all seine Goldkronen für die Gelegenheit geben.«

Darauf hatte sie sich ein Lächeln erlaubt, ein Lächeln, das zusehends breiter und breiter geworden war und gezeigt hatte, daß sie mit Sicherheit keine Goldkronen zu vertauschen hatte. Damit war das Eis gebrochen, sie hatten beide gelacht, und Nell hatte sich bereit erklärt, ihnen das Haus zu vermieten.

Jetzt klopfte Nell an die Tür, und Tawna rief: »Kommen Sie nur herein. Ich bin gleich unten.«

Nell betrat die Küche und sah sich um. Der Tisch war bedeckt mit keramischem Schmuck in leuchtenden

Farben. Tawna lernte französisch und betrieb die Anfertigung von Keramikgegenständen als Liebhaberei. Vielleicht hätte sie damit Geld verdienen können, aber ihre Aussichten seien gering, sagte sie. Die Buntheit der Schmuckstücke auf dem Tisch war geradezu grell.

»Toll!« sagte Nell und trat näher, doch ohne etwas anzurühren.

»Nicht schlecht, wie? Meinen Sie, daß Celsy diese Sachen mögen würde?« Tawna Gresham kam in die Küche. Sie trug gelbbraune lange Hosen und einen übergroßen scharlachroten Pullover, dazu zehn Zentimeter lange grüne und goldene Fisch-Ohrringe mit Schuppen, die das Licht reflektierten, wenn sie sich bewegte. Sie war groß und kräftig gebaut, breit und mit stabilen Knochen. Ihr Haar war straff zurückgekämmt zu einem Haarknoten, was ihr knochiges Gesicht noch mehr betonte. Die Ohrringe sahen wundervoll an ihr aus. Sie würden auch an ihrer Tochter Celsy wundervoll aussehen, die ihr erstes Jahr an einer Musikschule hinter sich hatte und am Sonntag zurückerwartet wurde.

Tawna nahm die Ohrringe ab, legte sie auf den Tisch und betrachtete das vor ihr ausgebreitete Sortiment. Ohne zu Nell aufzublicken, sagte sie: »Aber Sie sind nicht gekommen, um über Schmuck zu sprechen. Sie haben etwas auf dem Herzen.«

Nell sagte zögernd: »Ich dachte, ich sollte Sie davon unterrichten, daß mein Mann dieser Tage auftauchen könnte. Wahrscheinlich weiß er nicht, daß ich nicht mehr hier wohne. Also könnte er hereinspaziert kommen, wissen Sie.«

»Ah, der untergetauchte Vater. Was sollen wir tun, wenn er hereinkommt? Ihn hinauswerfen?« Sie breitete die Hände mit den Handflächen nach oben aus, als wollte sie sagen, daß es ihrem Mann und ihr ein leichtes sein würde.

»Nun, es würde vielleicht besser sein, wenn er nicht

erst hereinkäme. Vielleicht könnten Sie die Türen zusperren?«

»Wie Sie wünschen. Aber nun setzen Sie sich bitte, und ich mache uns schnell einen Kaffee, und Sie können mir bei der Entscheidung helfen, welche Stücke am besten für Celsy sind. Und wenn Sie unsere Hilfe brauchen, stehen wir Ihnen zur Verfügung.«

Nell lehnte den angebotenen Kaffee ab, und nachdem sie ein paar Minuten geplaudert hatten, wandte sie sich zum Gehen. An der Tür sagte Tawna: »Wie gesagt, wenn Sie mit diesem Mann Ärger haben, können Sie auf zwei gute Freunde in der Nähe zählen.«

Wieder zu Hause, begann Nell die Sachen zu sortieren, die Travis auf ihr Geheiß hatte zurücklassen müssen. Seinen Basketball. Seine Vettern hätten einen Basketball, hatte sie mit Entschiedenheit erklärt. Zwei Frösche in einer Schachtel. Sie trug die Schachtel hinaus, nahm den Deckel ab und ließ sie unter einem Rhododendron zurück. Unter einem Pullover mit durchgewetzten Ellbogen fand sie Carols neueste Flickenpuppe. Sie hielt die Puppe in der Hand und drückte sie plötzlich an sich und neigte den Kopf, kämpfte gegen Tränen.

So würde es sein, bis er gekommen und wieder gegangen wäre, und diesmal endgültig. Entschlossen setzte sie die Puppe auf die Couch und sah sich im Wohnzimmer um, das unordentlich und voll von den Sachen der Kinder war. Sie beschloß, die Unordnung zu ignorieren und ging hinaus.

Diesmal ging sie nicht zum großen Haus, sondern schlug die entgegengesetzte Richtung in den Wald ein. Am Waldrand wuchsen Himbeeren und Brombeeren in verfilzten Dickichten, aber schon nach wenigen Schritten war man unter den alten Nadelbäumen, wo Walderdbeeren zwischen Farnen und Moospolstern leuchteten. Die Stille wurde tiefer und tiefer, als die Stimme des Flusses leiser wurde und verstummte. Der Fluß war wie ihr eigener Herzschlag, ein Geräusch, das sie so gewohnt war, daß sie es selten hörte; sie war immer erschrocken über die Stille, wenn das Rauschen des Flusses nicht mehr zu hören war.

Auch die Bäume waren moosig. Gefallene Äste, umgestürzte Stämme, Felsen – alles war moosbedeckt; die Wirkung war ähnlich wie der Aufenthalt unter Wasser, wo sogar das Licht vom allgegenwärtigen Grün eingefärbt war. Nell folgte einer Pfadspur, die mit zahlreichen Windungen und Kehren stetig anstieg, manchmal Blöcke und umgestürzte Bäume umging, die zu massiv waren, um sie zu übersteigen, oder zu moosig und schlüpfrig, um sie zu überklettern. Und immer ging es aufwärts. Da und dort erhoben sich unregelmäßig geformte Lavagesteine aus dem Bodenbewuchs, bräunliche und schwarze Basalte, scharfkantig und zernarbt oder glänzend und gerundet. Farne suchten den Schutz der größeren Blöcke, wo herabrinnendes Wasser für gleichbleibende Bodenfeuchtigkeit sorgte. An einer Gabelung der Pfadspur hielt sie sich rechts; dieser Abschnitt wurde steiler und felsiger, bis man den Rand einer Geländestufe erreichte, die hier eine relativ ebene Fläche von ungefähr sechzig Metern Breite und fünfzehn Metern Tiefe bildete; Felsbrocken, Blöcke und der anstehende Basaltfels bedeckten die fast baumlose Lichtung. Ein Gebirgsbach durchschnitt die felsige Terrasse der Geländestufe und hatte in Jahrtausenden einen tiefen, schluchtartigen Einschnitt ausgewaschen. So war die Lichtung, deren Rand Nell jetzt erreichte, auf einer Seite der vielleicht acht Meter breiten Schlucht, und auf der anderen Seite eine ähnliche, etwas kleinere Lichtung, die ihre Fortsetzung bildete. Der Wasserfall lag von diesem Punkt rund siebzig Meter zurück und teilte dort die Wandstufen der Bergflanke. Der links abzweigende Pfad führte aufwärts zum Ursprung des Wasserfalls, aber dort ging sie selten hinauf. Dies hier war ihr Ziel. Es gab zu wenig Erde, um mehr als ein paar dürftigen Kiefern und Feldahornen ein Fortkommen zu ermöglichen. Die Südlage heizte die Felsen auf, und der im Rücken der Terrasse steil aufragende Berg schirmte den Ort gegen Wind und alle Fremdgeräusche ab.

Mehrere Minuten lang stand sie still und überblickte die Lichtung. Prüfend musterte sie die toten Stämme, die von oben herabgerollt waren und hier geborsten und modernd ihren Ruheplatz gefunden hatten, die Felsblöcke, die sie so gut kannte, die wenigen Bäume, das lange, harte Gras, hielt Ausschau nach Eindringlingen, nach Bonbonpapier, nach Bierdosen, irgendwelchen Zeichen von Außenseitern. Es gab keine. Niemand sonst kam jemals hier herauf. Schließlich kniff sie die Augen zusammen und beobachtete die beinahe kugelförmige Rundung eines Felsblocks, der zu Füßen der Wandstufe am Nordrand der Terrasse ruhte. Er war genau dort, wo er sein sollte; hinter ihm befand sich eine kleine, aber ziemlich tiefe Höhle, die in früheren Zeiten vom Wasser herauspräpariert worden war. Nell pflegte ihren Proviant bis hierher zu tragen und in der Höhle unterzubringen, wo er kühl, trocken und sicher blieb. Alles sah unberührt aus. Jetzt erst nickte sie befriedigt und ging über die freie Fläche zu ihrem Lieblingsplatz.

Dieser war ein glatter grauer Block, durchzogen von dünnen Streifen aus blauem Achat. Dieser Block wies eine leichte, muldenförmige Neigung auf, der sie nie entwachsen war. Sie ließ sich darauf nieder, hob den Kopf mit geschlossenen Augen und fühlte den Sonnenschein im Gesicht. Der Platz ihres Großvaters war ein altersgrauer, verwitterter Stamm vor einem anderen Felsblock. Die zwei besten Plätze im Haus, hatte Großvater immer gesagt.

In ihrer Kindheit hatte er sie hier heraufgebracht, und später, als er den Aufstieg nicht mehr schaffte, war sie allein gekommen. Es war ihr privater Zufluchtsort, wo sie allein in der Welt war, mit einem Ausblick auf Wälder und den Himmel, der nichts von der Menschheit mit einschloß. Der Fluß war nicht zu sehen, aber auch kein Gebäude, keine Leitungsmasten, keine Straßen. Es gab nur Baumwipfel unter ihr, die sich wie Ebenen aus buckligem Grün abwärts erstreckten, heute von der Sonne durchtränkt, oft von Regendunst verhangen oder in gefrorener Stille, und darüber der grenzenlose Himmel. Dann und wann kam ein Falke oder ein Adler in Sicht, magische Geschöpfe, die mühelos das Luftmeer durchsegelten.

Ein magischer Ort. Hier oben konnte sie alles sagen. Als sie dies herausgefunden hatte, war sie zwölf gewesen; sie war mit Großvater heraufgestiegen, nur um über eine Ungerechtigkeit zu schimpfen und zu klagen. »Gottverdammte Sauerei!« hatte sie gesagt, und dann den Atem angehalten und auf seine Zurechtweisung gewartet.

Statt dessen hatte seine ruhige Stimme nachdenklich gesagt: »Mir scheint, daß jeder einen Ort haben sollte, wo er oder sie sagen können, was sie denken. Dies hier könnte solch ein Ort sein.«

Sie hatte sich nicht umgewandt, ihn anzusehen; sein Sitz war ein Stück hinter ihrem, aber sie hatte gemerkt, daß er gelächelt hatte. Es war in seiner Stimme gewesen.

Als ihr die Sonne auf dem Gesicht zu warm wurde, wandte sie sich ab und blickte nach Westen, fort vom Wasserfall und Großvaters Platz. Mit leiser Stimme, beinahe einem Flüstern, sagte sie: »Die Welt wird immer beschissener.«

»Nun ja, das kommt von Zeit zu Zeit vor, weißt du«, sagte er in dieser nachdenklichen Art, die er hier oben immer annahm. »Erzähl mir doch mehr darüber.«

Sie wandte sich jetzt sowenig nach ihm um, wie sie es mit zwölf Jahren getan hatte. Es würde etwas zerstören. Sie begann zu sprechen, beinahe im Flüsterton, und brachte Dinge zur Sprache, die sie nur hier oben sagen konnte, nirgendwo sonst. Über die Tote im Fluß und ihre schreckliche Vorstellung, wie der Körper von der Strömung über Felsen und durch das tote Geäst ertrunkener Bäume gezogen wurde. Über Lucas und über die Männer, die gekommen waren, den Baum zu fällen.

»Du hast auf eine Bierdose geschossen? Mich wundert, daß du sie getroffen hast. Wann hast du zuletzt geübt?«

Sie schüttelte den Kopf, selbst überrascht, daß sie getroffen hatte. Hier oben hatte er ihr das Schießen beigebracht, über dem Wasserfall auf einen umgestürzten Baumstamm auf der anderen Seite.

Nächstes Mal, beschloß sie, würde sie das Gewehr mitbringen und üben. Morgen. Sie hatte nicht mehr geschossen, seit Carol zur Welt gekommen war, und nun schien es, daß es nötig sein würde, in Übung zu bleiben.

7

Am Samstagmorgen rief Doc an, und sie sagte knapp: »Ich rufe zurück« und legte auf. Sie sprach mit den Kindern, die jetzt dreihundert Meilen entfernt auf der Ranch östlich von Pendleton waren. Für Nells Empfinden waren sie so fern wie der Mond.

Als sie es im Haus nicht mehr aushielt, ging sie hinaus zum Walnußhain. Die Bäume waren hoch und gerade gewachsen, das Laub so dicht, daß kaum Sonnenlicht durchdrang, und am Boden bildeten die modernden Blätter eine weiche, federnde Schicht. Unter den Walnußbäumen roch die Luft immer herb; und immer war es feucht und kühl. Hier lebte eine beachtliche Population von Eichhörnchen; Häher und Kleiber waren überall, Meisen und Grasmücken kreuzten in schnellem Bogenflug zwischen den Stämmen. Ihr Urgroßvater hatte den Hain angelegt und damit für die Zukunft geplant, die jetzt gekommen war; in drei Jahren würden die ersten der Bäume gefällt werden. Aber schon wuchsen die Schößlinge, die sie gepflanzt hatte, heran. Jede neue Pflanzung bestand aus drei jungen Bäumen in einem Dreieck; einer blieb für die nächsten siebzig oder achtzig Jahre stehen, zwei mußten in Intervallen von zwanzig Jahren ausgelichtet werden. Sie wuchsen besser, schneller und kräftiger, wenn sie Gesellschaft von ihresgleichen hatten, nur durften sie nicht zu nahe beisammenstehen. Nell berührte hier einen Stamm, ging weiter, berührte einen weiteren. Die Eichhörnchen schnatterten aufgeregt, schlugen warnend mit den zuckenden Schwänzen und sausten über ihr durchs Geäst, um jede ihrer Bewegungen zu beobachten.

Als Lucas letztesmal nach Hause gekommen war, waren sie Hand in Hand unter den Bäumen gegangen, und ein paar Tage später hatte er Clive Belloc mitgebracht.

»Sprich mit dem alten Mann«, hatte Lucas gesagt. »Sprich einfach mal mit ihm darüber. Clive sagt, es würde einen großen Unterschied machen, wenn ihr jetzt anfangt, die Bäume zu fällen oder noch ein paar Jahre wartet. Ihr sitzt beide auf ein paar Millionen, die bloß auf die Säge warten. Schließlich wurden sie gepflanzt, um gefällt zu werden, nicht?«

Während sie sich wegen der Bäume in die Haare geraten waren, hatte Clive mit beschämter Miene abseits der Zufahrt gewartet. Clive hatte den Walnußhain nie wieder erwähnt, und Nell hatte niemals die genaue Zahl erfahren, die er Lucas genannt hatte, aber es war eine hohe Summe, das wußte sie. Eine Menge Geld.

Am Abend, nachdem Großvater zu Bett gegangen war und Travis schlief, hatten sie unten am kleinen Strand gesessen. »Früher warst du nie so auf Geld aus«, hatte sie zögernd gesagt. »Warum jetzt? Wozu?«

»Nicht für mich. Keine teuren Wagen, keine Boote. Es ist das Projekt. Emils Bewilligung läuft aus, und er bezweifelt, daß er eine weitere Bewilligung bekommen kann. Er kann die Art von Fortschritt, die sie von ihm erwarten, einfach nicht vorzeigen.«

Emil, dachte sie mit kalter Wut. Emil Frobisher hatte ihr Lucas weggenommen, hatte ihn verändert, zu einem Fremden gemacht, und nun zum Betteln zu ihr geschickt.

»Ich dachte, er sei bei dem berühmten Dr. Schumaker fest etabliert. Ich dachte, jemand wie der könnte alle Mittel bewilligt bekommen, die er braucht.«

»Könnte er auch, wenn Emil wirkliche Resultate vorzeigen könnte. Emil bringt eine andere Wissenschaftlerin ins Projekt, eine Psychiaterin, eine Spezialistin für Wahrnehmungen, etwas dergleichen. Sie soll auch einiges Gewicht haben, aber trotzdem wird für das Projekt etwas Konkretes gebraucht, ein vorzeigbares Ergebnis.«

Nell hatte mit aller Kraft Steine in den Fluß geworfen. »Und dein akademischer Grad? Um wieviel bist du ihm jetzt näher gekommen?«

Er hatte etwas gemurmelt.

»Mit anderen Worten, du bist genauso weit davon entfernt wie am Anfang!« Ihr Arm schmerzte, und sie ließ den Stein fallen, den sie in den Fingern hielt. Ohne ihn anzusehen, den Blick auf das Spiel des Mondlichtes auf dem fließenden Wasser gerichtet, hatte sie gesagt: »Sie nutzen dich aus. Sie gebrauchen dich als billigen Hilfsarbeiter und Laufburschen. Verstehst du das nicht? Hast du in der ganzen Zeit wenigstens den Bakkalaureus bekommen?«

Er schwieg.

»Das dachte ich mir. Und nun eine Psychiaterin. Vielleicht wird sie dir zu einem akademischen Grad in Psychologie oder Psychiatrie verhelfen, und du kannst eines Tages ein Seelenklempner werden. Oder ist es immer noch die Mathematik? Oder Computerwissenschaft? Warum wachst du nicht auf? Die Jahre gehen dahin, und du hast noch immer nichts vorzuweisen.«

»Du hast nie an mich geglaubt. An nichts, was ich gemacht habe«, hatte er verdrießlich gesagt. »Es ist immer das gleiche, nicht?«

»Das ist nicht wahr«, erwiderte sie mit leiser Stimme, den Blick noch immer auf dem Wasser. »Wir waren glücklich. Ich hatte genug Glauben und Vertrauen, um Berge zu versetzen. Und dann kam Emil Frobisher daher und behauptete, du seist etwas, und du wußtest genau, daß du es nicht bist. Du hast etwas, das er gebrauchen kann, eine Art zu sehen, die er braucht, und das ist alles, wofür er dich will. Das erkannte ich vor drei Jahren, und das sehe ich noch jetzt. Du verstehst von Mathematik nicht mehr als ich. Wenn ich mehr

Geld hätte, als du zählen kannst, würde ich dir nicht helfen, einen akademischen Grad zu kaufen, nicht für Emil Frobishers Arbeit.«

»Du verstehst überhaupt nichts!« hatte er zornig erwidert. »Wenn wir dieses Projekt zum Abschluß bringen können, wird es die Welt verändern. So groß ist es! Und ich bin ein Teil davon. Ich bin derjenige, der sagte, daß wir mit jüngeren Versuchspersonen arbeiten müssen. Die Psychiaterin, mit der Emil verhandelt, schrieb gerade ein Buch über die Wahrnehmungen von Kindern vor der Pubertät und über die Auswirkungen der pubertären Veränderungen, wie sie Wahrnehmungen verfestigen. Wenn sie in die Projektgruppe kommt, wird es uns gelingen, Schumaker zu überreden, daß er noch ein paar Jahre dabei bleibt. Bis Travis in die Pubertät kommt, also in fünf oder sechs Jahren, wird die ganze Sache fertig sein. Seine Generation wird als erste Nutzen daraus ziehen. Was es mir nützen wird? Wir alle werden Nobelpreise bekommen!«

Sie hatte den Atem angehalten. Travis! »Warum bist du jetzt hier, wenn alles so genau programmiert ist? Warum versuchst du Geld aufzutreiben?«

»Wenn wir zeigen können, daß wir über Mittel verfügen, ist es einfacher, Bewilligungen und Unterstützung zu erhalten. Und wenn ich die Mittel beschaffe, können sie mich nicht hinausdrängen. Verstehst du, selbst wenn sie mir den akademischen Grad nicht geben, sie können mich nicht hinausdrängen!«

»Hörst du nicht, was du sagst?« hatte sie ihn angeschrien. »Du weißt, daß sie dich hinausschmeißen werden, sobald sie zu dem Schluß kommen, daß sie dich nicht mehr brauchen.« Bevor er etwas sagen konnte, fügte sie in ruhigerem Ton hinzu: »Erkläre mir, was das Projekt ist, Lucas. Ich fragte dich früher schon, und du sagtest, du könntest nicht. Jetzt frage ich dich wieder.«

»Ich kann es dir nicht erklären. Es ist zu ... kompliziert.«

»Du meinst, ich würde es nicht verstehen? Ist es das?«

»Ja. Genau. Ohne eine Menge Hintergrundwissen würdest du Astrophysik nicht verstehen. Das akzeptierst du. Warum kannst du nicht akzeptieren, daß ich mit etwas genauso Kompliziertem zu tun habe?«

»Ich habe Schwierigkeiten mit der Vorstellung, daß du irgendwas erklären könntest, was über meinen Horizont geht«, sagte sie kalt. »Du kannst es nicht erklären, nicht wahr? Du verstehst nicht, was sie tun. Kannst du das nicht zugeben?«

Er blieb lange still, und die Stimme des Flusses war das einzige Geräusch. Wenn der Wind aus Westen kam und, wie Großvater sagte, gegen den Strich ging, schuf er bisweilen eine neue Stimme; dann klang der Fluß wie ein halb gehörtes Wiegenlied. Sie lauschte dem murmelnden, besänftigenden Rhythmus ohne Worte und wartete auf Lucas' Antwort.

Er legte ihr den Arm um die Schulter und zog sie an sich. »Lassen wir das einstweilen«, sagte er. »Wir sind beide geschafft. Laß uns ins Bett gehen. Ich habe dich so vermißt.«

Sie schüttelte seinen Arm ab und stand auf. »Weißt du, wie sie mich nennen würden, wenn ich täte, was du jetzt versuchst? Prostituierte. Hure.« Sie machte sich auf den Rückweg. »Callgirl. Schnalle. Flittchen. Nutte. Dirne. Schnepfe.« Er holte sie ein, ergriff ihren Arm und hielt sie zurück. Sie funkelte ihn im hellen, gleichförmigen Mondlicht an. »Ist es nicht komisch, wie viele Namen sie für Frauen haben, die das einzige verkaufen, was sie zu bieten haben? Und wie wenige für Männer?«

Er hatte ihren Arm von sich gestoßen, war an ihr vorbei und zum Haus hinaufgerannt. Am nächsten Tag war er wieder abgereist.

Nell erreichte den Rand des Walnußhains; von hier aus konnte sie beide Häuser durch die Bäume sehen.

James Gresham bastelte an seinem Kombiwagen herum. Unruhig trat sie den Rückweg an.

Kurz nach Mittag hielt ein Lieferwagen des UPS vor dem großen Haus. James Gresham sprach mit dem Fahrer, der umkehrte und zu Nells Haus herunterfuhr. Sie erwartete ihn an der Tür.

»Mrs. Kendricks?«

»Was gibt es? Ich erwarte nichts.«

Er blickte auf sein Klemmbrett und zuckte die Achseln. »Es ist für Nell Kendricks und Travis Kendricks. Jeder von Ihnen kann den Empfang bestätigen.«

Er öffnete die Hecktür des Lieferwagens, zog einen großen Karton heraus, stellte ihn am Boden ab und brachte noch einen zum Vorschein. Als er damit zum Haus kam, führte sie ihn ins Wohnzimmer und zeigte auf den Boden. Er stellte beide Kartons vor die Couch, und sie unterschrieb die Empfangsbestätigung, dann starrte sie die Verpackungen an, ohne sie anzurühren. Ein Computer mit Monitor. Sie wußte, daß die Sendung von Lucas kam.

Als Carol geboren war und sie die Überzeugung gewonnen hatte, daß Lucas nicht zurückkommen würde, hatte sie die Universitätsbibliothek von Eugene aufgesucht und alle Hinweise nachgeschlagen, die sie über die Auswirkungen der Pubertät auf Wahrnehmungen, Glaubenssysteme und Erkenntnis finden konnte. Die Literatur darüber war spärlich; offensichtlich war es kein Gebiet, auf dem intensiv geforscht wurde. Aber sie hatte das Buch gefunden, das die Psychiaterin Dr. Ruth Brandywine geschrieben hatte, und nach dem wenigen, was Lucas darüber gesagt hatte, erkannt, daß sie auf der richtigen Fährte war.

Der Text war schwierig gewesen, sehr gut geschrieben, voll von Fachjargon und Statistiken, der Text so oft durch Hinweise auf andere Werke unterbrochen, daß es beinahe unmöglich gewesen war, den Gedankengängen zu folgen. Was Dr. Brandywine gesagt hatte, oder zumindest was Nell den Ausführungen entnommen hatte, lief darauf hinaus, daß die Zeitabschnitte unmittelbar vor und während der Pubertät die geeignetsten waren, um Kindern Glaubenssysteme und Verhaltensweisen einzuprägen, deren Wirksamkeit bis ins Erwachsenenalter und möglicherweise für den Rest ihres Lebens erhalten blieb. Sie hatte ihre These mit zahlreichen Beispielen von Übergangsriten, Taufen, Beschneidungen und Initiationen der verschiedensten Stammesgruppen und Kulturkreise belegt.

Und nun ein Computer für sie und für Travis, der im August zwölf wurde. Sie erinnerte sich an den Tag, als sie und Lucas die Anzeige in der Studentenzeitung gelesen hatten. Dr. Frobisher suchte Studenten als Teilnehmer an einer Studie über Wahrnehmungen. Jedem Teilnehmer wurden zehn Dollar versprochen. Mit diesem Geld konnten sie sich einen Tag freinehmen und an die Küste fahren, Muschelsuppe essen und am Strand kampieren. Sie waren zu Dr. Frobisher gegangen und hatten sich gemeldet. Der Test verlangte, daß sie sich vor einen Computer setzten; sie sollten computererzeugte Bilder betrachten und aus einer Serie dasjenige auswählen, das auf ein vorgegebenes Bild folgen oder es ergänzen würde. Sie sah das erste Bild als einen Klecks (möglicherweise einen Bären), dann wieder einen Klecks (möglicherweise einen Hund), darauf einen weiteren Klecks (möglicherweise ein Pferd), und viele Kleckse, die einfach abstrakt waren. Sie wählte ein Bild aus, das ein Klecks war (möglicherweise eine Kuh), und so war die Stunde dahingegangen. Sie hatte es albern gefunden, doch als sie ihre Notizen später mit Lucas verglichen hatte, war deutlich geworden, daß er entweder Dinge sah, die sie nicht gesehen hatte, oder daß er eine andere Serie von Bildern bekommen hatte. Er wurde aufgefordert, wiederzukommen und mit der nächsten Serie fortzufahren, und dann mit der übernächsten und der darauf folgenden, bis er am Ende des Semesters seine Teilzeitarbeit aufgegeben hatte und für Emil Frobisher arbeitete.

Lauter Computer, dachte sie. Später dann, als er vor sechs Jahren wieder nach Hause gekommen war, ging es noch immer um Computer. Und nun hatte er einen Computer für Travis geschickt. Sie erinnerte sich daran, was er an jenem letzten Abend unten am Strand gesagt hatte: Wenn Travis in fünf oder sechs Jahren ins Pubertätsalter käme, würde die ganze Sache fertig sein.

Sie schüttelte den Kopf. Nein! Am liebsten hätte sie mit einer Axt auf die Wellpappkartons eingeschlagen, aber sie ließ es sein und ging wieder zur Tür. Sie mußte hinaus, das Haus verlassen, gehen, sich bewegen, mit Großvater sprechen. Sie blickte zu den Bäumen auf. Mit Großvater sprechen.

Diesmal achtete sie kaum auf den Weg und die Steilheit des letzten Anstiegs, merkte kaum, wie heiß ihr war, als sie sich an einem Felsen hinaufzog, um die letzten Schritte zu erleichtern. Kurz bevor sie die ebene Lichtung erreichte und kaum noch einen Meter zu steigen hatte, erstarrte sie. Lucas!

Er war der Lucas ihrer Mädchenjahre, ein lachender, glücklicher Junge, mit demselben Licht in den Augen, das sie geliebt hatte, als sie beide neunzehn gewesen waren. So hatte er ausgesehen, als sie mit dem Schlitten die lange Zufahrt zum großen Haus hinuntergesaust waren, als sie den Halleck Creek gestaut hatten und im eiskalten Staubecken geschwommen waren; als sie sich durch die Sanddünen an der Küste gearbeitet hatten, um Wildgänse in den Süßwasserlagunen zu beobachten … Er sagte in genau derselben Weise, wie er es früher hundertmal, tausendmal gesagt hatte: »Paß auf!«

Ungläubig schloß sie die Augen und drückte sie fest zu, wie gelähmt; als sie die Augen wieder öffnete, war er fort. Sie sprang die letzten zwei Schritte zum Rand und nahm am Rand ihres Gesichtsfeldes eine Bewegung wahr. Sie fuhr herum und sah ihn auf der anderen Seite der Felsterrasse, unweit vom Rand der Schlucht. Er lachte noch immer. Bevor sie ihn klar ins Auge fassen konnte, peitschte ein Gewehrschuß; Lucas wurde rückwärts gegen einen Block geworfen. Er rollte herunter, kollerte über den Rand und in die Schlucht.

Sie schrie und schrie; und schreiend begann sie den Pfad, den sie gerade erstiegen hatte, wieder hinunterzulaufen.

8

Barbara Holloway beobachtete die beiden Kundinnen ohne Interesse. Sie kicherten über einem roten paillettenbesetzten Abendkleid, das eine von ihnen sich an den Körper hielt. Sie war zu fett für die schmale, schlauchartige Hülle aus den dreißiger Jahren. Beide Frauen waren zu fett, dachte Barbara, als daß etwas in dem Laden ihnen passen könnte. Sie haßte fette Frauen, die den Kleidern die Schuld gaben. Sie hatte einen Finger zwischen die Buchseiten gesteckt und wartete, daß die beiden wieder hinausgingen. Ein halbwüchsiges Mädchen kam hereingesprungen und zog die Tür hinter sich zu; Winnies Stimme ertönte aus dem Hinterzimmer: »Bitte die Tür nicht schließen!«

Das Mädchen blickte argwöhnisch zu Barbara.

»Das Kühlsystem arbeitet mit Frischluft«, erläuterte Barbara.

»Ich glaube, es arbeitet überhaupt nicht«, sagte eine der Frauen. »Es ist stickig hier.«

»Dann haut doch ab«, murmelte Barbara vor sich hin. Sie blickte mit hochgezogener Braue zu der Frau auf und vertiefte sich wieder in ihr Buch.

Die andere, die das rote Paillettenkleid an sich gehalten hatte, warf es über einen Ständer, und die drei gingen. Auf dem Weg hinaus schloß sie die Tür.

»Miststück«, sagte Barbara, stand auf und ging, die Tür zu öffnen. Es war Spätnachmittag, ein Freitag im August in Phoenix, Arizona. Sie war endlich in der Hölle angekommen, dachte sie, als sie auf die Einkaufsstraße hinausblickte, wo ein halbes Dutzend potentieller Käufer herumwanderte, halb betäubt von der

Hitze. Die Frauen, die gerade gegangen waren, wurden von dem Mädchen zielstrebig in das Geschäft mit Navajoschmuck gelotst. Sie zuckte die Achseln. Dort drinnen würde es genauso stickig sein; sie verwendeten das gleiche Kühlsystem.

»Wie sieht das aus?« fragte Winnie. Sie war aus dem Hinterzimmer in den Laden gekommen und trug ein hautenges schwarzseidenes Abendkleid, das bis zur Mitte des Oberschenkels geschlitzt war. Eine Kette falscher Perlen hing ihr bis unter die Taille.

Barbara pfiff. »Gangsterbraut. Phantastisch.« Winnie war jedenfalls nicht zu fett für das Kleidungsstück, mit dessen Änderung sie den Nachmittag zugebracht hatte. Sie sah wundervoll aus. Barbara beneidete Winnie eigentlich nicht um ihre schlanke Figur; dafür sah sie sich selbst zu philosophisch, aber es gab wenig in dem Laden, was sie anzuprobieren bereit gewesen wäre. Hüftig, dachte sie von sich selbst. Kräftig. Ein praktischer Körper, nützlich. Die typische amerikanische Mischung, durchschnittlich in jeder Weise. Sogar ihr dunkelbraunes Haar und die blauen Augen genau in der Mitte der Norm – in den meisten Gegenden. Hier in Phoenix kam sie sich unter all den schwarzhaarigen, braunhäutigen Leuten mit ihren glänzenden schwarzen Augen fremd vor. Winnie hatte schwarzes Haar und schwarze Augen, langes glattes schwarzes Haar; sie war das vollkommene Modell für das aufreizende Abendkleid aus den frühen dreißiger Jahren.

Der Laden hieß ›Play it Again, Sam‹, und führte nichts Moderneres als aus den Fünfzigern. Barbara war jetzt seit fast neun Monaten hier, aber es war Zeit, nach Norden zu gehen, fort von der Hitze, der Trockenheit, der glühenden Sonne. Der Laden warf so wenig ab, daß es lächerlich war, so zu tun, als könnte er zwei Frauen wie ein reguläres Geschäft erhalten. Winnies geschiedener Mann machte es überhaupt erst möglich, daß der Laden existierte; Winnie war wahrscheinlich die schlechteste Geschäftsfrau der Welt, und Barbara kümmerte es wenig, ob der Laden Geld einbrachte oder nicht. Aus Dankbarkeit für Barbaras Hilfe bei der Scheidung, die sich als finanziell erfolgreich herausgestellt hatte, hatte Winnie gesagt: »Babsy, du hast einen Job, solange du willst, und die Wohnung oben, wenn du die willst.« Kopfschüttelnd hatte sie hinzugefügt: »Aber warum du nicht dein Schild aufhängst und dir als Rechtsanwältin eine goldene Nase verdienst, geht über meinen Horizont.«

Wäre sie gedrängt worden, hätte Barbara eine Begründung geben können. Aber Winnie drängte niemals. Sie war schon wieder im Hinterzimmer, um sich das Abendkleid abzuschälen; dann würde es Zeit sein, den Laden zu schließen, und Barbara würde nach oben in die Wohnung gehen, das meiste ihrer Kleidung ablegen und sich nahe der Klimaanlage vor einen Ventilator setzen, neben sich ein großes, beschlagenes Glas mit einem kalten Erfrischungsgetränk. Und ihr Buch zu Ende lesen.

Ihre Wohnung glich bei Tag und Nacht einer Sauna. Die Klimaanlage blies heiße Luft in die Räume, und ein Ventilator hielt sie weiter in Bewegung, aber die Luft kühlte niemals ab. Heiße Luft in Bewegung war immerhin besser als stillstehende heiße Luft. Schon beim Betreten der Wohnung schaltete sie den Ventilator und die Klimaanlage ein, dann befreite sie sich von der Oberbekleidung. Unterwegs zur Kochnische, wo sie Eis aus dem Kühlschrank holte, schaltete sie auch den Anrufbeantworter ein, der ein Blinksignal von sich gab. Wozu einen Anrufbeantworter, hatte Winnie gefragt – eine berechtigte Frage, da Barbara zu der Zeit in ganz Phoenix nur sie gekannt hatte. Weil … hätte sie geantwortet, wenn ihr danach gewesen wäre. Manche Dinge reisten eben mit ihr, das war alles. Der Anrufbeantworter, ein Laptop-Computer, ein Fön, ein sehr gutes

Radio mit Kurzwelle, eine Gesamtausgabe von Sherlock Holmes ...

Sie hörte auf, Eiswürfel aus der Gefrierschale zu schlagen, als sie ihres Vaters Stimme hörte. »Ruf mich an.« Das war alles.

»Hol ihn der Teufel«, murmelte sie und machte ihr Getränk fertig – ein mit Eis, einem Spritzer Wodka und viel Bitter Lemon gefülltes Glas. Warum konnte er nicht wie andere Leute sein? Winnies Mutter redete in den Anrufbeantworter, bis das Band zu Ende war. Winnie behauptete, ihre Mutter ziehe den Anrufbeantworter vor, weil er ihr nie widersprach, sie nie unterbrach oder auflegte. Eine andere Freundin, Marla, spielte einmal eine Bandaufzeichnung ihrer Mutter vor, die sie für typisch erklärte: »Sag ihr, sie soll mich anrufen, sobald sie nach Hause kommt, hörst du? Und sag ihr, sie soll nicht warten, bis die Einheit billiger wird. Ich will heute nachmittag mit ihr sprechen. Sag ihr einfach, ich hätte betont, heute nachmittag.« Sie hatten beide gelacht.

Und ihr Vater sagte einfach: »Ruf mich an.« Keine Identifikation, keine Nummer, keine Tageszeit. Er erwartete, daß sie seine Stimme erkannte, ganz gleich, was vorging. Doch war es nicht wirklich ein Befehl, soviel war ihr klar. Es war so, als wollte er sagen: »Laß den Wagen auftanken«, oder »Reich mir das Buch da.«

Dann, ausgestreckt vor dem Ventilator, in der Hand das kalte Glas, von dem ihr Eiswasser auf den Bauch tropfte, dachte sie an den kühlen grünen Fluß draußen vor seinem Haus, und an die kühlen, dämmernden Wälder ringsherum, und an Nächte, die man auch im Sommer gemütlich unter einer Bettdecke verbrachte.

Sie hatte nie in dem Haus in den Wäldern gewohnt, war aber oft genug dort gewesen, um sich zu erinnern, wie kühl es war, und wie still. Er hatte das Haus gekauft, bevor er sich in den Halbruhestand zurückgezogen hatte, und zunächst einen Ort darin gesehen, wo er und Mutter die Wochenenden verbringen konnten; nach ihrem Tod und nachdem er entschieden hatte, daß er nicht mehr so angestrengt arbeiten mußte, hatte er das Haus in der Stadt aufgegeben und war ganz hinausgezogen.

Sie rieb das kalte Kondenswasser vom Glas und drückte die Fingerspitzen an die Stirn, an die Wangen. Endlich stellte sie das Glas weg und griff zum Telefon.

»Hallo«, sagte sie munter, als er nach dem zweiten Läuten abnahm. »Wie geht es dir, Paps?«

»Kannst du kommen und eine Weile bei mir bleiben?«

Sie schüttelte den Kopf über die Plötzlichkeit seiner Frage. Zwar hatte sie erwartet, daß er danach fragen würde, aber nicht so, ohne jede Einleitung.

»Ich weiß nicht. Bist du krank? Was ...?«

»Bobby, ich brauch dich.«

Für sie war es ein zweiter Schock. Ihr Vater hatte nie in seinem Leben jemanden gebraucht. »Was ist passiert?«

Er senkte die Stimme. »Kind, ich fürchte, ich habe mehr abgebissen, als ich kauen kann. Aber ich möchte am Telefon nicht darüber reden. Kannst du kommen?«

Sie zögerte. Die Stille wurde unterbrochen vom Schnurren des Ventilators, dem Geklapper der Klimaanlage, Leitungsgeräuschen, schwachen Störungen, einem Klicken. Alle Gründe, nein zu sagen, schossen ihr durch den Kopf: Er versuchte sie zu manipulieren; sie war fertig mit allem, was er verkörperte; sie mußte irgendwo einen Job finden, der nicht in Phoenix war, wo das Thermometer schon um sieben Uhr früh siebenunddreißig Grad zeigte, aber auch nicht Oregon. Er würde sich ärgern, wenn er sehen könnte, in welche Richtung ihre Entwicklung ging ... Ein neuer Gedanke kam an die Oberfläche: Was für ein Unterschied machte es schon, wo sie war? Und es würde kühler sein. Wenigstens würde es kühler sein.

»Wie es sich ergibt«, sagte sie schließlich, »wollte ich morgen oder übermorgen von hier fort und hinauf nach Minneapolis. Ich nehme an, ich könnte einen Umweg über Oregon machen.«

»Gut! Gut. Und, Kindchen, von diesem Augenblick an wirst du als Beraterin auf der Honorarliste geführt. Ich erwarte dich. Fahr vorsichtig.« Er legte auf.

Hol ihn der Teufel, schnaufte sie, als sie den Hörer hinwarf. Hol ihn der Teufel! Sie hatte auf seine einfache Erklärung reagiert, daß er sie brauche; er hatte etwas anderes daraus gemacht.

Sie stand auf und bereitete ein zweites Getränk, betrachtete das Telefon, streckte die Hand danach aus, zog sie zurück, streckte sie wieder aus und schüttelte den Kopf. Dann war das stumme Ringen entschieden, und sie setzte sich wieder vor den Ventilator und ließ Eiswasser vom beschlagenen Glas auf ihren Bauch tropfen.

Sie würde die Wüstenstrecke bei Nacht fahren, entschied sie. In dieser Nacht. Dann würde sie gegen Mittag in Las Vegas sein, den Rest des morgigen Tages verschlafen und in der zweiten Nacht bis Reno fahren. Von da an, durch Nordkalifornien und Oregon, würde es kühler sein. Wie und wann sie die letzte Etappe angehen würde, konnte sie später noch entscheiden. Die Erinnerung an Craig, ihren letzten Liebhaber, kam ihr in den Sinn. Er hatte gesagt, sie müsse erst mit sich selbst ins reine kommen, bevor sie etwas mit ihm planen könne. Dann war er gegangen. Er hatte recht gehabt. Es gab da etwas; immer gab es etwas. »Du hast kein Vertrauen zu mir«, hatte er ihr am letzten Abend ihres Zusammenseins vorgeworfen. Das war auch richtig. Sein Handeln hatte die Richtigkeit ihrer Einschätzung bewiesen, fügte sie hinzu: Er hatte sie sitzenlassen. Aber es gab Dinge, die zu regeln waren, und sie konnte gerade so gut jetzt damit anfangen. Nicht wegen Craig; beide Seiten gingen davon aus, daß sie einander nicht wiedersehen würden. Es war nicht wegen etwas, das sie mit einem Namen belegen könnte; Dinge sollten geregelt werden. Weil …

Sie packte eilig ihre Sachen; sie hatte sehr wenig. Der Computer, der Fön, der Bücherkoffer, das Radio… Zwei Koffer mit Kleidern, alles, was sie in der Welt besaß, ließ sich im Wagen verstauen, ohne den Kofferraum oder die Rücksitze auszufüllen. Sie schrieb Winnie eine Notiz, sperrte den Laden auf, legte ihre Nachricht auf die Registrierkasse und ließ ihren Blick ein letztes Mal in die Runde gehen. Eine Zeitlang hatte es Spaß gemacht, dachte sie. Der Spaß war vorbei. Zeit, sich davonzumachen.

Am Dienstagnachmittag fuhr sie in die Zufahrt von Frank Holloways Haus. Die Temperatur betrug vierundzwanzig Grad und war köstlich kühl; das Licht war gedämpft, gefiltert von alten Nadelbäumen, die das Haus beschatteten. Genau richtig, dachte sie beifällig, genau was sie sich vorgestellt hatte. Ihr Vater kam aus dem Haus geeilt, sie zu begrüßen. Er trug lächerliche Bermudashorts, die ihm bis zu den Knien reichten, darüber ein Sporthemd und Sandalen. Sie lächelte über die absurde Gestalt, die in nichts dem Mann ähnelte, den sie sich vorgestellt hatte; in ihrer Erinnerung trug er immer graue Anzüge und Schlipse in gedeckten braunroten oder blaugrauen Farben.

Er umarmte sie, hielt sie fest an sich gedrückt, dann ein wenig auf Distanz, um sie anzuschauen, und drückte sie wieder fest an seine Brust.

»Ich kann dir nicht sagen, wie glücklich ich bin, dich zu sehen«, sagte er. »Du siehst wunderbar aus, braun wie eine Nuß, hübsch wie eh und je, noch hübscher sogar. Komm herein, komm herein! Wir werden dein Zeug später ausladen. Jetzt ist es zu heiß. Laß dich anschauen.«

Er betrachtete sie wieder, als sie lachte. Zu heiß!

»Du hast ein paar graue Haare«, sagte er erstaunt.

»Es geht dahin, Paps. Ich werde alt, wie alle anderen.« Siebenunddreißig, dachte sie. Um Himmels willen! *Siebenunddreißig!*

Er schüttelte den Kopf. »Nein. Aber endlich fängst du an, erwachsen auszusehen. Ein wenig erwachsen. Komm mit hinein!«

Es war gut, hier zu sein, erkannte sie, als sie ins Haus gingen. Sie mochte dieses Haus mit der Zedernholztäfelung, dem Zederduft, den breiten Fenstern zum Fluß hinaus. Und sogar die Unordnung. Es gefiel ihr, daß er überall im Wohnzimmer etwas herumliegen hatte. Bücher, Zeitschriften, Papiere auf allen Tischen und Oberflächen, hier und dort Notizbücher. Nach seinem Umzug aus der Stadt hierher hatte sie eine Zeitlang befürchtet, er würde verkümmern, doch war er offensichtlich so beschäftigt wie immer.

Sie wanderte im Wohnzimmer herum, betrachtete Gegenstände, an die sie sich aus ihrer Kindheit erinnerte: indianische Töpferei, ein Kupferkessel mit Werkzeug für den Kamin. Auf einem lederbezogenen Kaffeetisch, beinahe versteckt hinter Stößen alter juristischer Fachzeitschriften, stand eine exquisite kristallene Deckelschale, die mit Pfefferminzplätzchen gefüllt war. Ihre Mutter hatte sie nur Weihnachten hervorgeholt. Jenseits der Fenster waren der Fluß, Bäume, Himmel. Auf den Fensterbänken waren sehr hübsche Gesteins- und Mineralproben aufgereiht: Jaspis, Quarzkristalle, Tektite …

Sie blickte auf und sah, daß er sie mit einem Lächeln beobachtete. Sie lächelte zurück. »Es ist gut, wieder hier zu sein«, sagte sie. »Hast du Kaffee im Haus?«

Er lachte, und sie gingen in die Küche, wo sie sich setzte, während er den Kaffee bereitete. Niemand machte so guten Kaffee wie er. Er begann mit ganzen Bohnen, dunkel gerösteten kolumbianischen Qualitätsbohnen, die er mit blassen Mokkabohnen mischte, um den Geschmack milder zu machen, wie er sagte. Das Geräusch der Kaffeemühle erfüllte den Raum. Es war noch der alte Küchentisch, erkannte sie bei näherer Betrachtung. Er hatte ihn mit dem Umzugsgut vom anderen Haus hierher bringen lassen. Sie fand die Kerbe, die sie mit einer Schlittschuhkufe gemacht hatte, und rieb mit dem Finger darüber.

»Was hast du in Phoenix gemacht?« fragte er von der anderen Seite des Raumes, wo er den gemahlenen Kaffee in den Filter löffelte.

Sie erzählte ihm vom Laden, von Winnie und stellte alles lustiger dar, als es gewesen war; auch die Fahrt herauf nach Oregon klang in ihrer Schilderung interessanter, als sie gewesen war. Darauf erzählte sie ihm von ihren Plänen, von Minneapolis, wo sie eine Schulfreundin hatte, die ein genossenschaftlich organisiertes Geschäft für biologisch angebaute Lebensmittel gründen wollte. Ihre Stimme verlor sich in verlegenem Schweigen, als er mit einem Tablett zum Tisch kam.

»Komm, setzen wir uns auf die Terrasse«, sagte er. »Es ist eine angenehme Tageszeit.«

Sie wußte, daß zu beiden Seiten seines Hauses weitere Häuser standen, aber von der Terrasse waren sie nicht zu sehen. Unten in Turners Point war die Reihe der Hütten zu sehen, ungefähr zehn Meter unter ihnen, und an den hölzernen Anlegestegen lagen einige Boote vertäut. Kinder alberten dort herum, weit genug entfernt, daß ihre Stimmen nicht bis hierher trugen. Das Bild wurde beherrscht vom Fluß und den endlosen Wäldern. Vom Westen wehte eine Brise und brachte den Duft von Wasser und Wald mit sich, heilende Gerüche, dessen war sie gewiß. Bis zu diesem Augenblick hatte sie nicht erkannt, wie müde sie von der langen Fahrt war, wie angespannt von der Erwartung dieser ersten Begegnung seit fünf Jahren.

»Es ist himmlisch«, sagte sie, als sie sich in Liegestühlen niedergelassen hatten.

Er nickte. Er hatte niemals viel geredet, sagte nie das Offensichtliche, sondern ließ es für sich selbst sprechen. Er trank seinen Kaffee jetzt schwarz; früher hatte er ihn mit Kaffeesahne aufgefüllt, bis er beinahe weiß gewesen war. Cholesterin? Es war an der Zeit, dachte sie, etwas über seine Gesundheit zu erfahren, seine Essensgewohnheiten, seine Arbeit. Aber sie wollte nichts überstürzen, ebensowenig wie er.

Dann überraschte er sie aufs neue. »Laß dir erzählen, was es mit dem Fall auf sich hat«, sagte er, den Blick auf das fließende Wasser gerichtet. Er ließ ihr keine Zeit zum Protestieren, für die Bekräftigung, daß sie nicht mehr juristisch tätig sei, daß sie die Absicht habe, in einer Absatzgenossenschaft mitzuarbeiten. »Zuerst haben wir Lucas Kendricks«, sagte er. »Er kam aus dem Deschutes County und heiratete hier ein einheimisches Mädchen, Nell Dorcas. Sie ist jetzt zweiunddreißig. Vor sechs Jahren verließ er sie und ließ nichts mehr von sich hören, bis er im Juni wieder auftauchte. An einem Montagnachmittag erschien er in seinem Elternhaus. Er sagte, jemand sei hinter ihm her; nicht wer, bloß jemand. Am Dienstag verließ er sein Elternhaus und wurde am selben Tag in Sisters gesehen. Dort kaufte er Proviant für einen Campingausflug und nahm ein paar Mädchen mit. Er brachte sie zur Eagleton Ranch, wo eines der Mädchen blieb, um Fotos von den Lamas zu machen; das andere Mädchen fuhr mit ihm weiter. Am Donnerstag derselben Woche trieb der Leichnam eines Mädchens den Fluß hinab und wurde von verschiedenen Leuten gesehen. Man fand die Tote aber nicht gleich. Am Samstag erschien Lucas Kendricks auf einem Höhenzug über dem Grundstück seiner Frau und wurde durch einen Kopfschuß getötet. Der Leichnam des Mädchens wurde erst am Sonntag geborgen. Sie war geschlagen, gefesselt, vergewaltigt, verstümmelt und ermordet worden. Sie wurde als eines der Mädchen identifiziert, die Kendricks in Sisters mitgenommen hatte. Und letzte Woche wurde Nell Kendricks wegen Mordes an ihrem Ehemann angeklagt.«

»Deine Klientin?«

»Ja.«

»Hat sie es getan?«

»Sie sagt nein.«

»Mord wahrscheinlich lebenslänglich, Totschlag zehn bis zwanzig«, sagte Barbara kalt. »Ich nehme an, die Anklage ging vom schwersten Tatbestand aus, vorsätzlicher heimtückischer Mord. Wird sie schuldig gesprochen, kann auf Todesstrafe erkannt werden.« Sie hatte ihn nicht ein einziges Mal angesehen, während er gesprochen hatte, und auch jetzt tat sie es nicht. Sie füllte ihre Kaffeetasse auf. »Laß mich wissen, wie die Sache ausgeht.«

Er grunzte, rückte in seinem Liegestuhl. »Ich kann es nicht machen, Bobby. Und es gibt sonst keinen.« Er begann die Anwaltskollegen in seiner Gemeinschaftskanzlei aufzuzählen und die Gründe anzugeben, warum keiner von ihnen Nell Kendricks Verteidigung übernehmen konnte oder wollte.

Sie hörte nicht mehr zu. Am Reed College hatte der Witz die Runde gemacht, daß, wenn man in Oregon einen Baum schüttelt, drei Rechtsanwälte und ein Waldarbeiter herausfallen würden.

Er brach ab. »Du hast nicht zugehört, nicht wahr?«

»Ich habe genug gehört. Es hat keinen Zweck, Paps. Selbst wenn ich mich für den Fall interessieren würde, und das wird nicht geschehen, kann ich in Oregon nicht praktizieren. Es ist zwecklos, darüber mit mir zu sprechen.«

»Du kannst praktizieren«, sagte er. »Du hattest unbefristeten, unbezahlten Urlaub, während du dich mit Forschungsarbeiten befaßtest. Das läßt sich regeln.«

Sie fühlte sich so beengt, daß sie überzeugt war, wie eine Spastikerin zu erscheinen, wenn sie sich bewegte. Sie betrachtete die Kaffeetasse in ihren Händen. Er hatte einen ganzen Satz davon, und jede zeigte einen komischen Richter, eine komische Szene aus dem Gericht. Auf ihrer Tasse war die Karikatur eines Richters zu sehen, der sich über den Tisch beugt und den Angeklagten fragt: »Sie sagen, Ihr Nachbar habe sich selbst Ihren Billardstock über den Kopf geschlagen, nur um Sie vor Gericht anzuschwärzen?«

Als sie sicher war, daß sie ihre Stimme beherrschen konnte, sagte sie: »Du kannst es nicht machen, Paps. Es tut mir leid, daß du eine Klientin hast, für die es nicht gut aussieht, aber so ist das Leben. Warum meinst du, daß du es nicht machen kannst? Man gewinnt ein paar, man verliert ein paar. Hast du mir das nicht selbst gesagt? Der Fall wird verhandelt, sie bekommt zwanzig Jahre, und damit hat es sich. Wenn sie Glück hat, wird sie nach zwölf Jahren entlassen. Was ist daran so besonders?«

»Es ist was faul an der Sache, Bobby. Ich weiß nicht, wie oder warum, aber diese Angelegenheit hat etwas an sich, was mir Magenschmerzen bereitet. Und ich weiß nicht, wo ich anfangen soll.«

Er spielte nicht fair. Er sollte die Stichworte aufnehmen, die sie ihm gab, und die Auseinandersetzung neu beleben, die sie vor fünf Jahren aus dem Haus getrieben und sie seitdem getrennt hatte. Er hörte sich sorgenvoller an, als sie sich bei ihm erinnerte; er hatte sich für seine Klienten niemals auf der Gefühlsebene engagiert. Er war an ihnen interessiert, bereit, für sie zu kämpfen, auch wenn er ihnen mit einer gewissen Skepsis begegnete. Aber niemals identifizierte er sich wirklich mit ihnen. Er hatte seine Klienten stets wie Musterexemplare behandelt, die ihn eine Zeitlang faszinierten, genauso wie ein Junge von einem Frosch fasziniert ist, den er beim Insektenfang beobachtet.

»Du sagst, Kendricks habe seine Frau vor sechs Jahren verlassen und sei jetzt erst wieder aufgetaucht. Warum ließ sie sich nicht von ihm scheiden?«

Ihr Vater machte ein verdutztes, dann nachdenkliches Gesicht. »Ich weiß nicht, warum sie es nicht tat.«

»Nun, dann bring es heraus. Und wenn du schon dabei bist, bring heraus, mit wem sie schläft. Oder lebt sie mit zweiunddreißig im Zölibat?« Sie stand auf. »Ich bring ein paar von meinen Sachen ins Haus. Das meiste kann für die nächsten paar Tage, bis ich wegfahre, im Kofferraum bleiben.« Sie ließ ihn auf der Terrasse zurück.

9

Sie trug ihre Koffer nach oben in das Gästezimmer, das sie früher schon des öfteren bewohnt hatte. Es ging nach Westen hinaus und bot einen besseren Ausblick auf den Fluß als die Terrasse. Das Wasser hatte einen goldenen Schimmer angenommen, der wie feines Seidengewebe aussah, das gerade genug in Bewegung war, um die Glanzlichter spielen, neue Muster erscheinen und verschwinden zu lassen. Sie beobachtete das Spiel mehrere Minuten lang, ohne an etwas zu denken, zufrieden, die unendlichen Veränderungen zu verfolgen.

Als die Worte ihres Vaters in den Frieden der Flußlandschaft einzudringen begannen, wandte sie sich vom Fenster ab und öffnete den Schrank und die Schubladen der Kommode, bevor sie ihre Koffer auspackte. Im Schrank waren noch eine gesteppte Daunenjacke und zwei Pullover, die anscheinend von ihrem letzten Besuch zurückgeblieben waren. Sie hatte sie vergessen. Im Bad stand ein Glas mit rosettenförmigen Seifenstücken, die den würzigen Duft wilder Rosen verströmten.

Plötzlich sah sie ihre Mutter vor sich, schlank, grauhaarig, die mit ihrer leisen Stimme sagte: »Laß das Glas offen, Kind. Wenn die Seife trocknet, hält sie länger und der Duft bleibt frischer. Darum wickle ich die Stücke immer alle aus.« Barbara stockte der Atem vor der Klarheit der Erinnerung an jenen flüchtigen Augenblick. Ihre Mutter mußte es auch ihrem Vater gesagt haben, denn das Glas war offen.

Sie kehrte ins Schlafzimmer zurück und stand eine Weile unschlüssig. Es gab einen bequemen Sessel, eine

Leselampe, dazu ein paar Bücher, Zeitschriften und Zeitungen. Das Bett war das alte Messingbett aus ihrem einstigen Mädchenzimmer, mit derselben gesteppten Tagesdecke mit rosa Blüten und grünen Blättern. Sie verspürte die Versuchung, sich aufs Bett zu werfen und zu weinen, wie sie es in jener fernen Zeit getan hatte, wenn sie unglücklich gewesen war.

Sie verstaute den Inhalt der Koffer in den Schubladen und den Schrank, dann nahm sie die Schultern zurück und ging wieder hinunter.

Als sie am Fuß der Treppe war, rief ihr Vater aus der Küche: »Komm herein, Kind. Ich bereite unser Essen vor.«

Sie ging durch den Korridor, warf ein Blick in sein Arbeitszimmer und kam in die Küche. Sein Arbeitszimmer war noch unordentlicher als das Wohnzimmer: Mehr Bücher lagen herum, viele von ihnen aufgeschlagen, ein neuer Computer stand neben dem Schreibtisch, Pantoffeln lagen vor seinem Ledersessel, und überall Notizzettel, Zeitschriften mit eingemerkten Seiten, unsortierte Zeitungsausschnitte.

»Ich dachte an gegrillte Forelle. Du bist nicht auf Diät oder was, nicht wahr?« Er blickte sie über seine Brille hinweg an. Sie war am Küchentisch stehengeblieben. Als sie den Kopf schüttelte, fuhr er fort: »Gut, gut! Gefüllte Tomaten. Lonnie hat sie angebaut. Und dazu süßen Mais. Du erinnerst dich an Lonnie Rowan?«

»Ich glaube nicht, daß ich ihr begegnet bin.«

»Vielleicht nicht. Als du zuletzt da warst, arbeitete sie wahrscheinlich noch im Haushaltswarengeschäft. Vor der Überschwemmung gehörte es ihrem Vater, glaube ich, und vor ein paar Jahren starb er ihr weg. Sie war fünfundfünfzig. Es scheint, daß alle Versprechungen, die er ihr gemacht hatte, daß er für sie vorgesorgt habe und so weiter, nichts als leere Sprüche waren. Als er tot war, stellte sich heraus, daß er eine Menge Schulden hatte, eine Hypothek auf dem Geschäft, eine Hypothek auf dem Haus und mehr unbezahlte Rechnungen, als du dir vorstellen kannst.«

Während er sprach, arbeitete er an der Anrichte, wo er die Tomaten schnitt, salzte und umdrehte, um sie zu entwässern. Dann setzte er sich auf einen niedrigen Antritt, den er schon immer als Hocker benutzt hatte, um Mais zu entkörnen. Darauf zur Spüle ... Sie bot ihm keine Hilfe an. Er war ein viel besserer Koch als sie und ertrug keine andere Person in der Küche, wenn er kochte.

»Also stand sie da mit ihren fünfundfünfzig Jahren, ohne Geld, verschuldet, ohne Erfahrung in irgend etwas anderem als dem Verkauf von Haushaltswaren und der Pflege ihrer kranken Mutter bis zu ihrem Tod. Ihren Vater brauchte sie nicht lange zu pflegen, er starb ziemlich unerwartet.« Er ging zum Kühlschrank und nahm eine Flasche Weißwein heraus. »Ich dachte mir, daß ich etwas vergessen hatte.« Er brachte die Flasche und Gläser zum Tisch und schenkte ihnen beide ein. »So ist es besser. Nun, Lonnie fing an als Zugehfrau für verschiedene Leute hier zu arbeiten. Drüben bei Doc ...« Wieder spähte er sie über die Brillenränder an, und sie nickte. Sie erinnerte sich an Doc und seine verkrüppelte Frau. »Drüben ist sie die meisten Tage, bei mir einmal in der Woche, da und dort. Aber was sie wirklich plant, ist Mord.«

Barbara verschluckte sich an ihrem Wein. »Na, hör mal! Was soll das heißen?«

»Versetz dich in ihre Lage. Ganz gleich, wieviel sie von jetzt an arbeitet, der Tag wird kommen, wo sie nicht mehr in der Lage sein wird, Geld zu verdienen, und dann wird sie mittellos sein und höchstwahrscheinlich auf der Straße liegen. Ein bißchen Sozialversicherung, wenn sie genug Beiträge eingezahlt hat. Einigen von uns gelang es, das Haus für sie zu retten, wobei ihr zugute kam, daß es bei der Zwangsversteigerung kaum etwas gebracht hätte: sechzig Jahre alt, ziemlich heruntergekommen, ohne Modernisierungen. Aber trotzdem war es ein Heim. Bloß wird sie, wie sie es sieht, nicht mal imstande sein, die Grundsteuer zu bezahlen. Aber wenn sie jemanden umbringt, den richtigen Jemand, wird sie eingewiesen und kann den Rest ihres Lebens bequem und sorgenfrei verbringen.«

»Irrenanstalten sind nicht so bequem«, sagte Barbara ernst.

»Richtig. Sagte ich ihr auch. Aber sie hat nicht vor, als Geisteskranke behandelt zu werden. Sie will eine politische Erklärung aufsetzen und dann jemanden um die Ecke bringen, der sowieso verdient hatte, vom Angesicht der Erde zu verschwinden. Damit würde sie der Welt einen Gefallen tun, die Höchststrafe bekommen und braucht sich dann um nichts mehr zu kümmern. Natürlich würde sie nicht im Traum an ein Gnadengesuch denken; im Gegenteil, sie würde alles tun, um eine Begnadigung zu vermeiden. Eine Häftlingsrevolte anzetteln oder was, nehme ich an.«

Barbara mußte lachen. »Und du bist ihr Anwalt und berätst sie?«

»Ich mach nicht gemeinsame Sache mit ihr, nicht in einer Verschwörung irgendwelcher Art, noch berate ich sie in praktischen Dingen wie der geeignetsten Methoden, jemanden zu ermorden. Ich versuchte sogar, ihr die Idee auszureden, aber sie hat es sich in den Kopf gesetzt. Alle paar Wochen kommt sie daher und fragt mich, was ich von dieser oder jener Idee halte. Ein Senator oder Richter wäre vielleicht geeignet, meint sie, ein Staatsoberhaupt. Einmal war es der Gastgeber einer Talkshow. Nun, sehen wir mal, was wir noch brauchen: Soße mit schwarzen Bohnen, Knoblauch …«

Sie nippte an ihrem Wein und sah ihrem Vater bei der Zubereitung ihres Abendessens zu. Wie so oft fragte sie sich, in welchem Maße ihm seine eigenen Machenschaften bewußt waren. Als Halbwüchsige war sie überzeugt gewesen, daß alles, was er tat und sagte, geplant und auf den Effekt hin kalkuliert sei, doch hatte sie diese Einschätzung später verworfen. Längere Zeit hatte sie dann geglaubt, daß er auf einer intuitiven Ebene funktioniere, die ihm selbst nicht bewußt sei, aber auch diese Deutung hatte sie später in Frage stellen müssen. Er handelte bewußt, aber nicht so berechnend, wie sie geglaubt hatte. Seine Intuition führte ihn selten in die Irre; er hatte sich angewöhnt, ihr soweit zu vertrauen, daß er sich seiner Sache in fast allen Lebenslagen sicher fühlte. So konnte er jetzt der charmante und amüsante Vater sein, den sie liebte, sie in Passivität einlullen und dann einen neuen Angriff vortragen, energischer und entschiedener als zuvor. Sie durchschaute sein Manöver, die Art und Weise, wie er von seiner Mörderklientin zu dieser anderen Frau umgeschaltet hatte und die andere Angelegenheit in der Luft hängen ließ, bis er bereit war, sie wieder aufzugreifen, und keine Sekunde früher. Sie trank den Wein, wartete, erheitert jetzt, und ließ die Dinge auf sich zukommen.

»Hat diese Lonnie Rowan einen Plan? Geld, um dorthin zu reisen, wo ihr Opfer sich aufhält? Mittel und Wege, mögliche Sicherheitskontrollen zu überwinden?«

Er nickte. »Noch besser. Sie glaubt, daß er zu ihr kommen werde, wenn sie still sitzt. Aber sie findet es frustrierend, denn jedesmal, wenn sie ein Opfer auswählt, scheint es aus dem Verkehr gezogen zu werden, bevor sie ihre Kräfte sammeln und tatsächlich etwas tun kann. Zuerst hatte sie einen Fernsehprediger ausgewählt, und der sitzt jetzt im Gefängnis. Und ein Gouverneur starb an Herzinfarkt, als sie gerade anfing, sich mit ihm zu beschäftigen. Ein anderer erkrankte an Krebs. Es ist frustrierend für sie. Jetzt fängt sie an zu glauben, sie verhexe die Leute einfach dadurch, daß sie an sie denkt, und natürlich weiß sie, daß man sie nicht verurteilen wird, wenn sie Leute zu Tode denkt. Sehr enttäuschend für sie.« Er hatte eine Soße gemacht, die er über zwei große Forellen schmierte. »Möchtest du Erdnüsse, Chips, Käse? Irgendwas?«

»Nein danke. Apropos Forschung, was hast du mit den offenen Büchern in allen Zimmern vor? Und mit dem Computer? Man möchte es nicht glauben, aber du hast den Anschluß ans zwanzigste Jahrhundert gefunden!«

»Ah«, sagte er mit Befriedigung, »mein Lebenswerk endlich. Zwanzig Jahre habe ich gewartet und die ganze Zeit Material gesammelt, und nun bin ich daran. Eine Sammlung bedeutender Kreuzverhöre in zwei Bänden. In einem Band historische Fälle, im zweiten moderne. Das Problem ist, daß ich zuviel Material habe. Aber großartige Dinge!« Er wischte sich die Hände ab. »Warte einen Augenblick, dann zeige ich dir ein paar Ausdrucke.«

Er eilte aus der Küche und kehrte kurz darauf mit gefalteten, noch unbeschnittenen und ungetrennten Ausdruckblättern zurück. »Dies hier ist besonders schön. Geiger, Stan Geiger aus Ohio, vor deiner Zeit. In den Fünfzigern und Sechzigern. Sehr fein. Lies das mal.«

»Würde es nicht helfen, wenn ich etwas darüber wüßte, wer wem was getan hat?«

»Nein, nein. Lies es einfach. Du wirst bald draufkommen.« Schmunzelnd wandte er sich wieder seinen Forellen zu.

Sie las die Seite, die er angezeigt hatte:

F. Sie wußten, daß ein Einbrecher im Haus war und mußten damit rechnen, daß er bewaffnet war. Hatten Sie keine Angst?

A. Doch, natürlich.

F. Also versteckten Sie sich im Wandschrank. Sehr vernünftig. Sie hatten keine Schußwaffe, nicht wahr? Keine Waffe irgendwelcher Art?

A. Nein, nichts. Hätte ich eine gehabt, wäre ich ihm entgegengetreten.

F. Ich verstehe. Bitte erzählen Sie uns noch einmal genau, was geschah.

A. Wie ich bereits sagte – mehrmals, übrigens –, schlief ich im Sessel ein, und es wurde dunkel. Ich wachte auf, als ich hörte, wie das Fenster geöffnet wurde, und schlüpfte in den Wandschrank, weil ich wußte, daß ich nicht mehr zur Tür kommen konnte, ohne gesehen zu werden.

F. Danke. Sehr prägnant und einleuchtend.

In der Handschrift ihres Vaters war eine Notiz eingefügt, daß hier der Grundriß des Raumes reproduziert werden sollte.

F. Und an diesem Ende des Raumes war Licht, während die Seite, wo Sie sich aufhielten, im Halbdunkel lag. Ist das richtig?

A. Wie ich mehrere Male sagte, war ich an dem Ende des Raumes praktisch im Dunkel. Es gab eine schwache Lampe auf der Kommode auf der anderen Seite. Wenn ich hinauswollte, würde ich daran vorbeigehen müssen. Ich konnte den Einbrecher in diesem Licht deutlich sehen.

F. Ja. Ich sehe, daß es vom Wandschrank zum Safe eine gerade Linie ist. Ein guter Blick auf jeden, der den Safe öffnete, ja. Aber ich frage mich, warum er das Licht im Wandschrank nicht bemerkte. Schien er es nicht zu sehen, reagierte er nicht in irgendeiner Weise darauf?

A. Im Wandschrank war kein Licht. Er bekam mich nicht zu sehen.

F. Dann müssen Sie die Tür des Wandschrankes die ganze Zeit geschlossen gehalten haben. War es so?

A. Nein. Wie ich gesagt habe, ließ ich die Tür einen Spaltbreit offen. Ich wollte ihn beobachten, wenn möglich.

In der Handschrift ihres Vaters war eine weitere Notiz eingefügt: Zusammenfassung der Verkaufsanzeige des Hauses, des Bauunternehmers etc., etc., Reproduktion der Anzeige.

F. Also geben Sie zu, daß Sie das Haus erst wenige Monate vor dem Einbruch gekauft hatten, und zwar von dem Bauunternehmer Smithson & Son, und daß diese Ver-

kaufsanzeige eine ziemlich genaue Beschreibung des Hauses enthält.

A. Ja, aber was für einen Unterschied sollte das ...?

F. Bitte, Sir, bitte, Sir, lassen Sie mich fortfahren. Sehen Sie, in dieser Anzeige wird ganz klar darauf hingewiesen, daß jeder Wandschrank eine automatische Innenbeleuchtung hat, die angeht, wenn die Tür geöffnet wird und erst beim Schließen der Tür wieder erlischt. Sicherlich verstehen Sie jetzt, warum ich verwirrt bin.

Ihr Vater beobachtete sie aufmerksam, während sie das Kreuzverhör zu Ende las. »Hübsch«, sagte sie. »Gute Arbeit.«

»Ganz gewiß. Natürlich stahl er seine eigenen Wertsachen für die Versicherung. Aber Geiger fiel die Anzeige auf, und er recherchierte. Er rief das Bauunternehmen an, erkundigte sich bei den Hausangestellten und der Ehefrau. Die Innenbeleuchtung der Wandschränke funktionierte tadellos. Aber er brauchte diese Beweise gar nicht mehr. Der Versicherungsbetrüger stolperte über seine eigene Dummheit. Gute Arbeit.«

Sie nickte.

»Lies auch das nächste. Der Arbeitstitel für diesen Abschnitt lautet *Bald siehst du es, bald siehst du es nicht*, aber ich werde noch etwas Passenderes finden, wenn die Zeit kommt.«

»Das bezweifle ich«, sagte sie lachend. Sie nahm sich das nächste Blatt vor und begann zu lesen:

F. Wie lange haben Sie unter Ihrer gegenwärtigen Anschrift gewohnt, Mr. Steinmann?

A. Zweiundvierzig Jahre.

F. Eine sehr lange Zeit. Ich nehme an, daß Ihnen jedes Geräusch vertraut ist, was es auf dem Hügel gibt, nicht wahr? Der Wagen des Postboten, die Fahrzeuge der Nachbarn, alles was sich auf der Schotterstraße bewegt?

A. Ja, Madam.

Barbara legte die Ausdrucke sorgsam zusammen, brachte sie in die Reihenfolge und schob sie von sich.

»Das ist eines der Brillantesten von allen«, murmelte ihr Vater. »Ich will es dir kurz schildern. Sie bemerkte, daß zwischen dem Augenblick, als Steinmann das Auto in der Kurve gehört haben wollte, und dem Augenblick, als er es in Wilsons Zufahrt verschwinden sah, zuviel Zeit verging, und sie begann zu überlegen, warum es so lang dauerte. Eins führte zum anderen, und sie brachte schließlich heraus, daß zum betreffenden Zeitpunkt so dichter Nebel geherrscht hatte, daß der alte Steinmann nicht gesehen haben konnte, was er gesehen zu haben behauptete. Er war einfach zu dickköpfig, um seine Geschichte zu ändern. Behauptete, er habe genau gesehen, was er zu sehen vermutete.« Er blickte sie an, dann lenkte er seine Aufmerksamkeit wieder auf die Zubereitung seiner Mahlzeit. »Eine Kleinigkeit, nicht? Aber wahrscheinlich rettete sie einem Mann das Leben.«

Die Polizei hatte behauptet, daß Mr. Wilson nach Hause gekommen sei, seine Frau umgebracht habe und wieder weggefahren sei, um mehrere Stunden später zurückzukehren und die Entdeckung ihres Leichnams zu inszenieren. Sie hatte bewiesen, daß ein Fremder auf einer ihm unbekannten nebelverhüllten Straße sehr langsam hatte fahren müssen und daß Steinmanns Identifikation des Wagens und des Mannes, der ihm entstieg, falsch war. Er konnte Mr. Wilson nicht gesehen haben. Der Nebel war erst nach zehn Uhr bis zum Talboden abgesunken, aber um fünf verhüllte er bereits die umliegenden Hügel. Langsam, Stück für Stück, hatte sie den Weg geebnet und ihn schließlich gezwungen, zuzugeben, daß er in Wirklichkeit niemanden gesehen hatte. Aber wer sonst konnte es gewesen sein? hatte er gefragt.

Barbara nippte ohne Kommentar von ihrem Wein; ihr Vater begann vor sich hin zu pfeifen. Kurz darauf fragte er: »Möchtest du den Tisch auf der Terrasse decken? In zehn Minuten gibt es Abendessen.«

Seine Mahlzeit war unübertrefflich, wie sie von vornherein gewußt hatte; als sie es sagte, nickte er. Falsche Bescheidenheit war ihm fremd. Die Sonne war untergegangen, als sie gegessen hatten, und er brachte Kaffee heraus. Tiefes, schattenloses Zwielicht lag über dem Fluß; Es hatte eine Stille mit sich gebracht, die Luft und Bäume beruhigte. Später würde eine Nachtbrise aufkommen, aber noch nicht so bald.

»Laß dir eine Geschichte erzählen«, sagte sie mit leiser Stimme. »Sie handelt von einem Mädchen irgendwo aus dieser Gegend. Sie wuchs bei liebevollen Eltern auf, die sie zweifellos verwöhnten, aber vor allem erwarteten sie von ihr, daß sie Ideale habe, sprachen sogar über idealistische Ziele und Zukunftsperspektiven und die Kämpfe, die um der Ideale willen sich auszufechten lohnten. Was wußte das Mädchen? Es glaubte den Eltern, vertraute darauf, daß sie selbst so ehrlich und wahrheitsliebend sein würden, wie sie es von ihr verlangten. Sie hegte ihre Ideale, wie andere Mädchen ihre Träume vom idealen Ehemann und einer glanzvollen Karriere mit zwei schönen Kinder hegten, die erschienen, wenn es schicklich war. Also besuchte unser Mädchen die richtigen Schulen und bekam gute Zeugnisse, machte ein Praktikum bei einem angesehenen Richter, doch als die Zeit verging, begann sie zu bemerken, daß die guten Noten ihr eher widerwillig zugestanden wurden, daß sie die letzte in der Reihe war, wenn Ehren oder Preise zuerkannt wurden, und daß Politik in ihren verschiedenen Erscheinungsformen wichtiger war, als an dem Platz, auf den man gestellt war, gute Arbeit zu leisten. Gut, dachte sie bei sich, das war einer der Punkte, die sie in Ordnung bringen würde. Und sie begann sich Notizen zu machen, wo die Veränderungen am notwendigsten waren.«

Einem leisen Geräusch, das ihr Vater machte,

schenkte Barbara keine Beachtung. Sie starrte wie katatonisch auf den glatt dahinströmenden Fluß zu ihren Füßen. Er war schwarz und sah wie Obsidian aus. Ihre Stimme war so ruhig und unerbittlich wie das Wasser. »Irgendwann erkannte sie, daß sie nicht gut schlief, daß sie häufig Alpträume hatte, in denen sie von unmenschlich übergroßen, außer Kontrolle geratenen Maschinen überrollt wurde. Sie suchte Psychotherapeuten auf und lernte, daß sie sich mit den Bedingungen des Systems, in das sie aus ihrem eigenen freien Willen eingetreten war, abfinden mußte, daß sie immer versuchte, anderen ihren eigenen Idealismus aufzudrängen, daß Nonkonformismus von anderen als unangenehm empfunden wurde. Ihre Alpträume waren allein ihre eigene Schuld.«

Sie fühlte seine Hand auf ihrem Arm und merkte an der Wärme seiner Hand, daß ihr kalt geworden war. Sie entzog ihm den Arm nicht und nahm auch sonst keine Notiz von der Berührung, sondern sprach weiter, das Gesicht dem Fluß zugewandt. Nach einem Moment nahm er die Hand von ihrem Arm.

»Wenn sie also das gute Leben wollte, das erfüllte, sinnvolle Leben, brauchte sie wahrscheinlich mehrere Jahre Therapie oder ein leichtes Beruhigungsmittel, bis sie wieder auf Kurs war, oder vielleicht eine Begegnungsgruppe, eine Selbsthilfegruppe, irgend etwas. Unterdessen wurde sie von der Fachwelt zur Kenntnis genommen; man bewunderte ihren Aufstieg auf ihrem Gebiet, und plötzlich wurden all die Dinge, die Hemmnisse gewesen waren, zu Vorzügen. Es war gut, daß sie eine Frau war, jung und gutaussehend, gut für das Geschäft und gut für das Image der Kanzlei, für die sie arbeitete. Sie bemerkte, daß sie für Auftritte vor bestimmten Richtern ausgewählt wurde, die ein Auge für Frauen hatten. Sie wurde beigezogen, wenn die Anwälte ihrer Kanzlei mit wichtigen Klienten aus Wirtschaft und kommunalen Verwaltungen zusammenkamen. Man warnte sie, daß ein bestimmter Klient vielleicht »Mädel« zu ihr sagen und sie sogar tätscheln würde, aber was machte es schon, er war harmlos. Sie hatte mit diesen Verhandlungen überhaupt nichts zu tun, weil sie von Wirtschaftsrecht und körperschaftlichem Recht keine Ahnung hatte, aber es half dem Image. Und sie leistete auf ihrem eigenen Gebiet gute Arbeit. Sehr gute Arbeit. Und dann ...«

»Sprich zu Ende«, sagte ihr Vater mit rauher Stimme, als ihre Pause sich allzusehr in die Länge zog.

»Ja.« Sie hatte plötzlich bemerkt, daß es noch immer Teile gab, die sie nicht aussprechen konnte, die sie nicht klar durchdenken konnte. Mit tonloser Stimme fuhr sie fort: »Dann verlor sie einen Klienten, als ein Seniormitglied ihrer Anwaltskanzlei und ein betrügerischer Assistent des Bezirksstaatsanwalts hinter ihrem Rücken einen Handel miteinander machten, und auf einmal wurde ihr klar, daß sie nichts bewirken, nichts in Ordnung bringen konnte, daß es nie eine Chance gegeben hatte. Es war von Grund auf irreparabel. Sie hatte in einer Traumwelt gelebt, genau wie der Psychotherapeut es ihr gesagt hatte.«

»Und du zogst den Schwanz ein und ranntest davon wie ein Feigling!«

Sie zuckte die Achseln. Wann war es so dunkel geworden? fragte sie sich. Sie hatte die Veränderung bis dahin nicht bemerkt. Unten in der Siedlung waren die Lichter angegangen; ein Grillfeuer flammte auf, sank in sich zusammen, flammte erneut. Sie wandte sich ihrem Vater zu. Sein Gesicht war ein verschwommener, bleicher Flecken, seine Arme weiß. Sie hatten im Haus keine Lichter eingeschaltet, und nun lag es ganz still und dunkel hinter ihnen. Allmählich kam eine Brise auf, strich kühl über sie und erzeugte eine Gänsehaut auf ihren Armen.

»Ich ging nach Vermont«, sagte sie ruhig. »Sie hielten mich für verrückt. Die Touristen reisten alle ab, als ich kam, den Winter dort zu verbringen, und nicht mal in einem Skigebiet. Ich sah den Schnee um das Holzhaus anwachsen, das ich gemietet hatte, bis er auf einer Seite die Fenster bedeckte. Und ich dachte nach. Aber ganz gleich, wo ich anfing, es führte immer wieder zum selben Punkt zurück. Überall und in jeder Weise sind die Leute so damit beschäftigt, einander zu verbrauchen, daß es an ein Wunder grenzt, daß noch jemand übrig ist. Sogar deine Lonnie Soundso. Ihr Vater verbrauchte sie und hinterließ eine alternde Hülse, die schließlich irgendwo in einem Heim als Sozialfall sterben wird. Hinter dieser erheiternden kleinen Anekdote ist eine echte Tragödie, und sie wird überall von jedermann, wie es schien, wieder und wieder aufgeführt. Als ich damals den Winter in diesem Holzhaus verbrachte, wurde mir klar, daß man nur dreierlei Wahl hat: du kannst auf die Maschine steigen und mit ihr fahren, wohin immer sie rollt, hirnlos und blind, und alles in ihrem Weg zerstört, oder du kannst versuchen, sie aufzuhalten, und wirst niedergewalzt, wenn sie sich schließlich in deine Richtung wendet, und das wird sie tun. Oder du kannst weggehen.«

»Alles das ist dummes Zeug, das weißt du selber. Also hast du dich aufgemacht, um mit einer Laterne in die Wildnis zu wandern.«

Sie lachte. »Du verstehst nicht. Ich suche nicht jemanden oder etwas, überhaupt nichts, ich habe seit fünf Jahren nichts gesucht.«

»Außerdem hast du keinen Klienten verloren. Er verlor dich. Er rief mich an, weil er einen Vergleich anstrebte, und wußte, daß du darauf aus warst, deinen eigenen Kampf auszufechten, nicht seinen. Ich verschaffte ihm den besten Vergleich, den er bekommen konnte. So etwas passiert, und du weißt recht gut, daß es passiert. Es ist in das System eingebaut.«

»Ja, natürlich weiß ich es. Er bekam acht Jahre, drei andere blieben unbehelligt und konnten ihr Geld zählen, der Staatsanwalt bekam einen weiteren goldenen Stern, und du, du tatest bloß deine Arbeit. Das ist es, was die Maschine in Gang hält, nicht wahr? Die einen haben wirkliche Gründe dafür, was sie tun, und andere sind bloß Mitläufer; sie tun ihre Arbeit.«

»Genau. So war es immer, und so wird es immer sein.«

»Und darum bin ich draußen.«

»Und verkaufst überflüssigen Tand an dumme, alberne Frauen! Du hast ein Gehirn, den schärfsten Verstand, den ich kenne. Ich bin stolz auf dich, Bobby, das weißt du. Du kannst das alles nicht über Bord werfen.«

»Doch, ich kann! Du entschiedst dich, drinnen zu bleiben, die Arbeit zu tun. Ich entschied mich für das Aussteigen. So einfach ist es. Ich kann dich als deine liebevolle Tochter besuchen, um zu sehen, wie es dir geht, um Erinnerungen auszutauschen, um in deinen Büchern zu lesen, mit dir einen Ausflug zu machen. Du weißt, die Rolle der Tochter auf Besuch. Aber sonst nichts. Nun laß uns hineingehen. Mir ist kalt. Ich werde das Geschirr spülen und deine Küche aufräumen.«

»Ich habe dich gehört, Barbara. Nun hör du mir zu.« Seine Stimme klang hart, seine Worte knapp und zornig. »Ich will kein albernes, einfältiges Mädchen um mich haben. Ich will eine Kollegin, eine Ebenbürtige, jemand, mit dem ich sprechen kann; eine, die sehen kann, was mir entgeht, deren Meinung ich vertrauen kann wie keiner anderen. Wenn du das nicht sein kannst, will ich dich überhaupt nicht um mich haben. Und ich werde meine eigene verdammte Küche selbst aufräumen.«

Es war fair, sagte sie sich ein paar Minuten später in ihrem Zimmer. Sie hatte ihre Position klargestellt; er hatte das gleiche getan. Wie du mir, so ich dir. Aber sie war wütend auf ihn und erkannte, daß die Ursache ihrer Wut seine Weigerung war, es so auszufechten, wie sie es in der Vergangenheit oft getan hatten: einander anzuschreien, im Wohnzimmer oder Büro herumzustampfen, einander zu bezichtigen, sich dummzustellen oder mit Blindheit geschlagen zu sein. Das hatte sie erwartet, und er hatte seine Rolle nicht übernommen.

Sie war nie ohne, ganz ohne Kontakt zu ihm gewesen; sie hatte Postkarten geschrieben, manchmal sogar einen kurzen Brief; sie hatte von Zeit zu Zeit angerufen. Er hatte in gleicher Weise reagiert. Alles ohne Bedeutung. Entfremdung? Sie lehnte das Wort ab. Sie hatten sich im Laufe der Jahre einfach auseinandergelebt; sinnvoller Meinungsaustausch war unmöglich. Und der heutige Abend zählte nicht wirklich. Eine Position darzulegen, war kein sinnvoller Meinungsaustausch. Sie hatte ihn verfehlt; niemand sonst verstand sich wie er darauf, sie jeden Schritt einer Schlußfolgerung erklären zu lassen. Er war der beste Resonanzboden gewesen, den sie je gehabt hatte, und manchmal hatte er ihre Argumente mit einer oder zwei Fragen zu Geplapper reduziert. Seine Fähigkeit, die Schwäche einer Verteidigung auszumachen, die sie vorbereitete, war manchmal unheimlich gewesen, und er sagte, das gleiche gelte für ihre Reaktionen auf seine Argumente. Sie hatten gut zusammen gearbeitet.

Dann hatte er sie verraten. Sie wußte, daß der Klient ihn verlangt hatte, nicht sie. Aber ihr Vater hatte ihr nicht erzählt, was geschah, bis die Sache erledigt gewesen war. Er war bereit gewesen, den Handel gegen ihren Willen zu machen, obwohl er sehr gut gewußt hatte, daß ihr Klient bereit war, drei andere beim Namen zu nennen, die mit illegalen Preisabsprachen bei Bauaufträgen der Staatsregierung Millionen verdient hatten.

Das war zu früh nach dem Tod ihrer Mutter gekommen; der Schmerz war noch zu frisch gewesen. Was Barbara vorher nicht hatte sagen können, kam ihr jetzt wieder in den Sinn: es war die Schuld ihrer Mutter gewesen. Sie war sein Gewissen gewesen, und ohne sie war er so korrupt geworden, wie kriminelle Anwälte in den Augen der Öffentlichkeit sein mußten. Sie biß sich auf die Unterlippe.

Es war vorbei, sagte sie sich überdrüssig. Obwohl sie sehr müde war, fühlte sie sich zu unruhig, um schon zu schlafen. Die Autofahrt war zu heiß gewesen, bis sie über den Paß des Kaskadengebirges gekommen war, wo die Luft wie durch Magie abgekühlt war. Aber die Hitze war schwer zu ertragen gewesen und hatte sie mehr ausgelaugt als das Fahren. Der Gedanke, am Morgen die Reise nach Minneapolis anzutreten, machte ihre Erschöpfung noch stärker fühlbar. Für welche Route sie sich auch entschied, sie mußte die Ebenen des Mittleren Westens überqueren, die um diese Jahreszeit ein Inferno sein würden. Jetzt fröstelte sie; Sie nahm einen der Pullover aus dem Schrank, die sie vor Jahren zurückgelassen hatte. Er war auftragend und sehr warm.

Sie setzte sich in den Sessel und schaltete die Leselampe ein. Dann erst merkte sie, daß die Zeitungen sorgfältig ausgewählt waren; sie brachten die Geschichten über den Mord an Lucas Kendricks. Resigniert seufzend begann sie zu lesen, zum ersten Mal neugierig, warum ihr Vater diesen Fall übernommen hatte, wenn er glaubte, er könne ihn nicht bewältigen oder wollte es nicht.

Sie las die Zeitungen und warf sie auf den Boden; geistesabwesend zog sie einen Schreibblock auf den Schoß und machte eine Notiz. Ihr Vater hatte da und dort Bemerkungen und Erklärungen angestrichen oder mit Randbemerkungen versehen. Diesen Absätzen schenkte sie besondere Beachtung. Als sie auf eine Zeugenaussage stieß, die John Kendricks gemacht hatte, der Vater des Toten, hielt sie inne. Lucas hatte nichts von der Geburt seiner Tochter gewußt? – Und sie war jetzt sechs Jahre alt! – Sie schrieb: *Wo war er? Gefängnis? Anstalt? Außer Landes?*

Sie hielt inne und betrachtete den Schreibstift, den sie auf dem Tisch gefunden hatte, einen Druckbleistift mit sehr feiner Mine, von der Art, die sie immer benutzt hatte. Sie hatte die Stifte schachtelweise gekauft und sie beinahe routinemäßig verloren. Sekundenlang trübten Tränen ihre Sicht; dann warf sie den Stift durch den Raum, so fest sie konnte. Sie stand auf, warf den Schreibblock und den Rest der Zeitungen auf den Boden, ging ins Bad und ließ heißes Wasser einlaufen. Und dann zu Bett, sagte sie sich. Zum Teufel mit ihm!

10

Am nächsten Morgen fand sie ihren Vater auf der Terrasse, wo er Kaffee trank. Er spähte sie über die Brillengläser hinweg an, nickte und machte eine Handbewegung zur Thermoskanne. »Nimm dir. Ich werde bald ein Frühstück zusammenzaubern.« Als sie sich Kaffee einschenkte, sagte er: »Weißt du, nach dem Tod deiner Mutter konnte ich in unserem Stadthaus nicht schlafen. Ich gewöhnte mir an, schon Freitagnachmittag hierher zu kommen, blieb bis Sonntag und schlief wie ein Murmeltier. Sobald ich es einrichten konnte, zog ich ganz hier heraus. Aber der erste Nachmittag war denkwürdig. Ich war hundemüde und streckte mich hier draußen im Liegestuhl aus, schlief ein und erwachte erst am Morgen. Durchgefroren und steif. Aber ich fühlte mich gut, fühlte mich wirklich großartig.«

»Du erwähntest nie, daß du Schwierigkeiten hattest«, sagte sie. »Warum sagtest du mir nichts davon?« Die Frage war kaum ausgesprochen, als ihr klar wurde, daß er sich ihr schwerlich hätte anvertrauen können, selbst wenn er es gewollt hätte. Das war ein schlechtes Jahr gewesen, keine Zeit für Vertraulichkeiten. Nachdem sie schon Monate vor dem endgültigen Entschluß das Weite gesucht hatte, war sie gegen Ende des Jahres dann ganz geflohen.

»Wozu?« fragte Frank. »Du hättest mich nicht einschläfern können. Schlaftabletten halfen eine Zeitlang, aber ich mochte danach nicht den ganzen Tag Stahlwolle im Kopf haben. Nein, ich fing an, mir Gedanken darüber zu machen, nachdem ich auszog, und ich habe eine Theorie. Es ist ein Schlafmittel in der Luft, das durch die Bäume verbreitet wird. Vielleicht nur durch Nadelbäume. Es wird eine Menge Forschungsaufwand kosten, um den Beweis zu führen und festzustellen, ob es spezifisch für Nadelbäume ist oder ob alle Bäume diese Wirkung haben. Ich versuchte einen Chemiker an der Universität dafür zu interessieren, aber er lachte mich aus. Ich denke, wenn ich Zeit habe, werde ich mich selbst auf Chemie und Physiologie und was noch verlegen müssen. Wenn ich Zeit habe, werde ich die Erforschung selbst durchführen.«

»Biochemie«, sagte sie nach einem Augenblick und war überrascht, eine Heiserkeit in ihrer Stimme zu hören, die ihren Ohren fremd war. »Psychologie, für den Fall, daß die Wirkung psychosomatisch und nicht physisch ist.«

Er schaute nachdenklich drein, dann nickte er langsam. »Daran dachte ich nie. Du meinst, es könnte alles in meinem Kopf sein?«

»Nein, Paps, das denke ich nicht. Sag mir, was du heutzutage zum Frühstück ißt. Ich bin ziemlich gut mit allem, was mit Eiern zu tun hat.«

Sie bereitete das Frühstück zu, und als sie aßen, sahen sie kleine Boote von den Anlegestegen in Turners Point auf den Fluß hinausfahren und beobachteten, wie zwei halbwüchsige Jungen lachend vom Angeln zurückkehrten und blinkende Fische in die Höhe hielten. An diesem Morgen war der Fluß klar und hellblau.

»Nach dem Frühstück gehe ich meistens hinunter und hole Zeitungen, schwatze ein bißchen und gehe wieder heim. Möchtest du einen Spaziergang machen?«

»Wie weit?«

»Ungefähr eine Meile hin und eine zurück.«

Sie dachte an die lange Fahrt, die sie sich für diesen Tag vorgenommen hatte, dachte an ein Motel am Ende der Tagesfahrt, die Hitze, die sie erwartete, wenn sie die Berge wieder verließ. Und sie dachte, daß sie keinen festen Zeitplan hatte, keine Verabredungen, niemanden, der sie erwartete, daß es also keinen Grund gab, zu irgendeiner bestimmten Zeit irgendwo zu sein. »Gut. Tragen wir das Geschirr in die Küche. Ich werde später abwaschen.«

Sie gingen auf der privaten Schotterstraße, die von dem halben Dutzend Anlieger instand gehalten wurde. Im Vorbeigehen zeigte er ihr die Häuser, obwohl von der Straße nicht mehr zu sehen war als hier und dort ein Giebel oder ein Stück Dachfläche.

»Chuck Gilmore«, sagte er, als sie die Zufahrt seines Nachbarhauses passierten. »Ich glaube, ihm gehört das meiste von Turners Point. Sobald dieses Haus zum Verkauf kam, schnappte er es sich und baute die schönste Treppe, die du in weitem Umkreis finden wirst, von Turners Point direkt hier herauf. Dann versuchte der Dummkopf einen Weg durch Nells Eigentum freizuschlagen, und sie jagte ihn davon.« Er schmunzelte. »Wahrscheinlich dachte er, wenn er das Unterholz erst beseitigt und einen Pfad angelegt hätte, der von ein paar Leuten begangen würde, könnte er ein Gewohnheitsrecht für die Wegnutzung geltend machen. Irrtum.«

»Eine Dummheit, so etwas zu versuchen. Warum hat er es getan?«

»Um Zugang zu dem Strand unterhalb von Nells Haus zu bekommen. Es ist der einzige Strand hier in der Gegend, ein hübscher kleiner, geschützter Streifen Sand und feiner Kies. Flaches Wasser, ein günstiger Ort, wo die Kinder spielen können, während die Väter zum Angeln hinausfahren.«

»Aber warum geht sie nicht darauf ein?«

»Sie hat die Müllwagen gesehen, die jede Woche die Abfälle und den Unrat abfahren müssen, die von den Touristen zurückgelassen werden.«

Barbara nickte. Das nächste Haus gehörte Stan und Lucille Bowman. Sie kamen nur an Wochenenden heraus, wenn sie Zeit hatten.

Der Wald drängte so nahe an die schmale Straße heran und war so dicht, daß man schon nach wenigen Schritten darin verschwinden konnte. Er hatte einen Saum aus Wildblumen und Stauden, Farnen und Beerensträuchern und Büschen, die so dicht verfilzt waren, daß alles zusammen wie ein grüner Wall aussah, aus dem hier und dort ein paar Blüten lugten und Zweige herausragten, wie um ihre Flucht in die Freiheit zu feiern.

Die Schotterstraße mündete in eine andere, etwas breitere. Sie wandten sich nach links. Dieser Abschnitt war relativ eben, aber in der anderen Richtung war sie stark ausgefahren, von Felsbrocken und Schlaglöchern durchsetzt und sah unbefahrbar aus. Die alte Halleck Hill Road, erinnerte sie sich von den Zeitungsartikeln, die sie am Vorabend gelesen hatte. Unweit vom anderen Ende dieser Straße, etwa fünfzig Meilen entfernt, hatte Lucas Kendricks offenbar ein Mädchen ermordet und den Leichnam in einen Bach geworfen, der ihn in den Fluß getragen hatte. Entschlossen verdrängte sie den Gedanken und lauschte einer weiteren Geschichte ihres Vaters, diesmal über einen Nachbarn, dessen Namen sie bereits vergessen hatte.

Der Spaziergang lief eher auf anderthalb Meilen hinaus, fand Barbara, als sie endlich Chuck Gilmores Laden betraten. Aber es waren angenehme anderthalb Meilen gewesen, und sie erhob keine Einwände. Ihr Vater machte sie mit dem Ladenbesitzer bekannt, einem großen, sehr muskulösen Mann mit gewaltig breiter Brust und eisengrauem Haar. Zwei Jungen versuchten ein Comic-Heft mitgehen zu lassen, und Chuck Gilmore hatte es bemerkt und behielt sie im Auge. Draußen hielt ein Wagen, aus dem eine Familie mit zwei kleinen Kindern quoll. Eins von ihnen winselte entsetzt: »Hier sollen wir bleiben?«

Barbara und ihr Vater gingen durch den rückwärtigen Ausgang zum Geländer, wo man die Hütten und

Anlegestege überblicken konnte, und von hier blickte sie in die andere Richtung hinauf, um sein Haus auszumachen. Es lag sehr hübsch auf der Anhöhe, und das nächste dahinter sah noch schöner und teurer aus. Das war Docs Haus, erinnerte sie sich von ihrem letzten Besuch. Die Häuser auf der Anhöhe waren so nahe, daß sie erst jetzt verstand, warum Chuck Gilmore den Zugang zum Strand wollte. Seine Treppe war deutlich zu sehen, breit und stabil und offensichtlich teuer. Ein kurzer Spaziergang von hier durch sein Grundstück und dann durch Nells Besitz. Sie konnte verstehen, daß er den Zugang wollte, und sie konnte ebensogut Nell verstehen, daß sie nicht mitspielte. Unten bei den Anlegestegen lagen leere Getränkedosen herum, Papierfetzen, Plastik. Müll, dachte sie, der gewöhnliche menschliche Müll.

»Möchtest du dir den Ort anschauen?« fragte ihr Vater. »Ich gebe zu, daß es nicht viel zu sehen gibt, aber wenn wir schon hier sind ...«

Ein Kleinlastwagen fuhr auf den Parkplatz und hielt; eine kleine Frau und zwei Kinder stiegen aus. Der Junge war genauso groß wie die Frau, und beide hatten braunes, lockiges Haar. Barbara verhärtete sich unwillkürlich. Das mußte Nell Kendricks sein. Sie sah kaum alt genug aus, um eine Mutter zu sein, geschweige denn die Mutter des Jungen neben ihr. Das andere Kind war ein kleines Mädchen mit langem blondem Haar und einem ernsthaften Gesichtsausdruck.

»Ich habe das nicht arrangiert«, sagte ihr Vater mit halblauter Stimme. »Aber da es nun geschehen ist, mußt du sie begrüßen. Komm mit.«

Nell hatte ihn ausgemacht und zögerte, dann kam sie ihnen mit den beiden Kindern entgegen. »Guten Morgen, Frank«, sagte sie, und der Junge sagte auch guten Morgen. Carol lächelte schüchtern.

»Dies ist Nell Kendricks, Travis und Carol. Meine Tochter Barbara.«

Nell war offensichtlich überrascht, als Barbara ihr die Hand hinstreckte. Verspätet hob auch sie die Hand, und sie tauschten einen Händedruck. Während ihres Jurastudiums hatte ein Professor seine Studenten darauf hingewiesen, daß Angehörige hochqualifizierter Berufe immer die Hände schütteln, wenn sie Leuten begegnen. Das hatte sie sich eingeprägt. Travis streckte ihr die Hand hin, und sie schüttelte sie, dann tat Carol es ihm nach, zog die Hand schnell zurück und streckte sie wieder aus. Barbara schüttelte auch ihr die Hand, ohne eine Miene zu verziehen.

»Ich zeige meiner Tochter die lokalen Sehenswürdigkeiten«, sagte Frank. »Ansichten von Turners Point.«

Nell lächelte. »Die Greshams veranstalten heute am großen Haus einen Grillabend. Wir sind eingeladen, und Sie auch.« Sie nickte Barbara zu, um sie einzubeziehen.

»Gern«, sagte Frank. »Wann? Und wer kocht?«

»Halb sieben, und Tawna kocht. Wir sind zum Einkaufen hier. Kleidung für die Schule. Travis passen seine Sachen vom letzten Jahr nicht mehr.«

Travis verdrehte die Augen und machte ein Gesicht. Carol starrte Barbara ernst und unverwandt an.

»Lassen Sie sich nicht aufhalten, Nell«, sagte Frank. »Hört sich so an, als hätten Sie einen anstrengenden Tag vor sich. Was soll ich mitbringen?«

»Nichts. Ich hole nachher noch Brot im Metropole. Ich bringe auch eins für Jessie mit. Möchten Sie etwas?«

»Ja. Eins von jeder Sorte, die sie haben.«

»In Ordnung. Hat mich gefreut, Sie kennenzulernen, Miss Holloway. Dann werden wir uns also heute abend sehen. Kommt jetzt, Travis, Carol, gehen wir.«

Frank und Barbara sahen zu, wie sie die Sicherheitsgurte befestigte, in den Fahrersitz kletterte, den Motor anließ und mit einem Winken davonfuhr. Auch Carol winkte.

Barbara ging über den Parkplatz und zurück zu der

Straße, wo sie die Richtung einschlug, aus der sie gekommen waren. Nach kurzem Zögern folgte Frank.

»Was ist mit ihren Eltern?« fragte Barbara.

»Nells? Ich kenne nur Gerüchte, Geschichten, Klatsch. Ihre Mutter stammt von hier und war mit einem Mann aus San Francisco verheiratet. Anscheinend hielt er es im Wald nicht aus. Sie waren viel unterwegs, bald hier, bald dort. Er war ein Darsteller, Musiker, Komiker, etwas dergleichen, und nicht sehr gut, wie es heißt. Die meiste Zeit pleite. Jedenfalls starb er, als Nell noch klein war, ungefähr in Carols Alter, Überdosis, sagen die Leute, und ihre Mutter kam mit ihr hierher. Zwei Jahre später starb auch sie, an Lungenentzündung, und Nell wurde von ihrem Großvater aufgezogen.«

»In den Zeitungen steht, sie sei eine Art Schützenkönigin, eine Scharfschützin der Sonderklasse, etwas von der Art. Stimmt das?«

»Ich habe sie nie schießen sehen, also weiß ich es nicht. Hast du das über die Baumfäller und die Bierdose gelesen?«

»Ja. Und diese Geschichte leuchtete genauso wenig ein wie die über Chuck Gilmore, der einen Weg durch ihren Grund freischlagen wollte.«

»Das dachte ich mir auch. Ich sah sie an dem Tag, als es passierte, und es scheint, daß sie tatsächlich die Bierdose von der Kühlerhaube schoß.« Er erzählte ihr von dem Tag, als Einwohner den Leichnam im Fluß gesehen hatten, und Nell auf zwei Männer gestoßen war, die drauf und dran gewesen waren, auf ihrem Grundstück einen Baum zu fällen.

Barbara hörte zu, konzentrierte sich auf seine Worte und verglich seinen Bericht mit dem, was sie gelesen hatte. In seiner Darstellung gab es etwas mehr Sinn, aber nicht viel mehr, nicht genug. Als er aufhörte zu sprechen, seufzte sie und blickte wieder in den Wald.

»Ist was?« fragte Frank nach mehreren Sekunden.

»Nein. Ich war nur neugierig, warum eine Frau wie sie eine Meisterschützin ist.«

»Nach dem Klatsch, den die Leute kolportieren, brachte ihr Großvater ihr das Schießen bei. Angeblich hat er geprahlt, daß sie ein Naturtalent sei, die beste Schützin im Bezirk.«

Barbara nickte abwesend. »Aber das beantwortet nicht die Frage, warum er sie überhaupt das Schießen lehrte, wie er herausbrachte, daß sie ein Talent dafür hatte. Vielleicht erkannte er frühzeitig, daß sie keine große und starke Frau sein würde, daß sie in vielerlei Hinsicht verletzlich war, und daß der Umgang mit dem Gewehr eine Möglichkeit war, ihr Selbstvertrauen zu stärken. Als sie zu ihm kam, war sie ein Kind, das beide Eltern verloren hatte, und wahrscheinlich war sie winzig, wie Carol, und sicherlich ängstlich. Er scheint ein weiser alter Mann gewesen zu sein. Du hast mir nie das Schießen beigebracht.«

Er schnaubte. »Ich sah nie irgendwelche Anzeichen, daß du eine Stärkung deines Selbstvertrauens nötig hättest.«

In ihrem Lachen war ein Anflug von Bitterkeit. »Die Schlüsselworte sind, daß du nie irgendein Anzeichen sahst. Aber zurück zu Nell. Es funktionierte, sie ist selbstsicher und scheint die Erziehung ihrer Kinder im Griff zu haben. Aber unter alledem ist ihr himmelangst.«

Frank legte ihr den Arm um die Schulter und drückte sie leicht, dann ließ er wieder los. »Freut mich, daß du auch das gesehen hast. Sie ist gut und fürchtet sich. Und das mit gutem Grund.«

Sie betrachtete ihre teuren Laufschuhe, die im Straßenschotter einen Kratzer nach dem anderen davontrugen. »Warum sagtest du, du könntest diesen Fall nicht übernehmen?«

»Weil ich nicht glaube, daß ich sie herauspauken kann.«

»Kann das überhaupt jemand?«

Es folgte eine längere Stille, in der nur das Knirschen ihrer Schuhe im Kies und das leise Geräusch der im Gehen aneinanderstreifenden Hosenbeine seiner Jeans zu hören war.

»Die Situation«, sagte er schließlich, »wie sie hier herum als gegeben gilt, ist die, daß sie mit einem Scheißkerl verheiratet war, der sie und die Kinder verließ, der nicht mal wußte, daß er eine Tochter hatte, und der auf dem Heimweg ein neunzehnjähriges Mädchen quälte und ermordete. Als er auftauchte, mußte er Nell und die Kinder bedroht haben, worauf sie ihm eine Kugel verpaßte. Und das zu Recht. Alle sind sich darin einig, daß er verdiente, was er bekam, daß sie es schon vor Jahren hätte tun sollen, als er letztes Mal in der Gegend war. Totschlag, oder Notwehr.«

»Aber?«

»Aber sie sagt, sie habe es nicht getan.«

»Du sagst, Lucas habe nicht gewußt, daß er eine Tochter hatte. Wie haben die Leute das erfahren? Nach den Zeitungsberichten hatte sie keine Gelegenheit, mit ihm zu sprechen.«

»Seine Eltern sprachen mit ihm.« Er erzählte ihr, was er über Lucas und seine Bewegungen wußte, angefangen mit seiner Ankunft im Elternhaus südlich von Bend, bis er am Dienstagmittag mit dem Mädchen verschwand, das irgendwann am Nachmittag desselben Tages ermordet wurde.

»Du wirst einen Detektiv brauchen, der einigen Dingen auf den Grund geht«, sagte Barbara nach einer längeren Pause. »Wo war Lucas all diese Jahre? Warum wußte er nichts von seiner Tochter, wenn Nell und seine eigenen Eltern ihm schrieben, ihn anzurufen versuchten und so weiter? War er in einer Anstalt? Gefängnis? In Übersee? Nahm er Drogen? Wo? Was tat er? Wovon lebte er? Ergab die Autopsie Drogenabhängigkeit?«

»Nichts.«

»Hat die Polizei etwas über seine jüngste Vergangenheit herausgebracht?«

»Ich bezweifle sehr, daß sie Nachforschungen angestellt hat. Scheint keine Rolle zu spielen. Für sie ist er im Zusammenhang mit dem toten Mädchen interessant, und er ist selbst tot. Nells Gewehr war draußen und erst vor kurzem abgefeuert worden. Es besteht kaum ein Zweifel, daß es die Tatwaffe war. Nell war allein. Ihr Schwiegervater konnte sie gewarnt haben, daß Lucas an diesem Tag nach Hause kommen würde, und tatsächlich holte er am Tag vor dem Mord sogar die Kinder ab und nahm sie für einen längeren Besuch zu sich. So machte er die Bühne für den letzten Auftritt frei. Die Polizei scheint nicht der Meinung zu sein, daß sie viel mehr als das zu wissen braucht.«

»Nun, du wirst jedenfalls viel mehr brauchen. Aber ich habe dir gesagt, wo ich anfangen würde, Fragen zu stellen.«

»Über Lucas und seine Vergangenheit?«

Sie sah ihn scharf an und sagte ungeduldig: »Natürlich nicht. Über sie. Warum ließ sie sich nicht von ihm scheiden? Und mit wem schläft sie?«

Der Heimweg schien kürzer als der Hinweg, aber als sie das Haus erreichten, spürte Barbara ihre Beinmuskeln. Wie lange war es her, daß sie eine längere Strecke gegangen war, fragte sie sich, und mußte bis zum vergangenen Winter zurückdenken. In Phoenix ging niemand zu Fuß, wenn das Wetter heiß wurde, was im April der Fall war, oder sogar im März. Jetzt wollte sie nichts als sich auf die Couch werfen, mehr Kaffee trinken und die Zeitungen lesen, die ihr Vater im Ort gekauft hatte.

»Was steht gewöhnlich als nächstes auf deinem Tagesplan?« fragte sie, als sie das Haus betrat. Im Innern war es sehr kühl.

»Gewöhnlich arbeite ich ein paar Stunden an dem

Buch, dann gibt es Mittagessen und die Zeitungslektüre, und dann ein Schläfchen. An manchen Tagen arbeite ich am Spätnachmittag weiter. Manchmal unternehme ich einen Spaziergang. Manchmal angle ich nach dem Mittagsschlaf. Und gelegentlich kommt es vor, daß ich um fünf oder so zu Doc und Jessie hinübergehe und ein Gläschen oder zwei mit ihnen trinke. Geschäftige Tage, wie du siehst.«

Sie nickte. »Wenn ich dein Arzt wäre, würde ich dir wahrscheinlich raten, langsamer zu treten. Nun, laß die Zeitungen bitte da. Nachdem ich das Geschirr gespült habe, möchte ich sie lesen. Du kannst ruhig deinen Geschäften nachgehen.« Er grinste und übergab die Zeitungen. Eine war der *Oregonian*, die zweite eine lokale Wochenzeitung, die dritte die *New York Times*. Sie vermutete, daß er für die tägliche Belieferung eine Menge bezahlte, konnte sich aber kaum vorstellen, daß er jemals darauf verzichten würde.

Nachdem Barbara in der Küche aufgeräumt hatte, bereitete sie frischen Kaffee, nicht ganz so stark wie ihr Vater ihn machte; als sie auf die Terrasse hinausging, die Zeitungen zu lesen, war ihr Interesse daran geschwunden. Sie trank den Kaffee, blickte über den Fluß hinaus, der jetzt von einem tiefen Waldgrün war, und stellte sich plötzlich Nell auf einer tanzenden Eisscholle vor, von der sie im letzten Augenblick absprang, bevor sie kippte. Die nächste war nicht weniger gefährlich, so sah es für die kleine Nell aus, dachte sie: mitten im Fluß, ohne eine Chance, das eine oder das andere Ufer zu erreichen. Wenn sie zustimmte, ein Teilgeständnis zu machen und zuzugeben, daß es Totschlag in vorbeugender Notwehr gewesen sei, würde sie für vier bis sechs Jahre ins Gefängnis gehen. Lehnte sie ein Geständnis ab und wurde des Mordes schuldig gesprochen, würde sie für zehn bis zwanzig Jahre hinter Gitter müssen, oder sogar lebenslänglich, je nachdem, wie die Staatsanwaltschaft den Fall einstufte. Dies alles setzte voraus, daß der Staatsanwalt keinen Anlaß sah, Anklage wegen vorsätzlichen Mordes mit erschwerenden Umständen zu erheben, worauf die Todesstrafe stand. Das alles war Grund genug für den Ausdruck von Schrecken, der hinter ihrer freundlichen Miene gelauert hatte, der ihre hübschen braunen Augen weitete.

Was würde dann aus den zwei Kindern? Die Großeltern würden wahrscheinlich das Sorgerecht erhalten, aber ein Gericht konnte geradesogut entscheiden, daß sie zu Pflegeeltern gegeben würden. Nichts war sicher, wenn es Kinder betraf. Und wer würde über ihre Bäume wachen?

Dies war genau, warum sie ausgestiegen war, dachte Barbara mit Bitterkeit. Die Maschine war in Bewegung, und Nell war nicht an Bord. Sie war nicht rechtzeitig ausgewichen, und nun war es zu spät; sie war direkt vor dem Behemoth. Und warum, zum Teufel, grübelte sie, Barbara, hier über eine fremde Frau und ihr wahrscheinliches Schicksal nach? Es ging gegen Mittag, war schon zu spät, um die Fahrt anzutreten, zumal sie schon nach einem so kurzen Weg die Beine schmerzten.

Aber es war mehr als einfaches Grübeln, dachte sie. Sie schäumte innerlich vor Wut über den Mistkerl Lucas, der Nell und ihren beiden Kindern dies angetan hatte. Die Verschlinger und die Verschlungenen, murmelte sie zu sich selbst. Wenn er das fremde Mädchen umgebracht und in den Fluß geworfen hatte, dann hatte er genauso sicher seine Frau und seine Kinder zerstört. Wenn Nell des vorsätzlichen Mordes oder auch nur des Totschlags für schuldig befunden wurde, war sie zerstört, und mit ihr die Familie. Niemand erholte sich von solch einem Einschnitt. Die Tortur würde keine sichtbaren Narben und körperlichen Verstümmelungen hinterlassen, dennoch standen ihnen Qualen bevor, die sie nicht weniger stark prägen würden. Peiniger und Gepeinigte. Immer lief es auf das gleiche hinaus. Es gab nur zwei Rollen.

Zornig stand sie auf, nahm die ungelesenen Zeitungen und ordnete sie für ihren Vater. Sie hatte der Maschine den Rücken gekehrt, sagte sie sich; sie lehnte beide Rollen ab. Selbst wenn sie sich bereit erklärte, ihrem Vater in diesem Fall zu helfen, würde sich nichts ändern. Morgen würde eine andere junge Frau verschlungen werden, oder ein junger Mann, und dann noch einer und noch einer, und so fort. Nichts änderte sich.

Ihr Vater würde genauso zornig sagen, daß sie unzulässig vereinfache und daß ein funktionierendes Rechtswesen nun einmal die einzige Alternative zur Anarchie sei. Darum müsse man sich an die Regeln halten. Leider sah es in der Praxis meistens viel komplizierter aus, und das Recht, was am Ende dabei herauskam, hatte oft wenig mit Gerechtigkeit zu tun. Sie wollte nichts mehr damit zu schaffen haben.

Das Mittagessen bestand aus einem belegten Brot und einem Apfel. Danach verschwand ihr Vater, um seinen Mittagsschlaf zu halten. Sie wanderte im Haus herum, dann ging sie in ihr Zimmer und legte sich hin. Nur für ein paar Minuten, sagte sie sich. Zu ihrer großen Überraschung schlief sie fast eine Stunde. Das ungewohnte Gehen, die einschläfernde Luft, dachte sie bekümmert. Sie hatte seit so vielen Jahren keinen Mittagsschlaf gehalten, daß sie sich nicht einmal an das letzte Mal erinnern konnte.

Dann fiel ihr Blick auf die Zeitungen mit den Berichten über die beiden Morde. Sie machte es sich im Sessel bequem und las weiter, wo sie aufgehört hatte.

Später fragte ihr Vater, ob sie Lust habe, zu Nells Haus hinüberzugehen.

»Wie weit?«

»Vielleicht eine halbe Meile.«

»Dann wird es sicherlich wieder eine Meile sein, nicht? Laß uns fahren.«

Unterwegs machte er sie darauf aufmerksam, wo

Docs Besitz aufhörte und Nells begann. Der Unterschied war überraschend. Doc hatte den Wald im weiteren Umkreis seines Hauses unberührt gelassen; es war dichter Wald, gesäumt vom gleichen Unterholz entlang der Straße, aber dann wurden die Abstände zwischen den Bäumen größer, mit Wiesenflächen dazwischen und der Regelmäßigkeit eines Obstgartens. Barbara erkannte die Bäume nicht, bis er ihr sagte, es seien die Walnußbäume, die Nells Urgroßvater gepflanzt hatte und die Nell eines Tages zu einer reichen Frau machen würden. Wo die Straße eine scharfe Rechtskurve machte, zweigte Nells Zufahrt ab. Barbara blickte zu der mächtigen Kiefer auf, die von den Baumfällern bedroht gewesen war. Was mochte dahintergesteckt haben? fragte sie sich, sagte aber nichts.

Sie war überrascht, daß Tawna und James Gresham Schwarze waren. Sie begrüßten ihren Vater mit nachbarschaftlicher Freundlichkeit, die sie ohne Zögern auf Barbara übertrugen. Auch Celsy, ihre halbwüchsige Tochter, begrüßte sie mit wohlerzogener Freundlichkeit. Eine weitere Überraschung war fällig, als Barbara erfuhr, daß die Familie Gresham als Mieter im großen Haus wohnte, während Nell und ihre Kinder als Eigentümer das kleinere bewohnten. Auf den Kopf gestellt, dachte sie bei sich.

Travis erzählte Frank von einem Pferd, das James Gresham in dieser Woche behandelt hatte. »Wir mußten ihm eine Spritze geben«, sagte Travis.

Nell hob hilflos die Hände. »Ich sage dem Jungen immer wieder, er soll Mr. Gresham nicht zur Last fallen, aber er läßt ihm keine Ruhe. Am liebsten würde er ihn auch noch zur Fleischbeschau begleiten.«

»Wenn er mir lästig wird, schicke ich ihn nach Hause«, sagte James. Zu Frank und Barbara gewandt fügte er hinzu: »Wir haben Wein und Bier, aber es gibt auch Bourbon und etwas Gin, vielleicht noch etwas anderes.«

Während er hineinging und Wein für die beiden holte, bemächtigte sich Frank eines Gartenstuhls unweit vom Grillfeuer, wo Tawna Gresham Hühnchen briet. Sie warf ihrer Tochter einen Blick zu und sagte halblaut: »Vielleicht könntest du was spielen?«

Celsy machte ein Gesicht, dann sagte sie in resigniertem Ton: »Okay.«

»Darf ich mit?« fragte Carol. Celsy nickte, und sie gingen ins Haus.

»Und Carol ist für Celsy eine Plage«, bemerkte Nell.

Höflich erkundigte sich Frank bei Tawna nach der Soße, die sie zu den Brathähnchen gemacht hatte; sie roch würzig und fremdartig. Palmöl, Chilipfeffer, ein bißchen von diesem und ein bißchen von jenem, sagte sie. Nell begann Barbara von dem Keramikschmuck zu erzählen, den Tawna machte. Dann kam James mit einem Tablett und reichte gefüllte Weingläser herum. Barbara begann sich wohl zu fühlen; ihr war, als kenne sie diese Leute schon lange.

Bald waren aus dem Haus die Töne von Celsys Flöte zu vernehmen. Tawna und James tauschten einen Blick und lächelten; man sah, daß sie stolz auf ihre talentierte Tochter waren. Barbara hatte sich vorgenommen, die Gelegenheit zu nutzen und unauffällig Nell zu beobachten. Diesmal sah sie eine andere Seite von ihr. Die Frau hatte offenbar die Gabe, ihre Angst wenigstens vorübergehend zu verdrängen, und gab sich zwanglos und entspannt.

Die Brathähnchen waren köstlich, das Brot aus der Bäckerei, das Nell beigesteuert hatte, knusprig und sehr gut und der Salat ausgezeichnet. Frank lobte alles überschwenglich und begann bald eine seiner komischen Geschichten von Gerichtsverhandlungen zu erzählen, und dann übertraf ihn James mit einer noch komischeren Tiergeschichte. Als Carol zu gähnen begann, seufzte Nell.

»Ich glaube, es wird Zeit«, sagte sie bedauernd. Es war sehr dunkel geworden.

»Ich werde die beiden hinunterbegleiten«, sagte Celsy. »Dann können Sie noch bleiben und eine Weile reden.« Sie war schon aufgestanden; es war offensichtlich, daß sie vom abendlichen Schwatz der Erwachsenen genug hatte.

»Gut«, sagte Nell. »Kinder, sagt gute Nacht und dann ab ins Bett!«

Carol sagte es brav; Travis salutierte und sagte mit einer computerartigen Stimme gute Nacht. Dann marschierte er wie ein hölzerner Soldat davon. Sobald sie den Lichtkreis des Hauses hinter sich hatten, kicherten sie miteinander.

»Es war ein netter Grillabend«, sagte Frank.

»Und es sind nette Kinder«, fügte Barbara hinzu. »Alle drei.«

»Manchmal möchte man eine Käseglocke über sie stülpen und sie für immer so bewahren, wie sie sind«, sagte Tawna mit leiser Stimme.

»Leider werden aus Kindern allzufrüh Leute«, sagte Barbara, und zu ihrem Verdruß brachte sie den leichten Tonfall, den sie beabsichtigt hatte, nicht zustande.

»Leute sind in Ordnung«, meinte James Gresham. »Nicht so nett wie Tiere, aber in Ordnung.«

Tawna lachte. »Wenn Tiere mehr als regelmäßige Mahlzeiten und Unterkunft wollten, wären sie genau wie Leute, das kannst du mir glauben.«

»Und wenn alle Leute regelmäßige Mahlzeiten und Unterkunft hätten, wären sie vielleicht so nett wie Tiere«, sagte Nell.

»Bestimmt nicht«, erwiderte Barbara. »Die Menschen wollen nicht bloß, was sie wirklich brauchen. Sie wollen mehr, immer mehr, und sie können es nur bekommen, indem sie es anderen nehmen. Das ist die menschliche Natur.«

»Ach nein!« widersprach Tawna. »Es ist erlerntes

Verhalten. Ich glaube nicht, daß die Menschen genetisch zu Egoisten programmiert sind. Jeder weiß Recht und Unrecht zu unterscheiden, aber wer richtet sich in seinem Tun oder Lassen danach? Es gibt verschiedene Arten, für das Leben zu lernen, und eine der besten ist die Orientierung an einem Vorbild. Was die Medien und die meisten von uns aus dieser Rolle gemacht haben, ist wahrscheinlich das Schlimmste von allem.«

»Die menschliche Natur und die Erziehung«, sagte Frank. »Eines von den Problemen, die so sehr zu politischen Streitfragen gemacht worden sind, daß Wissenschaftler die Finger davon lassen, um sie sich nicht zu verbrennen. Einer der Gründe auch, warum Philosophen heutzutage über Sprache reden und den Grundfragen aus dem Wege gehen. Sie haben endlich erkannt, daß es keine definitiven Antworten gibt, nur den Glauben und davon abgeleitete Überzeugungen. Angenommen, Sie hätten die Macht, die Menschen zu ändern. Was würden Sie, Tawna, als erstes tun?«

»Ihnen beibringen, daß sie anderen nicht antun, was sie selbst nicht zu erleiden wünschen. Das würde genügen.«

»Nein, ich glaube nicht«, sagte Barbara. »Es bedeutet Wechselseitigkeit. Man möchte für das Gute, das man tut, eine Gegenleistung, man erwartet sie. Das ist die Grundlage dessen, was meistens als Altruismus angesehen wird. Man wird für gute Taten belohnt, wenn nicht im Hier und Jetzt, dann im Jenseits. Aber immer muß es eine Belohnung geben.«

»Nun, das ist vielleicht eine Art, es zu interpretieren«, meinte Tawna, aber ihr Tonfall sagte, daß sie es nicht glaubte.

»Was würden Sie tun, Barbara?« fragte James Gresham.

»Vielleicht würde ich über alle Lebewesen den Schleier der Unkenntnis breiten. Einen wahrhaften

Schleier der Unkenntnis. Jede Handlung jeder Person würde gerecht sein, weil keiner wissen würde, auf wen sie sich auswirkte. Ob Mann oder Frau, jung oder alt, schwarz oder weiß, Amerikaner oder Chinese, nichts davon würde in Entscheidungen eingehen. Wenn die Handlung gerecht ist, würde sie für alle Lebenden gerecht sein, nicht bloß für eine bestimmte Gruppe.«

»Das wäre beängstigend«, flüsterte Nell. »Gerechtigkeit ohne Gnade ist beängstigender als alles, was ich mir vorstellen kann.«

»In meiner Welt würden Gerechtigkeit und Gnade niemals verbunden sein. Gnade impliziert eine Person mit Macht, die Mitleid mit einer Person ohne Macht hat. In meiner Welt würde diese Dichotomie nicht mehr existieren.«

»Utopia«, sagte James, und es klang erleichtert. »Obwohl wir die Philosophen verbannt haben, sind wir plötzlich im philosophischen Utopia.«

Frank lachte. »Nun, meine Vorstellungen von Utopia schließen die Vorstellung von einem warmen Bett und angenehmen Träumen mit ein. Wollen wir gehen, Bobby?«

»Ich bringe Ihnen Ihr Brot«, sagte Nell. Dann wandte sie sich zu Barbara. »Möchten Sie mit mir zu meinem Haus hinübergehen?«

Alle standen auf und verabschiedeten sich, und Nell und Barbara verließen die Gruppe. Schweigend legten sie die Hälfte der Strecke zum anderen Haus zurück.

»Sie sind auch Anwältin, nicht?« fragte Nell. »Ihr Vater erwähnte es einige Male.«

»Ich war es, bin es vielleicht noch. Es ist schwer zu sagen.«

»Darf ich morgen zu Ihnen kommen und mit Ihnen reden? Etwas, das Sie sagten … Sie erinnerten mich an etwas, das Lucas vor langer Zeit sagte. Und dann vergaß ich es wieder. Ich möchte es mir durch den Kopf gehen lassen, versuchen, mich genau zu erinnern, und dann mit Ihnen darüber sprechen. Würde es Ihnen etwas ausmachen?«

Barbara erkannte das Gefühl, das sie überkam, nicht als Resignation, sondern als Verzweiflung. Sie seufzte: »Einverstanden.«

11

Am nächsten Tag kam Nell kurz nach eins zu ihnen. Barbara und Frank hatten bereits zu Mittag gegessen und tranken Kaffee, als sie aus dem Wald zwischen Franks und Docs Haus kam. Sie trug Jeans und Turnschuhe und ein T-Shirt und hatte einen Armvoll Bücher bei sich; sie sah wie ein Schulmädchen aus.

Außerdem wirkte sie schüchterner als am Vortag, als sie die Kinder bei sich gehabt hatte, und auch am Grillabend, als hätte sie dort Sicherheit in der Rolle der Mutter gefunden; jetzt war sie allein und verwundbar.

Barbara hatte keine gute Nacht hinter sich; Nadelbäume, die als Luftfilter dienten, hatten nicht geholfen. Sie musterte die junge Frau mit vorsichtiger Neutralität. »Hallo. Wieder ein schöner Tag, nicht wahr?«

Nell nickte und sagte Hallo. Sie legte die Bücher auf den Tisch und setzte sich in den Sessel, den Frank ihr wies.

»Kaffee? Wir sind gerade mit dem Essen fertig. Etwas Obstsalat ist noch da.« Er sah sie fragend an. Nell nahm den Kaffee an und lehnte Fruchtsalat ab. Bald wurde deutlich, daß sie den Kaffee nur brauchte, um ihren Händen etwas zu tun zu geben. Sie spielte mit dem Löffel, dann rührte und rührte sie im Kaffee.

Während sie warteten, daß Nell ihr Anliegen vorbringe, wurde Barbara mit einiger Irritation bewußt, wieviel sie im Laufe der Jahre von ihrem Vater angenommen hatte. Sein Motto war, denjenigen, der mit ihm reden wollte, das Gespräch anfangen und die Richtung weisen zu lassen.

Endlich legte Nell den Löffel aus der Hand und

blickte zu Barbara auf. »Als Sie gestern abend über den Schleier der Unkenntnis sprachen, fiel mir eine andere Wendung ein, ein Schleier der Unschuld. Wir können ihn nicht wiederherstellen, das weiß ich, aber die Art von Unschuld, die Kinder haben, kam mir wieder in den Sinn, und ich dachte an Lucas, als ich ihn da oben auf der Felsterrasse sah. Er hatte ihn wieder.« Sie schaute ratlos drein, beinahe bittend.

Nun wandte sie sich zu Frank und bezog ihn in das Gespräch ein, wo sie ihn vor einem Moment noch ausgeschlossen hatte. Nachdem sie tief Luft geholt hatte, sagte sie: »Er hat dieses Mädchen nicht umgebracht. Ich weiß, daß er es nicht war.«

Frank blickte sie über die Brillengläser hinweg an, dann füllte er seine Kaffeetasse auf. »Sagen Sie uns einfach, worauf Sie hinauswollen. Wir werden von da ausgehen.«

»Ja. Ich dachte gestern abend nach dem Grillfest darüber nach. Zuerst war es nur diese blitzartige Erleuchtung, etwas, das ich genauso sicher wußte wie ich weiß, daß ich ihn nicht erschossen habe, aber mir war dabei klar, daß es nicht genügt. Und ich weiß nicht, ob ich genug sagen kann, um jemanden zu überzeugen.« Sie begann wieder im Kaffee zu rühren; diesmal langte Barbara über den Tisch und nahm ihr den Löffel aus den Fingern. Nell schaute verlegen drein, aber dann straffte sie ihre Haltung und begann.

»Ich lernte ihn in unserem ersten Jahr am College kennen. Wir waren beide Studienanfänger, hatten zum Teil die gleichen Kurse belegt und mochten uns von Anfang an.« Sie sah auf ihre im Schoß gefalteten Hände. »Nach sechs Monaten zogen wir zusammen. Ich brachte ihn mit nach Hause, und Großvater mochte ihn, und er war begeistert vom Wald hier, und dem Fluß. Wir machten einen kleinen Damm am Halleck Creek und schwammen im Stauwasser, wir gingen zusammen Pilze sammeln und wanderten. Alles war ihm neu. Sie müssen wissen, er wuchs in der Wüste auf, wo es in den Bergen Wacholder und Kiefernwälder gibt, aber nichts wie hier bei uns. Für ihn war alles aufregend, neu und wundervoll. Keine Werturteile, keine Vorbehalte, er nahm einfach alles an. So war Lucas. Wir waren beide sehr glücklich. Alles war schön und lustig und aufregend. Und so sah er an diesem letzten Tag aus. Seine Augen lachten, er lachte mit dem ganzen Körper, voll von der gleichen Art von Erregung und Fröhlichkeit. So hätte er nicht sein können, wenn er eine so furchtbare Tat verübt hätte.«

Barbara betrachtete sie nachdenklich. »Sie sagen, dieser Aspekt seines Wesens sei wiederhergestellt gewesen. Das bedeutet, daß er nach den ersten Jahren verschwunden war. Wie kam es dazu?«

Nell stand auf und ging zum niedrigen Geländer der Terrasse, dann wandte sie sich, vor dem Hintergrund der Bäume, zwischen denen der schimmernde Fluß verschwand, zu ihnen um. »Frobisher kam«, sagte sie mit leiser Stimme. »Emil Frobisher tötete etwas in ihm ab, und in diesem Augenblick erwachte es wieder zum Leben, und dann …«

Frank hatte sich nicht bewegt, schien kaum wach, so still saß er, und auch Barbara wartete. Sie hatte erlebt, wie Menschen erstaunliche Dinge gesagt hatten, die sie überhaupt nicht hatten zur Sprache bringen wollen, nur weil jemand die Stille ausfüllen mußte.

»Emil Frobisher war Professor an der Universität«, sagte Nell schließlich. Sie kam zu ihrem Stuhl zurück, nahm den Kaffee, der kalt geworden war, und trank ihn ohne zu schmecken. »Lucas und ich hatten in dem Sommer geheiratet, und ich war schwanger, und es war noch immer wundervoll. Dann setzte Frobisher eine Anzeige in die Zeitung. Er suchte freiwillige Versuchspersonen für ein Experiment in Wahrnehmung. Er war bereit zu bezahlen, und wir beschlossen, uns zu melden. Wir wollten ein letztes Wochenende an der Küste verbringen, bevor ich zu dick würde. Wie auch immer, ich eignete mich nicht für das Experiment, aber Lucas, und er wurde von Frobisher als Versuchsperson mehr oder weniger angestellt. Und lange Zeit war es in Ordnung; nichts änderte sich. Travis wurde geboren, und Lucas war begeistert von ihm und davon, Vater zu sein. Er war so stolz, und immer noch glücklich. Aber er verbrachte mehr und mehr Zeit in Frobishers Labor, und dann begann er davon zu sprechen, daß er Frobishers Assistent werden könnte, und vielleicht noch mehr, nämlich ein Mitarbeiter an einem Projekt. Frobisher ermutigte ihn zu diesen Gedanken, und er veränderte sich von Woche zu Woche, von Monat zu Monat.«

»Sie erhoben Einwände? Sahen Sie darin nicht eine günstige Gelegenheit für ihn?« fragte Barbara, als Nell schwieg. Nun, da die Richtung angegeben war, fühlte sie sich frei, das Gespräch in Gang zu halten.

»Natürlich hatte ich Einwände«, sagte Nell bitter. »Lucas war einfach nicht der Typ des Forschers. Er hatte schon den Schulbetrieb nicht gemocht, und das Studium mit den Klausuren und schriftlichen Arbeiten, all das sagte ihm nicht zu. Ich schrieb die meisten seiner Arbeiten für ihn, sonst wären sie nicht fertig geworden. Er war intelligent genug, aber nicht interessiert. Kein Gelehrter, kein Gehirnmensch, wie wir zu sagen pflegten. Alles Abstrakte langweilte ihn, Mathematik langweilte ihn, Naturwissenschaften langweilten ihn.« Sie blickte hilflos von Frank zu Barbara. »Ich will ihn nicht als einen Idioten oder Dummkopf hinstellen, nicht als unterdurchschnittlich. Und doch redete er davon, ein Kollege von Emil Frobisher zu sein, ein Mitarbeiter an seinem Projekt.« Sie schüttelte den Kopf. »Es ergab einfach keinen Sinn, es sei denn, sie benutzten ihn in irgendeiner Weise und schmeichelten seiner Eitelkeit, um ihn bei der Stange zu halten. Als ich etwas in diesem Sinne sagte, ging er in die Luft und sagte, ich sei doch nur eifersüchtig. Das war unser erster Streit.«

»Wie lang ging das so?«

»Zwei Jahre. Dann bekam Frobisher ein Angebot von Walter Schumaker.« Sie blickte unsicher zu Frank. »Vor fünfzehn Jahren bekam er den Nobelpreis für irgendeine Arbeit in Mathematik, glaube ich. Jedenfalls war er der große Zampano. Er hatte eine Abhandlung von Frobisher gelesen und setzte sich mit ihm in Verbindung; er sagte, ihre Forschungen gingen in eine Richtung, und sie sollten zusammenarbeiten. Frobisher überredete Lucas, mit ihm zu gehen. Er versprach, daß Lucas durch die Arbeit zu akademischen Graden kommen würde, sogar ein Doktorat sei im Bereich des Möglichen, wenn er dabei bliebe. Ich versuchte selbst mit Frobisher zu sprechen, aber er war immer beschäftigt oder auf Reisen, und es wurde nie etwas daraus. Ich versuchte ihn anzurufen und kam nie durch, und er rief niemals zurück. Schließlich ging Lucas mit ihm nach Colorado.«

»Wie alt war Travis damals? Zwei?«

Nell nickte und stand wieder auf, diesmal, um mit rastloser Energie hin und her zu gehen.

»Nell«, sagte Barbara zögernd, als ob sie jedes Wort abwägen müßte, »ist es möglich, daß Lucas einfach nicht reif war, ein Ehemann und Vater zu sein? Daß er noch im Entwicklungsstadium und nicht bereit war, sich mit der Seßhaftigkeit des Ehelebens abzufinden?«

»Nein. Das hätte ich verstehen können. Bevor er ging, sagte er, sie würden die Welt verändern, er würde an der größten Veränderung in der Menschheitsgeschichte mitwirken, und was sie machten, würde Menschen wie Götter hervorbringen. Er glaubte daran. Er war ganz aufgeregt von der Sache, und zugleich ängstlich.«

»Gut. Er verließ Sie. Bestand irgendeine Möglichkeit, daß Sie hätten mit ihm gehen können?«

»Nein. Das war einer der Punkte, über den ich mit Frobisher sprechen wollte, aber Lucas sagte, die Arbeit würde sich bis zu einem Punkt intensivieren, wo wir niemals würden zusammensein können, und es wäre zu hart für Travis und für mich. Was er in Wirklichkeit sagte«, ergänzte sie dumpf, »war, daß wir ihm im Weg seien und ihn behindern würden.«

»Blieben Sie mit ihm in Verbindung, als er fort war?«

»O ja. Ich schrieb ihm jeden Tag, oder wenigstens zweimal die Woche, und er rief ziemlich oft an. Und dann, als Travis fünf war, kam er nach Hause. Er war wie ein Fremder. Zuerst war es der alte Lucas, aber innerhalb von einem oder zwei Tagen wurde er zu einem Fremden. Er wollte die Walnußbäume fällen, um Geld für das Projekt aufzutreiben. Sie waren in finanzielle Schwierigkeiten geraten, und Schumaker sprach davon, daß er aussteigen wollte. Damals stritten wir wieder, und er reiste unverrichteter Dinge ab.« Sie zuckte die Achseln und setzte sich wieder.

»Und als er diesmal fort war, hörten Sie nichts mehr von ihm? Ist das richtig?«

Sie nickte. »Nichts. Ich schrieb ihm wie zuvor, aber nach ein paar Wochen begannen meine Briefe zurückzukommen. Unbekannt verzogen. Als ich merkte, daß ich schwanger war, schickte ich Einschreibebriefe und sein Vater gleichfalls, und wir versuchten beide, ihn durch die Universität zu erreichen. Es gab keine Telefonnummer für ihn.« Sie blickte auf ihre Hände, die wieder gefaltet im Schoß lagen. »Ich hätte vielleicht einen Detektiv beauftragen können, ihn zu suchen, aber … ich dachte, er wollte einfach nichts mehr mit uns zu tun haben und habe diese Entscheidung getroffen. Was für einen Sinn würde es da haben, wenn ich seinen Aufenthaltsort ermittelte? Ich hätte ihn nicht angebettelt, bei uns zu bleiben, wenn er weg wollte.«

»Er verließ Sie und die Kinder«, sagte Barbara. »Warum ließen Sie sich nicht von ihm scheiden und richteten ihr Leben neu aus?«

Nell zog die Schultern ein und ließ den Kopf hängen. »Ich weiß nicht.«

»Ich glaube, Sie wissen es. Und es ist etwas, das wir auch wissen müssen.«

Nell blickte schnell zu Frank und wieder zur Seite. »Ich ... ich dachte, wenn ich einfach wartete, würde er nach genug Jahren für tot erklärt. Rechtsgültig, meine ich.«

Barbara musterte sie, schüttelte endlich den Kopf. »Fürchteten Sie sich vor ihm?«

»Nein! Er hätte mir nichts getan! Es war ...« Wieder blickte sie zu Frank. »Einmal diskutierten wir alle drüben bei Doc über einen Streit um das Sorgerecht, der in den Nachrichten erwähnt worden war. Sie werden sich wahrscheinlich nicht erinnern, aber ich fragte Sie, ob ein Elternteil dem anderen Besuchsrechte verweigern könne, und Sie sagten, in einigen Fällen erwiesener Belästigung oder wenn ein schädlicher moralischer Einfluß auf die Kinder glaubhaft gemacht werden könne, oder wenn es sich bei dem betroffenen Elternteil um einen Straftäter handle, könnten Besuchsrechte verweigert werden. Vielleicht gab es noch andere Gründe, ich erinnere mich nicht. Aber ich wußte, daß ich solch ein Verfahren bei Lucas nicht riskieren konnte. Ich wollte nicht, daß er Besuchsrechte beanspruchte. Und ich dachte, daß er Besuchsrechte verlangen würde, wenn ich die Scheidung einreichte.«

»Sie fürchteten für Travis?« fragte Barbara überrascht.

Nell nickte. »Bei seinem letzten Besuch sagte er, eine neue Person werde sich der Forschungsgruppe anschließen, eine Psychiaterin, die ein Buch darüber geschrieben habe, wie die Glaubenssysteme von Kindern während der Pubertät erstarrten. Er sagte, wenn das Projekt abgeschlossen sei, würde Travis genau im richtigen Alter sein, und seine Altersgruppe würde die erste sein, die Gebrauch davon machen würde, was immer es war. Und ich wußte, daß er es an Travis ausprobieren würde, wenn er die Gelegenheit erhielte. Wenn er dann wiederkäme und Travis in diesem Alter wäre, zwölf oder dreizehn...« Sie brach ab und befeuchtete sich die Lippen. »Alles, was ich sage, sieht so aus, als würde ich Motive dafür aufzählen, daß ich ihn tot sehen wollte.«

Barbara nickte. Sie dachte eine kleine Weile nach und fragte dann: »Wie anders war er, als er zuletzt nach Hause kam?«

Nell hob die Schultern in hilfloser Geste und blickte von Barbara zu Frank. »Ich kann es nicht beschreiben. Er... er sah mich an, und es war, als ob ich nicht da wäre, als sähe er durch mich hindurch etwas anderes. Stundenlang blieb er still, sagte kein Wort, und dann fing er an, so schnell zu sprechen, daß ich seinen Worten nicht folgen konnte. Und seine Reden über das Projekt klangen verrückt. Ich glaube, er hatte den Glauben daran verloren, zumindest an seine Rolle dabei. Darum wollte er Geld. Er sagte, wenn er die Mittel für einen Zuschuß auftreiben könnte, würden sie nicht imstande sein, ihn nach und nach auszubooten.« Ihr Elend schien sich zu vertiefen, während sie sprach. »Er war damals so unglücklich, so besorgt und abwesend... Abwesend«, sagte sie wieder, als hätte sie eine Entdeckung gemacht. »Ich glaube nicht, daß er nach den ersten ein oder zwei Tagen wirklich hier war, nicht bis zu unserem Streit am Tag vor seiner Abreise.«

Barbara gab sich einen Ruck und stand auf. »Ich werde frischen Kaffee machen. Und dann, wenn Sie ertragen können, es noch einmal zu erzählen, würde ich gern alles über diesen letzten Tag hören, an dem er getötet wurde.« Sie wartete Nells Antwort nicht ab, nahm die Kaffeekanne vom Tisch und ging ins Haus. Noch keine Entscheidungen, sagte sie sich entschlossen. Unvoreingenommenheit bewahren. Vielleicht ergab sich noch etwas Positives, nicht nur Erklärungen und Erklärungen, die allesamt als belastend ausgelegt werden konnten. Nell glaubte, ihr Kind sei bedroht, argumentierte sie, als ob sie für die Staatsanwaltschaft arbeitete, und schüttelte den Kopf. Nein. Jedenfalls durfte Nell so nicht in den Zeugenstand gelassen werden. Das würde sie ihrem Vater klarmachen. Aber noch als sie daran dachte, ihm zu sagen, wie er diesen Fall anpacken sollte, sah sie ein, daß sie sich selbst etwas vormachte. Er hatte recht, wenn er sagte, er könne den Fall nicht übernehmen. Durch ihre nachbarschaftliche Beziehung stand er Nell zu nahe. »Und praktizieren Sie niemals Recht für Ihren Ehepartner, Ihre Familie oder Ihre Freunde. Niemals!« Sie hörte die Worte in ihrem Kopf in der Stimme des Professors, der sie so oft wiederholt hatte, daß es beinahe ein Witz gewesen war.

Die Küche war so angelegt, daß der Arbeitsbereich an der Vorderseite des Hauses lag, der Straßenseite, und der Wohnbereich den Fluß überblickte. Als Barbara an der Spüle stand und wartete, daß die Kaffeemaschine ihre Arbeit tat, bemerkte sie aus den Augenwinkeln eine Bewegung in der Zufahrt. Sie ging zur Küchentür, um hinauszuschauen. Ein Mann lehnte an der Kühlerhaube eines Land Rover.

Sie ging hinaus. »Wünschen Sie etwas?«

Er war groß und breitschultrig, mit von der Sonne ausgebleichtem Haar, und trug derbe, gelbbraune Arbeitskleidung und Stiefel. Er nahm die Sonnenbrille ab, unter der die Haut um die Augen hell geblieben war, und plötzlich schien er um Jahre jünger zu sein als mit der Sonnenbrille.

»Oh, entschuldigen Sie. Wollte nicht stören. Ich warte auf Nell. Sie meinte, sie könnte um zwei herum hier fertig sein. Ich bin Clive Belloc, ein Freund von ihr.«

Barbara sah auf ihre Armbanduhr und war überrascht, daß es bereits halb drei war. »Tut mir leid, daß ich sie so lange aufgehalten habe«, sagte sie. »Ich bin Barbara Holloway. Ich fürchte, wir werden noch eine halbe Stunde oder so brauchen. Kann ich Ihnen etwas bringen? Möchten Sie hereinkommen?«

»Nein, nein, bemühen Sie sich nicht«, sagte er hastig. »Sie sind Frank Holloways Tochter? Freut mich, Sie kennenzulernen. Und bitte erwähnen Sie nicht, daß ich hier draußen bin, nicht wahr? Ich möchte nicht, daß sie sich gedrängt fühlt oder was.«

Barbara nickte und ging wieder hinein; der Kaffee war fertig. Als sie auf die Terrasse zurückkehrte, schien Nell gefaßt und vorbereitet. Barbara schenkte heißen Kaffee ein. Jemand hatte Nells kalten Kaffee weggeschüttet, aber diesmal griff sie nicht zum Löffel; sie beachtete den Kaffee überhaupt nicht und begann zu sprechen, sobald Barbara wieder ihren Platz eingenommen hatte.

Sie berichtete kurz und prägnant von den Ereignissen des Vormittags, wie der UPS den Computer geliefert hatte und wie sie anschließend den Pfad zur geschützten Lichtung hinaufgestiegen war. Dann versagte ihre Stimme, und sie trank zum ersten Mal von ihrem Kaffee.

»Kurz bevor ich oben auf die Lichtung hinauskam, sah ich ihn. Ich stand wie vor den Kopf geschlagen. Ich glaube, ich war mehr erschrocken als irgend etwas. Einen Moment schloß ich die Augen, weil ich an eine Sinnestäuschung glaubte. Dann stieg ich hinauf, tat den letzten Schritt auf die Lichtung und sah ihn auf der anderen Seite der Schlucht. Er lachte. Und da ... da kam der Schuß.«

»Warum sagten Sie vorher, daß er glücklich gewesen sei? Wie es scheint, hatten Sie kaum Zeit, es zu bemerken.«

»Aber er war glücklich! Er lachte. Er sagte: ›Paß auf!‹ wie ein Kind es sagen könnte, erfreut, sogar begeistert. Einfach glücklich.«

»Was meinte er damit, ›Paß auf‹? Was machte er?«

»Nichts. Er stand bloß da und lachte.«

Barbara sah sie stirnrunzelnd an. »Hatte er etwas in den Händen? Etwas, das er Ihnen vielleicht zeigen wollte?«

Nell schüttelte den Kopf. »Ganz gewiß nicht. Ich sah nichts. Als er... Die Kugel warf ihn zurück, und er riß beide Hände hoch. Ich bin überzeugt, daß sie leer waren. Ich sah nichts.«

Ihre Stimme war zusehends angestrengter geworden, und nun brach sie ganz. Sie trank von ihrem Kaffee und holte mehrmals tief Atem. Barbara wartete, unzufrieden und tief beunruhigt.

»Gut, was dann?« fragte sie schließlich.

»Ich rannte den Weg hinunter zu meinem Haus und rief Doc an. Ich wußte, daß er daheim sein würde, weil es Samstag war. Ich sagte, ich wollte gehen und nach Lucas suchen, und er sagte mir, ich solle warten und nichts unternehmen, bis er käme. Das tat ich dann. Er rief den Sheriff an, und wir machten uns zusammen auf die Suche nach Lucas. Wir hatten ihn noch nicht gefunden, als die Deputies eintrafen. Sie fanden ihn.«

»Und später fanden sie Ihr Gewehr im Wohnzimmer«, sagte Barbara. »Warum war es nicht weggeschlossen?«

Nell erzählte wieder die Episode mit den Baumfällern und der Bierdose. »Ich hätte das Gewehr am Freitagabend reinigen sollen, dachte aber, ich könnte am Samstag ein paar Schießübungen machen, und dann vergaß ich es.«

Barbara wußte, daß es noch viele Fragen gab, die sie stellen sollte, aber sie wußte selbst noch nicht, welche. Und Nell sah blaß und verkniffen aus, und ihre Hände zitterten, als sie die Kaffeetasse zum Mund führte. Barbara lehnte sich in ihren Stuhl zurück. »Ich weiß, es ist hart für Sie, über diese Dinge zu sprechen. Aber Sie haben sich gut gehalten. Nun, können Sie in den nächsten paar Tagen etwas für mich tun? Ich möchte gern, daß Sie alles aufschreiben, was Lucas jemals über die Leute sagte, für die er arbeitete, über das Projekt, mit dem sie beschäftigt waren. Alles, was Ihnen darüber in Erinnerung geblieben ist. Versuchen Sie nicht, irgendeinen Sinn daraus zu machen, wenn Sie keinen sehen, schreiben Sie es einfach nach der Erinnerung auf. Auch über diesen ersten Test, an dem Sie sich beteiligten, das Wahrnehmungsexperiment. Können Sie das tun?«

Nell schaute verwirrt auf ihre Hände. »Sicher«, sagte sie zögernd. »Aber sie sind in Colorado, wissen Sie. Dort wurde die Arbeit getan.«

Barbara zuckte die Achseln. »Vielleicht nützt es nichts, aber zunächst brauchen wir alle Informationen, die wir bekommen können, und dies gehört dazu.« Sie blickte auf ihre Armbanduhr und sah, daß es nach drei war. »Ich fürchte, wir haben einen Freund von Ihnen ziemlich lange warten lassen. Clive Belloc ist draußen vor dem Haus.«

Nell blickte überrascht, dann etwas schuldbewußt. »Ich vergaß, daß er kommen wollte«, sagte sie. »Er fährt mit mir hinunter nach Turners Point zum Bücherbus. Ich hatte es ganz vergessen.« Sie stand auf und stapelte die Bücher aufeinander; es waren viele, zehn oder zwölf. »Wir kommen später bei Jessie vorbei, um ihr die Bücher zu bringen«, sagte sie. »Werden Sie auch dort sein?«

Frank sagte, wahrscheinlich, dann erklärte er es Barbara. »Donnerstag ist Bücherei-Tag. Nell ist Jessies privater Bücherdienst, holt und bringt ihr, was sie lesen will. Und gewöhnlich kommen wir bei der Gelegenheit zu einem Schwatz zusammen. Wo sind die Kinder?« fragte er Nell.

»Mit Celsy beim Baden. Sie werden nicht vor sechs, halb sieben zurück sein.« Sie nahm die Bücher unter den Arm, zögerte aber noch. »Alle sind so gut zu mir gewesen. Die Greshams, Clive, Doc und Jessie, die Leute im Ort … Alle sind so nett gewesen …«

Sie schien den Tränen nahe, und Barbara sagte in munterem Ton: »Na, dann wollen wir gehen und Mr. Belloc erlösen, nicht wahr? So ein geduldiger Mann!« Tatsächlich, dachte sie zynisch, wollte sie nur Nell und Clive Belloc zusammen sehen. War er derjenige? Sie glaubte es nicht, als sie ein paar Minuten später zur Terrasse zurückkehrte. Clive Belloc war sich der unsichtbaren Trennungslinie wohl bewußt, die Nell zwischen ihnen gezogen hatte, und er hatte sie wie selbstverständlich respektiert.

»Nun?« sagte ihr Vater und beobachtete sie über die Brillengläser hinweg.

Warum ließ er sich nicht Kontaktlinsen machen, oder eine ordentliche Brille, dachte sie irritiert. »Es ist eine vertrackte Geschichte, das weißt du selbst. Sie kann nicht aussagen.«

»Ich weiß.«

»Gibt es sonst jemand hier in der Gegend, der ihn kannte?«

Er zog die Brauen hoch. »Ich habe ihn nie gesehen. Doc und Jessie könnten ihn kennengelernt haben. Und Clive Belloc. Lucas ließ ihn vor sieben Jahren kommen, um die Walnußbäume zu schätzen.«

Sie machte eine ungeduldige Geste. »Unfall? Jemand, der mit einem Gewehr unterwegs war und aufs Geratewohl einen Schuß abfeuerte und ihn erwischte?«

»Unwahrscheinlich. Nicht auszuschließen, aber die Jahreszeit paßt nicht. Jetzt ist keine Jagdsaison. Und Schießübungen auf Privatgrund? Kaum anzunehmen. Aber auch nicht auszuschließen.«

»Sie glaubt nicht, daß Lucas dieses Mädchen ermordete. Die Zeitungen schreiben, er habe den Wagen auf der anderen Seite der Berge zurückgelassen und sei zu Fuß hierher gewandert. Mein Gott! Warum? Was weißt du darüber?«

»Verdammt wenig. Das war drüben im Deschutes County. Wir können uns erkundigen, was sie dort ermittelt haben.« Er blickte nachdenklich vor sich hin, dann sagte er: »Es wäre aber besser für sie, wenn sie glaubte, er hätte dieses Mädchen umgebracht.«

»Wenn sie auf Notwehr plädiert«, stimmte Barbara ihm zu. »Aber sie sagt, sie habe es nicht getan.«

»Ja, ich weiß. War nur eine Bemerkung.«

»Was ist mit diesem Professor, der Lucas rekrutierte? Emil Frobisher? Weißt du etwas über ihn?«

»Etwas, ja. Aber es nützt nichts. Er ist tot. Umgebracht von einem Jungen, einem Strichjungen.«

»Scheiße!«

Frank grinste. »Ich habe meinen Mittagsschlaf versäumt. Bis später, Kind.«

»Sei nicht so verdammt selbstgefällig. Ich habe noch keine Entscheidung getroffen.«

Sie konnte ihn geradezu schmunzeln hören, als er hinter ihr ins Haus ging.

12

Um dreiviertel sechs schlenderten Frank und Barbara durch den Wald zu Docs Haus. Er ging auf einem schmalen Pfad voraus, und als sie seinen leichten, ausgreifenden Schritt beobachtete, dachte sie, daß sie ihn nie so gesund und kraftvoll gesehen habe. Das Landleben hatte ihm gutgetan. Das viele Gehen jeden Tag, dachte sie reumütig. Ihre Beine schmerzten noch von ihrem zweiten Fußmarsch am Morgen nach Turners Point. In einem Monat oder so würde sie vielleicht imstande sein, mit ihrem betagten Vater Schritt zu halten.

Der Wald war hier wild und vollkommen natürlich; niemand hatte ausgelichtet oder Unterholz beseitigt, außer für den Pfad. Es war alter Hochwald mit massiven, turmhohen Bäumen, unter denen ein Dämmerlicht herrschte. Im Schutz der alten Bäume war dichter Jungwuchs aufgekommen, und nirgends reichte die Sicht weiter als fünf oder sechs Meter. Der Pfad wand und schlängelte sich um und über Hindernisse.

Sie erreichten Docs Grundstück auf der Garagenseite und gingen zur Frontseite des Hauses herum, die sehr ansprechend war. Die Verschalung war aus breiten Planken Kaliforniaholz, Fensterwände reichten vom Boden bis zur Decke, die breite Veranda war teilweise überdacht. Die Umgebung des Hauses war offenbar von einem Landschaftsgärtner gestaltet und wurde professionell unterhalten; sie hatte diese pseudonatürliche Präzisionserscheinung mit breiten, asymmetrischen Anpflanzungen von Azaleen, Rhododendren, Baumgruppen und einem samtigen Rasen, der aussah, als hätte ihn noch nie ein menschlicher Fuß betreten. Die

Aussicht war großartig und umfaßte Wald und Fluß und Himmel.

»Hallo«, rief Jessie ihnen entgegen, als sie auf die Veranda stiegen. »Jetzt erinnere ich mich an Sie. Natürlich! Doc sagte mir, wir hätten Ihre Bekanntschaft schon vor ein paar Jahren gemacht, aber ich konnte damit kein Gesicht verbinden. Jetzt fällt es mir ein. Wie schön, Sie wiederzusehen.«

Doc begrüßte sie und fragte, was sie trinken wollten, und Jessie sagte, sie sollten sich bitte zu ihr setzen. Ein Martini wäre recht, sagte Barbara, und als ihr Vater sich für Wein entschied, wurde ihr plötzlich klar, daß er von harten Getränken ganz abgekommen war. Bis zu diesem Augenblick war es ihr nicht aufgefallen. Früher hatte er vor dem Mittagessen Martinis getrunken, dann wieder vor dem Abendessen. Und das viele Gehen, dachte sie; ein Schreck durchfuhr sie, als sie an die anderen Veränderungen dachte – kein Schlagrahm, fettarme Diät, gute, gesunde Nahrung, Mittagsschlaf. Unerklärlicherweise wurde ihre Sorge, die auf den ersten Schreck folgte, bald von Ärger verdrängt.

Als hätte sie bemerkt, daß es ihr noch nicht gelungen war, Barbaras Aufmerksamkeit zu gewinnen, streckte Jessie die Hand aus und legte sie auf Barbaras Arm; hätte sie es nicht getan, wäre Barbara entgangen, daß Doc der Mann in Nells Leben war. Im selben Augenblick, als Jessie ihren Arm berührte, erschienen Nell und Clive Belloc auf der Veranda, und für einen Augenblick, beinahe zu kurz, um Gewißheit zu vermitteln, krümmten sich Jessies Finger wie im Krampf. Der Augenblick ging vorüber, doch bemerkte Barbaras geschärfte Aufmerksamkeit den schnellen Blick, den Nell und Doc tauschten. Dann war er wieder der leutselige Gastgeber an der Hausbar. Aber da war es, dachte sie. Da war es!

Alle sagten hallo und wie geht's und so weiter, und Nell kam zu Jessie, küßte ihr die Wange und legte mehrere Bücher neben ihr auf den Tisch. Jessie schob ihren Feldstecher beiseite, um Platz für die Bücher zu schaffen.

Doc brachte Barbaras Martini und Wein für Nell. Er nahm Jessies Glas, um es aufzufüllen. Clive Belloc und Frank plauderten höflich über den für diese Jahreszeit zu niedrigen Wasserstand im Stausee. Das gute Leben, dachte Barbara, frohe Stunden unter den netten Leuten. Warum Doc? In ihren Augen war er ein erschöpft wirkender Mann mittleren Alters, der Beruhigungsmittel nahm. Aber er war mit einer Frau verheiratet, die ihre Tage in einem Rollstuhl verbrachte. Jessie fummelte in einem großen Beutel, der an ihrem Rollstuhl hing. Sie brachte eine Polaroidkamera zum Vorschein und fragte Barbara, ob es ihr was ausmache; sie habe ein Fotoalbum, in dem sie die Ereignisse festhalte.

Nell blickte immer wieder auf ihre Armbanduhr, und nach kaum fünf Minuten trank sie ihren Wein aus und stand auf. »Ich muß leider gehen. Ich habe den Kindern versprochen, daß das Abendessen fertig sein würde, wenn sie nach Hause kommen.«

Clive Belloc war schon auf den Beinen. Sie winkte ihm ab. »Bleib nur und unterhalte dich. Unser Abendessen wird aus warmen Würstchen und Frikadellen bestehen.« Als sie den enttäuschten Ausdruck in seinem Gesicht sah, fügte sie hinzu: »Es würde dir nicht schmecken. Und die Kinder werden übermüdet und nörgelig sein. Du weißt, wie es ist, wenn sie den ganzen Nachmittag beim Baden waren. Frühes Abendessen, früh zu Bett. Du könntest morgen abend herüberkommen, dann koche ich richtig.«

»Ich kann dich nach Hause fahren«, sagte er.

Sie schüttelte den Kopf. »Das wäre wirklich albern, nicht? Es sind nur fünf Minuten, und ich gehe gern.« Sie nahm die Bücher an sich, die sie aussortiert hatte, winkte allen zu und ging.

Es blieb still, bis sie am Ende der Veranda außer Sicht

gekommen war. Dann beugte sich Clive Belloc über die Armlehne seines Stuhls zu Frank und sagte mit halblauter Stimme: »Ich würde bei Gelegenheit gern einmal mit Ihnen reden.«

»In Ordnung. Warum nicht jetzt?«

»Unter vier Augen.«

Doc setzte sich auf den Stuhl, den Nell geräumt hatte, und musterte Clive Belloc. »Wenn es sich darum handelt, was Sie mir vorhin erzählten, können Sie ruhig reden. Ich habe Jessie bereits davon erzählt.«

Clives schneller Blick zu Barbara war eine unwillkürliche Reaktion, und nur ein Anflug von Bitterkeit dämpfte ihre Erheiterung, als er vorzugeben suchte, es sei nicht geschehen, er habe bloß die Schultern gereckt, oder so was. Sie hatte diese Art von schneller, instinktiver Ablehnung zu oft gesehen, um sich zu irren. Was er mit diesem Blick gesagt hatte, war, daß sie sich gefälligst verziehen und anderweitig beschäftigen und ihn und ihren Vater ungestört sprechen lassen solle. Sie machte es sich bequem und beobachtete ihn mit einer Stetigkeit, die er irritierend finden mußte.

»Nun ja«, sagte Frank nachdenklich, »natürlich können Sie eine Verabredung treffen, und ich berechne Ihnen die reguläre Gebühr, oder Sie können hier und jetzt sagen, was Sie auf dem Herzen haben, und es auf einer nachbarschaftlichen Basis lassen. Was Ihnen lieber ist.« Er trank seinen Wein aus und musterte Clive mit seinem Anwaltsblick über die Brillengläser hinweg. »Sie sollten aber wissen, daß ich alles, was juristische Fragen betrifft, wahrscheinlich an Barbara weitergeben werde, es sei denn, es ist zu langweilig, um sie damit zu behelligen. Schließlich ist sie meine Partnerin.«

Barbara wandte nicht den Kopf, um ihn wegen dieser letzten Bemerkung anzufunkeln, sondern fuhr fort, Clive zu beobachten, der sichtlich erschrocken war. Das bedeutete, sagte sie sich, daß Nell ihm nicht viel über das lange Verhör vom Nachmittag berichtet hatte.

Clive zögerte kurz, dann sagte er bedächtig: »Ich glaube, Sie wissen, wie sehr wir Sie alle schätzen, Frank. Wir vertrauen Ihnen und kommen ohne Vorbehalte zu Ihnen, wenn wir juristischen Rat brauchen. Sie haben vielen von uns gute Dienste geleistet. Aber ich glaube, Nell muß jemand anders mit ihrer Verteidigung beauftragen.« Er ging zu dem als Hausbar hergerichteten Tisch und schenkte sich ein Glas Bourbon ein.

»In Ordnung«, sagte Frank.

»Wie meinen Sie das? Sie stimmen mir zu?«

»Nein. Ich meine, Sie haben Ihre Meinung geäußert, und es ist in Ordnung, daß Sie diese Meinung haben. Könnte es sowieso nicht verhindern.«

Clives Gesicht lief dunkel an, und er setzte sich abrupt. »Verdammt, Frank, ich mache mir wahnsinnige Sorgen um sie! Sie braucht jemand mit großer Gerichtserfahrung, einen jüngeren Anwalt, der es mit Tony DeAngelo aufnehmen kann. Ich habe mich nach ihm erkundigt. Er ist ein Schwein, und ehrgeizig wie der Teufel. Für ihn geht es nicht darum, daß die Wahrheit ans Licht kommt, sondern daß er gewinnt!«

Barbara saß wie gelähmt. Sie blickte nicht zu Frank, weil sie sich nicht bewegen konnte. Sie hätte es wissen sollen. Vielleicht hatte sie es von Anfang an gewußt und einfach nicht zugelassen, darüber nachzudenken, hatte sich nicht einmal den Namen aussprechen lassen.

»... nicht mehr als die meisten Staatsanwälte ... hatte früher schon mit ihm zu tun ...«

Die unaufgeregte Erwiderung ihres Vaters schien zusammenhanglos, Worte, die frei um sie her schwebten, und dann sagte Clive etwas ebenso Zusammenhangloses. Allmählich merkte sie, daß sie sich vom Stuhl löste, daß ihr Blut wieder zirkulierte, daß ihre Haut unter der vom Fluß hereinwehenden Brise fröstelte, nicht von irgendeinem inneren System, das versagt hatte. Sie hob ihr Glas und sah, daß ihre Hand nicht zitterte. Und obwohl sie ihn nicht ansah, wußte sie, daß ihr Vater sie beobachtete, daß sie eine Art Prüfung bestanden hatte.

»Barbara ist jung, und sie hat es mit Tony aufgenommen. Mehrere Male sogar.«

»Aber für so etwas, eine Mordanklage...« Clive brach hilflos ab und schaute zu Doc, der die Achseln zuckte.

Barbara stellte ihr Glas ab und sagte mit einer guten, spröden Stimme, ihrer Gerichtsstimme: »Mr. Belloc, wenn ein Klient einen Anwalt beauftragt, kann diese Beziehung nicht von einer dritten Person beiseite geschoben werden. Wenn Nell entscheidet, daß sie einen anderen Rechtsbeistand wünscht, dann wird dieser Wunsch sakrosankt sein, aber bis sie diesen Entschluß faßt, wird unsere Firma keinen äußeren Einfluß dulden. Ich habe die Qualifikation, Klienten zu verteidigen, die unter Mordanklage stehen. Das heißt, Mr. Belloc, daß ich über Gerichtserfahrung in Fällen von Kapitalverbrechen verfüge und die Lizenz zur Verteidigung in solchen Fällen habe. Papa, sollten wir uns jetzt nicht auf den Weg machen?«

Jessie protestierte. Sie müßten zum Abendessen bleiben, sagte sie, aber ihrem Drängen fehlte der Nachdruck. Doc gab Barbara zum Abschied die Hand und musterte ihr Gesicht mehrere Sekunden lang, bevor er sie losließ. Sie konnte seiner Miene nichts entnehmen. Clive Belloc stand auf, sagte aber nichts, als sie und ihr Vater gingen. Er war fuchsteufelswild, dachte sie befriedigt. Hart und zäh, dachte sie auch; aber das konnte sie genauso gut sein.

Sobald sie außer Hörweite waren, sagte Frank: »Jetzt wird er sich über dich erkundigen.«

»Laß ihn. Übrigens, wen würde er als Verteidiger wollen? Clarence Darrow?«

Frank lachte und nahm sie beim Arm. »Laß uns irgendwo essen gehen, in ein feines Lokal mit gutem Wein.«

Sie nickte. Wenn sie ihn fragte, warum er Tonys Namen nicht erwähnt hatte, würde er bloß zurückfragen, warum sie erwarte, daß sich hier irgend etwas ändern würde. Und tatsächlich, warum sollte es?

Bei dem Abendessen, das Frank als vorzüglich bezeichnete und von dem sie kaum gekostet hatte, legte sie die Gabel weg, stützte die Ellbogen auf den Tisch und das Kinn auf die geballten Fäuste und sagte: »Einverstanden. Unter einer Bedingung.«

»Und die ist?«

»Auf meine Art, vom Anfang bis zum Ende. Ich bin keine Assistentin; es ist mein Fall.«

Er legte die Gabel ab und streckte die Hand über den Tisch. »Abgemacht.«

Sie tauschten einen Händedruck, und dann begann sie ihr Kalbfleischspießchen zu essen, das wirklich ausgezeichnet war. Bevor Frank seine Mahlzeit fortsetzte, sagte er: »Weißt du, ich wollte seinen Namen nicht erwähnen, bevor du dich festgelegt hättest. Ich möchte dich für den Fall, weil ich glaube, daß du diesem Mädchen Gutes tun kannst. Verstehst du?«

Sie nickte. Keine Vendetta, keine Vergeltung, kein anhaltender Groll sollte ihr Urteil trüben. Von wegen, dachte sie.

Es war nach zehn, als sie wieder zu Hause eintrafen. Sie begann auf und ab zu gehen, um ihre Gedanken zu ordnen, aber ihre Beine reagierten mit Schmerzsignalen, und sie mußte sich mit einem Sessel im Wohnzimmer zufriedengeben. Frank setzte sich eine Weile zu ihr; als sie kein Gespräch anfing und keine Fragen stellte, gähnte er und sagte, er sei fällig fürs Bett.

»Erzähl mir vorher noch, was du über Clive Belloc weißt«, sagte sie, als wäre ihr der Gedanke erst in diesem Moment gekommen. »Wie lange macht er Nell schon den Hof?«

Frank lachte. »Mein Gott, du hast noch immer nicht gelernt, dich ein bißchen zu mäßigen, wie? Seit ein paar Jahren, wahrscheinlich. Er wurde vor vier oder fünf Jahren geschieden. Ich reichte für ihn die Scheidung ein. Keine große Sache, sie trennten sich im beiderseitigen Einvernehmen. Wahrscheinlich treffen sie sich noch bei einem Bier. Aber danach war er frei, und ein paar Monate später bemerkte ich, wie er reagierte, wenn Nell in der Nähe war. Du hast gesehen, daß sie seine Gefühle nicht rückhaltlos erwidert. Er ist Schätzungssachverständiger für Holz. Sagt den Leuten, welche Bäume reif zum Fällen sind, verstehst du.«

»Er schätzte für Lucas den Wert ihrer Walnußbäume. Also weiß er besser als jeder andere, wieviel Geld darin steckt.«

»Sicher. Aber daß Nells Walnußbäume ein Vermögen wert sind, weiß jeder hier in der Gegend.«

»Das denke ich mir. Lucas ist der Schlüssel. Wo war er all die Jahre? Und wo war er vom Dienstag an bis zum Samstag, als er hier in der Nähe auftauchte? Wen beauftragst du heutzutage mit Nachforschungen?«

»Bailey Novell, wie immer.«

»Gut. Er ist langsam, aber er kann es machen. Jemand muß herausbringen, wer die Anweisung zum Fällen dieser Kiefer gab.«

Frank schüttelte den Kopf. »Du bist heute abend nervöser als ein Sack Flöhe. Warum das? Warum jetzt?«

»Weil Tony es herausbringen wird, und wenn es Lucas war, dann ist das ein weiterer Nagel in ihrem Sarg. Wenn er ein Tatmotiv aufbauen kann, das überzeugend genug ist, kann er einen richterlichen Haftbefehl erwirken und sie verhören lassen, bis sie nicht mehr weiß, ob sie Männchen oder Weibchen ist. Das würde ihm gefallen.«

Frank erinnerte sich an den Abend auf Docs Veranda. »Zuerst war sie überzeugt, es sei Chuck Gilmore gewesen«, sagte er bedächtig. Barbara winkte ungeduldig ab, und er fuhr fort: »Ich weiß. Es wäre eine Riesendummheit gewesen, zu dumm für einen Mann wie ihn. Ich glaube, wir überzeugten sie davon, und dann sprang sie plötzlich auf und mußte nach Hause eilen. Ich nehme an, sie dachte in diesem Augenblick, daß es Lucas gewesen sein könnte.«

»Wahrscheinlich. Ich möchte, daß Bailey der Sache nachgeht, sobald er kann. Und ich möchte die Namen aller Personen, die mit diesem Projekt in Verbindung standen, an dem Emil Frobisher arbeitete. Und ich möchte wissen, ob Lucas homosexuell war.« Was noch? Sie zog die Stirn in Falten, starrte ins Leere und überlegte. »Ich möchte selbst mit John Kendricks sprechen. Und mit dem Sheriff von Deschutes County.«

Frank stand auf, kam zu ihr und küßte sie auf die Stirn. »Und ich möchte zu Bett gehen. Ruf Bailey am Morgen an. Es ist dein Fall. Gib ihm den Marschbefehl.«

»Wird gemacht. Was ist die Grenze, Paps? Muß ich für Spesen deine Genehmigung einholen?«

»Keine Grenze. Was immer benötigt wird, und in der Vergangenheit hast du dir die Spesen nie genehmigen lassen. Warum jetzt einen Präzedenzfall schaffen?«

Sie starrte noch immer in die Luft und schien seine Antwort nur mit halbem Ohr wahrzunehmen. Als er eine Sekunde später: »Gute Nacht« sagte, hörte sie es schon nicht mehr.

Etwas später fragte sie: »Haben wir einen Wissenschaftler, der zu einer fächerübergreifenden Gesamtschau fähig ist, ein modernes Gegenstück zum uomo universale der Renaissance?« Verspätet bemerkte sie, daß sie allein war. Sie brauchte jemanden, der ein Projekt verstehen konnte, an dem ein Mathematiker der Weltklasse, ein Computerspezialist, eine Psychiaterin und Gott weiß wer noch beteiligt waren. Sie stand auf, doch statt in ihr Zimmer zu gehen, trat sie auf die Terrasse hinaus und setzte sich wieder.

Unten in Turners Point brannten noch ein paar Lichter, die meisten waren bereits erloschen. Nur vor dem Laden und dem Parkplatz gab es trübe Lampen, die dem Anspruch einer Straßenbeleuchtung gerecht zu werden suchten. Sie verstärkten den Eindruck von Einsamkeit. Der Fluß war unsichtbar, die Wälder zu massiver Dunkelheit verschmolzen. Und jetzt, da sie allein war, beinahe so, als hätte sie gewartet, bis der Rest der Welt schlief, erlaubte sie sich, an Tony DeAngelo zu denken.

Sie war auf einen Mann wie Tony nicht vorbereitet gewesen – einen lebhaften, scharfsinnigen, leidenschaftlichen und ehrgeizigen Mann. Sein erster großer Fall als Staatsanwalt im Amt des Bezirksstaatsanwaltes war ihr letzter Fall gewesen, und er hatte gewonnen. Das konnte sie inzwischen zugeben. Er hatte gewonnen. Er hatte sie schläfrig im Bett gelassen, träge vor Liebe, und war zu ihrem Klienten gegangen, um einen Handel zu machen. Das konnte sie inzwischen zugeben. Damals hatte sie ihren Vater beschuldigt, den Vergleich vorbereitet und eingeleitet zu haben, aber das war nicht zutreffend gewesen. Es war Tonys Initiative gewesen. Und er hatte sich Informationen bedient, die sie ihm gegeben hatte. Jetzt konnte sie sogar zugeben, daß sie töricht gewesen war, ein blinder Dummkopf, eine Romantikerin, die dachte, daß Liebe in Vertrauen eingewickelt wäre, in absolute Vertraulichkeit. Sie war so töricht gewesen, daß sie ihm blindlings vertraut hatte, und hatte gedacht, sie würde auch sein unbedingtes Vertrauen genießen. In drei Verfahren hatte sie die Anklage der Staatsanwaltschaft, jeweils vertreten von Tony, zu Fall gebracht; und sie hatte ihm geglaubt, als er ihr Respekt und sogar Bewunderung gezollt hatte.

»Sie sind gut«, hatte er gesagt und ihr beide Hände

auf die Schulter gelegt. »Wirklich, Sie sind erstaunlich!« Und er hatte ihr tief in die Augen geblickt. Kurz darauf waren sie miteinander ins Bett gegangen, und er hatte ihr den Kopf verdreht.

Er war von einer Rücksichtslosigkeit, die sie für Mut gehalten, und einer unbarmherzigen Tatkraft, die sie als Stärke bewundert hatte. Ihre Mutter hatte im Sterben gelegen, ihr Vater jede freie Stunde bei ihr verbracht. Nichts war für sie, Barbara, übriggeblieben, die sich ausgestoßen, verlassen und verängstigt gefühlt hatte. Sie hatte ihnen den Rücken gekehrt, hatte sie einander überlassen und sich mit Arbeit und mit Tony betäubt.

»Wovon redest du?« hatte Tony am Ende gebrüllt. »Dies hat nichts mit uns zu tun, es ist nichts Persönliches. Ich regte mich nicht auf, als du mich schlugst.«

»Es hat alles mit uns zu tun. Warum sagtest du mir nicht, daß du meinem Fall zugeordnet warst?«

»Weil es keinen Unterschied machte. Du arbeitest, um deine Klienten zu retten. Ich arbeite, um sie zu überführen. Was ist der Unterschied? Wir wissen beide, daß er schuldig ist. Versuch nicht, ihn ausgerechnet mir als Unschuldslamm hinzustellen.«

»Du hättest alle vier überführen können!«

»Hätte können, vielleicht. Aber so weiß ich, daß ich wenigstens einen am Schlafittchen habe. Und darauf kommt es an, nicht auf hätte können oder vielleicht. Und ich habe ihn ohne Gerichtsverfahren bekommen.«

»Und morgen, nächste Woche, nächsten Monat wirst du mich wieder hintergehen? Ist das der einzige Weg, den du sehen kannst, um es mir heimzuzahlen? Müssen wir die Rechnung ausgleichen und dann von vorn anfangen?«

»Glaubst du, ich gebe einen Pfifferling für diesen Kleinkram? Sei realistisch! Dies war der große Fall, der mir Beachtung verschaffte.«

»Hau ab! Verschwinde!«

»Komm schon, Barbara, beruhige dich. Wir verstehen

uns gut; wir können miteinander. Laß uns unser Berufsleben und unser persönliches Leben auseinanderhalten und weitermachen.«

»Dies ist mein Haus! Pack dich hinaus!«

»Okay. In Ordnung. Ich werde mich nach einer Wohnung umsehen. Nun beruhige dich, um Himmels willen!«

»Jetzt! Auf der Stelle!«

Er schüttelte den Kopf und wollte in die Küche. Sie ergriff seinen Aktenkoffer aus geprägtem Leder mit Messingschlössern, viel kostspieliger als alles, was sie besaß, holte damit aus, soweit sie konnte, und warf ihn durch das Wohnzimmerfenster.

»Jetzt!«

Sein Gesicht lief tiefrot an, er kniff die Augen zusammen, und ein bösartiger Ausdruck verlieh seinen bereits scharfgeschnittenen Zügen zusätzliche Härte. Er ballte die Fäuste. Sie nahm eine Flasche Wein vom Tisch, die er mitgebracht hatte – um zu feiern, vermutete sie –, und warf sie dem Aktenkoffer nach. Er öffnete die Hände und starrte sie an, dann blickte er zu Barbara auf und ging ohne ein weiteres Wort.

Bis zu diesem Augenblick hatte sie nicht erkannt, wie angestrengt er bemüht war, seine Selbstbeherrschung zu wahren, und in dieser Sekunde, als er auf seine Hände geblickt hatte, hatte er fast erschrocken ausgesehen. Und als er die Tür hinter sich zuwarf, war ihr bewußt geworden, daß sie gewünscht hatte, er würde sie schlagen, tätlich werden, weil sie so verzweifelt danach verlangt hatte, ihn zu schlagen und zu verletzen.

Sie hatte ihm eine Mitteilung geschickt: Ich verreise für eine Woche. Hol dein Zeug aus meiner Wohnung, bevor ich zurückkomme. Und sie war an die Küste gefahren, um alles zu durchdenken, hatte aber nur gefunden, daß sie unfähig war zu denken. Sie war den Strand entlanggelaufen, hatte die hereinrollenden Wellen beobachtet, den Flug der Möwen bewundert, Meeresfrüchte gegessen und keinen einzigen zusammenhängenden Gedankengang gehabt.

Als sie sich von ihrem Vater verabschiedet hatte, war er ungläubig gewesen. »Wegen eines lausigen Falles? Dein Klient bekam kalte Füße, das weißt du selbst. Es hatte nichts mit dir zu tun.«

Er hatte oft gesagt, daß das Rechtswesen ein Spiel sei, in dem der Staat die Trumpfkarten hatte, die Macht; ihre Aufgabe, seine und ihre, sei es, ein wenig Gleichgewicht in die Sache zu bringen. Sie hatte es geglaubt. An jenem Abend hatte sie ihn mit der Frage unterbrochen: »Hast du jemals geboxt? Irgendeinen Kampfsport getrieben?«

Er hatte sie verblüfft angesehen. »Du solltest es besser wissen.«

»Ja, richtig. Aber diese Spiele, Christen und Löwen, zwei Boxer, die darauf aus sind, dem jeweiligen Gegner das Gehirn kaputtzumachen, Kriegsspiele, atomare Bewaffnungsspiele – dies alles sind nur Spiele, solange die Leute bereit sind, sie zu spielen, solange andere Leute bereit sind, zuzusehen und sie zu finanzieren. Ich will nicht mehr spielen.«

Fünf Jahre lang hatte sie nicht gespielt. Und nun, als sie fröstelnd auf der Terrasse saß, umgeben vom dunklen Wald, wußte sie nicht, warum sie wieder angefangen hatte. Ihr Zulassungsantrag war eingereicht; sie hatte sich verpflichtet. In ihrem Kopf hörte sie die Stimme eines Juraprofessors, der zugleich praktizierender Richter gewesen war: »Niemals aber darf ein Rechtsanwalt seine Klienten gebrauchen, um eigene Bedürfnisse zu befriedigen, ob diese Bedürfnisse edel oder niedrig sind, ob sie in den reinsten, makellosesten Talar juristischer Unanfechtbarkeit oder in schmutzige Lumpen gewickelt sind, ob sie die wahre Offenbarung des Allmächtigen sind oder von den Lippen Satans entsprangen. Die Rolle eines Rechtsanwalts verlangt, daß er seine eigenen Bedürfnisse hintanstellt und nur den Bedürfnissen seines Klienten dient.«

Sie hatte sich über seinen ausschließlichen Gebrauch des Maskulinums geärgert, aber sie hatte es sich gemerkt, am klarsten, als Tony ausgerufen hatte: »Du meinst, ich hätte es bloß getan, um mein eigenes Nest auszupolstern? Ist es das, was du denkst? Nun, ich will es dir sagen: Deshalb sind wir alle im Geschäft. Du, ich, dein Vater, jeder von uns. Du denkst, du kannst deine Klienten dazu bewegen, daß sie dir helfen, die Welt zu reformieren, aber daraus wird nichts. Es ist ihnen völlig egal, ob du in den Keller hinuntersteigst und mit den bloßen Händen an den Grundfesten rüttelst. Wenn du Gutes tun willst, geh zur Heilsarmee, zieh ein Nonnenhabit an und rette Seelen, geh nach Äthiopien und verteile Weizen an die Armen, eröffne einen Rechtsberatungsdienst in einem Slum. Aber steh nicht denen im Weg herum, die Arbeit zu tun haben und sie tun wollen.«

Im folgenden Winter in Vermont, als sich draußen der Schnee aufgetürmt hatte, war sie widerstrebend zu der Einsicht gelangt, daß er ihr den Vorwurf zu Recht gemacht hatte. Sie hatte Menschen, die in Schwierigkeiten gewesen waren, für ihre eigenen Zwecke benutzt. Handelnder oder Opfer oder Zuschauer, andere Rollen waren nicht zu haben. Aber nun war sie wieder eingestiegen und wußte selbst nicht, warum.

Es wäre tröstlich, zu glauben, dachte sie, daß sie es Nell zuliebe täte; zu glauben, sie allein könnte Nell retten. Nell war wie ein Geschöpf des Waldes, zäh und selbstgenügsam in ihrer eigenen Welt, aber außerhalb von ihr zum Untergang verurteilt. Sie versuchte sich Nell in Tonys Kreuzverhör vorzustellen und schüttelte den Kopf. Zugleich aber mußte sie sich eingestehen, daß sie nicht Nell zuliebe eingestiegen war. Auch nicht ihrem Vater zuliebe. Er hatte recht, wenn er sagte, er könne den Fall nicht übernehmen, doch war sie nicht die einzige, die es konnte. Nicht weil sie plötzlich um seine Gesundheit fürchtete, nachdem ihr klargeworden war, daß er ein warnendes Zeichen erlebt haben mußte, das ihn bewogen hatte, seine Lebensgewohnheiten vollständig zu ändern. Aber nicht deswegen. Nicht zur Vergeltung. Im Grunde hatte sie ihre Entscheidung schon getroffen, bevor Tonys Name aufgetaucht war, und wenn es nicht auf einer unbewußten Ebene geschehen war, hatte der Gedanke, daß sie ihm vor Gericht gegenüberstehen mußte, ihren Entschluß nicht beeinflußt. Aber etwas hatte Kummer verursacht, und sie konnte nicht benennen, was es war. Es schien ihr, daß sie schon von dem Augenblick an, als sie ihres Vaters Stimme auf dem Anrufbeantworter gehört hatte, verpflichtet worden sei, genauso als wäre eine Angelleine ausgeworfen worden, und sie hätte den Haken angenommen; trotz ihrer Leugnungen und ihres Zappelns und Sichwindens war die Leine unerbittlich eingeholt worden.

Ein Schaudern durchlief sie, und sie gab sich einen Ruck und stand auf. Es war zu kalt, dachte sie, als sie ins Haus ging und vor sich selbst leugnete, daß das Schaudern seinen Ausgang von innen genommen hatte.

13

Am Freitag sprach Barbara mit Bailey Novell und sagte ihm, was sie wollte: nicht eins, zwei, drei, sagte sie, sondern alles zugleich, sofort. Er grinste. Er war ein drahtiger Mann, ungefähr einssiebzig groß, mit langen, sehnigen Muskeln: ein Läufer. Sie erinnerte sich, daß in Oregon jeder rannte oder wanderte oder mit dem Rad fuhr oder – was am wahrscheinlichsten war – alles machte.

Am Nachmittag richtete sie im Eßzimmer ein provisorisches Büro ein. Sie legte eine Arbeitsplatte auf den Tisch und brachte eine biegsame Arbeitslampe herein, baute ihren Computer auf, legte Papier bereit und konnte mit der Arbeit beginnen.

Am Samstag blieb Barbara auf dem Heimweg von ihrem Spaziergang in den Ort an der Einmündung der Privatstraße stehen, um die Fortsetzung der unbefestigten Straße zu betrachten, die für ein Radfahrzeug unpassierbar aussah.

»Wie weit hinauf ist es von hier bis zum Wasserfall?« fragte sie ihren Vater.

»Keine halbe Meile würde ich sagen.«

»Das sagst du immer. Ich möchte mir die Gegend da oben ansehen. Kommst du mit?«

»Ein Stück Wegs, dann setze ich mich irgendwo und lese meine Zeitung.«

Die Straße war so schlecht, wie sie aussah. Große Felsbrocken lagen verstreut, und in den tief ausgefahrenen Spurrinnen war die Erde rissig aufgesprungen; nach Regenfällen würden sie zu Schlammfallen werden. Die Straße beschrieb so viele Windungen und Kehren, daß die Sichtweite an keiner Stelle mehr als dreißig Meter betrug. Der Wald zu beiden Seiten war sehr dicht, Brombeeren und Sträucher engten die Fahrbahn ein.

»Kann man hier wirklich fahren?« sagte sie nach ein paar Minuten.

»Klar. Mit Allradantrieb und ausreichender Bodenfreiheit ohne weiteres. Man konnte auf dieser Straße über die Berge bis zum Bachelor Butte fahren, aber die letzten Jahre verschlechterte sich der Straßenzustand, und im letzten Frühjahr gab es ungefähr an der Bezirksgrenze eine Unterspülung. Auf dieser Seite sagen sie, das Deschutes County solle die abgerutschte Strecke instand setzen, und drüben sagen sie, wir sollten es tun. Oder der Staat. Fernwanderer sagen, man solle auf die Instandsetzung verzichten und einen Ost-West-Wanderweg daraus machen.«

Sie überquerten eine schmale, einspurige Brücke und kamen unmittelbar danach zu einer Haarnadelkurve. Mißtrauisch beäugte Barbara die Straße. Eine mörderische Piste, dachte sie. Dann blieb Frank stehen und streckte den Arm aus.

»Da ist dein Pfad. Dort unten ist die Abzweigung zum Wasserfall; links kommt man zur Lichtung der Felsterrasse, rechts geht es hinunter zu Nells Seite der Lichtung und weiter abwärts zu ihrem Haus. Was mich angeht, ich werde mich hier irgendwo niederlassen.« Er blickte umher, machte einen umgestürzten Stamm aus, dessen Durchmesser annähernd so hoch war wie er selbst, mit einem mächtigen Ast, der einen natürlichen Sitz mit Rückenlehne bildete. Er lachte. »Genau dort. Bis später.«

»So schlecht, hm?« sagte sie verdrießlich. Der Pfad sah nicht allzu schlimm aus; schmal und uneben, doch anscheinend nicht schwieriger als die ausgefahrene Straße.

»Hinunterzukommen ist kein Problem«, sagte Frank. Er machte es sich bequem.

Sie ging los. Schon nach zwanzig Schritten war ihr Vater außer Sicht. Im Wald war es ganz still. Kein Geräusch war zu vernehmen, kein Wind, kein Huschen kleiner Tiere, und praktisch kein Sonnenlicht. Ursprünglicher Wald, schwarz, undurchdringlich – sie erinnerte sich an Beschreibungen früher Erforscher des Nordwestens, die sie gelesen hatte, erinnerte sich, wie die Europäer die dunklen Wälder Nordeuropas beinahe bis in die Neuzeit gefürchtet hatten. Sie konnte es nachempfinden; Menschen gehörten nicht in die dichten, dunklen Wälder, die angesichts menschlichen Eindringens den Atem anzuhalten schienen. Der Pfad führte abwärts, und sie verstand, was ihr Vater gemeint hatte, als er sagte, hinunterzukommen sei kein Problem. Der Abstieg wurde steiler; sie war steiles Gelände nicht gewohnt und bewegte sich unsicher, hielt sich an Schößlingen und Baumstümpfen fest und tastete sich Schritt für Schritt abwärts. Niemals bei Nässe, sagte sie sich; wenn der Pfad schlüpfrig wird, bleibt nur der Hintern als Sicherheitsbremse.

Seit einigen Minuten hörte sie das Rauschen des Halleck Creek, eines kleinen Baches, aber er blieb unsichtbar irgendwo zu ihrer Rechten, bis sie auf eine relativ ebene Fläche kam und den Bach vor sich sah. Obwohl er an den meisten Stellen nur knöcheltief und kaum zwei Meter breit war, hatte er eine drei Meter tiefe und doppelt so breite Schlucht in den Fels geschnitten. In der Zeit der Frühjahrsschneeschmelze mußte diese Schlucht von tosendem Wasser erfüllt sein; selbst jetzt, am Ende des Sommers, rauschte der Bach weißgischtend um Blöcke und über Felsstufen. Weiter oben gab es ein Geländer, auf der anderen Seite der kleinen Schlucht wuchsen üppige Farne zwischen bemoosten Felsen. Dort sorgte der Wasserfall mit seinem Dunst fein zerstäubter Wassertropfen für gleichmäßige Feuchtigkeit.

In der Nähe des Wasserfalls war ein Baum über den

Bach gestürzt und bildete eine natürliche Brücke. Sie überquerte ihn nicht, sondern ging zum Geländer und blickte hinunter. Das Wasser stürzte hier rund sechzig Meter über Felsstufen in ein ausgewaschenes Becken. Der Pfad, dem sie gefolgt war, führte weiter abwärts durch den Wald; auf der anderen Seite des gefallenen Baumes konnte sie einen zweiten Pfad ausmachen.

Sie runzelte die Stirn. Es würde ihr nichts übrigbleiben als beide Pfade zu begehen, und um den Anfang zu machen, war diese Seite so gut wie die andere. Entschlossen stieg sie weiter ab. Es war ihr klar, daß sie anschließend wieder aufsteigen mußte, doch tröstete sie sich mit dem Gedanken, daß sie dann Verschnaufpausen einlegen würde.

Der Pfad wurde nicht besser, aber auch nicht schlechter, und sie versuchte sich selbst zu überzeugen, daß der Aufstieg zur Straße möglich sein würde. Dann erreichte sie die relativ breite und ebene Lichtung der Felsterrasse.

Aufmerksam hielt sie Umschau; der Pfad, auf dem sie gekommen war, stellte den einzigen Zugang von oben dar, und anscheinend gab es auf dieser Seite keine Fortsetzung des Pfades nach unten. Eine Sackgasse. Sie wiederholte das Wort und ging zum Rand, wo sie zum Bach hinunterblickte. Dann wandte sie ihre Aufmerksamkeit der anderen Seite zu, die jenseits der tief eingerissenen Bachschlucht ungefähr acht Meter entfernt war. Sie schien diesem Teil der Terrasse zu gleichen, bis auf die Größe. Das Gelände dort war felsig und kahl, ein paar dürftig aussehende Schößlinge, Sträucher und Brombeerranken, die ziemlich dürr wirkten, Felsblöcke. Sie suchte sich einen Block auf ihrer Seite und setzte sich, überblickte die Seite jenseits der Schlucht. Sie hatte gehofft, eine mögliche Alternative zu dem Standort des Mörders zur Tatzeit zu finden. Oder, wenn nicht das, eine Route, die der Mörder genommen haben könnte, um die Felsterrasse zu erreichen. Beide

Hoffnungen mußte sie begraben. Nicht von hier aus. Nell hätte jeden gesehen, der sich auf dieser Seite befand; es gab keine ausreichende Deckung und keine Möglichkeit, die Schlucht zu durchqueren, außer durch gefährliche Kletterei im nassen Fels.

Sie konnte den Pfad nicht sehen, auf dem Nell zur Lichtung aufgestiegen war, und auch nicht den anderen, der vom Wasserfall herabführte, aber von dem Platz gesehen, wo sie saß, schien es wenig einleuchtend, daß jemand genau zum rechten Zeitpunkt diesen Pfad herabgekommen war, um Lucas ins Visier zu nehmen. Und in genau demselben Augenblick, als Nell den letzten Schritt zur Felsterrasse aufgestiegen war.

»Ach, Tony«, seufzte sie endlich, »wird es wieder dein Spiel sein?«

Sie mußte auch die andere Seite untersuchen, aber nicht heute, und nicht von oben herunter. Sie beschloß, von Nells Haus aufzusteigen. Allerdings schien das Vorhaben nicht viel Sinn zu haben. Sie sah keinen Weg, wie sie ein Geschworenengericht davon überzeugen könnte, daß an diesem abgelegenen Ort zufällig drei verschiedene Leute im selben Augenblick erschienen waren: Opfer, Mörder und unschuldige Beobachterin. Immer die gleiche Teilung, dachte sie. Es lief immer auf die gleiche Teilung hinaus.

Sie erhob sich steif und holte tief Atem, dann machte sie sich an den Aufstieg.

Als sie endlich oben anlangte, war sie in Schweiß gebadet, ihre Muskeln waren verkrampft, ihre Knie zitterten, und sie war so ausgepumpt, daß sie nicht tief durchatmen konnte. Wo der Pfad ebener verlief, rastete sie mehrere Minuten im Wald, bevor sie den Rest des Weges zurücklegte und Frank auf seinem Baumstamm sitzen sah, wo sie ihn verlassen hatte.

»Ich wollte die Rettungsmannschaften erst in zehn Minuten verständigen«, sagte er munter.

»So schlimm war es nicht.«

»Schwitzt du deine Jeans immer so durch?«

Das Hemd klebte ihr am Körper; die nassen Hosenbeine ihrer Jeans rieben unangenehm an ihrer Haut; ihr Haar war völlig durchnäßt.

Sie gingen langsam die schlechte Straße zurück, und sie dachte, daß es besser sei, in Bewegung zu bleiben, denn sobald sie stehenblieb oder sich hinsetzte, schien es fraglich, ob sie sich danach noch einmal aufraffen konnte.

»Ein paar Fragen«, sagte Frank. »Wenn jemand Lucas mit der Absicht folgte, ihn zu erschießen, warum tat er es nicht schon vorher? Warum wartete er, bis Lucas auf diese Felsterrasse kam? Und er mußte ihm ziemlich dichtauf gefolgt sein, denn wie hätte er wissen können, daß Lucas diesen Weg nahm? Also mußte er in Sichtweite gewesen sein. Und die nächste Frage ist, warum Lucas auf seinem Heimweg diesen Aussichtspunkt aufsuchte? Er kannte diese Felsterrasse; es gab dort nichts, was sein Interesse fesseln konnte.«

Sie gingen schweigend mehrere Minuten, bis sie fragte: »Wann warst du da unten?«

»Im Juni. Ich wollte mir selbst ein Bild machen, genau wie du.«

»Begleitete dich jemand?«

»Aber Bobby! Kein Bohren, kein Kontrollieren. Okay?«

Allein, dachte sie mit einem Gefühl von Beengung in der Kehle. Sie sagte nichts; kein Nörgeln und Bohren. Aber bald mußten sie reden. Bald. Sie dachte an die nächsten Tage, an eine Fahrt noch nach Eugene, zum Zeitungsarchiv, vielleicht zur Universität. Am Montag eine Fahrt über die Berge, um Lucas Kendricks' Eltern zu sprechen und insbesondere seinen Vater zu befragen. Und um mit dem Sheriff zu sprechen. Geschäftige Tage standen ihr bevor. Einstweilen wollte sie aber nichts als sich ausstrecken und jede Bewegung vermeiden. Bis zum Nachmittag würde sie sich zweifellos halbtot fühlen, und am Morgen würde der Muskelkater womöglich noch schlimmer sein, aber am Montag mußte sie an die Arbeit gehen, und wenn sie zu dem Zweck einen Rollstuhl mietete oder von Jessie borgte. Sie verzog das Gesicht. Am Abend waren sie und Frank bei Jessie und Doc zum Essen eingeladen.

Die Fahrt am frühen Montagmorgen über die Berge war angenehm, aber der Tag versprach heiß zu werden. Barbara hatte gedacht, ihr sei am Freitag bei ihrem anstrengenden Aufstieg zu heiß geworden, und das war teilweise der Grund, aber vom östlichen Oregon war eine Hitzewelle nach Westen gezogen und hatte am Wochenende zu Temperaturen geführt, die auf Franks Terrasse auf fünfunddreißig Grad gestiegen waren. Der heutige Tag versprach noch heißer zu werden.

Frank fuhr langsam durch das Dorf Sisters am Osthang der Gebirgskette. Der Ort sei im modernen amerikanischen Touristikstil überarbeitet worden, sagte er trocken, und enthielt sich weiterer Kommentare außer um ihr das Café zu zeigen, wo die beiden Mädchen Lucas Kendricks getroffen hatten, das Lebensmittelgeschäft, wo er Proviant gekauft hatte, und ein Sportartikelgeschäft, wo er Campingartikel gekauft hatte, einen Propangaskocher, eine Wasserflasche. Sobald sie das Dorf hinter sich hatten, beschleunigte er wieder. Hier waren die Wälder lichter, luftige Kiefernwälder mit gelegentlichen Wacholdersträuchern und Unterholz, das zusehends spärlicher wurde, als sie sich dem Wüstenplateau näherten. Es war sehr trocken; die Fahrzeuge wirbelten Staubwolken auf. Die in weiten Abständen wachsenden Beifußpflanzen waren staubig und sahen lustlos aus.

In der Kleinstadt Bend fuhr Frank direkt zum Gebäude der Bezirksverwaltung, wo der Sheriff sein Büro hatte. Es schien, daß die Luft von Minute zu Minute heißer und trockener wurde. Wenige Menschen waren auf den Straßen, wenige im Verwaltungsgebäude, als sie hineingingen. Ein uniformierter Beamter wies ihnen den Weg zum Büro, wo der Sheriff sie erwartete.

»Miss Holloway, Mr. Holloway? Timothy LeMans. Kommen Sie herein«, sagte er freundlich. »Hier draußen ist es zu heiß für irgendwas.« Er war ein großer, vierschrötiger Mann, der massiv aussah wie die Berge, mit spärlichem grauem Haar und sonnenverbranntem Gesicht. Er trug Cowboykleidung: besticktes Hemd, Latzhose, Stiefel, sogar eine silberne Schnalle am breiten schweren Gürtel. Er hielt ihnen die Tür, und sie betraten eine klimatisierte Suite von Räumen, wo eine Anzahl von Leuten an Computern und Schreibmaschinen arbeitete.

»Hier herein«, sagte der Sheriff und hielt eine weitere Tür auf. Dieser Raum war mit bequemen Polstermöbeln in gelbbraunen Schutzüberzügen ausgestattet; der Schreibtisch des Sheriffs war aufgeräumt und leer.

Barbara blickte umher, dann hielt sie inne, um näher hinzusehen. An den Wänden waren viele gerahmte Aufnahmen, die den Sheriff in Smoking zeigten, eine Violine in der Hand; eine war ein Gruppenbild von einem Symphonieorchester. Eines der Bilder zeigte ihn und drei weitere, darunter zwei Frauen, in Frack und Abendkleid. Die Beschriftung lautete: Bachfestival, Eugene, Oregon, 1987.

Obwohl seine Augen zwinkerten, als sie sich zu ihm umwandte, sagte er nichts zu den Bildern, sondern schüttelte ihr die Hand mit festem Griff. »Ich empfange Besucher nicht gerne draußen in der Halle«, sagte er. »Bitte nehmen Sie Platz.« Barbara spürte, wie ihre Anspannung sich löste, noch bevor sie der Aufforderung folgte.

Sie blickte zu ihrem Vater, der einfach wartete. Es war ihr Fall. Sie sagte: »Sheriff, wie ich am Telefon erwähnte, vertreten wir Nell Kendricks, und es gibt eine Menge Fragen zu den Ereignissen der Tage, bevor ihr

Ehemann auf dem Gebiet ihrer Heimatgemeinde auftauchte.«

Er nickte. »Zunächst«, sagte er, »ist es, denke ich, nicht mehr als recht und billig, Ihnen zu sagen, daß ich John und Amy Kendricks von Kindesbeinen an gekannt habe und daß ihre Familie und ihre ganze Verwandtschaft mir seit langem bekannt sind. Das macht mich nicht völlig unvoreingenommen, verstehen Sie? John und ich sind seit langer, langer Zeit befreundet.«

»Ich denke, das kann nur helfen«, sagte Barbara. »Nell glaubt nicht, daß Lucas dieses Mädchen umgebracht hat.«

»Gibt es außerdem Anhaltspunkte? Oder nur was sie denkt?«

»Nicht viel, fürchte ich. Sie sagte, daß er zu glücklich war, als sie ihn sah, um solch eine Untat auf dem Gewissen zu haben. Er sei fröhlich gewesen und habe gelacht.«

Sheriff LeMans hatte sich auf die Schreibtischkante gesetzt und ein Bein baumeln lassen. Nun stand er auf und ging zu einer Wand mit einer zusammengerollten Karte. Er zog sie herunter.

»Ich werde Ihnen sagen, was wir wissen«, sagte er. »Am Montagabend, dem fünften Juni, erschien Lucas bei seinen Eltern. Am Dienstagmorgen um acht Uhr dreißig verließ er sie wieder.« Er zeigte auf einen Punkt der Landkarte südlich von Bend. Seine Finger waren breit; sie sahen zu dick aus, um ein Musikinstrument zu spielen. »Er hielt hier in Bend an, um zu tanken, zahlte in bar, und wurde als nächstes in Sisters gesehen.« Er fuhr die Straße nach. »Um zwanzig vor zehn kaufte er Campingartikel und topographische Karten der Three Sisters-Wildnis, dann Proviant im Supermarkt, und schließlich ging er ins Café, wo er Kaffee und ein Plunderstück verzehrte.«

Er nahm die Hand von der Karte und blickte zu Boden. »Die Mädchen waren im Café, bevor er dort erschien, lachten, kicherten und benahmen sich albern. An den Wänden des Cafés gibt es Bilder von den Lamas, und sie hielten sich darüber auf und wollten nicht glauben, das jemand hier draußen Lamas haben sollte. Drei oder vier Leute im Café alberten mit ihnen herum. Die Mädchen waren aus Austin, Texas, unterwegs nach Alaska zu Fuß, per Anhalter oder mit dem Bus, zelteten im Freien und machten sich eine schöne Zeit. An diesem Tag wollten sie mit dem Bus weiter nach Eugene, aber der war erst am Spätnachmittag in Sisters fällig, also hatten sie viel Zeit. Da kommt nun dieser Typ herein, den niemand kennt, und sagt, er fahre bei der Eagleton Ranch vorbei und könne sie mitnehmen, wenn sie dorthin wollten. Es ist noch früh genug, um hinauszufahren, sich ein wenig umzusehen und dann nach Sisters zurückzugehen, nur ein paar Meilen weit, um dann den Bus zu nehmen, und das beschließen sie zu tun. Niemand denkt sich was dabei. Der Mann macht einen netten Eindruck, und die Mädchen sind zu zweit, also kann eigentlich nichts passieren. Außerdem läßt Tyler Drury es sich nicht nehmen, das Kennzeichen des Wagens aufzuschreiben, und der Typ grinst bloß dazu, als wäre es ein großartiger Scherz.« Er wandte sich wieder der Karte zu und zeigte auf einen Punkt.

»Das ist die Eagleton Ranch, und unterwegs dorthin kamen sie ins Gespräch, und der Typ erzählte ihnen, er wolle über die Berge und am frühen Nachmittag auf der anderen Seite sein, und eines der Mädchen findet, daß sie lieber das tun würde, als die längste Zeit des Tages in Sisters herumzusitzen. Die andere, Candy, möchte Aufnahmen von den Lamas machen. Also trennen sie sich. Candy will nach Sisters zurückgehen, nachdem sie die Aufnahmen gemacht hat, später den Bus nehmen und am Abend in Eugene sein, wo sie die Adresse einer Freundin haben. Die andere, Janet Moseley, fuhr mit dem Mann.«

Der Wagen, fuhr er fort, indem er mit dem Finger die Route nachzeichnete, nahm eine der Forststraßen, dann eine Verbindungsstraße aus rotem Lavaschotter, und schaffte es bis zu den Lavafeldern, ließ dabei wahrscheinlich die Bezirksgrenze hinter sich, mußte dann aber umkehren, weil die Straße unterspült und abgerutscht war. Als sie den Wagen fanden, stand er in der Fahrtrichtung, aus der er gekommen war, also mußte Lucas gewendet haben und wenigstens ein Stück zurückgefahren sein.

Seine Stimme wurde tonlos. »Was immer geschah, ereignete sich beim Wagen. Wir fanden Kleider von ihr am Boden daneben, einen Stiefel unter dem Wagen, Blut am Boden. Sie hatte einen gebrochenen Unterkiefer, zwei Zähne waren ganz herausgebrochen. Ihr Hals war gebrochen, und sie hatte eine tiefe Platzwunde an der Kopfseite. Sie wurde schwer geschlagen und fiel hart. Vergewaltigt, sodomisiert, innerlich ziemlich schwer aufgerissen.«

Er hielt inne und fuhr erst fort, als Frank einwarf: »Die Zeitungsmeldungen sagten, sie sei verstümmelt worden.«

»Ich weiß, was in den Zeitungen stand. Ich werde Ihnen den Rest erzählen, aber es ist nicht für die Zeitungen. Einverstanden?« Sie nickten beide. »Also, der Täter, wer immer er war, band ihr die Hände zusammen und schleifte sie am Strick über das Lavafeld zur anderen Seite, wo das Gelände abschüssig wird. Dort warf er sie in den Bach.«

»Lieber Gott!« flüsterte Barbara. »Lebte sie noch?«

»Ja, aber wahrscheinlich bewußtlos, vielleicht gelähmt durch den Genickbruch. Aber sie war noch am Leben und blutete ein gutes Stück des Weges. Die Blutung hörte schließlich auf, als sie starb, sagte der Gerichtsmediziner, aber sie war zerschnitten und nahezu abgehäutet, bevor sie den Bach erreichte.«

Der klimatisierte Raum war plötzlich ein Gefrierschrank. Barbara umfaßte mit den Händen ihre Oberarme.

»Ich besorge uns Kaffee«, sagte Sheriff LeMans und ging hinaus.

Keiner der beiden sprach, bis er zurückkehrte. Der Kaffee war furchtbar, aber er war heiß. Der Sheriff beobachtete Barbara nachdenklich, und nachdem sie vom dampfenden Kaffee getrunken hatte, sagte er: »Wir wissen, daß sie um ungefähr ein Uhr noch am Leben war. Sie machte Aufnahmen. Der Fotograf hier sagte, die Schatten seien Ein-Uhr-Schatten. Natürlich könnte der Täter sie gemacht haben, aber an der Kamera waren nur ihre Fingerabdrücke, keine anderen.«

»Aber wie kam sie in den McKenzie River?« fragte Barbara.

»Das ist leicht zu erklären. Im Juni führen all diese Bäche viel Schmelzwasser. Und sie entwässern auf der Westseite der Wasserscheide alle in den McKenzie. Dauerte ein paar Tage, aber früher oder später mußte es geschehen.«

»Und Lucas? Was ist über seine nächsten Bewegungen bekannt?«

»Nichts Bestimmtes. Wir setzten Fährtensucher mit Hunden ein und fanden, wo er wahrscheinlich jede Nacht kampierte. Ich sage, wahrscheinlich, weil es inzwischen geregnet hatte und wir nur feststellen können, daß in der fraglichen Zeit jemand an den aufgefundenen Stellen kampierte. Hier ist der erste Lagerplatz.« Wieder landete sein dicker Finger auf der Karte, diesmal jenseits der Bezirksgrenze im Lane County.

»Wie weit ist das?« fragte Frank überrascht. »Nicht zu weit, um die Strecke an einem Nachmittag zu gehen?«

Sheriff LeMans zuckte die Achseln. »Hängt davon ab, wer Sie sind und ob Sie öfter wandern und gut im Training sind, wie gut Sie das Land kennen und wie eilig Sie es haben. Etwas allerdings fiel mir auf. Als

Lucas tot aufgefunden wurde und vom Gerichtsmediziner untersucht wurde, erkundigte ich mich nach Einzelheiten, und nach der Auskunft des Mediziners hatte ich nicht den Eindruck, daß Lucas in sehr guter Verfassung war. Hände schwielig wie von einem Handarbeiter, aber die Beine nicht muskulös und sehnig wie von einem, der viel wandert. Und er trug Arbeitsstiefel, keine Berg- oder Wanderstiefel. Keine Profilsohlen, keinen festen Knöchelhalt. Seine Füße hatten schlimme Blasen und waren infiziert. Aber vor diesem Lagerplatz gibt es keine Anzeichen von einem anderen, und glauben Sie mir, wir haben gesucht.«

Er zeigte die Lagerplätze der nächsten drei Nächte, dann ging er um seinen Schreibtisch und setzte sich. Mit nüchternem Gesichtsausdruck betrachtete er seine beiden Besucher.

»Das ist, was ich weiß. Aber es gibt da einiges, aus dem ich nicht schlau werde, sonderbare Vorgänge. Als erstes kommt ein Typ hierher und mietet denselben Fährtensucher, den wir gebrauchten, um die Route festzustellen, die Lucas genommen haben mußte. Zahlte gutes Geld, zuviel Geld. Geht mit dem Mann hin und sieht sich um, macht Aufnahmen für ein Buch, das er, wie er behauptet, über das Verbrechen schreiben will. Also denkt unser Fährtensucher, gut, eine willkommene Nebeneinnahme, nichts dagegen einzuwenden. Aber ich wurde neugierig und ging eine, zwei Wochen danach wieder hin, und jeder einzelne Lagerplatz ist auseinandergerissen und durchwühlt. Wir hatten den Eindruck, daß drei oder vier Leute dort waren und etwas suchten, und sie nahmen sich jeden seiner Lagerplätze gründlich vor.«

»Was ist mit dem Wagen?« fragte Barbara nach einem Moment.

Sheriff LeMans nickte. »Genauso. Wir behielten ihn eine Weile, bis die Leute von der Spurensicherung damit fertig waren, dann gaben wir ihn frei, und ich ließ ihn von John abholen. Nell sagte, sie wolle ihn nicht, sein Vater könne damit machen, was er wolle. Also kamen er und Amy herüber, und er fuhr ihn heim. In der folgenden Nacht nahm jemand den Wagen auseinander, schnitt die Polster auf, riß den Teppichboden heraus, die Türverkleidungen, das Armaturenbrett, leistete wirklich ganze Arbeit. Dabei gingen der oder die Täter sehr leise vor, machten kein Geräusch. Und«, setzte er mit Betonung hinzu, »nachdem das geschehen war, erzählte mir John, daß er und Amy kurz nach Lucas' Tod oben bei Pendleton waren, und daß ihr Haus bei ihrer Rückkehr aufgebrochen und durchsucht worden war. Er hatte es nicht gleich gemeldet, weil er keinen Sinn darin sah. Sie dachten an Vandalismus von Jugendlichen, Rauschgiftsüchtigen, etwas von der Art. Jetzt glaubt er es nicht mehr.«

Barbara hatte das Gefühl, daß es zuviel gab, worüber sie nachdenken mußte. Sie wußte nicht einmal, welche Fragen sie stellen wollte. Es ergab keinen Sinn. Nichts davon ergab einen Sinn. »Wer konnte gewußt haben, daß der Leichnam im Fluß enden würde, im Stausee? Der Täter mußte die Absicht gehabt haben, die Tote zu verbergen. Aber das ist verrückt, weil er wußte, daß jemand seine Autokennzeichen notiert hatte.«

»Nicht so verrückt, wie es sich anhört«, sagte der Sheriff. »Die Nummernschilder waren gestohlen, desgleichen die Batterie. Beide von einem Corvette unten in Colorado, dem Wagen einer Psychiaterin. Sie war zu der Zeit in England.«

Barbara schüttelte den Kopf. Batterie? Sie ließ das im Moment auf sich beruhen. »Natürlich wird das Wasser viele Beweismittel fortgespült haben, Samen, zum Beispiel. Aber nach allem, was Sie sagen, war Vergewaltigung offenkundig?«

»Daran ist nicht zu zweifeln. Aber Sie haben Recht, keine Spuren von Samen oder Blut.«

»Was dann? Wann trat der Tod ein?«

»Das kalte Wasser macht die Bestimmung des genauen Zeitpunktes beinahe unmöglich. Mit Sicherheit wissen wir nur, daß die Fotos um eins aufgenommen wurden, und daß er sein erstes Lager vor Dunkelwerden aufschlug und wenigstens acht Stunden brauchte, um den Lagerplatz zu erreichen. Eher zehn, wenn Sie mich fragen, aber das ist eine Meinung, keine Tatsache.«

Sie sah ihn scharf an, musterte sein breites Gesicht. »Sie glauben nicht, daß er der Täter war?«

»Das ist auch eine Meinung«, sagte er ohne zu zögern. »Nicht der Lucas, den ich kannte. Der hätte ein Mädchen nicht so über die Lava geschleift, nicht hart geschlagen, daß er ihr den Hals und den Unterkiefer brach. Er hatte keine Abschürfungen oder Verletzungen an den Händen, aber natürlich konnte er einen Steinbrocken benutzt haben, oder einen abgebrochenen Ast, irgendwas. Der Fluß spülte auch alle Spuren solcher Tatwerkzeuge fort.«

Barbara erinnerte sich aller Berichte, die sie in den Zeitungen über den Mord gelesen hatte, und fragte: »Sie haben den Fall noch nicht abgeschlossen, nicht wahr?«

»Nein.«

Unglücklich blickte sie zur Karte. Die Konturenlinien zeigten die Steilheit des Geländes dort draußen, und wieder dachte sie an die Halleck Hill Road, wo die Sichtweite nicht mehr als dreißig Meter betrug. »Wie wurde überhaupt der Wagen gefunden? Hätte er dort nicht Monate unbemerkt bleiben können?«

»Ein Forstaufseher entdeckte ihn.« Er legte seinen langen, dicken Finger wieder an die Karte. »Hier, Route 242 wird diese landschaftlich schöne Strecke genannt. Krummer als ein Dackelhinterbein. Nun, hier auf der Paßhöhe gibt es ein Observatorium, das in Mitte der Lavafelder aus Lavablöcken gebaut ist. Von dort aus kann man Mount Jefferson, Black Butte, die

North Sister, Three Finger Jack sehen... In den Wänden sind Schlitze mit den Namen, so daß man weiß, welchen Berg man sieht, aber für die Leute dieser Gegend ist es einfach ein geeigneter Ort, um für einen Imbiß anzuhalten, Kaffee zu trinken und sich umzusehen. Die meisten von uns tun es, ganz gleich, wie oft wir dort oben waren. Dieser Forstaufseher machte es genauso, er hielt an und aß zu Mittag, trank seinen Kaffee, und natürlich hatte er seinen Feldstecher dabei. Er überblickte das Gelände und machte etwas aus, was nicht hingehörte. Genau dort.« Er zeigte auf einen Punkt südlich des Passes. »Es sind zehn Meilen bergab, aber ich nehme an, der Sonnenschein machte es möglich. Sonnenreflexe auf dem Chrom eines Wagens an einer Stelle, wo kein Wagen sein sollte. Und inzwischen waren natürlich alle im Forstdienst alarmiert und hielten Ausschau nach dem Mädchen und dem Wagen. Zuerst dachte er, der Wagen wäre steckengeblieben, wo die Straße im letzten Frühjahr heruntergespült wurde. Jedenfalls machte er Meldung, und andere, die der Stelle näher waren, gingen hin und fanden den Wagen.« Er nickte zur Karte. »Diese Straße wand sich durch die Lavafelder und hatte Verbindungen mit Forststraßen, und wer sich einigermaßen auskannte, konnte schließlich bis hinaus nach Eugene fahren. Wahrscheinlich kann man es noch immer, aber nur noch zu Fuß.«

»Vielen Dank, Sheriff«, sagte Barbara. »Sie sind mehr als großzügig gewesen. Ich weiß es zu schätzen.«

»Ich nehme an, Sie werden mich nicht als Zeugen aufrufen wollen«, sagte er mit einem schlauen Blick.

»Sie haben richtig vermutet. Wenigstens nicht zu diesem Zeitpunkt.«

»Nun, als Sie anriefen, dachte ich, Sie wollten etwas von dem Material, das wir beisammen haben. Autopsiebericht über das Mädchen, Uhrzeiten, eine Karte, dergleichen Dinge. Ich habe alles gesammelt für den

Fall.« Er zog einen großen Manilaumschlag aus dem Schreibtisch und schob ihn ihr hin.

»Ist der Name des Fährtensuchers darin angegeben?«

Er nickte.

»Und die Psychiaterin in Colorado, deren Nummernschilder er gestohlen hatte?«

Zum ersten Mal war er überrascht. »Ich fürchte, nein. Aber der Name ist leicht zu merken. Brandywine. Dr. Ruth Brandywine.«

14

Die Farm der Kendricks lag annähernd zwanzig Meilen außerhalb von Bend. Unterwegs erinnerte sich Barbara, wie sie in ihrer Grundschulzeit einmal eine Woche draußen auf dem Wüstenplateau verbracht hatte. Eine Fahrt zum Vogelschutzgebiet Malheur, wo die flachen, salzigen Seen von Wasservögeln gewimmelt hatten: Reihern, Kranichen, sogar Pelikanen; sie erinnerte sich nicht mehr an all die verschiedenen Arten, aber damals war es ihr wunderbar vorgekommen, durch die Wüste zu reisen und Wasservögel zu Tausenden anzutreffen. Heute war von den Vögeln nichts mehr zu sehen; die Wüste erstreckte sich gelbbraun und leblos, so weit das Auge reichte, in der Ferne gesäumt von Restbergen und Gebirgszügen. Wo immer man hier draußen war, dachte sie bei sich, war man in der Mitte eines Ringes von Höhenzügen und Bergen.

Die Straßen durchzogen das Gebiet wie Adern. Die Hauptverbindungsstraße war eine Bundesfernstraße, dann gab es Staatsstraßen, Bezirksstraßen und unbefestigte Schotterpisten. Und nun das Nervenzentrum, dachte sie, als sie vor dem Farmhaus hielten. Es war weiß gestrichen, gut instand gehalten und beschattet von müden Pappeln, die in der Hitze ihre Blätter hängen ließen.

Amy Kendricks empfing sie auf der überdachten Veranda. Sie sagte hallo zu Frank und nahm Barbaras Hand zwischen ihre Hände, während sie ihr Gesicht studierte. Sie war eine tüchtige Frau, dachte Barbara, nicht fett, aber kräftig, mit muskulösen Armen und starken, zupackenden Händen. Sie war von der Sonne gebräunt, und ihr kurzgeschnittenes Haar zeigte graue Strähnen. Als ihr Mann erschien, wirkte ihre Sonnenbräune beinahe wie Blässe, verglichen mit seiner. Er war wie ein Baumstamm, braun, hart, tief gefurcht. Er schüttelte Frank die Hand und sagte hallo zu Barbara, bot ihr aber nicht die Hand.

»Kommen Sie herein«, sagte Amy. »Ich habe Eistee gemacht. Drinnen ist es kühler, aber nicht sehr.«

Zuerst fühlte es sich sehr viel kühler an. Im Haus herrschte ein Halbdunkel; die Rollos und Vorhänge waren gegen die Hitzeglut geschlossen, und ein großer Ventilator summte. Die Polstermöbel trugen blaßgrüne und hellbraune Schutzbezüge aus Baumwolle; es war ein sehr gemütlicher Raum mit Büchern, Blumen in einer Vase und Bildern von den Kindern, von Nell, von einem anderen Ehepaar mit Kindern, sicherlich ihre Tochter und deren Familie. Ein Foto zeigte Nell und einen Mann, der Lucas sein mußte. Barbara betrachtete dieses Bild mit Interesse; er sah freundlich, farblos und unschuldig wie ein Schuljunge aus.

Ein Krug mit Eistee und Gläsern stand auf einem Tablett auf dem Kaffeetisch. Amy schenkte ein; sie blickte zu Frank auf. »Zucker, Zitrone?« Dann, während sie eine Zitronenschnitte in sein Glas tat, sagte sie, als spräche sie zum Tablett: »Sie sollten wissen, Miss Holloway, daß Nell erleichtert ist. Sie verspricht sich viel von Ihrer Hilfe. Und wir betrachten Nell als unsere Tochter. Wir lieben sie wie eine Tochter. Wir beide.«

John Kendricks schaute etwas verlegen drein, aber er nickte. »Sie müssen wissen«, fuhr Amy fort, und nun vergaß sie, ihre Hände mit dem Einschenken von Tee zu beschäftigen, »daß sie unsere Unterstützung und unser Vertrauen hat. Wir werden alles tun, was in unserer Macht steht, um ihr und den Kindern zu helfen. Alles.« Sie begann wieder Tee einzuschenken, und anscheinend verlangte es ihre ganze Konzentration. Sie ließ ihren Mann erzählen, was an dem Abend geschah, als Lucas zu ihnen gekommen war.

Wie sich herausstellte, konnten sie dem, was Barbara und Frank von anderen gehört hatten, nur wenig hinzufügen. Er war erschöpft, schmutzig vom Straßenstaub und unrasiert zu ihnen gekommen. Sie hatten schon zu Abend gegessen, aber Amy bereitete ihm noch etwas, während er duschte und sich rasierte. Er behielt seinen Rucksack bei sich, und er schien sonst nichts mitgebracht zu haben. Er hatte sich wie ein Mann auf der Flucht verhalten, schreckhaft und nervös, und war fast in Panik geraten, als ein Wagen in die Zufahrt eingebogen war.

»Was für einen Rucksack hatte er?« fragte Barbara, als John eine Pause machte. »Von welcher Art war er? Groß, mit einem Traggestell?«

»Keinen großen Rucksack, wie die Wanderer, die ihr ganzes Zeug für eine oder zwei Wochen in den Bergen mit sich tragen, aber größer als ein Tagesrucksack.« Er hob die Hände und zeigte eine Größe an, die zwischen den beiden Typen lag.

»Haben Sie ihn aufgehoben?«

Er schüttelte den Kopf. »Einmal wollte Amy ihn aufheben, aber er war schnell wie der Blitz zur Stelle und bekam ihn zuerst zu fassen. Er war nicht vollgestopft, wie man es manchmal sieht. Vielmehr kann ich darüber nicht sagen, weil ich damals nicht so darauf achtete. Und wir fragten ihn nicht aus, weil wir es für selbstverständlich hielten, daß er ein paar Tage bei uns bleiben würde, also Zeit genug wäre, am nächsten Tag alles weitere von ihm zu hören. Er war auch zu müde, um am Montagabend viel zu reden. Schlief beinahe schon beim Essen ein. Und am Dienstagmorgen fuhr er wieder weg.« Er schloß seinen Bericht mit dumpfer Stimme und starrte auf den Krug, wo das Kondenswasser in Tropfen herab und auf den Tisch rann.

»Und er wußte nichts von Carol?« fragte Barbara. »Wie haben Sie es ihm gesagt?«

Amy legte ihre Hand auf die des Mannes: »Er ging zum Kaminsims und sah die Bilder. Und er fragte, wer ist das kleine Mädchen. Ich dachte, er würde ohnmächtig, als ich ihm sagte, es sei seine Tochter.«

»War das am Montagabend?«

»Dienstagmorgen. Ich glaube nicht, daß er am Montagabend irgend etwas sah. So wie er reagierte, dachte ich, daß er sofort zu Nell und den Kindern hinüber fahren würde. Er sagte, er müsse sofort weg, noch diese Minute, und wenn jemand fragte, sollten wir nicht sagen, er sei hiergewesen. Ich nahm einfach an, daß er nach Hause wollte, um Nell und die Kinder und vor allem die Tochter zu sehen, von deren Existenz er nicht einmal gewußt hatte.« Zum ersten Mal kam Amys Schmerz an die Oberfläche; sie blickte schnell zur Seite, als ihr Tränen in die Augen stiegen.

Viel mehr gab es nicht. Als sie aufstanden, um sich zu verabschieden, fragte Barbara: »Was war mit seinem Wagen, als er hierher kam? Stellte er ihn in die Garage, schien er besorgt darum?«

John Kendricks verneinte. »Er sperrte ihn nicht mal ab.« Er holte tief Luft und sagte: »Was immer diese Leute suchten, mußte im Rucksack gewesen sein. Und es wog nicht viel; er trug ihn ganz mühelos über einem Arm.«

Frank räusperte sich; als Barbara ihn ansah, sagte er: »Nichts über die Durchsuchung des Hauses oder des Wagens kam bei der Anhörung durch das Große Geschworenengericht zu Sprache. Nichts über den Rucksack. Nur wann er hier auftauchte und wann er ging. Und die Tatsache, daß niemand Nell sagte, wann sie ihn erwarten könne. Tony DeAngelo wurde deswegen ein bißchen ungemütlich. Er wollte mir einreden, ich hätte Nell gewarnt, daß er am Samstag dort sein würde, und darum hätte ich die Kinder am Freitag abholen wollen. Aber ich habe so etwas nie gesagt. Ich wußte nicht, wo er war, warum er nicht schon aufgetaucht war.«

»Auf dem Nagel werden sie wieder herumklopfen«, sagte Barbara warnend.

Sie gingen, nachdem Barbara versprochen hatte, daß sie vor der Eröffnung des Gerichtsverfahrens wiederkommen würde. Als sie sich wieder in Franks Buick setzten, fragte sie sich, ob die Kendricks vor Gericht hilfreich oder eher hinderlich sein würden. Hilfreich, dachte sie; es wäre allzu unnatürlich, wenn Eltern einer Schwiegertochter die Treue halten würden, die sie für die Mörderin ihres Sohnes hielten. Und Tony würde sagen, die beiden versuchten Nell um der unschuldigen Enkel willen zu schützen. Sie lehnte sich zurück und schloß die Augen, als der Wagen beschleunigte und eine Staubfahne aufwirbelte.

»Möchtest du zu Mittag essen?« fragte Frank, als sie wieder auf der Fernstraße waren. Die Temperatur mußte über fünfunddreißig Grad betragen. Sie schüttelte den Kopf. »Ich auch nicht. Fahren wir in die Berge, nach Sisters.«

Staubwirbel tanzten über den ausgedörrten Weizenfeldern, die geteerte Straße zerfloß weiter voraus in wässerigen Luftspiegelungen. Die Hitze schien noch zuzunehmen; Barbaras Lippen waren so trocken, daß sie sich anfühlten, als wollten sie aufspringen. In den Bergen würde es kühler sein, sagte sie sich; in den Bergen mußte es kühler sein. Sie schloß die Augen gegen die Sonnenglut.

Vor ihrem inneren Auge erschien das Bild einer gebeugten Gestalt in Schwarz, die ein gefesseltes Mädchen an einem Seil über grausam scharfkantige Lava schleifte, wo es eine breite Blutspur hinterließ …

Als sie aus unruhigem Schlummer aufschreckte, befreit aus den Anfängen eines Alptraums, waren sie bereits auf der ansteigenden Bergstrecke, aber es hatte noch nicht abgekühlt. Sie aßen zu Mittag in dem Café, wo Aufnahmen von Lamas die Wände zierten; danach fuhr Frank an der Abzweigung zur Eagleton Ranch vorbei, dann bog er nach rechts und nahm die Straße nach Westen, heimwärts. Auf der Paßhöhe hielt er an, und sie stiegen aus, um das aus Lavagestein erbaute Observatorium anzuschauen, ein imposantes, aber häßliches schwarzbraunes Gebäude. Keiner von beiden hatte die Energie, die Treppen hinaufzusteigen und hineinzugehen. Sie blieben am Geländer des Parkplatzes und blickten über den Wald hinaus und hinunter, wo Lucas den Wagen stehengelassen hatte, wo das Mädchen ermordet worden war. An diesem Tag war die Luft dunstig von Rauch – in der Three Sisters-Wildnis südlich von ihnen war ein Waldbrand außer Kontrolle geraten –, und die Sicht war zu schlecht, um Einzelheiten auszumachen. Barbara war nicht überzeugt, daß jemand aus zehn Meilen Entfernung ein Auto sehen konnte, selbst wenn die Luft an jenem Tag kristallklar gewesen war. Für ihre Augen war es alles Wald, Welle auf Welle allmählich absinkender waldbedeckter Höhenzüge, durchschnitten von Strömen erstarrter schwarzer Lava, und alles war vom Dunst des Rauches verschwommen wie ein japanisches Landschaftsaquarell.

»Laß uns heimfahren«, sagte sie abrupt. Ihr war zu heiß, und sie war zu entmutigt, um noch etwas sehen oder reden zu wollen.

Frank warf ihr einen schnellen, abschätzenden Blick zu, dann stieg er wortlos in den Wagen und ließ den Motor an. Kurz nachdem sie den Aussichtspunkt verlassen hatten, verschlechterte sich der Straßenzustand. Die Kehren rückten näher zusammen, und die Kurven waren mit fünfzehn und sogar zehn Meilen pro Stunde ausgeschildert, und es schien unmöglich, daß zwei Wagen einander passieren konnten.

»Beim Toten Mann heißt es hier«, sagte Frank, und er hielt das Lenkrad fest in beiden Händen und konzentrierte sich auf die Straße, ganz und gar nicht in der Stimmung, einen Scherz daraus zu machen.

Die Hitze dauerte noch die nächsten vier Tage an. Die Luft kühlte ab, wenn die Sonne unterging, aber es war relativ; kühler bedeutete jetzt fünfundzwanzig Grad bei Nacht. Am Freitag kam Bailey Novell mit einigen vorläufigen Meldungen zurück. Er fuhr eine verbeulte Ford Limousine, und hinter ihm kam ein offener Lastwagen mit hölzernen Ladebordwänden. Ein hochgewachsener junger Mann stieg aus und blieb grinsend bei der Kühlerhaube des Lastwagens stehen. Er hatte langes, braungelocktes Haar, Grübchen und sehr blaue Augen. Er war so muskulös, daß Bailey neben ihm gebrechlich wirkte, und er war so jung, daß Bailey und Barbara vergleichsweise alt aussahen, dachte sie. Es mochte für Bailey angehen, der sechzig war und dem man jedes Jahr davon ansah, aber sie war nicht glücklich über die Vorstellung, daß sie sich beim Anblick dieses jungen Mannes müder fühlte, als die Hitze rechtfertigte.

Sie blickte mit hochgezogenen Brauen von Bailey zu dem jungen Mann und zurück.

»Das ist Lucky Rosner«, sagte Bailey. »Er arbeitet für Clovis Holzprodukte. Dachte mir, Sie würden gern mit ihm sprechen.« Bailey zwinkerte, und er grinste beinahe so breit wie Lucky Rosner.

Er war allzu selbstzufrieden, dachte Barbara argwöhnisch. Es war unnatürlich, daß jemand in solch einer Hitze grinste, ebenso wie es unnatürlich war, daß dieser junge Mann so hübsch war.

»Hallo«, sagte sie. »Ich bin Barbara Holloway. Kommen Sie herein. Mein Vater ist hinten auf der Terrasse. Er wird es auch hören wollen, was immer es ist.«

Bailey blickte an ihr vorbei und sagte hallo zu ihrem

Vater, der in diesem Augenblick aus dem Haus kam, und sie standen alle in der Zufahrt, während der junge Mann ihnen erzählte, was im Juni vorgefallen war.

»Also, Pete Malinski und ich waren mit einem Auftrag unterwegs, als diese beiden Kerle kamen und uns aufhielten. Sie sagten, sie wollten einer befreundeten Dame einen scherzhaften Streich spielen und uns dafür anheuern. Zuerst wollten sie unseren Lastwagen und die Ausrüstung für einen Tag mieten. Aber Pete und ich wußten, daß es uns an den Kragen gehen würde, wenn wir uns darauf einließen. Der alte Clovis hätte uns für so etwas auf der Stelle an die Luft gesetzt. Wir sagten, kommt nicht in Frage. Dann meinten sie, wie es wäre, wenn sie einen von uns als Fahrer mieteten und einen von ihnen mitfahren und seinen Streich spielen ließen; der andere könnte unterdessen mit unserem zweiten Mann in Salem bleiben. Das war ich. Pete fuhr den Wagen, und der Kerl sagte ihm, wohin und alles. Ich und der andere vertrieben uns die Zeit in einem Billardzimmer. Sie bezahlten alle Auslagen, Benzin und so weiter, und jedem von uns zweihundert. Wir fanden nichts Schlimmes dabei.«

Als er pausierte, fragte Barbara: »Also wissen Sie nicht, was sie tatsächlich machten? Wo ist Ihr Kollege Pete jetzt?«

»Er hat Urlaub und ist zur Hochzeit seines Bruders nach Ashland gefahren. Er wird in ein paar Wochen zurück sein, aber ich kann Ihnen sagen, was er mir erzählte, wenn Sie wollen.«

»Natürlich wollen wir«, murmelte Barbara. »Sprechen Sie weiter.«

»Sie kamen also hier in die Gegend und taten so, als wollten sie eine große alte Kiefer fällen, das war alles. Die Dame kommt und bringt ein Gewehr aus dem Haus und schießt auf sie, und sie hauen ab. Ende des Scherzes. Ein schöner Scherz, sagte Pete. Sie hätten sich leicht eine Bleivergiftung holen können.«

Barbara funkelte Bailey an, als ob es seine Schuld wäre, daß Lucky Rosner das Leben so erfreulich fand. Bailey drohte ihr mit dem Finger; er hatte seine Freude daran. Auch ihr Vater war keine Hilfe; er lehnte beim Eingang, ließ sich nichts entgehen, aber mischte sich nicht ein. Sie blickte zurück zu Lucky.

»Gut. Was dann?« Fragte sie.

»Nun, Pete und ich machten uns natürlich Gedanken über die ganze Geschichte, wieviel Geld sie uns zahlten und alles, und wir dachten, daß der angebliche Scherz, so zu tun, als wollten sie den Baum fällen, nicht der eigentliche Zweck des Vorhabens war. Es war nur eine Art Tarnung, verstehen Sie?«

Sie nickte. »Tarnung wofür?«

»Pete sagte, als sie an Ort und Stelle ausstiegen, habe dieser Kerl gesagt, er wolle auf den Baum klettern und ein Tau festmachen, damit die Sache echt aussehen würde. Wie ich sagte, sie hatten den Firmenlastwagen und das ganze Gerät, und Pete dachte, warum nicht? Der Kerl legte Gurt und Steigeisen an und arbeitete sich hinauf. Er konnte klettern, war aber kein Profi, sagte Pete, und als er wieder herunterkam, war er ziemlich zittrig. Er hatte das Seil nur über einen Ast geworfen, aber das reichte aus, um die Dame zu täuschen, als sie nach Hause kam.«

Barbara starrte Lucky stirnrunzelnd und mit schmalen Augen an. »Sie meinen, er wollte da oben etwas anderes machen? Vielleicht etwas anbringen? War es das?«

Lucky nickte. »Das dachten wir uns. Da kam uns die Idee, daß diese Kerle Detektive gewesen sein mußten, und daß die Dame vielleicht ein bißchen herumspielte, so daß ihr Alter etwas zur Überwachung tun wollte. Deshalb mußten die beiden auf den Baum und eine Abhörwanze oder Kamera anbringen. Das war unsere Überlegung.«

Einige Minuten später standen Barbara, Frank und

Bailey neben Franks Buick in Nells Einfahrt und sahen zu, wie Lucky Rosner den Baum erkletterte. Er war sehr schnell und sehr gewandt, und obwohl es einfach aussah, zog sich Barbaras Magen zusammen, als er höher und höher stieg. Er lehnte sich in den Gurt zurück und grinste zu ihnen herab, als er den ersten Ast erreichte, wo er etwas fand und in die Höhe hielt; es glänzte in seiner Hand. Er steckte es in die Brusttasche seines Hemdes und kam wieder herunter, noch schneller als er hinaufgestiegen war.

Bailey pfiff durch die Zähne, als er den Gegenstand sah. »Das ist ein raffiniertes Gerät«, sagte er bewundernd.

Sie kehrten zurück zum Haus, wo Frank einen Scheck für Lucky Rosner ausstellte, der des Grinsens nicht müde wurde. Nachdem er gegangen war, trugen sie das Gerät auf die Terrasse hinaus, wo Bailey es öffnete.

»Funktioniert es noch?« fragte Frank. Er sah beunruhigter aus als zuvor, älter.

»Nicht mehr«, sagte Bailey.

»Verdammte Idioten«, knurrte Frank. »Dümmer kann man sich kaum anstellen. Wer würde so etwas machen, und wer würde dafür zahlen? Einfach schwachsinnig, auf diese Weise Aufmerksamkeit auf sich zu lenken, nur um ein Überwachungsgerät zu verstecken.«

»Da bin ich nicht so sicher, Paps«, sagte Barbara nachdenklich. »Man kann nicht ungesehen an das Haus heran. Die Kinder waren von der Schule gekommen, Nell ging ein und aus, und die Greshams waren auch nicht weit. Die Methode, die sie wählten, mußte ihnen genauso gut wie jede andere vorgekommen sein. Und das Gerät ist seit Monaten da oben gewesen, ohne daß jemand etwas ahnte.« Sie wandte sich zu Bailey. »Können Sie herausbringen, wo der Empfänger ist? Wie groß die Reichweite dieses Gerätes ist? Für wen diese Männer arbeiteten?«

»Wo der Empfänger war«, erwiderte Bailey. »Selbst wenn sie noch in der Gegend geblieben sind, werden sie jetzt bestimmt ihre Sachen packen.«

»Versuchen Sie's«, sagte sie. »Was haben Sie sonst noch?«

Es war nicht viel. Er hatte die Namen der Wissenschaftler Herbert Margolis, Walter Schumaker, Ruth Brandywine. Und Emil Frobisher, der vor annähernd sechs Jahren gestorben war. Wenn er schwul gewesen war, fügte Bailey hinzu, hatte er es geheimgehalten. Nichts über Lucas Kendricks vor dem Tag, als er in einem Computergeschäft erschienen war und eine Computeranlage gekauft hatte.

»Wieviel kostete sie? Wie bezahlte er?« fragte Barbara.

»Dreitausendachthundert, in bar. Er kaufte auch einen Kassettenrecorder. Er war in seinem Rucksack. Aber keine Tonbandkassetten.«

»Hui! Und der Mann im Computergeschäft sagte, Lucas sei an einem Sonntag dagewesen? Lassen Sie uns überlegen. Haben Sie einen Gewährsmann in Denver, den Sie einsetzen können? Oder können Sie selbst hingehen?«

»Denver? Mein Gott! Wenn Sie glauben, hier sei es heiß, dann versuchen Sie es mit Denver. Und was soll ich dort?« Er blickte zu Frank. »Haben Sie Bier?«

»Oh, natürlich. Tut mir leid.« Frank wanderte ohne sonderliche Eile davon, und während er fort war, unterrichtete Barbara den Detektiv über die Erkenntnisse, die sie beim Sheriff und bei Lucas Kendricks' Eltern gewonnen hatte.

Sie faßte die daraus folgende Fragestellungen zusammen, als Frank mit dem Bier, einer Kanne Limonade und einer Flasche Wodka wieder herauskam. »Jemand mietete die Leute, daß sie an sich brächten, was Lucas bei sich hatte, und ich glaube nicht, daß es schon gefunden wurde. Was ist es? Und wo war sein Wagen all diese Jahre? Wahrscheinlich fuhr er nicht sehr weit, um eine Batterie und Nummernschilder aufzutreiben, vielleicht brauchte er überhaupt nicht zu fahren, um diese Dinge aufzutreiben. Wo war es? Und wo war er die letzten sieben Jahre? Und ich brauche ein Verzeichnis der Habseligkeiten, die bei seinem Leichnam gefunden wurden, und im Wagen. Und eine Liste aller Dinge, die er in Denver und Sisters kaufte. Was war bei dem Computer noch dabei? Irgendwelche Nebengeräte?« fragte sie ihren Vater.

Er schüttelte den Kopf und gab ihr ein bis zum Rand gefülltes, beschlagenes Glas. Bailey öffnete sein Bier, und sie tranken schweigend, während er überlegte.

Er hatte die Instruktionen von ihr entgegengenommen, doch nun wandte er sich an ihren Vater. »Das alles wird sich summieren, wissen Sie.«

Frank zuckte die Achseln. »Unsere Klientin kann es sich leisten, und sie hat eine Mordanklage zu gewärtigen.« Seine Stimme war so neutral, so unverbindlich, daß Barbara ihm einen scharfen Blick zuwarf. Er schien in sich gekehrt, versunken in seine eigenen Gedanken.

»Gut. In Ordnung, ich werde die Sache in die Hand nehmen, aber wenn ich nach Denver komme, muß ich dort einen Mann engagieren, der die Ermittlungen an Ort und Stelle übernimmt. Und ich werde dieses Verzeichnis besorgen, bevor ich fahre, falls die Staatsanwaltschaft noch keine Informationssperre verhängt hat. Sie könnten diesen Teil übernehmen«, sagte er zu Barbara.

»Ich möchte so lange wie möglich nicht in Erscheinung treten. Sie sollen denken, mein Vater hätte Sie geschickt, wenn die Frage zur Sprache kommt.«

Er sagte nichts dazu, sondern trank sein Bier und zog die Stirn in Falten. Schließlich sagte er: »Diese Leute, wer immer sie sind, scheinen eine Menge Geld ausgegeben zu haben. Ich brauche jemanden, vielleicht Hank Littleton, der zum Sheriff geht und mit dem Fährtensucher spricht. Haben Sie seinen Namen?« Barbara nickte. »Und Hank kann mit der Suche hier anfangen, wo die Überwacher sich mit ihrem Empfangsgerät versteckt hatten. Wahrscheinlich unten bei den Anglerhütten«, sagte er und deutete mit einem Nicken nach Turners Point hinunter. »Oder eines der Ferienhäuser. In Ordnung.« Er streckte die Beine von sich und betrachtete den Fluß, der unter leichtem Dunst lag. »Und ich dachte, dies sei bloß ein einfacher Fall von einer erbosten Ehefrau, die dem Taugenichts von ihrem Mann die Quittung gab.«

»Lassen wir es einstweilen dabei«, sagte Barbara. »Kein Wort davon, daß wir hinter etwas anderem her sind als Beweisen, daß Lucas ein Taugenichts war.«

Er bedachte sie mit einem gekränkten Blick.

Bailey war gerade erst ein paar Minuten fort, als Clive Belloc vor der Tür stand. Er war besser angezogen, als Barbara ihn bei ihrer ersten Begegnung gesehen hatte, mit einer sauberen, ordentlich gebügelten Hose, einem hübschen Sporthemd und sorgfältig geputzten Schuhen. Er sah sie mit verlegener Miene an. »Darf ich einen Moment hineinkommen? Ich hätte zuerst anrufen sollen, dachte aber, daß ich keine förmliche Verabredung daraus machen wollte. Hätte ich Sie nicht angetroffen, wäre ich ein anderes Mal vorbeigekommen.« Das hörte sich an, als hätte er es vorher auswendig gelernt.

»Gewiß«, antwortete sie. »Wir sind hinten auf der Terrasse und fragten uns gerade, ob es schon Zeit ist, ans Abendessen zu denken. Kommen Sie herein und trinken Sie ein Glas mit uns.«

Er folgte ihr durch das Haus zur Terrasse und nickte Frank unbeholfen zu. Hätte er einen Hut, würde er ihn zwischen beiden Händen drehen, dachte Barbara. »Ich habe Limonade mit Wodka, Paps hält sich an Limonade pur, und wir haben Bier und Wein.«

»Limonade«, sagte er. »Hört sich gut an.«

»Bin gleich zurück.« Sie ging hinein, ein weiteres Glas zu holen, kein großes, weil er offensichtlich nicht gekommen war, um sich länger aufzuhalten.

»Ein neuer Waldbrand oben beim Black Butte«, sagte er gerade, als sie zurückkehrte und ihm einschenkte. »Könnte ein schlimmer Herbst werden.«

Er bedankte sich für die Limonade und trank sogar etwas davon, dann stellte er sie auf den Tisch.

»Ich hatte gehofft, Sie beide anzutreffen«, sagte er dann. »Drüben bei Doc habe ich mich letztes Mal lächerlich gemacht. Es tut mir leid.« Er haspelte es schnell herunter, aber diesmal klang es nicht einstudiert, und sie dachte, daß die Ansprache, die er sich vorgenommen hatte, wahrscheinlich lang und kompliziert und nicht ganz so aufrichtig wie die kurze gewesen wäre, die er gehalten hatte.

»Nicht so wichtig«, sagte sie.

»Ich sprach mit Nell und ein paar Bekannten in Eugene, und sie sagten mir, eine bessere Anwältin als Sie werde Nell nicht finden. Außerdem ist sie mit der Regelung glücklich, also bin ich es auch. Und wenn ich in irgendeiner Weise helfen kann, lassen Sie es mich bitte tun. Hilflos zu sein, ist in dieser Situation vielleicht das Schlimmste für mich.« Sein breites Gesicht spiegelte Schmerz und Frustration. »Aber etwas habe ich nicht ganz verstanden. Letztes Mal sagten Sie sinngemäß, Sie seien qualifiziert für Kapitalverbrechen. Was bedeutet das genau?«

Sie betrachtete das Glas in ihrer Hand; Kondenswassertropfen rannen in krummen Bahnen daran herab. Ihre Fingerspitzen waren weiß von der Kälte. Und sie dachte, die Kälte sei irgendwo tief in ihr und habe nichts mit dem Glas oder dem schrecklich heißen Nachmittag zu tun. »Es bedeutet«, sagte sie, »daß ein Anwalt nur dann berechtigt ist, Klienten zu vertreten, die eines Kapitalverbrechens angeklagt sind, auf welches die Todesstrafe erkannt werden kann, wenn er im Strafrecht bewandert ist und einmal solch einen Klienten verteidigt hat. Den ersten Fall muß er immer als Juniorpartner eines erfahrenen und bereits entsprechend qualifizierten Anwalts bearbeitet haben. Danach ist der Junior dann selbst qualifiziert, wegen Mordes angeklagte Klienten zu verteidigen.«

Er erbleichte bei ihren Worten. »Mein Gott!«

»Ja.« In munterem Ton fuhr sie fort: »Ich werde mich an Ihr Anerbieten erinnern, und sollte sich etwas ergeben, worin Sie mir helfen können, werden Sie von uns hören. Übrigens, mein Vater sagte, Sie hätten festgestellt, daß die Firma Clovis Holzprodukte in Salem ist. Haben Sie sich dort erkundigt?«

»Ich rief am Freitag dort an, einen Tag, nachdem diese Kerle dagewesen waren, und die Sekretärin versicherte hoch und heilig, sie schickten nie jemanden so weit. Wenn sie es getan hätten, würde sie davon gewußt haben. Dann wurde Lucas getötet, und für Nell begann diese Hölle, und ich dachte nicht weiter daran. Sie muß sich mit dem Namen auf dem Lastwagen geirrt haben.«

»Vielleicht«, sagte Barbara. »Hält sie es für möglich, daß sie sich im Namen geirrt hat?«

»Ich brachte es nicht zur Sprache«, sagte er schnell. »Sehen Sie, so dumm bin ich auch wieder nicht. Jemand, der noch mehr Fragen stellt und in Zweifel zieht, was sie sagte, ist in ihrer Situation das letzte, was sie braucht, und ich will nicht derjenige sein, der sie damit behelligt.«

Barbara lächelte ihn verständnisvoll an. »Aber es muß schwierig für Sie sein, in Ihrem Job. Oder ist Ihre Arbeit auch etwas, worüber Sie mit Nell nicht sprechen?«

Sein sonnenverbranntes Gesicht schien noch ein wenig dunkler zu werden, und er schaute wieder verlegen drein. »Tatsächlich bin ich seit der Woche, nachdem Lucas getötet wurde, nicht mehr herumgefahren, daß heißt, nicht für Taxierungen und Holzverkäufe. Ich hatte mich um einen neuen Job beworben, und nächste Woche fange ich dort an. Ich werde auch dann herumfahren, aber zu anderen Zwecken, Abwicklung von Grundstücksverkäufen, Steuerschätzungen, solche Sachen, nicht mehr für Holzverkäufe.«

»Ein neuer Job?« rief Frank aus. »Und ich habe nichts davon gehört? Das ist seltsam.«

»Außer Nell hat noch niemand davon gehört, nicht bevor ich wirklich anfange«, sagte er. »Lonnie habe ich natürlich nichts davon gesagt.«

Frank lachte. »Das erklärt, warum ich nichts gehört habe.«

Clive Belloc blickte auf seine Armbanduhr und stand auf. »Ich bin froh, daß ich Sie beide sprechen konnte. Danke, daß Sie mich angehört haben, und wenn ich etwas tun kann, sagen Sie es mir. Ich muß jetzt gehen. Ich habe Nell und die Kinder zum Essen eingeladen, in ein Restaurant mit Klimaanlage, wo es nicht nach Waldbrand riecht.«

Frank begleitete ihn zum Wagen, und Barbara lehnte sich zurück und beobachtete den Fluß, der ohne Ende dahinströmte. Der Sheriff kam ihr in den Sinn, der mit diesen dicken, breiten Fingern Bach auf der Violine spielte. Ein Bachsches Thema mit Variationen, dachte sie in Erinnerung an eine Beschreibung, die sie gelesen hatte: Ein tonschöpferischer Grundgedanke, der endlos in immer neuen Abwandlungen wiederholt wird, aber immer dasselbe Thema anklingen läßt. Und immer war es derselbe Fluß und veränderte sich immerfort, selbst wenn er bis zum Ende der Zeit dem Meer zuströmte; er blieb derselbe Fluß.

»Ja, ja«, sagte Frank, als er wieder auf die Terrasse herauskam. »Das wird noch eine Menge Arbeit geben.«

»Ganz sicher. Für den armen Clive muß es eine Last sein, mit dem Bewußtsein zu leben, daß er sie durch

Lucas kennenlernte, als er den Holzwert ihrer geliebten Bäume schätzen sollte. Ich wette, daß er Lucas für die seltsame Episode mit den Baumfällern verantwortlich macht, genauso wie Nell.«

»Wenn er so denkt, wird er es jedenfalls nicht sagen. Er wird dem Staatsanwalt nicht freiwillig Munition liefern. Und das ist ein anständiges Motiv.«

»Ich weiß. Aber ich wette, daß er Lucas für den Hintermann dieses undurchsichtigen Unternehmens hält. Woran denkst du, Paps? Ich finde, du bist heute mißgelaunter als ein Richter mit Verdauungsstörungen.«

Er lächelte über den Vergleich, der zu seinen Lieblingswendungen zählte, dann sagte er zögernd und nachdenklich: »Mir gefällt nicht, wie sich dies alles entwickelt. Mich beunruhigt der Gedanke, daß ein Trupp von wahrscheinlich bezahlten Agenten Häuser und Autos durchwühlt, durch die Wälder zieht und die Reste von Lagerplätzen auseinanderreißt und Überwachungsgeräte auf Bäumen anbringt. Dahinter steckt zuviel Geld. Zuviel, wovon wir nichts wissen. Es könnten sogar Leute vom FBI sein. Wir haben keine Ahnung, wo Lucas war, womit er sich beschäftigte. Könnte Rauschgifthandel sein – wirklich schlechte Papiere. Das alles gefällt mir einfach nicht, und ich glaube auch nicht, daß es für deinen Fall relevant ist.«

»Vielleicht ist es zu früh, das zu wissen«, sagte sie ebenso nachdenklich, obwohl sie innerlich voll Unruhe war, weil sie sich eingestehen mußte, daß er wahrscheinlich recht hatte. Aber wenn es für ihren Fall nicht relevant war, gab es für Nell keine Hoffnung.

Er seufzte und starrte hinaus zum Fluß. »Weißt du, ich befürchte, daß du Dinge aufdecken wirst, die in dir das Verlangen wachrufen, ein halbes Dutzend anderer Leute vor Gericht zu bringen. Mir sind solche Leute aber herzlich gleichgültig. Ich möchte Nell soviel Kummer wie möglich ersparen und sie vor dem Zuchthaus bewahren, wenn wir können, oder wenigstens dafür sorgen, daß sie die geringstmögliche Zeit hinter Gitter muß, wenn es sich schon nicht vermeiden läßt.«

Barbara stand mit behutsamen Bewegungen auf. Wieder, dachte sie. Wie die Fugen, wie der Fluß, wie alles; es war immer das gleiche.

»Denk darüber nach, was ich dir sagte, Bobby, bevor du davonstolzierst. Du weißt so gut wie ich, daß Tony bestrebt sein wird, alles aus dem Verfahren herauszuhalten, was mit Lucas und den letzten sieben Jahren zu tun hat, und wahrscheinlich wird er einen Richter haben, der damit einverstanden ist. Denn es ist nicht relevant. Relevant ist allein, daß Lucas an einem abgelegenen Ort auftauchte, und daß Nell ebenfalls dort auftauchte und er mit einem Kopfschuß getötet wurde. Das ist relevant, und nichts sonst. Sollte jemand diese Felsterrasse verwanzt und eine Tonaufzeichnung gemacht haben, aus der hervorgeht, daß er sie nicht einmal bedrohte, dann ist jedes auf Notwehr abgestellte Plädoyer für die Katz. Und das ist es, was relevant ist.«

Er sagte es nicht, das brauchte er nicht; es ging ihr auch ohne hörbare Worte durch den Kopf: Wenn Tony eine derartige Bandaufzeichnung hatte und Nells Aussage bestätigt wurde, daß Lucas nicht mehr als ›Paß auf‹ gesagt hatte, dann konnte Tony sogar Anklage wegen vorsätzlichen Mordes erheben.

»Du meinst, daß sie es getan hat, nicht?«

»Ich bin auf dieser Felsterrasse gewesen, genau wie du.«

Sie wollte diese Szene nicht weiter spielen, dachte sie; sie war sogar aufgestanden, um ihr zu entkommen, aber ihre Füße waren eins mit dem Boden: sie konnte sich nicht bewegen, mußte die Szene ihren Gang nehmen lassen, selbst wenn sie das Ergebnis fürchtete.

»Warum hast du mich gerufen?« flüsterte sie.

»Ich sagte es dir. Ich kann diesen Fall nicht allein bewältigen.«

»Du meinst, du kannst sie nicht vom Haken bringen.

Und du glaubst nicht, daß ich es kann, nicht wahr? Du glaubst nicht, daß ihr überhaupt jemand helfen kann. Schließlich wird es auf einen Kuhhandel mit dem Staatsanwalt um ein Teilgeständnis hinauslaufen, damit sie etwas billiger davonkommen kann, nicht wahr? Notwehr, Totschlag.«

»Sie sagt, sie werde unter keinen Umständen gestehen.«

»Weil sie es nicht getan hat. Ist das nicht logisch? Und du meinst, wenn die Zeit kommt, wenn ich gedrängt und herumgestochert und geschnüffelt und sondiert habe und nicht weitergekommen bin, werde ich dir helfen, sie zu überreden, daß es der einzige Ausweg für sie ist, der einzige Weg, der ihr Hoffnung auf eine Zeit mit ihren Kindern läßt, bevor beide erwachsen sind.«

»Das habe ich nicht gesagt!« Seine Stimme klang rauh, sein Gesicht war gerötet, und er sah wie ein alter Mann aus, der sehr müde ist. Eine Reihe feiner Schweißtropfen säumte seine Oberlippe. »Das habe ich nicht gesagt«, wiederholte er ruhiger. »Aber der Tag mag kommen, wenn sie denken wird, daß zwei Jahre im Knast besser klingen als zwanzig. Und du darfst mir glauben, ich wünsche ihr keines von beidem.«

Das Rad dreht sich, dachte sie, und wir sind alle darauf. Es dreht sich, rollt mit einem seltsamen Wackeln hierhin und dorthin und manchmal glaubt man, es bringe einen zu einem neuen und wundervollen Ort, wo alles frisch und interessant ist, und dann, bei der nächsten Umdrehung, ist man wieder am gleichen Fleck wie zuvor. Alles verschieden, alles das gleiche. Verschiedene Einzelheiten, verschiedene Rollenbesetzungen, und das gleiche. Immerwährendes Steigen und Fallen der Musik, immerwährendes Strömen des Flusses, immerwährender Wechsel einander gleichender Personen; alles das gleiche für immer und ewig.

»Ich sehe mal nach, ob ich etwas Kaltes zum Abendessen finde«, sagte sie.

Sie wandte sich um. Als sie das Haus betrat, sagte er mit müder Stimme: »Bobby.« Sie ging weiter, als ob sie ihn nicht gehört hätte. Sogar das Abendessen, dachte sie beinahe verzweifelt, sogar das Abendessen würde das gleiche sein. Reste zusammengeworfen zu einem Salat, das gleiche wie gestern abend, aber verschieden. Sie wollte lachen, aber noch mehr war ihr zum Weinen zumute.

15

Doc hatte einen Flügel des Hauses als seinen Arbeitsbereich reserviert, wohin er gehen und vor Störungen sicher sein konnte. Vom Rest des Hauses getrennt durch eine Speisekammer, die Küche und ein Gästezimmer, lag dieser Arbeitsbereich dem Ende des Pfades am nächsten, der von Nells Haus heraufführte. Das Arbeitszimmer war mit goldbrauner Eiche getäfelt, mit einem waldgrünen Plüschteppich ausgelegt und hatte goldgelbe Vorhänge. Es gab eine schwarzlackierte Hausbar und eine Kaffeemaschine, einen winzigen Kühlschrank, einen Schreibtisch, eine Kommode, mehrere bequeme Sessel, eine sehr gute Stereoanlage und ein Doppelbett. An einem Fenster, das zum Fluß hinausging, hatte er ein Teleskop; oft hatte er ein Schachproblem mit hübschen goldenen und silbernen Figuren aufgebaut. Hier verwahrte er seine medizinischen Fachzeitschriften und immer eine Biographie, in der er gerade las. Es war sein Refugium, so abgeschieden, als wäre es auf einem anderen Kontinent. Lonnie durfte hier niemals saubermachen. Nur Doc durfte den Arbeitsbereich betreten. Hin und wieder wischte er Staub, saugte den Teppich und räumte auf. Manchmal schlief er hier oder arbeitete stundenlang am hartnäckigen Problem eines Patienten.

Nell liebte das Refugium. Weil sie die Kinder nie allein lassen und keine Aufsichtsperson mieten konnte, während sie ein Stelldichein hatte, waren ihre Besuche während des Sommers selten und fanden fast immer nachmittags statt, wenn die Kinder im Haus von Freunden oder Freundinnen waren. Doc hatte zwei freie Nachmittage in der Woche, aber wegen der laufenden Ermittlungen, die das Kommen und Gehen so vieler Leute mit sich brachten, waren sie in diesem Sommer nicht oft zusammen gekommen; sie hatten Entdeckung befürchtet. Nun, da die Schule wieder angefangen hatte, würde es besser gehen, dachte Nell. Niemals erwähnten sie Jessie, wenn Nell hier war, und bis zu seinem Tod hatten sie hier niemals über Lucas gesprochen.

Es gab eine Tür ins Freie, für die sie einen Schlüssel hatte. Manchmal kam sie sogar in sein Arbeitszimmer, wenn sie wußte, daß Doc nicht da sein würde, denn es war ihr gemeinsamer Zufluchtsort, ein Ort, wo sie sicher war. Öfters wartete sie einfach auf ihn, denn sie wußte beinahe auf die Minute genau, wann er kommen würde. Heute brauchte sie nur zehn Minuten zu warten, bevor sie seine Schritte hörte.

Anfangs hatte sie befürchtet, jemand würde es entdecken und ihm ernsthafte Schwierigkeiten bereiten, und noch immer war sie sorgsam darauf bedacht, niemals etwas von ihren Sachen in seinem Arbeitszimmer liegenzulassen. Aber jeder, der in den Raum kam, würde es spüren, dachte sie. Es war ein unbestimmbares Etwas von ihr, von ihnen, was den Raum von anderen Räumen unterschied, was sie verraten würde. Er kam herein und umfing sie mit einer festen, beinahe wilden Umarmung. Ihr Kuß war genauso hart und leidenschaftlich. »Es ist so lange her«, sagte er immer wieder. »Mein Gott, habe ich dich vermißt!« Seine Hände zitterten, als er sie auszukleiden begann.

Ihr Liebesakt hatte etwas Verzweifeltes, das vorher nie dagewesen war. Danach weinte Nell an seiner Brust, während er ihr übers Haar und den Rücken strich. Sie hatte erst jetzt erkannt, wie stark ihre innere Anspannung war, daß sie sich in einen einzigen langen Nerv verwandelt hatte.

»Du hast abgenommen«, sagte er leise. »Arme kleine Nell, du mußt mehr essen. Wie ist es mit deinem Schlaf?«

»Mir fehlt nichts«, sagte sie und schnupfte. Er gab ihr ein Papiertaschentuch. »Du bist ganz Haut und Knochen. Schnell in den Schrank mit dir Skelettmann!«

Er zog sie enger an sich, und eine Weile sprach keiner von ihnen. Schließlich ging sie ins Bad. Als sie in einem seiner Morgenmäntel zurückkam, saß er auf der Bettkante. Er hatte die Kaffeemaschine eingeschaltet.

»Du wirst dich erkälten«, sagte sie. Seine Schultern waren gebeugt und eingezogen, als fröstelte er bereits. Sie ging zum Kleiderschrank, nahm einen Bademantel heraus und legte ihn ihm über die Schulter. Er beobachtete die Kaffeemaschine, als ob sie seiner Hilfe bedürfte. »Was ist los, Doc?«

»Wir. Du. Ich. Dies.« Seine Stimme klang seltsam, als spräche er über einen Vorfall aus seiner Kindheit, dessen er sich mit Bedauern erinnerte – den Verlust eines vierbeinigen Gefährten, den Tod eines Großvaters …

»Doc? Sieh mich an. Wovon redest du? Warum jetzt?«

»Wenn sie es herausbringen, die Ermittler der Staatsanwaltschaft, werden sie dich in den Schmutz ziehen.« Er sah sie nicht an, zog aber den Bademantel an und verknotete den Gürtel.

»Doc, ich liebe dich.«

»Und das ist auch nicht gut!« rief er aus. Endlich sah er sie an. »Ich bin zu alt für dich, und ich habe eine Frau, die uns wahrscheinlich beide überleben wird. Und ich sagte dir, daß ich sie nicht verlassen kann.«

»Das habe ich nie von dir verlangt. Oder erwartet.«

Er sah abgehärmt und erschöpft aus. »Ich bin der Sache müde«, sagte er mit matter Stimme. »Der Heimlichkeiten. Der Täuschungsmanöver, um die anderen nichts merken zu lassen. Des Ausgehungertseins nach dir, und daß ich dann nur ein paar Minuten mit dir haben kann. Ich bin all dieser Dinge einfach müde.«

Nell umklammerte mit den Fingern ihre Oberarme, eine lähmende Kälte griff ihr ans Herz. »So etwas hast du noch nie gesagt. Du sagtest, ein paar Minuten wären ein Segen wie Wassertropfen für einen Verdurstenden.«

»Wir beide sagten vieles. Aber Nell, es taugt nicht, du bist jung und brauchst einen Mann, einen Vollzeit-Ehemann.«

»Du sagtest, ich solle mit Clive ausgehen, um irgendwas zu beweisen. Ich habe es vergessen. Sag es mir noch einmal, Doc. Warum sagtest du mir, ich solle mit Clive ausgehen? Um was zu beweisen?«

»Nichts«, sagte er mit einem Anflug von Gereiztheit. »Ich weiß nicht, warum ich dir das sagte. Es sieht für eine junge und gutaussehende Frau nicht natürlich aus, wenn sie nie ausgeht, denke ich. Ich möchte keine Spekulationen über uns, Fragen, die dein Intimleben betreffen.«

»Ich verstehe«, sagte sie langsam, und einen Augenblick lang glaubte sie zu verstehen, aber sie hätte nicht sagen können, was sie verstand; was immer sie während dieser blitzartigen Erleuchtung gesehen hatte, war in Worten, die sie kannte, nicht auszudrücken. Diese Verzweiflung war nicht die Verzweiflung eines Mannes gewesen, der nach ein paar Tropfen Wasser dürstete, sondern die Verzweiflung einer Trennung, eines Abschieds. Sie sammelte ihre Kleider auf und ging ins Bad, zog ihre Jeans am Boden nach. Als sie angekleidet herauskam, den Schlüssel aus der Tasche zog und auf den Nachttisch legte, sagte keiner von ihnen ein Wort; und wortlos verließ sie den Raum.

Jetzt gab es niemanden mehr, mit dem sie sprechen konnte, dachte sie, als sie den Pfad durch den Wald zurückging. Sie war nicht mehr auf der Felsterrasse gewesen, seit… sie konnte den Gedanken nicht vollenden, aber die Felsterrasse war verbotenes Territorium geworden; sie würde nie wieder dorthin gehen. Es gab so vieles, was sie Doc hatte erzählen wollen, daß Barbara zur Felsterrasse hinaufgestiegen, das ganze

Gelände durchforscht und Fragen über Fragen gestellt hatte, um ihre Verteidigung vorzubereiten. Und plötzlich war ihr nichts wichtig davon vorgekommen. Ihr Leben, ihr Gerichtsverfahren, ihre mögliche Einkerkerung – irgendwie schien alles nicht mehr relevant.

Beim Mittagessen in einem der exklusivsten Restaurants von Denver bedachte Herbert Margolis sein Gegenüber Ruth Brandywine mit einem treuherzigen Augenaufschlag und sagte: »Ich habe keine Veranlassung, sie zu belügen, wenn sie mir irgendwelche Fragen stellen.«

»Und für mich steht zuviel auf dem Spiel, als daß ich riskieren könnte, in Ermittlungen hineingezogen zu werden«, erklärte Walter Schumaker. Das Restaurant war seine Wahl gewesen; er unterhielt hier an vier Tagen in der Woche eine ständige Tischreservierung, um stets Plätze zu bekommen, wenn er mit Gästen kam oder kurzfristig disponieren mußte.

Er kultivierte die löwenhafte Erscheinung, da er eine bemerkenswert dichte goldblonde Mähne hatte, die er lang und lockig trug. Sie ließ seinen Kopf noch größer scheinen, als er war. Er war fotogen und sah auf den Titelseiten von den Zeitschriften, wo er mit einiger Regelmäßigkeit erschien, sehr stattlich und eindrucksvoll aus, stets begleitet von den schönen Fractalen*, den unglaublich farbigen Mandelbrot-Mustern, die zu seinen Wahrzeichen geworden waren.

Sie sagte mit sanfter Stimme: »Ich werde nicht allein baumeln, Freunde. Herbie, mein Lieber, deine Signatur ist auf jeder einzelnen Diskette, die Lucas gestohlen hat, und das weißt du genau. Und du, Walter, bist die Galionsfigur der ganzen Arbeit, und dein Name steht

---

* Gebrochene Strukturen, d. h. mathematische Objekte, die zur mathematischen Simulierung komplexer Naturerscheinungen geeignet sind. – *Anm. d. Übers.*

auf einem Scheck für die Detektive. Ziemlich unklug, mit einem Scheck zu bezahlen. Aber so ist es eben.«

»Ich habe nichts weiter getan, als Emil geholfen, ein Programm zu entwickeln. Ich hatte keine Ahnung, was er damit vorhatte. Ich fragte nie danach«, sagte Herbert Margolis. Er verhaspelte sich beinahe in seiner Hast. »Das tue ich die ganze Zeit; ich helfe anderen beim Erstellen von Programmen und sorge dafür, daß sie funktionieren. Das kann ich beweisen.«

»Das könnte sogar überzeugen«, erwiderte sie eisig. »Aber nicht, wenn die Disketten auftauchen und jemand sich die Mühe macht, sie alle durchlaufen zu lassen.«

»Sie werden nicht auftauchen. Wenn sie noch existierten, hätten die Detektive sie gefunden. Wenn die Polizei sie hätte, wäre sie längst dagewesen. Entweder vernichtete Lucas die Disketten, oder Emil tat es noch, bevor er den Tod fand. Oder Lucas versteckte sie irgendwo, und dort werden sie bis zum Jüngsten Tag bleiben.« Herbert Margolis lehnte sich zurück; obwohl er schnaufte wie ein Läufer, der eben die Ziellinie hinter sich gebracht hat, war seine Miene zufrieden und selbstgefällig. »Ich habe jedes denkbare Szenarium mit dem neu entwickelten Expert-System untersucht, und das ist das Ergebnis.«

»Ich werde nicht allein baumeln. Das ist mein Szenarium«, sagte Ruth Brandywine.

»Jeder von uns sieht das Problem aus eigener Perspektive«, sagte Walter Schumaker. »Aus meiner Perspektive gesehen, scheint es, daß eine Arbeit, an der ich vor vielen Jahren beteiligt war, ohne mein Wissen auf Disketten gespeichert wurde. Der Urheber starb unter unerfreulichen Umständen, und ich verdrängte alle Gedanken an die Arbeit und seinen Tod aus dem Bewußtsein und wandte mich meinen eigenen Projekten zu. Wenn diese Person, die kürzlich ermordet wurde, in diese alte Arbeit verstrickt war, hatte ich das völlig vergessen. Er war eine Hilfskraft, ein Student, ein Mietling von keiner größeren Bedeutung als die Person, die die Toiletten reinigte. Als ich erfuhr, daß jemand während deines Auslandsaufenthalts in deine Garage eingebrochen war und dein Auto geplündert hatte, beauftragte ich aus persönlicher Freundschaft eine Detektei mit der Suche nach ihm, um ihm der gerechten Bestrafung zuzuführen, weil die Polizei nichts tat.« Er nickte, als hätte er im Geiste einen Punkt nach dem anderen abgehakt und sie alle zufriedenstellend gefunden.

»Ihr nehmt beide an, daß die Disketten niemals gefunden und abgespielt werden«, sagte Ruth. Sie bemerkte einen Kellner, der in der Nähe stand und auf eine Bestellung wartete, und winkte ihn fort. Es war nach drei; das Restaurant war nahezu leer.

»Nein, Ruth«, sagte Walter Schumaker, »ich mache keine solche Annahmen. Aber ich bin der Auffassung, daß, sollten diese Disketten morgen auftauchen, niemand außer uns dreien irgend etwas damit anfangen könnte. Eine Menge hübscher Bilder, Juliasätze, Mandelbrotsätze, Fractale, abstrakte Darstellungen und das wirre Gerede eines Verrückten, mehr würden diese Disketten einem Außenseiter nicht preisgeben. Niemand stellte in Frage, daß Emil am Ende ganz und gar verrückt war, kein Mensch. Und die Disketten würden diese Einschätzung lediglich bestätigen. Das ist unsere Versicherung, Ruth, und ich fühle mich damit wohl. Alte Arbeit, Geschichte, von keiner Bedeutung für irgendwen.«

Nach mehreren Sekunden nickte sie. »Und ihr werdet beide sagen, ihr hättet keine Ahnung gehabt, daß die in der Hausmeisterei beschäftigte Hilfskraft Tom kein anderer als Lucas Kendricks war, Emils Assistent?«

»Komm schon, Ruth. Wer achtet schon auf Hilfskräfte in der Hausmeisterei? Ich war nur einmal wöchentlich auf dem Campus, und da hatte ich wahrhaftig anderes zu tun, als die Arbeitskräfte zu inspizieren.«

Herbert Margolis nickte wie ein trinkender Vogel. »Das gleiche gilt für mich. Genau das gleiche. Wer würde ihm Beachtung geschenkt haben?«

»Ruth«, sagte Walter Schumaker, »wer kann es widerlegen? Er ist tot, nicht wahr? Ich sagte dir, daß du ihn loswerden solltest. Ich sagte dir, daß er Bescheid wisse, auch das ist jetzt Geschichte. Der entscheidende Punkt ist, daß er tot ist und nichts von dem leugnen kann, was du sagst. Nun, können wir dieses Thema jetzt abschließen und uns anderen Fragen zuwenden?« Er wartete ihre Antwort nicht ab, sondern signalisierte dem Kellner, die Rechnung zu bringen.

»Ja«, sagte sie mit sehr sanfter Stimme, »selbstverständlich, betrachten wir das Kapitel als abgeschlossen. Aber bete, Walter, daß die Ermittlungen nicht Wirklichkeit werden.«

Vor ihrem inneren Auge erschien eine in vier Keile zerschnittene Diskette: vier Stücke eines verlockenden Kuchens; dann war Emil umgekommen, und das Projekt war zu Staub zerfallen. Sie hatten sich wieder ihren verschiedenen Tätigkeitsbereichen zugewandt, die drei, die übriggeblieben waren, aber es gab Nachwirkungen der Störungen, die durch einen ungezügelten Mitspieler verursacht worden waren, der seinen rechtmäßigen Platz nicht gekannt und sprunghaft und unbeständig erst den einen, dann den anderen Weg eingeschlagen hatte, und obwohl er nicht mehr lebte, blieben seine Spuren und verzerrten die klaren Linien der Trennung überall, wo er gewesen war, und so gab es keine sauberen Trennungen, keine eindeutigen Abgrenzungen. Wo er gewesen war, herrschte Chaos.

Barbara ging die Lavapiste am McKenzie-Paß entlang. Hier war ein Lavastrom talwärts geflossen und hatte alles verbrannt, was ihm im Weg gewesen war, hatte zu beiden Seiten Wälle aus Geschieben und erkaltenden Lavabrocken aufgeschüttet. An anderer Stelle war die Lava weniger heiß und träger gewesen; sie hatte sich klumpig zusammengeschoben und aufgetürmt, um dann auseinanderzubrechen und in einem wild zerrissenen Lavafeld zu erstarren, dessen scharfe Kanten noch immer rasiermesserscharf waren. Erkaltete Lavagebilde erhoben sich grotesk wie dämonische Wasserspeier da und dort aus dem unübersichtlichen Wirrwarr, verkrümmten und gebeugten Gestalten gleich, die immerwährende Wache hielten. Die Lava war schwarz, braun, hie und da von Flechten besiedelt, die mit ihrem blassen Graugrün wie etwas aus dem Versandkatalog einer Hexe aussahen. In einer Mulde, wo angeschwemmte Erde liegengeblieben war, hatte eine kleine Kiefer Wurzeln geschlagen, in einer anderen, viel kleineren, hatte sich ein einzelnes Gänseblümchen angesiedelt, das vom Wind gepeitscht wurde, aber zäh den Unbilden seiner Umgebung trotzte.

Zum vierten Mal blickte sie auf ihre Armbanduhr; endlich ging es auf zwei Uhr. Sie ging um das Observatorium aus Lavagestein zurück, wo Halbwüchsige einander die Namen der verschiedenen Vulkanberge zuriefen, die sie identifiziert hatten. Auf allen Seiten erhoben sich die Gipfel, jeder mit einem bekannten Namen, jeder ein Vulkan, der nicht erloschen war, sondern nur schlief. Der Gedanke bereitete ihr Unbehagen, als sie die Straße überquerte und in der Nähe ihres Wagens zum Geländer ging. Sie hatte den Feldstecher ihres Vaters bei sich. Eine Minute vor zwei begann sie das Gelände zu ihren Füßen zu beobachten, Bäume und nochmals Bäume, durchzogen von Lavaströmen. Der Tag war klar, mit einem Prickeln von Kälte in der Luft, doch die Sonne schien heiß. Gute Luft, ein feiner Ozonduft, gute Schwingungen, ein vollkommener Tag in den Bergen. Die Sicht war ausgezeichnet; mehr Bäume, mehr Lavaströme. Sie blickte wieder auf ihre

Armbanduhr: dreißig Sekunden nach zwei. Sie konzentrierte ihre Aufmerksamkeit auf einen bestimmten Sektor der weit ausgebreiteten Landschaft. Endlich sah sie eine rote Flagge, die hin und her geschwenkt wurde. Sie wehte und flatterte noch eine Minute lang, dann kroch sie westwärts und verlor sich zwischen den Bäumen. Einige Sekunden später kam sie wieder zum Vorschein, bewegte sich in die andere Richtung und diesmal konnte sie eine menschliche Gestalt ausmachen, und dann das Blitzen von Sonnenlicht auf Metall oder Glas – sein Lastwagen. Zur falschen Zeit am falschen Ort würde er Aufmerksamkeit auf sich lenken, wenn eine sachkundige Person das Gelände mit einem Feldstecher beobachtete und erkannte, daß es nicht dorthin gehörte. Dann verschwanden Flagge, Gestalt und Lastwagen zwischen den Bäumen.

Sie fuhr die kurvenreiche Straße zurück und war so in ihre Gedanken vertieft, daß keine übrig waren, sie zu ängstigen, als sie die Gefällstrecke ›Beim Toten Mann‹ passierte. Aber es war besser, Fahrer als Beifahrer zu sein, dachte sie bei sich, als sie sah, daß sie unten war und in die Privatstraße einbog, beinahe schon zu Hause.

Lonnies alter Dodge stand in der Zufahrt; heute war ihr Putztag bei Frank. Als Barbara hineinging, kam ihr Vater aus seinem Arbeitszimmer.

»Wie geht es voran?«

»Gut. Wieder ein schöner Tag.«

»Du hattest einen Anruf. Ein Mike Dinesen.«

»Ah, gut. Hat er eine Nummer hinterlassen?«

»Ich habe sie aufgeschrieben. Hier.«

»Ich werde ihn von oben anrufen. Danke, Paps. Ach, bevor ich es wieder vergesse, ich werde zum Abendessen nicht hier sein.«

»So? Dinesen?«

Bevor sie antworten konnte, sagte Lonnie aus der Küche: »Clive Belloc und Nell. Ich werde ihre Kinder hüten.«

Barbara zuckte die Achseln und stieg die Treppe hinauf. So ging es mit dem häuslichen Leben, dachte sie, als hätte sie den gekränkten Ausdruck in Franks Gesicht und die Entschlossenheit nicht bemerkt, die ihm die Lippen zusammenpreßte und nicht erlaubte, diesem Gekränktsein Ausdruck zu verleihen oder zurückzuweichen und zu sagen, er habe sich geirrt. Oder sogar zuzugeben, daß er sie angerufen hatte, damit sie käme und seine Schmutzarbeit für ihn erledige. Sie blieb aber auf der Treppe stehen, als Lonnie schwatzend aus der Küche kam.

»Dieser Clive ist jetzt wie ein Junge. Solch eine Minderung des Gehalts, und grinst wie ein Pavian. Er war nicht mehr mit dem Herzen dabei. Geld bedeutet nichts, wenn man nicht mit dem Herzen dabei ist. Das Beste, was Travis passieren konnte, ihn um sich zu haben. Da kommt er endlich weg von diesem Computer, hinaus an die frische Luft, in den Wald.«

Barbara stieg weiter die Treppe hinauf. Man konnte sich darauf verlassen, daß Lonnie wußte, wer mit wem zum Abendessen ging und wie Travis sich entwickelte und was er die meiste Zeit tat. Sogar Nell hatte zugegeben, daß Travis mit diesem Computer praktisch über Nacht zu einem Hacker geworden war.

In ihrem Zimmer angelangt, rief sie Mike Dinesen an und verabredete sich mit ihm am Freitag um zwei. Auf ihrem Tisch stapelten sich Bücher, die zur Universitätsbibliothek zurückgebracht werden mußten; auch das wollte sie am Freitag erledigen. Frank hatte sie erinnert, daß der Bücherbus alles besorgen würde, was sie benötigte; sie hatte ihm höflich gedankt, aber nicht gesagt, wovon die Bücher handelten. Chaostheorie, Fractale, Mandelbrotsätze, fractale Geometrie, fremde Attraktoren, Turbulenzen …

Anschließend wählte sie Bailey Novells Nummer. »Hallo, wie wär's mit einem gemeinsamen Mittagessen am Freitag?«

Er machte ein knurrendes Geräusch, das sie für Zustimmung nahm.

»In welchem Lokal trifft man heutzutage am wahrscheinlichsten Tony DeAngelo beim Mittagessen an?« fragte sie und lockerte bewußt den Griff am Hörer; ihre Hand hatte sich unbewußt verkrampft.

Er nannte das Restaurant, und sie fragte, wie es damit wäre, ob sie einen Tisch bestellen müßten und ob er das erledigen würde. Als sie auflegte, war ihr, als bekäme sie nicht genug Luft. Genauso war es in ihrer Kindheit gewesen, wenn sie nachts im Dunkeln aufstehen mußte, weil sie nicht wußte, was unter dem Bett war, nur, daß dort etwas Schlimmes lauerte.

Als sie wieder ins Erdgeschoß kam, war Lonnie fort, Frank hatte frischen Kaffee gemacht und erwartete sie am Küchentisch.

»Wirst du mir verraten, wer dieser Dinesen ist? Vielleicht ein alter Schulfreund?«

»Ich habe ihn nie gesehen. Er ist Mathematiker. Wie geht es mit dem Buch voran?«

Er warf ihr einen kalten Blick zu und schob seine Tasse von sich. »Ich hätte nie gedacht, daß der Tag kommen würde, da du mir nicht vertrauen würdest.«

»Ich auch nicht«, versetzte sie.

Er sah sie stirnrunzelnd an. »Du benimmst dich wie deine Mutter, wenn sie sich in einen ihrer eiskalten Wutanfälle hineinsteigerte!«

»Nein, so bin ich nicht. Ich benehme mich nur wie du, bevor du dein Gewissen verkauftest. Mutter gab immer nach, und du gabst niemals einen Zollbreit nach. Keinen verdammten Zoll!«

Er stand auf und stolzierte hinaus.

Beim Abendessen mit Nell und Clive sagte sie: »Wir werden über alles und jedes reden, was Sie wollen, nur nicht über den Fall. Einverstanden?« Sie hatte sich bereits von Clive versprechen lassen, daß er nicht verraten würde, was sie bis zu diesem Tag getan hatten. Obwohl sie ihren Bedingungen für das Tischgespräch zustimmten, wurde bald offenkundig, daß Nell nichts zu sagen hatte. Schließlich wandte sich Barbara an Clive. »Erzählen Sie mir von Ihrem Job, den früheren und dem, den Sie jetzt haben, welche Ausbildung Sie dafür machten, alles. Einverstanden?«

Er machte ein unglückliches Gesicht und schien nicht recht zu wissen, wo er anfangen sollte, bis sie ihn drängte. Nell war höflich, fast übermäßig höflich, und sehr distanziert. Eine Stunde war noch nicht um, als sie auf ihre Uhr zu blicken begann, und alles in allem war das Abendessen keine erfreuliche Angelegenheit.

Das Abendessen bei Doc war auch keine erfreuliche Angelegenheit. Lonnie hatte einen Schmortopf gemacht und Instruktionen gegeben, wie er im Backofen fertig zubereitet werden mußte, und Doc hatte Salat angemacht und gegrillte Lachssteaks vorbereitet, die Lonnie in Marinade zurückgelassen hatte. Jessie aß mit besserem Appetit als Doc. Der größte Teil der Mahlzeit verlief im Stillschweigen, bis sie ihren koffeinfreien Kaffee bekam.

»Jemand vom Büro des Bezirksstaatsanwaltes war unten und sprach mit Chuck Gilmore«, sagte Jessie dann.

Doc zuckte die Achseln. »Ich sehe nicht, wozu. Er weiß nichts über das Geschehen.«

»Oh, man kann nie wissen. Lonnie sagte, sie hätten fast eine Stunde zusammen verbracht. Da müßten sie schon einen Gesprächsstoff gefunden haben.« Sie trank den Kaffee aus und nickte, als er die Thermoskanne in die Höhe hielt. Er füllte ihre Tasse auf. »Sie riefen mich an, weißt du. Nächste Woche wollen sie kommen und mit mir reden.«

»Wozu in aller Welt? Sag ihnen, du kannst nicht, deine Gesundheit läßt solchen Unsinn nicht zu.«

»Aber ich sollte meine Pflicht tun, findest du nicht?« Sie rührte in ihrem Kaffee, aber als sie den Löffel herausnahm und in die Untertasse legen wollte, fiel er ihr klappernd aus den Fingern und auf den Tisch. Schnell zog sie die Hand zurück und legte sie außer Sicht in ihren Schoß. »Ich bin überrascht, daß sie dich noch nicht vernommen haben.«

»Sie haben meine Erklärung seit Monaten«, sagte er. »Du weißt es. Ich sagte dir, da ich dort war und eine Erklärung unterzeichnete. Der habe ich nichts hinzuzufügen. Und ich weiß nicht, was du ihnen sagen könntest.«

»Es gibt immer etwas«, sagte sie, und ihr Rollstuhl begann sich rückwärts vom Tisch zu entfernen. »Lonnie sagt, daß Clive Belloc heutzutage drei- bis viermal in der Woche drüben bei Nell ist. Das ist doch hübsch, nicht wahr? Der arme Clive hat lange gewartet.« Auf halbem Weg zur Tür blickte sie über die Schulter zu ihm zurück. »Gute Nacht, Lieber«, sagte sie und lächelte leicht.

»Warte einen Augenblick, Jessie«, sagte Doc. Er stieß seinen Stuhl zurück und schritt auf sie zu. »Was hast du vor? Was hast du dem Mann des Bezirksstaatsanwaltes zu sagen?«

»Wie kann ich es wissen, solange ich nicht höre, welche Fragen er hat?« murmelte sie. »Aber was kann ich schon wissen, wenn ich jeden Tag von früh bis spät hier im Haus festsitze?« Sie setzte den Rollstuhl wieder in Bewegung. »Kannst du mir in einer halben Stunde beim Auskleiden helfen?«

Er sah sie den breiten Korridor hinunter zu ihrem Zimmer am anderen Ende rollen. Dann kehrte er zum Tisch zurück und begann die Teller zu stapeln. Abrupt ließ er sie stehen, ging in die Küche und schenkte sich ein Whiskeyglas voll Bourbon. Nach dem ersten großen Schluck fügte er etwas Wasser hinzu, dann setzte er sich an den Küchentisch, um in Ruhe auszutrinken, bevor er ihr beim Auskleiden half und sie zu Bett brachte, wo sie noch stundenlang durch die Fernsehprogramme zappen würde. Er plante seinen Abend. Noch ein Glas, vielleicht zwei, so viele wie nötig waren. Dann Schlaftabletten. Sie würden an diesem Abend nicht mehr sprechen.

16

Der Sommer war zurückgekehrt, sommerlicher als er in der Hochsaison gewesen war. Barbara trug ihre Jacke über dem Arm, als sie durch einen kleinen Park im Stadtzentrum von Eugene ging, vorbei an dem großen Springbrunnen, der niemals einen Wasserstrahl in die Luft steigen ließ, sondern immer nur einen kleinen Wasserschwall still über den Betonrand ins Auffangbecken fließen ließ. Dort wurde es durch das Steigrohr wieder hinaufgepumpt. Alle Bänke waren von Leuten besetzt, die hier ihre Mittagspause verbrachten, belegte Brote und Joghurt aßen und Saft tranken. Sie hatte alles das vergessen. Auch sie war früher oft zum Mittagessen hierher gekommen.

Die ›Parkbar und Grill‹ war neu. Sie konnte sich nicht erinnern, was früher auf dem Platz gestanden hatte, ein anderes Restaurant, dessen Name ihr entfallen war; das neue war so ausgestattet und dekoriert, daß es alt aussah, älter als dasjenige, welches es verdrängt hatte. Es gab Nischen mit hohen Rückenlehnen, dunkle Tische aus mattpoliertem Holz, nichts Auffallendes, Protziges, nichts was Modernität suggerierte. Kleine Lampen mit Schirmen des Tiffanytyps, eine lange Bartheke mit Messing und lederbezogenen Hockern, eine einladende, dezente Beleuchtung, alles neu, aber sehr vertraut, als hätte der Raumausstatter die gleichen Bilder kopiert, die Barbara ihr Leben lang hin und wieder gesehen hatte.

Bailey Novell winkte aus einer Nische. Nur wenige Gäste waren im Restaurant; der Mittagsandrang würde erst in einer halben Stunde einsetzen. Sie hatte den frühen Zeitpunkt vorgeschlagen. Sie wollte ihren Platz haben und ihre Bestellungen aufgeben, bevor Tony auftauchte, wenn er auftauchte. Unter dem halben Dutzend anderer Gäste gab es keine bekannten Gesichter, aber das konnte sich ändern, sobald die Stammgäste kamen.

»Hallo. Wie geht's?« fragte Bailey; es war die gleiche Art von Frage wie: »Ist es Ihnen heiß genug?« Eine Antwort war nicht erforderlich.

»Hallo, Bailey«, sagte sie. »Lassen Sie uns Plätze tauschen.« Bailey hatte den Platz der Tür gegenüber.

Ohne Kommentar stand er auf, und sie nahm seinen Platz ein. Dann winkte sie einem Kellner, der sofort herüberkam, um ihre Bestellungen aufzunehmen. Bailey beobachtete sie mit mehr Interesse, als er vor einer Minute gezeigt hatte.

»Bühneninszenierung«, sagte er, als der Kellner gegangen war.

Sie schenkte ihm ein schnelles Lächeln und beugte sich näher, um mit leiser Stimme zu sagen: »Ein Arbeitsessen. Auf unsere Spesenrechnung?« Er nickte, und sie fuhr fort: »Früher oder später, heute oder in zwei Wochen, wird Tony Mittel und Wege finden, Sie unter vier Augen zu sprechen und ein paar Fragen zu stellen. Wahrscheinlich wird er es selbst tun. Ich wette darauf. Zuerst sagen Sie, klar, es war einfacher, für den Vater zu arbeiten als für die Tochter. In diesem Sinne, gleichgültig, wie Sie es ausdrücken wollen oder welche anderen Gründe Sie noch anführen wollen, wenn Sie es für zweckmäßig halten.« Sie wartete, bis er aufhörte zu lachen. »Schon gut«, sagte sie. »Übertreiben Sie es nicht. Dafür ist er zu klug. Der nächste Punkt ist schwieriger. Irgendwie müssen Sie ins Gespräch einfließen lassen, daß ich Sie nach Denver schickte und Ihnen dann sagte, die ganze Sache zu vergessen. Es kann Lucas nicht mehr schaden, wenn man durchblicken läßt, daß er verrückt war. Auch das mit Ihren Worten, aber dieser Bedeutung.«

Bailey machte schmale Augen. »Nach dieser Psychiaterin war er verrückt. Sie meinen, Tony wüßte das noch nicht?«

»Ich weiß nicht, was er weiß. Ich weiß nur, was Sie ihm erzählen sollen, aber nicht mehr. Danach machen Sie den Mund nicht mehr auf. Gut, da ist unser Essen.«

Als sie wieder allein waren, sagte Bailey: »Wissen Sie, liebes Kind, es ist nicht gerade ein Kinderspiel, was Sie aus dem ersten Akt dieses Schauspiels machen. Es war leichter, für Ihren alten Herrn zu arbeiten.« Er trank von seinem Bier, dann sagte er: »Dieses Spionagegerät deckte ein Gebiet von einer halben Meile Luftlinie ab. Ich brauche eine topographische Karte, um zu sehen, ob es aufnehmen konnte, was oben auf der Felsterrasse geschah. Noch nichts über die Organisation. Sie verstecken sich gut.«

»Und wie viele Hinweise lassen Sie draußen herumliegen, wenn Sie bei der Arbeit sind?«

»Verdammt wenige.« Er machte ein nachdenkliches Gesicht, dann fügte er hinzu: »Wissen Sie, ich könnte meinem guten Ruf eine Menge Schaden zufügen, wenn ich dem Feind aus Unachtsamkeit was zukommen ließe.« Obwohl er wirklich besorgt schien, zuckte er bald die Achseln und begann sein belegtes Brot zu essen.

Barbara hatte erst ein paar Bissen von ihrem Salat gegessen, als Tony und zwei andere Männer das Restaurant betraten. Er sah genauso aus wie das letzte Mal, als sie ihn gesehen hatte. Sie wußte nicht, warum sie das so überraschte. Er war immer noch so hager und hungrig aussehend wie ein Hai. Gab es so etwas wie einen fetten, selbstzufriedenen Hai? Sie ließ ihren Blick nicht einmal eine Sekunde auf ihm ruhen, sondern blickte interessiert zu Bailey, der ihr gegenübersaß und den Mund voll hatte.

»Und ich sage Ihnen, hier wird bis zuletzt nach meiner Pfeife getanzt. Schicken Sie mir Ihre Rechnung und verduften Sie, ja? Verstehen Sie, was ich sage?«

Ihre Stimme war nicht laut, aber sie wußte, daß sie trug. In ihrem peripheren Gesichtsfeld konnte sie die halbe Wendung sehen, die Tony machte, um sie zu sehen. Seinen Gesichtsausdruck konnte sie nicht ausmachen, aber sie hatte das Gefühl, daß es einen Effekt wie einen elektrischen Schlag hatte, ein kurzes Zusammenzucken, gefolgt von unnatürlicher Bewegungslosigkeit. Sie schaute nicht hin, um den Eindruck zu überprüfen.

»Mein Gott«, sagte Bailey und trank von seinem Bier. »Beruhigen Sie sich, Miss Holloway, seien Sie so gut. Ich sagte, es tut mir leid. Ein Irrtum, das ist alles.«

Sie begann ihre Sachen zusammenzuraffen, ihre Jacke, ihre Handtasche; sie öffnete sie, um nach dem Schlüssel zu sehen, und dann fiel ein Schatten auf sie. Sie blickte auf und zwinkerte hastig, um ihre Augen einzustellen.

»Hallo, Barbara. Du siehst wundervoll aus. Wie geht's dir?«

»Hallo, Tony.« Ihre Stimme klang hohl, als hätte sie einen langen Weg zurückgelegt.

»Ich hörte, daß du in der Stadt bist«, sagte er. »Wollte dich schon anrufen. Wohnst du bei deinem Vater? Darf ich dich zu einem Glas einladen?«

»Ein andermal, Tony. Ich hab's eilig. Eine Verabredung.« Sie nahm die Jacke, klemmte die Handtasche unter den Arm und stand auf; sie schob sich seitwärts an ihm vorbei und verließ das Restaurant beinahe fluchtartig. Sie sah sich nicht mehr nach Bailey um.

Draußen eilte sie zu ihrem Wagen, der einen Block entfernt in einem Parkhaus stand. Sie gab nicht mehr vor, nervös und verwirrt zu sein, wenn es ihr gelungen war, diesen Eindruck zu erzeugen. Ihr Verstand war losgelöst, als ob sie von Ferne beobachten könnte, wie ihre Hände mit dem Wagenschlüssel fummelten und zitterten, als sie versuchte, den richtigen Schlüssel ins Zündschloß zu stecken. Die Vorstellung ist beendet, sagte sie ihren zitternden Fingern, das Publikum ist gegangen, der Vorhang gefallen. Die Finger achteten nicht darauf.

Wer hatte gesagt, ein Lügner könne einem nicht gerade in die Augen blicken? Tonys tiefliegende Augen konnten sie gerade anblicken. Hatten es immer gekonnt, durch ihre Augen hindurch auf das, was hinter ihnen lag, ohne mit der Wimper zu zucken, ohne zu blinzeln. Sie hätte gern das Buch gefunden, wo die Lüge geschrieben stand, und sie korrigiert. Randnotizen, Fußnoten mit Rotstift.

Allmählich fand dieser abwesende Teil von ihr zurück und machte Meldung; ihre Vorstellung war gut gewesen, überzeugend, vielleicht zu realistisch. Wieviel Schauspielerei, wieviel Wirklichkeit? Und was machte es für einen Unterschied? Ihre Finger reagierten auf diesen ruhigen und etwas ironischen anderen Teil ihres Selbst und drehten den Zündschlüssel mit einer ruhigen Sicherheit, die nach der Heftigkeit des Zitterns vor wenigen Augenblicken unwirklich schien.

Sie hatte ihre Bücher zur Bibliothek zurückgebracht, drei neue und eine Zeitschrift ausgeliehen und stand auf den Stufen der Bibliothek, unschlüssig, was sie als nächstes tun sollte. Es war Viertel vor zwei, zu früh, um Mike Dinesen zu erwarten, aber wenn sie ihren Wagen bewegte, würde es ihr wahrscheinlich nicht gelingen, einen anderen Parkplatz zu finden und rechtzeitig zurückzukommen. Obwohl die Einschreibung für das neue Semester noch nicht begonnen hatte, war der Campus voll von Studenten, die ihr wie Kinder vorkamen, viele mit ihren Eltern. Unterweisungswoche, dachte sie in Erinnerung an ihre Vergangenheit als Studienanfängerin auf diesem selben Campus. Sie hatte nicht in Rechnung gestellt, daß der Campus von Besuchern wimmeln, die Parkplätze gerammelt voll und kein Platz für ihren Wagen sein würde, außer in einer

Abschleppzone, wo die Parkerlaubnis auf zwanzig Minuten begrenzt war. Und ihr Wagen stand dort bereits seit fünfundzwanzig Minuten.

Sie trat beiseite, als ein junger Mann eine Gruppe von angehenden Studenten die Stufen zur Bibliothek hinaufführte, mit mehreren Eltern im Gefolge. Die Studenten sahen nicht alt genug aus, um ihr Elternhaus mit dem College zu vertauschen. Der unglückliche Ausdruck in den Gesichtern einiger Eltern machte deutlich, daß sie genauso dachten.

Dann hörte sie jemanden sagen: »Barbara Holloway?«

Er war jünger, als sie ihn nach seiner Telefonstimme eingeschätzt hatte, wahrscheinlich Mitte Dreißig. Er trug eine himmelblaue Laufhose, Polohemd, Laufschuhe. Drückte man ihm einen Tennisschläger in die Hand und ließ ihn in einem Scott Fitzgerald plumpsen, dachte sie, würde er dort sofort zu Hause sein. Sie hatte einen gestandenen, verantwortungsbewußten Mathematiker gesucht. Sein Haar war mittelbraun und glatt, seine Augen hellblau; er war sonnengebräunt und muskulös wie ein Sportsmann.

»Hallo«, sagte sie. »Mike Dinesen?«

Sie schüttelten sich die Hand.

»Sie sind enttäuscht«, sagte er.

»Ach, Unsinn! Sie sind bloß nicht, was ich erwartete.«

»Genau was meine Mutter sagte, wie ich hörte.«

Sie lachte. »Ich muß meinen Wagen wegfahren, bevor sie ihn abschleppen. Gibt es irgendwo in der Nähe einen Platz, wo wir ein paar Minuten reden können?«

»Gewiß. Sie sind früh dran, ich bin spät dran. Schließen wir einen Kompromiß. Sie fahren mich nach Hause, fünf Blocks von hier, und wir können dort reden, nachdem ich geduscht und mich umgezogen habe. Oder wir können uns in einer halben Stunde irgendwo treffen.«

»Dann zu Ihnen«, sagte sie ohne zu zögern und marschierte im Eiltempo zurück zu ihrem Wagen. Nur drei Stellplätze weiter schrieb eine uniformierte Verkehrspolizistin bereits eine Verwarnung aus.

»Gerade noch rechtzeitig«, sagte Mike. »Zuerst eine Verwarnung, dann, fünfzehn Minuten später, die Abschleppfirma. Fünfundachtzig Dollar, bevor Sie Ihren Wagen zurückbekommen. Fahren Sie am besten dort hinaus.« Er zeigte die Richtung an. »Bevor ich eine Wohnung fand, die nahe genug ist, daß ich zu Fuß gehen kann, zahlte ich in einem Jahr zweihundertachtzig Dollar Verwarnungsgebühren. Tatsächlich zahlte ich selbst nicht einen Cent; sie buchten es gleich von meinem Gehaltskonto ab.«

Es hörte sich ernsthaft an, aber als sie ihn von der Seite anblickte, sah sie Erheiterung in seinen Augen blitzen. »Und ich hatte eine Parkerlaubnis«, fügte er hinzu.

Er dirigierte sie zu seinem Haus, das sechs Blocks entfernt war, nicht fünf. Es war ein Zweifamilienhaus; er bewohnte das Erdgeschoß. Neben dem Eingang war ein Blumenkasten mit abgestorbenen Geranien und Petunien und einer schlafenden orangegelben Katze. Die Katze erhob sich, verließ den Blumenkasten, streckte sich und beschnüffelte sie mit Interesse, dann begann sie um seine Beine zu streichen.

»Saber Dance«, sagte er mit einer Handbewegung zu dem Tier. »Kommen Sie mit hinein. Du auch, Saber!«

Der Raum, den sie betraten, hatte zwei Rattansofas mit grellen Bezügen in Hellgrün und Purpur. Es gab Rattantische da und dort in keiner erkennbaren Ordnung, und ein Dutzend oder mehr große Plüschkissen. Bücherregale bedeckten zwei Wände vom Boden bis zur Decke. Drei der hinteren Regale enthielten Hunderte von Plattenalben; eine Stereoanlage am Ende eines der Sofas war eindrucksvoll und offensichtlich teuer. Und auf einem langen Tisch, der aus einer über zwei Sägeböcke gelegten Tür bestand, standen zwei Computer. Die Wand hinter den Computern waren von Bildern bedeckt – Mandelbrotsätzen, die stark vergrößert waren, blendend und schön. Es gab Fractale, Juliasätze, andere Computerkunst, wenig davon gerahmt, manche einander überlappend.

»Die Küche ist dort«, sagte er im Vorbeigehen und zeigte auf eine Tür. »Bedienen Sie sich. Machen Sie sich Kaffee oder Tee, und sehen Sie, ob im Kühlschrank etwas ist, was Ihnen schmeckt. Bin gleich zurück.«

Sie wanderte langsam in die ordentliche Küche, wo auf der Anrichte Einmachgläser mit Mehl und Zucker, weißen Bohnen, Haferflocken und Polenta aufgereiht standen. Daneben gab es einen kleinen Tisch und zwei Stühle. Ein leeres Marmeladenglas auf dem Tisch enthielt mehrere verwelkte Gänseblümchen. Am Boden lag ein Stapel Zeitungen, der mindestens einem Wochenvorrat entsprach und anscheinend noch ungelesen war. Hinter der Küche war eine überdachte Veranda und eine zweite orangegelbe Katze, die sie mit mäßiger Neugier betrachtete. Eine weitere Tür führte in ein Zimmer, das in ein Büro umgewandelt worden war und noch ein Computersystem, Ablageschränke und einen metallenen Schreibtisch aus Armeebeständen enthielt. Auf diesem waren Bücher und Papiere unordentlich gestapelt. Sie kehrte ins Wohnzimmer zurück und setzte sich, seltsam erfreut über diese Wohnung und ihres Bewohners völlige Gleichgültigkeit gegenüber bürgerlicher Wohnkultur. Einige Minuten später kam Mike Dinesen zurück. Er trocknete sich das Haar mit einem Handtuch, trug Jeans, ein T-Shirt, auf dem Fische schwammen, und Sandalen. Genau richtig, dachte sie zustimmend. Er war eins mit dieser Wohnung.

»Wollten Sie keinen Kaffee oder was?« fragte er.

»Keinen Bedarf«, sagte sie. »Bitte sparen Sie sich die Mühe. Ich versprach, daß ich nicht viel von Ihrer Zeit in Anspruch nehmen würde, und nehme an, Sie haben Kurse vorzubereiten und anderes zu tun.«

»Ja. Und das erste auf der Liste ist Kaffee. Sie sagten, Sie hätten meine Adresse von Wiley Aronsen. Ein Freund von Ihnen?« Während er sprach, ging er hinaus; sie folgte ihm in die Küche.

»Freund eines Bekannten«, sagte sie, und während der nächsten Minuten, als er Kaffee bereitete, durchsuchten sie ihren jeweiligen Freundeskreis nach gemeinsamen Bekannten.

Dann war der Kaffee fertig, er setzte sich an den Tisch und fragte: »Also, was möchten Sie wissen, und warum?«

»Wie ich Ihnen am Telefon sagte, bin ich Anwältin ...«

»Sie sehen nicht wie eine Anwältin aus.«

»Wie soll eine Anwältin nach Ihrer Meinung aussehen?«

»Für mich sind Anwälte Männer in Maßanzügen, die vorgeben, keine Korsetts zu tragen, die kneifen.«

Sie lächelte. »Ich habe übrigens ein maßgeschneidertes Kostüm. Und ich habe einen Hüftgürtel, oder hatte einen, irgendwo.«

»Das reicht noch nicht. Kein Korsett, das Sie vierundzwanzig Stunden am Tag kneift.«

»Nun, jedenfalls bin ich Anwältin, und meine Klientin ist Nell Kendricks.« Sie zog fragend die Brauen hoch, und er schüttelte den Kopf. Sie hatte bereits entschieden, ihm nicht mehr zu verraten als das, was bereits in den Zeitungen erschienen war, und daran hielt sie sich. Schließlich sagte sie: »So ergibt sich für mich die Frage, woran sie arbeiteten. Ein Mathematiker, ein Computerfachmann, eine Psychiaterin und Frobisher, der auch Mathematiker war.«

Er nickte nachdenklich. »Und Sie sind sicher, daß sie sich mit Chaostheorie befaßten? Mathematiker, gewiß. Aber die Computerleute haben dafür nichts übrig. Sie schätzen Dinge, die ein- oder ausgeschaltet sind, keine

Unschlüssigkeit, und sie verabscheuen das beinahe Intransitive. Und eine Psychiaterin? Verhalten, aber Psychiatrie? Ich sehe nicht, wie das zusammenpassen sollte.« Er schenkte Kaffee ein.

»Was ist beinahe intransitiv?«

Seine Gedanken waren anscheinend schon weit darüber hinaus galoppiert. Er schüttelte den Kopf, füllte seine kleine Kaffeemaschine wieder auf und kam mit Kaffeesahne und Zucker an den Tisch. Er nahm von beiden, sie trank ihren Kaffee schwarz. »Gut«, sagte er. »Nehmen wir zum Beispiel das Wetter, oder genauer, das Klima. Sagen wir, Jahrtausendelang ist das Wetter feucht und mild, subtropisch; das ist das Erdklima. Dann verändert es sich, aus Gründen, die niemand kennt, und wir sind in einer Eiszeit, und alles sitzt für Jahrtausende darin fest. Dann verändert es sich wieder. Und so weiter. Aber die Sache ist die, daß das Erdklima während der Periode einer Eiszeit oder subtropischen Warmzeit lange genug andauert, um für gegeben zu halten, daß der jeweilige Zustand stabil sei und immer so bleiben werde, abgesehen von kleineren Schwankungen, die wir Wetter nennen. Und dann verändert es sich. Die Veränderung kann unheimlich schnell vor sich gehen.«

Sie seufzte. »Und ich dachte, ich würde wenigstens zu einem Schimmer von Verstehen kommen. Was ist mit dem Schmetterlingseffekt? Sie kennen sicherlich die Hypothese, daß der Flügelschlag eines Schmetterlings in Brasilien das Wetter in New York verändern könne?«

Er schüttelte den Kopf. »Das ist wieder etwas anderes, der Lorenz-Effekt. Dabei geht es um kurzfristige Veränderungen, nicht um Äonen. Das besagt nichts anderes als daß eine winzige Veränderung in einem System sehr große Auswirkungen haben kann. Und weil wir die winzigen Variationen nicht voraussagen können, können wir auch keine Voraussagen über das ganze System machen. Die Meteorologie beschäftigt sich heutzutage viel mit Chaostheorie.«

Sie nippte stirnrunzelnd den Kaffee. »Nach den Büchern, die ich bereits gelesen habe, wird die Chaostheorie in beinahe jedem wissenschaftlichen Fachgebiet angewendet.«

»Wir sehen sie kaum noch als eine Theorie«, sagte er. »Wir sprechen lieber von den Gesetzen des Chaos.« Er grinste. »Haben Sie vielleicht ein paar Stunden Zeit? Dann kann ich Ihnen die Einführungsvorlesung geben, die ich in diesem Semester halten werde, komplett mit Diapositiven. Wie ich sagte, ich kann keinen Zusammenhang zwischen der Psychiaterin und den Mathematikern sehen, aber vielleicht fällt mir noch etwas ein. Einverstanden?«

»Mit Gleichungen?«

Er lachte. »Nicht mehr als zwei oder drei, das verspreche ich Ihnen, und sie sind ziemlich elementar. Wenn es Ihnen langweilig wird oder unergiebig scheint, können wir jederzeit abbrechen.«

Aber es wäre unmöglich gewesen, aufzuhören, sobald sie angefangen hatten, die Dias zu betrachten, und er begann, fremde Attraktoren, die fractalen Qualitäten von Küsten und Bäumen und Wolken und Turbulenzen zu erläutern. Die für die Vorlesung bereits geordneten Dias waren erstaunlich schön, bezwingend.

»Fangen wir mit dem ganzen Baum an«, sagte er, »und dann dem einzelnen Blatt, und darauf den Adern des Blattes, und dem Wurzelsystem, die alle ähnlich sind. Nicht identisch, wohlgemerkt, aber einander ähnlich. Und in diesem Dia sehen wir, wie der Attraktor außer Kontrolle zu geraten schien und Inseln schuf. Dann fand er auf seinen Kurs zurück. Aber wenn wir eine dieser Inseln heranholen und sie vergrößern, sehen Sie wieder, daß sie dem Ganzen ähnlich ist. Und vergrößern wir weiter und konzentrieren uns auf Einzelheiten, die kleiner und kleiner sind, so sehen wir, daß die Insel keineswegs isoliert ist, sondern verbunden durch diese Faser. Nichts ist isoliert, nichts. Alles ist verbunden.«

Er wechselte das Bild. »Nun zum Maßstab. Es ist wirklich ganz einfach. Gewöhnlich verwenden wir die Britischen Inseln, weil wir sehr gute Satellitenbilder davon haben. Wie lang ist die Küstenlinie? Die Antwort lautet: unendlich. Aus dieser Entfernung, aus dem Weltraum gesehen, würde sie nur wenige Zoll betragen.« Die Aufnahme der NASA zeigte die ganze Erde, dann die Britischen Inseln in scharfem Detail. Mike fuhr mit dem Finger die Küste nach. »Man könnte ein Gebiet ausdrucken und mit einem Maßband nachmessen. Aber gehen wir näher heran, wechseln wir den Maßstab, und die Maße vergrößern sich.« Er holte einen Küstenabschnitt heran, dann noch einmal eine Bucht, vergrößerte wieder und wieder und jedesmal war die Ähnlichkeit da; jedesmal veränderte sich der Maßstab und zeigte mehr und mehr Einzelheiten. »Endlich«, sagte er, »sind wir dabei, Sandkörner zu messen, und man könnte weitergehen zur molekularen Ebene, zur atomaren, der subatomaren Ebene. Dasselbe Land, dieselbe Insel, immer ähnlich, immer in einem anderen Maßstab. Wo hört es auf? Erst wenn wir die Grenze erreichen, die durch unsere Instrumente vorgegeben ist.«

Der Bildschirm wurde freigemacht, und ein prachtvoller Mandelbrotsatz erschien, mit den Formen goldener Seepferdchen und blaßgrüner Drachen, flammender Bänder aus fluoreszierendem Blau mit silbernem Filigran. Er holte einen winzigen Abschnitt des Grenzbereichs heran, um wieder und wieder Ähnlichkeit zu zeigen. »Es ist unendlich«, sagte er leise, »begrenzt nur durch die Zahl der Dezimalstellen, die der Computer verarbeiten kann. Vierzehn, in diesem Fall. Man fällt hinein und immer weiter hindurch, und es ist alles ein Ding, alles verbunden, ganz. Die Wissenschaft hat einen vollständigen Salto ausgeführt. Reduktionismus ist tot, Holismus lebt. Es ist ein nagelneues Spiel, an dem wir teilnehmen.«

Die Vorstellung endete mit einer gleichmäßigen nicht zu schnellen Serie stufenlos veränderter Brennweiten zu einem neuen Mandelbrotsatz, der silbern und blau war. Die Illusion unaufhaltsamen Fallens war so stark, daß Barbara schwindelte, als der Bildschirm freigemacht wurde. Sie umklammerte die Kante des Computertisches, so fest sie konnte.

Mike lachte und trat zurück. Bis dahin hatte sie nicht bemerkt, daß seine Hand auf ihrer Schulter geruht hatte. »Nun, was meinen Sie?«

»Ein Reinfall«, sagte sie mit matter Stimme.

»Gut. Trinken wir noch eine Tasse Kaffee, und dann gehen wir in ein mexikanisches Lokal, wenn Sie wollen. Sie mögen mexikanische Küche, nicht wahr?«

»Ja, aber … Ich muß zuerst einen Anruf machen. Und Ihr Klo benutzen.«

Als sie mit einem Stück Seife in der Hand am Waschbecken stand, fragte sie sich, was ihr einfalle. Aber sie wußte es, und Mike wußte es auch. Sie würden Kaffee trinken, zum Abendessen ausgehen, zurückkommen und miteinander ins Bett gehen. Von dem Augenblick an, als er ihr die Hand auf die Schulter gelegt hatte, war es unausweichlich gewesen, weil es eine natürliche Sache war, und sie hatte die Natürlichkeit des Aktes von dem Augenblick an akzeptiert, als er ihren Namen auf der Treppe vor der Bibliothek gesagt hatte, von dem Augenblick an, als sie seine Nummer gewählt hatte, von dem Augenblick an, als sie ihres Vaters Stimme im Anrufbeantworter in Phoenix gehört hatte, von dem Augenblick ihrer Geburt an. Es war unvermeidlich gewesen. Sie waren über den Rand einer seiner unendlichen Darstellungen getreten und würden für immer unaufhaltsam fallen, zusammengebunden durch eine unsichtbare Faser, die sie ihr Leben lang zueinander gezogen hatte.

17

»Verstehst du was davon?« fragte Frank Holloway seine Tochter am Sonntagnachmittag. Sie saß auf der Terrasse, umgeben von Zeitungen, hatte ihnen aber seit geraumer Zeit keine Beachtung geschenkt und ihren Blick statt dessen zum Fluß, zu den Bäumen und zu den Wolken hinausgehen lassen. Nun wandte sie den Kopf und blickte zu ihrem Vater auf, der zwei von den neuen Büchern in die Höhe hielt, die sie von der Bibliothek mitgebracht hatte. Eines enthielt einen Beitrag von Ruth Brandywine; das andere war ein weiteres Buch über Chaostheorie.

»Nicht genug«, gab sie zu. Der Brandywine-Artikel handelte vom Übergang des Heranwachsenden von einem Glaubenssystem zum anderen. »Sie ist eine schlechte Schriftstellerin.« Sie deutete mit einem Nicken zu dem anderen Buch, dessen Einband ein schöner Mandelbrotsatz zierte. »Das hat einige recht hübsche Bilder. Hast du sie dir angesehen?«

»Einige. Hübsche Bilder. Und?«

»Schau her.« Sie nahm ihm das Buch aus der Hand und schlug die erste einer Serie von Vergrößerungen auf. »Dies ist die Originalaufnahme. Als nächstes Bild im Satz ist dieses kleine Gebiet tausendfach vergrößert, hier siehst du es im Detail. Wieder und wieder vergrößert. Siehst du diesen kleinen schwarzen Punkt? Der Autor wählte ihn für die nächste Vergrößerung aus, und siehe da, es ist ein weiterer Mandelbrot wie das Originalbild. Wieder vergrößert, zeigt sich eine neue Grenze, nicht genau die gleiche, das ist niemals der Fall, aber ähnlich. Und wieder und wieder findest du die gleichen schwarzen Punkte; jeder enthält Universen von neuen Sätzen, die niemals enden.«

Frank schüttelte den Kopf und setzte sich ihr gegenüber, musterte sie über die Brillengläser hinweg. »Noch einmal: und?«

»Warum schrieben Brandywine und ein Computerfachmann zusammen einen Artikel, der die Chaostheorie mit kindlichen Verhaltensweisen verbindet? In diesem Buch wird darauf Bezug genommen. Morgen werde ich anfangen, der Sache nachzugehen. Und warum arbeiteten Brandywine und ein Nobelpreisträger in Mathematik an gemeinsamen Referaten über den gleichen Gegenstand? Wie hängt das mit Lucas Kendricks und seiner Ermordung zusammen?«

»Vielleicht hängt es nicht damit zusammen«, sagte Frank. »Was ist mit dir geschehen? Wohlgemerkt, ich frage nicht, wo du zwei Tage gewesen bist. Geht mich nichts an, und so weiter. Aber irgendwas ist passiert.«

»Ja«, sagte sie und blickte wieder zum Fluß. Fractaler Fluß, dachte sie bei sich. Alles war fractal. Alles. »Ich weiß noch nicht, was passierte. Vielleicht nichts. Zu früh, um es zu beurteilen.«

Er fuhr fort, sie zu mustern, und als sie seinem Blick weiter auswich, stand er schwerfällig auf und wandte sich wieder zum Haus. »Kind, du hast einen verzwickten Fall am Hals, das weißt du so gut wie ich. Es ist nicht die Zeit, sich ablenken zu lassen. Nicht jetzt.«

Überrascht sah sie ihn an. Sie hatte sich in ihrem ganzen Leben nicht konzentrierter gefühlt. »Verstanden«, sagte sie. »Und Paps, ich glaube, daß Tony anrufen und sagen wird, daß er nächste Woche oder so in der Gegend sein wird, und ob er vorbeischauen kann. Sag ihm gewiß, nicht wahr? Und laß mich wissen, wenn er anruft und wann er kommen will.«

»Großer Gott«, seufzte er. »Du wirst doch nicht das wieder anfangen, oder?«

Einen Augenblick wußte sie nicht, wovon er redete,

es war beinahe so, als ob ein langer Zeitraum ihres Lebens zusammengefaltet und jetzt außer Sicht wäre, aus dem Gedächtnis verbannt. Sie schüttelte den Kopf. »Das ist rein geschäftlich, von A bis Z.«

Trotzdem zögerte Frank. »Bobby, sei vorsichtig. Tony läßt sich nicht manipulieren, weißt du, genauso wenig wie ein Finanzhai sich in seinem eigenen Geschäft übers Ohr hauen läßt.«

»Wir werden sehen«, sagte sie. »Wir werden sehen.« Sie fand es interessant, daß Frank die Bezeichnung ›Hai‹ im Zusammenhang mit Tony gebraucht hatte, genau wie sie selbst. Sie räusperte sich und sagte langsam und mit Bedacht: »Paps, früher oder später werde ich juristische Hilfe brauchen, für Vorladungen und dergleichen.«

»In der Kanzlei ist jederzeit Hilfe verfügbar.«

»Ich werde jemand brauchen, der weiß, wo man mit der Suche anfangen muß«, sagte sie. Sie sprach noch immer langsam und sorgfältig, hielt den Tonfall so neutral wie möglich.

Sie blickten einander nicht an, aber Barbara wußte genau, wann er einatmete und er ausatmete, wußte, wie seine Finger die Türklinke hielten, wie er starr geradeaus blickte. Und sie wußte, daß er sich in gleicher Weise jeder Nuance ihrer Haltung bewußt war. Sie waren wie zwei Duellanten, einer in Grau, einer in Blau, die Finger um die Stecher ihrer Waffen gekrümmt, aber nicht gewillt, wieder zum Zweikampf anzutreten, und darum den direkten Blick, die Herausforderung zur Konfrontation vermieden, gefangen in einem Tanz, der in seiner Bewegung erstarrt war, einem Tanz, den keiner von beiden ohne weiteres beenden konnte.

Schließlich sagte er in einem Tonfall, der so neutral war wie der ihre: »Vor langer Zeit, ehe du geboren wurdest, gab mir ein sehr guter Richter, Harry Bromleigh, einen guten Rat. Er sagte, man dürfe nie mit verbundenen Augen in die Arena gehen. Er sagte, viele verschiedene Dinge könnten als Augenbinde wirksam werden – Geld, Liebe, Loyalität, Ehrgeiz, Haß, Religion, Politik. Wer mit verbundenen Augen in die Arena geht, wird hinausgetragen.«

Sie nickte leicht.

»Wenn die Zeit kommt, daß du Hilfe brauchst, dann ist es Zeit, darüber zu reden.«

Sie nickte wieder, kaum wahrnehmbar, aber genug. Er öffnete die Tür und ging ins Haus.

Beinahe träumerisch begann sie die letzten zwei Tage zu rekonstruieren, aber die Bilder begannen bereits zu verschwimmen. Sie aßen, sie gingen ins Bett, sie wurden hungrig und aßen wieder, und gingen wieder ins Bett. Sie lächelte zum Fluß hinunter. Und sie redeten. Auf dem Kissen am Boden sitzend, aufgestützt im Bett liegend, auf dem Weg von seiner Wohnung in ein Restaurant und zurück, oder am Fluß entlang, immer redeten sie. Über seine und ihre Vergangenheit, über seine und ihre Eltern, seine und ihre Arbeit. Er redete gern und viel, aber er konnte auch zuhören und stellte Fragen, machte Bemerkungen.

Einmal hatte sie gesagt: »Ich bin nicht dafür gemacht, Recht anzuwenden. Was für ein Ding, nach all den Jahren des Studiums und nach bestandenen Staatsexamen zu dieser Erkenntnis zu kommen.«

»Wofür bist du gemacht?«

»Für nichts. Ich hatte keine Veranlassung, diesen Fall zu übernehmen, aber nun stecke ich darin, und jedesmal wenn ich versuche, eine rationale Erklärung zu finden, falle ich damit auf den Bauch.«

»Du hast den Fall übernommen, damit wir uns begegnen würden. So einfach ist es. Ich wäre nie zum Gericht gegangen, um dich dort bei der Arbeit zu sehen, weißt du. Und du wärst einfach eine weitere gutaussehende Frau geblieben, die an mir vorbeiging, wenn wir uns zufällig in der Bibliothek oder auf der Straße begegnet wären.«

Er hatte dazu gelächelt. Sie erinnerte sich, wie breit sein Lächeln war, wie total. Das war seine Qualität, dachte sie; er war jede Minute, jede Sekunde völlig auf den gegenwärtigen Augenblick konzentriert. Das Bild vom zerstreuten Professor konnte nie mit ihm in Verbindung gebracht werden. Und er war sehr naiv, erinnerte sie sich, sehr unschuldig und unwissend. Sein Leben hatte sich seit seiner Kindheit im Schulbetrieb und dann im Universitätsbetrieb mit den Abstraktionen seiner Arbeit in der Mathematik abgespielt.

»Ich kann keine Verpflichtungen eingehen«, hatte sie ein andermal während dieser beiden Tage gesagt. »Ich weiß einfach nicht, was ich tun werde, nachdem dieser Fall ausgestanden ist.«

»Also haben wir das Jetzt, und dann ein weiteres Jetzt, und noch eins.« Er nahm sie bei der Hand. »Erwartest du einen Erfolg vor Gericht? Wird das deine Entscheidung über die Zukunft beeinflussen?«

»Ich werde mein Bestes tun«, sagte sie. »Ob ich Erfolg haben werde? Ich weiß es nicht. Was ist in diesem Fall ein Erfolg? Nell kann nicht gewinnen; sie ist zu tief verletzt. Ihre Kinder können nicht gewinnen. Lucas kann nicht gewinnen. Insofern hat das Wort Erfolg seine Bedeutung verloren. Aber Nell kann noch mehr verlieren, als sie schon verloren hat, und das werde ich zu verhindern suchen. Akzeptieren, daß es keine Gewinner geben kann, und die Verluste begrenzen, das ist meine Devise. Und darum will ich aussteigen. Es ist ein mieses System.«

»Was für ein System würdest du statt dessen bevorzugen?«

»Ein System, in dem niemals jemand einen anderen umbringt, außer in Unfällen. Ein System, das nicht wie ein Spiel aufgezogen ist, ein Kampfspiel, wo Punkte angeschrieben werden. Wo die Ermittlungen der Staatsanwaltschaft nicht mit der Anklageerhebung aufhören, als sei der Fall bereits abgeschlossen. Wo die Hilflosen, die Machtlosen nicht von vornherein im Nachteil sind. Wo niemand lügen muß und wo, wenn jemand sagt, ich habe es nicht getan, die Aussage als wahrheitsgemäß akzeptiert ist, weil sie der Wahrheit entspricht.« Sie brach ab, als sie schrille Obertöne heraushörte, die ihrer Stimme eine aufgeregte Schärfe verliehen, die sie nicht beabsichtigt hatte. Nicht jetzt, nicht bei ihm.

»Utopia«, sagte er. »Wenn du es findest, gehe ich mit dir dorthin.«

War das der Augenblick gewesen, als sie in Tränen ausgebrochen war? Sie glaubte es, aber die Bilder verschwammen bereits, ein Augenblick schmolz und wurde ein anderer Augenblick in einer anderen Zeit, an einem anderen Ort, und doch war es alles eins. Sie hatte geweint. Wenn nicht in jenem, dann in einem anderen Augenblick in diesem magischen Jetzt, das von Freitagnachmittag bis Sonntag gedauert hatte.

Am Mittwoch kam Bailey vorbei, um zu sagen, daß der Fisch angebissen habe. Tony hatte ihn in einer Bar gestellt und einem strengen Verhör unterzogen. Barbara stieß einen langen Seufzer aus. Bailey schmunzelte und sagte, er werde morgen mit mehr Information wiederkommen. Er habe die Detektive im Visier, die das Überwachungsgerät angebracht hätten. Barbara hätte ihn küssen können, und als er am Donnerstag wiederkam, küßte sie ihn wirklich. Er war schrecklich verlegen.

Sie lauschte angespannt seinem Bericht und verzichtete auf dumme Fragen wie »Sind Sie sicher?« als er sagte, Walter Schumaker habe die Agentur mit einem Scheck über fünfhundert Dollar bezahlt. Nur ein Honorarvorschuß, sagte Bailey; ihr Honorar müsse in die Tausende gegangen sein. Und sie hätten Turners Point am Nachmittag des Tages verlassen, an dem

Lucas getötet worden war. Auf und davon, sagte er, ohne einen Versuch zu machen, die Überwachungsanlage abzubauen. Inzwischen schwärmten zu viele Ermittler herum. So sei das Gerät zu einer weiteren Position auf einer sehr hohen Rechnung geworden.

»Und dieser andere Bursche, Emil Frobisher. Ich habe alles über seinen Tod in Erfahrung gebracht, was aktenkundig ist.«

Sie nickte. »Es ist eine Weile her, ich weiß. Erzählen Sie.«

Frank sah abwesend aus, als ob er nicht einmal zuhörte, aber sie wußte es besser. Bailey überflog Notizen, die sich aus Barbaras Perspektive wie Hieroglyphen ausnahmen.

»Richtig«, sagte er dann. »Es ist keine hübsche Sache. Frobisher gabelte in Denver einen vierzehnjährigen Strichjungen auf und nahm ihn zum Spielen mit nach Hause. Und das führt zu allerlei Spekulationen darüber, was er mit Lucas vorhatte. Es gibt keine spezifischen Hinweise, aber er scheint zu einer ganzen Serie von jungen Burschen und Männern gehört zu haben, die Frobisher nach Hause brachte und bei sich behielt, manchmal monatelang. Jedenfalls rastete der Junge nach ein paar Wochen aus, vielleicht Entzug, vielleicht was anderes. In den Polizeiprotokollen blieb vieles offen, und die Zeitungen hatten nicht viel mehr als das, was ihnen von der Polizei mit dem Löffel eingeflößt wurde, aber da die Autopsie keine Drogen ergab, ging die Spekulation in die Richtung von Psychose. Brandywines Diagnose. Wie gesagt, der Junge rastete aus, und es gab ein richtiges Gemetzel in Frobishers Wohnung. Mobiliar zerschlagen, das Computersystem ruiniert, Unterlagen zerstört. Am selben Abend kam ein Kollege, Herbert Margolis, zu Besuch und fand Frobisher tot, erschossen. Und auch der Junge war tot, ebenfalls erschossen. Frobisher war vor dem Schuß ziemlich schwer durch Messerstiche verletzt worden, und auch der Junge hatte diverse Schnittwunden. Überall Blut. Schwer zu sagen, wer wem was tat, aber das Abschlußprotokoll ging davon aus, daß der Junge Frobisher angriff, der sich zur Wehr setzte, was die Schnittwunden erklärt, die sie beide hatten, und dann erschoß der Junge ihn und richtete die Waffe auf sich selbst. Jedenfalls war die Waffe in seiner Hand, als Margolis die Leichen fand.«

»Mein Gott«, murmelte Barbara nach einer Pause. »Diese ganze Angelegenheit ist so verworren, daß man sich wie in einer Wurstmaschine vorkommt. Wo war Lucas Kendricks, als dies alles vorging?«

»In Brandywines Haus. Sie sagt, er sei damals ihr Patient gewesen, zu Hause in ihrer Obhut. Sie versuchte eine neue Behandlung mit ihm, die diese Art persönlicher Fürsorge erforderte. Sagt sie.«

»Was ist dagegen einzuwenden?« fragte Barbara. Baileys Gesicht war so ausdruckslos, daß er schläfrig wirkte, ausgenommen seine Augen, die in einer Weise glänzten, wie sie es nur taten, wenn er etwas hatte, was er »interessant« nannte.

»Eine interessante Sache ist«, sagte er dann, »daß Brandywines Haus nur einen kurzen Spaziergang durch waldiges Gebiet vom Frobisher-Haus entfernt ist. Und es scheint, daß Lucas Kendricks, als er die Batterie und die Autokennzeichen von ihrem Wagen nahm, dem Frobisher-Haus einen Besuch abstattete. Jedenfalls ging er zu einer Scheune, die zum Besitz gehörte, und trug etwas fort. Inzwischen leben dort andere Leute, natürlich, aber ein Junge sah ihn, ein kleiner Kerl, und sein Vater war der Mann, der die Polizei anrief und aufforderte, einen Fremden zu kontrollieren, der sich auf dem Gelände herumtrieb. Keine Beschreibung dessen, was er mitnahm. Der Junge sagte bloß, es sei ein großer Beutel gewesen.«

Das war alles, was er bisher festgestellt hatte, und sie sprachen noch ein paar Minuten darüber. Barbara beauftragte ihn, festzustellen, wer der Forstaufseher war, der Lucas' Wagen vom McKenzie-Paß aus gesehen hatte, und bald danach ging er.

Sie starrte stirnrunzelnd zum Fluß hinab, nicht bereit, ihren Vater anzusehen, der noch immer einen geschnitzten Buddha imitierte. Sie mußte zugeben, daß es zu viele Unklarheiten, zu viele Richtungen gab, in die sie ermitteln mußte. Es machte sie unglücklich, daß immer wieder Halbwüchsige auftauchten. Lucas war zwanzig gewesen, als er angefangen hatte, mit Frobisher zu arbeiten. Nell sagte, für einen Zwanzigjährigen sei er sehr jung und naiv und unerfahren gewesen. Dann der Junge, der aktiv oder passiv in Frobishers Tod verstrickt war. Andere Jungen wie Nells zwölfjährigen Sohn, sogar das achtzehnjährige Mädchen, dessen Ermordung Lucas zur Last gelegt wurde. Zu viele junge Leute. Meistens wurde es unübersichtlich und verworren, wenn junge Leute in einen Fall verstrickt waren; Emotionen loderten auf, Affekte eruptierten, Begründungen und Motive wurden am laufenden Band erfunden, Richter wurden entweder gereizt oder sentimental, beides fatal für einen Fall. Und vielleicht hatte nichts davon mit Lucas' Ermordung zu tun. Sie konnte sich das selbst sagen, wollte es aber nicht von ihrem Vater hören. Alles hing zusammen, sagte sie sich entschieden; es mußte so sein.

Am selben Nachmittag rief Tony DeAngelo Frank an. Er werde am nächsten Nachmittag in der Gegend sein und würde gern vorbeikommen, wenn Frank und Barbara beide zu Hause wären. Sobald Barbara dies hörte, rief sie Mike Dinesen an und lud ihn für den Freitag zum Abendessen ein. Frank enthielt sich jeden Kommentars. Als sie ihren täglichen Gang hinunter nach Turners Point machten, sprachen sie von vielen Dingen, die nichts mit Nell Kendricks und der Mordanklage gegen sie zu tun hatten. Aber Barbara erzählte ein wenig von dem Mathematiker, den sie kennengelernt hatte, und seiner Diavorführung. Frank sah sie ungläubig an. Ein Mathematiker?

Das Wetter war umgeschlagen; jetzt war es zu kühl, um abends auf der Terrasse zu bleiben. Sobald die Sonne unterging, trieb die Kälte in der Luft sie ins Haus, wo Frank das Kaminfeuer entzündete. Aber am Nachmittag, wenn die sinkende Sonne das Licht weich machte, überall die harten Konturen verwischte und den Fluß in stilles, gleißendes Gold verwandelte, war die Terrasse noch immer erste Wahl für jede Zusammenkunft.

Barbara wartete in ihrem Sessel, während Frank zur Tür ging und Tony einließ. Sie stand weder auf, noch bot sie ihm die Hand, als er erschien. Sie nickte ihm kurz zu. »Hallo, Tony. Tut mir leid, daß ich es kürzlich so eilig hatte.«

»Nicht bloß eilig«, sagte er und musterte ihr Gesicht mit der gleichen bohrenden Aufmerksamkeit, an die sie sich erinnerte, als müßte er sich ihre Züge immer wieder einprägen.

»Nicht bloß eilig«, bestätigte sie leichthin. »Wütend wie der Teufel. Setz dich, nimm dir, was du möchtest, Alkohol, Kaffee, was immer. Hier draußen im Wald sind wir ganz zwanglos.«

Er war in einen grauen Anzug mit roter Krawatte gekleidet, die er jetzt lockerte. Er hatte Krawatten immer gehaßt. Frank nahm seinen gewohnten Stuhl und kostete vom Kaffee, um zu sehen, ob er noch heiß war.

»Wie geht's, Tony?« fragte Frank. »Lange nicht gesehen.«

»Sehr lange«, sagte Tony. Er zog einen anderen Stuhl näher zu Barbara und schüttelte den Kopf wie in Verwunderung. »Ich komme einfach nicht darüber hinweg, wie gut du aussiehst. Bist du fortgegangen und hast den Jungbrunnen gefunden oder was?«

»Oder was. – Nimm dir, was du trinken möchtest.«

Er schenkte Kaffee ein, wandte den Blick aber nicht von ihr. »Darf ich dich zum Abendessen einladen?«

»Kann nicht. Wir erwarten einen Gast. Bedaure, aber danke.«

»Dann ein andermal. Ich werde dich anrufen.«

Sie trank von ihrem Kaffee und blickte zum geschmolzenen Fluß. »Ich denke, ich werde sehr beschäftigt sein.«

Es blieb eine Weile still. Als sie wieder zu ihm hinsah, waren seine Augen schmal, und ein wachsamer Ausdruck hatte die Offenheit und Freundlichkeit vertrieben, die noch vor Augenblicken seinen Ausdruck bestimmt hatten.

Sie betrachtete ihn offen und wartete darauf, was er zu sagen hatte, ohne den geringsten Anschein von wirklichem Interesse. Sie kannte sein Mienenspiel so gut, daß sie jede Regung zu deuten verstand, als es sich wieder veränderte und unterdrückter Ärger sein scharfgeschnittenes Gesicht noch schärfer erscheinen ließ; seine Backenknochen, seine Nase, sein Kinn, alles schien stärker hervorzutreten, als ob die Haut straffer über sie gespannt wäre. Er sah wie ein Mann aus, den das Korsett unbarmherzig kneift. Sie wußte, daß dieser beherrschte Zorn zu den Eigenheiten gehörte, die sie anfangs anziehend gefunden hatte. Er war gefährlich, hatte sie vermutet; solcher Zorn so nahe an der Oberfläche und zu energisch unterdrückt, konnte hervorbrechen und alles in seiner Bahn zerstören. Das war aufregend gewesen.

»Wir werden dir eine offizielle Benachrichtigung schicken«, sagte er dann, sehr kühl, noch immer in zorniger Anspannung. »Ich dachte, ich könnte es zur Sprache bringen, während ich in der Nachbarschaft bin, dir Zeit für Einwendungen geben, wenn du willst. Wir haben die Absicht, eine Zeugenaussage von der Psychiaterin Ruth Brandywine einzuholen, nach Möglichkeit auf Video, sobald wir einen Termin mit ihr vereinbaren können.«

Barbara wandte sich ab und hob die Tasse an die Lippen. Nach ein paar Sekunden sagte sie: »Ein wackliger Fall, Tony? Brauchst du mehr Munition? Ich werde den Termin natürlich wahrnehmen.«

»Freut mich, daß du die Zeit erübrigen kannst«, sagte er kalt. »Nun, es war interessant, dich nach so vielen Jahren wiederzusehen. Dachte, du hättest dir inzwischen einen Buchhalter oder was geangelt.«

»Und du? Hast du schon eine glänzende Erbin gefunden?«

»Tatsächlich gibt es jemanden, und sie ist sehr gut versorgt.« Er stand auf. »Es war gut, dich zu sehen, Frank. Ein schönes Anwesen hast du hier.«

Frank stand auf, um mit ihm hinauszugehen. Barbara murmelte: »Adieu Tony. Wir sehen uns im Gerichtssaal.« Er nickte. Sobald sie gegangen waren und der Kies in der Zufahrt unter den Reifen knirschte, stand sie auf, schenkte sich einen Schluck Bourbon ein und stürzte ihn unverdünnt hinunter.

»Nervös?« fragte Frank, der gerade auf die Terrasse herauskam. »Mein Gott, du zeigtest keine Spur von Nervosität.«

Sie grinste. »Zur Feier.«

Einmal oder zweimal die Woche kochte Barbara das Abendessen, und wenigstens einmal in der Woche gingen sie in ein Restaurant, aber die übrigen Abende bereitete Frank das Essen zu. Ihr Verdacht, daß er ihre Kochkunst nur duldete, fand Bestätigung, als er ungläubig sagte: »Du willst für den jungen Mann Abendessen machen? Muß einfachere Methoden geben, ihn loszuwerden.«

»Ich finde es fair; schließlich ist er mein Gast.«

»Und es ist unser Ruf. Ich werde kochen.«

Sie küßte ihn auf die Wange. »Du bist als Elter wirklich nicht schlecht, weißt du? Ich frage mich, ob ich etwas mit dem Eßzimmertisch machen kann.« Sie ging zum Durchgang und betrachtete ihn, schüttelte dann den Kopf. Der Tisch war bedeckt von ihren Papieren, Büchern, Karten, ihrem kleinen Computer … »Gut, also die Küche.«

Als Mike eintraf, gab Frank einer Ente in Kürbiskernsoße den letzten Schliff, und der Küchentisch war ideal, weil sie mit Mike daran sitzen und gleichzeitig mit ihrem Vater sprechen konnte. Sie war lächerlich froh, daß Mike keine Flasche Wein und keinen Blumenstrauß oder sonst etwas mitgebracht hatte. Und sie war froh, daß er in Jeans und Pullover gekommen war. Er selbst. Innerhalb von fünf Minuten stritten er und Frank darüber, ob Kinder gezwungen sein sollten, Mathematik zu lernen.

»Ich hätte es nie zu was gebracht«, erklärte Frank. »Das Rechtswesen hätte einen brillanten Anwalt verloren, und wofür? Damit ich im Supermarkt das Wechselgeld richtig herausbekomme?«

»Im Kopfrechnen bin ich nicht immer perfekt«, sagte Mike. »Aber Sie hätten es zu was gebracht. Wenn Sie nämlich zweifelsfrei gewußt hätten, daß Mathematik notwendig ist, hätten Sie sie genauso gemeistert wie die anderen Fächer, die Sie lernen mußten.«

Frank lachte. »Na, ich weiß nicht. Jedenfalls fühle ich mich in den Gefilden des Zivil- und Strafrechts wohler.«

»Lieber würde ich jeden Tag quadratische Gleichungen lösen.«

Frank kam an den Tisch und schenkte sich ein Glas Wein voll. »Was ist so großartig an der Chaostheorie? Barbara zeigte mir die Bilder, und ich sagte: ›Na und?‹ Sie wußte es auch nicht.«

»Wir sind auf dem besten Weg, herauszufinden, was es damit auf sich hat«, sagte Mike. »Wir haben Werkzeuge, die nie zuvor zur Verfügung standen, um Aspekte der Natur zu messen und vorauszusagen, die jahrhundertelang unzugänglich waren.« Barbara hatte

Kerzen auf den Tisch gestellt; er nahm die Streichholzschachtel und zündete eine an. »Betrachten Sie den Rauch«, sagte er. Ein silbriger Rauchfaden stieg gerade empor, dann begann er zu wirbeln und sich aufzulösen. »Turbulenz«, sagte Mike und blies die Kerze aus. »Wir haben immer gewußt, daß sie da ist, im Rauch, im fließenden Wasser, im Herzen, im Gehirn, aber wir konnten nichts damit anfangen. Wir hatten die Werkzeuge nicht. Jetzt haben wir sie. Wir wissen heute, daß sie in der Natur nicht inkremental, sondern katastrophenhaft ist. Turbulenz entsteht plötzlich, so wie das Wasser in einem Topf plötzlich aufkocht. Oder der Rauch aus einer glatten Rauchsäule ausbricht.«

Frank trank seinen Wein und hörte aufmerksam zu. »Sie sprechen von Voraussagen, aber ich lese, daß niemand das Wetter genauer voraussagen kann als zur Zeit meines Großvaters.«

»Das stimmt«, sagte Mike munter. »Aber das zu wissen ist wichtig, verstehen Sie? Was wir heute wissen, ist, wie empfindliche Systeme sich zu Initialbedingungen verhalten, und wir wissen, daß wir diese Initialbedingungen nicht immer voraussagen können, daher gibt es keine garantierten Wettervorhersagen. Aber haben Sie eine Vorstellung, wieviel Geld in die Wetterforschung gegangen ist, mit dem Ziel, vollkommene Vorhersagen zu erreichen?«

»Nein«, knurrte Frank.

»Ich auch nicht. Aber jede Menge Geld. Nun kann viel davon in produktivere Projekte gesteckt werden.«

»Welche Funktion haben diese hübschen Bilder in alledem?« Frank trug sein Weinglas zum Arbeitsbereich der Küche und rührte in einem Topf.

»Diese Mandelbrotbilder sind abgeleitet von einem der einfachsten Algorithmen, die je entdeckt wurden…« Er brach ab, als Frank vernehmlich stöhnte. »Jedenfalls sind diese Sätze von der sehr einfachen Instruktion abgeleitet; sie haben fractale Eigenschaften, das heißt, sie sind ähnlich, ganz gleich, welches der Maßstab ist, und sie sind unendlich. Aus dem Einfachen kommt das Komplexe. Und das beschreibt ungefähr jede natürliche Erscheinung, die existiert; sie haben alle fractale Eigenschaften. Das komplexeste dynamische System kann durch eine andere Gleichung beschrieben werden, die ebenso einfach ist und universal anwendbar. Das heißt, sie kann auf alle turbulenten Systeme angewendet werden. Wir dachten immer, jedes müsse unabhängig betrachtet und mühsam ausgearbeitet werden. Jetzt gibt es einen universalen Algorithmus, der zur Verfügung steht. Wir lernen, daß den am chaotischsten scheinenden Systemen Ordnung und Einfachheit zugrunde liegen. Und aus der Ordnung entsteht Chaos. Und die Welt ist nicht, was sie noch vor ein paar Jahren zu sein schien.«

Frank legte den Deckel wieder auf den Topf und faßte Mike ins Auge. »Sehen Sie irgendeine Möglichkeit, daß etwas davon eine Bedrohung für jemand darstellen könnte? Würde jemand deswegen töten?«

»Nein«, sagte Mike. »Ich sehe nichts dergleichen. Jedenfalls noch nicht.« Er blickte entschuldigend zu Barbara, die die Achseln zuckte. »Frobisher spielte nicht in der Oberliga«, sagte er. »Ich sah mir an, was er veröffentlichte, und es ist wirklich nicht viel. Natürlich fing er an, bevor es klare Hinweise gab, wohin dies alles führen würde. Er war einer der Pioniere, aber unglücklicherweise schien er eine Vorliebe für Sackgassen zu haben, statt der Hauptrichtung zu folgen.«

»Taugte seine Arbeit nichts?« fragte Barbara. »Warum lud Schumaker ihn dann zur Zusammenarbeit ein? Und Brandywine? Sie schienen zu glauben, daß er was hatte.«

Mike zog ein zusammengefaltetes Papier hervor und überflog es. Er faltete es wieder zusammen und schrieb ein paar Zahlen nieder. »Man muß etwas Grundsätzliches verstehen, sonst ergibt nichts einen Sinn. Dies ist der Algorithmus für die Mandelbrotsätze. Man nimmt einen Buchstaben, C, und ordnet ihm einen Wert zu. Sagen wir, eins Komma fünf. Z ist eine imaginäre Zahl mit dem Wert null. Man fügt Z dem C hinzu und gibt das Resultat als Rückkopplung wieder und wieder und wieder ein. Die Wiederholung ist es, die den Satz erzeugt. Man braucht nicht mal einen Computer – damit geht es zwar schneller, aber es kann auch mit der Hand auf einem Koordinatensystem übertragen werden. Ein gewöhnliches Koordinatensystem mit einer horizontalen und einer vertikalen Achse. Bei jeder Wiederholung der Formel setzt man einen Punkt ein, und schließlich hat man ein Muster. Aber manchmal ergibt die Formel ein Resultat, das aus dem Koordinatensystem gleichsam hinausfliegt, in die Unendlichkeit, und das war es, was Frobisher faszinierte. Nicht die Sätze, sondern diejenigen, die den Attraktor in die Unendlichkeit schickten. Und er glaubte und versuchte zu beweisen, daß es visuelle Hinweise gebe, die einen gut wahrnehmenden Beobachter in die Lage versetzen würden, im voraus zu erkennen, welche Sätze auf diese Weise enden würden. Wohlgemerkt, dies war im Anfangsstadium der Forschung, es gab noch keine Leitlinien, keine Mentoren, die er hätte fragen können, kaum etwas Gedrucktes, und vielleicht ein halbes Dutzend Leute, die auf dem Fachgebiet Pionierarbeit leisteten, weil sie davon besessen waren. Alle interessierten sich für die Übergangszone, den Phasenraum, wo ein Ding zu einem anderen wird. Wenn Frobisher imstande gewesen wäre, eine Gleichung auszuarbeiten, welche diejenigen eliminieren würde, die nicht funktionierten, hätte er sich einen Namen gemacht. Darum interessierte sich Schumaker für seine Arbeit, denke ich. Er ist ein gewitzter Bursche, ein Opportunist. Er hat zu dieser oder jener Zeit mit beinahe jedem auf dem Gebiet gearbeitet, nur um seinen Namen im Gespräch zu halten, und nun ist er der berühmte Professor, der Gastvorlesungen gibt und das große Geld verdient. Ich glaube, er ist aus der Forschung ziemlich ausgestiegen.«

»Und Brandywine? Sie hatte sich auf Schizophrenie bei Jugendlichen spezialisiert. Wie könnte das ins Bild passen?«

Mike schüttelte den Kopf. »Ich weiß es nicht. Ich habe keine Möglichkeit, einen Zusammenhang zu sehen.« Er blickte zu Frank, der unbeweglich stand, einen hölzernen Löffel in der Hand. »Vergessen wir nicht den Zeitfaktor«, sagte Mike. »Wir sprechen über Ereignisse, die sieben oder acht Jahre zurückliegen, vielleicht zehn oder sogar zwölf Jahre. Es gab einfach kein Geld für Chaosforschung. Schumaker war ein berühmter Mann, und sein Name hatte Gewicht; er konnte für nahezu alles, was er wollte, Mittel bekommen, aber Frobisher und Brandywine? Ich glaube nicht. Und wenn sie auf etwas Großes und Wichtiges gestoßen waren, was Ruhm und eine Menge Geld einbringen konnte, wie es bei einigen der frühen Forscher der Fall war, warum veröffentlichten sie es dann nicht? Warum hörten sie auf? Und anscheinend stellten sie ihre Arbeit tatsächlich ein. Brandywine geht wieder ihren eigenen Studien bei Jugendlichen nach, soweit ich feststellen kann, und Schumaker hat seit Jahren nichts Wirkliches geleistet. Der andere, Margolis, arbeitet auf dem Gebiet künstlicher Intelligenz, mit Computern. Das hat überhaupt nichts mit Chaostheorie zu tun.«

Frank hatte zuviel Verstand, um zu sagen, ich hab's dir gleich gesagt, aber die unausgesprochenen Worte waren in der Luft, und Barbara spürte nur eine tiefe Frustration. Sie hatte gelernt, daß ein fremder Attraktor nicht einfach ein Punkt war, sondern auch ein Muster sein konnte, das wieder und wieder in immer ähnlicher Form wiederholt wurde, aber niemals genau gleich war, und sie spürte, daß das um Lucas, den toten Jungen und den toten Frobisher kreisende Muster dieser

Wissenschaftler insgesamt einen fremden Attraktor ausmachte. Es waren alles Teile eines Stückes, und ohne dieses Stück hatte sie keinen erfolgversprechenden Fall für Nell Kendricks. Sie, Barbara, war Teil des Musters, obwohl sie nicht sagen konnte, wie oder warum. Aber sie war Teil davon und mußte es zum Abschluß bringen, wohin es sie auch führte.

Ein seltsamer Schmetterling in Brasilien war erwacht, war irgendwo im Urwald von einem Blatt geflattert, und sie war in Bewegung gesetzt worden. Bisher, dessen war sie beinahe sicher, hatte sie die richtigen Bewegungen gemacht, aber mit jeder neuen Wahl, jeder neuen Entscheidung, jeder neuen Information ging die Gefahr einher, daß sie aus dem Koordinatensystem in die Unendlichkeit hinausgeschleudert würde. Wenn das geschähe, dachte sie weiter, würde sie nicht in der Lage sein, etwas abzuschließen, was sie begonnen hatte, etwas Wichtiges – nicht nur für Nell, sondern auch für sie.

18

Am Freitag führten Frank, Barbara und Nell eine letzte Besprechung vor dem Gerichtsverfahren. Sie waren im Wohnzimmer seines Hauses vor einem leise knackenden Kaminfeuer, während draußen ein kalter Wind trockene Kiefernnadeln gegen die Fenster trieb. Frank hatte darauf bestanden, das Thema zur Sprache zu bringen, das ganz oben auf seiner Prioritätenliste für die Besprechung stand.

Bevor er begann, beobachtete er Nell aufmerksam über die Brille hinweg. »Sie haben noch immer die Möglichkeit, die Zielrichtung Ihrer Verteidigung zu ändern. Sie wissen das, nicht wahr?«

Sie nickte. Sie trug einen übergroßen Pullover, der ihren Körper noch kleiner erscheinen ließ, als er war; in den vergangenen Monaten hatte sie abgenommen und wirkte zerbrechlicher und verletzlicher denn je.

»Richtig«, sagte Frank. »Sie haben diese Möglichkeit bis zu dem Zeitpunkt, wenn der Fall an die Geschworenen geht. Sie wissen, was der Staatsanwalt anbietet: Totschlag – er würde gegen Notwehr nicht Einspruch erheben – und ein wahrscheinliches Urteil von zwei bis vier Jahren.«

»Ich weiß«, sagte sie. »Aber ich kann das nicht machen. Ich habe es nicht getan.«

»In Ordnung. Also gehen wir den Weg zu Ende.« Er lehnte sich in seinem Sessel zurück und überließ Barbara die Führung des Gesprächs, aber er war besorgt. Jede Falte in seinem Gesicht, seine Haltung und seine Stimme bezeugten seine Sorge.

Barbara begann das Verfahren zu erläutern. »Als erstes werden sie feststellen, daß die Todesursache eine

Schußverletzung des Kopfes war. Dann werden die Leute des Sheriffs aussagen, die auf den Notruf reagierten, die Suche nach dem Toten wird erläutert, das Autopsieergebnis verlesen, alles das. Und es wird schwer sein.« Sie machte eine Pause. »Nehmen Sie jemals Beruhigungsmittel? Würden sie helfen?«

Nell schüttelte den Kopf. »Ich reagiere nicht sehr gut auf die meisten Medikamente. Beruhigungsmittel bringen mein Nervensystem durcheinander und machen mich sogar nervös. Doc sagt, ich sollte die Finger davon lassen.«

Doc. Barbara hätte ihm gern einen schnellen Tritt versetzt, sagte aber nichts dazu. Niemand hatte den hilflos-verlassenen Ausdruck kommentiert, der sich in Nells Gesicht festgesetzt hatte. Barbara fuhr fort, ihre Klientin auf die schwere Prüfung vorzubereiten, die in der folgenden Woche beginnen sollte. »Als nächstes wird die Beweisaufnahme über den Tatort folgen, wer Zugang hatte, Fragen dieser Art, und natürlich wird die Tatwaffe ebenso zur Sprache kommen wie Ihre Fähigkeit als Scharfschützin. Ich fürchte, Tony DeAngelo wird verschiedene Nachbarn von Ihnen als Zeugen aufrufen, um die Einzelheiten hinzuzufügen, und das könnte schwer zu ertragen sein.«

Nell nickte. Ihr Gesicht war blaß, die Augen zu groß.

»Als nächstes wird das mögliche Tatmotiv zur Sprache kommen. Ich bezweifle, daß sie versuchen werden, viel daraus zu machen, aber was sie vorbringen werden, wird wiederum von den Aussagen von Nachbarn und Ihren Schwiegereltern abhängen. Alles, was sich zweifelsfrei nachweisen läßt, ist der Umstand, daß Sie eine verlassene Frau waren. Das Problem ist, daß sie für ein Tatmotiv nicht viel brauchen werden, wenn sie glaubhaft machen können, daß Sie die einzige Person waren, die über günstige Gelegenheiten zur Tat verfügte; bekanntlich werden die meisten Morde innerhalb von Familien verübt. Tony wird sich in seiner Zusammenfassung sicherlich auf diese Tatsache konzentrieren. Auf diese und den Umstand, daß ein Indizienbeweis ausreichend ist. In Ihrem Fall bedeutet dies, daß Sie die Gelegenheit hatten, zur Tatzeit am Tatort zu sein; daß Sie über eine Waffe verfügen, die wahrscheinlich die Tatwaffe ist, oder jedenfalls genau wie die Tatwaffe ist; und die Fähigkeit, mit der Waffe umzugehen, die sie sicherlich besonders hervorheben werden. Nun, ich kann all diese Punkte nicht leugnen, das kann niemand. Wir können nur hoffen, zu demonstrieren, daß eine andere Person die gleiche Gelegenheit hatte und Gebrauch von ihr machte.«

Nell blickte beinahe panisch zu Frank, der noch grimmiger dreinschaute als zuvor. Er schüttelte den Kopf.

Barbara zwang sich zur Ruhe. »Nell, wenn der Fall auf die Punkte beschränkt wäre, die mein Vater vor einer Weile zu bedenken gab, würde ich Ihnen empfehlen, sich seinen Rat sehr gut zu überlegen. Tony DeAngelo wird alles tun, um die Vergangenheit herauszuhalten, um alles darauf zu begrenzen, was an jenem Samstag auf dieser Felsterrasse geschah, und ich werde genauso energisch bestrebt sein, unseren Aktionsradius nach Möglichkeit auszuweiten. Der Richter wird schließlich entscheiden, was als relevant zugelassen wird oder nicht. Und im Moment kann ich nicht voraussagen, wie diese Entscheidung ausfallen wird.«

Die Geschworenen hatten Platz genommen, und Richter Kendall Lundgren hatte auf dem Richterstuhl Platz genommen. Er war ein asketischer Intellektueller, mit blassem, schmalem Gesicht und dünnem aschblondem Haar. Er mochte Anfang Vierzig sein und wäre, nach seiner äußeren Erscheinung zu urteilen, in einem Kloster mehr zu Hause gewesen. Nach Franks zusammenfassendem Urteil hatte er keinen Sinn für Humor und wenig Geduld mit Theatralik im Gerichtssaal oder mit

Dummheit. Er hatte die Geschworenen kurz auf die Schwere und den Ernst eines Mordfalles hingewiesen, auf angemessene Zweifel und die vorgeschriebenen Richtlinien für einen Urteilsspruch. Seine Eröffnungsansprache war so kurz gewesen, daß Barbara schon befürchtete, er habe vielleicht einen Termin auf Hawaii, eine Vollstreckung durch Erhängen vielleicht, oder eher durch Verbrennen; vielleicht juckte es ihn, die nächste Maschine zu erreichen. Sie wußte, daß er als ein fairer Richter betrachtet wurde, sorgte sich aber trotzdem, wie es ihrer Art entsprach. Tony beendete seine Eröffnungserklärung.

»Die Staatsanwaltschaft wird beweisen, daß Nell Kendricks vorsätzlich ihren Mann erschoß, daß kein anderer es hätte tun können, daß niemand sonst Anlaß hatte, es zu tun. Ihr Gewehr war die Tatwaffe, und keine andere Person hatte Zugang zu diesem Gewehr. Wir werden beweisen, daß kein anderer an jenem Samstag im Juni ihr Haus hätte betreten können, daß niemand das Gewehr hätte an sich nehmen können. Und tatsächlich wußte niemand sonst, daß ihr Ehemann an diesem oder irgendeinem anderen Tag eintreffen würde.«

Als Tony geendet hatte und seinen Platz einnahm, blickte er nicht zum Tisch der Verteidigung. Er hatte Barbara noch nicht ein einziges Mal angesehen. Er hatte in ihre Richtung genickt, aber seine Augen hatten sich auf einen Punkt über ihrer Schulter konzentriert. Sie und Nell waren allein am Tisch der Verteidigung. Ihr Vater hatte geschmunzelt, als sie gesagt hatte, daß sie es so wolle. Er saß unmittelbar hinter ihr, und auf einer Seite von ihm saß einer der Gehilfen aus seiner Kanzlei und auf der anderen John und Amy Kendricks. Clive Belloc war unter den wenigen Zuschauern, nicht unmittelbar hinter dem Tisch der Verteidigung, sondern ein Stück abseits, wo er Nells Profil sehen konnte. Mike hatte seine Absicht kundgetan, zu einer Verhandlung zu kommen, wenn sein Terminplan es erlaubte; Neugier, sagte er. Als er sie fragte, ob sie ihr maßgeschneidertes Kostüm tragen würde, hatte sie nachdrücklich verneint. Sie trug einen Rock und eine Jacke, eine sehr einfache Bluse, nichts Ausgefallenes, nichts Teures, nur in gutem Geschmack. Nell war in einem dunklen Kleid gekommen und trug Schuhe mit niedrigen Absätzen. Barbara hatte ihr geraten, jeden Tag niedrige Absätze zu tragen, und Nell war verwirrt gewesen, hatte den Rat aber befolgt. Barbara wußte, daß die Geschworenen bemerken und sich erinnern würden, wie klein Nell war, wenn sie neben Barbara aufstand. Barbara war achtzehn Zentimeter größer als Nell, breiter in den Schultern; wenn sie beisammenstanden, kam sie sich wie eine Riesenfrau vor.

Sie stand gemessen auf und ging auf die Geschworenen zu. »Meine Damen und Herren«, sagte sie, »die Verteidigung braucht nichts zu beweisen, außer daß es nicht nur berechtigte Zweifel gibt, sondern in diesem Fall sogar erhebliche Zweifel, ob Nell Kendricks ihren Ehemann tötete.« Tony hatte deklamatorisch gesprochen; sie bevorzugte den Gesprächston. Achten Sie auf Kontraste, hatte einer ihrer Professoren gesagt, und behandeln Sie die Geschworenen, als glaubten Sie wirklich, es wäre jemand mit einem Gehirn unter ihnen. Manchmal mag das sogar der Fall sein. »Es ist die Pflicht des Staatsanwalts, jedem Hinweis nachzugehen, jeden Beweis zu würdigen, aktiv diejenigen zu suchen, die zu dem verhandelten Verbrechen Aussagen machen können. Wenn die Staatsanwaltschaft dieser Pflicht nicht nachkommt, besteht Grund zu berechtigten Zweifeln. Die Staatsanwaltschaft hat enorme Hilfsquellen zu ihrer Verfügung – Personal, die Macht, Personen vorzuladen, um Zeugenaussagen zu erhalten, finanzielle Mittel, um Nachforschungen durchzuführen, wo immer die Beweislage es zweckmäßig erscheinen läßt –, und wenn die Staatsanwaltschaft diese Hilfsquellen mißbraucht oder keinen Gebrauch von ihnen macht, besteht Grund zu berechtigten Zweifeln. Die Anklage möchte Sie glauben machen, daß an einem abgelegenen Ort ein Mord verübt wurde, und daß es keine Rolle spielt, wo Lucas Kendricks die vergangenen sieben Jahre war, und doch wissen Sie und ich, meine Damen und Herren, daß menschliche Gewaltakte dieser Art nicht isoliert gesehen werden können. Die Verteidigung wird demonstrieren, daß Lucas Kendricks mächtige Feinde hatte, die ihn aktiv verfolgten, daß diese Feinde im Verlauf der Verfolgung illegale Handlungen verübten und daß Lucas Kendricks von diesen Verfolgern wußte und in Furcht vor ihnen lebte. Und das, meine Damen und Herren, ist eine Grundlage für berechtigte Zweifel. Nell Kendricks erschoß ihren Ehemann nicht, den Vater ihrer beiden Kinder. Sie wußte nicht, wo er war. Sie wußte nicht, wann und ob er sie besuchen würde. Die Verteidigung wird darlegen, daß seine Feinde diese Dinge wußten, und das ist eine Grundlage für berechtigte Zweifel. Die Anklage hat mit all ihrer Macht und all ihren Hilfsquellen die falsche Person vor Gericht gebracht.«

Tony flüsterte einem seiner Assistenten etwas zu, und der Mann stand auf und verließ den Gerichtssaal. Als Barbara an ihren Platz zurückkehrte und sich setzte, drückten Franks Finger kurz ihre Schulter, und er gab ihr einen Zettel. *Du machst eine Gratwanderung. Behalte KL's Miene im Auge.*

Richter Kendall Lundgren ignorierte sie und sagte zu Tony: »Lassen Sie uns beginnen, wenn es Ihnen recht ist.« Er, dachte Barbara, war Teil des Staates. Sie nickte leicht, um Frank zu zeigen, daß sie verstanden hatte.

Tony führte seinen ersten Zeugen geschickt durch die Aussage. Sheriff Bernard Gray stellte fest, daß ein Mord verübt worden war, wann und wo. »Sheriff Gray«, sagte Barbara, als Tony fertig war, »ich habe auch eine Karte. Würden Sie sie bitte ansehen und sich vergewissern, daß sie im wesentlichen wie Ihre eigene Karte ist?« Sie war viel größer und zeigte mehr Einzelheiten; der Pfad von der alten Halleck Hill Road zum Wasserfall war ebenso verzeichnet wie die Gabelung und die Fortsetzung des Pfades, die zu Nells Grundstück hinunterführte. Der Sheriff stimmte zu, daß es eine vergleichbare Karte sei.

»Wollen Sie bitte diese Fotografien ansehen, um sich zu vergewissern, daß sie denen vergleichbar sind, die Sie aufnahmen?« Wie die Karte, waren auch die Fotografien erheblich vergrößert. Als sie akzeptiert waren, stellte Barbara eine auf eine Staffelei vor dem Sheriff. »Wo würden Sie den Punkt in den Felsen markieren, wo die Kugel einschlug? Bitte zeigen Sie ihn auf der Fotografie.«

Er schaute von seinem Bild zu ihrem und zeigte schließlich einen Punkt an. Barbara markierte ihn mit Rotstift. »Danke sehr. Sie sagten in ihrer Zeugenaussage, daß er ungefähr einen Meter zwanzig hoch ist, nicht wahr?«

»Ja, Madam.«

»Und Sie sagten aus, daß Sie keine verschossene Patronenhülse finden konnten, ist das richtig?«

»Ja, Madam.«

»Wo haben Sie gesucht?«

»Überall im Gelände.«

»Zeigen Sie es uns bitte auf der Fotografie, seien Sie so gut. Überall wo?«

Sheriff Gray machte das Gesicht eines zu lange und geduldig Leidenden, als er auf die Vergrößerung zeigte. »Vier meiner Leute suchten jeden Zoll dieser Felsterrasse ab«, sagte er und fuhr mit dem Finger auf den Abschnitt auf Nells Seite der Schlucht.

»Und auch unterhalb der Terrasse?« fragte Barbara.

»Auch dort.«

»Alle vier?«

»Das glaube ich nicht. Die Pfadspur ist kaum breit

genug für einen ausgewachsenen Mann, aber sie suchten auch unterhalb.«

»Drei Mann suchten dort?«

»Eher einer oder zwei.« Rasch fügte er hinzu: »Es hatte nicht viel Sinn, dort unten zu suchen. Der Schuß kann dort nicht abgefeuert worden sein, denn der Schütze konnte ihn erst gesehen haben, als er die Felsterrasse erreichte.«

»Gut. Wie ist es mit der Seite der Felsterrasse, wo der andere Pfad aufwärts führt?«

»Auch dort suchten wir.«

»Wieviel Leute suchten dort?«

»Daran erinnere ich mich nicht.«

»Könnte es bloß ein Mann gewesen sein?«

»Einspruch«, sagte Tony. »Der Zeuge hat gesagt, er erinnere sich nicht.«

»Stattgegeben.«

Es gelang ihr, sein Eingeständnis zu erhalten, daß die geborgene Kugel so stark verformt gewesen sei, daß nicht mit absoluter Gewißheit festgestellt werden konnte, ob sie aus Nell Kendricks oder einem anderen Gewehr abgefeuert worden war.

»Und Sie gingen zu ihrem Haus, wo Sie ihr Gewehr fanden. Wo war es?«

»Auf der Couch im Wohnzimmer.«

»Und Patronen?«

»Auf einem Tisch daneben. Eine ungefähr halbvolle Schachtel.«

»Ich verstehe. Sie untersuchten das Gewehr auf Fingerabdrücke?«

»Ja, Madam. Es gab keine Fingerabdrücke, nur ein paar verwischte Stellen.«

»Fanden Sie das seltsam?«

»Ich dachte nicht lange darüber nach. Auf der Couch lag auch ein Handtuch. Ich dachte mir, damit hätte sie die Fingerabdrücke abgewischt.«

»So? Sie nahmen das zu diesem Zeitpunkt an?«

Er schien momentan verwirrt. »Es war eine naheliegende Folgerung«, sagte er dann, »ich brauchte darüber nicht lang nachzudenken.«

»Wie verhielt es sich mit der Patronenschachtel? Wurde auch sie auf Fingerabdrücke untersucht?«

»Ja, Madam. Nur verwischte Flecken.«

»Und dachten Sie sich etwas dabei?«

»Einspruch, Hohes Gericht«, sagte Tony. Er klang gelangweilt. »Was der Zeuge damals dachte, ist ohne Belag für den Sachverhalt.«

»Stattgegeben.«

»Sie fanden auf der Felsterrasse einen Rucksack und in Lucas Kendricks Jacke eine Brieftasche. Kam Ihnen am Inhalt der Brieftasche etwas seltsam vor?«

»Sein Führerschein wurde 1982 ungültig. Ich denke, das war seltsam.«

»Ja, das meine ich auch. Wie sah es mit Kreditkarten aus?«

»Zwei. Auch sie waren verfallen.«

»Seit 1982?«

»Ja.«

»Haben Sie nach einem Wagen Ausschau gehalten?«

»Nein, Madam.«

»Warum nicht?«

»Am oberen Ende des Pfades war weit und breit kein Fahrzeug zu sehen, und wir hielten es auch in Anbetracht des Rucksacks und des Zustandes seiner Kleidung und Schuhe für erwiesen, daß er zu Fuß gekommen war.«

»Kannten Sie Lucas Kendricks?«

»Nein, Madam.«

»Kennen Sie Nell Kendricks?«

»Nein, Madam.«

»Dennoch sagten Sie in Ihrer Zeugenaussage, daß Sie den Anruf über Lucas Kendricks' Tod bekamen und sofort zum alten Dorcas-Haus fuhren. Wußten Sie denn, daß Nell Kendricks' Mädchenname Dorcas war?«

»Hohes Gericht, ich erhebe Einspruch! Ich sehe nicht, welche Relevanz dies alles haben sollte!«

»Miss Holloway, gibt es hier irgendeine Relevanz?«

»Ja, Hohes Gericht. Wußte dieser Zeuge, daß Lucas Kendricks sieben Jahre lang fortgewesen war? Ich denke, das ist für seine Ermittlung relevant.«

Richter Kendall Lundgren nickte leicht und sagte zum Sheriff: »Bitte beantworten Sie die Frage.«

»Ja, ich wußte, wer sie war. Und ich wußte, daß er viele Jahre fortgewesen war.«

»Aber Sie gelangten zu der Überzeugung, daß er zu Fuß gekommen war? Ist das richtig?«

»Ja.«

Zum ersten Mal seit vielen Minuten wandte sie sich von ihm ab. Die Geschworenen folgten der Zeugeneinvernahme aufmerksam, und Tony sah nicht mehr gelangweilt aus. »Wußten Sie, wo sein Wagen war, Sheriff?« fragte sie und sah aus den Augenwinkeln, wie Tony rasch aufstand, um zu intervenieren.

»Einspruch, Hohes Gericht. Wo der Wagen war, hat keine Relevanz, ebenso wenig wie die Frage, ob der Sheriff wußte oder nicht wußte, wo er abgestellt war.«

»Ich stimme Ihnen zu«, sagte Richter Lundgren. »Miss Holloway, bitte beschränken Sie Ihre Fragen auf den Rahmen dieses Verfahrens.«

»Keine weiteren Fragen«, sagte sie und kehrte zu ihrem Platz zurück, um zu hören, wie Tony einiges von dem, was sie bewirkt hatte, zunichte machte. Er befragte den Sheriff zur Einschlagstelle der Kugel an den Felsen und ließ ihn erklären, daß der Standort des Todesschützen nicht eindeutig festzustellen sei, weil Kugeln bisweilen erratisch die Richtung änderten, besonders nachdem sie Knochen durchschlagen hätten. Sie hatte Tonys Argumentationslinie erwartet, ebenso wie er wußte, daß sie ihren eigenen sachkundigen Zeugen hatte, der Aussagen des Sheriffs bestreiten konnte, wo dies möglich war. Und so geht es, dachte sie. Nichts

Unvorhergesehenes, alles in der rechten Ordnung, so voraussagbar wie Bewegungen in einem feierlichen Tanz zu ungehörter Musik. Was niemand voraussagen konnte, waren falsche Noten, die Mißtöne erzeugten, den Rhythmus unterbrachen und das Muster der Abfolge unwiederbringlich veränderten.

John und Amy Kendricks verließen den Gerichtssaal, als Tony den Gerichtsmediziner über den Autopsiebericht und andere Feststellungen am Leichnam ihres Sohnes befragte. Nell war kalkweiß, und nach der ersten Frage neigte sie den Kopf und hielt den Blick auf ihre Hände im Schoß gerichtet. Sie bewegte sich nicht. Barbara kannte Dr. Emerson Riley seit langem; er war im Alter ihres Vaters, aber noch nicht im Ruhestand. Ein freundlicher Mann, dessen Steckenpferd das Bienenzüchten war, und auf unbedingte Fairneß bedacht, behandelte er jeden Fall, den er zu untersuchen hatte, genau wie alle anderen; für ihn war Justitia wirklich blind.

»Die Kugel trat hier ein«, erläuterte Tony und zeigte auf die Umrißzeichnung eines Kopfes, der von der dicken schwarzen Linie des Schußkanals durchzogen war, »und trat hier aus in einer geraden Linie.«

Dr. Emerson Riley hielt die Hand hoch. »Darf ich Sie korrigieren, Sir?«

»Selbstverständlich.«

»Wir können die genaue Ausschußöffnung nicht bestimmen, weil die Kugel beim Austritt einen Teil der Schädeldecke abgesprengt hat. Wie ich erwähnte, können wir die Austrittsöffnung nur nach dem vorhandenen Teil des Schußkanals rekonstruieren.«

Tony neigte den Kopf. »Danke, Doktor. Nun, wenn das Opfer den Kopf ein wenig gesenkt hielt, etwa soviel…« – er kippte die Zeichnung so, daß die dicke schwarze Linie beinahe horizontal verlief, dann noch ein wenig mehr, so daß sie nun aufwärts statt abwärts zeigte –, »könnten wir die Flugbahn des Projektils erklären, nicht wahr?«

Barbara hörte ihren Vater schnaufen und wußte, daß er jetzt Einspruch erheben würde, aber sie machte keine Anstalten.

Dr. Riley warf ihr einen Blick zu, bevor er antwortete, dann sagte er: »Ja, das könnte man sagen.«

»Oder wenn er kniete – sich zum Beispiel die Schnürsenkel band –, würde diese Flugbahn zur Situation passen. Ist das richtig?«

Wieder gab es eine kurze Pause; wieder blieb Barbara still. Der Gerichtsmediziner bestätigte es.

Tony war bald mit ihm fertig. Ein boshafter Glanz war in seinen Augen, als er Barbara auf dem Weg zu seinem Platz passierte.

»Dr. Riley«, begann sie, »es ist möglich, daß ich eine Anzahl von Positionen beschreiben könnte, welche die Flugbahn des Projektils erklären würden, nicht wahr?«

»Ja, natürlich.«

»Die Feststellung eines Schußkanals durch einen menschlichen Körper ist eine ziemlich exakte Wissenschaft?«

»So ist es.«

»Ja. Was genau können Sie uns über die Position des Opfers sagen, als es von der Kugel getroffen wurde?«

»Nichts. Wenn wir nur einen Körper mit einer Schußverletzung haben, können wir nichts über die Position aussagen, bevor die Verletzung erfolgte.«

»Danke, Doktor. War Lucas Kendricks bei guter Gesundheit, soweit Sie es bei der Autopsie feststellen konnten?«

»Ja, das war er. Aber er war dehydriert.«

»Dehydriert. Er hatte nicht genug Flüssigkeit getrunken?«

»Richtig.«

»Könnten Sie sagen, für wie lange?«

»Ich würde sagen, mehr als einen Tag, aber nicht länger als eine Woche.« Er sprach in Begriffen, die Barbara für zu medizinisch-technisch hielt, über den Zustand der Nieren und des Blutes, aber sie unterbrach ihn nicht. Er hatte gesagt, was sie hören wollte.

»Also hatte er konzentrierte Nahrung und Trockenfrüchte gegessen und seit einigen Tagen nicht genug Wasser getrunken. Was bemerkten Sie noch an seinem Körper?«

»Er hatte arge Blasen an den Füßen. Einige hatten sich entzündet.«

»Und können Sie schätzen, wie alt einige dieser Blasen waren?«

»Einige etwa fünf Tage, vielleicht vier, andere waren frisch.«

»Ich verstehe. Und welchen Schluß ziehen Sie aus Ihren Beobachtungen, Doktor?«

Er hob die Schultern. »Der Mann war seit vier oder fünf Tagen in ungeeigneter Kleidung ohne genug Nahrung und Wasser zu Fuß unterwegs gewesen.«

»In ungeeigneter Kleidung? Was meinen Sie damit?«

»Die falschen Stiefel. Keine guten Wollsocken zum Wechseln, nur dünne Baumwollsocken mit durchgewetzten Fersen und Zehen. Kein Wetterschutz. Nicht ausgerüstet für eine lange Wanderung.«

Barbara nickte und ging zurück zu ihrem Platz, wo sie sich umwandte und fragte: »Gab es Spuren von irgendwelchen Drogen im Körper?«

»Keine.«

»Nicht bloß illegale Drogen, sondern Medikamente?«

»Nichts.«

»Wie groß war er, Doktor?«

»Eins achtzig.«

»Also war die Einschußwunde ungefähr einen Meter fünfundsiebzig über den Boden und abwärts gerichtet?«

»Einspruch!« sagte Tony. »Der Zeuge kann nichts über die Position des Opfers aussagen, als der Schuß abgefeuert wurde.«

»Stattgegeben«, sagte Richter Lundgren.

Barbara wandte sich um und bedachte Tony mit einem langen Blick. Dann sagte sie: »Ich ziehe die Frage zurück. Ich stimme Ihnen vollkommen zu, Mister DeAngelo. Der Zeuge kann das nicht wissen.«

Tony sprang auf, doch bevor er Einspruch erheben konnte, sagte Richter Lundgren in scharfem Ton: »Miss Holloway, bitte sparen Sie sich Ihre Kommentare für Ihr Schlußplädoyer.«

Sie war sich einer Unruhe unter den Geschworenen bewußt, sah aber wieder Dr. Riley an. »Ich danke Ihnen, Doktor. Keine weiteren Fragen.«

Tony zögerte kurz, dann sagte auch er, daß er keine weiteren Fragen habe. Es war kurz vor vier, Zeit für die Vertagung. Barbara stand neben Nell, als der Richter den Gerichtssaal verließ, und sie wußte, daß die Blicke der Geschworenen auf der kleinen Frau an ihrer Seite ruhten.

19

Am nächsten Tag rief Tony den Auslieferungsfahrer der UPS, Ed Seligman, in den Zeugenstand. Der Mann sagte aus, daß er das Gewehr auf der Couch und die Schachtel mit den Patronen auf dem Tisch daneben gesehen habe, als er den Computer in Nells Haus getragen hatte. Es sei ihm aufgefallen, weil das ein seltsamer Aufbewahrungsort im Juni sei, da die Jagdsaison erst im Herbst beginne. Barbara hatte keine Fragen an ihn.

James Gresham war der nächste Zeuge der Anklage. Er gab knappe Antworten und war offensichtlich unglücklich, als Zeuge aussagen zu müssen. Er räumte ein, daß nach dem UPS-Lieferwagen niemand zu Nells Haus gekommen sein konnte, weil er und seine Frau die ganze Zeit in der Zufahrt oder auf der gedeckten Veranda gewesen waren, bis sie den Schuß gehört hatten. Niemand hätte unbemerkt Nells Haus betreten können.

Tawna, die auch nur widerwillig aussagte, berichtete von Nells Warnung und Rat, ihre Tür zuzusperren, weil Lucas auftauchen und ins Haus kommen könnte. Sie bestätigte, daß nach dem UPS-Fahrer niemand die Zufahrt benutzt hatte.

Das Mittagessen fand in gedrückter Stimmung statt. Nell ging mit ihren Schwiegereltern fort, und Frank und Barbara gingen in die ›Parkbar und Grill‹, anderthalb Blocks entfernt.

»Heute nachmittag wird es noch schlimmer«, sagte sie trübe.

»Worauf du dich verlassen kannst.« Frank beugte sich über den Tisch und tätschelte ihr die Hand. »Du hast dein Gespür nicht verloren, Kind. Ich bin stolz auf dich. Tony macht Punkte, aber du auch, Bobby. Du auch.«

Sie holte schnell Luft, verbiß sich die bittere Antwort. Punkte, dachte sie. Seine Punkte waren so abstrakt wie Mikes Punkte, die er an seinem Computer aufzeichnete. Hin und wieder segelte einer in die Unendlichkeit davon, hatte er gesagt und dazu gegrinst; und wenn das geschehe, müsse man einfach mit neuen Nummern anfangen. Nicht mit Leuten, sagte sich Barbara: keine Abstraktionen mehr, keine hübschen Computerbilder. Hier und jetzt war Nells Leben der einzige Punkt, auf den es ankam. Gestern waren die Geschworenen für kurze Zeit unruhig und interessiert gewesen; heute waren sie still und reglos wie Zombies, als ob die zu Tage tretenden Weiterungen des Falles ihr Verständnis überforderten. Ein schlechtes Zeichen. Aber noch war nichts verloren, dachte Barbara grimmig; sie würde ihnen die Zusammenhänge verdeutlichen, ihnen das ganze Bild vor Augen führen. Sie wußte, daß es darauf ankam.

Tony hielt sich eng an den eigentlichen Tatbestand und gab ihr keine Gelegenheit, die Vergangenheit zur Sprache zu bringen, und wenn sie es versuchte, war er sofort auf den Beinen und erhob Einspruch. Richter Lundgren spielte mit. Obwohl ihr Vater verkniffen und besorgt aussah, hatte er sie bisher mit der Bemerkung *›Ich hab's dir gleich gesagt‹* verschont. Dafür war sie dankbar. Sie war auch dankbar, daß er sie nicht daran erinnerte, daß es, sobald die Geschworenen sich eine Meinung gebildet hätten, ungeheuer schwierig sein würde, sie umzustimmen. Ingrimmig und nicht ohne Nervosität machte sie sich über ihren Salat her.

Tonys nächste Zeugin war Jessica Burchard. Im Gerichtssaal wurde es still, als sie in ihrem Rollstuhl zum Zeugenstand fuhr. Sie war eine auffallende Erscheinung, mit einem blaugrauen Schal um die Schultern, einem langen grauen Rock, der sogar ihre Füße verbarg, und einer langärmeligen blauen Bluse, die nur Fingerspitzen sehen ließ. Sie litt sichtlich Schmerzen und sah sehr tapfer aus.

In ehrerbietigem Ton erbat Tony die Erlaubnis, daß sie im Rollstuhl sitzen bleiben dürfe und nicht aufstehen müsse, um den Eid zu leisten; der Richter nickte feierlich.

Nachdem Tony ihre Identität festgestellt hatte, sagte er: »Mrs. Burchard, haben Sie jemals gehört, daß Nell Kendricks drohte, sie würde jemanden erschießen?«

»Ja. Ich hörte sie das sagen.«

»Bitte erzählen Sie uns das mit Ihren eigenen Worten.«

Sie hob mühsam den Kopf, um zum Richter aufzublicken. »Ich glaube, sie dachte sich nichts dabei. Sie wissen, wie die Leute herumreden ...« Ihre Stimme war leise, und sie drehte ein Taschentuch zwischen ihren Fingern.

»Bitte, Mrs. Burchard, sprechen Sie sich aus. Die Geschworenen werden dann darüber befinden«, sagte Richter Lundgren freundlich.

»Mrs. Burchard«, fragte Tony ebenso freundlich, »wann hörten Sie Mrs. Kendricks das sagen?«

Sie blickte auf ihre Hände und sagte mit leiser Stimme: »Am Donnerstag, ein paar Tage bevor er, bevor Lucas Kendricks erschossen wurde.«

»Fahren Sie fort. Erzählen Sie uns, an was Sie sich erinnern.«

Sie schien eine große Anstrengung zu machen, um sich zur Aussage zu zwingen, aber als sie sprach, sprudelten die Worte nur so heraus. »Wir waren auf meiner Terrasse, und sie sagte, daß sie jeden erschießen würde, der unbefugt ihr Land betritt. Sie war eine sehr gute Schützin, wissen Sie. Und dann, als er, Lucas, erschossen wurde, erinnerte ich mich an ihre Worte und dachte, er hätte ihr gesagt, daß er beabsichtige, die Bäume zu fällen. Er versuchte es nämlich schon einmal, bevor er das letzte Mal davonlief, und ich dachte, er müsse ihr gesagt haben, daß er es diesmal wirklich tun würde. Um Geld aufzutreiben, natürlich. Als ich hörte, daß er oben auf der Felsterrasse erschossen worden war, fiel mir wieder ein, was sie gesagt hatte.« Sie holte schnaufend Luft und blickte zu Tony auf, dann an ihm vorbei zur Verteidigung und flüsterte: »Es tut mir leid.«

Barbara wandte sich um, als wollte sie mit ihrem Vater beraten, tatsächlich aber sah sie Nell an, die so kalt und bleich und starr wie eine Alabasterstatue geworden war. »Bleiben Sie ganz, ganz ruhig«, murmelte sie zu Nell, dann, zu ihrem Vater gewandt: »Miststück!« Er nickte. Zog sein Notizbuch hervor und machte eine Eintragung, als hätte sie ihn an etwas erinnert.

Wenn Tony so klug war, wie sie ihn von früher kannte, würde er nicht weit darüber hinausgehen, dachte Barbara. Er benahm sich wie der vollkommene, fürsorgliche, verständnisvolle Staatsanwalt, der sich einer unangenehmen Aufgabe entledigte, die er nicht in die Länge zu ziehen wünschte. Tatsächlich wählte er nur noch eine weitere Frage.

»Haben Ihres Wissens noch andere gehört, was Mrs. Kendricks an jenem Tag sagte?«

»Ich weiß nicht«, sagte Jessie. »Ich bin nicht sicher. Außer meinem Mann, natürlich. Er saß neben mir.«

Als Barbara aufstand, war ihr zumute, als stünde sie auf einem schlüpfrigen Abhang über einer Schlangengrube. Tony war der gute Kerl gewesen, und nun mußte sie die Herzlose spielen und diese arme, tapfere und leidende Frau schrecklich mißbrauchen.

»Mrs. Burchard«, sagte sie, »wie können Sie so sicher sein, daß das am Donnerstag war?«

»Das ist der Tag, an dem mein Mann nachmittags zu

Hause ist. Wir haben immer ein offenes Haus, und Nachbarn kommen zu uns.«

»Ist Donnerstag nicht der Tag, an dem der Bücherbus nach Turners Point kommt?«

»Ja.«

»War das der Donnerstag, als die Leute in Turners Point eine Leiche im Fluß sahen?«

»Hohes Gericht, ich erhebe Einspruch!« sagte Tony in scharfem Ton. »Es ist nicht festgestellt worden, daß diese Zeugin unmittelbare Kenntnis von den Vorgängen in Turners Point hatte.«

»Stattgegeben.«

»Wer war an dem betreffenden Donnerstag noch in Ihrem offenen Haus?« fragte Barbara.

Jessie schüttelte den Kopf. »Tut mir leid, ich erinnere mich nicht.«

»Schien einer Ihrer Gäste aufgeregt, unruhig?«

»Ich weiß nicht. Das kann ich nicht sagen. Wir haben donnerstags immer ein offenes Haus, und diese Nachmittage scheinen im Rückblick ineinander überzugehen. Es ist schwierig, belanglose Einzelheiten eines bestimmten Donnerstags im Gedächtnis zu behalten.«

»Aber Sie erinnern sich genau, was Nell Kendricks sagte? Ist das richtig?«

»Ja. Weil es mir ungewöhnlich erschien, und als Lucas erschossen wurde, erinnerte ich mich an ihre Worte und dachte, er hätte ihr gesagt, daß er beabsichtige, die Bäume zu fällen. Er versuchte es nämlich schon einmal, bevor er das letzte Mal davonlief, und ich dachte, er müsse ihr gesagt haben, daß er es diesmal wirklich tun würde. Um Geld aufzutreiben, natürlich. Als ich hörte, daß er oben auf der Felsterrasse erschossen worden war, fiel mir wieder ein, was sie gesagt hatte.«

Barbara nickte ernst und ging ein paar Schritte zur Seite, die Hände vor sich gefaltet, den Kopf geneigt. »Wie lange kennen Sie Nell Kendricks schon?«

»Neun Jahre, seit wir dorthin gezogen sind.«

»Und ihre Kinder, kennen Sie die?«

»Nun, natürlich.«

»Sie haben Nell Kendricks in schwierigen und in guten Zeiten gesehen, ist das richtig?«

»Ja, seit neun Jahren.«

»War sie an jenem Donnerstag beunruhigt? Aufgeregt?«

»Ich erinnere mich nicht, ob sie es war.«

»Worüber sprachen Sie alle, als Nell Kendricks sagte, sie würde jeden Eindringling erschießen?«

»Nichts Besonderes. Ich erinnere mich nur, was sie sagte.«

»Ja, ich verstehe. Haben Sie Kinder, Mrs. Burchard?«

»Nein.« Zum ersten Mal war Schärfe in ihrer Stimme.

»Wie groß sind Ihre Gesellschaften, wenn Sie ein offenes Haus haben?«

»Das ist verschieden.«

»Sechs Personen? Zehn? Nur eine ungefähre Schätzung.«

»Fünf oder sechs, wahrscheinlich.«

»Und Nell Kendricks war gewöhnlich eine von ihnen?«

»Ja, sie pflegte regelmäßig zu kommen.«

»Tatsächlich holte sie die Bücher für Sie, wenn der Bücherbus nach Turners Point kam, und brachte sie Ihnen, nicht wahr?«

»Das pflegte sie zu tun.«

»Ja. Diskutierte Ihre Gruppe an diesen Donnerstagen über Literatur?«

»Gewöhnlich nicht.«

»Über Politik? Kunst? Lokale Angelegenheiten?«

Jessie blickte hilflos zu Tony, wie um zu fragen, ob sie sich diesem Verhör weiter unterziehen müsse. Barbara wartete. Sie stand an der Ecke ihres Tisches, und obwohl sie nicht zu Tony geblickt hatte, wußte sie, daß er seine Entrüstung darüber, wie sie diese kranke Frau plagte, nicht verbergen würde. Wahrscheinlich teilten die Geschworenen inzwischen seine Entrüstung.

»Ich weiß nicht, worüber wir sprachen«, sagte Jessie unruhig. »Verschiedene Dinge, lokale Neuigkeiten, die Holzabfuhr, solche Dinge.«

»Also war es mitten in einem Gespräch über lokale Angelegenheiten und Neuigkeiten, daß Nell Kendricks sagte ...« Barbara hielt inne. »Führen Sie uns den Inhalt des Gesprächs an dem betreffenden Nachmittag nochmals vor Augen, bitte.«

»Ja«, sagte Jessie mit klarer Stimme. »Wir waren auf meiner Terrasse, und sie sagte, daß sie jeden erschießen würde, der unbefugt ihr Land betritt. Sie war eine sehr gute Schützin, wissen Sie. Und dann, als er, Lucas, erschossen wurde, erinnerte ich mich an ihre Worte und dachte, er hätte ihr gesagt, daß er beabsichtige, die Bäume zu fällen. Er versuchte es nämlich schon einmal, bevor er das letzte Mal davonlief, und ich dachte, er müsse ihr gesagt haben, daß er es diesmal wirklich tun würde. Um Geld aufzutreiben, natürlich. Als ich hörte, daß er oben auf der Felsterrasse erschossen worden war, fiel mir wieder ein, was sie gesagt hatte.« Sie endete mit fester, trotziger Stimme.

»Ja«, sagte Barbara nachdenklich. »Ich sehe. Haben Sie sich als Gedächtnisstütze Notizen darüber gemacht, was an jenem Tag geschah?«

»Nein, ich glaube nicht, daß es je aus meinem Gedächtnis verschwinden wird. Es machte einen starken Eindruck auf mich.«

»Vertrauten Sie jemandem an, wie beunruhigt Sie waren? Ihrem Mann vielleicht?«

»Nein.«

Barbara blickte zu den Zuschauerbänken, die an diesem Tag besser besetzt waren als am Vortag, aber noch immer nicht voll. Sie sah Lonnie unter den Zuschauern, und als sie den Kopf zurückwandte, blickte sie nicht zu Jessie, sondern zu den Geschworenen. Sie begegnete feindseligen Blicken und bemühte sich, die Männer und Frauen nüchtern zu betrachten, als sie Jessie die nächste Frage stellte.

»Vertrauten Sie sich Ihrer Zugehfrau an und erzählten ihr, was Sie gehört hatten und daraus folgerten?« Aus den Augenwinkeln sah sie, wie Lonnie sich auf ihrem Platz aufrichtete, aber sie ließ die Geschworenen nicht aus den Augen.

»Nein, ich machte mir selbst meine Gedanken darüber.«

»Und Sie dachten, er hätte ihr gesagt, daß er es diesmal wirklich tun würde?«

»Um Geld aufzutreiben, natürlich«, sagte Jessie.

»Fahren Sie fort«, sagte Barbara mit leiser Stimme.

Sie schaute verwirrt drein.

»Als Sie hörten, daß er oben auf der Felsterrasse erschossen worden war …«

»Als ich hörte, daß er oben auf der Felsterrasse erschossen worden war, fiel mir wieder ein, was sie gesagt hatte.«

»Mrs. Burchard, haben Sie einen Kassettenrecorder?«

»Ja.«

»Sie gaben an, daß Sie sich in Hinblick Ihrer Zeugenaussage hier weder Ihrer Zugehfrau anvertraut hätten, und auch sonst niemandem, und Sie sagten, Sie hätten es nicht als Gedächtnisstütze aufgeschrieben. Ich frage Sie, haben Sie Ihre Aussage auf Tonband gesprochen und auswendig gelernt?«

Tony war aufgesprungen, aber Jessie rief: »Ich brauchte es nicht auswendig zu lernen!« und sein Einspruch ging in ihren Worten unter.

Richter Lundgren sagte trocken: »Da die Zeugin die Frage beantwortet hat, ist der Einspruch abgelehnt.«

Barbara blickte einen Moment zu Jessie, dann schüttelte sie den Kopf; sie blickte zu den Geschworenen, und diesmal war die Feindseligkeit nicht da.

»Keine weiteren Fragen«, sagte sie und setzte sich.

Als nächster Zeuge der Anklage sagte Chuck Gilmore aus. Er war ein sehr großer Mann, über einsachtzig und breitschultrig, mit einem mächtigen Brustkorb, und trug jahraus jahrein Flanellhemden und Jeans, weil er sich darin wohl fühlte. Nun hatte er einen Anzug mit Krawatte an und fühlte sich sichtlich unbehaglich. Zu Barbaras Überraschung war er nicht viel bereitwilliger als James und Tawna Gresham vor ihm. Tony mußte daran arbeiten, aber dann sagte Chuck Gilmore, daß Nell ein Naturtalent mit dem Gewehr sei; er habe sie verschiedentlich schießen sehen, und als sie ihn vor ein paar Jahren auf ihrem Grund und Boden fand, habe sie ihn bedroht.

»Mr. Gilmore«, sagte Barbara in ihrem Kreuzverhör, »wann waren Sie auf Nell Kendricks Land, als sie Sie bedrohte?«

Er zuckte die Achseln. »Vor fünf, sechs Jahren.«

»War es im Winter, im Frühling, wann?«

»Vorfrühling, vielleicht Februar.«

»War das nicht der Frühling nach dem Tod von Nell Kendricks' Großvater Benjamin Dorcas?«

Er zuckte die Achseln, fuhr mit einem Finger unter seinen Hemdkragen und sagte dann, das sei möglich.

»Ja, Sie wissen, daß es das Jahr war, nicht wahr, Mr. Gilmore? Bitte, nur ja oder nein.«

»Ja.«

»Mrs. Kendricks fand Sie auf ihrem Land, wo Sie eines Tages Unterholz entfernten. Ist das richtig?«

»Ja.«

»War sie allein, als sie zu Ihnen kam?«

»Nun, sie hatte das Baby, aber sonst niemanden.«

»Ich sehe. Sie hatte ihr Baby bei sich.« Barbara sah sich zu Nell um. »Sie kannten ihren Großvater, nicht wahr, Mr. Gilmore? War er ein Freund von Ihnen?«

»Ja. Wir waren über zwanzig Jahre miteinander befreundet.«

»Und doch fingen Sie schon ein paar Monate nach

seinem Tod an, einen Weg durch den Besitz anzulegen, den er seiner Enkelin vererbt hatte.«

»Einspruch, Hohes Gericht. Die Verteidigerin zieht voreilige Schlüsse. Es gibt keine Vorbereitung auf solch eine Frage.«

»Stattgegeben. Miss. Holloway, vielleicht sollten Sie in logischer Entwicklung auf solch einen Schluß hinführen.«

»Danke, Hohes Gericht. Mr. Gilmore, warum waren Sie auf Nell Kendricks' Land und rodeten Unterholz?«

»Ich wollte einen Weg hinunter zum Strand anlegen«, sagte er ohne zu zögern.

Barbara vermied es sorgfältig, Tony anzusehen. »Mr. Gilmore, wenn Sie jemand auf Ihrem Grund finden, der Unterholz rodet, was würden Sie tun?«

»Einspruch!« sagte Tony. »Das ist reine Vermutung.«

»Stattgegeben.«

»Hatte Mrs. Kendricks an dem betreffenden Tag eine Waffe?«

»Nein. Sie sagte, sie würde sie holen und zurückkommen, und wenn ich dann noch da sei, würde sie mich perforieren, bis ich wie ein Sieb sein würde.« Es klang belustigt, als wäre er irgendwie stolz auf Nell. Im Publikum und bei den Geschworenen machte sich eine gewisse Heiterkeit bemerkbar.

Auch Barbara lächelte, wurde aber sofort wieder ernst: »Bedrohte Nell Kendricks Sie nach dem betreffenden Tag wieder?«

»Nein. Ich betrat auch ihr Land nicht mehr.«

»Wurde Ihnen berichtet, daß sie Sie indirekt bedroht hatte?«

»Einspruch«, sagte Tony. »Hörensagen und Gerüchte gehören nicht hierher.«

»Hohes Gericht«, sagte Barbara hastig, »wenn dieser Zeuge eine Botschaft bekam, die eine Drohung enthielt, ist das nicht Hörensagen, sondern direktes Zeugnis.«

Der Richter nickte Chuck Gilmore zu. »Einspruch abgelehnt. Bitte beantworten Sie die Frage.«

»Nein«, sagte er nach kurzem Nachdenken. »Es waren Gerüchte, wie er sagte.« Er nickte Tony zu. »Aber niemand sagte mir etwas ins Gesicht.«

»Wann hörten Sie solche Gerüchte, Mr. Gilmore?«

Tony erhob Einspruch und hatte damit Erfolg.

Plötzlich begriff Barbara, daß sie genau das tat, was Tony erwartete. Sie ging zu ihrem Platz und überlegte, was Nell über jenen Nachmittag in Turners Point gesagt hatte. Chuck war nicht im Laden gewesen, und nun glaubte sie, er sei überhaupt nicht in Turners Point gewesen. Ganz gleich, wie sie an die Sache mit den beiden Männern heranging, die behauptet hatten, Baumfäller zu sein, Tony würde Einspruch erheben, und der Richter würde ihm zustimmen, weil dieser Zeuge nichts darüber wußte, außer den Geschichten, die er hinterher darüber gehört hatte. Sie wandte sich abrupt um und sagte: »Keine weiteren Fragen, Mr. Gilmore. Danke.«

Und das überraschte Tony hinreichend, daß er nicht sofort daran dachte, seinen Zeugen die für Nell gefährlichsten Teile seiner Aussage wiederholen zu lassen. Es war nicht sehr befriedigend für Barbara, zu wissen, daß sie ihn diesmal richtig beurteilt hatte. Sie fühlte sich trotzdem wie eine Beute, die mehr und mehr in die Enge getrieben wird; ganz gleich, wie schlau ihre Manöver waren, sie konnten nicht mehr als Verzögerungstaktik sein.

»Ich werde aussagen müssen!« rief Nell an diesem Abend. »Ich muß meine Position erklären.«

Sie waren in einem Restaurant mit dezenter Beleuchtung; es war noch nicht Essenszeit, und sie waren die einzigen Gäste. Sie hatten sich darauf geeinigt, hier im Schweizer Chalet zusammenzukommen, um sich zu besprechen und zu entspannen, bevor Nell und John und Amy Kendricks zu ihr nach Hause fuhren. Frank wollte ebenfalls nach Hause, aber Barbara hatte verkündet, daß sie in der Stadt bleiben werde, weil sie etwas nachschlagen müsse.

Nun betrachtete sie Nell mit hochgezogenen Brauen, dann schüttelte sie den Kopf und stieß ihren Vater mit dem Ellbogen an. »Sag du es ihr.« Er sah so müde aus wie sie sich fühlte, und so entmutigt.

»Also gut«, sagte er und räusperte sich. »Warum nahmen Sie das Gewehr ein zweites Mal aus dem Waffenschrank? Warum ließen Sie es an diesem Tag auf er Couch liegen? Warum schickten Sie Ihre Kinder einen Tag vor der erwarteten Rückkehr ihres Vaters fort? Haben Sie Ihre Kinder jemals zuvor für mehrere Tage allein gelassen? Warnte sein Vater Sie nicht sogar, daß Lucas am Samstag um die Mittagszeit kommen würde? Warum riefen Sie den Arzt, der ein paar Minuten entfernt wohnte, statt James Gresham, der bereits zur Stelle war? Brauchten Sie ein paar Minuten, um die Fingerabdrücke von der Waffe abzuwischen? Nahmen Sie das Gewehr nicht mit hinauf zur Felsterrasse und erschossen Ihren Mann, als er dort erschien? Fürchteten Sie nicht, daß Sie außerstande sein würden, ihm zu widerstehen, wenn er sagte, er werde wieder einziehen? Warum ließen Sie sich nicht von Ihrem Mann scheiden, nachdem er Sie und Ihre Kinder verlassen hatte? Sagte er Ihnen, daß er diesmal entschlossen sei, die Walnußbäume fällen zu lassen und seinen Anteil zu beanspruchen?«

Er hatte die Fragen so rasch abgefeuert, daß niemand reagiert hatte, aber nun streckte John Kendricks den Arm aus und legte ihn Nell um die Schultern. »Mein Gott«, sagte er. »Mein Gott!«

Amy Kendricks nahm ihr Glas und trank den größten Teil des Bourbon und Wasser darin. Nell saß starr und hölzern.

»Das ist nur der Anfang«, sagte Barbara. »Es wird

dann noch schlimmer. Sind Sie bereit, genau zu sagen, was auf der Felsterrasse geschah?«

»Ich sagte es Ihnen«, antwortete Nell mit schwacher Stimme.

»Sie sagten uns etwas, aber es gibt noch etwas, nicht wahr?«

»Ich weiß es nicht«, sagte Nell. »Ich habe wieder und immer wieder versucht, mich an jede Sekunde zu erinnern, aber ich … ich weiß es nicht.«

»Genau«, sagte Barbara. »Morgen, Mr. Kendricks, werden Sie an der Reihe sein, und dann, wenn der Staatsanwalt glaubt, daß er den Fall überzeugend genug dargelegt hat, wenn er jeden meiner Versuche blockiert, die Ermordung dieses Mädchens mit einzubeziehen, wird er vielleicht die Beweiserhebung abschließen.«

»Aber Sie können doch solche Dinge zur Sprache bringen, wenn Sie Nell verteidigen, nicht wahr?« fragte Amy. »Sie können die ganze Geschichte doch nicht einfach ignorieren, oder?«

Barbara blickte zu ihrem Vater. Er hatte sie schockieren wollen. Seine Fragen waren so schnell gekommen, daß es Stakkato gewesen war, aber nun sagte er sehr freundlich: »Mrs. Kendricks, das Problem ist, daß der Staatsanwalt den Richter und die Geschworenen überzeugen kann, daß es unwichtig sei, wo Ihr Sohn all diese Jahre und sogar die letzte Woche seines Lebens war und wie und wovon er lebte. Sie können den Standpunkt einnehmen, daß diese Dinge für den vorliegenden Fall belanglos sind, weil Nell nichts von alledem wußte. Sie brauchen nur zur Zufriedenheit der Geschworenen beweisen, daß sie die einzige war, die ihn erschossen haben konnte.«

»Es muß einen Weg geben, die Wahrheit aufzudecken!« rief Amy Kendricks. »Sie können nicht einfach ignorieren, was vorher mit Lucas geschehen ist. Nell erschoß ihn nicht, aber jemand anders! Es kann doch nicht gleichgültig sein, wer ihn verfolgte, wer seinen Wagen durchwühlte und in unser Haus einbrach! Sie können nicht so tun, als sei das nicht geschehen.«

Nell blickte auf ihre Armbanduhr und sagte, sie müßten gehen; die Kinder würden ängstlich, wenn sie sich verspätete. »Dies alles ist sehr beunruhigend für sie«, fügte sie hinzu. Sie wirkte niedergeschlagen, ihre Stimme klang dumpf, und ihre Augen waren naß von Tränen, die sie mühsam zurückhielt. »Was wird aus ihnen, wenn ...?« hatte sie vor Prozeßbeginn gefragt. Sie hatte den Punkt nicht wieder zur Sprache gebracht, aber die Frage hing über ihr wie eine düstere Wolke.

Sie standen alle auf. »Mr. Kendricks, morgen wird ein schwerer Tag für Sie sein«, sagte Barbara. »Tony DeAngelo wird versuchen, Sie an einer sehr kurzen Leine zu führen, und ich werde versuchen, die Leine zu dehnen. Sehen Sie zu, daß Sie heute nacht etwas Schlaf bekommen. Sie auch, Nell«, fügte sie hinzu, legte ihr den Arm um die Schultern und küßte sie auf die Wange. »Es ist noch nicht vorbei«, sagte sie. »Ich habe die feste Absicht, dem Staatsanwalt einen dicken Strich durch die Rechnung zu machen.«

Um halb zwölf regte sie sich in Mike Dinesens Armen. Seine Atmung hatte sich verändert; er war eingeschlafen, und sie fürchtete, daß auch sie einschlafen würde, wenn sie nicht sofort aufstünde. Starker Regen schlug gegen die Fenster; sie war warm und zufrieden – gefährlich warm und zufrieden, erkannte sie, als ihre Gedanken zu verschwimmen begannen. Behutsam hob sie Mikes Arm von sich und versuchte sich aus dem Bett zu wälzen, ohne ihn zu wecken.

»Willst du wirklich?« murmelte er schläfrig.

»Ja«, sagte sie leise. »Schlaf weiter. Warte nicht. Es wird spät.«

Er zog sie zu sich und küßte sie, dann wälzte er sich auf den Bauch. Sie gab ihm einen Klaps aufs bloße Hinterteil und stand auf.

Vor dem Schlafengehen hatte sie Kaffee gekocht und in eine Thermosflasche gefüllt, und nun zog sie sich rasch an, nahm ihre verschiedenen Sachen an sich, den Aktenkoffer, die Geldbörse, den Schirm und die Thermosflasche, und öffnete die Tür. Draußen rauschte ein gleichmäßiger Landregen herab, ein für Oregon typischer Novemberregen, der seit Stunden andauerte und noch nicht einmal angefangen hatte, zu zeigen, was in ihm steckte. Sie holte tief Luft, ging hinaus und schlug die Richtung zu Franks Anwaltskanzlei ein, deren juristische Bibliothek ihr Ziel war. Zwei Stunden, sagte sie sich, aber es war vier Uhr früh, als sie zu Mike zurückkehrte; er wachte nicht auf.

Widerstrebend mühte ihr Bewußtsein sich aus einer tiefen Grube, angelockt von Kaffeeduft. Als sie in die Küche kam, war der Kaffee fertig; Mike saß am Tisch und sortierte Computerausdrucke. Wenn sie über Nacht blieb, fand sie den Tisch nicht selten mit Ausdrucken geheimnisvoller Symbole bedeckt, die sie so wenig entziffern konnte wie indische Schriftzeichen. Bei solchen Gelegenheiten wurde ihr klar, daß sie nicht nur keine Ahnung hatte, was er tatsächlich tat, sondern nicht einmal die Sprache kannte, die er für seine Arbeit verwendete. Dann betrachtete sie ihn mit einer Mischung von Ehrfurcht und Skepsis.

Er räumte eine Ecke des Tisches frei und sprang auf, um sie bei den Schultern zu nehmen und zu einem Stuhl zu lenken. Er brachte ihr Kaffee.

»Du siehst furchtbar aus«, sagte er munter.

»Danke.«

»Hast du überhaupt geschlafen?«

»Gewiß.«

Er setzte sich ihr gegenüber und wartete, bis sie die

erste Tasse Kaffee getrunken hatte. »Heute wird er ihr den Rest geben, nicht?«

»Ich weiß nicht.«

»Ich werde hingehen. Für meine Studenten habe ich schon ein Problem vorbereitet, das ich nicht lösen kann. So hat man es auch bei mir gemacht. Jetzt sehe ich das Gute daran. Ich werde dort sein.«

Sie leerte die erste Tasse Kaffee und dachte vage, daß sie nach weiteren drei oder vier Tassen vielleicht wieder anfangen könnte, sich menschlich zu fühlen.

»Barbara«, sagte Mike, »wie, wenn sie es war?«

Sie stand auf und ging an ihm vorbei zur Anrichte, wo der Kaffeetopf stand. »Sie war es nicht.«

»Das kannst du nicht wirklich wissen. Niemand außer ihr kann das wissen. Aber angenommen, sie war es? Würde es nicht schlimmer für sie sein, weiter zu leugnen und dann für schuldig erklärt zu werden, als die Tat zuzugeben und Reue zu bekunden? Ich las irgendwo, was die Bekundung von Reue wert ist.«

»Mit Tränen sogar eher sieben«, sagte sie finster.

»Ich war gestern bei der Verhandlung«, fuhr Mike fort. »Es sieht nicht gut für sie aus, nicht? Ich begann zu überlegen, daß es trotz allem auf das einfachste Motiv der Welt hinauslaufen könnte: Mann, Frau, Angst, Vergeltung, Verrat, all diese verständlichen, natürlichen Triebkräfte der Menschen. Und daß all dieses andere Zeug, in das Lucas verwickelt war, was diese Gruppe plante und was er mitnahm und die anderen wiederhaben wollten – daß das alles nichts daran ändert.«

»Lieber Gott«, hauchte sie. Sie kehrte zum Tisch zurück, tiefer getroffen, als sie zugeben wollte. Das war genau die Argumentation, die Tony in seiner zusammenfassenden Darstellung für die Geschworenen anwenden würde, genau die Vorgehensweise, die ihr Vater von Anfang an prophezeit hatte. Sie wußte sehr gut, daß neunundneunzig von hundert Morden aus einem dieser grundlegenden menschlichen Beweggründe begangen wurden: Eifersucht, Haß, Neid, Rache… Ein Schaudern durchlief sie. Und wir nennen sie verständliche, natürliche Triebkräfte; Mikes Worte hallten in ihrem Kopf wider.

Sie blickte auf die Computerausdrucke mit ihren unverständlichen Zeichen und sagte: »Es muß tröstlich sein, sich mit Mathematik zu beschäftigen. Du arbeitest an deinen Problemen und findest eine Lösung – ich weiß, eine elegante Lösung –, die du deinen Kollegen schickst, die auf dem gleichen Gebiet arbeiten, die deine Schritte verfolgen und sagen: richtig oder falsch. Und du weißt Bescheid. Das muß tröstlich sein. Aber wie kannst du die Wahrheit über Menschen wissen, Mike? Wie? Sie sagt, sie sei es nicht gewesen, und ich glaube ihr. Sie könnte für die Leugnung, also die Wahrheit, eine höhere Strafe bekommen als für die Lüge eines falschen Geständnisses. Und wir nennen es ein Spiel. Das Spiel der Justiz. Was wir brauchen, ist ein verläßlicher Ausschnüffler der Wahrheit, einen garantiert zuverlässigen Lügendetektor. Alles, was bisher erfunden wurde, hat sich als nichtssagend und unzuverlässig erwiesen. Erfinde für mich einen Lügendetektor, der nicht widerlegt werden kann, Mike. An dem Tag endet das ganze Spiel, man braucht keine Gerichtshöfe mehr, keine aufwendigen und langwierigen Verfahren, keine Vermutungen, ob sie es getan hat oder nicht, keine weiteren Verzeichnisse von Rechtsanwälten, aus denen hervorgeht, welcher die größere Überredungskunst hat, welcher sich besonders gut darauf versteht, ein Geschworenengericht von zwölf guten und ehrlichen Bürgern zu manipulieren.«

»He«, sagte Mike leise. »He!«

»Ach Gott, ich darf jetzt nicht weinen. Wenn das zu meinem übernächtigten Gesicht kommt, würde ich wirklich aussehen wie der aufgewärmte Tod.« Sie stand auf und lief hinaus.

20

Frank gab Barbaras Wange einen flüchtigen Kuß und besah dann über ihre Schulter die drei oder vier juristischen Bücher, die auf dem Tisch der Verteidigung lagen. »Und ich dachte, du hättest dir die ganze Nacht mit Vergnügungen um die Ohren geschlagen. Tut mir leid.«

»Das auch«, sagte sie. Es war schwierig zu beurteilen, was ihr mehr gefiel, ihre Vergnügungen oder daß sie ihre Hausaufgaben machte. Dann betrat der Richter den Saal, und der Verhandlungstag begann.

John Kendricks war ein guter Zeuge, ruhig und aufmerksam und entschlossen, klar zwischen dem, was er wußte, und dem, was er vermutete, zu unterscheiden. Tony ließ ihm nicht viel Bewegungsfreiheit, gerade soviel, wie Barbara vorausgesagt hatte. Zweimal mußte er John Kendricks ersuchen, einfach mit ja oder nein zu antworten, und sehr rasch wurde John Kendricks so zu einem feindseligen Zeugen, der seine Aussagen widerwilliger machte als jeder seiner Vorgänger.

»Sie hatten Ihren Sohn fast sieben Jahre nicht gesehen und fragten ihn nicht nach seinen Plänen?«

»Nein. Es war nicht genug …«

»Sie haben die Frage beantwortet, Mr. Kendricks. Fragten Sie ihn, wann er seine Frau besuchen wollte?«

»Nein. Ich versuche Ihnen zu erklären …«

»Mr. Kendricks, riefen Sie seine Frau an, um sie darauf aufmerksam zu machen, daß ihr Mann kommen würde?«

»Ich rief sie an.«

»Um sie zu warnen, daß er kommen würde?«

»Um ihr zu sagen, daß er kommen könnte.«

»Mr. Kendricks, als Sie die Kinder abholten, Ihre Enkel, warnten Sie Mrs. Nell Kendricks, daß ihr Ehemann am nächsten Tag kommen würde?«

»Ich ge...«

»Warum erklärten Sie sich bereit, die Kinder wegzubringen?«

»Ich erklärte mich nicht bereit. Ich schlug es ...«

»Hat Mrs. Nell Kendricks ...«

»Hohes Gericht, ich erhebe Einspruch«, sagte Barbara. »Der Vertreter der Anklage gestattet dem Zeugen nicht, einen Satz zu beenden, bevor er mit der nächsten Frage auf ihn eindrischt!«

Tony warf die Hände wie angewidert hoch. »Ich ziehe die letzte Frage zurück. Keine weiteren Fragen.« Er warf John Kendricks einen geringschätzigen Blick zu und setzte sich.

Nun war Barbara an der Reihe, den Zeugen zu vernehmen. Mit ihren Fragen führte sie John Kendricks durch eine Beschreibung seiner Familie, seinem und seiner Frau Verhältnis zu seinen beiden Kindern, und fragte dann: »Sahen Sie irgendwelche bedeutsamen Veränderungen in Ihrem Sohn, als er vor etwa sieben Jahren aus Colorado zurückkehrte?«

»Einspruch«, sagte Tony, »die Verteidigung sollte spezifische Fragen über Veränderungen stellen und das Wort nicht in solch einem lockeren, bedeutungslosen Zusammenhang gebrauchen.«

»Stattgegeben«, sagte Richter Lundgren. Er schien im Begriff, noch etwas hinzuzufügen, aber Barbara nickte bereits zustimmend.

»Dachten Sie, Ihr Sohn sei geistig gestört, als er das erste Mal aus Colorado nach Hause zurückkehrte?« Ihre Stimme war sehr freundlich.

»Einspruch. Der Zeuge ist nicht qualifiziert, solch ein Urteil abzugeben.«

»Im Gegenteil«, widersprach Barbara, und nun ging sie zu den Büchern auf ihrem Tisch und schlug das oberste auf, um ihr erstes Zitat zu verlesen. »Rawleigh gegen Rawleigh ...« Sie las die Entscheidung vor. »Und der Staat Indiana gegen Lomax.« In beiden Fällen hatten die Richter auf den Rat psychiatrischer Gutachter hin entschieden, daß die unmittelbaren Familienangehörigen meistens die ersten seien, die Verhaltensänderungen bemerkten, welche auf Geisteskrankheit hindeuteten.

Richter Lundgren lauschte aufmerksam, dann nickte er ihr zu; das war alles an Vergnügen, das ihr zu zeigen er sich gestattete. Er liebte Fallbeispiele und wußte es zu schätzen, wenn Anwälte auf vergleichbare, früher ergangene Urteile Bezug nahmen. »Einspruch abgelehnt«, sagte er. »Bitte fahren Sie fort.«

»Danke, Hohes Gericht.« Sie ging wieder zum Zeugenstand. »Mr. Kendricks, hielten Sie Ihren Sohn für geistesgestört, als er damals nach Hause kam?«

»Nein. Er war besorgt und gedankenverloren und unglücklich, wie ein Mann, der ein schwieriges Problem zu lösen hat.«

Tony erhob mehrere Male Einspruch, als sie Fragen stellte, die John Kendricks erlaubten, auf die Jahre zu sprechen zu kommen, die Lucas das zweite Mal abwesend war, die Bemühungen der Eltern, mit ihrem Sohn Verbindung aufzunehmen, die zurückgeschickte Post, die unbeantworteten Anrufe.

»Hohes Gericht«, sagte sie, als Tony wieder einmal Einspruch erhoben hatte, »Mr. Kendricks bemühte sich sehr, die Fragen zu beantworten, die ihm von der Verteidigung vorgelegt wurden, und er wurde jedesmal blockiert. Meine Fragen waren alle von der Staatsanwaltschaft ausgelöst, doch die Antworten wurden nicht zugelassen. Die Staatsanwaltschaft brachte das Thema der siebenjährigen Abwesenheit zur Sprache; ich versuche zu klären, was während dieser Periode geschah.«

Der Richter ließ sie fortfahren. Sie begann die Fairneß zu schätzen, die ihr Vater ihm zugute gehalten hatte.

»Wie war es zu Weihnachten, an Geburtstagen?« fragte sie John Kendricks. »Schrieb er oder rief er zu besonderen Anlässen zu Hause an?«

»Nicht ein Wort.«

Nach und nach nahm die Vergangenheit Gestalt an. Sie drängte ihn nicht, und sie trat jetzt jedem von Tonys Einsprüchen entgegen. Dabei bewegte sie sich in einem Dreieck vom Zeugenstand zu den Geschworenen und zum Tisch der Verteidigung. So sorgte sie dafür, daß die zwölf braven Bürger ihre Aufmerksamkeit auf diesen Zeugen und diese Verteidigerin konzentrierten. Auf eine der Antworten hin hielt sie in ihrem Auf und Ab inne. Vor sieben Jahren war Lucas in einem ziemlich neuen Honda weggefahren, demselben Wagen, mit dem er im vergangenen Juni zurückgekommen war.

»Mr. Kendricks, Sie haben uns erzählt, daß Ihr Sohn bei seinem Besuch vor sieben Jahren besorgt und unruhig gewesen war ... Wie wirkte er im vergangenen Juni auf Sie?«

Sie stand so, daß sie Tony sehen konnte, und bemerkte die leichte Röte, die sich über sein Gesicht ausgebreitet hatte. Er hatte verstanden. Das war die Frage, für die sie den Boden bereitet hatte, für die sie mehr als fünfundvierzig Minuten vorher aus der juristischen Literatur zitiert hatte. Tony verhielt sich still.

»Er war außer sich vor Angst«, sagte John Kendricks in seiner bedächtigen Art. »Jemand machte Jagd auf ihn, und er wußte sich nicht zu helfen.«

Er beendete die Schilderung des Besuches und kam zur Abschiedsszene.

»Also fuhr er davon, ohne zu sagen, was er vorhatte?«

»Ja. Er war sehr nervös und fürchtete sich wirklich. Er sagte, er würde in Verbindung bleiben, und fuhr weg.«

»In seinem Honda?«

»Ja.«

»Sie sahen ihn nie wieder und telefonierten auch nicht mit ihm?«

»Nein. Niemals.«

»Was war mit dem Wagen, Mr. Kendricks? Wann sahen Sie seinen Wagen wieder?«

»Einspruch! Die Verteidigung versucht wissentlich, Sachverhalte einzuführen, die für den vorliegenden Fall irrelevant sind.«

»Hohes Gericht, Lucas Kendricks verließ das Haus seines Vaters am Dienstag in seinem Wagen und tauchte vier Tage später zu Fuß in der Nähe seines Hauses auf, nachdem er tagelang in ungeeigneter Kleidung zu Fuß marschiert war. Ich behaupte, daß es relevant ist, herauszufinden, wo er war und was mit seinem Wagen geschah.« Sie ging zu ihrem Tisch und legte eines der Bücher beiseite, aus dem sie bereits zitiert hatte, um ein anderes aufzuschlagen. »Ich verweise auf …«

Richter Lundgren lächelte leicht; es wäre leicht gewesen, die Veränderung des Ausdrucks zu übersehen. Er hob die Hand. »Nicht nötig, Miss Holloway. Ich stimme zu, daß dies ein relevanter Sachverhalt ist. Bitte fahren Sie fort. Einspruch abgelehnt.«

Das war ihr nur recht; der einzige Fall, den sie hatte finden können, war so schwach, daß sie sich nicht getraut hätte, ihn zu zitieren, ohne zuvor zwei sehr starke Fallbeispiele anzuführen.

John Kendricks schilderte das Durchwühlen seines Hauses und des Wagens. Noch immer war über die Vergewaltigung und Ermordung der jungen Frau kein Wort gefallen, oder wie der Sheriff in den Besitz des Wagens gelangt war, aber Barbara war zufrieden. Nichts davon war im Rahmen dessen, was John Kendricks wissen konnte. Sie kam noch einmal auf seine Aussage zurück, daß Lucas sehr sorgfältig mit seinem

Rucksack umgegangen sei, den sie als Beweismittel einführte, und seine Furcht vor Verfolgung. Das war der Punkt, zu dem sie die Zeugeneinvernahme hatte führen und abschließen wollen.

Sobald sie sich gesetzt hatte, schrieb sie in Eile eine Notiz. *Laß Bailey feststellen, wann Lucas den Wagen kaufte, wie und wann er bezahlt wurde, und wie viele Meilen er gefahren wurde.* Sie reichte den Zettel ihrem Vater, ohne daran zu denken, daß sie damit seine aktive Hilfe erbat und daß er sie ohne zu zögern gab. Er blickte auf den Zettel, nickte und verließ den Gerichtssaal. Sie hörte Tony dieselben Punkte anführen, die er schon in seiner Zeugeneinvernahme vorgebracht hatte; er ignorierte alle neuen Informationen, als hätte er sie nicht einmal gehört. Aber er war in einem Dilemma. Er mußte den Fall öffnen, die Vergangenheit zulassen, oder sie würde ein gutes Argument haben, daß die Staatsanwaltschaft in der Ermittlung des Mordfalles nachlässig gearbeitet habe. Inzwischen waren die Geschworenen auf den Wagen aufmerksam gemacht worden, so daß die Unterdrückung des Sachverhaltes sie bis zu einem Punkt irritieren würde, wo sie ihre Frustration an Tony und seiner Behandlung des Falles auslassen könnten. Das wußte er so gut wie sie.

Aber er wußte auch, daß der Fall, war er erst ausgeweitet, nur schwer vor dem Ausufern bewahrt werden konnte, da kaum noch zu kontrollieren wäre, was noch hineingebracht würde. Er schätzte einfache Fälle: Der untreue Ehemann kehrt nach Hause zurück und wird von der verlassenen Frau erschossen. Einfach und leicht zu verstehen. Verständlich. Natürlich. Diese Einfachheit drohte sich jetzt in ein Chaos zu verwandeln. Die Analogie erfreute sie. Gerade das erschien ihr natürlich. Von elementarer Einfachheit zum Chaos.

Tony bearbeitete John Kendricks mit Fragen; obwohl sie versucht war, Einspruch zu erheben, ließ sie es sein. John, ein starker Zeuge, war nicht leicht aus der Fassung zu bringen, nicht sichtbar zornig; er war jetzt ruhig und gelassen und ließ Tony, der ihm immer wieder ins Wort fiel, nur um so rüpelhafter erscheinen.

Statt seinen nächsten Zeugen aufzurufen, trat Tony auf den Richtertisch zu, nachdem John Kendricks entlassen war. Richter Lundgren winkte auch Barbara, daß sie zu ihm kommen solle.

»Mr. DeAngelo hat um eine Unterbrechung der Sitzung bis heute nachmittag um drei gebeten, um seinen nächsten Zeugen zu präsentieren. Wenn Sie keine Einwände haben, werden wir so verfahren.«

»Keine, Euer Ehren.«

»Sehr gut. Sie können Sheriff LeMans rufen.« Er nickte Tony zu.

Am Nachmittag war der Gerichtssaal voll besetzt. »Jemand ließ durchsickern, daß der Mord an diesem Mädchen zur Sprache kommen wird«, raunte Barbara ihrem Vater zu. Sie schnaufte mißgelaunt.

Sheriff LeMans schätzte Cowboykleidung und sah anscheinend keinen Grund, für einen Gerichtstermin etwas anderes anzuziehen. Seine Stiefel waren spiegelblank, und seine silberne Gürtelschnalle schimmerte. Sein Hemd war in Regenbogenfarben bestickt. Barbara hatte Schwierigkeiten, sich vorzustellen, wie er in einem Kammerorchester Bach spielte.

Als er John Kendricks vernommen hatte, war Tony wie ein Mann von Welt aufgetreten, der sich bemüht, einfache Antworten von einem schwerfälligen Mann zu erhalten. Im Umgang mit Sheriff LeMans zeigte er sich von einer anderen Seite, unvoreingenommen, ruhig und professionell.

Der Sheriff erläuterte die Ereignisse, die zur Auffindung des Honda führten, und als er die Verletzungen beschrieb, die das junge Mädchen erlitten hatte, war von den Zuschauerbänken ein kollektives Keuchen zu vernehmen, als ob viele Leute gleichzeitig hauchten: »Endlich!«

Tony ließ ihn die Liste wiederholen: Sie war brutal vergewaltigt worden. Sie war mit einem Gegenstand, wahrscheinlich mit einem Stock, sodomisiert worden. Sie war schwer geschlagen worden, das Genick wurde ihr gebrochen, der Unterkiefer gebrochen und zwei Zähne ausgeschlagen. Ihre Handgelenke waren mit einem Strick so fest zusammengeschnürt worden, daß es zu Hautverletzungen gekommen war, und der Täter hatte sie mehr als hundert Schritte weit über die Lava geschleift, was zu weiteren schweren Verletzungen ihres nackten Körpers geführt hatte. Todesursache waren innere Verletzungen und Verblutung. Schließlich hatte der Täter sie in den Bach geworfen.

Barbara hörte ein ersticktes Geräusch von Nell, als der Sheriff berichtete, wie das Mädchen über die Lava geschleift worden war, aber sie wandte sich nicht gleich zu ihr um. Als sie es etwas später tat, war Nells Gesicht leichenblaß.

»Durchhalten!« murmelte Barbara. »Brauchen Sie eine Unterbrechung?« Nell schüttelte den Kopf, aber sie sah aus, als müßte sie sich jeden Augenblick übergeben. Barbara tätschelte ihr den Arm und wandte ihre Aufmerksamkeit wieder dem Sheriff zu.

Er berichtete, wie der Wagen geborgen und nach der Untersuchung durch die Spurensicherung John Kendricks übergeben worden war. Tony ließ ihn auf einer Karte den Fundort des Wagens angeben, dann den Erdrutsch, der die unbefestigte Straße unpassierbar gemacht hatte, und ließ ihn mit dem Zeigestock nachfahren, wie die Straße in vielen Windungen um die Bergflanke geführt hatte, bis sie schließlich in die alte Halleck Hill Road mündete, dieselbe Straße, die Lucas benutzt hatte, um den Pfad hinunter zur Felsterrasse zu gehen.

»Warum ist dieser Fall noch nicht abgeschlossen?«

fragte Tony nicht ohne eine gewisse Schärfe, als die Einvernahme sich ihrem Ende näherte.

»Ich schließe niemals einen Fall ab, solange ich nicht zufriedengestellt bin…«

»Wie lange kennen Sie John und Amy Kendricks schon?«

»… daß alle Fragen beantwortet sind.«

»Bitte beantworten Sie nur die Frage, Sheriff.«

»Das versuche ich zu tun, Mr. DeAngelo, aber eine zur Zeit, wie Sie sie stellten.«

»Hohes Gericht, bitte instruieren Sie den Zeugen, auf die direkten Fragen zu antworten.«

»Ich glaube, das tut er, Mr. DeAngelo«, sagte Richter Lundgren.

Tony wandte sich wieder Sheriff LeMans zu, der in seiner bedächtigen Art sagte: »Ich kenne John und Amy Kendricks von Kindesbeinen an.«

»Danke«, sagte Tony mit unüberhörbarem Sarkasmus. »Wann sagten sie Ihnen, daß in ihr Haus eingebrochen worden sei?«

»Am elften Juli.«

»Ah. War das der Zeitpunkt, als sie behaupteten, der Wagen sei auseinandergenommen worden?«

»Ja, das ist richtig. Und der Wagen war tatsächlich aufgebrochen und auseinandergenommen worden. Ich sah es selbst.«

»Sie fuhren am elften Juli hinaus zu ihrem Haus, um den Wagen in Augenschein zu nehmen? Ist das richtig?«

»Ja, das ist richtig.«

»Und war das Haus auch durchwühlt, Sheriff?«

Er schüttelte den Kopf. »Nein. Sie hatten das Durcheinander inzwischen aufgeräumt.«

»Also wissen Sie nicht aus eigenem Augenschein, daß es ein Durcheinander aufzuräumen gab, Sheriff?«

»Sie sagten es mir.«

»Sie sagten es Ihnen. Wurde der Wagen auf Fingerabdrücke untersucht?«

»Ja, das machte die Spurensicherung.«

»Und mit welchem Resultat?«

»Nichts.«

»Nichts? Überhaupt keine Fingerabdrücke?«

»Nein, ich meine keine Fingerabdrücke von Fremden. John hatte den Wagen nach Hause gefahren. Wir fanden seine Fingerabdrücke, die seines Sohnes, Janet Moseleys und einige von unseren eigenen Leuten.«

Tony schloß die Einvernahme bald danach ab; sein Gesichtsausdruck deutete Zufriedenheit an. Nichts von alledem würde seinen Fall in Frage stellen, deutete er mit diesem Ausdruck an. Also hatte Lucas auf seinem Weg nach Hause ein abscheuliches Verbrechen verübt; das änderte nichts an den Ereignissen, die nach seiner Rückkehr geschahen. Er setzte sich, stützte das Kinn in die Hand und beobachtete Barbara, wie sie zum Zeugenstand ging.

»Ich würde gern dort anfangen, als Sie zuerst erfuhren, daß Janet Moseley vermißt wurde. Wann war das?«

»Mittwoch, der siebte Juni. Um elf Uhr vormittags.«

»Und Sie fuhren sofort in die Ortschaft Sisters, um den Verbleib von Lucas Kendricks und Janet Moseley festzustellen?«

»Ich schickte einen Deputy, Bob Silverman.«

»Erzählen Sie uns, was Sie in Sisters erfuhren, Sheriff.«

Tony erhob Einspruch, und Richter Lundgren stand auf. »Es wird spät, und ich fürchte, wir sind alle ermüdet. Wir werden die Sitzung für fünfzehn Minuten unterbrechen. Miss Holloway, Mr. DeAngelo, kommen Sie bitte mit mir.«

Als sie seinen Raum betraten, stand er an einem breiten Fenster und hatte die Hände hinter sich ineinander gelegt. Dichter Nebel schien gegen die Fensterscheibe zu drängen. Der Raum war mit zierlich aussehenden französischen Empiremöbeln ausgestattet; es gab zwei Oberlichte, unter denen Zierpflanzen in Körben aus Silberfiligran hingen. Der graue Himmel jenseits der Oberlichter schien herabzudrücken.

»Ich habe Kaffee bestellt«, sagte Richter Lundgren. »Nehmen Sie Platz, nehmen Sie Platz.« Er blieb am Fenster stehen, bis ein paar Sekunden später an die Tür geklopft wurde; auf seine Aufforderung hin wurde sie geöffnet, und eine grauhaarige Frau mit einem Tablett kam herein. Es enthielt eine silberne Kanne und ein sehr feines Haviland-Kaffeeservice.

Nachdem sie gegangen war, ging Richter Lundgren zum Schreibtisch, um ihnen Kaffee einzugießen, dann trug er seine Tasse um den Schreibtisch und setzte sich.

»Mr. DeAngelo«, sagte er, »mir ist bewußt, was Sie versuchen. Ich weiß Ihre Anstrengungen zu würdigen, diesen Fall auf die Nachbarschaft und die Zeit des Mordes zu beschränken. Und Miss Holloway, mir sind Ihre Bemühungen, den Rahmen dieses Prozesses zu erweitern, ebenso bewußt. Nun, Sheriff LeMans ist ein qualifizierter Beamter im Dienst des Rechtswesens, hoch angesehen und sehr tüchtig. Er ist ein kompetenter Zeuge, so kompetent wie der Sheriff dieses Bezirks. Ich werde nicht zulassen, daß Sie Ihrem eigenen Zeugen Fußfesseln anlegen, Mr. DeAngelo. Und ich beabsichtige die Sitzung fortzusetzen, bis der Sheriff heute mit seiner Aussage fertig ist, solange das dauern mag. Ich werde ihn weder über Nacht in der Stadt festhalten, noch ihn morgen wieder aus seinem Bezirk anreisen lassen.« Er hob die Tasse und spähte in Tonys Augen, bevor er trank. »Habe ich mich klar ausgedrückt?«

»Ja, Sir«, sagte Tony ohne zu zögern. »Aber dies alles ist eine Verzögerungstaktik von ihrer Seite. Es hat nichts mit dem zu tun, was am Tatort geschah.«

Richter Lundgren neigte leicht den Kopf. »Zu einem zukünftigen Zeitpunkt mag ich Ihnen darin zustimmen, aber einstweilen ist dieser Aspekt des Falles eingeführt worden, und ich werde Miss Holloway gestatten, daß sie ihn weiter verfolgt.« Er richtete seinen Blick auf Barbara; seine blaßblauen Augen waren kühl und sehr distanziert. »Sind Sie bereit, einen Zusammenhang zwischen diesen Ereignissen und dem Tod von Lucas Kendricks herzustellen?«

»Ja, das bin ich, Euer Ehren«, antwortete sie mit fester Stimme.

»Denn wenn ich zu der Entscheidung gelange, daß Sie Verschwörungstheorien einführen und das Wasser trüben, um die Tatsachen zu verdunkeln, werde ich die Geschworenen instruieren, daß sie keinen Vorfall in irgendeiner Weise in Betracht ziehen können, der sich ereignete, bevor Lucas Kendricks und seine Frau einander am Tatort gegenüberstanden. Verstehen Sie mich?«

»Ja, natürlich. Der Zusammenhang ist da.«

»Sehr gut. Eine andere Angelegenheit.«

Er faßte wieder Tony ins Auge und fragte in sehr förmlichen Ton: »Mr. DeAngelo, Sie sind nicht genötigt, zu diesem Zeitpunkt zu antworten, aber ich würde gern wissen, ob Sie beabsichtigen, die Zeugenaussage von Dr. Ruth Brandywine einzuführen. Wenn Sie sich dagegen entscheiden, gut, aber wenn Sie sich bereits dafür entschieden haben, würde ich es gerne wissen. Und wird das die letzte Zeugenaussage der Anklage sein, wie Sie zuvor andeuteten?«

Barbaras Hände waren feucht, aber sie machte keine Anstalten, sie abzuwischen; ohne eine Bewegung wartete sie auf Tonys Antwort. Er hatte dies nicht erwartet, dachte sie mit Befriedigung. Er hatte gedacht, er würde bis morgen Zeit haben, sich die Sache durch den Kopf gehen zu lassen, und das konnte er noch immer tun. Richter Lundgren würde nicht darauf bestehen, es jetzt zu erfahren, wie er deutlich gemacht hatte, aber nicht zu antworten, lag wahrscheinlich nicht im Bereich von Tonys Möglichkeiten. Er glaubte fest an die Macht der Autorität, und der Richter stand auf einer höheren Stufe der Machthierarchie als er.

»Ja, Euer Ehren«, sagte er endlich. »Ich zögerte, weil ich keinen Sinn darin sah, das Gedenken an Lucas Kendricks zu beschmutzen, doch nun, da dieser ganze andere Aspekt eingeführt worden ist, werde ich die Aussage bringen. Und zu diesem Zeitpunkt habe ich keine weiteren Zeugen aufzurufen.«

Richter Lundgren nickte nachdenklich. »Miss Holloway hat eine förmliche Bitte für eine kurze Unterbrechung eingereicht, um Dr. Brandywine als eine Zeugin der Gegenseite, die in ihrer Aussage ausweichend und nicht mitteilsam war, persönlich vorzuladen.« Er trank seinen Kaffee aus und stellte die Tasse weg. »Ich werde meine Entscheidung treffen und Sie davon verständigen, wenn das Gericht sich heute vertagt. Sie sind beide angewiesen, diese Entwicklung nicht der Öffentlichkeit oder der Presse mitzuteilen oder sie durchsickern zu lassen.« Er bedachte Tony mit einem stirnrunzelnden Blick. »Ich bin sehr unglücklich über die Richtung, die dieser Fall genommen hat und die ihn in die Nähe eines Zirkus führt. Nun, unsere Unterbrechung geht gleich zu Ende. Ich danke Ihnen beiden für Ihr Kommen.« Er stand auf und entließ sie.

Draußen im Korridor wandte sich Tony aufgebracht an Barbara. »Du meinst wirklich, du kannst die Brandywine mit einer Vorladung hier heraufholen? Du bist wie jemand, der im Dunkeln pfeift. Ich habe die Absicht, deine Klientin zu überführen. Am Ende wird sie im Zeugenstand stehen und weinen und betteln und sagen, es tue ihr leid, daß sie es tat.«

»Wen möchtest du in Wirklichkeit weinen und betteln sehen, sie oder mich?« erwiderte sie genauso schroff. Er verkniff sich eine Antwort und stolzierte davon.

Es war keine Zeit, mit ihrem Vater zu beratschlagen, als sie in den Gerichtssaal zurückkehrte. Sie nickte, und er verließ seinen Platz und den Raum, und sie befragte Sheriff LeMans über die Ereignisse, die mit dem Anruf wegen des vermißten Mädchens begonnen hatten, bis zur Auffindung des Wagens durch den Forstaufseher und die Aufdeckung des Verbrechens.

»Können Sie mir sagen, Sheriff, was der Forstaufseher meldete?«

»Nur, daß er einen grauen Honda Civic auf der Forststraße ausgemacht habe. Wir hatten eine Vermißtenmeldung mit der Beschreibung des Mannes und der jungen Dame, ihres Namens und des Wagens hinausgehen lassen.«

»Wann meldete er seinen Fund?«

»Am Freitagabend, sechs oder sieben Uhr.«

»Und was taten Sie dann?«

»Ich schickte zwei Deputies mit einem Jeep los, um die Meldung zu überprüfen. Sie nahmen eine Kamera mit und hatten Anweisung, jeden zu befragen, den sie fanden, oder Aufnahmen zu machen, wenn niemand in der Nähe sein würde, nichts anzurühren und dann zum nächsten Telefon zu sausen und mich zu verständigen. Das taten sie. Am Samstagmorgen fuhr ich als erstes mit einer Gruppe zur Spurensicherung hinaus.«

»Und die Aufnahmen? Würden Sie diesen Packen Bilder bitte identifizieren, Sheriff?«

»Das sind sie«, sagte er, nachdem er sie durchgesehen hatte. »Meine Deputies gaben die Kamera ab, und die technische Abteilung entwickelte den Film und machte Vergrößerungen der Bilder, die sie markierte.«

»In welcher Fahrtrichtung steht der Wagen hier?«

Er nahm das Bild und betrachtete es, dann gab er es zurück. »Nach Osten. Jemand hatte sich sehr abgemüht, den Wagen zu wenden. Meine Jungs fanden rote Lavaerde in den Felsen, wo der Wagen sie beim Wenden verlor.«

»Er konnte also in die Richtung zurückfahren, aus der er gekommen war?«

»Ja, Madam.«

Sie ging mit den Vergrößerungen zu den Geschworenen. »Er ist sehr stark beschmutzt, nicht wahr? Der Wagen, meine ich. Konnten Sie aus der Art und dem Grad der Verschmutzung schließen, wo er gewesen war?«

»Ziemlich sicher. Das ist größtenteils roter Lavastaub und Schlamm. Im Juni gab es dort noch viel schmelzenden Schnee, und die Wege waren überall schlammig. Es sah schlimm aus.«

»Das war also Samstagnachmittag. Wann konnten Sie den Wagen mit Lucas Kendricks in Verbindung bringen?«

»Mit Bestimmtheit erst in der nächsten Woche.« Er erläuterte, daß die Nummernschilder gestohlen worden waren und der Wagen nicht angemeldet gewesen war. »Spät am Samstag erfuhren wir, daß Lucas Kendricks erschossen worden war, und bei dieser Nachricht kam mir der Gedanke, daß er über die Berge gegangen sein müsse. Ich beauftragte den Fährtensucher mit der Nachforschung, um herauszufinden, wo er kampierte, ob Gegenstände an seinen Lagerplätzen zurückgeblieben waren und dergleichen. Wir wußten noch immer nicht, was mit der jungen Dame passiert war. Der Sheriff vom Lane County und ich stellten eine Suchmannschaft zusammen, um das Bachbett nach ihr abzusuchen.«

»Einige Tage später meldete Ihr Fährtensucher, daß er von einem Fremden angeheuert worden sei, um ihm die Lagerplätze zu zeigen?«

»Ja. Es steht in meinem Bericht. Es kam mir merkwürdig vor, also schrieb ich es mit hinein.«

»Und was unternahmen Sie dann?«

»Ich nahm die Lagerplätze selbst in Augenschein, jeden einzelnen. Sie waren alle auseinandergerissen, als hätte jemand etwas gesucht. Der Boden da und dort ein wenig aufgegraben, Steinbrocken weggewälzt, Asche und angekohltes Holz der Lagerfeuer auseinandergerissen und verstreut.«

Barbara ging zur großen Übersichtskarte und zeigte auf eine Markierung. »Hier wurde der Wagen gefunden, und hier ist der erste Lagerplatz. Wie weit liegen sie auseinander?«

»Ungefähr zehn Meilen, je nachdem, wie man geht. Zwölf oder dreizehn Meilen, wenn man auf den Forststraßen bleibt.«

»Ihr Bericht sagt, daß die Bilder, die Ihr Labor von Janet Moseleys Film entwickelte, ungefähr um die Mittagszeit gemacht wurden, nicht später als ein Uhr. Ist das richtig?«

»Ja, so ist es.«

Sie zeigte wieder zur Karte. »Dies ist der Bach, in den der Leichnam geworfen wurde. Wie weit ist er vom Wagen entfernt?«

»Neunhundert Schritte.«

»Fanden Sie den Strick?«

»Nein.«

»Lag irgendein Strick im Wagen oder in seinem Umkreis?«

»Nein.«

Sie dankte ihm und hatte keine weiteren Fragen. Tony war rasch auf den Beinen und ließ den Sheriff bestätigen, daß es keine Möglichkeit gebe, mit Gewißheit festzustellen, wer die verschiedenen Lagerplätze benutzt hatte, die vom Fährtensucher gefunden worden waren. Und tatsächlich gab es keine Gewißheit über die Route, die Lucas genommen hatte, wo er geschlafen und ausgeruht hatte.

»Trifft es nicht zu, Sheriff, daß sich immer dann Neugierige und sensationslüsterne Menschen einfinden, wenn ein grauenhaftes Verbrechen verübt wurde?«

»Das trifft zu, ja.«

»Und kommt es nicht des öfteren vor, daß diese Leute die Ermittlungen behindern und in ihrem Eifer, in irgendeiner krankhaften Art und Weise am Geschehen teilzunehmen, sogar Beweismittel vernichten?«

»Ich erhebe Einspruch, Hohes Gericht. Diese Fragen sind in ihrer Allgemeingültigkeit ablenkend und nicht zielführend.«

»Stattgegeben.«

»Keine weiteren Fragen«, sagte Tony.

Richter Lundgren rief Barbara und Tony zum Richtertisch, um sie zu informieren, daß er, wenn Tony nach der Verlesung von Ruth Brandywines Erklärung keine weiteren Zeugen aufzurufen habe, das Verfahren am morgigen Freitag bis zum Dienstag um neun Uhr vertagen werde.

Das bedeutete, daß die Geschworenen ein ganzes Wochenende Zeit haben würden, über das sehr belastende Zeugnis nachzudenken, das Ruth Brandywine abgegeben hatte, ein ausgesprochenes Pech, und Tonys Gesichtsausdruck verriet, daß er genau das gleiche dachte. Es fiel ihm offensichtlich schwer, ein Schmunzeln zu unterdrücken. Aber es bedeutete auch, daß sie vier Tage Zeit hatte, um den Köder vor Brandywine baumeln zu lassen.

21

An diesem Abend schwärmten die Berichterstatter der Medien durch die Korridore des Gerichtsgebäudes. Frank manövrierte Nell, John und Amy souverän durch das Gedränge; er hatte es schon oft getan, und obwohl er niemanden tatsächlich beiseite stieß, ließ er andererseits nicht zu, daß jemand die Vorwärtsbewegung der Gruppe hemmte, die er führte. Barbara wartete, bis sie außer Sicht waren, gefolgt von der Journalistenmeute. Als sie eine Minute später unbehelligt hinausging, erschien zu ihrer Überraschung Clive Belloc an ihrer Seite.

»Darf ich Sie um den Block fahren, oder auf ein Glas in eine Bar oder was einladen?« fragte er. »Ich kann meinen Wagen holen und Sie in fünf Minuten vor der Tür abholen.«

»Einverstanden«, sagte sie. Ein Wagen, der im Regen wartete, ein schnelles Hinausspringen durch die Reporter, ein Entkommen, fein. Er eilte davon, und sie wartete. Solange sie blieb, wo sie war, würden die Reporter sie in Ruhe lassen, und sie wußte, daß sie nicht die Gewandtheit besaß, die ihr Vater im Umgang mit ihnen zeigte. Sie war über Ellbogenstöße nicht erhaben.

Nach genau fünf Minuten zog sie den Regenmantel enger um sich, schlug die Kapuze hoch und eilte hinaus. Die Bildberichterstatter waren da, die Fernsehkameras und die Zeitungsreporter; alle belagerten den Eingang zum Gerichtsgebäude, weil sie die einzige war, die übrigblieb. Sie schaffte es, Clive Bellocs Wagen zu erreichen, ohne ein einziges Wort zu sagen, nicht einmal »Kein Kommentar«. Sie setzte nicht einmal die Ellbogen ein. Sie war mit sich zufrieden.

Der Regen war nicht viel mehr als ein Nieseln, eine sich langsam abregnende Wolke. Es war zehn Minuten nach sechs.

»Eine Bar?« fragte Clive Belloc. »Ich dachte mir, daß Sie vielleicht eine Verabredung haben, zum Abendessen oder was, und es war ein harter Tag für Sie, aber vielleicht haben Sie Zeit, einen zu trinken?«

Tatsächlich war es keine Verabredung. Sie und Mike hatten ein gutes Einverständnis, aber wie hatte sich das so rasch herumgesprochen? Wenn sie um sieben oder halb acht zu ihm kam, aßen sie zusammen, stets in einem Restaurant; er kochte nie, außer Kaffee zum Frühstück.

»Ich habe etwas Zeit«, sagte sie, »wenn es irgendwo in der Nähe und die Bedienung prompt ist.«

»Ich weiß das richtige Lokal.« Er fuhr zur Parkgarage beim Hilton, wo er den Wagen einem jungen Burschen überließ, der nicht älter als vierzehn zu sein schien, dann ließen sie sich von einem Aufzug zum Dachgeschoß hinauftragen, alles in weniger als fünf Minuten. Von ihrem Tisch konnten sie die Lichter von Eugene durch den Regendunst schimmern sehen, jedes umgeben von einem kleinen Lichthof. Die Getränke waren weniger prompt, als er es gewesen war, doch auch so war Zeit genug, daß sie anfangen konnte, sich zu entspannen. Aber Clive sah verlegen und unbeholfen aus, als wüßte er nicht recht, wie er zur Sprache bringen sollte, was ihn beschäftigte. Die blasse Zone um seine Augen war jetzt, da seine tiefe Bräune verblaßte, kaum noch zu bemerken.

»Ich bin jeden Tag im Gerichtssaal gewesen«, sagte er, als die Bedienung ihre Getränke brachte. Er wartete, bis sie wieder gegangen war. »Jedenfalls habe ich die Art und Weise, wie Sie alles gehandhabt haben, wirklich bewundert. Was ich damals am Anfang sagte, kommt mir heute idiotischer denn je vor. Es tut mir wirklich leid.«

Barbara zuckte die Achseln. Darum hatte er sie nicht hier heraufgebracht. Sie nippte von ihrem Wein.

Er blickte über die zu ihren Füßen liegende Stadt hinaus, räusperte sich, nippte an seinem Cocktail, räusperte sich wieder und sagte endlich: »Würde es jetzt nachteilig für Nell sein, wenn sie mit jemandem wie mir beim Ausgehen gesehen wird? Ich meine, wenn diese Reporter herausbrächten, daß sie ausgeht oder so etwas, würde das eine Rolle spielen?« Seine Finger hielten das Glas so fest, daß sie weiß waren; ein nervöses Zucken durchlief die Backenmuskeln seiner linken Gesichtshälfte. Er legte die Finger darauf, dann nahm er die Hand wieder weg, noch verlegener als zuvor. Er war wie ein Schüler vor der mündlichen Prüfung.

»Kommt darauf an«, sagte Barbara mit Bedacht. »Angenommen, sie wird in einer Disco oder einem Tanzlokal gesehen, wie sie sich amüsiert, so könnte das ein Grund zu bissigen Kommentaren sein. Nicht, daß die Geschworenen sich davon beeinflussen lassen sollten. Auf keinen Fall könnte solches Verhalten als Beweismittel eingeführt werden, aber trotzdem könnte es sich nachteilig auswirken. Auch die Geschworenen lesen Zeitungen und sitzen vor den Fernsehnachrichten, selbst wenn sie es nicht tun sollten.«

Seine Verlegenheit nahm noch zu. »Ich meinte nichts dergleichen. Ich meine, wenn ich mit ihr essen gehen oder eine Fahrt an die Küste unternehmen würde. Nur mit ihr, ohne die Kinder. Wir haben das alles schon zusammen unternommen, ich sozusagen als Freund der Familie, aber ich denke an nur uns zwei.«

Barbara lächelte. »Sie ist eine freie Frau und kann tun und lassen, was ihr gefällt. Denken Sie sich nichts dabei. Wenn Tony DeAngelo in der Lage gewesen wäre, ihren Charakter in ein schlechtes Licht zu rücken, so hätte er es längst getan. Er konnte ihr nichts nachsagen, und jetzt ist es zu spät, sich deswegen Sorgen zu machen.«

Er tat einen langen Zug und setzte sein Glas fest auf den Tisch. »Danke. Das gleiche hatte ich mir gedacht. Das zweite, was ich Sie fragen wollte, ist, ob Sie und Ihr Freund Sonntagabend zum Essen zu mir kommen würden? Ich lade natürlich auch Nell ein.«

»Da werde ich Ihnen Nachricht geben müssen. Ich habe Ihre Telefonnummer. Morgen rufe ich Sie an.« Sie blickte auf ihre Armbanduhr und trank ihren Wein aus. »Und nun ist es Zeit, daß ich mich aufmache.«

Er ließ eine Zehndollarnote auf dem Tisch; sie nahmen den Aufzug, bestiegen seinen Wagen, als er vorgefahren wurde, und er fuhr sie zu der Garage, wo sie ihren Wagen abgestellt hatte. Als sie ausstieg, sagte er: »Vielen Dank, Miss Holloway. Für alles. Danke.«

Sie gingen zu Mazzi, wo Mike Calzone und sie adriatische Seebrasse und Gemüsesalat aß. Als er vor Monaten gesagt hatte, daß er niemals koche, hatte sie geantwortet: »Ich auch nicht!« und gedacht, er habe angedeutet, daß sie es tun solle. Statt dessen hatte er in völliger Übereinstimmung genickt.

»Gut. Also, mexikanisch, chinesisch, italienisch, was?«

»Wofür wir uns auch entscheiden, ich zahle für mich«, hatte sie gesagt.

»Gut. Also sag, was es sein soll.«

Es war nicht so, daß er geizig war, oder kleinlich in Gelddingen; es war eher so, daß es ihn nicht kümmerte. Sie zahlte, er zahlte, es war einfach nicht wichtig. Und er genoß alles, was er aß; italienische Küche war für ihn das Höchste, wenn sie in einem italienischen Restaurant waren. Dann war chinesische die feinste Küche der Welt, oder die mexikanische ... Eines Abends wollte sie tatsächlich kochen, um zu sehen, ob er auch ihr Essen für das beste erklären würde. Ißt du kein Gemüse?, hatte sie ihn gefragt, und er hatte sich für ein vegetarisches Restaurant begeistert, das er kannte.

»Was hast du heute im Gerichtssaal geschrieben?« fragte sie ihn an diesem Abend beim Essen.

»Du hast es gesehen? Das ist wirklich überraschend. Du schienst in einem unmenschlichen Maß konzentriert zu sein.«

»Sieht es so aus?« fragte sie. Sie hatte nie überlegt, wie sie im Gerichtssaal auf andere wirkte.

»Weißt du das nicht? Ich dachte, es müsse etwas sein, worauf sie euch während des Studiums drillen. Du wirkst absolut präsent. Was gesagt wird, was die Geschworenen tun, deine Klientin tut, nichts entgeht dir. Eines Tages könnte ich zu dem Schluß kommen, daß du jemand bist, vor der man sich fürchten muß, so konzentriert kannst du sein.«

»Wovon, in aller Welt, redest du? Fürchten? Vor mir?«

»Ich denke, du mußt jedes Wort ständig analysieren. Wenigstens vor Gericht scheinst du das zu tun. Wenn du entscheidest, daß ich lüge, ist alles verloren.«

»Wann hast du zuletzt jemanden belogen?«

»Es kommt vor.« Er blickte nachdenklich. »Ich bin überzeugt, daß es jedem passiert, vielleicht auf einer täglichen Basis, vielleicht auch nur einer wöchentlichen oder monatlichen Basis; aber wir sind alle so daran gewöhnt, daß wir es nicht einmal mehr bemerken.«

»Ja, das mag sein. Aber wann hast du das letzte Mal jemanden belogen?«

»Siehst du, was ich meine?« sagte er und beugte sich lächelnd näher. »Jetzt hast du diesen konzentrierten Ausdruck.«

»Du kannst nicht antworten, weil du dich nicht erinnern kannst, gelogen zu haben.« Sie holte schnell Luft und sagte eilig: »Du brauchst nicht über etwas zu lügen, weil dir nichts im Weg steht; du hast, was du willst; du beneidest niemanden; und die Welt ist bloß ein weiteres Problem, das du vielleicht lösen kannst, vielleicht auch nicht. So oder so, es ist in Ordnung.

Wenn du es nicht kannst, wird es vielleicht jemand anders tun, oder auch nicht. Du würdest dich niemals vor mir oder irgendjemand fürchten, weil du völlig selbstgenügsam bist. Wenn ich dich morgen verließe, würdest du es eine Weile bedauern, aber nicht allzusehr, nicht genug, daß es dein Leben beeinträchtigen würde. Du könntest versucht sein, unsere Beziehung auf eine Formel zu reduzieren, mit der du arbeiten kannst, die Kompliziertheiten zu vereinfachen, so daß sie sich mit deinen magischen Symbolen ausdrücken und so berechenbar gemacht werden können.« Sie war außer Atem und über ihre eigenen Worte entsetzt. Das hatte sie nicht vorgehabt, sie hatte nichts davon durchdacht und hätte es niemals so zur Sprache gebracht, in einem Restaurant. Aber es war geschehen und hatte sie beide überrascht. Sie griff zum Weinglas, blickte auf ihre Hand, das Glas. »Du notierst während der Verhandlung die Punkte, nicht?«

Er lehnte sich auf seinem Stuhl zurück. »Siehst du, warum ich mich vor dir fürchten könnte? Ja.«

»Du kannst nicht mal darüber lügen, wie?« Sie spürte jetzt, daß sie die Selbstkontrolle zurückgewonnen hatte; ihre Stimme war ruhig und nachdenklich. »Du wußtest, daß es mich aufbringen könnte, daß ich imstande sein könnte, hier an einem öffentlichen Ort eine Szene zu machen, und du würdest das Gefühl haben, vor Verlegenheit zu sterben, aber trotzdem willst du nicht darüber lügen. Hast du schon eine Formel ausgearbeitet?«

»Es ist schwieriger, als ich dachte«, räumte er ein. »Aber ich werde es hinkriegen.«

Sie schüttelte den Kopf. »Wirst du nicht. Übrigens will ich nicht wissen, wie dein Punktezählen sich entwickelt. Mach weiter, aber sag es mir nicht. In Ordnung?«

Wie konnte so etwas wie ihr Ausbruch in eine Gleichung eingesetzt werden? Wie konnte Mathematik den

Augenblick unerträglicher Eifersucht, unaussprechlicher Sehnsucht formulieren, den Augenblick, wenn Zorn in einer Gewalttat Ausdruck findet, die herzzerreißende Angst eines Elternteils um ein schwerkrankes Kind? Keine Gleichungen, sagte sie sich, nicht mit Menschen.

Sie waren zu Fuß zu dem Restaurant gegangen, das nur fünf Blocks von seinem Haus entfernt war; als sie im Nieselregen zurückgingen, hielten sie sich bei den Händen. Ihn kümmerte es nie, ob es regnete oder ob es warm oder kalt war, wie sich das Wetter entwickelte. Vor seinem Haus, wo ihr Wagen an der Bordsteinkante geparkt war, sagte sie, daß sie nicht mit hineinkommen würde. Sie sei zu müde.

»Ich brauche Schlaf, viel Schlaf«, sagte sie.

Er hielt ihre Hand und studierte ihr Gesicht im ungewissen Schein einer entfernten Straßenlaterne. »Du bist nicht böse auf mich? Wirklich nicht?«

»Wirklich nicht«, sagte sie.

»Ich dachte, du würdest es sein.«

»Ich weiß, aber siehst du, ich bin keiner von deinen komischen kleinen Schnörkeln mit einem Plus- oder Minuszeichen, oder einem Gleichheitszeichen vor oder hinter mir. Oder, was Gott verhüten möge, x-mal die Quadratwurzel von minus eins irgendwo in meiner Gleichung.«

Er lachte und zog sie an sich und küßte sie. »Ich lerne in diesen Tagen mehr über Menschen als ich dachte, daß es zu wissen gebe. Wann werde ich dich wiedersehen?«

Das war neu. Sie hatten einander nie diese Frage gestellt. Genausowenig wie sie einander ihre Liebe gestanden hatten. Sie hatte beschlossen, ihm in dieser Frage den Vortritt zu lassen. Sie erzählte ihm von Clive Bellocs Einladung zum Abendessen am Sonntag.

»Und danach? Zu dir oder zu mir?«

Sie war entschieden nicht bereit, ihn im Haus ihres

Vaters über Nacht zu behalten. So stand die Entscheidung sofort fest. »Zu dir«, sagte sie lachend. Sie küßten sich wieder, und sie stieg in den Wagen, ließ ihn im Nieselregen stehen und fuhr davon.

Das Nieseln verstärkte sich für eine Weile zu regelrechtem Regen, dann wurde es wieder ein Nieseln, und schließlich segelte der Mond durch aufgerissene Wolken, bevor das Nieseln wieder einsetzte. Kurze Zeit sah sie sogar einige Sterne, als die Lichter der Stadt weit hinter ihr lagen und das offene Land dunkel und geheimnisvoll um sie war, als ob die Welt dort endete, wo sich das Licht ihrer Scheinwerfer zu beiden Seiten der Straße in den Bäumen verlor.

Über lange Strecken war sie allein auf der Straße. Gelegentlich begegnete ihr ein Wagen, ein Laster oder eine kleine Fahrzeugkolonne und verschwand mit blinzelnden roten Heckleuchten im Rückspiegel.

»In Ordnung«, murmelte sie einmal zu sich selbst, dem Regen, den entgegenkommenden Scheinwerfern. »In Ordnung.« Sie dachte an Mike Dinesen und ihre Unverbindlichkeit gegeneinander, ihre Leugnung der Zukunft, nicht durch Worte, sondern durch das Fehlen von Worten. Keiner von ihnen wünschte die Zukunft eingewickelt in einfaches braunes Packpapier; keiner von ihnen war bereit, der hinterhertrottende Ehepartner zu sein, während der andere zu Ruhm und Reichtum gelangte. Er würde dieses Jahr in Oregon sein, und dann wo? Er hatte keine Ahnung, war unbesorgt. Drei Semester war er in Austin, Texas, gewesen und hatte mit Leuten zusammengearbeitet, von denen er mit einem Anflug von Ehrfurcht sprach. Götter der Mathematik, hatte sie gedacht. Sie konnte sich nicht vorstellen, daß irgend etwas unterhalb eines Gottes ihm Ehrfurcht einflößen könnte. Überall im Land waren Menschen bereit, für Besitz über Leichen zu gehen, aber er machte sich nichts daraus. Ihm war es gleich. Er machte sich nichts daraus, daß ihm die Universität hier trotz seines Mangels an Enthusiasmus eine Dauerstellung gegeben hatte. Anscheinend hatte er andere Angebote bekommen; sie wußte so wenig von seinem Fachgebiet, daß sie nicht beurteilen konnte, ob sie wichtig waren, und er schien sie alle in der gleichen Weise zu behandeln: interessant, aber nicht überwältigend.

Weiter voraus konnte sie die Lichter einer gedeckten Brücke sehen, die letzte Landmarke, bevor die Straße in Windungen dem Ufer des Stausees folgte. Noch zehn, zwölf Meilen, dann ein warmes Bad, ein langweiliges Buch und Schlaf. Ihre Augen brannten vor Müdigkeit.

Bei der Brücke war eine Straßengabelung. Die rechte Abzweigung führte über die Brücke; sie bog nach links, durchfuhr eine Unterführung, und plötzlich war ihr Wagen außer Kontrolle, als die Windschutzscheibe zu explodieren schien, nicht indem sie zersplitterte – sie war aus Sicherheitsglas –, sondern indem sie von einem dichten Spinnennetz von Sprüngen durchzogen wurde. Teile der Scheibe fielen in körnigen Brocken heraus, und der Wagen schleuderte schwindelerregend von der rechten Fahrspur zur linken, streifte eine Felsformation, wurde auf die rechte Fahrspur zurück und seitwärts gegen einen Baum geschleudert, dann einen zweiten. Barbara wurde auf ihrem Sitz auf einer Seite zur anderen gerissen, gegen das Lenkrad geworfen und dann gegen die Kopfstütze, als sie die Herrschaft über den Wagen zurückzugewinnen suchte. Dann streifte er wieder einen Baum, und diesmal gerieten die Räder der rechten Seite beide von der Straße und bremsten. Der Wagen beschrieb eine halbe Drehung und kam endlich zum Stillstand. Sie hatte einen Wadenkrampf vom Treten auf die Bremse.

Danach hielt ihr Gedächtnis sie zum Narren. Sie saß im Wagen, benommen, voll Angst vor einer Bewegung, sieben Meter über dem Stausee, und dann fuhr sie wieder, und der Regen schlug ihr ins Gesicht, aber es gab keine Erinnerung, die ein Ereignis mit dem anderen verband. Sie parkte am Straßenrand, geblendet von einem roten Film über dem Auge, dann fuhr sie wieder, genau wie zuvor, ohne eine Erinnerung, daß sie angehalten hatte oder weitergefahren war. Sie fuhr, hielt an, fuhr wieder, rollte durch Turners Point, wo noch ein paar Lichter brannten; sie dachte nicht einmal daran, haltzumachen. Dann fand sie sich auf der Privatstraße, ohne sich zu erinnern, wie sie dorthin gekommen war.

Nun lehnte sie an der Haustür, als ob die Hand eines Riesen sie aus dem Wagen gezogen und hier abgestellt hätte. Als die Tür aufging, fiel sie hinein.

Frank brachte sie ins Krankenhaus, wo man sie zur Beobachtung über Nacht behielt, aber nicht schlafen ließ. Jedesmal, wenn sie die Augen schloß, kam jemand daher und stellte Fragen oder unterzog sie dieser oder jener Behandlung. Am Freitagnachmittag war sie so müde, daß sie dem Weinen nahe war, und als Frank kam, um sie nach Hause zu bringen, warnte sie ihn, daß sie vierundzwanzig Stunden durchschlafen und nicht gestört werden wolle, und wenn ihm sein Leben lieb sei, solle er nicht versuchen, sie aufzuwecken, denn sie würde jeden umbringen, der es täte.

»Hast du die Videoaufzeichnung im Gericht gesehen?« fragte sie, als sie eine Hilfsschwester den Korridor entlang zum Aufzug fuhr.

»Ja. Genau was du erwartetest.«

Sie ächzte.

Er ließ sie im Rollstuhl sitzen, um seinen Wagen zu holen, und fuhr sie nach Hause. Sie legte sich ins Bett und schlief.

Als sie erwachte, herrschte Zwielicht vor ihrem Fenster; sie wußte nicht, ob der Morgen oder der Abend dämmerte. Mit vorsichtigen Bewegungen setzte sie sich aufrecht und stand auf. Jeder Muskel schmerzte. Behutsam befühlte sie ihren Kopf; da war noch immer eine

Beule, nicht so schlimm wie sie gewesen war, denn sie konnte sie befühlen, ohne zusammenzuzucken. Ein Fortschritt, sagte sie sich beim Ankleiden. Dann tappte sie langsam zur Treppe und stieg hinunter. Aus der Küche drangen Stimmen. Frank hatte Gesellschaft.

An der Tür blieb sie wieder stehen, aber alle sprangen auf, und ihr Vater kam herbeigeeilt. »Wie geht's dir? Wie fühlst du dich?«

»Wie jemand, der einer fliehenden Elefantenherde in den Weg gekommen ist. Nicht allzu schlecht.«

Mike war da, auf der anderen Seite des Tisches; sie erinnerte sich, daß er die meiste Zeit des Tages in ihrem Krankenzimmer gewesen war, wann immer dieser Tag gewesen war. Er grinste ihr zu und setzte sich wieder. Und der Sheriff, Tonys Sheriff, wie sie ihn bei sich nannte, Bernard Gray, war am Tisch gesessen und hatte Kaffee getrunken; er war auch aufgestanden.

»Ah, Miss Holloway! Gut, Sie wieder auf den Beinen zu sehen.«

Sie nickte ihm zu und bedauerte die Kopfbewegung. Sie nahm den vierten Stuhl, und Frank setzte ihr eine Tasse Kaffee vor.

»Hungrig?«

»Heißhungrig«, sagte sie überrascht. »Welchen Tag haben wir?«

»Samstag«, sagte ihr Vater. »Vier Uhr nachmittags.«

Schon? Zwei Tage des Miniurlaubs schon vergangen. »Verdammt«, murmelte sie.

Sheriff Gray war gekommen, um zu melden, daß es nichts zu melden gebe, und um zu sehen, ob sie ihren im Krankenhaus gemachten Aussagen noch etwas hinzuzufügen hätte. Sie konnte nicht mit weiteren Informationen aufwarten, und nach ein paar Minuten ging er wieder.

»Sag mir, was sie denken«, wandte sie sich an ihren Vater, nachdem der Sheriff gegangen war. »Was ist mit meinem Wagen? Und was ereignete sich im Gericht?«

»Der Wagen ist übel mitgenommen. Zwei neue Türen, vorne rechts und links, Windschutzscheibe, zwei Kotflügel. Es wird ein Feilschen mit der Versicherung geben. Ich sage, du solltest Totalschaden anmelden und einen neuen kaufen.« Er war zum Herd gegangen und bereitete Rühreier, während er sprach. Er sah auf die Eier in der Pfanne, nicht zu ihr. »Ein Wunder, daß dir nichts weiter passiert ist.«

»Ich bin zäher als ein Haufen Metall und Glas. Das ist der Beweis«, sagte sie, aber dann fiel ihr der schleudernde Wagen ein, und sie mußte zustimmen, daß es einem Wunder gleichkam, daß sie nicht im Stausee gelandet war. Mike bedeckte ihre Hand mit der seinen und drückte sie leicht. Er hatte nicht mal Blumen geschickt, dachte sie. Aber er hatte die meiste Zeit des Tages im Krankenhaus verbracht, und auch jetzt war er wieder hier. »Wie lange hängst du schon hier herum?« fragte sie ihn leise.

»Nicht allzulange«, sagte er.

Vom Küchenherd sagte Frank: »Er kam um die Mittagszeit. Ich schickte ihn zweimal fort, aber er ist wie ein Jo-Jo.«

Er rührte die Eier, fügte Salz und Pfeffer hinzu. »Das Brandywine-Video war eine gute Schau. Ein richtiger Drachen, aber mit Gehirn; die schlimmste Sorte.«

Über den Unfall, fuhr er fort, gebe es kaum Erkenntnisse. Über der Straßenunterführung habe man keine Spuren oder Anhaltspunkte gefunden, wer den zwölf Pfund schweren Felsbrocken auf ihren Wagen geworfen hatte. Es könne ein Jugendlicher, ein Herumtreiber oder ein Gegner gewesen sein. Das einzige, was es nicht gewesen sein könne, sei ein Unfall, doch lasse sich nicht mit Bestimmtheit sagen, ob sie die Zielperson gewesen sei oder ob der Anschlag einfach dem erstbesten Wagen gegolten habe, der um diese Zeit die Straße befuhr.

Frank brachte die Rühreier und Toast, schenkte mehr Kaffee ein und setzte sich.

»Was hast du hier den ganzen Tag gemacht?« fragte sie Mike.

Er erzählte ihr, daß er Nell und die Kinder getroffen habe und mit ihnen nach Hause gegangen sei, um Travis ein paar hübsche Programme zu zeigen, mit denen er spielen könne.

Sie aß, als ob eine Lebensmittelknappheit bevorstünde, aber das hielt sie nicht auf; sie bestrich eine weitere Toastschnitte mit Butter und lauschte. Am Abend sollte unten in Turners Point eine Versammlung stattfinden, und wahrscheinlich würde es zu einem Streit kommen. Gegenstand der Debatte war wieder das Thema der Sperbereule.

»Ich wette, Nell und Clive Belloc werden nicht hingehen«, sagte Frank. Zu Mike gewandt, erläuterte er: »Er war als Gutachter für eine der großen Holzgesellschaften unterwegs, taxierte Waldbestände auf den Stamm, und ich glaube, zu seiner Arbeit gehörte es auch, Meldungen über Eulen zu machen, wenn er welche antraf. Manche Leute sagen, die Gesellschaft habe die Meldungen frisiert, und Nell beschuldigte ihn, die Zahlen manipuliert zu haben. Es ist beinahe wie im Bürgerkrieg, entzweit Familien, Freunde und macht alle ärgerlich, egal auf welcher Seite sie stehen.«

»Nell sagte mir, sie würde uns morgen bei ihm zu Hause sehen, wenn du wiederhergestellt bist und kommen kannst«, sagte Mike zu Barbara. »Also scheinen sie nicht allzusehr entzweit zu sein. Sie sagte, die Kinder würden heute nachmittag von ihren Großeltern abgeholt und kämen morgen abend zurück. Es würde ihnen allen eine kleine Verschnaufpause und den Eltern die Möglichkeit geben, auf der Farm nach dem Rechten zu sehen. Es ist für die ganze Familie hart gewesen. Und Nell fürchtet sich wirklich.« Er schien diese Bemerkung zu bedauern; sofort kehrte er zum eigentlichen Thema zurück und sagte, das Problem mit der Kontroverse über die Sperbereule sei die Bezeichnung als solche.

»Wenn man es Zerstörung eines Ökosystems oder eines wertvollen Lebensraumes wildlebender Tierarten oder so ähnlich nennen würde, würden sich mehr Leute dafür einsetzen. Aber es ist schwierig, die Menschen zu überzeugen, daß sie sich um eine bedrohte Eulenart mehr sorgen sollten als um Arbeitsplätze und Menschen. Die Umweltschützer wurden ausmanövriert, und nun ist es zu spät, einen wirksameren Aufhänger zu finden. Man wird es weiterhin den Streit um die Sperbereule nennen, ganz gleich, was tatsächlich auf dem Spiel steht.«

»Du meinst, diese Geschichte werde dich bis zum Abendessen aufhalten?« fragte Frank, als er ein paar Minuten später ihren Teller vom Tisch nahm, um ihn in die Küche zu tragen.

»Kommt darauf an. Um welche Zeit essen wir zu Abend, und was gibt es?«

»Großer Gott!«

»Ich habe ein paar Sachen mitgebracht«, sagte Mike. »Nur für den Fall, daß ich eingeladen würde, zu übernachten oder was.«

Frank schnaubte. »Er fragte mich, wie viele Schlafzimmer wir hätten, und ob er eines davon die nächsten paar Tage haben könnte!«

Mike nickte. »Ich habe erst am Montagmorgen um zehn ein Seminar.«

Und das war das Ausmaß seiner manipulativen Fähigkeit, dachte Barbara. Er kam offen damit heraus und fragte, und dann gab er es zu. Sie fragte sich, ob Clive Belloc ebenso offen mit seinem Anliegen herausgekommen war und Nells Schwiegereltern gebeten hatte, nach Hause zu fahren und die Kinder für wenigstens eine Nacht mitzunehmen. Und ob er es dann zugeben würde. Sie bezweifelte es.

Das Telefon läutete und überraschte sie, als ihr Anrufbeantworter das Gespräch annahm. Er hatte immer gesagt, er weigere sich, solch ein Ding in seinem Haus zu haben. »Reporter«, knurrte er. »Du hast alle Neuigkeiten gemacht.« Sie lauschten, als die Stimme ihr Anliegen vorbrachte: Ein örtlicher Radiosender bat um ihren Rückruf. Am selben Nachmittag gab es mehrere ähnliche Anrufe, aber um sechs meldete sich Bailey Novells Stimme am Anrufbeantworter, und Barbara nahm seinen Anruf entgegen.

»Ich hörte, daß Sie eins auf den Deckel bekommen haben«, sagte er. »Verdammt hart. Geht's wieder besser?« Sie versicherte ihm, daß ihr nichts fehle, und er fuhr fort: »Sehr gut. Ich habe diese Information über den Wagen, und ein paar andere Dinge. Empfangen Sie Besucher?«

»Warten Sie einen Moment«, sagte sie und hielt die Hand über das Mundstück. »Abendessen?« Frank nickte, und sie lud den Detektiv ein, um halb sieben zu ihnen zu kommen.

Allzugern hätte sie sich nach Einzelheiten erkundigt, aber sie war klug genug, bis zu ihrem Treffen keine Fragen zu stellen, auch nicht die allerwichtigste: Ob Brandywine den Köder schon beschnüffelte?

22

»Sie ist interessiert«, sagte Bailey gutgelaunt. Frank reichte ihm ein Glas, das fast bis zum Rand mit hauptsächlich Scotch gefüllt war.

Wie solch ein hagerer, kaum mittelgroßer Mann soviel trinken konnte, ohne daß man ihm etwas anmerkte, war Barbara ein Rätsel. Eigentümlicher Stoffwechsel, hatte sie schon vor langer Zeit entschieden, aber diese Erklärung befriedigte sie jetzt so wenig, wie sie es damals getan hatte. Und er nahm an Marathonläufen teil! Ein einziger Eiswürfel in seinem Glas nahm sich einsam aus; das schmelzende Wasser war nicht ausreichend, die Farbe zu verändern. »Wir halten alle Konferenzen in der Küche ab«, sagte Frank. »Weil ich koche. Schießen Sie los.«

Bailey warf Mike, den er gerade erst kennengelernt hatte, einen forschenden Blick zu.

»Er gehört zur Bande«, sagte Barbara. Mike sah in dieser Küche so sehr zu Hause aus, als wäre er immer dort gewesen.

Bailey zuckte die Achseln. »Wie Sie meinen. Ich habe den Fährtensucher, Roy Whitehorse, dazu gebracht, sie anzurufen, und er machte seine Sache sehr gut. Er habe gehört, daß sie etwas suchen, und er habe etwas gefunden, allerdings keine Papiere. Dann machte er den Mund nicht mehr auf. Sie wollte seine Nummer, und dreißig Sekunden später rief sie zurück. Mißtrauisch. Wollte sich vergewissern, daß der Anruf aus Redmond kam, wo er lebt, nicht von dieser Seite der Berge. Jedenfalls wollte er keine weiteren Auskünfte geben, und sie sagte sehr wenig, sehr, sehr wenig. Sie wird sich wieder melden.«

Mike sah völlig verwirrt aus. Barbara grinste ihm zu. »Wir müssen sie in den Staat bringen, um die Vorladung zu übergeben. Und sie hat wirklich etwas verloren. Sie wird feststellen, daß ihre Videoaufzeichnung als Beweismittel vorgeführt wurde, und denken, sie sei inzwischen aus der Sache heraus. Hoffe ich wenigstens.« Sie wandte sich wieder zu Bailey. »Machen Sie weiter.«

Er konsultierte seine Notizen. »Dieser Kendricks verschwand 1982, als ob er untergetaucht wäre, und keine Spur von ihm war zu finden, bis er im Juni in diesen Laden in Denver ging und den Computer kaufte und bar bezahlte.«

Barbara mußte aufstoßen, dann sagte sie: »Macht nichts. Es wird unten bleiben.«

Bailey grunzte. »Was immer. Nun, der Wagen wurde im September 1980 auf Abzahlung gekauft. Auf dem Kaufvertrag ist neben Lucas Kendricks auch Nell Kendricks Unterschrift. Das Abzahlungsgeschäft sollte über vier Jahre laufen. Am 16. November 1982 wurde der Restbetrag mit Scheck bezahlt. Zur gleichen Zeit wurde der Versicherungsvertrag gekündigt. Am 31. Dezember desselben Jahres erfolgte die Abmeldung. Er hatte neunzehntausend Meilen drauf.«

Barbara überlegte. »November 1982. War das nicht der Monat, als Emil Frobisher umgebracht wurde oder sich umbrachte?«

»Ja. Am vierzehnten.« Bailey überflog wieder seine Notizen. »Hier ist die ganze Geschichte. Kendricks wurde in diesem Herbst im Studentenwohnheim einquartiert, als Sonderassistent Dr. Emil Frobishers. Im November wurde sein Telefon abgeschaltet, sein Wagen bezahlt, und er löste sein Konto auf. Etwas über viertausend waren darauf. Im Januar wurde sein Quartier von einem Tom Mann oder Manning bewohnt. Beide Versionen kommen vor. Für Lucas Kendricks wurde keine neue Adresse angegeben, und Tom Mann hatte weder ein Telefon noch sonst etwas, was ich finden konnte. Er lebte bis zum Juni unter der besonderen Obhut Dr. Ruth Brandywines in der Wohnung. Als Beruf war Wartungskraft in der Hausmeisterei angegeben.«

»Hui!« Barbara schnalzte. »Sie töteten Lucas Kendricks 1982! Welche schriftlichen Unterlagen können Sie bis Dienstag zusammenbringen?«

Bailey sah sie ungläubig an und trank ausgiebig von seinem Scotch.

»Spätestens Mittwoch«, sagte Barbara, ohne seinen Gesichtsausdruck zu beachten. »So lange kann ich die Sache wahrscheinlich hinauszögern. Vielleicht muß ich im Gerichtssaal ohnmächtig werden oder was, aber mir wird schon was einfallen.«

Bailey sagte, er würde tun, was er könne, und tatsächlich habe er bereits ein paar Dinge, als Barbara ihn unterbrach:

»Als er den Computer kaufte, könnte es Verdacht erregt haben, daß er bar bezahlte. Sehen Sie nach, ob die Leute in dem Geschäft eine Notiz darüber aufbewahrten. Und ob seine Bank Unterlagen über die Auflösung seines Kontos besitzt. So etwas könnte archiviert sein.«

Bailey nickte und machte eine Notiz. »Aber nicht bis Dienstag«, brummte er.

»Machen Sie keine Geschichten«, sagte Barbara. »Natürlich können Sie.« Sie stand auf. »Sehen wir, was Sie bereits zusammengebracht haben.« Selbst sie konnte heraushören, wie seltsam die Worte klangen, und sie schwankte unter plötzlichem Schwindelgefühl.

Mike war an ihrer Seite und faßte sie beim Arm, und gleichzeitig rief Frank durch die Küche: »Fangen Sie sie auf, Mann!«

»Es geht schon«, sagte sie, ließ es aber zu, daß Mike sie wieder auf ihren Stuhl drückte. »Du bist blaß wie ein Gespenst«, sagte er.

»Ich habe auch ein Recht, es zu sein«, erwiderte sie,

»wenn man bedenkt, daß ich beinahe ermordet wurde.« Und nun, als sie das Wort ausgesprochen hatte, erkannte sie, daß es genau das war, was sie glaubte. Daß jemand versucht hatte, *sie* zu töten, nicht bloß einen Autofahrer. Frank knallte einen Topf auf die Herdplatte, und sie fuhr zusammen. »Vielleicht brauche ich etwas Stärkeres als deinen guten Wein«, sagte sie zu ihm.

Bailey stürzte den Rest seines Scotch hinunter und hielt sein Glas in die Höhe. »Dem schließe ich mich an. Frauen, die in Ohnmacht fallen, sind mir nicht geheuer.«

Frank brachte die Flasche und zwei Gläser zum Tisch. Mike schüttelte den Kopf, und Frank schenkte für Bailey und Barbara ein, und dann ein drittes Glas, das er behielt.

»Wenn Sie diese Schau am Dienstag vor Gericht abziehen, wird der Richter Ihnen eine zusätzliche Woche oder mehr geben, wenn Sie darum bitten«, sagte Bailey zu Barbara. »Ich werde Ihnen das Zeug besorgen.« Er tätschelte ihr die Schulter, als er auf dem Weg hinaus an ihrem Stuhl vorbeiging, die Aktenmappe zu holen, die er im Wohnzimmer gelassen hatte.

»Kann es nicht bis morgen warten?« fragte Mike.

»Morgen wird er schon in Denver sein«, sagte sie. »Ich bin wieder okay. Wirklich.«

»Okay ist nicht das Wort, das ich gebrauchen würde«, sagte er kopfschüttelnd. »Furchtbar kommt eher hin.«

Bailey kehrte mit einem Schnellhefter zurück, und als sie die Papiere durchgingen, die er gesammelt hatte, sagte sie ihm, welche beglaubigt und bezeugt werden mußten, während sie die ganze Zeit Mikes Blick auf sich fühlte. Nachdenklich, beunruhigt, verwirrt, ratlos, eine Mischung von alledem, als würde ihm erst jetzt bewußt, wer sie wirklich war. Sie war nicht ganz sicher, ob die Person, die er jetzt wahrnahm, dieselbe Person war, die er anziehend gefunden hatte, oder wie er im Zweifelsfall damit fertig würde.

Sie aßen wieder am Küchentisch zu Abend; Barbaras Arbeitsmaterial bedeckte noch immer den Tisch im Eßzimmer. Frank hatte eine Hammelkeule zubereitet, mit einer dicken Kruste aus Knoblauch, Rosmarin, grobem schwarzem Pfeffer und einer Marsalasoße.

Mike führte den ersten Bissen zum Mund, kaute und fragte: »Kann ich einziehen?«

Frank lachte. »Vielleicht. Könnte aber mit Bedingungen verknüpft sein.«

Barbara funkelte sie beide an. »Da fällt mir eine hübsche Geschichte aus dem Gerichtssaal ein«, sagte Frank lachend. »Es war in der Regierungszeit des alten Richters Klopfzeh. Wir nannten ihn so, weil er anfing, mit dem Zeh auf den Boden zu klopfen, wenn er mit dem Verhandlungsablauf eines Falles ungeduldig wurde. Er schien selbst nicht zu merken, daß er es tat, und die meiste Zeit merkten es auch die anderen nicht, weil unter dem Richtertisch immer ein dicker Läufer lag, um die Geräusche dieses unruhigen Fußes zu dämpfen. Nun war der alte Richter Klopfzeh mit den Jahren ein wenig schwerhörig geworden und hatte eine Verstärkeranlage einbauen lassen, damit ihm kein Wort entgehe. Aber er konnte nicht hören, was unter dem Richtertisch vorging. Und bei dieser Verhandlung, von der ich spreche, hatte jemand den Läufer weggenommen, vielleicht, um ihn zur Reinigung zu geben. So konnte jeder den alten Klopfzeh hören, wenn er ungeduldig wurde. Jedenfalls ließ der Staatsanwalt die ganze Familie Doolittle als Zeugen aufmarschieren: Papa Doolittle, Mama Doolittle, die Kinder, dazu Vettern und Onkel und Tanten, eine ganze Mannschaft. Sie sagten aus, sie hätten an dem Tag, als ein Nachbarhaus ausgeraubt wurde, ein Familienfest draußen im Hof gefeiert, als dieser Kerl auftauchte und in das Nebenhaus eindrang.

Sie beschrieben ihn sehr gut und wählten ihn bei einer Gegenüberstellung aus einer Reihe von Personen aus, und alles lief bestens für den Staatsanwalt. Aber er übertrieb, indem er sie alle aussagen ließ; einer nach dem anderen stand auf und sagte, ja, Sir, das ist der Kerl. Und nicht lange, und der alte Klopfzeh beginnt zu klopfen, und das bringt den Staatsanwalt ein wenig aus dem Konzept, und einige im Saal nicken im Takt mit dem Fuß des Richters, und das bringt alle ein wenig durcheinander, und der Richter merkt nicht, daß er das Tempo angibt. Er klopft nur noch ungeduldiger. Nun behauptet der Angeklagte, er habe es nicht getan, er sei mit seiner Freundin ausgegangen. Und sie sagt, so sei es gewesen, aber sie sind nur zu zweit, und ihnen steht ein ganzer Schwarm von Doolittles gegenüber, elf, zwölf Personen, und die Sache steht schlecht für die beiden.«

Frank lachte leise, nippte von seinem Wein und fuhr fort: »Also macht es unter dem Richtertisch weiter tap tap tap, und ein Zeuge nach dem anderen sagt das gleiche, und der Verteidiger fragt Onkel Doolittle, was sie an jenem Tag zu essen hatten. Das führt zu einer Reihe von Einsprüchen, aber der Richter hat genug von dem ständigen Hin und Her und sagt, lassen Sie den Zeugen antworten, wahrscheinlich um etwas Abwechslung in die Aussagen zu bringen, und der Onkel sagt Brathähnchen und Kartoffelsalat und Brombeerkuchen, Gebäck, geröstete Maiskolben, das richtige Essen für ein Familienfest an einem Sommertag. Und der Verteidiger fragt, zu welchem Anlaß das Fest gefeiert wurde, da es Ende Juli war, nicht der vierte oder was, und der Onkel sagt, es sei zur Feier der Operation von Mama Doolittles Gallenblase gewesen. Der Verteidiger blickt immer wieder zum Richtertisch, wo das Klopfen herkommt, und der Zeuge schaut auch hin, und dann beginnt er von sich aus noch andere Dinge hinzuzufügen. Er erinnert sich, daß sie zum Kuchen selbstgemachtes

Eis hatten. Der Verteidiger fragt, um welche Zeit er und seine Frau und die anderen eingetroffen seien, und so weiter, und Onkel Doolittle bewegt den Kopf im Takt mit dem Fuß des Richters und sagt vier, fünf, etwas später. Und der Verteidiger sagt, Sie meinen, die arme Mama Doolittle mußte für zwölf Personen Hähnchen braten und Kartoffelsalat und alles übrige machen, nachdem sie gerade aus dem Krankenhaus entlassen worden war? Sie muß schon einen Tag zuvor mit den Vorbereitungen angefangen haben. War sie nicht zu schwach für all die Arbeit? Und der Onkel sagt im Takt mit dem Fuß des Richters, daß Mama noch immer zu schwach sei, Papa müsse das Essen bereitet haben. Darauf springt Papa inmitten der Menge von Doolittles auf und sagt, das ist eine verdammte Lüge. Er habe noch nie im Leben ein Essen gekocht.«

Sie lachten alle, dann fragte Mike: »Und was geschah dann? Wie ging die Sache aus?«

»Ach, sie alle hatten es zusammen ausgebrütet«, sagte Frank fröhlich. »Sie fingen an, einander zu beschimpfen, die Gerichtsdiener mußten den Saal räumen, und als der Staub sich gelegt hatte, wurde der Angeklagte für unschuldig erklärt und die Doolittles alle zusammen des Einbruchdiebstahls und der eidlichen Falschaussage angeklagt. Als die Neuverhandlung eröffnet wurde, war der Läufer wieder an Ort und Stelle, und der alte Klopfzeh kam nie darauf, daß er den Onkel mit seinem Fuß hypnotisiert hatte.«

Später wurde Barbara klar, daß Frank mit Mike Gespräche geführt haben mußte, während sie geschlafen hatte; jemand hatte ihm gesagt, daß Mike nie kochte, und dieser jemand war nicht sie gewesen. Der Gedanke erfreute sie in einer Weise, obwohl er sie auch verdroß. Worüber hatten sie sonst noch gesprochen?

Bailey verabschiedete sich unmittelbar nach dem Abendessen; Mike spülte das Geschirr, während Barbara die Abschrift von Ruth Brandywines Zeugenaussage durchlas, um ihr Gedächtnis aufzufrischen. Sie fand, daß sie sich sehr gut erinnerte, was die Frau gesagt hatte.

Sie saßen im Wohnzimmer, wo das Kaminfeuer leise knackte und hin und wieder Funken sprühen ließ. Als Barbara zu Mike blickte, notierte er seine mathematischen Zeichen auf einen gelben Schreibblock, und als er zu ihr blickte, sah er sie Notizen auf einen anderen gelben Schreibblock machen.

»Könnte ich einen Blick auf den Computer werfen?« fragte er etwas später. »Nicht den tragbaren. Ich möchte das Programm eingeben, das ich Travis gab, um Mandelbrot zu machen.«

Frank gähnte und reckte sich. »Ich werde Ihnen den Computer zeigen und Sie dann mit ihm allein lassen. Für mich ist Schlafenszeit.«

Barbara sah sie zusammen hinausgehen. Mike wirkte neben ihrem Vater, der, wie sie mit Bestürzung erkannte, alt aussah, muskulöser denn je. Auf ihr Drängen hatte Frank endlich zugegeben, daß er einen ›ganz unbedeutenden‹ Herzanfall gehabt hatte, absolut belanglos und ohne alle Nachwirkungen.

Sie lauschte dem Gemurmel ihrer Stimmen, das aus seinem Arbeitszimmer drang, einem kurzen, schnaubenden Lachen, weiterem Gemurmel. Als die anschließende Stille sich allzulang hinzog, stand sie auf, um zu ihnen zu gehen. Sie fühlte sich wie gerädert, aber ihr Kopf schmerzte nicht, und darauf zu achten, hatte man ihr eingeschärft. Kein Schwindelgefühl mehr, keine Kopfschmerzen oder Sehstörungen … Ihr Vater und Mike waren zusammen am Computer und beobachteten den Bildschirm, wo sich Regenbogenfarben zu einem Muster ordneten.

»Ich werd verrückt«, sagte Frank abwesend. Er starrte wie gebannt auf den Bildschirm. »Da ist wieder dieser kleine Haken.«

Mike sah sie in der Türöffnung stehen und grinste. »Ein hübscher Computer. Nicht ganz so schnell wie der neue, den Travis hat, aber recht gut. Ich sagte deinem Vater, er solle ihn mit ausgeschaltetem Bildschirm über Nacht anlassen, dann wird er das Programm bis zum Morgen gespeichert haben.«

»Du hast Travis' Computer das gleiche Programm eingegeben? Er wird begeistert sein.«

»Nicht das gleiche. Ich dachte, ich könnte es hier machen, aber Travis' arbeitet mit Disketten, und dieser mit Magnetplatte.«

Eine weitere Zeile des entstehenden Musters war komplett, eine neue begann. Schon waren ein paar Zentimeter des Musters sichtbar. Frank beugte sich näher, nahm den Kopf wieder zurück, wandte aber den Blick nicht vom Bildschirm. Barbara sah noch ein paar Sekunden zu, bevor sie ins Wohnzimmer zurückkehrte. Etwas ließ ihr keine Ruhe. Ihr tragbarer PC und ihres Vaters Computer waren kompatibel; sie konnte seinen Drucker benutzen. Der Verkäufer hatte ihr eindringlich gesagt, daß die alten Disketten obsolet geworden seien und so rasch vom Markt verschwinden würden, wie die Leute ihre Geräte erneuerten. Warum hatte Lucas dann einen großen, teuren Computer gekauft, der sie gebrauchte? Sie starrte stirnrunzelnd ins niederbrennende Feuer.

Weil er die letzten sechs Jahre seines Lebens als Hilfskraft in der Hausmeisterei gearbeitet hatte, antwortete sie sich schließlich. Er kaufte einen Computer, der annähernd so war wie der letzte, den er gebraucht hatte. War es so einfach? Vielleicht, sagte sie sich. Vielleicht war es so.

Mike kam zurück und setzte sich bei ihrem Sessel auf den Boden, lehnte sich an ihre Beine. »So also ist Häuslichkeit«, sagte er leise.

»Gefällt es dir?«

»Gut. Aber wie lange? Das ist die Frage, nicht wahr?«

Sie legte ihm die Hand auf den Kopf. »Ja, das ist die Frage.« Sein Haar war elastisch unter ihren Fingern.

»Dein alter Herr gefällt mir sehr gut.«

»Aber du findest, daß er drängt?«

»Er drängt, ja. Und er ist scharfsinnig wie der alte Salomon. Er rief mich um ein Uhr früh zu Hause an. Später machte ich mir Gedanken darüber. Du warst nicht in Gefahr, kein Schädelbruch oder dergleichen. Er dachte erst an mich, als er mit seinen Sorgen und Befürchtungen fertig werden konnte, aber dann rief er an. Sagte, er dächte, Mathematiker blieben die ganze Nacht auf und spielten mit Zahlen, und daß er meinte, ich würde es wissen wollen.«

Sie biß die Zähne zusammen und zog ein wenig an seinem Haar. »Wenn er schubst, mußt du zurückschubsen. Ich lernte schon vor zwanzig Jahren, daß man zurückschubsen muß.«

»Da habe ich Nachholbedarf.« Er legte den Kopf zurück, um zu ihr aufzublicken. »Möchtest du einen Gedanken hören, der mir durch den Kopf ging, während er mit dem Mandelbrot spielte?«

»Sag es mir.«

»Ich begann mich zu fragen, warum Lucas Kendricks beinahe viertausend für einen Computer ausgab. Dein tragbarer PC liegt bei fünfzehnhundert, der Computer deines Vaters bei zweitausendfünfhundert, und beide sind dafür, was ihr damit zu tun habt, mehr als ausreichend. Bessere Schreibmaschinen. Aber warum gab Kendricks soviel Geld aus, wenn er nicht vorhatte, damit zu arbeiten? Ich meine, wirklich damit zu arbeiten. Und das brachte mich auf die Frage, woran.«

»Du meinst, er hatte vor, die Arbeit fortzuführen, die er vor Jahren mit Frobisher getan hatte? Nach allem, was Nell über ihn sagt, bezweifle ich, daß er imstande war, das allein zu tun. Aber sie könnte seine Fähigkeiten falsch eingeschätzt haben.«

Eine Sekunde später drückte seine Hand die ihre, die

noch auf seinem Kopf lag; sie begriff, daß sie ihn getätschelt hatte, während sie den Gedanken aufgenommen und hin und her gewendet hatte. Nachdenklich sagte sie: »Er kaufte die Art Computer, die ihm vertraut war, aber man muß mit den neueren nicht vertraut sein; sie arbeiten genauso. Aber angenommen, er hatte Disketten, die nur in solch einem Gerät verwendet werden konnten? Ja, sie waren hinter Disketten her! Wetten?«

»Es ist nicht schwierig, Daten von einer Größe auf eine andere zu übertragen, von einer Sprache in eine andere.«

»Aber war das vor sieben Jahren auch schon so? Seine Kenntnisse über Computer könnten auf dem Stand 1982 eingefroren sein, vergiß das nicht. Vielleicht kam ihm dieser Gedanke selbst überhaupt nicht, oder vielleicht riskierte er nicht, in einem Computerladen darüber zu diskutieren. Er wußte, daß Leute hinter ihm her waren.« Ihre Hand hatte angefangen, mit seinem Haar zu spielen, es zu kraulen; er zog ihre Hand weg und küßte die Handfläche. »Ich muß Bailey anrufen«, sagte sie plötzlich und wollte aufstehen.

»He, sei nicht herzlos«, sagte er kopfschüttelnd. »Weißt du, wie spät es ist? Nach eins.«

»Verdammt. Dann morgen. Du bist ein Genie. Weißt du das?«

»Ich weiß es. Aber ich habe bloß das Offensichtliche festgestellt. Ich weiß noch immer nicht, worüber du dich aufregst.«

»Du gabst mir die Munition, die ich brauchte, um die Brandywine hierher zu locken. Sie kommt wegen Disketten. Wollen wir wetten?«

»Ausgeschlossen. Das ist dein Spiel. Ich kenne nicht mal die Regeln. Zum Beispiel weiß ich nicht, warum du sie willst, wenn du die Papiere von deinem Detektiv bekommst.«

Sie war überrascht; es schien ihr zu offensichtlich, um es überhaupt zu erwähnen. »Ich kann ihre aufgezeichnete Zeugenaussage anfechten, aber damit wird nichts Neues ins Protokoll kommen, nur einige der verurteilenden Erklärungen widerlegt, die sie darin machte. Ich möchte, daß sie sagen muß, sie habe gelogen. Ich möchte sie in die Enge treiben und sehen, was herauskommt, wenn sie wütend wird.«

Eine gute Weile blieb Mike sitzen, ohne sich zu bewegen. Es war eine seiner Eigenheiten; wenn ihn etwas beschäftigte, konnte er bewegungslos verharren, ohne zu erkennen zu geben, was in ihm vorging. Diesmal verriet er nicht, was es war, sondern sagte nur: »Laß uns ins Bett gehen.«

Die Worte erzeugten eine plötzliche Anspannung, und sie fand es eigenartig, daß sie bei dem Gedanken, ihr Vater könne erfahren, daß sie Geschlechtsverkehr hatte, wie ein Schulmädchen reagieren konnte. Und das war wirklich einfältig, denn er schob sie aufeinander zu wie ein bezahlter Heiratsvermittler.

»Nicht zusammen«, sagte Mike und stand auf. Er reckte sich und machte knackende Geräusche. »Ich habe ihm so gut wie versprochen, daß ich im Gästezimmer bleiben würde.«

Sie sah ihn ungläubig an. »Brachte er es zur Sprache?«

Mike lachte. »Nein, ich. Ich hatte den Eindruck, daß er mir die Erlaubnis gab, in dein Zelt zu kriechen.«

Sie gingen zusammen durch das Haus, schalteten Lampen aus und vergewisserten sich, daß der Funkenschirm vor dem Kaminfeuer stand, der Küchenherd ausgeschaltet war; dann gingen sie Hand in Hand die Treppe hinauf. Vor ihrem Schlafzimmer küßte er sie auf die Wange und ging durch den Korridor weiter zu seinem Zimmer.

Besser so, sagte sie sich beim Auskleiden, das nicht ohne Ächzen vonstatten ging. Sie war eine einzige Prellung von Kopf bis zu den Füßen, aber wesentlicher erschien ihr, daß sie zunehmend ärgerlicher wurde. Dieses lange Schweigen und dann keine Bemerkung, nachdem sie erklärt hatte, warum sie Brandywine im Gerichtssaal haben wollte; was hatte das zu bedeuten? Sie wußte, was sie mit dieser Art von distanzierendem Schweigen ausdrücken würde. Sie war ärgerlich genug, um zu ihm zu gehen und zu verlangen … was? Eine Erklärung? Eine Entschuldigung? Sie nahm die Hand von der Türklinke, ging ins Bad und ließ Wasser einlaufen, um ihre schmerzenden Muskeln in warmem Wasser einzuweichen. Ihren Geist zu entspannen.

Als sie aus dem Bad stieg, hatte der Ärger sich gewandelt; er war nicht mehr heiß und verlangte keine unmittelbare Beschwichtigung; er verzog ihr Gesicht nicht mehr zu einem finsteren Stirnrunzeln. Er glich einem niedergebrannten Feuer, dessen Glut von Asche bedeckt und ungefährlich geworden ist. Aber das kundige Auge würde sehen, daß unter der Asche eine Schicht heißer Glut lag, die nur einer Brise oder eines Aufstocherns bedürfte, um wieder aufzuflammen, heißer als zuvor.

Am Sonntagnachmittag lehnte Nell an einem Baum nahe dem kleinen Strand und beobachtete den vorbeiströmenden Fluß. Er sah um diese Stunde beinahe schwarz aus, und seine Strömung war stark, aber ohne Turbulenzen. Das flache Wasser um die Kiesbank sah grau aus. Mit winzigen Wellen leckte es am feinen Kies, zog sich ein wenig zurück, drang wieder vor, endlos, immer gleich, aber nie dasselbe Wasser. Hier hatte es eine leise raunende Stimme, die Stimme eines so alten Wesens, daß Worte nicht mehr gebraucht wurden; das Murmeln des Rhythmus war genug. Sie schloß die Augen und versuchte das gleichförmige Geräusch zu Worten zu machen, zur Stimme ihres Großvaters, aber es blieb der alterslose Fluß, der in seinen alterslosen Monolog vertieft war.

Großvater war oben auf der Felsterrasse, nicht hier

unten, und sie konnte nie wieder dort hinaufgehen. Sie starrte auf den Fluß. Manchmal, wenn sie ein Problem hatte, konnte sie beide Seiten eines Dialogs übernehmen und sich so durcharbeiten, aber nicht jetzt. Clive war ein Problem, das sich ihr entzog. Er war ein guter Mann, das spürte sie mit hinlänglicher Gewißheit, obwohl er für die Abholzung von Wäldern gearbeitet hatte. Aber viele gute Leute tun Dinge, die andere Leute als schlecht ansehen, dachte sie, es gibt nichts Absolutes, und die Menschen verändern sich. Aber dieser Satz war abstrakt, und sie konnte ihn auf Clive nicht anwenden.

»Ich habe mich verändert«, hatte er am letzten Abend gesagt. »Meine ganze Ausbildung, die Schule, der Job, alles was ich tat, alle, mit denen ich redete, sie schienen zu akzeptieren, daß Bäume wachsen, daß man sie fällt und daß an ihrer Stelle neue wachsen. Ich dachte, die andere Seite, die Umweltschützer, seien verrückt, sogar selbstsüchtig. Ich irrte mich. Kannst du nicht sehen, daß Menschen sich ändern?«

»Ich weiß«, hatte sie gesagt. »Das ist es nicht. Wirklich, ich kann jetzt einfach nicht denken. Nicht über dich, nicht über irgendwas. Laß es damit bewenden, bis ... Lassen wir es einfach einstweilen so, wie es ist.«

Das Problem war, daß sie vor Furcht wie gelähmt war und nichts dagegen vermochte. Sie konnte nicht an ihn denken, nicht an Doc, nicht an den nächsten Monat und an Weihnachten und an Einkäufe, an nichts. Sie war in einem riesigen unsichtbaren Netz gefangen, dessen Seiten sich unerbittlich um sie schlossen; sie würde sie mit den Händen fühlen, wenn sie es wagte, die Arme auszustrecken. Sie fühlte, daß ihr Atem die Wand vor ihr traf, zurückwogte und sie erstickte. Und wenn das Netz sich weiter zusammenzöge, am Dienstag oder am Mittwoch, wann immer es geschähe, würde sie an Erstickung sterben. Sie ertappte sich dabei, wie sie tief einatmete, als wollte sie prüfen, daß noch genug Luft da war.

»Es spielt keine Rolle, was Barbara Holloway an Beweisanträgen vorbringen wird«, flüsterte sie dem murmelnden Fluß zu. »Es spielt wirklich keine Rolle, nicht?« Sie hatte Angst vor dem Staatsanwalt, Tony DeAngelo, mit seinem scharfen Gesicht und den grausamen Augen und seiner Verachtung für sie, für Barbara. Er würde die Geschworenen überzeugen, daß niemand sonst die Tat begangen haben konnte. Vielleicht hatte er sie bereits davon überzeugt, und ganz gleich, wie angestrengt Barbara sich bemühte, wie viele Widersprüche sie aufdeckte, wie viele andere Dinge sie in die Verteidigung einbrachte, diese eine Tatsache würde bleiben. Niemand sonst konnte es getan haben.

Sie stellten Lucas als ein Ungeheuer hin, ein geisteskrankes Ungeheuer, das diesem armen Mädchen die fürchterlichsten Mißhandlungen zugefügt hatte. Wenn sie vor Gericht aussagte, welche Angst sie vor ihm gehabt habe, nicht um sich selbst, sondern um die Kinder, wenn sie sagte, er habe ihre Kinder, seine Tochter bedroht, ebenso wie er sie bedroht habe, und plötzlich sei er erschossen worden, und sie könne sich nicht erinnern, die Waffe gegen ihn erhoben zu haben – wenn sie dies täte, würden die kalten Blicke der Geschworenen zu mitleidigen Blicken werden, dessen war sie gewiß. So etwas würden sie verstehen. Was sie nicht verstanden, war Leugnung, wo kein anderer es getan haben konnte.

Ein Stück Holz trieb vorbei, an der Stelle, wo Travis im Juni im angebundenen Boot gesessen hatte. Sie hatte ein klares Erinnerungsbild von ihm, wie zufrieden er da draußen auf dem Wasser gewesen war, das träge Grinsen in seinem Gesicht, die halbe Gebärde, die so sehr Lucas' Gebärden glich. Und sein Gesicht wurde überlagert von Lucas, wie er lachend auf der Felsterrasse gestanden hatte, der Student, in den sie sich verliebt hatte, und der für diesen einen Augenblick wiedererstanden war. Rasch wurde dieses Vorstellungsbild von einem anderen verdrängt, wie sie das erste Mal miteinander geschlafen hatten. Sie war Jungfrau gewesen, und er hatte gestanden, daß es in seinem Leben nur ein Mädchen vor ihr gegeben hatte. Wie unbeholfen hatten sie angefangen, und hinterher hatte er sich auf den Rücken gewälzt und dieses gleiche freudige Lachen ausgestoßen, und sie hatte mit ihm gelacht.

Im November, wenn es kaum Sonnenschein gab, nur tiefhängende Wolken, ging das Tageslicht unmerklich in Dunkelheit über, wie ein Licht, das von einem automatischen Helligkeitsregler nach und nach zum Erlöschen gebracht wird. Es war beinahe dunkel geworden, als sie sich schüttelte und umwandte, die Böschung wieder hinaufzusteigen, zurück zu ihrem Haus, die Kleider zu wechseln und dem Abendessen mit Menschen entgegenzusehen, die noch über Belanglosigkeiten sprechen konnten. Am oberen Rand der Böschung hielt sie inne, um noch einmal kurz zu dem kleinen Strand zurückzublicken, dem einzigen Ort, der noch ganz ihr gehörte, wo sie völlig ungestört sein konnte. Nach ein paar Schritten konnte sie den Strand nicht mehr sehen und das Murmeln des Flusses nicht mehr hören.

Auf dem Tisch stand ein Teller mit Zimthörnchen und einem Zettel: *Ein Imbiß für die Kinder, wenn sie heimkommen. Tawna.* Ihr war zum Weinen zumute. Erst vor ein paar Wochen war sie nach Hause gekommen und hatte ein Klafter Brennholz neben der Garage aufgeschichtet gefunden, eine Aufmerksamkeit von James Gresham. Und Clive war so gut zu ihr und den Kindern. Sie faltete den Zettel sorgsam und trug ihn in ihr Zimmer, um ihn aufzubewahren.

Sie hatte gefragt, ob das Abendessen frühzeitig stattfinden könne, weil sie zu Hause sein wollte, wenn John und Amy die Kinder zurückbrächten, und sie hatte gesagt, daß sie bei den Holloways vorbeifahren würde, weil Barbara nie in Clives Haus gewesen war, das im Dunkeln schwierig zu finden war. Vor allem aber hatte sie eine Diskussion über die Frage vermeiden wollen, wann es Zeit zum Gehen sei, und nicht gewollt, daß Clive darauf bestehen würde, sie abzuholen und zu bringen. Dies schien leichter.

Das Haus stand an einer unbefestigten Straße am Westrand von Turners Point, schon ein Stück den Hang hinauf. Die Straße war schmal und kurvenreich, eingeengt von dichtem Wald, der auf den beiden Seiten herandrängte. Clive erwartete sie an der Tür.

Die ersten paar Minuten waren in Ordnung, als Clive ihnen die Mäntel abnahm, sich nach Barbaras Verletzungen erkundigte und sie ins Wohnzimmer führte. Nell war nie im Haus gewesen und sah sich mit Interesse um, ein wenig überrascht, daß es so gemütlich war. Die Decke war niedrig, mit freigelegten Balken. Indianische Decken lagen auf der Sitzgarnitur, und den Boden bedeckte ein Navajoteppich. In einer Ecke stand ein Holzofen mit Marienglas in der Tür, und die an zwei Wänden aufgestellten Bücherregale waren so vollgestopft, daß viele Bücher quer über den aufrecht stehenden hineingezwängt waren.

Clive mixte Cocktails und reichte sie herum, aber als das geschehen war, schien es, daß niemand etwas zu sagen hatte. Nell war es gleich. Sie beobachtete die Schatten des Feuers, die hinter dem Marienglas tanzten, war sich aber Clives Blick bewußt, der immer wieder zu ihr zurückkehrte.

In einem beinahe verzweifelten Versuch, ein Gespräch in Gang zu bringen, fragte er Mike Dinesen, woher er sei, und schien ungemein erleichtert, als Mike tatsächlich anfing, von Indiana zu erzählen, und dann über Schulen und Universitäten, die er besucht oder wo er gelehrt hatte, hauptsächlich in Texas und Louisiana. »Alle haben Angst«, sagte er, »heutzutage gibt es zu viele Probleme mit ansteckenden Krankheiten, nicht bloß Aids, sondern auch Herpes, Geschlechtskrankheiten, deren Erreger resistent geworden sind, und natürlich Drogen. Mit welchen Tests soll man all diese jungen Leute erreichen, die mit etwas infiziert sind, oft ohne es zu wissen, oder die aus ihrer Suchtabhängigkeit nicht herauskommen?«

»Mein Gott«, sagte Clive, »wozu hinter ihnen herlaufen? Wer sich infiziert, findet früher oder später von selbst zum Arzt, und für die Drogenabhängigen, die wirklich den Entzug wollen, gibt es Anlaufstellen genug. Lassen wir die Sozialarbeiter und Psychologen ihr Geld verdienen. Und was den Rest betrifft, die Süchtigen, die keinen Entzug wollen, aber auch die Schwulen, die Perversen, so sollen sie entweder schwimmen oder untergehen. Wer schert sich darum, was sie tun, solange sie uns andere nicht damit behelligen? Natürlich sollten wir ihnen den Weg offenhalten, nützliche Mitglieder der Gesellschaft zu werden, vorausgesetzt, sie zahlen den Preis und kommen nicht zu uns und betteln, daß wir ihnen aus der Klemme helfen, wenn es hart wird. Ich sage, die alte Mutter Natur hat seit Jahrmillionen einen Weg gefunden, die Abartigen auszusieben, und wir sollten ihr nicht in die Quere kommen und es geschehen lassen. Wir sind auch nur ein Teil von ihr und stehen nicht über ihren Gesetzen.«

Die Stille, die darauf folgte, zog sich peinlich in die Länge, bis irgendwo ein Glockensignal ertönte. »Die Schaltuhr«, sagte Clive und sprang erleichtert auf. »Bin gleich zurück.«

Barbara stand auf, sich seine Bücher anzusehen, von denen viele Forstwirtschaft und Waldbau behandelten. Er sprach nur aus, was zwei von drei Menschen dachten, sagte sie sich; es hörte sich bloß schockierend an, die ehrlichen Worte zu hören, weil sie gegen ein gesellschaftliches Tabu verstießen. Sie zog einen Bildband heraus und schlug ihn auf den Kaffeetisch auf. Schön fotografierte Bäume, viele Seiten mit Bäumen aus aller Welt.

Eine über zwei Seiten gehende Aufnahme einer mächtigen Sequoia ließ sie im Durchblättern innehalten. Nell war an ihre Seite gekommen und betrachtete die Bilder. »Mein Großvater pflegte zu sagen, daß die Bäume Herzen haben, die Flüssigkeit pumpen, gerade so wie unsere Herzen Blut pumpen. Er sagte, eine Sequoia müsse fünfhundert Liter Wasser in der Minute pumpen, um zu überleben.«

Aus der Türöffnung sagte Clive: »Genauso ist es nicht, aber ähnlich. Ich stelle mir die ganze Welt als eine gigantische Pumpe vor, die Flüsse in die Ozeane schickt, Wasserdampf in die Luft steigen läßt, um ihn auf die Wälder regnen zu lassen und den Kreislauf von neuem zu beginnen.« Er schaute verlegen drein und fügte hinzu: »Möchten Sie ein paar von den Fotografien sehen, die ich hier im Staat gesammelt habe?«

Er führte sie in sein Arbeitszimmer, wo zwei Wände von seinen Fotografien bedeckt waren, nicht so professionell, nicht so vollkommen wie jene im Buch, aber nichtsdestoweniger eine eindrucksvolle Ausstellung. Er zeigte auf die Fotografien und nannte die Namen der Bäume: Edeltanne, Fichte, Erle, Weißtanne, Bergkiefer, Schwarzkiefer, Douglasie, Hemlockstanne …

Außerdem waren die Werkzeuge seines Gewerbes im Arbeitszimmer versammelt: mehrere Kameras, eine auf einem Stativ; ein kleiner und ein sehr großer Feldstecher; ein Teleskop auf einem Stativ, und eine Wand voll von Karten, teils zusammengerollt, teils an der Wand befestigt, einige eingerollt zum Herabziehen.

Die Schaltuhr ging wieder los, und er blickte auf seine Armbanduhr. »Ich glaube, es ist unser Abendessen«, sagte er. »Bin gleich zurück.«

Nell sah sich um und hatte das Gefühl, in sich zu schrumpfen. Er hatte diesen ganzen Abend geplant, um ihr sein Arbeitszimmer und seine Aufnahmen zu zeigen, dachte sie. Sie hatte mehrere Einladungen, ihn in seinem Haus zu besuchen, ausgeschlagen, aber er hatte nun einen Weg gefunden, sie in diesen Raum mit den Bildern zu bringen, die bewiesen, wie tief er für die Wälder, die Bäume empfand. Es war nicht zu leugnen; die Natur lag ihm am Herzen. In seinem Arbeitszimmer war die Fotografie einer Lichtung, wo zartes grünes Moos alles bedeckte, die Felsen, einen modernden Stamm, die Äste der Bäume; ein einziger Sonnenstrahl durchdrang den dämmerigen Luftraum und ließ die herbstlich gelben Blätter einer Felsenbirne im goldenen Licht erstrahlen. Wie lange hatte er auf den richtigen Augenblick gewartet, bis der Sonnenstrahl den kleinen Strauch mit seiner Midasberührung erreichte?

Clive kam zurück und sagte, ja, das Abendessen sei fertig. Er sah dabei sie an, nicht die anderen. Sie sagte leise: »Danke, daß du uns dies alles gezeigt hast. Deine Bilder sind wundervoll.«

Sein breites, sonnenverbranntes Gesicht dehnte sich in einem fast noch breiteren Grinsen, und zum ersten Mal an diesem Abend entspannte er sich.

Sein Abendessen war ein sehr guter gebackener Lachs, und er gab zu, daß er Angler sei, wie fast alle, die am Fluß lebten. »Und ich kann ihnen sagen, es ist verdammt schwierig, das Boot meine Straße heraufzubringen, aber es lohnt sich. Im Frühjahr bringe ich es hinunter, im Herbst wieder herauf, und beide Male geht es nicht ohne Flüche ab.« Zu Nell gewandt, sagte er: »Irgendwann möchte ich mit dir eine Wildwasserfahrt den Owyhee hinunter machen.« Nun, da er gelöst war, sprach er interessant und lebendig über die Gegenden in Oregon, die wenig bekannt waren, so weit abseits der Wege lagen, daß man tagelang wandern konnte, ohne ein Zeichen menschlicher Zerstörung, menschlicher Abfälle zu sehen, nicht einmal ein Bonbonpapier. Er gab zu, daß es in vielen Fällen schwierig sei, diese Gegenden zu erreichen, aber es lohne jede Anstrengung.

Obwohl der Abend besser verlaufen war, als sie zu hoffen gewagt hatte, war Nell um neun wieder in ihrem eigenen Haus mit ihren Kindern und Schwiegereltern, wie sie es geplant hatte. Sie aßen Tawnas Zimthörnchen und sprachen über die Farm und die Fahrt, und sie betrachtete ihre Kinder, berührte Carol, berührte Travis, hörte sie sprechen und schweigen und begann zur Ruhe zu kommen, der frühere Teil des Abends verblaßte so rasch in der Erinnerung, als wäre er nie gewesen.

In Franks Haus zurückgekehrt, sagte Barbara zu Mike: »Ich finde, du solltest heute abend heimfahren. Ich habe zu arbeiten, und du hast morgen ein Seminar. Wie du sehen kannst, fehlt mir absolut nichts.«

Er musterte sie kurz, dann nickte er. »Wenn du es so willst.«

Am liebsten hätte sie ihn angeschrien und gefragt, was los sei, was ihm gegen den Strich ginge, damit sie sich zusammensetzen und miteinander aussprechen könnten und sie eine Gelegenheit hätte, ihre Position als Anwältin in einem Mordprozeß zu erklären. Gleichzeitig hatte sie Hemmungen, weil sie befürchtete, daß sie wie ihr Vater reden würde, wenn sie verteidigte, was nicht zu verteidigen war. So sei es, dachte sie bitter, als er auf eine Reaktion wartete. Er hatte diese Seite von ihr gesehen; sollte er nur fortgehen und darüber nachdenken. Er war am Zug. Sie nickte, und keiner von ihnen sprach, als er seine Sachen zusammensuchte und dann ging, sich von Frank zu verabschieden. Sie stand an der Tür, wo er zögerte;

nach einem Augenblick verhärteten sich seine Züge, und er sagte: »Adieu. Bis bald.«

Als sie die Tür schloß und sich umwandte, stand ihr Vater im Korridor und schüttelte zornig den Kopf. »Ihr seid beide zwei verdammte Dummköpfe!« Er machte kehrt, verschwand wieder in seinem Arbeitszimmer und schlug die Tür zu.

23

Am Dienstag, als die Verhandlung wieder eröffnet wurde, gab Tony sich so engelgleich, wie sein Name andeutete; er forderte nicht einen einzigen der Charakterzeugen heraus, welche die Verteidigung aufgeboten hatte; er schaute überaus gelangweilt drein. »Hat nichts zu bedeuten«, hatte ihr Vater ein andermal über Charakterzeugen bemerkt. »Selbst der Teufel hat Kumpel, die auf ihn schwören. Aber man muß es tun.« Tony war offenbar der gleichen Meinung und hatte nicht vor, etwas unnötig zu verlängern. Die Zeit wurde knapp, Ruth Brandywine zu erwischen, und ob Tony davon wußte oder nicht, er hatte ein sehr gutes Gefühl für die richtige zeitliche Abstimmung. Zweifellos hatte er ihre Verteidigung und den dafür benötigten Zeitaufwand beinahe so sorgfältig analysiert wie sie selbst.

Tonys erste Einsprüche kamen, als sie Pete Malinski in den Zeugenstand rief. Sie argumentierte, daß der Staatsanwalt den Vorwurf, Nell schieße auf Menschen, in die Verhandlung eingeführt habe, und daß der Sachverhalt geklärt werden müsse. Pete Malinski betrat den Zeugenstand nach zehn Minuten erregter Auseinandersetzung zwischen Verteidigung und Anklage. Er war achtundzwanzig und hatte ein glattes, ziemlich unreif wirkendes Gesicht mit braunen Augen, die so blaß wie Sherry waren. Er hatte üppiges gelocktes rötlichbraunes Haar und arbeitete den Sommer über ganztags für Clovis, wie er aussagte, und während der übrigen Zeit, wenn er seinem Ingenieursstudium nachgehe, in Teilzeit. Er sah aus wie der Sohn, den sich jede Mutter wünschte, ernst, aufrichtig, gutmütig und jetzt sehr nervös.

Er erzählte, wie er und sein Partner von zwei Männern angeheuert worden waren, um einer bestimmten Dame einen Streich zu spielen, und wie er mit einem von ihnen, der sich Sam nannte, zu Nell Kendricks' Grundstück gefahren sei. Als er zu dem Teil mit dem Schuß kam, blickte er mit einiger Bewunderung zu Nell. »Was für ein Schuß!« sagte er. »Die Bierdose segelte in hohem Bogen davon.«

»Und was dann?«

»Wir stiegen ein und machten uns davon. Ich hatte inzwischen das Gefühl, daß es kein umwerfender Scherz war. Unten im Ort hielten wir an, und ich holte eine Cola aus dem Laden und erzählte der Frau dort, daß sie ...« – er deutete mit einem Nicken zu Nell – »sagte, sie würde jeden erschießen, der ihren Grund und Boden betrete. Ich dachte, ich sollte jemand warnen.«

»Was war mit dem Mann, der sich Sam nannte? Ging er mit Ihnen in den Laden?«

»Nein, Madam. Sobald wir eingestiegen waren, machte er es sich bequem, zog den Hut ins Gesicht und schlief. Sagte kein Wort mehr, bis wir wieder in Salem waren.«

Barbara ließ ihn die beiden Männer beschreiben, dann war sie fertig.

Tony sah träge und nicht sehr interessiert aus, als er aufstand. »Mr. Malinski, sagte einer der beiden Männer, wer sie beauftragt hatte?«

»Nein. Nur, daß es ein Kerl gewesen sei.«

»Keine weiteren Fragen.« Er setzte sich.

»Sie sagten, er habe Sie in bar bezahlt«, sagte Barbara. »Jedem zweihundert, ist das richtig?« Er bestätigte dies, und sie fuhr fort: »Und weitere hundert für die Benutzung des Lastwagens. Fünfhundert Dollar in bar. Sahen sie ihn das Geld aus seiner Brieftasche nehmen?«

»Ja, Madam, und er hatte darin ein Bündel Scheine, daß Sie es nicht glauben würden.«

»Er zahlte in Fünfzigdollarnoten?«

»Ja, Madam.«

Sie dankte ihm und ließ ihn gehen. Richter Lundgren entschied, daß es Zeit zum Mittagessen sei, und der Gerichtssaal begann sich zu leeren, sobald er den Richtertisch verlassen hatte und die Geschworenen vom Gerichtsdiener hinausgeführt worden waren. An Barbaras Seite sagte Nell mit halblauter Stimme: »Er wird einfach behaupten, Lucas habe sie angeheuert.«

»Und ich werde beweisen, daß es nicht so war. Es geht gut, glauben Sie mir.« Es kam darauf an, was man sagte, dachte sie, als Nell mit John und Amy Kendricks hinausging, und außerdem, was hätte sie sonst sagen können?

»Wo ist Bailey?« murmelte Barbara unruhig bei einem Mittagessen, das sie nicht wollte.

Ihr Vater aß geduldig. »Er wird heute nachmittag kommen. Ich kenne ihn. Er wird es schaffen.«

»Nun, wenn er es schafft, muß er sich mit Roy Whitehorse in Verbindung setzen. Sag ihm das bitte von mir. Ich möchte, daß Whitehorse heute abend die Brandywine anruft, wenn sie ihn noch nicht zurückgerufen hat. Er ist sauer. Er hat seinen Job verloren oder ist suspendiert, weil er die Lagerplätze Fremden gegen Geld gezeigt hat, und das kommt ihn nun teuer zu stehen. Jemand muß dafür bezahlen. Er sollte in übler Stimmung sein, vielleicht sogar ein bißchen angetrunken klingen. Wenn sie nicht will, was er hat, wird vielleicht die Verteidigerin die Disketten kaufen. So etwa sollte er es vorbringen, und dann nichts mehr sagen. Aber klarmachen, daß er morgen das Zeug loswerden und Geld dafür haben will. Und er wird die Disketten niemandem außer ihr oder mir anbieten. Er weiß, daß der Sheriff ihm keinen Cent dafür geben würde. Meinst du, er kann das machen?«

Frank beobachtete sie mit leichtem Stirnrunzeln.

»Du sagtest Disketten. Du spielst mit sehr hohem Einsatz.«

»Ich weiß, aber es wird starker Medizin bedürfen, um diese Dame zu erschüttern. Meiner Geschichte sollte es gelingen. Was ist mit Whitehorse? Wie gut ist er?«

»Ich weiß nicht. Bin ihm nie begegnet. Bailey sagt, er sei Grundschullehrer, und Timothy LeMans sagt, er sei der beste Fährtensucher im Westen. Was sagt dir das?«

»Ich wünschte, ich wüßte es«, sagte sie. Sie blickte angewidert auf ihren Salat und trank eine zweite Tasse Kaffee.

»Nun«, meinte ihr Vater, »vielleicht veranstaltet er in seiner Grundschule Theateraufführungen und sehnt sich danach, Shakespeare aufzuführen, und ist ein grandioser Schauspieler.«

Lucky Rosner war nicht zum Grinsen aufgelegt. Er trug einen Anzug mit Krawatte und schien sich in diesen Kleidern sehr unbehaglich zu fühlen. Außerdem sah er noch jünger aus, als Barbara ihn in Erinnerung hatte, nicht älter als sechzehn oder siebzehn. Er bestätigte Pete Malinskis Geschichte von den beiden Männern und sagte, er sei mit dem zweiten Mann, Joe, in Salem geblieben, wo sie den Nachmittag Billard gespielt hätten.

»Was geschah dann, Mr. Rosner? Lasen oder hörten Sie vom Tod Lucas Kendricks?« Er schüttelte den Kopf, dann sagte er schnell: »Nein, ich wußte überhaupt nichts darüber, bis ein Detektiv vorbeikam und Fragen stellte.«

»Und er befragte Sie?«

»Ja, Madam. Die Sekretärin wußte gar nichts über den betreffenden Tag, also fragte er einige der Leute, und als er zu mir kam, erzählte ich ihm davon.«

»War er von der Polizei?«

»Nein, Madam. Er war ein Privatdetektiv.«

»Gut. Erzählen Sie uns, was dann geschah.«

Anfangs zögernd, dann mit mehr Selbstvertrauen, schilderte er, wie er mit Barbara, ihrem Vater und Bailey zu dem Baum gegangen, hinaufgestiegen sei und das Überwachungsgerät gefunden habe. Barbara hob es vom Tisch mit den Beweisstücken auf und zeigte es ihm.

»Ist dies das Gerät, das Sie auf dem Baum fanden?«

Er nickte mit einem nervösen Blick zum Richter. »Ja, das ist es.«

Sie dankte ihm, nickte Tony zu und kehrte an ihren Platz zurück. Ihr Vater hatte seinen Sitz verlassen. Sie sandte ein stummes Stoßgebet zum Himmel, daß Bailey endlich gekommen sei.

»Mr. Rosner, hat einer der beiden Männer gesagt, wer sie angeheuert hatte?« Diesmal machte Tony sich nicht die Mühe, den Tisch des Staatsanwalts zu verlassen. Er war nur aufgestanden.

»Nein, Sir. Sie sagten, ein Kerl wolle der Dame zum Scherz einen Streich spielen.«

»Und dieses Gerät lag einfach oben auf einem Ast?«

»Nein, Sir. Es war mit einem klebrigen Zeug am Stamm festgemacht.«

»Könnten Sie sagen, wie lange es da oben gewesen war?«

»Nein, Sir.«

»Sie und Ihr Partner glaubten, ein Ehemann wolle seiner Frau nachspionieren, nicht wahr? Und deshalb gingen Sie auf dieses Vorhaben ein?«

»Ja, Sir. Das war einer der Gründe, an den wir dachten.«

Tony setzte sich. »Das ist alles.«

Barbaras nächster Zeuge war ein Sachverständiger für Elektronik, Daryl Simpson, der den Anwesenden mehr über Abhörgeräte erzählte, als sie wissen wollten. Er hielt das Gerät liebevoll in den Händen, während er sprach. Er war ein magerer Mensch mit eingesunkenen

Wangen und von grünlicher Gesichtsfarbe, als sei er krank oder gerade im Begriff, sich von einer Krankheit zu erholen. Als er die Reichweite dieses speziellen Geräts zu erläutern begann, ließ sie ihn den Radius auf einer Karte anzeigen.

»Also konnte das Gerät jedes Gespräch in beiden Häusern auf dem Grundstück der Kendricks auffangen«, sagte sie dann. »Nicht unten am Fluß, weil die Böschung den Empfang verhindert hätte. Wie verhält es sich mit der Felsterrasse hier? Sie liegt ein gutes Stück höher, als das Gerät angebracht war.«

»Das spielt keine Rolle«, erwiderte er. »Stellen Sie sich eine Kuppel von einem Durchmesser von einer Meile vor, deren Scheitelpunkt eine halbe Meile hoch ist. Dann haben Sie den Bereich dieses Geräts.«

»Also konnte alles, was auf der Felsterrasse gesagt wurde, aufgezeichnet worden sein?«

»Wenn das Gerät funktionierte.«

»Wo würde Ihrer Ansicht nach der Empfänger stationiert gewesen sein?«

Er sprach ausführlich über den Empfänger. Aber die Geschworenen waren sehr aufmerksam, und sie unternahm keinen Versuch, ihn zu drängen.

Wieder trat sie zur Karte. »Also in Luftlinie bis zu zwei Meilen, aber Sie sagten, der Sendeteil sei mit einem Richtstrahler versehen. Bedeutet das, daß er nur in diese eine Richtung senden würde?«

»Ja, genau das. Nicht durch Felsen oder Bodenerhebungen, aber Bäume würden kein Hindernis sein.«

»Die Hütten dort unten würden etwa in einer Linie sein, aber nur die hinteren, während die unter dem Kliff für den Empfang ungeeignet wären?«

Er bestätigte, daß es so sei. Wer immer das Gerät angebracht hätte, hatte es wahrscheinlich so befestigt, daß der Richtstrahl den Ort erreichte, wo er seinen Empfänger aufstellen wollte. Gewöhnlich würde es ein Lieferwagen oder ein Wohnanhänger sein, aber die an Angler vermieteten Hütten würden den Zweck genausogut erfüllen.

»Wieviel würde solch ein Gerät nach Ihrer Einschätzung kosten?« fragte sie, als sie ihm das Gerät wieder aus der Hand nahm.

Er betrachtete es beinahe traurig und vergaß beinahe darüber, Barbara anzusehen. »Sieben- oder achthundert Dollar.«

Nachdem sie ihm gedankt und sich gesetzt hatte, ließ Tony ihn bestätigen, daß das Empfangsgerät genauso gut an anderen Orten gewesen sein konnte – in Nells Haus, in dem vermieteten großen Haus, auf der Felsterrasse, in einem der anderen Häuser entlang dem Höhenzug, sogar am anderen Flußufer.

»Es gibt keine Möglichkeit, das festzustellen, nicht wahr?«

»Nein. Nur muß der Empfangsteil in einer Entfernung bis zu zwei Meilen Luftlinie gewesen sein.«

Tony kam sofort mit der nächsten Frage: »Könnten Sie beurteilen, wie lang das Gerät auf dem Baum war?«

»Es hatte nicht darauf geregnet, würde ich sagen, aber es war schmutzig, staubig.« Er begann über den Klebstoff zu dozieren, aber diesmal unterbrach ihn Tony.

»Danke sehr. Sie wissen nicht, wie lange es dort oben war, ist das nicht Ihre Antwort?«

»Ja. Ich weiß es nicht.«

Arschloch, dachte Barbara zu Tony. Als Nächstes würde er suggerieren, daß sie auf den Baum gestiegen und das Überwachungsgerät angebracht habe. Sie hörte ein Rascheln hinter sich und wandte den Kopf. Frank nickte ihr zu. Bailey war zurück.

Ihre nächste Zeugin war Louise Gilmore, die eine der letzten Hütten am Mittwoch, dem siebten Juni an zwei Männer vermietet hatte. Am nächsten Tag waren die falschen Baumfäller auf Nells Grundstück erschienen, um die Kiefer umzusägen.

»Ist dies das Register?« fragte Barbara und zeigte ihr das Hotelregister.

»Ja. Das sind ihre Namen, Sam und Jerry Johnson.« Barbara ließ sie weitersprechen. »Sie wollten die letzte Hütte, möglichst weit weg vom Verkehr, sagten sie, und sie zahlten in bar, das Doppelte unseres Mietpreises, weil sie es eilig hatten, eine Arbeit zu vollenden, die sie zu machen hatten. Ich dachte, sie wären Schriftsteller oder Journalisten mit einem festen Ablieferungstermin – einer von ihnen erwähnte so etwas.«

Sie hatte mit den Hütten zaubern müssen, sagte sie, weil sie ausgebucht gewesen seien, aber sie habe ein paar Leute in ihr eigenes Haus aufgenommen, und das habe zur Zufriedenheit funktioniert. Sie beschrieb die beiden Männer; ihre Beschreibung deckte sich mit der jener Männer, die Pete Malinski und Lucky Rosner angeheuert hatten. Sie hätten ein Boot gemietet, sagte sie, aber nicht viel Gebrauch davon gemacht, und nicht zum Angeln. Und sie seien den ganzen Mittwoch und den größten Teil des Donnerstags in ihrem Wagen unterwegs gewesen. Sie habe die beiden nicht mehr gesehen, nachdem sie die Hütte übernommen hätten. Am Samstagnachmittag wären sie dann abgereist. Ihr Zeug war fort, sie hatten die Tür offengelassen und den Schlüssel auf den Schrank gelegt.

»Wie konnten Sie wissen, daß sie fort waren? Sie sagten, Sie hätten die beiden nicht mehr gesehen, nachdem sie eingezogen waren.«

»Nun, im Laden sprachen wir über dieses tote Mädchen, und daß jeder, der ein Boot hatte, draußen auf dem Fluß gewesen sei, um bei der Suche zu helfen, und daß andere ihre Boote verliehen hätten, um den Suchern zu helfen. Und einer meiner Kunden sagte, das Boot Nummer vierzehn sei am Ufer geblieben, und er finde es komisch, daß diese Leute nicht hinausgefahren waren. Ich dachte mir, ich würde ihnen sagen, daß jemand anders das Boot benutzen könnte, wenn sie bei der Suche nicht mitmachen wollten. Und als ich hinging, fand ich die Hütte leer. Aber das Boot war draußen gewesen, es war noch schmutzig von den Stiefeln. Vielleicht waren sie früher hinausgefahren.«

Als Barbara fragte, wieviel die Männer für die Hütte bezahlt hätten, sagte sie ohne zu zögern: »Eintausendfünfzig Dollar in bar, eine Woche im voraus.«

Tony stellte einige ihrer Aussagen in Frage. Wie könnte sie wissen, daß die Männer nicht geangelt hätten, wenn sie die beiden nie zu sehen bekam?

»Wenn Sie Ihr ganzes Leben am Fluß verbracht haben, wie ich es habe, dann wissen Sie es.«

Am Ende war ihre Aussage unangefochten, und er setzte sich kopfschüttelnd, als wollte er sagen, wozu das alles?

Aber die Geschworenen folgten dem Geschehen aufmerksam. Es war all das Geld, dachte Barbara. Eine von ihnen, eine zierlich aussehende Frau von siebzig Jahren, preßte die Lippen jedesmal, wenn eine neue Summe erwähnt wurde, fester zusammen, bis sie ganz verschwunden waren. Barbara erinnerte sich von der Befragung der Geschworenen, daß sie Altersrente bezog. Die hier genannten Beträge waren viel Geld für sie. Und ein jüngerer, gelehrt aussehender Mann schaute gequält drein, als die Summen sich addierten. Barbara wünschte, sie könnten jetzt gehen und morgen wiederkommen, aber Richter Lundgren machte keine Anstalten, die Verhandlung zu vertagen. Sie rief den nächsten Zeugen auf, Frederic Yost, den Forstaufseher, der den Honda auf der unbefestigten Forststraße entdeckt hatte. Er hatte neben einer jungen Frau und einem anderen Mann gesessen, beide in makellosen Uniformen des Forstdienstes, die so scharf gebügelt waren, daß sie wie Papierkleider aussahen. Yost sah athletisch aus, breitschultrig und mit einem mächtigen Brustkorb, ein Bär von einem Mann.

Nach den eröffnenden Fragen zu seinem Alter (sechsundzwanzig), seiner Ausbildung und Erfahrung sagte sie: »Am Freitagnachmittag, dem neunten Juni, waren Sie unterwegs nach Bend, Oregon, ist das richtig?«

»Hohes Gericht, ich erhebe Einspruch«, sagte Tony in scharfem Ton. »Dieser Zeuge hat zum Gegenstand des Verfahrens nichts beizutragen. Er war nicht einmal im weiteren Umkreis des Tatortes, als der Mord geschah. Seine Zeugenaussage ist für diesen Fall irrelevant.«

»Vielleicht möchte der Herr Staatsanwalt seinen Platz im Zeugenstand einnehmen und andere Fragen beantworten, die ich für diesen Zeugen habe?« erwiderte Barbara mit gleicher Schärfe.

Der Richter hielt die Hand hoch. »Miss Holloway, Mr. DeAngelo, bitte keine persönlichen Angriffe.«

»Hohes Gericht, ich muß Einspruch erheben, wenn die Staatsanwaltschaft in diesem Fall Ankläger und Geschworene zugleich spielt«, sagte Barbara hitzig.

Richter Lundgrens Gesicht schien sich eigentümlich in sich selbst zurückzuziehen, als kämpfte er mit sich, um ein Aufbrausen zu unterdrücken. »Miss Holloway, ich ermahne Sie, keine weiteren Bemerkungen dieser Art zu machen.«

Tony hob an, etwas zu sagen, aber der Richter brachte auch ihn zum Schweigen, dann schickte er die Geschworenen mit dem Gerichtsdiener hinaus und rief Tony und Barbara zu sich.

»Miss Holloway, werden Sie mit diesem Zeugen verfahrensrelevante Punkte zur Sprache bringen, und das bald?« Seine Stimme klang angespannt, aber so leise, daß nur die beiden vor ihm Stehenden ihn hörten.

»Ja, Euer Ehren«, sagte sie mit halblauter Stimme.

»Wie?«

»Dieser Zeuge machte in der Erklärung, die er dem Ermittlungsbeamten abgab, eine irrige Angabe. Die Berichtigung seiner Erklärung ist für die Verteidigung meiner Klientin wesentlich.«

»Sie können die Aussage Ihres eigenen Zeugen nicht in Zweifel ziehen«, sagte Tony zornig.

»Hätte die Polizei ihre Arbeit getan, würde es nicht erforderlich sein!« schoß sie zurück.

»Stellen Sie diese Anwürfe sofort ein«, sagte Richter Lundgren in eisigem Ton. »Dieses Gericht wird keine Unhöflichkeit dulden!«

Tony räusperte sich, und der Richter nickte ihm zu. »Sie beabsichtigt die Geschworenen mit soviel irrelevantem Material zu verwirren«, sagte Tony, »daß sie nicht in der Lage sein werden, an den einzigen Gegenstand dieses Verfahrens zu denken, den Tod von Lucas Kendricks und die Mordanklage gegen Nell Kendricks.«

Richter Lundgren faßte wieder Barbara ins Auge und musterte sie eine kleine Weile, bevor er sagte: »Miss Holloway, die Ermahnung, die ich Ihnen letzte Woche gab, ist nach wie vor relevant. Wenn ich zu dem Schluß gelange, daß Sie Material eingeführt haben, das für die Wahrheitsfindung in diesem Prozeß ohne Bedeutung ist, werde ich die Geschworenen sehr eindringlich instruieren, daß sie nichts in Betracht ziehen sollten, was vor jenem Samstag geschah, als Lucas Kendricks ermordet wurde. Verstehen Sie mich?«

»Ja, Sir.«

»Sehr gut, dann können Sie fortfahren.« Sein Gesichtsausdruck, seine Augen und sein Ton waren alle Stücke eines Ganzen, frostig und distanziert und sehr ärgerlich.

Die Geschworenen wurden wieder hereingelassen, und sie fuhr fort, wo sie unterbrochen hatte. »Mr. Yost, bitte sagen Sie uns, was Sie an jenem Nachmittag taten und sahen.« Die Selbstsicherheit, die ihn vorher eingehüllt hatte, war verschwunden. Nun sah er nervös und wachsam aus. Sie lächelte aufmunternd, als wollte sie sagen, daß nichts von ihrer Kontroverse mit dem Staatsanwalt etwas mit ihm zu tun habe. Er schluckte mühsam und nickte leicht.

Er hatte auf der Paßhöhe angehalten, um ein belegtes Brot zu essen und Kaffee zu trinken. Als er mit seinem Feldstecher den Wald kontrolliert hatte, war er auf den Honda aufmerksam geworden. Er sagte es schnell und ohne weitere Einzelheiten.

Barbara blickte auf ein Papier, das sie vor sich liegen hatte, wie um seine Aussage mit seiner schriftlichen Erklärung zu vergleichen. Dann blickte sie zu ihm auf. »In der darauffolgenden Woche erhielten Sie eine Belobigung, nicht wahr? Weil Sie durch Ihre Aufmerksamkeit wesentlich zu den laufenden Ermittlungen beitrugen.«

Er blickte auf seine Hände und zuckte die Achseln, dann sagte er ja.

»Wie lange hatten Sie im Bezirk Sisters als Forstaufseher Dienst getan, Mr. Yost?«

»Ich hatte den Dienst gerade angetreten und war unterwegs zu meinem neuen Arbeitsplatz.«

»Ah. Wo waren Sie vorher stationiert gewesen?«

»Im Bezirk Willamette.«

Sie nahm ein Papier auf und überflog es, dann sagte sie: »Als Sie anriefen, um Meldung zu machen, was sagten Sie genau?«

»Ich sagte, ich hätte einen Honda ausgemacht, auf den in der Bekanntmachung hingewiesen worden war.«

»Ja, aber können Sie sich Ihrer Worte entsinnen?«

Er schüttelte den Kopf. »Ich glaube nicht. Es ist lange her.«

»Natürlich. Lassen Sie mich Ihre Erinnerung auffrischen. Sie sagten, daß Sie einen Lichtreflex der Sonne auf dem Chrom des Kühlergrills gesehen hätten, nicht war?«

Er nickte, dann sagte er: »Aber ich irrte mich, es stellte sich heraus, daß der Wagen andersherum stand. Ich mußte das Heck gesehen haben.«

»Ich verstehe.« Sie legte das Papier weg, als wäre sie

erleichtert, dann nahm sie eine Aufnahme des Honda vom Schreibtisch und reichte sie ihm. »Können Sie zeigen, was Sie vom Wagen sahen?«

Er blickte verwirrt auf das Bild. Von der Rückseite war kein Chrom zu sehen. »Es muß der Chromstreifen an der Seite gewesen sein. Er läuft bis zum Heck durch, ist aber auf diesem Bild nicht zu sehen.«

»Ich habe noch eine Aufnahme«, sagte sie und gab sie ihn.

Er nickte energisch. »Sehen Sie, dieser Streifen ist Chrom. Die Sonne muß ihn gerade im richtigen Winkel getroffen haben. Ich sah nur einen kleinen Abschnitt, vielleicht weniger als einen halben Meter.«

Sie nahm die Fotografien wieder an sich und ging damit zu den Geschworenen. »An diesem kleinen Abschnitt erkannten Sie, daß es der graue Honda war?«

»Wissen Sie, Männer interessieren sich von Kindesbeinen an für Wagentypen.«

»Natürlich. In Ihrem Bericht teilten Sie dem Büro des Sheriffs mit, daß der Wagen auf der Forststraße 4219 stand, nicht wahr?«

»Ja. Ich hatte eine gute Karte bei mir. Es mußte diese Forststraße sein.«

»Eine Karte wie diese nehme ich an, da dies die offizielle Karte der Forstbehörde ist.« Sie zeigte auf die Karte, die sie bereits mehrmals benutzt hatten. Er nickte. »Sie waren also hier oben auf der Straße, und zehn Meilen davon entfernt stand der Honda auf der Forststraße 4219. Können Sie diese Straße für uns anzeigen, Mr. Yost?«

Zögernd verließ er den Zeugenstand und ging zur Karte. Er betrachtete sie eingehend und hob zweimal den Finger, zog ihn aber wieder zurück, endlich zeigte er die Forststraße an. Barbara dankte ihm und wandte sich der Karte zu, als er zum Zeugenstand zurückkehrte. »Zwischen dieser Forststraße und der Paßhöhe, wo Sie waren, gibt es sieben Forststraßen. Kein Wunder, daß Sie eine Weile brauchten, um die richtige zu finden.«

»Es ist anders, wenn man dort draußen ist.«

»Aber Sie mußten die Straße identifizieren, indem Sie die Karte gebrauchten, nicht wahr? Man konnte schließlich nicht von Ihnen erwarten, daß Sie von der Höhe über den Wald hinausblickten, eine Forststraße ausmachten und sofort wußten, welche es war. Um so weniger, als Sie neu im Bezirk waren.«

»Einspruch«, sagte Tony, »die Verteidigerin möge ihre Fragen stellen, ohne Reden zu halten.«

»Stattgegeben.«

»Tragen Sie eine Brille, Mr. Yost? Oder Kontaktlinsen?«

»Nein.« Er beobachtete sie jetzt mit mürrischem Ausdruck und saß so steif, daß er sich offensichtlich darauf konzentrierte, keine Nervosität zu zeigen. Seine steife Haltung war verräterischer, als unruhiges Herumrutschen es gewesen wäre.

»Welche Stärke hatte Ihr Feldstecher?«

»Sieben mal fünfzig. Aber man kann reflektiertes Sonnenlicht auch mit bloßem Auge aus der Entfernung sehen.«

»Aber Sie sahen auch genug graue Lackierung, um den Honda zu identifizieren, nicht wahr?«

»Ich dachte mir gleich, daß es der gesuchte Wagen sein müsse. Ich sah genug, um zu diesem Schluß zu kommen. Forststraßen sind für den allgemeinen Verkehr gesperrt, und der Forstdienst benutzt Geländefahrzeuge. Andernfalls hätte ich vielleicht gezweifelt, aber ich glaubte den gesuchten Wagen zu sehen.« Er war auf dem Weg zum perfekten Zeugen, der zu gefallen sucht, über wachsame Vorsicht bis zu mürrischer Ablehnung gegangen und sagte durch seine Körpersprache, daß er unverdient schikaniert werde. Nun hatte er die nächste Phase erreicht, Trotz. Noch eine, dachte Barbara. Noch eine weitere Phase.

Sie ging an den Tisch, wo die Beweismittel auslagen, suchte Papiere durch und fand den Bericht des Sheriffs. Sie überflog ihn kurz. »Um welche Zeit sahen Sie den Honda, Mr. Yost?«

»Ungefähr um fünfzehn Uhr dreißig.«

»Aber Sie machten erst um sechs Meldung?«

»Ich mußte nach Sisters fahren, um anzurufen. Die ersten beide Male war die Nummer belegt, also trank ich eine Tasse Kaffee und versuchte es wieder.«

Barbara sah ihn erstaunt an und ging zur Karte. »Aber hier ist ein Militärlager, weniger als eine Meile vom Observatorium am McKenzie-Paß, weniger als eine Meile von Ihrem Standort entfernt. Es ist deutlich eingezeichnet. Warum fuhren Sie nicht dorthin, um zu telefonieren?«

»Ich wußte nicht, daß es da war, oder daß es geöffnet war.«

»Sie wußten nicht, daß es da war?«

»Das meinte ich nicht. Ich meinte, ich wußte nicht, daß es geöffnet war.«

»Mr. Yost«, sagte sie und trat wieder an den Tisch mit den Beweismitteln, wo sie zu suchen begann, »haben Sie jemals diese Forststraße 4219 befahren?«

»Nein. Aber ich kenne viele andere Forststraßen im weiteren Umkreis.«

»Dann wissen Sie auch, wie der Zustand ist, an manchen Stellen schlammig, anderswo staubtrocken?«

»Ja, so ist es meistens.«

»Ja. Ich habe hier noch ein paar Bilder für Sie, Mr. Yost. Es sind Aufnahmen, die von Deputies des Sheriffs LeMans von dem Wagen gemacht wurden, den Sie auf der Forststraße 4219 fanden. Würden Sie sie sich bitte ansehen.«

Sie übergab ihm drei Bilder und sah, wie der trotzige Ausdruck aus seinen Zügen schwand. Er erbleichte ein wenig und befeuchtete sich die Lippen, als er die erste Aufnahme unter die anderen steckte, um die zweite zu betrachten. Als er alle drei angesehen hatte, hob er nicht den Kopf, sondern starrte weiter auf die letzte Fotografie. Alle drei zeigten einen Wagen, der so schlammverkrustet und von rotem Lavastaub überzogen war, daß es unmöglich war mehr zu sagen, als daß es sich um ein Automobil handelte. Ein kleiner Sektor der Heckscheibe war vom Scheibenwischer freigehalten worden, um Sicht nach rückwärts zu gewährleisten; keine Lackierung war erkennbar, nicht einmal die Nummernschilder waren zu sehen, geschweige denn irgendwelche Chromteile. Wenn jemand versucht hätte, die Farbe des Wagens unter der Schicht von Staub und Schmutz zu bestimmen, so wäre er noch am ehesten auf Rot verfallen.

Ganz ruhig sagte Barbara: »Sie haben den Wagen nie gesehen, nicht wahr, Mr. Yost?«

Er schluckte, sagte aber nichts und hielt den Kopf gesenkt.

»Sie wurden sehr grausam benutzt, Mr. Yost, und sobald Sie die Erklärung abgegeben hatten, fanden Sie es unmöglich, sie zurückzunehmen, nicht wahr?«

Im Gerichtssaal war es so still geworden, daß es unheimlich war. Richter Lundgren sagte: »Mr. Yost, Sie müssen die Frage beantworten.«

»Ja, Sir«, murmelte er.

»Haben Sie den Wagen gesehen?« fragte Barbara.

»Nein.«

»Woher wußten Sie, daß er dort war?«

»Ein Mann rief mich an und sagte, er habe ihn gesehen und wisse, daß alle danach suchten, aber er wolle mit der Sache nichts zu tun haben.« Die Worte klangen halb erstickt; schließlich blickte er auf, vorbei an Barbara und zu der jungen Frau, mit der er gekommen war und die neben einem anderen jungen Mann in neuer, frisch gebügelter Uniform saß. Tränen standen ihm in den Augen.

Er hatte die letzte Phase erreicht.

Widerstandslos gab er jetzt den Rest der Geschichte preis. Am Freitagmorgen hatte ihn ein Mann angerufen und gesagt, er habe in der Lokalzeitung einen kleinen Artikel über Yost gelesen, in der sein Name und die Anschrift angegeben waren und erwähnt wurde, daß er in den Bezirk Sisters versetzt worden sei. Der Mann sagte ihm, er habe am Donnerstagnachmittag den gesuchten Wagen gesehen. Wenn Yost auf der Fernstraße zum McKenzie-Paß hinauffahren würde, könne er ihn von dort sehen. Der Mann sagte ihm genau, wo er ihn zu suchen hatte, auf welcher Forststraße der Wagen stand. Yost hatte Ausschau gehalten, aber nichts gesehen, und die nächsten ein, zwei Stunden war er unschlüssig gewesen, dann hatte er schließlich den Anruf gemacht, weil er sich dachte, es könnte einen Unfall gegeben haben. Wenn es der Wagen nicht war, schadete es nicht, aber wenn er am angegebenen Ort stand, mußten sie ihn finden.

Sie stellte noch ein paar Fragen, aber wenig Neues kam zutage. »Mr. Yost«, sagte sie schließlich, »sagte Ihnen dieser Unbekannte genau, wo Sie hinsehen mußten, um den Wagen auszumachen?«

»Ja, so war es.«

»Sie sahen auf einer Karte nach und beobachteten mit dem Feldstecher die angegebene Stelle, ist das richtig?«

»Ja.«

»Aber Sie konnten da draußen nichts sehen.«

»Nein. Nur Bäume und den Lavastrom.«

»Mr. Yost, halten Sie es für möglich, daß jemand den Wagen von diesem Aussichtspunkt auf dem Paß gesehen haben konnte?«

»Einspruch«, sagte Tony. »Die Verteidigerin weiß, daß dies reine Mutmaßung ist.«

»Stattgegeben«, sagte Richter Lundgren, aber im Zeugenstand schüttelte Frederic Yost den Kopf.

24

Das Kaminfeuer war ausgegangen; aus der Asche lugte da und dort ein Rest roter Glut. Sie hätte rechtzeitig nachlegen sollen, dachte Barbara verdrießlich. Schon war es kühl im Wohnzimmer, als ob der dichte Nebel eingedrungen wäre, sobald die Flammen ihm nicht mehr den Zugang verwehrten. Sie zog die Arme fester um sich.

»Es wird spät, Bobby«, sagte ihr Vater von der Tür.

Sie nickte, nicht sonderlich überrascht, daß er noch auf den Beinen war. »Ich sagte Bailey, er könne mich bis ein Uhr früh anrufen.«

Frank blieb in der Türöffnung stehen. Bevor er weitersprechen konnte, sagte sie: »Ich dachte an Mutter.«

Er kam herein und setzte sich ihr gegenüber.

Sie hielt den Blick auf die matte Glut im Kamin gerichtet. »Ich erinnerte mich an die Zeit, als ich zwölf, höchstens dreizehn war, und du eines Abends in übler Laune nach Hause kamst, wild wie eine Katze in der Falle, bissig und knurrend und grimmig herumstampfend. Ich wollte dich etwas fragen, und sie sagte: ›Laß ihn in Ruhe.‹ Nur das, aber in einem Ton, den sie sonst nie mit mir gebraucht hatte. Ich war ziemlich erschrocken und flüchtete nach oben in mein Zimmer. Sie wußte Bescheid, nicht? Wie es ist, meine ich.«

»Sie wußte Bescheid«, sagte er ruhig. »Du wolltest nie über sie sprechen. Es war eine grausame Barriere, nicht über sie zu sprechen.«

»Ich war zu verwirrt, glaube ich. Und eifersüchtig.«

»Lieber Gott!«

»Ich weiß«, sagte sie kleinlaut, den Blick noch immer auf dem erloschenen Kaminfeuer. Aber sie merkte, daß er sich näher beugte, daß er angespannt war. Sie spürte, daß er sie am liebsten umarmt und auf den Rücken geklopft hätte, aber er wagte es nicht. So hatte er sie früher oft getröstet, wenn sie beunruhigt oder bekümmert war; er hatte die Arme um sie gelegt, sie auf den Rücken geklopft und gesagt: »Na, na, deswegen geht die Welt nicht unter, jedenfalls nicht gleich.«

»Ihr beide hattet einander«, sagte sie nach einer Pause, »und mir war immer klar, daß ich eine Außenseiterin war, nicht benötigt, geliebt aber unnötig, überflüssig. Ihr hattet einander. Und sie verstand dich in einer Weise, wie ich es nicht konnte. Sie akzeptierte dich genauso wie du warst, aber ich dachte immer, du solltest dich ein wenig ändern, aufhören, dies zu tun, anfangen, das zu tun, was immer dies oder das zu jener Zeit war. Komisch, ich kann mich heute nicht erinnern, in welcher Weise ich dich anders haben wollte.«

»Ich hatte mir angewöhnt, meine Plädoyers vor ihr zu üben«, sagte Frank. »Sie war das beste Publikum, aufmerksam und scharfsinnig. Sie konnte den Haken bei der Sache finden, selbst wenn ich glaubte, ich hätte ihn so tief vergraben, daß es eines Archäologen bedürfte, ihn auszubuddeln.«

»Nach ihrem Tod hast du nie wieder einen Mordfall angenommen, nicht?«

Aus den Augenwinkeln sah sie ihn den Kopf schütteln. »Irgendwie konnte ich es nicht mehr. Etwas ging verloren, etwas starb auch in mir.«

»Ich enttäuschte euch beide«, sagte Barbara mit leiser Stimme. »Ich war eifersüchtig und lief euch davon.« Der Tod ihrer Mutter war wie eine Explosion gewesen, dachte sie, die alle anderen in unberechenbare Bahnen geschleudert hatte, während ihre Mutter in eine Unendlichkeit hinausgeflogen war, die unvorstellbar war.

»Kind, niemand hat je so gedacht.« Seine Stimme war sehr freundlich und sehr sanft. »Du hattest dein eigenes Leben in Angriff zu nehmen. Wir beide wußten das. Sie hat dir niemals vorgeworfen, daß du deiner eigenen Wege gehen müßtest. Sie hatte dich sehr lieb.«

»Ich weiß es. Gegen Ende bemühte sie sich sehr, mich zu überzeugen, daß ich ihren bevorstehenden Tod akzeptieren müsse, und ich brachte es nicht über mich. Ich tat so, als glaubte ich nicht daran. Vielleicht glaubte ich wirklich nicht daran. Ich hätte ihr helfen können, aber ich fürchtete mich. Dann kam Tony daher. Er war mein Panzer. Sie starb, bevor ich erklären konnte, wie ängstlich ich war. Ich wußte selbst nicht, wie ängstlich ich war. Sie war so gut. Und weil du sie hattest, konntest du diese Güte borgen, aber ich hatte niemanden zum Anzapfen, niemanden, der gut genug war, daß etwas übrigblieb, was er abgeben konnte. Ich begann zu erkennen, wie schlecht Menschen sein können. Wirklich schlecht. Vorher glaubte ich einfach nicht an Gott, aber danach begann ich zu glauben, und ich haßte ihn mehr, als ich dir sagen kann.« Endlich blickte sie zu ihrem Vater auf. »Ich habe dir nie davon erzählt. Ich konnte es nicht. Ich sah Gott als die Ursache des Übels, der Ungerechtigkeit, der Zerstörung anständiger Leute. Dieser junge Mann, den ich heute zerstörte, hatte nicht verdient, was ihm geschah. Er ist bloß ein dummer, eitler Junge, und nun ist er erledigt. Gott und ich bringen Leute um, Paps. Gott stellte diesen dummen Jungen als Zielscheibe auf, und ich schoß ihn ab. In Zusammenarbeit bringen wir Leute um. Ich rannte davon, als ich merkte, daß er mich gebrauchte, gerade so wie er Tony gebrauchte, oder dich nach Mutters Tod, oder die Richter, oder alle anderen. Ich mußte weg davon. Es kann keine Gerechtigkeit geben, weil er die Karten mischte, weil er die Erde mit uns bevölkerte und uns programmierte, hinzugehen und einander nach Kräften zu schaden. Wir wurden gewarnt, die Geschichte von Hiob spricht es aus; seitdem warf er uns noch viele Hiobs als Opfer vor, dumme Jungen wie der heute, und wir – du, Tony, ich, wir alle – wir benutzen sie als Zielscheiben: Wieder ein Leben zerstört. Ich machte die Erfahrung, daß ich ihn nicht besiegen kann, daß ich ihn nicht mal in einen fairen Kampf verwickeln kann, und so ergriff ich die Flucht vor alledem. Ich schwor, daß ich mich niemals von ihm benutzen lassen würde. Aber nun bin ich hier, tue es wieder, werde benutzt, benutze meinerseits jeden, der sich eignet. Und er ist irgendwo und lacht sich ins Fäustchen. Gottes Wille geschieht.«

»Barbara, hör auf!« sagte Frank mit scharfer Stimme. »Dieser Mann log, er wollte eine Belobigung und Ruhm. Er log. Ihm war es gleich, wen er verletzte oder wie sehr, solange er ein kleines Stückchen Ruhm für sich ergattern konnte. Er verdient kein Mitleid und kein Bedauern.«

Sie zuckte die Achseln. »Er tat genau, was er tun mußte, zieht man in Betracht, wer er ist. Glaubst du, er hatte es in sich, dieser Art von Verlockung zu widerstehen?«

»Eine Person mit Anstand und Ehrgefühl hätte den Sheriff angerufen und ihm genau das berichtet, was geschehen war.«

»Du bestätigst mich, Paps«, sagte sie überdrüssig. »Wo finden wir diese Leute mit Anstand und Ehrgefühl? Mutter hatte beides, und sie ist tot. Nell ist eine anständige Person, und wo ist sie? Sieh den Dingen ins Gesicht. Wir leben in einem Schlachthaus und sind die Metzelei so gewohnt, daß wir sie gar nicht mehr wahrnehmen.«

Das Telefon läutete, und sie sprang auf, den Anruf entgegenzunehmen.

»Hab sie«, sagte Bailey. »Heute abend rief sie Roy an, und er brachte seine Nummer, so wie Sie vorgeschlagen hatten. Sie sagte, er solle warten und nichts unternehmen, sie würde zurückrufen. Und das tat sie. Sie nimmt morgen einen frühen Flug nach Eugene. Ankunft neun Uhr fünfzehn.«

Als sie auflegte, hatte ihr Vater den Schirm vor den Kamin geschoben und war an der Tür zum Korridor. Sie wußten beide, daß der Augenblick für Intimität vorüber war.

»Ich hörte es«, sagte er. »Gute Arbeit.« Sein Blick war ruhig und undurchdringlich. »Weswegen ich vorhin hereinkam, bevor ich abgelenkt wurde: Heute abend nach der Verhandlung wollte Mike dich sprechen, um mit dir zu reden, wie er sagte. Ich fürchte, ich erklärte ihm ziemlich bündig, er solle dich in Ruhe lassen. Er war ein bißchen erschrocken. Ich wollte es dir nur sagen.« Er ging hinaus, und von der Treppe sagte er: »Gute Nacht, Barbara.«

Ruth Brandywine war in ein elegantes blaßlila Kaschmirkostüm mit lila Seidenbluse gekleidet. Die Kleidung war geschmackvoll, doch tat die Farbe ihrer blassen, welken Haut nicht gut; sie verlieh ihr einen ungesunden Schimmer, der an Gruselfilme im Nachtprogramm an einem schlechten Farbfernseher gemahnte, wo alles, was nicht grünstichig war, eine purpurne Schattierung aufwies. Ihr dünnes Haar war flaumig aufgeplustert und toupiert, um es voller erscheinen zu lassen, aber jetzt sah es aus wie ein Kissen aus Stahlwolle, das verrutscht war. Ihre Augen waren wie kleine Tropfen aus schwarzem Eis.

Barbara beobachtete sie von ihrem Platz aus, den sie nicht verließ, als sie fragte: »Wann begegneten Sie Lucas Kendricks zum ersten Mal?«

»Ich erinnere mich nicht.«

Barbara nahm die Abschrift der aufgezeichneten Zeugenaussage vom Tisch auf und sagte: »Ihrer vorläufigen Zeugenaussage, die dem Gericht auf Video zugänglich gemacht wurde, entnehme ich, daß Sie erklärten, Sie hätten ihn unter diesen Namen niemals gekannt. Was trifft zu, Dr. Brandywine? Daß Sie sich nicht erinnern, oder daß Sie ihm nie begegnet sind?«

Dr. Brandywine zuckte die Achseln und sagte: »Es mag sein, daß ich ihm vor Jahren begegnet bin, aber ich erinnere mich nicht an den Anlaß. Soweit es mich betrifft, ist es gleichbedeutend mit der Aussage, daß ich ihm nie begegnet bin.«

»Und wann wurde der Mann, den Sie Tom Mann oder Tom Manning nannten, Ihr Patient?«

»Anfang November 1982.«

»Können Sie sich an den Tag erinnern?«

»Nein.«

»Wie wurde er Ihr Patient?«

»Auf das Ersuchen eines Kollegen, der mich fragte, ob ich bereit sein würde, dem jungen Mann zu helfen. Ich war bereit.«

»Hatten Sie damals eine Privatpraxis?«

»Nein.«

»Nur einen Patienten?«

»Ja.«

»Wer war der Kollege, der Sie darum ersuchte?«

»Dr. Emil Frobisher.«

»Er lehrte damals am Rocky Mount College?«

»Ja.«

»Und Sie gehörten dem Lehrkörper des College seit September desselben Jahres an?«

»Ja.«

»Wann lernten Sie Dr. Frobisher kennen?«

»Ich erinnere mich nicht.«

»Nun. Kannten Sie ihn, bevor Ihnen die Position am Rock Mount angeboten wurde?«

»Nein.«

»Die Position wurde Ihnen im August angeboten, sagten Sie aus. Also lernten Sie ihn zwischen August und November kennen?«

»Ich kann es wirklich nicht sagen.«

»Aber wir wissen, daß Dr. Frobisher am vierzehnten November jenes Jahres starb, und Sie sagten, Sie hätten ihn kennengelernt, nachdem Ihnen im August eine Position am College angeboten worden war. Bedeutet das nicht, daß Sie ihn während dieses Zeitraums kennenlernten, zwischen August und dem vierzehnten November?«

»Wenn Sie es so ausdrücken, nehme ich an, daß es so war.«

Barbara stand auf und ging näher zum Zeugenstand. »Dr. Brandywine, lernten Sie ihn während dieses Zeitraumes kennen?«

»Ja. Ich glaube, ich muß während dieses Zeitabschnittes die meisten meiner neuen Kollegen kennengelernt haben.«

»Danke. Das muß eine sehr geschäftige Zeit für Sie gewesen sein: Eine bedeutsame Veränderung Ihrer Karriere, die Suche nach einem Haus, der Umzug, Vorbereitungen für Vorlesungen und Seminare, die Bekanntschaft mit so vielen neuen Leuten?«

»Es war eine äußerst arbeitsreiche Zeit«, sagte Dr. Brandywine.

»Wurden Sie und Dr. Frobisher während dieser wenigen Wochen zu guten Freunden?«

»Nein.«

»Er war Mathematiker, arbeitete also nicht in Ihrem Fachbereich, ist das richtig?«

»Ja.«

»Würden Sie schätzen, daß Sie während dieser Periode sechzig Leute kennenlernten?«

»Vielleicht noch mehr. Ich erinnere mich wirklich nicht.«

»Natürlich. Also bleiben wir bei sechzig. Und Emil Frobisher war nur einer von ihnen, tätig in einem ganz anderen Arbeitsbereich, mit wenig ähnlich gelagerten beruflichen Interessen, wenn überhaupt. Praktisch ein Fremder, könnte man sagen. Dr. Brandywine, warum erklärten Sie sich bereit, seinen Studenten als Patienten anzunehmen?«

»Ich interessierte mich für den Fall.«

»Bot Dr. Frobisher Ihnen Bezahlung für Ihre Dienste an?«

»Nein.«

»Bezahlte der junge Mann für seine Behandlung?«

»Nein.«

»Wie lang setzten Sie seine Behandlung fort?«

»Bis er im Juni ging.«

»Im Juni dieses Jahres?«

»Ja.«

»Sie nahmen ihn als Patienten an, bevor Emil Frobisher am vierzehnten November 1982 getötet wurde?«

»Ja. Eine Woche oder zehn Tage vorher.«

»Aber Sie wußten damals nicht, daß er Lucas Kendricks war?«

»Nein. Wenn der Name erwähnt wurde, vergaß ich ihn. In meinen Akten war er Tom Mann.«

»Wie wurde er Ihnen vorgestellt? Wie lernten Sie Tom Mann kennen?«

»Dr. Frobisher brachte ihn zu mir nach Hause.«

»Sie behandelten ihn dort?«

»Ja. Er blieb sechs Wochen bei mir, und dann bekam er eine Unterkunft im Studentenwohnheim auf dem Campus. Ich sah ihn von da an als einen ambulanten Patienten.«

»Sie nahmen ihn in Ihr Haus auf?«

»Ja.«

Barbara betrachtete sie eine kleine Weile, dann wandte sie sich ab und ging zurück zum Tisch der Verteidigung. »Warum, Dr. Brandywine? Ist das nicht höchst ungewöhnlich?«

»Wirklich nicht.«

»Hatten Sie Ähnliches schon früher getan?«

»Nein.«

»Haben Sie es seither getan?«

»Nein.«

»Wie lautete Ihre Diagnose seines Zustands?«

»Akute paranoide Schizophrenie. Er war völlig hilflos, katatonisch, dissoziiert. Ich dachte, ich könnte ihm helfen, und das tat ich.«

»Also kam er in einer mentalen Krise zu Ihnen? Wie lange dauerte diese Phase?«

»In einer ernsten Krise. Im Dezember begann er zu funktionieren, und danach machte seine Genesung normale Fortschritte, und im Januar konnte er eine Arbeit aufnehmen und im Studentenwohnheim leben.«

Barbara nickte. »Was hatte der junge Mann bei sich, als er bei Ihnen einzog?«

»Nichts, nur die Kleider, die er trug.«

»Ausweispapiere, Geld, einen Wagen?«

»Nichts.«

»Wissen Sie, was aus seinen Habseligkeiten wurde, seiner Brieftasche, seinem Wagen?«

»Ich nahm an, daß Emil Frobisher sich um diese Dinge gekümmert hatte. Ich fragte nicht danach.«

»Wer stellte seinen Wagen in Ihre Garage?«

Dr. Brandywine schüttelte den Kopf. »Niemand. Er war nicht in meiner Garage.«

»Kennen Sie Miranda Cortealta?«

»Selbstverständlich. Sie ist meine Haushälterin.«

»Wann begann sie für Sie zu arbeiten?«

Dr. Brandywine schüttelte wieder den Kopf und blickte an Barbara vorbei zu den Geschworenen, dann wandte sie den Kopf zum voll besetzten Zuschauerraum. »Ich weiß nicht. Irgendwann in diesem Herbst oder Winter, denke ich.«

»Dr. Brandywine, dies ist die Meldung der Polizeibeamten, die im vergangenen Juni den Diebstahl der Nummernschilder und der Batterie Ihres Wagens untersuchten. Ich zitiere: ›Nach Auskunft von Miranda Cortealta, Haushälterin bei Dr. Ruth Brandywine, fehlte auch ein grauer Wagen. Sie kannte die Marke und das Modell nicht, wußte nur, daß es ein kleiner Wagen war. Er stand in der Garage, seit sie für Dr.

Brandywine arbeitete.‹ Fehlte ein grauer Wagen aus Ihrer Garage, als die Batterie gestohlen wurde?«

»Miranda irrte sich. Ich hatte nie einen grauen Wagen in meiner Garage.«

»Sagten Sie das den Ermittlungsbeamten?«

»Nein. Sie fragten mich nicht, soweit ich mich erinnern kann.«

»Nun, als Sie Lucas Kendricks kennenlernten, war er zu einer Kommunikation nicht imstande? Ist das richtig?«

»Ich begegnete einem Mann namens Tom Mann, das war der einzige Name, unter dem ich ihn kannte. Und Patienten mit akuter paranoider Schizophrenie kommunizieren selten«, sagte Dr. Brandywine in scharfem Ton. »Ich sagte Ihnen, er befand sich in einer Krise.«

»Ja, das taten Sie. Wie lange war er durch seinen Zustand total behindert?«

»Wochen, mindestens.«

»Er war unfähig, ein Auto zu lenken oder in die Stadt zu gehen, um geschäftliche Dinge zu erledigen, oder die Arbeit fortzusetzen, die er mit Dr. Frobisher getan hatte, von welcher Art sie auch war?«

Dr. Brandywine seufzte. »Ich habe dies bereits so klar gesagt, wie ich kann. Er war in einer Krise, absolut geschäftsunfähig.«

»Ja, das haben Sie klar gesagt, Dr. Brandywine. Ich habe ein paar Papiere, die Sie bitte identifizieren wollen, wenn Sie können. Kennen Sie den Namen dieser Bank?«

Sie reichte Ruth Brandywine ein Dokument, und die Frau suchte in ihrer Handtasche nach der Brille, setzte sie bedächtig auf, rückte sie zurecht und spähte dann auf das Papier.

»Ja. Ich habe dort in Boulder ein Konto.«

»Und der Name des Geschäftsführers, ist der Ihnen vertraut?«

»Ja.«

»Dr. Brandywine, ich frage Sie: Sind Sie am sechzehnten November 1982 mit Lucas Kendricks zu dieser Bank gegangen?«

Zum ersten Mal zögerte sie, aber es war eine sehr kurze Pause; dann richtete sie sich auf und sagte so fest wie zuvor: »Nein.«

»Schrieben Sie am sechzehnten November einen Auftrag über eine Barauszahlung von dreitausendzweihundertzweiundzwanzig Dollar aus?«

»Nein!«

Barbara nickte; sie nahm ein weiteres Papier vom Tisch und ging zum Zeugenstand. Sie hielt es in die Höhe und sagte: »Ich verlese die eidesstattliche Versicherung von Lawrence Spaulding, dem Geschäftsführer der Bank von Boulder. Ich zitiere: ›Am sechzehnten November 1982 löste Lucas Kendricks sein Girokonto persönlich auf und ließ sich sein Geld in bar auszahlen. Die Kassiererin, Doris Huntley, notierte die Seriennummern der Banknoten, wie sie es in solchen Fällen zu tun angewiesen war. Bei den Banknoten handelte es sich um Hunderter. Weil es in den vergangenen Monaten verschiedentlich Trickbetrügereien gegeben hatte, verständigte sie auch mich, und ich verließ mein Büro, um zu beobachten, was vorging. Lucas Kendricks war mir damals bekannt, und seine Begleiterin Dr. Ruth Brandywine war mir gleichfalls bekannt. Sie schrieb das Formular aus, das von Mr. Kendricks unterzeichnet wurde. Nach der Auflösung des Kontos verließen Lucas Kendricks und Dr. Brandywine gemeinsam die Bank.‹ Die ersten und letzten Seriennummern sind beigefügt«, sagte Barbara und übergab das Papier Ruth Brandywine. Sie ging zu ihrem Platz zurück, wo sie ohne eine Bewegung stehenblieb, bis Dr. Brandywine die Erklärung gelesen hatte. Dann nickte Barbara dem Gerichtsdiener zu, der die eidesstattliche Erklärung nahm und dem Sprecher der Geschworenen übergab.

»Dr. Brandywine, sind Sie am sechzehnten November 1982 mit Lucas Kendricks zur Bank gegangen und ihm bei der Auflösung seines Girokontos behilflich gewesen?«

Ruth Brandywine nahm die Brille ab, legte sie in ein vergoldetes Etui, das sie sorgfältig in ihre Handtasche steckte. Dann blickte sie zu Richter Lundgren und sagte: »Euer Ehren, ich muß die Beantwortung aller weiteren Fragen ohne den Rat meines Rechtsbeistandes verweigern.«

»Ich erhebe Einspruch, Hohes Gericht!« rief Barbara. »Diese Zeugin kann die Frage sofort beantworten. Sie hat Erklärungen abgegeben, die im Widerspruch zu anderen eidesstattlichen Erklärungen stehen. Sie kann ohne Rechtsbeistand zugeben, daß sie zu dieser Bank gegangen ist, oder es leugnen. Entweder tat sie es, oder sie tat es nicht. Es bedarf keines Rates von Experten, um die Wahrheit zu sagen.«

»Einspruch!« rief Tony seinerseits. »Die Verteidigung schikaniert diese Zeugin. Unser juristisches System garantiert Zeugen gesetzlich vorgeschriebene Rechte, wie die Verteidigung sehr gut weiß.«

»Dazu gehört nicht das Recht, unter Eid zu lügen. Seien Sie nicht idiotisch!«

Richter Lundgren schlug mit dem Hammer auf seinen Tisch und starrte finster von Barbara zu Tony. »Die Verhandlung wird für zehn Minuten unterbrochen«, fauchte er, stand auf und schritt hinaus.

Nach der Unterbrechung nickte der Richter Ruth Brandywine zu. »Sie sind bis morgen vormittag um neun Uhr dreißig entschuldigt. Sie können den Zeugenstand verlassen.« Er blickte frostig zu Barbara. »Haben Sie zusätzliche Zeugen, die Sie aufrufen möchten, bevor Sie mit Dr. Brandywine fortfahren?«

Ruth Brandywine verließ den Zeugenstand und ging vorbei am Tisch der Verteidigung und hinaus. Sie blickte weder nach rechts noch nach links, hielt den Kopf hoch und zeigte eine ausdruckslose Miene.

»Ich habe verschiedene Erklärungen, die ich als Beweismittel der Verteidigung einführen möchte«, sagte Barbara so neutral wie sie konnte, sobald sie wußte, daß Ruth Brandywine den Saal verlassen hatte. Alle Blicke folgten ihr.

»Gut«, sagte der Richter. »Sie können fortfahren.«

Barbara wandte sich um und sah Ruth Brandywine in der Tür zum Korridor. Erst als die Tür sich hinter ihr geschlossen hatte und die allgemeine Aufmerksamkeit sich wieder den Vorgängen im Gerichtssaal zuwandte, verlas Barbara die Erklärung der Bank über den Ratenzahlungskredit, den Lucas Kendricks für den Kauf des Wagens aufgenommen hatte, und die offizielle Bankbestätigung, daß die restliche Kreditsumme in Höhe von $ 3 222.– am 18. November 1982 durch Bareinzahlung getilgt wurde. Sie verlas den Auflösungsbescheid der Versicherung, aus dem hervorging, daß ein Scheck über $ 285.– zur Rückerstattung bereits geleisteter Beitragszahlungen beigefügt war. Eine Nachricht neueren Datums war angeheftet; aus ihr ging hervor, daß der Scheck nicht eingelöst oder zurückgegeben worden war. Als Nächstes kam eine Abrechnung vom Verwaltungsbüro des Rocky Mount College über geleistete Mietzahlungen. Bis Ende Dezember 1982 hatte Lucas Kendricks für seine Mahlzeiten und das Apartment im Studentenwohnheim bezahlt; ab Januar 1983 hatte Dr. Brandywine für dasselbe Apartment und die Essengutscheine für Tom Mann bezahlt. Ihr letztes Dokument war die Rechnung für den Computer und eine Notiz der Seriennummern der Hundertdollarnoten, mit denen dafür bezahlt worden war. Die identischen Nummern, erläuterte sie, befanden sich auf der Erklärung der Bank über die Auflösung von Lucas Kendricks' Girokonto im Jahre 1982.

Nachdem sich das Gericht bis zum nächsten Morgen vertagt hatte, blieb Barbara noch mehrere Minuten am Tisch der Verteidigung sitzen und versuchte die Ursache einer Beunruhigung zu ergründen, die Adrenalin in ihren Kreislauf ausschüttete. Brandywine, entschied sie. Etwas an dem kühl taxierenden Blick, mit dem sie die Geschworenen, den Gerichtssaal und Barbara gemustert hatte. Etwas an der Art und Weise, wie sie hinausgegangen war. Manches an ihr war noch nicht verständlich. Schließlich stand sie auf, und als sie sich zum Gehen wandte, sah sie Frank und Mike warten.

»Möchtest du ein Gläschen mit uns trinken?« fragte Frank. »Mike gibt einen aus.«

»Und ob ich möchte.«

»Und etwas später ein Abendessen?« fragte Mike. »Das gebe ich auch aus.«

»Sei nicht albern«, erwiderte sie. »Erinnerst du dich an unsere Übereinkunft? Du zahlst, ich zahle. Und wenn Paps mitgeht, zahlt er auch.«

Mike schüttelte den Kopf. »Diesmal nicht. Ich bin es dir schuldig.«

Sie sah ihn genauer an und holte tief Atem, dann nickte sie. »In Ordnung.« Aber es war unsinnig, dachte sie; er sah sie an, als hätten sie sich eben erst kennengelernt, und sie kam sich unbeholfen vor wie ein Mädchen, das sich bemüht, einen guten Eindruck zu machen. Es war mehr wie eine erste Verabredung, als ihr erster Abend zusammen es gewesen war. Das war wie bei einem alten Liebespaar gewesen, das sich wieder trifft, nicht wie bei Fremden, die ihre beiderseitigen Interessen erforschen und erproben, ob sie sich miteinander vertragen.

Als sie sich anschickten, den Gerichtssaal zu verlassen, nahm Frank sie beim Arm und sagte: »Nun, du bist auf mich angewiesen, weil ich den Wagen habe, es sei denn, Mike möchte dich später nach Hause fahren.«

Mike ging an ihrer anderen Seite, aber er berührte sie nicht. Sie sah ihn beinahe schüchtern an und sagte: »Morgen wird es einen harten Tag geben. Laß uns einen trinken und zu Abend essen, und dann fahre ich mit meinem Vater nach Hause.« Er nickte.

Als sie auf die Straße kamen, war der Nebel wieder da, dichter als am letzten Abend. »Die Heimfahrt wird es in sich haben«, sagte Barbara mit einem Frösteln. »Ich kann Nebel nicht ausstehen. Ich kann dir gar nicht sagen, wie sehr ich Nebel hasse.«

»Er erinnert mich an das Jahr, das ich in Oxford verbrachte«, sagte Mike.

Sie sah ihn überrascht an. Das war bisher noch nicht zur Sprache gekommen.

Sie gingen in ein Restaurant, das eine große, feine Bar hatte, wo sie sich an einem übergroßen Kamin mit einem entsprechenden Feuer entspannten. Mike erzählte von seinem Jahr in Oxford, aber er beobachtete sie dabei; in seinem Gesicht war ein weicher Zug, den sie bis dahin nicht gesehen hatte, nicht einmal in ihren intimen Stunden. Es überraschte sie auch, daß sie auf diese seine neue Seite mit Verwirrung reagierte. Sie hatte angenommen, daß sie diesen Mann inzwischen kannte, nur um jetzt eine Schicht zu finden, die bisher nicht an die Oberfläche gekommen war, und das stellte sie vor die Frage, wie viele weitere Schichten es geben mochte.

Frank erzählte von einer Segelfahrt, die er mit Barbaras Mutter unternommen hatte, als sie jung verheiratet waren. Dann erzählte Mike von einer Wanderung über das Schottische Hochland in Dunst und Nebel, und keiner der beiden erwartete, daß Barbara etwas sagte, aber sie schlossen sie auch nicht aus. Sie gingen zu ihrem Tisch und bestellten, und die angenehme Unterhaltung dauerte während des Essens an.

Damit war es vorbei, als sie auf Kaffee wartete und

Mike sagte: »Diese Brandywine wird für jemanden gefährlich.«

Ein Schauer überlief Barbara. »Was willst du damit sagen?«

»Sie ist vorgeschickt worden, um den Kopf hinzuhalten. Es ist für mich ausgeschlossen, daß sie in ein paar Monaten am College soviel Einfluß gewonnen haben konnte, um Kendricks in diesem Apartment unterzubringen, die Rechnung für seine Wohnung und Essenmarken ausgestellt zu bekommen und ihm einen Job in der Hausmeisterei zu besorgen. Du wirst bemerkt haben, daß in der Erklärung stand, die Kosten seien ihr berechnet worden, nicht von ihr bezahlt. Ich wette, daß niemand zahlte. Aber abgesehen davon mußte jemand mit Einfluß sich für sie und die Regelung verbürgt haben. Ich möchte wetten, es war Schumaker.«

»Aber du sagtest, gefährlich für jemanden. Für wen?«

»Ich möchte nicht in Schumakers Haut stecken«, sagte er nachdenklich. »Sobald sie erkennt, daß alles zu ihren Lasten geht, wird sie soviel wie möglich auf ihn abwälzen, aber außerdem wird sie jedem, der ihr im Weg ist, nach Kräften schaden. Dir, Nell, jedem. Es wird nicht leicht sein, aber sie ist eine kluge Person. In der akademischen Welt sieht man öfter Frauen und Männer wie sie; sie verstehen sich auf Intrigen. Sie sind politische Genies.«

Der Kellner brachte ihren Kaffee, und sie blieben still, bis er gegangen war. »Danke«, sagte Barbara dann zu Mike. Es war eine andere Seite von ihm, die ihr verborgen geblieben war, diese Fähigkeit, mit einer sehr guten Analyse aufzuwarten. Sie paßte in einer unheimlichen Weise zu ihren eigenen Gedanken. »Nun, wenn sie einen Anwalt mitbringt, wird es ewig dauern, aber ich habe Zeit, wenn es sein muß. Ich werde mein Möglichstes tun, entweder die Wahrheit oder eine Aussageverweigerung aus ihr herauszukriegen. Lundgren wird wahrscheinlich Schwierigkeiten machen, und Tony ganz sicher.«

»Lundgren legt Wert darauf, daß Autorität respektiert wird«, sagte Frank. »In seinen Augen verkörpert sie ein bißchen mehr Autorität als du.«

Barbara prustete vor Lachen. Lundgren hatte schon zu verstehen gegeben, daß er sie für eine Barbarin hielt, wie ihr Name nahelegte, während Tony DeAngelos Name seine Persönlichkeit charakterisierte. Und nun eine Dame, die Dr. phil. und Dr. med. war. Der Totempfahl wurde höher und höher, und sie hatte das Gefühl, daß er auf ihren Schultern lastete und Ruth Brandywine so hoch über ihr war, daß man sie kaum sehen konnte.

»Was kommt nach Brandywine?« fragte Mike. »Ist sie deine letzte Zeugin?«

»Ich fürchte, ja. Da morgen Freitag ist, werden die Plädoyers wahrscheinlich nicht vor Dienstag oder Mittwoch beginnen, und dann wird Lundgren die Geschworenen instruieren, und wir werden die Entscheidung abwarten.«

Mike sah verdutzt auf. »Ich dachte, Nell würde für sich sprechen«, sagte er zögernd.

»Tony wird es sich nicht nehmen lassen, sie vorher einem Kreuzverhör zu unterziehen, bei dem kein Auge trocken bleibt«, sagte Barbara. »Das wird noch hart für sie werden.«

Frank grunzte. »Laßt mich eine Geschichte aus meiner Kindheit erzählen«, sagte er. »Ich war ungefähr acht. Wir hatten Nachbarn mit zwei Jungen, einer war in meinem Alter, der andere ungefähr vier. Zu Ostern bekamen sie zwei kleine Küken, eins grün gefärbt, das andere blau. Flauschige kleine Dinger, höchstens ein paar Tage alt. Nun, der Kleine liebte sie über alles. Er streichelte sie und hielt sie an seine Wange und küßte sie, erst das eine, dann das andere. Sanft und lieb, es war unglaublich, wenn man sein Alter bedenkt. Gerade vier. Und dann hatte er eins in der Hand und drückte und drückte es. Sein Vater versohlte ihn, daß es staubte, aber sein Bruder erzählte mir, daß er am nächsten Tag das andere in die Hände bekam.«

Er hob die Kaffeetasse und leerte sie.

Mike sah ihn ein paar Sekunden lang verständnislos an, als warte er auf die Pointe der Geschichte; dann verstand er, was Frank sagen wollte. »Oh«, seufzte er.

Kurz darauf entschuldigte sich Frank, und als sie allein waren, sagte Barbara: »Ich werde die nächsten Tage noch eine Menge Arbeit haben, auch mit dem Schlußplädoyer; das würde ich gern mit dir üben, wenn du nichts dagegen hast. Mit dir und Paps.«

»Es wäre mir eine Ehre«, sagte er ernst; dann erschien ein breites Lächeln auf seinem Gesicht. »Ist mir gestattet, Bemerkungen zu machen?«

»Das ist der Sinn der Sache«, sagte sie. »Aber wenn du einen gewissen Tonfall gebrauchst, oder lachst, oder mir zu viele Unstimmigkeiten nachweist oder etwas anderes tust, was ich ungehörig finde, werde ich dich schlagen.«

Er überlegte. »Dann werde ich versuchen müssen, es richtig zu machen.«

Er beobachtete sie wieder mit diesem Ausdruck zögernder Neuentdeckung, den sie so verwirrend gefunden hatte. Das war er noch immer. »Es war ein sehr netter Abend, Mike. Danke. Ich war so angespannt wie eine bis zum Anschlag aufgezogene Feder. Dies hat gutgetan. Selbst wenn ich nicht ganz verstehe, wie es geschah.«

»Nun, das ist einfach. Dein alter Herr sagte, mein Lieber, sie ist eine Frau, die eine Arbeit tut, die Sie unverständlich finden. Und Sie sind ein Mann, der eine Arbeit tut, die wir beide unverständlich finden. Und mir ging ein Licht auf. Es wurde alles ganz einfach.«

»Du hast eine Formel, eine Gleichung?«

Er schüttelte den Kopf. »Ich arbeite noch daran.«

»Sag Bescheid, wenn du sie findest«, erwiderte sie. »Vielleicht wird es eine sein, die sogar ich verstehen kann.« Dann kam ihr Vater zurück, und sie standen auf, um die Heimfahrt anzutreten.

25

Der neue Anwalt war Gregory Erlich, ein sehr langer, sehr dünner Mann mittleren Alters mit enormer Energie und einer dröhnenden Stimme. Ein Stuhl wurde für ihn gebracht und in die Mitte zwischen die Tische der Verteidigung und des Anklägers gestellt. Er lächelte allen zu, und sogar seine Zähne sahen ungemein energisch aus; es waren sehr große, kräftige Zähne.

Barbara ließ die letzte Frage vom Gerichtsdiener verlesen: »Dr. Brandywine, gingen Sie am sechzehnten November 1982 mit Lucas Kendricks zur Bank und standen neben ihm, während er sein Girokonto auflöste?«

Ruth Brandywine sagte in einer wohlüberlegten Art und Weise: »Ich ging mit Tom Mann an einem seiner lichten Tage zur Bank. Ich kann nicht wissen, welches genaue Datum das war.«

»Was tat er mit dem abgehobenen Geld?«

»Ich weiß es nicht.«

»Steckte er es in seine Tasche?«

»Ich sagte, ich weiß es nicht. Ich beobachtete ihn nicht ständig.«

»Und was taten Sie dann an jenem Tag?«

»Ich nahm ihn mit nach Hause.«

»Und setzten die Behandlung fort?«

»Ja.«

»Er war ruhig und beherrscht, in der Lage, seine Geschäfte in der Bank zu erledigen?«

»Nur unter Anleitung.«

»Aber Sie sahen keine Notwendigkeit, ihn genau zu beobachten, Dr. Brandywine. Sie sagten vorher, daß er viele Wochen handlungsunfähig war, und zwar bis Dezember. Was ist richtig?«

»Er war die meiste Zeit unfähig, aber er hatte lichte Augenblicke.«

»Hatte er an jenem Tag sein Scheckbuch bei sich?«

»Das weiß ich nicht.«

»Man kann nicht einfach in eine Bank gehen und sagen: ›Geben sie mir mein Geld‹, nicht wahr? Oder macht man es bei der Boulder Bank so?« Der Sarkasmus war unüberhörbar, und sie kehrte dem Zeugenstand den Rücken.

»Ich beobachtete seine Handlung nicht von einer Minute zur anderen«, sagte Ruth Brandywine kalt. »Ich überwachte sein allgemeines Verhalten. Ich weiß nicht, wie er das Geld abhob, wenn er es tat. Das schließt nicht aus, daß ich ihm half, irgendein Formular auszufüllen.«

»Wie behandelten Sie Lucas Kendricks?«

»Einspruch«, rief Tony. »Die Zeugin hat mehrmals festgestellt, daß sie ihren Patienten unter dem Namen Tom Mann kannte.«

»Stattgegeben«, sagte Richter Lundgren.

Barbara deutete eine Neigung des Kopfes an und formulierte die Frage neu: »Dr. Brandywine, wie behandelten Sie den jungen Mann, den Sie Tom Mann nennen?«

»Hohes Gericht«, sagte Gregory Erlich, und er war auf den Beinen und beim Zeugenstand, bevor er die zwei Worte ausgesprochen hatte. »Wenn ich bitten darf ...«

Richter Lundgren holte Atem und sprach zum Gerichtsdiener, der die Geschworenen ins Beratungszimmer führte. Der Blick, den Lundgren Barbara zuwarf, während dies geschah, war unheilvoll, als wollte er sagen, jetzt geht es los. Dann warteten sie alle, daß Gregory Erlich und Ruth Brandywine ihre geflüsterte Besprechung zum Abschluß brächten.

Schließlich richtete sich Erlich auf und kam auf den Richtertisch zu. »Euer Ehren, darf ich?« fragte er, aber er war bereits dort.

Richter Lundgren winkte Tony und Barbara gleichfalls an seinen Tisch. »Ja, Mr. Erlich? Was gibt es?«

»Euer Ehren, ich habe meiner Klientin geraten, daß sie nicht gezwungen werden kann, die Vertraulichkeit der Beziehung zwischen Arzt und Patient mit Tom Mann preiszugeben. Sie wird sich demgemäß weigern müssen, alle Fragen zu beantworten, die Einzelheiten seiner medizinischen Behandlungen unter ihrer Fürsorge betreffen. Darf ich vorschlagen, daß es viel Zeit sparen wird, wenn die Verteidigung diese Richtung der Befragung einfach aufgibt?«

»Euer Ehren«, sagte Barbara erregt, »die Zeugin hat diese Tür mit ihrer lebhaften Beschreibung des Patienten, komplett mit Diagnose, bereits geöffnet. Ich beabsichtige den Beweis zu führen, daß die von ihr angewandte Behandlung für den Krankheitszustand, den sie beschrieben hat, ungeeignet war.«

»Was macht es für einen Unterschied?« sagte Tony. »Alles das ist für unseren Fall irrelevant, und die Verteidigung weiß es selbst.«

Richter Lundgren hielt die Hand hoch, sein schmales asketisches Gesicht war sehr bleich, die Lippen so fest zusammengepreßt, daß die Farbe aus ihnen gewichen war. »Sie können diese Richtung ihrer Fragestellungen nicht fortführen«, sagte er zu Barbara. »Ich ordne an, daß die Beziehung zwischen Arzt und Patient vor diesem Gericht respektiert wird. Nun, setzen wir die Verhandlung fort.«

»Dr. Brandywine, sind Sie die Autorin dieses Artikels?« Barbara hielt eine Zeitschrift in die Höhe, die sie so aufgeschlagen hatte, daß man den fraglichen Artikel vor Augen hatte. Er trug die Überschrift *Neue Zugänge zum Verständnis: Warum sie glauben.*

»Ja.«

»In diesem Artikel beschreiben Sie Ihre Methoden, Aufschluß über die tiefsten Glaubensvorstellungen und Motivationen von Heranwachsenden zu gewinnen. Ist das richtig?«

»Der Artikel kann so nicht zusammengefaßt werden.«

»Ich zitierte aus dem eingerahmten Untertitel des Artikels«, sagte Barbara. »Dr. Brandywine, hypnotisierten Sie Kinder und stellten ihnen Fragen über ihre Glaubensvorstellungen?«

Erlich sprang auf und war im Nu an der Seite seiner Klientin, und diesmal sagte Barbara in ihrem schneidendsten Ton: »Es ist veröffentlicht, es ist öffentliche Information, Sie schrieben darüber. Umfaßte Ihre Methode auch die Hypnose von Kindern?«

»Einspruch. Das ist irrelevant«, sagte Tony.

»Einspruch abgelehnt«, sagte Richter Lundgren und nickte dem Gerichtsdiener zu.

Die Geschworenen wurden wieder hinausgeführt; das Gespräch wurde im Flüsterton geführt; die Geschworenen kehrten zurück, und nach zehn Minuten bekam Barbara endlich eine Antwort.

»Ja. Das ist die übliche Verfahrensweise bei derartigen Untersuchungen.«

»Waren Sie Mitautorin dieses Artikels ...«

Wieder und wieder wurde das gleiche Schauspiel inszeniert. Sie stellte Fragen, die Geschworenen verließen den Gerichtssaal, Erlich und Brandywine konferierten, dann wurden die Geschworenen wieder eingelassen, Erlich setzte sich an seinen Platz, und manchmal beantwortete Brandywine die gestellte Frage.

Sie hatte mit Herbert Margolis eine Untersuchung durchgeführt. Sie hatten eine hypnotisierte Versuchsperson verwendet, um die Fähigkeit des menschlichen Auges zur Kompensation von Unvollständigkeiten in einem Computerbild zu untersuchen. Die Versuchsperson war nur durch Initialen gekennzeichnet: LK.

»Wer war die Versuchsperson?«
»Ich weiß es nicht.«
»Hypnotisierten Sie sie selbst?«
»Ja.«
»Kannten Sie sie?«
»Ich erinnere mich nicht, wer es war.«
»Meine Frage war, ob Sie sie kannten?«
Ruth Brandywine sagte mit Nachdruck: »Ich erinnere mich nicht.«
Sie gab zu, zusammen mit Walter Schumaker einen wissenschaftlichen Beitrag verfaßt zu haben, der ebenfalls den Einsatz einer hypnotisierten Versuchsperson zum Thema hatte, die wiederum nur durch die Initialen LK identifiziert wurde.
»War es dieselbe Versuchsperson?«
»Wahrscheinlich, aber ich erinnere mich nicht. Das ist lange her.«
Einige der Geschworenen begannen grimmig und ärgerlich auszusehen. Richter Lundgren sah nicht weniger grimmig und ärgerlich aus, und nun war seine Verärgerung allgemeiner geworden und nicht mehr allein auf Barbara konzentriert. Er betrachtete Gregory Erlich mit unfreundlichem Stirnrunzeln, als der lange Rechtsanwalt immer wieder aufsprang und zu seiner Klientin eilte.
»Tom Mann lebte in einem Studentenwohnheim, ist das richtig?«
»Ich glaube, so war es.«
»Ja. Und er hatte Essensgutscheine, für die er seine Mahlzeiten bekam. Die Informationsbroschüre des Colleges führt an, daß ein Apartment mit Verpflegung auf fünftausendachthundert Dollar im Jahr kommt. In Ihrer aufgezeichneten Zeugenaussage gaben Sie an, daß er für seine Unterbringung selbst bezahlte. Ich frage Sie jetzt, wer bezahlte für Tom Manns Unterkunft und Verpflegung?«
»Ich weiß es nicht«, sagte sie. Ihr Gesichtsausdruck

veränderte sich nie. Hin und wieder wurde ihre Stimme scharf, und ihr Blick ging durch den Gerichtssaal, aber zu welchem Zweck, war unmöglich zu beurteilen. Ihre Gesichtsmuskeln hätten aus Holz geschnitzt sein können.

»Rechnungen für Unterkunft und Verpflegung werden in regelmäßigen Abständen verschickt«, sagte Barbara, jedes Wort betonend, als ob ihr beiderseitiges Problem das akustische Verständnis wäre. »Wohin wurden seine Rechnungen geschickt?«

»Alle seine Rechnungen gingen an das Büro meines Fachbereichs«, sagte sie nach kurzer Pause.

»Bezahlten Sie diese Rechnungen?«

»Nein. Es wurden andere Regelungen getroffen.«

»Wer bezahlte seine Rechnungen, Dr. Brandywine?«

Es gab eine weitere geflüsterte Konferenz, diesmal eine längere, und als Erlich sich wieder setzte, wirkte Ruth Brandywine kühler und distanzierter den je.

»Wer bezahlte seine Rechnungen?« wiederholte Barbara, nachdem die Geschworenen abermals Platz genommen hatten. »Ich schickte seine Rechnungen von meinem Fachbereich alle weiter an Dr. Schumaker. Wahrscheinlich wurden sie von seinem Büro bezahlt.«

»Ist das Dr. Walter Schumaker, derselbe Mann, der die Untersuchung mit Ihnen durchgeführt und darüber gemeinsam mit Ihnen einen wissenschaftlichen Beitrag verfaßt hatte?«

»Ja.«

»Und eine hypnotisierte Versuchsperson verwendet hatte, deren Initialen LK waren?«

»Ja«, fauchte sie.

»In Ihrer Zeugenaussage gaben Sie an, daß Tom Mann Arbeit in der Hausmeisterei des Colleges bekam. Er war auf der Lohnliste nicht aufgeführt, keine Steuern und Krankenversicherungsbeiträge wurden für ihn entrichtet. Wer bezahlte seinen Lohn, Dr. Brandywine?«

»Der Fachbereich Psychologie bezahlte ihm ein Stipendium.«
»So? Der Fachbereich? Oder Ihr Büro?«
»Mein Büro.«
»Nach Ihrem eigenen Ermessen?«
»Ja. Das kommt vor.«
»Wieviel bezahlten Sie ihm?«
»Ich weiß nicht. Es war unbedeutend, Geld für seine persönlichen Bedürfnisse. Für alles andere war gesorgt.«
»Zwanzig Dollar die Woche? Dreißig?«
»Ich sagte, ich weiß es nicht.«
»Sie behandelten ihn eine Anzahl von Jahren, insgesamt sieben Jahre. In dieser Zeit mußten Sie etwas über seine Gewohnheiten erfahren haben, seinen Lebensstil. Las er Bücher?«
»Nein.«
»Kaufte er Musikkassetten oder Platten, hörte er Musik?«
»Nicht daß ich wüßte.«
»Hatte er andere mit der Außenwelt verknüpfte Interessen? Kunst, vielleicht? Sport?«
»Nichts dergleichen. Er saß meistens vor dem Fernseher.«
»Dieser junge Mann arbeitete also, aß seine Mahlzeiten in der Cafeteria, kam regelmäßig zur Behandlung zu Ihnen, und das war sein ganzes Leben. Ist es das, was Sie uns erzählen?«
»Sein Leben war besser, als es in einer Anstalt gewesen wäre, und das war die Alternative.«
»Sie stellten alles das auf eigene Kosten zur Verfügung? Tatsächlich bezahlten Sie ihn dafür, daß er den Rasen mähte und die Blumenbeete im College jätete. Warum? Was tat er noch für Sie?«
»Sein Geisteszustand war Grundlage in meiner Forschungsarbeit mit ihm«, sagte sie grimmig.
»Erforderte Ihre Forschung, daß Sie ihn regelmäßig hypnotisierten?«

Dr. Brandywine blickte zu Gregory Erlich, der ihr den Gefallen tat, die Einvernahme zugunsten einer weiteren Konferenz zu unterbrechen. Danach ging er wieder zum Richtertisch, wo Tony und Barbara sich zu ihm gesellten.

»Euer Ehren«, sagte Erlich, »meine Klientin leistete sehr einfühlsame private Forschungsarbeit, wobei ihr der junge Mann als Versuchsperson diente. Die Natur ihrer Arbeit verlangt vollständige Vertraulichkeit in allen Stadien, bis sie die Forschung abgeschlossen und die Ergebnisse veröffentlicht hat. Wir beantragen, daß weitere diesbezügliche Fragen als unangemessen und irrelevant für den Fall betrachtet werden, der hier zur Verhandlung steht.«

»Euer Ehren«, sagte Barbara mit leiser, ernster Stimme, »wenn sie diesen jungen Mann hypnotisierte, ihm ein minimales Stipendium bezahlte und einen brillanten jungen Intellektuellen zu einem roboterhaften Hilfsarbeiter macht, ist das für dieses Verfahren nicht irrelevant.«

Sie hatte kaum geendet, als Tony sagte: »Ich stimme zu, daß es hier vieles gibt, was weiterer Nachforschung bedarf, aber ich stimme auch zu, daß das, was wir heute hören, für den hier zur Verhandlung stehenden Fall irrelevant ist.«

Richter Lundgren nickte bedächtig. Er machte ein Gesicht, als wäre es ihm am liebsten, wenn sie alle weggehen würden. »Die Zeugin wird diese eine Frage beantworten«, sagte er schließlich, und dann zu Barbara: »Aber Sie dürfen nicht weiter als mit dieser einen Frage auf ihre Forschung eingehen.«

»Ja, Euer Ehren«, sagte sie. Sie hoffte, daß man ihr den Triumph nicht ansehen würde, daß niemand erraten würde, daß sie nicht die Absicht gehabt hatte, über diese eine Frage hinauszugehen.

Sie wartete am Tisch der Verteidigung, bis die Ordnung wiederhergestellt war, und stellte ihre Frage noch einmal: »Dr. Brandywine, hypnotisierten Sie diesen Mann, den Sie Tom Mann nannten?«

Ruth Brandywine blickte zu Erlich, der diesmal nur die Achseln zuckte, und sagte: »Ich muß die Beantwortung dieser Frage verweigern.«

Richter Lundgren beugte sich vor und spähte sie über die Brillengläser hinweg an. »Auf welcher Grundlage verweigern Sie die Aussage?«

»Mit der Begründung, daß es die Vertraulichkeit der Beziehung zwischen Arzt und Patient verletzen würde. Er war mein Patient.«

Richter Lundgren blickte zu Barbara, die beide Hände wie in Anerkennung ihrer Niederlage hob und sagte: »Ich ziehe die Frage zurück, die jedoch bereits beantwortet wurde.«

»Einspruch!« rief Tony. »Die Verteidigung impliziert eine Antwort, die nicht gegeben wurde. Ich beantrage, daß die Bemerkungen aus dem Protokoll gestrichen werden.«

Richter Lundgren stimmte zu, und Barbara ging zum Tisch der Verteidigung und nahm ein Papier auf. »Dr. Brandywine, können Sie dieses Dokument identifizieren?«

Es war ein Jahresabschluß der Collegeverwaltung mit der Liste aller Medikamente und Materialien, die sie dem psychologischen Fachbereich im allgemeinen und Dr. Brandywines Büro im besonderen geliefert hatte. Nachdem Dr. Brandywine die Echtheit bestätigt hatte, nahm Barbara die Liste zurück und faßte einen Abschnitt daraus zusammen.

»Jeden Monat erhielten Sie einen Monatsvorrat des Medikamentes Glutechmiazon, der Ihrem Büro in Rechnung gestellt wurde. Ist das richtig?«

Dr. Brandywine zuckte die Achseln. »Ich habe keine Unterlagen bei mir und kann nicht sagen, ob es richtig ist.«

»Ich sehe. Wäre die Lieferung nicht korrekt gewesen,

so hätten Sie wahrscheinlich reklamiert, und es wäre zu Berichtigungen gekommen. Ist das nicht so?«

»Vermutlich.«

»Was für ein Medikament ist Glutechmiazon?«

»Ich glaube, es ist ein mildes Beruhigungsmittel, etwas von der Art.«

»In Ihrer aufgezeichneten Zeugenaussage gaben Sie an, daß Sie Tom Mann von dem Zeitpunkt an, als er ihr Patient wurde, bis zu seinem Weggang wegen eines psychotischen Krankheitsbildes behandelten. Aus dieser Zusammenstellung scheint hervorzugehen, daß Sie keine antipsychotischen Medikamente bestellten, nur Glutechmiazon in Fünfhundert-Milligramm-Kapseln, und das regelmäßig. Trifft es nicht zu, daß dieses Medikament niemals für die Behandlung psychotischer Zustände verwendet wird? Ist es nicht tatsächlich eine sehr starke hypnotische Droge? Trifft es nicht zu, daß sie in so starker Dosierung niemals verwendet wird, außer um einen hypnotischen Effekt zu erzielen?«

»Hohes Gericht«, sagte Gregory Erlich in seiner dröhnenden Stimme, »das liegt im Bereich in der Beziehung zwischen Arzt und Patient.«

»Ich erhebe Einspruch«, sagte Barbara eisig. »Der Herr Kollege ist im Gerichtssaal, um seine Klientin über ihre Rechte zu beraten, nicht um dem Gericht Ratschläge zu erteilen.«

»Die Zeugin ist nicht verpflichtet, die Frage zu beantworten«, sagte Richter Lundgren.

»Dr. Brandywine, Sie bestellten dieses Medikament regelmäßig in dieser Dosis. Es ist anzunehmen, daß Sie die diesbezügliche Literatur gelesen haben. Haben Sie auch den Beipackzettel mit der Information des Herstellers über den Einsatz des Medikaments gelesen?«

»Ich erinnere mich nicht. Ich bin sorgfältig in meinen Verschreibungen. Ohne Zweifel habe ich die Information gelesen.«

»Ich zitiere: ›Glutechmiazon im Bereich von dreihundert Milligramm bis fünfhundert Milligramm pro Tag ist ein starkes Hypnotikum, und der Patient muß täglich sorgfältig überwacht werden, um den Verlust von Willen und Selbstbestimmung zu vermeiden.‹« Sie blickte auf und sagte langsam: »Weiter steht darin, daß die Wirkung kumulativ ist und das Medikament mit nachlassender Wirksamkeit bis zu zehn Tagen nach seiner Absetzung im Körper verbleibt. Dachten Sie über die Implikationen dieses Informationsblattes nach, als Sie das Medikament bestellten und einsetzten, ganz gleich, wem es verabfolgt wurde?«

»Ich bin Doktor der Medizin«, sagte Ruth Brandywine steif. »Ich verschreibe keine Medikamente ohne sorgfältige Überlegung.«

Barbara nickte und ging zweimal auf und ab. Am Tisch der Verteidigung blieb sie stehen. Ihre Stimme hob sich nicht, aber sie war scharf und klar und trug mühelos, als sie sagte: »Dr. Brandywine, ich frage Sie, verschrieben Sie dieses Medikament dem jungen Mann, den Sie Tom Mann nennen? War er nicht ein psychologischer Gefangener, hilflos gemacht durch die Droge, mit zerstörtem Willen, reduziert zu einem Werkzeug manueller Arbeit, einem gehorsamen ...«

Der Aufruhr zu ihrer Linken übertönte den Rest. Tony war aufgesprungen und rief, und Gregory Erlichs laute Stimme widerhallte von den Wänden. Richter Lundgren schlug wütend mit dem Hammer auf den Tisch.

»Miss Holloway«, sagte er mit einer lauten Stimme, die Tony und Erlich zum Schweigen brachte, »dieses Gericht tadelt Sie wegen Ungebühr, weil Sie vorsätzlich eine Linie verfolgen, die bereits als unzulässig entschieden wurde. Die letzte Frage wird aus dem Protokoll gestrichen. Das Gericht vertagt sich bis vierzehn Uhr.« Helle Röte färbte sein Patriziergesicht, sogar seine Augen sahen rot aus. Er warf den Hammer auf den Tisch, daß er ein Stück über die Platte klapperte, bevor er zur Ruhe kam, dann erhob er sich und schritt in steif aufgerichteter Haltung aus dem Saal.

Kaum war er draußen, eruptierte der Gerichtssaal hinter Barbara in einem Stimmengewirr. Sie wandte sich noch nicht um und verharrte ohne Bewegung, bis Nell ihr die Hand auf den Arm legte. »Ist Ihnen nicht gut?«

Barbara sah sie an und nickte. »Alles in Ordnung, keine Sorge. Gehen Sie nur zum Essen. Ich möchte nur noch eine Minute sitzen bleiben.«

Nell drückte ihr den Arm, dann stand sie auf und ging. Barbara wartete, bis der Geräuschpegel annähernd auf das Normalmaß gesunken war, bevor sie sich regte. Am Eingang zum Gerichtssaal machte sie halt, als sie ihren Vater und Mike auf sich warten sah. Keine Wiederholung des gestrigen Abends, dachte sie beinahe in Panik, kein höfliches und bedeutungsloses Geplauder. Mikes Ausdruck, seine Verwunderung darüber, wer unter ihrer Haut steckte. »Geht ihr zwei nur zu«, sagte sie. »Ich muß mir ein bißchen Bewegung machen.«

Mike öffnete den Mund, aber ihr Vater sagte: »Dagegen ist nichts zu sagen. Aber sieh zu, daß du einen Bissen zu essen kriegst, bevor du zurückkommst.« Er zwinkerte ihr zu; in seinen Augen war ein Funkeln, das Vergnügen gewesen sein mochte, oder sogar Anerkennung und Würdigung ihrer zeitlichen Abstimmung. Ein andermal hätte es genügt, daß sie hingegangen wäre und ihn umarmt hätte, aber nicht in diesem Augenblick. »Kommen Sie, Mike«, fuhr er leutselig fort. »Ich erzähle Ihnen von dem Fall, als ich in einem Verfahren fünfmal wegen Ungebühr vor Gericht getadelt wurde.« Er nahm Mike beim Arm und lotste ihn davon.

Sie ging die paar Blocks zu dem Fuß- und Radweg, der den Windungen des Flußlaufes folgte. Das Wasser blitzte grün und silbrig, wirbelte schäumend um felsige

Hindernisse, strömte glatt und glasig dahin und geriet wieder in neue Turbulenzen. Radfahrer sausten vorüber, Jungen und Mädchen, zwei weißhaarige Alte, eine Frau mit einem kleinen Jungen im Kindersitz... Hier unten am Fluß war der Verkehrslärm gedämpft, das Stadtzentrum lag schon ein gutes Stück hinter ihr, und der Gerichtssaal war weit, weit entfernt. Die Luft war kalt und feucht, und in geringer Höhe lag eine Nebeldecke, bereit, sich wieder auf die Erde herabzusenken. Es war ganz windstill. Sie blieb stehen, um einen Graureiher am Flußufer zu beobachten, der stelzbeinig im flachen Wasser stand und regungslos in die Strömung spähte; er wurde noch schöner, als er den langen Hals steil emporreckte und mit gelbem Auge mißtrauisch herüberäugte. Dann schwang er sich mit kräftigen Flügelschlägen empor, den Hals zurückgebogen und die langen Beine hinter sich ausgestreckt, wie auf einer japanischen Tuschzeichnung, bald eins mit dem grauen Himmel, der ihn umfing. Barbara lehnte sich an einen Baum und beobachtete den Vogel, bis er außer Sicht war, und erst dann überließ sie sich dem Gedanken, der sich hartnäckig in ihr Bewußtsein gedrängt hatte: Sie wollte Ruth Brandywine, Walter Schumaker und Herbert Margolis vernichtet sehen. Und sie selbst wollte das Werkzeug zu ihrer Vernichtung sein.

Der Gedanke verursachte ihr Magendrücken und beengte ihre Kehle. Sie ballte die Fäuste. Ruth Brandywine, dachte sie, war die Schneekönigin, und mit dem Nachklang des Schreckens, den die Geschichte in ihrer Kindheit erzeugt hatte, überlief sie ein kalter Schauer, der die Tränen wie das Herz gefrieren ließ... Abrupt machte sie kehrt und ging den Weg zurück, den sie gekommen war, um ein Lokal zu finden, wo sie eine Tasse Kaffee trinken und über den bevorstehenden Nachmittag nachdenken konnte. Aber das Bild des jungen Mannes, den sie Tom nannten, kam ihr in die Quere, eingefroren vor sieben Jahren von der

Schneekönigin, und sogar das war passend; sieben Jahre war die magische Zahl seit Urzeiten. Lucas hatte der Schneekönigin sieben Jahre gedient, war durch ihre Berührung, ihren Blick und ihre Worte zu Eis verwandelt worden. Sie erinnerte sich, was Nell gesagt hatte: Auf der Felsterrasse war er glücklich gewesen, lachend und fröhlich. Befreit vom bösen Zauber, glücklich, tot. Sie ging schneller.

»Dr. Brandywine, Sie sagten aus, daß Sie unterwegs nach England waren, als Sie über den Diebstahl Ihrer Nummernschilder und der Autobatterie unterrichtet wurden, worauf Sie nach Hause flogen. Wer rief Sie an?«

»Die Polizei.«

»Nach dem Polizeibericht waren Sie bereits zu Hause, als Sie über den Diebstahl unterrichtet wurden. Sie flogen am Sonntag, dem vierten Juli in aller Frühe von Denver ab. Ist das richtig?«

»Ja.«

»Sie verbrachten den Tag mit Freunden in New York und warteten auf einen nächtlichen Anschlußflug nach London, ist das richtig?«

»Ja. Am Flughafen erwartete mich ein Anruf, und ich erfuhr, daß jemand in meine Garage eingebrochen war.«

»Wer rief Sie in New York an? Es war nicht die Polizei; sie war zu dem Zeitpunkt noch nicht verständigt.«

»Einspruch«, sagte Tony. »Das ist irrelevant.«

»Einspruch abgelehnt«, sagte Richter Lundgren.

»Ich glaube, es muß ein Kollege gewesen sein. Ich hatte vergessen, wer es war.«

»Welcher Kollege?«

»Herbert Margolis rief mich an, glaube ich.«

»Und erzählte Ihnen, daß in Ihre Garage eingebrochen worden war?«

»Ja.«

»Woher wußte er das?«

»Ich weiß es nicht.«

»Dr. Brandywine, ist Ihnen der Name Florence Steinmann bekannt?«

»Ich glaube, sie arbeitet am College.«

»So ist es. Im Verwaltungsgebäude. Ich habe ihre eidesstattliche Erklärung, die ich hier verlesen möchte.«

Es gab Einsprüche, aber am Ende konnte Barbara die Erklärung verlesen. »Ich arbeite im Empfang. Jemand tut jeden Tag dort Dienst, und ich war für jenen Sonntag eingeteilt. Wir hatten Anweisung, daß wir Dr. Brandywine verständigen sollten, wenn Tom Mann nicht erschien, um seine Medizin zu nehmen. Aber wenn sie nicht erreichbar wäre, dann sollten wir entweder Dr. Schumaker oder Dr. Margolis anrufen. Nun, sie war nach England abgereist. Wir alle wußten das, und Dr. Schumaker war in Kanada, glaube ich, so daß ich schließlich Dr. Margolis anrief, als ich sah, daß Tom am Nachmittag noch immer nicht gekommen war. Es war ungefähr vier Uhr, als ich ihn verständigte.«

Barbara ließ ihren Blick lange auf Dr. Brandywine ruhen, dann sagte sie: »Also ging es nicht um die Garage, sondern um Tom Mann. Er hatte seine Medizin nicht genommen. Er war entkommen. Ist das die Botschaft, die Dr. Margolis für Sie hatte?«

»Einspruch«, sagte Tony. »Die Verteidigung macht belastende Unterstellungen, die ungehörig sind, und stellt und beantwortet ihre eigenen Fragen.«

»Stattgegeben«, sagte Richter Lundgren.

»Trifft es zu, daß Sie am Montag nach Ihrer Rückkehr eine private Detektivagentur beauftragten, Tom Mann zu suchen?«

Gregory Erlich war bereits unterwegs, sich mit seiner Klientin zu beraten. Die Geschworenen wurden hinausgeführt, und Barbara setzte sich, um abzuwarten. Die Beratung dauerte lange.

Als Dr. Brandywine schließlich die Frage beantwortete, sagte sie mit Bedacht: »Ich beauftragte keine Detektivagentur.«

»Wissen Sie, wer es tat?« fragte Barbara.

»Ja. Dr. Schumaker beauftragte sie. Er erkannte ...«

»Sie haben die Frage beantwortet«, unterbrach Barbara. »Wurde die Agentur beauftragt, Tom Mann aufzuspüren?«

»Um meine Papiere zu finden«, sagte Dr. Brandywine. »Tom stahl einige sehr wichtige Papiere, meine Forschungsunterlagen, seine Akte.«

»Und dies beunruhigte Dr. Walter Schumaker, einen Mathematiker, in dem Maße, daß er eine Detektivagentur beauftragte, das Material für Sie zu suchen? Warum, Dr. Brandywine?«

»Er kannte die Bedeutung des Materials, nehme ich an.«

»Am Sonntag war er in Toronto, und am Montag flog er zurück, um Detektive zu mieten, daß sie Ihre Arbeit suchen sollten. Habe ich das richtig verstanden?«

»Ich ... Ja.«

»Welcher Name wurde ihnen genannt, Dr. Brandywine? Tom Mann oder Lucas Kendricks?«

»Es wird Tom Mann gewesen sein. Das war der Name, den er gebrauchte.«

»Warum gingen sie dann zu Lucas Kendricks' Elternhaus? Warum folgten sie seiner Fährte durch den Wald? Warum brachten sie auf dem Grundstück der Ehefrau von Lucas Kendricks ein elektronisches Überwachungsgerät an? Sagten Sie ihnen genau, wo seine Frau lebte, wohin er wahrscheinlich gehen würde?«

»Einspruch!« rief Tony.

Im selben Augenblick sprang Gregory Erlich auf, und seine mächtige Stimme füllte den Gerichtssaal: »Hohes Gericht, dies ist ungehörig, dies ist Schikane der übelsten ...«

Richter Lundgren schlug mit dem Hammer auf den

Tisch und starrte finster von einem zum anderen. »Mr. DeAngelo.«

»Ich erhebe Einspruch. Es ist nicht zweifelsfrei festgestellt worden, wer die Handlungen verübte, von denen die Verteidigung spricht. Die Fragen sind ungehörig.«

»Stattgegeben«, sagte er kurz und wandte seinen zornigen Blick zu Gregory Erlich. »Sir?«

»Ich stimme dem Anklagevertreter zu, Euer Ehren. Für diese Fragen gibt es keine Grundlage. Meine Klientin hat bereits gesagt, daß sie die Agentur nicht beauftragte. Sie hat versucht, sich kooperativ in einer sehr schwierigen ...«

Richter Lundgren klopfte mit dem Hammer auf den Tisch, leiser diesmal, aber vernehmlich genug, um ihm das Wort abzuschneiden. Er blickte zu Barbara. »Ich werde in meinem Gericht keine Einschüchterung und Schikane von Zeugen dulden. Ich glaube, Sie wissen, daß Ihre Fragen ungehörig waren. Wenn Sie mit solch ungehörigen Methoden fortfahren, bleibt mir nichts übrig, als Sie ein zweites Mal wegen Ungebühr vor Gericht zu verwarnen. Fahren Sie fort.«

Barbara nickte flüchtig und wandte sich wieder zu Ruth Brandywine. »Haben Sie jemals mit den Detektiven beraten, die Dr. Schumaker mietete?«

Es gab nur die Andeutung eines Zögerns, bevor sie verneinte.

»Nahmen Sie jemals an solchen Beratungen teil?«

»Ich ... Ja. Sie sprachen in meiner Gegenwart.«

»Und wer war noch anwesend?«

»Dr. Schumaker und Dr. Margolis.«

»Sie drei also, die drei Personen, die zusammen Aufsätze über den Gebrauch einer hypnotisierten Versuchsperson mit den Initialen LK verfaßt hatten, waren zusammen, als Dr. Schumaker mit den Detektiven sprach. Ist das richtig?«

»Ja.«

»Lasen Sie Berichte, die von den Detektiven abgeliefert wurden?«

»Nein. Niemals.«

»Diskutierten Sie darüber?«

»Ich erinnere mich nicht, darüber diskutiert zu haben.«

»Machten die Detektive Tonbandaufzeichnungen von Gesprächen auf Nell Kendricks' Grundstück?«

»Das weiß ich nicht.«

»Wer erhielt die Informationen, die von den Detektiven gesammelt wurden?«

Ruth Brandywines Gesicht zeigte eine Veränderung, eine winzige Straffung, eine Festigung um ihren Mund, einen Glanz in ihren durchbohrenden schwarzen Augen. Diese Veränderung verschwand beinahe augenblicklich. »Dr. Schumaker«, sagte sie dann. »Er handhabte alles das. Und ich weiß nichts darüber.«

Barbara machte den ganzen Nachmittag weiter, ohne nachzulassen. Manchmal bekam sie ein Eingeständnis, oft erntete sie Einsprüche oder saß und wartete auf das Ende der Konsultationen Brandywines mit ihrem Anwalt. Ihr war zumute, als müßte sie mit einem Staubwedel Granit bearbeiten.

Es war spät am Tag, als sie sagte: »Jemand zahlte für sein Apartment und die Verpflegung sieben Jahre lang ungefähr sechstausend Dollar im Jahr. Sie zahlten ihm ein Stipendium für seine manuelle Arbeit und ein Forschungsvorhaben, über das Sie nicht sprechen wollen. Jemand verwahrte sieben Jahre lang sorgsam seinen Wagen und seine Brieftasche mit allem Geld, das er von seinem Konto abgehoben hatte. Sie glauben, Sie könnten sich an den Kosten der Detektive beteiligt haben, die von Dr. Schumaker gemietet worden waren. Sie unterbrachen Ihre Reise nach England, und Dr. Schumaker flog einen Tag nach Toronto und am nächsten Tag wieder nach Hause, weil Lucas Kendricks verschwunden war. Warum, Dr. Brandywine? Wir sprechen von vielen, vielen tausend Dollar. Warum war Lucas Kendricks oder Tom Mann soviel Geld wert?«

Es gab Einsprüche, und am Ende sagte Ruth Brandywine: »Die Forschung war wichtig, nicht der Mann. Ich wollte lediglich mein Forschungsprojekt zum Abschluß bringen.«

Es ging auf fünf, als Barbara ihre Einvernahme beendete. Sie fühlte sich erledigt in jedem Knochen, jedem Muskel, jedem Nerv. Ruth Brandywine hingegen gab sich so undurchdringlich und unbeteiligt, wie sie es am Morgen getan hatte.

Der Gerichtssaal war bis zum letzten Platz besetzt; große Namen waren ins Spiel gekommen, und der Fall war in ganz neue Dimensionen hineingewachsen. Richter Lundgren klang bitter, als er sagte, er werde die Geschworenen über das Wochenende sequestrieren. Als der Richter den Saal verließ und die Geschworenen hinausgeführt wurden, steckten Tony und der Bezirksstaatsanwalt in einer vertraulichen Besprechung die Köpfe zusammen. Große Namen, dachte Barbara, hatten den Spitzenmann mobilisiert. Es würde noch mehr Besprechungen geben, bis sie entschieden hätten, wie sie Dr. Ruth Brandywines eidliche Falschaussage behandeln, ob sie darüber hinaus ein Verfahren wegen Freiheitsberaubung einleiten und welche Personen sie in diesem Fall als Zeugen vorladen sollten. Sie hatte mit sich selbst gewettet, daß der Bezirksstaatsanwalt diesen Teil selbst an sich ziehen und nicht Tony überlassen würde; die Namen waren plötzlich groß und bekannt genug geworden, daß eine Menge Publizität garantiert war. Böse Scheiße, dachte sie höhnisch. Sie nahm ihre Handtasche und ihren Aktenkoffer vom Tisch und machte sich auf die Begegnung mit der Presse gefaßt.

Statt dessen merkte sie, daß Nell noch bei ihr war und etwas auf dem Herzen hatte, was sie loswerden wollte. Ihr Gesicht war verkniffen, und sie sah sehr müde aus. Sie ergriff Barbaras Hand und blickte mit Tränen in den Augen zu ihr auf. »Was auch geschehen mag«, sagte sie leise, mit stockender Stimme, »ich bin Ihnen dankbar. Sehr, sehr dankbar.«

Barbara empfand nichts als Verwirrung.

»Er blieb nicht fort, weil er unser überdrüssig war und nichts mehr von mir wissen wollte«, fuhr Nell fort. »Sie hielt ihn fest. Sie machte ihn zu einem Gefangenen. Und er entfloh und kam nach Hause. Er war glücklich und lachte. Danke.«

26

John und Amy Kendricks waren über das Wochenende nach Hause gefahren; sie wollten am Montag früh zurück sein. »Nell braucht Ruhe und etwas Zeit mit ihren Kindern«, hatte Amy erklärt. Und ihren Mann damit in Verlegenheit gebracht. Er war bereit gewesen, dazubleiben und zur Stelle zu sein, sollte Nell etwas brauchen, und hatte nicht verstanden, daß ihre Anwesenheit zu einer Last werden könnte. Nell schämte sich, daß sie so empfand, weil die beiden so gut zu ihr gewesen waren, aber sie war froh, daß sie für zwei Tage fort waren.

Nun las sie Carol vor. Im Erdgeschoß saß Travis am Computer, und Clive spülte das Geschirr vom Abendessen. Sie versuchte ihn aus ihren Gedanken zu verdrängen und sich auf die Worte vor ihren Augen zu konzentrieren.

»Und das Elefantenkind versohlte seiner Tante den Hintern …«

Carol kicherte und lachte dann laut, als das Elefantenkind durch die Familie ging und alle nacheinander mit seinem neuen Rüssel versohlte. Nell legte das Buch weg, schüttelte das Kissen auf und strich die Decke glatt. »Okay?«

Carol zog an ihrer Nase, hielt sie zu und sagte: »Okay.«

Nell lachte und beugte sich zum Gutenachtkuß über sie. »Schlaf gut und träum was Schönes.«

»Mama?« sagte Carol, als Nell zur Tür ging. »Darf ich Montag nach der Schule zu Michele? Mit dem Bus, meine ich?«

»Mal sehen. Ich werde morgen mit ihrer Mutter sprechen. Ist es was Besonderes?«

»Nein. Sie fragte mich bloß.«

Nell zögerte, die Hand auf der Klinke, und blickte zurück zu ihrer Tochter, die so rosig und sauber und blond war. Langsam kam sie zurück ans Bett. »Stimmt etwas nicht, Kind?«

Carol schüttelte den Kopf und tat so, als müsse sie gähnen, sagte aber beinahe sofort: »Du mußt nicht ins Gefängnis, oder?«

Nell setzte sich auf die Bettkante, nahm ihre Tochter bei den Schultern und zog sie in sitzende Haltung. »Auf keinen Fall. Ich werde hierbleiben und dir das Buch und noch hundert andere vorlesen.« Sie beobachtete Carols Gesicht, bis es sich wieder entspannte, dann zog sie das Kind an sich und hielt es fest, streichelte das seidige Haar, bis Carol anfing, sich ihr zu entwinden. »Und zum Frühstück Waffeln«, sagte Nell. »Mit Stachelbeermarmelade. Abgemacht?«

Carol nickte, dann zeigte sie ein legitimes Gähnen. »Abgemacht«, sagte sie. Sie krabbelte wieder unter die Decke; eine Hand zog ihr Stofftier heran, und sie gähnte wieder. Nell ging zur Tür.

»Gute Nacht, Schatz«, sagte sie leise. Sie ließ die Tür einen Spaltbreit offen, wie sie es immer tat, und entfernte sich ein paar Schritte, dann aber lehnte sie sich an die Wand und schloß die Augen fest. Die Furcht wallte in ihr auf und wich zurück und wallte wieder auf.

Nach einer kleinen Weile ging sie die Treppe hinunter, nur um abermals innezuhalten, diesmal auf der untersten Stufe. Travis erklärte Clive ein kompliziertes Computerspiel. »Man darf zwei Fragen stellen, und jeder, der beim Spiel mit dabei ist, kann sie sehen, und die Antworten dazu, also muß man vorsichtig sein, was man fragt.«

Das Spiel mit dem Unbekannten, dachte Nell. Ein

Unbekannter war irgendwo in den Vereinigten Staaten unterwegs, und die Spieler mußten versuchen, ihn/sie zu finden. Einer der Spieler wußte, wo der Unbekannte versteckt war. Sie lächelte. Travis konnte es kaum erwarten, daß er selbst der Hüter sein würde, der versuchte, den Unbekannten zu verbergen. Sie kam ins Wohnzimmer, wo Clive neben Travis vor dem Computer stand.

»Eine ist im Bett«, sagte sie munter. »Ist noch was von dem Kuchen da?«

Clive hatte Apfelkuchen mitgebracht, den Lonnie gebacken hatte. Er grinste und ging mit ihr in die Küche. »Er spielt mit Jungen aus Atlanta, Chicago und Gott weiß wo noch. Ich hatte keine Ahnung, daß so etwas möglich ist.«

»Ich weiß. Ich dachte mir schon, daß ich die beiden zu einer Autofahrt mitnehmen sollte, einer langen Reise, nur um ihnen eine Vorstellung von der Größe der realen Welt zu geben. Ich glaube nicht, daß er eine Ahnung hat, wie weit Atlanta tatsächlich entfernt ist, oder New York.« Sie schnitt ein Stück Kuchen ab; nach dem Abendessen hatte sie es nicht gewollt, aber nun, zwei Stunden später, war es willkommen. Sie saßen am Küchentisch, wo sie Travis am Computer sehen konnte, aufmerksam auf das Spiel konzentriert. Wie Lucas, dachte sie. So sehr ähnelte er seinem Vater.

»Wird das nicht teuer? Ferngespräche und alles?«

»Nicht so schlimm wie man meinen könnte. Er hat ein Budget, zehn Dollar im Monat, und was darüber hinausgeht, muß er von seinem Taschengeld bezahlen.« Wieder blickte sie zu ihrem Sohn hin, und der Gedanke kam ihr in den Sinn, daß er den Computer gebrauchte, um eine Wand aufzubauen, daß er jeden wachen Augenblick mit Schule, Hausaufgaben und Computerspielen ausfüllte, um einen Zufluchtsort einzurichten, der zu beengt war, um sie einzulassen. Nach dem ersten Bissen vom Apfelkuchen merkte sie, daß sie ihn doch nicht wollte. Travis machte eine seiner seltsam unvollständigen Gesten und schnaubte vor Lachen, dann machte er sich wieder über die Tastatur her.

»Du hast nichts zu Abend gegessen, und nun spielst du mit dem Kuchen nur herum«, sagte Clive mit leiser Stimme. »Ich soll dir von Lonnie sagen, daß sie diese Äpfel selbst gepflückt hat und daß sie nie gespritzt worden sind.«

Nell nahm einen weiteren Bissen.

»Und sie hat ein neues Opfer auserwählt«, sagte Clive. »Schumaker, und vielleicht auch Brandywine. Aber Schumaker bestimmt.«

»Gut«, sagte Nell. »Sollte sie Hilfe brauchen, du weißt schon, mit Rattengift oder so, sag ihr ...« Sie blickte auf ihren Teller, als die Erkenntnis kam, daß sie so etwas nicht sagen konnte, vielleicht nie wieder.

»Ich sagte ihr, daß ich ihr Komplize sein würde, aber sie meinte, es müsse von ihr allein geplant und ausgeführt werden, sonst würde es vor Gericht nicht zählen. Ich fragte sie, ob sie nach Denver gehen wolle, und sie meinte, sie könne darauf warten, daß er auftauchen würde.«

»Das wird er tunlichst vermeiden«, murmelte sie. »Barbara würde ihn auch mit einer Zwangsvorladung überrumpeln, möchte ich wetten.«

»Nell, wirst du mich heiraten? Bitte«, sagte er plötzlich. Seine Stimme war heiser, und er sah selbst überrascht aus, als die Worte so hervorsprudelten.

»Pst«, machte sie. »Nicht jetzt. Frag nicht jetzt. Wenn dies alles vorbei ist und hinter uns liegt, dann kannst du fragen. Jetzt ist es mir nicht möglich, an Zukunftspläne zu denken.«

»Aber jetzt ist die Zeit, wo du jemanden brauchst. Wir können gleich heiraten, und ich werde die Adoption beantragen. Jetzt. Nächste Woche, so bald wie möglich.«

Auf einmal war ihr, als ob ihr kleines Haus auf einer

vom Sturm aufgewühlten See dahintriebe. Der Boden hob und senkte sich, der Tisch verschob sich, verlor seine Festigkeit; sogar die Luft schien dunkel und dick zu werden.

»Ach du lieber Gott! Hier, leg deinen Kopf zurück. So.« Er drückte sie nieder, und bald begann das Blut wieder zu zirkulieren. Sie stieß seine Hände weg und stand auf. Er stützte sie mit einer Hand am Arm.

»Wie dumm kann man sich anstellen?« murmelte sie. »Ich, meine ich, nicht du. Ich muß einen Schluck Wasser trinken, dann wird mir gleich besser sein.« Aber sie fühlte sich leicht wie ein Strahl Mondlicht, als könnte sie mit jedem Schritt vom Boden abheben.

Sie gingen zur Spüle, wo sie sich am Rand festhielt, während er ein Glas mit Wasser füllte.

»Gott, Nell, es tut mir leid! Das wollte ich dir nicht antun! Entschuldige.«

»Ich weiß«, sagte sie und trank das Wasser. »Es ist schon gut. Ich bin bloß erschöpft. Nicht genug Schlaf, wahrscheinlich. Es geht schon wieder.«

Er sah gequält aus, dann nahm er sie in die Arme und drückte sie an sich, beinahe zu fest, daß ihr an seiner Brust der Atem ausging. Sie merkte, wie sehr sie sich Halt und Geborgenheit wünschte. Sie verspürte ein fast verzweifeltes Verlangen, sich in seine Arme zu flüchten und sicher zu fühlen.

Aus dem Wohnzimmer drang Travis' Jubelruf, und Nell löste sich aus Clives Armen. »Danke«, sagte sie. »Ich brauchte das. Du solltest jetzt gehen. Es ist Zeit, daß Travis schlafen geht, und ich gehe schlafen, sowie er im Bett liegt. Ich bin wirklich müde.«

Clive berührte sanft ihre Wange, beugte sich und küßte sie leicht auf die Lippen. »Ich komme morgen vorbei. Schlaf gut.«

Nachdem er gegangen war, dachte sie an die Worte »Schlaf gut« und wußte nicht, ob sie lachen oder weinen sollte. Sie sehnte sich nach einem guten, erholsamen Schlaf, wie er ihr früher selbstverständlich gewesen war: ins Bett zu gehen, sich einmal herumzuwälzen und einzuschlafen wie ein Kind. In diesen Nächten schlief sie, träumte unruhig und fuhr hellwach hoch, schlief wieder ein, träumte, schrak aus dem Schlaf auf, wieder und wieder, und wenn am Morgen der Wecker läutete, fühlte sie sich benommen und bleiern. Weinen würde passender sein als lachen, dachte sie. Verrückte Leute lachten zur falschen Zeit, sagte sie sich; vor ihrem inneren Auge war Lucas auf der Felsterrasse, lachend, glücklich. »Paß auf!«

Ihr Bewußtsein wich vor dem Bild zurück, wie es immer davor zurückschreckte, sogar in ihren Träumen, und sie ging nachzusehen, ob Travis bereit war, für den Abend Schluß zu machen. Manchmal, wenn er in seinem eigenen Zug war, stand sie hinter ihm und wartete und beobachtete den Bildschirm, ohne etwas von dem zu verstehen, was er tat. Heute abend hatte er das Spiel schon beendet. »Er ist in Wichita«, sagte er. »Ich weiß es, aber ich muß mir die richtigen Fragen ausdenken, damit niemand sonst darauf kommen kann. Es müssen genau die richtigen Fragen sein.«

»Dann wird es am besten sein, du schläfst darüber. Vielleicht fallen sie dir morgen früh ein.«

Ein Licht blinkte am Computer; er grunzte befriedigt. »Dieser Junge hat das Mandelbrot-Programm. Ich gab es ihm schon vor einiger Zeit, und er bekommt ziemlich gute Bilder. Wir tauschen sie dann. Ich zeige es dir morgen, wenn du willst.«

»Ja, das möchte ich«, sagte sie. Aber was sie wirklich von ihm wollte, war, daß er zu ihr aufblickte, daß er ihr ins Gesicht sah und sein komisches Lächeln zeigte, halb wie ein kleiner Junge, halb wie ein weiser alter Mann, um ihre Stimmung zu ergründen, bevor er einen seiner unausgegorenen, phantastischen Pläne vom Stapel ließ.

Er schaltete den Computer aus, reckte die Arme und gähnte, sah ein Buch auf dem Tisch liegen und ging hin, es an sich zu nehmen. Dann sprang er die Treppe hinauf und rief ihr gute Nacht zu. Er vermied es, ihr in die Augen zu sehen.

Am Samstag hob sich der Nebel zum ersten Mal in der ganzen Woche. Die Sonne kam blaß und matt zum Vorschein, es nieselte, die Sonne kehrte zurück, und insgesamt war es ein angenehmer Spätherbsttag in Oregon. Barbara stand am oberen Ende des Wasserfalls und blickte hinab in die Gischtwolke tief unter sich. Sie hatte nicht vorgehabt, so weit zu gehen, aber sie konnte auch nicht still sitzen und sich durch die Worte, die Sätze, die Paragraphen ihres Plädoyers arbeiten. Zuviel hing davon ab, wie Nells Kreuzverhör durch Tony ausgehen würde. Sie hoffte, daß Klarheit und Übersichtlichkeit in ihre Gedanken kommen würde, wenn sie sich an der frischen Luft bewegte. Nun blickte sie den Wasserfall des kleinen Halleck Creek hinunter, zur Pfadspur, die sich in Serpentinen zur Felsterrasse hinabzog. Langsam überquerte sie den Stamm zu Nells Seite und machte sich wieder an den Abstieg.

Der Wald war dicht auf dieser Seite, dichter als auf der anderen, und der Pfad leichter zu begehen; häufiger begangen, in besserem Zustand. Sie sah eine Ansammlung von Pilzen und lehnte sich an einen Baumstamm, um ein paar Atemzüge zu verweilen. Nell und Lucas waren öfter Pilze sammeln gegangen, erinnerte sie sich. Einen Riesenkorb Pfifferlinge, hatte Nell gesagt, und Morcheln, Boviste … Sie stieß sich vom Stamm ab und blinzelte, als ein Schauer kleiner Tropfen auf sie niederging.

Ihre Stimmung trübte sich ein, als sie weiter den Pfad hinabstieg. In ihrer Vorstellung behauptete sich das Bild von Lucas Kendricks, wie sie ihn sah: hungrig, ausgetrocknet, mit geschwollenen Füßen voller Blasen und Infektionen, so daß er die Stiefel nicht wieder hätte anziehen können, wenn er sie ausgezogen hätte. Schmerzen bei jedem Schritt.

Der Pfad bog um eine mächtige Fichte und führte unerwartet steil über eine abschüssige Partie abwärts. Sie glitt im schlüpfrigen Erdreich aus, fiel aufs Hinterteil und rutschte noch einen halben Meter, bevor sie zu einem Halt kam. Eine Weile blieb sie einfach sitzen, dann merkte sie, wie die Nässe durchdrang, und erhob sich schwerfällig; dann blickte sie den Weg zurück, den sie gekommen war. Aber es war kürzer, weiterzugehen, und so setzte sie ihren Abstieg fort, diesmal sorgfältiger darauf bedacht, wohin sie die Füße setzte. Bald war der Pfad wieder von dichten Nadeln bedeckt, die ihre Schritte abfederten. Da und dort durchbrachen felsige Schichtenköpfe den Waldboden.

Sie umging den Felsabbruch, der die rückwärtige Grenze der Felsterrasse bildete; hier, das wußte sie, führte der Pfad über gestuftes Felsgelände wie eine Treppe abwärts, niemals in gerader Linie, aber leicht zu begehen, weil er gute Tritte bot. Sie stieg über ein Rinnsal, das im Frühherbst, als sie diesen Weg erkundet hatte, nicht dagewesen war, und dachte an das mächtige Herz der Erde, das sein lebensspendendes Wasser in winzigen Rinnsalen herauspumpte, die nur während der regnerischen Jahreszeit erschienen und in die Bäche wie den Halleck Creek flossen, der schäumend und tosend dem McKenzie entgegenstürzte, welcher sich wiederum in den Willamette und dann den Columbia ergoß und endlich mit diesem mächtigen Strom den Großen Ozean nährte. Fractale, dachte sie, gebrochene Strukturen. Sie sah sie überall.

Der Pfad hatte sie zur Seite der Felsterrasse geführt; nun konnte sie zwischen den wenigen Bäumen, die sie noch verdeckten, ins Freie hinausgehen. Diese Bäume würden jeden verborgen haben, der hier stand, dachte sie. Sie verließ den Pfad, um sich zwischen den Bäumen vorzuarbeiten, nur ein halbes Duzend Schritte, und dann konnte sie die gesamte Felsterrasse überblicken, die vom Bach ausgewaschene Schlucht, die sie in zwei Hälften spaltete, die Seite, wo Lucas lachend gestanden hatte, bis die Kugel ihn getroffen hatte.

»Nichts hat sich geändert«, murmelte sie schließlich, halb enttäuscht. Bei ihrem früheren Besuch war sie ungefähr hier vom Pfad abgewichen, auf die Terrasse hinuntergesprungen und war dann schließlich den anderen Teil des Pfades abgestiegen, den Nell benutzt hatte, um hier heraufzukommen. Diesmal kehrte sie der Szene irritiert den Rücken und folgte dem Pfad abwärts, bis er sich verzweigte; die weniger begangene Pfadspur führte von hier aufwärts.

Immer wieder sich verzweigende Straßen, Wege, Pfade, Wildwechsel. Wieder Fractale, dachte sie, wie die sich immer weiter verzweigenden Bäume, oder die menschlichen Blutgefäße. Sie stand an der Abzweigung und starrte mißmutig auf die ansteigende Pfadspur, Nells Weg. Einem Impuls folgend schlug sie ihn ein, ohne einen Entschluß zu fassen, ohne einen Grund angeben zu können, nur um zu vollenden, was eine Übung in Vergeblichkeit war. Bleib in Bewegung, laß den Körper arbeiten, sagte sie sich, vielleicht geschieht etwas, das den Tag retten wird, was die kleine Nell retten wird. Sie begann angestrengt zu schnaufen; dieser Abschnitt war steiler als der andere, den sie verlassen hatte, und er führte aufwärts. Er war auch schmierig von Nässe und trügerisch; sie glitt aus und fiel auf die Knie, hielt sich an einem herabhängenden Zweig fest, um nicht weiter abzurutschen. Dann sah sie plötzlich den rückwärtigen Abbruch der Felsterrasse unmittelbar vor sich; sie tat den nächsten Schritt aufwärts, und noch einen, und blieb stehen.

Sie konnte die rechte Seite der Felsterrasse nicht sehen, nur den Abbruch vor sich und einen hellgrau verwitterten abgestorbenen Stamm, der zwischen gerundeten Blöcken lag. Zu ihrer Rechten waren struppige Sträucher und Baumwipfel. Langsam stieg sie den letzten halben Meter hinauf und beobachtete aufmerksam, von welchem Punkt an der Rand der Lichtung in Sicht kam. Oben angelangt, wurde ihr klar, daß sie wegen des Größenunterschiedes eher einen Überblick gewinnen konnte als Nell. Nell hätte die Felsterrasse erst oben überblicken können, nicht bevor sie ein paar Schritte vorwärts getan hätte. Barbara stand bewegungslos und vergegenwärtigte sich, was Nell ihr gesagt hatte. Sie hatte ihn gesehen, hatte die Augen einen Moment geschlossen und dann den letzten Schritt hinauf getan, hatte im gleichen Augenblick den Schuß gehört und Lucas fallen sehen. Aber sie konnte ihn erst gesehen haben, als sie bereits oben angelangt war und mehrere Schritte auf die Lichtung getan hatte. Barbara ging langsam zum gefallenen Stamm und setzte sich. Die Sonne war wieder herausgekommen, und es war hier an diesem geschützten Ort mit seiner günstigen Südlage angenehm warm. Sie öffnete den Reißverschluß ihrer Jacke, nahm den Hut vom Kopf und blieb lange im Gedanken versunken sitzen.

Es war leicht zu glauben, daß sie das einzige lebende menschliche Wesen war, allein mit den Bäumen und dem Himmel und diesem geschützten, freien Flecken Erde. Kein Geräusch drang bis hierher, kein Wind bewegte die benadelten Zweige der endlosen Wälder, keine Tiere huschten, keine Vögel flogen. Die Welt war zum Stillstand gekommen. »Zeit, auszusteigen«, sagte sie zu sich selbst.

Ihr Blick ging zur anderen Seite der Felsterrasse, wo Lucas Kendricks aus der Welt ausgestiegen war, wo ihn die tödliche Kugel getroffen hatte. Sie stellte sich vor, wie Nell den Pfad heraufstieg, nicht den anstrengenden steilen Teil, sondern den öfter begangenen Pfad, der viel leichter war. Den würde sie gewählt haben, weil sie ein Gewehr zu tragen hatte. Sie blickte zu den Bäumen jenseits der Felsterrasse und stellte sich vor, wie Nell den Pfad dort verließ und hinter einem Baum hervorkam, um Lucas zu sehen, wie er ihr zulachte. Im stummen Theater ihrer Vorstellung sah Barbara, wie Nell das Gewehr hob und einmal feuerte, sah Lucas zurücktaumeln, tot. Und der Winkel des Schußkanals ist kein Geheimnis mehr, beendete sie stumm den Gedanken.

Plötzlich verschwand die Sonne hinter einer Wolkenmasse, die wie Schneewehen aussah, und der Nieselregen setzte wieder ein. Es war ein sehr kalter Nieselregen, der nicht eigentlich fiel, sondern überall um sie her erschien. Sie zog den Reißverschluß hoch, setzte den Hut auf und machte sich an den Abstieg.

»Verdammt noch mal, Barbara, was ist geschehen?« verlangte Frank an diesem Nachmittag zu wissen. Er stand an der Tür zur Terrasse, wo sie mit hochgezogenen Schultern am Geländer lehnte, eingemummt in ihre Wetterjacke, und zum Fluß hinabstarrte.

»Warum ist er so schwarz?« fragte sie.

»Es wird bald Schnee geben.«

»Der Fluß versucht wegzulaufen«, sagte sie mit einem Nicken. »Er läuft und läuft immer fort.« Sie verließ das Geländer und überquerte die Terrasse, um ins Haus zu gehen. »Ich glaube auch, daß es Schnee geben wird. Es ist kalt geworden.«

»Barbara, was ist mit dir? Das möchte ich wissen.« Er gab die Türöffnung frei, um sie ins Haus zu lassen, dann schloß er die Tür fest.

»Ich dachte, du hättest ein untrügliches Gespür dafür, wann du drücken und wann du ziehen mußt, wann du reden und wann du schweigen mußt, wann du Fragen zu stellen und wann du deine eigenen Antworten zu finden hast.« Sie wollte die Worte leichthin sagen, aber trotz ihrer Anstrengungen klangen sie bitter. Sie nahm den wollenen Hut ab und zog die Jacke aus und fuhr sich mit der Hand durch das feuchte

Haar, um es wieder zu lockern. Sie hängte die Jacke über einen Stuhl und ging zum Kaminfeuer, wo sie sich die Hände rieb.

»Du dachtest richtig«, sagte ihr Vater, der ihr gefolgt war, »und nun ist die Zeit, zu erfahren, was, zum Teufel, vorgeht.«

»Ich ging heute zur Felsterrasse hinauf«, sagte sie. »Interessanter Ort.«

»Und?« Aber er hatte aufgemerkt; er saß in seinem Sessel und beobachtete sie über die Brillengläser hinweg.

»Sie hat gelogen, das ist alles.« Sie blickte ihn an, dann schaute sie wieder ins Feuer. »Du hast es von Anfang an gewußt, nicht? Darum sagtest du, daß du sie nicht vom Haken bringen könntest.«

»Ich bin sehr frühzeitig da hinaufgestiegen«, sagte er nach einer Pause. »Und ich dachte, auch du wärst längst oben gewesen.«

»Oh, ich war oben. Aber ich benutzte damals nicht ihren Pfad, Nells Pfad, und heute tat ich es. Das macht einen Unterschied, nicht?«

»Setz dich, Barbara«, sagte Frank ungeduldig. »Ich kann nicht zu deinem Rücken sprechen.«

Sie zuckte die Achseln und sank in einen der feinen Ledersessel ihm gegenüber.

»Als dieses Mädchen zuerst zu mir kam, dachte ich, es gebe keine Chance, sie vom Haken zu bringen, nicht die geringste Chance. Und du hast ihr eine Chance gegeben. Tony und Lundgren könnten dir am Montag den Teppich unter den Füßen wegziehen, aber es besteht noch immer diese Chance, die vorher nicht existierte. Ich weiß nicht, was dort oben auf der Felsterrasse geschah, und du weißt es auch nicht, und ich bezweifle, daß Nell es weiß. Aber ich denke, daß diese Leute aus Denver, Brandywine und Margolis und Schumaker, daß sie Lucas Kendricks so sicher töteten, als ob sie selbst den Abzug betätigt hätten, und daß sie ihn durch einen Zombie ersetzten. Lucas Kendricks ist seit mehr als sieben Jahren tot! Und Nell verdient diese Chance, die du ihr gegeben hast. Sie verdient nicht, den Wölfen vorgeworfen zu werden.«

»Um Himmels willen!« erwiderte Barbara. »Ich werde zu diesem späten Zeitpunkt nicht das Handtuch werfen. Soviel darfst du mir zutrauen!«

»Es gibt verschiedene Wege, einen Klienten aufzugeben«, sagte ihr Vater bedächtig. »Wege, an die du noch nicht gedacht hast. Aber der Weg, den du gefunden hast, ist ein guter. Du hast dein Feuer mit Eiswasser gelöscht, und das merkt man. Du gehst mit diesem Ausdruck von Verachtung in den Gerichtssaal, dieser Pose des leidenden Märtyrers, dieser Miene zutiefst beleidigt und verraten zu sein, als wolltest du sagen, da ist ihr Hals, schlagen Sie mit dem Henkerbeil zu.«

Sie starrte ihn wortlos an; er stand auf und verließ den Raum, ohne sie wieder anzusehen.

An diesem Abend gegen sieben begann es zu schneien. Nell und die Kinder veranstalteten ein Wohnzimmer-Picknick. Sie hatte vor dem Kaminfeuer eine Decke ausgebreitet, und dort brieten sie Würstchen und aßen Kartoffelsalat, und hinterher gab es Mohrenköpfe. Dann standen sie unter dem Vordach bei der Haustür und sahen große, träge Schneeflocken niedersinken. »Hoffentlich schneit es so tief«, sagte Carol und hielt die Hand in Hüfthöhe. »Wo ist unser Schlitten?«

»In der Garage. Wir werden ihn morgen herausholen, wenn der Schnee liegen bleibt«, sagte Nell.

»Vielleicht wird er bald tief genug zum Skilaufen sein«, sagte Travis. »Ich muß sehen, ob die Skier gewachst werden müssen.«

Als sie alle fröstelten, gingen sie wieder hinein und brieten ein paar Äpfel am Kaminfeuer und sprachen über Schnee.

Doc Burchard stand auf der Veranda, sah die Schneeflocken um sich her fallen und wünschte genau wie Carol und Travis, daß der Schnee tiefer und tiefer würde, bis die Welt unter einem Berg von Schnee begraben wäre. Er kehrte ins Haus zurück, wo Lonnie ihnen das Abendessen bereitete. Sie müsse sich beeilen, sagte sie; bald könnte es auf der Straße schlüpfrig werden. Er sagte ihr, sie solle nur nach Hause fahren; er würde das Essen auftragen und danach Geschirr spülen.

Doc und Jessie aßen ohne ein Wort. Beiden war bewußt, daß er die ganze Woche nicht mit ihr gesprochen hatte. Als sie nach dem Essen den Rollstuhl vom Tisch zurückfuhr und wendete, um hinauszufahren, sagte sie: »Lonnie sagt, Clive Belloc habe Nell einen Heiratsantrag gemacht. Er wolle sie so schnell wie möglich heiraten, die Kinder adoptieren und alles. Ist das nicht hübsch?«

Er sah sie mit haßerfülltem Blick an. »Wie lang hast du es gewußt?« fragte er. Seine Stimme klang ihm rauh und fremd in den Ohren.

»Von Anfang an, wahrscheinlich. Ich habe das Datum nicht notiert.«

»Und nie ein Wort gesagt, dir nie etwas anmerken lassen. Die ganze Zeit behandelst du sie wie eine Freundin.«

»Naja, du weißt, es machte keinen Unterschied, kein bißchen. Jedenfalls nicht, bis sie Witwe war. Viele Witwen würden gerne Ärzte heiraten. Hast du noch nicht gefunden, daß das stimmt, mein Lieber?«

»Hast du nicht Angst, dir deine Medizin von mir verschreiben zu lassen?« flüsterte er. »Hast du nicht Angst, ich könnte dich in die Badewanne rutschen lassen, oder deinen Rollstuhl aus Versehen von der Veranda stoßen, hinunter in den Fluß?«

Sie lachte und drückte den Knopf auf der Armlehne ihres Rollstuhls. Der Mechanismus summte, und der Rollstuhl setzte sich in Bewegung.

»Du tätest gut daran, Lonnie zurückzurufen«, sagte er in dieser seltsam neuen Stimme. »Ich werde ein paar Sachen mitnehmen und in die Stadt gehen. Ich werde mehrere Tage ausbleiben, wenigstens bis der Schnee wieder weg ist.«

Sie wandte den Kopf und blickte aus der Türöffnung zu ihm zurück. »Du bist so ein Dummkopf. Der kleine Junge, der von Mama wegläuft, und so furchtbar zornig. Du bist ein Narr.« Sie rollte den Korridor entlang zu ihrem Zimmer. Das Summen des Rollstuhls war das einzige Geräusch im Haus.

Nicht in die Stadt, dachte er dann. Nicht in die Stadt. Zu Nell, aber nicht so früh. Die Kinder würden noch auf sein. Methodisch begann er den Tisch abzuräumen. Später, später. Er blickte auf seine Hände; die Teller klapperten beim Hinaustragen, weil seine Hände so stark zitterten.

Lonnie Rowan saß im Schaukelstuhl vor dem Fernseher und träumte. Ihr Haus war nicht so sauber und aufgeräumt wie die Häuser, in denen sie putzte, aber außer ihr selbst bekam niemand es je zu sehen, und da machte es nichts aus. Der Schaukelstuhl hatte ihrem Vater gehört, und solange er lebte, hatte sie nicht gewagt, ihn auch nur einen Zoll von seinem Platz beim Ofen zu verschieben. Er mochte die Dinge dort, wo er sie hinstellte, er schätzte es, wenn er die Hand ausstrecken und nehmen konnte, was er dort wußte, ohne zuerst hinsehen zu müssen. Jetzt stellte sie die Möbel häufig um und legte nie ein Buch oder eine Zeitschrift zweimal an dieselbe Stelle. Manchmal machte sie eine wedelnde, verscheuchende Handbewegung, bevor sie sich im Schaukelstuhl niederließ, als wollte sie ihn daraus vertreiben. Das gesamte Mobiliar stammte von ihm und ihrer Mutter; sie hatte nie im Leben ein Möbelstück gekauft, niemals mehr gebraucht, als das Haus bereitstellte. Aber die Verhältnisse und das Leben veränderten sich, das wußte sie.

All diese Jahre hatte er gesagt: »Also, Lonnie, zerbrich dir nicht den Kopf über die Zukunft. Mein kleines Mädchen wird schon zurechtkommen. Du kannst dich darauf verlassen, daß dein alter Vater dafür sorgt.«

Dann war er tot, und die Rechnungen waren ihre Rechnungen, und die Zukunft war da. Sie schaukelte und summte, das Gesicht dem Fernseher zugekehrt, einem alten Schwarzweißgerät, das er in den Sechzigern gekauft hatte. Aber sie sah nicht, was auf dem Bildschirm vorging. Sie untersuchte eine andere Zukunft. In dieser wohnte sie in dem kleinen Haus auf Nells Grundstück, und Nell und Clive und die Kinder im großen, wie es sein sollte. Die Greshams würden ohnehin nicht bleiben; für einen Veterinär gab es hier im waldbedeckten Bergland nicht genug Arbeit, und die weiten Wege waren zeitraubend und verursachten nur Kosten. Sie würden hingehen, woher sie gekommen waren, und Nell würde das große Haus beziehen, wohin sie gehörte. Bis die Greshams gekommen waren, hatte es in dieser Gegend nie Schwarze gegeben, und so würde es wieder sein.

Sie, Lonnie, würde für Nell und Clive und die Kinder kochen, das Haus in Ordnung halten, ein bißchen Gartenarbeit tun ... Sie hatte beobachtet, wie die Kinder mit ihren Großeltern umgingen, nichts als Gelächter und Scherze und Umarmungen und Küsse. So würden sie auch mit ihr umgehen, hatte sie sich gewünscht. Sie war noch Jungfrau; als sie jung genug gewesen war, zu heiraten und eine Familie zu gründen, hatte sie für ihre Mutter sorgen müssen, und später für ihren Vater, und die Jahre waren dahingegangen. Und die Jahre gingen dahin. Es gab niemanden, der für sie sorgte, keinen Ort, wohin sie gehen, keinen Menschen, an den sie sich wenden konnte. Wenn sie jemals eine Familie haben wollte, mußte sie selbst zusehen, daß etwas daraus wurde.

Sie hatte gesehen, wie Clive in Nells Gegenwart zu

einem tölpelhaften, schüchternen Jungen geworden war, besonders seit sie frei war, und sie hatte verstanden, daß er Nell heiraten würde; er würde das irgendwie zuwege bringen und sie, Lonnie, würde mit ihnen gehen und in dem kleinen Haus wohnen. Sie hatte gesehen, wie er ein Aufhebens mit einem Blumenstrauß gemacht hatte, den er Nell schenken wollte, und hatte geringschätzig gesagt: »Natürlich wird sie sagen, wie hübsch er ist, und es ist ein schöner Blumenstrauß. Aber bring ihr diesen Teller voll Pfefferkuchen für die Kinder, und sieh zu, wie sie reagiert.« Danach hatte er Nell und den Kindern ihre Kekse, ihre Kuchen und Apfelschnitten gebracht; als Liebesgaben, hatte er errötend gesagt.

Sie gab sich einen Ruck und saß aufrechter, als die Phantasie außer Reichweite zu schwimmen schien. Pure Tagträumerei, sagte sie sich. Warum sollten sie sie willkommen heißen? Sie hörte die spöttische Frage in der Stimme ihres Vaters; er hatte sie immer verspottet, wenn er zuviel getrunken hatte.

Nein, sie mußte sich eingestehen, daß Nell sie nicht willkommen heißen würde. Nell fand sie zu geschwätzig, mochte keine Klatschgeschichten und hatte sich geärgert, als Lonnie ihr ins Gesicht gesagt hatte, was alle im Ort über die Vermietung ihres Hauses an Schwarze sagten. Nicht Nell, sagte sie sich, aber Clive. Er mochte sie; er hörte sich ihren Klatsch an und stellte sogar Fragen. Er wußte, wenn sie etwas sagte, war es so; sie wiederholte Neuigkeiten und Geschichten, die sie gehört hatte, aber sie erfand nichts dazu, und das respektierte er. Aber warum sollte er sich dafür einsetzen, daß sie in das kleine Haus ziehen könnte? Sie schaukelte langsam vor und zurück und überlegte angestrengt. Dankbarkeit, entschied sie, und die Idee bewirkte, daß sie feuchte Hände bekam.

Es bedeutete, daß sie Jessie verpetzen mußte, und das wiederum bedeutete, daß Jessie sie ohne einen persönlichen Gedanken, ohne einen Blick fallenlassen und ihr den Geldhahn zudrehen würde. Sie kannte dieses Miststück, und so und nicht anders würde es sein. Jessie und Doc waren ihre wichtigste Einkommensquelle. Wenn sie die beiden verlor, würde sie verhungern.

»Wirst du endlich aufhören, wegen Geld herumzunörgeln?« hatte ihr Vater geschrien. »Ich sagte dir, meine Tochter wird nicht im Armenhaus enden. Dafür sorge ich!«

Sie schaukelte energischer. Kein Armenhaus, heutzutage gab es dergleichen mildtätige Einrichtungen nicht mehr. Heute hieß es hinaus auf die Straße, unter Brücken schlafen, aus Mülltonnen essen. Aus Frustration und Zukunftsangst und Unschlüssigkeit begann sie leise zu weinen. Wenn Jessie und Doc sich trennten, dachte sie, würden sie wieder in die Stadt ziehen, Jessie zu ihrer Schwester oder ihrem Bruder weit weg von hier, und sie würde jedenfalls ohne diesen Job sein. Aber wahrscheinlich würden sie sich nicht trennen. Es hatte früher schon Zeiten gegeben, als sie wochenlang nicht miteinander geredet hatten, und dann war es doch weitergegangen.

Sie trocknete die Tränen, schneuzte sich und stand auf. Eine Tasse Kakao, ein Bad, und vielleicht würde ihr etwas in den Sinn kommen, wie sie erreichen konnte, daß Clive sie als Haushälterin würde einstellen wollen und im kleinen Haus wohnen lassen würde, wenn er und Nell heirateten.

Um zehn kam ein Wind auf. Eingeengt durch das tief eingeschnittene Flußtal, pfiff und heulte und kreischte er, ließ nach und fing wieder an, um sich in noch höhere Tonlagen zu steigern. Die Meteorologen in den Fernsehnachrichten grinsten und räumten ein, daß sie sich wieder einmal geirrt hatten. Der Pazifiksturm hatte nach der Voraussage im Staat Washington das Festland erreichen sollen, aber nun kam er mit aller

Macht weiter südlich herein. Schwere Regenfälle in den Tälern, Schnee auf den Bergen, auf den Paßhöhen über Nacht dreißig Zentimeter, Verwehungen, ein richtiges pazifisches Sturmtief, das erste der Jahreszeit …

Ein Windstoß drückte Rauch in den Kamin zurück und ins Wohnzimmer. Frank warf hüstelnd weitere Scheite ins Feuer. Wind mußte man mit Wind bekämpfen, dachte er bei sich, mit einem guten starken Zug …

Er hörte Barbara in seinem Arbeitszimmer; sein Ausdrucker stotterte, hielt inne, und sie verließ das Zimmer und ging die Treppe hinauf. Den ganzen Abend hatte sie es nicht länger als eine halbe Stunde an einem Platz ausgehalten, den ganzen Abend hatte sie kein Wort gesprochen, hatte in verwirrender Weise an ihm vorbei oder durch ihn hindurch geblickt, als er ein paarmal angesetzt hatte, mit ihr zu sprechen. Er kannte diesen Ausdruck, dieses unruhige Hin und Her, und versuchte, ihr nicht in die Quere zu kommen, verweigerte sich an diesem Abend sein eigenes Arbeitszimmer, machte Kaffee, wenn die Kanne beim Aufheben zu leicht schien, stellte Käsegebäck auf den Tisch, verhielt sich aber die meiste Zeit so still wie möglich im Wohnzimmer.

Um zwanzig nach elf läutete das Telefon. Frank blickte mißmutig zum Anrufbeantworter mit seinem blinkenden grünen Auge und stand nicht auf, den Anruf entgegenzunehmen. Er verabscheute Anrufbeantworter. Nun ging das Licht heftiger an und aus, und eine heisere Stimme sagte: »Wenn Sie die Wahrheit über den Mord wissen wollen, quetschen Sie aus Jessie heraus, was sie weiß.« Die Maschine klickte, und das grüne Auge zwinkerte ihm einmal pro Sekunde zu, während er starr und ohne Bewegung dasaß.

Schließlich ging er zum Tisch, auf dem der Anrufbeantworter stand, setzte sich auf den Stuhl daneben und spulte die Botschaft zurück, lauschte aufmerksam, als sie sich wiederholte, und diesmal merkte er, daß Barbara in der Türöffnung stand und gleichfalls lauschte.

»Eben gekommen«, sagte er, und sie hörten die Botschaft ein weiteres Mal.

»Erkennst du die Stimme?« fragte sie.

»Nein. Sprach durch ein Handtuch oder was. Alter Trick. Was meinst du?«

»Ich weiß nicht. Jeder geht donnerstags hinüber, wenn sie ein offenes Haus hat, nicht? Könnte jeder von ihren Gästen gewesen sein, oder Lonnie oder sogar Doc.«

»Wahrscheinlich nicht Doc, nicht sein Stil. Lonnie? Vielleicht, aber sie würde der einzigen richtigen Gans, die sie hat, nicht den Hals umdrehen, nicht wahr? Wie du sagst, es kommen verschiedene Leute zu ihr.«

Barbara trat zum Anrufbeantworter und nahm das Band heraus. »Verstauen wir es an einem sicheren Ort. Gott, ich wünschte, diese Botschaft wäre früher gekommen, bevor Jessie in den Zeugenstand ging.«

Frank schwieg eine Weile nachdenklich, dann hob er die Schultern. »Ich habe Jessie immer mit einer Bienenkönigin verglichen. Alle anderen Bienen fliegen fort und sammeln Pollen und Nektar, was immer Bienen brauchen, und bringen es nach Hause. Die Leute tragen jeden Klatsch und Tratsch zu Jessie, Gerüchte, Ankündigungen. Sie ist immer genau im Bilde, was vorgeht. Sie könnte irgend etwas gehört haben.«

Barbara wollte etwas sagen, als die Türglocke läutete. Frank ging die Tür öffnen, und draußen stand Mike Dinesen, tropfnaß mit seiner Sporttasche und grinste wie ein Idiot. Barbara war nie so froh gewesen, jemand zu sehen.

27

Nell ließ Doc ein und trat beiseite, als er einen Poncho abnahm, der ihn bis zum Boden bedeckte. Wo er tropfte, entstanden Rinnsale am Boden.

»Ich mußte dich sprechen«, sagte er. Er sah erfroren aus.

»Komm herein zum Feuer. Möchtest du etwas, Kaffee, Tee?«

Er schüttelte den Kopf. Er sehnte sich danach, sie zu umarmen, ihre Arme um sich zu fühlen. Die Schranke war sein Werk, das wußte er; sie hatte sich nie distanziert, hatte ihm nie etwas verweigert, was er brauchte. Sie gingen in ihr Wohnzimmer; er stellte sich an den Kamin.

»Nell, kannst du mir vergeben?« flüsterte er nach einer Minute.

»Du hast nichts getan.«

Sie setzte sich auf die Couch, zog die Füße unter sich und eine Decke über ihre Beine. Sie wirkte wie ein frühreifes Kind.

»Ich werde sie verlassen«, sagte er dann. »Ich kann nicht mit ihr zusammenbleiben, nicht mehr, nicht nachdem, was sie tat, zu tun versuchte.«

»Wir müssen sie furchtbar verletzt haben«, sagte Nell leise. »Es war mir nicht klar.«

Er begann mit ruckartigen kurzen Schritten im Raum auf und ab zu gehen. Er schob einen Lampenschirm zurecht, berührte ein Kissen auf einem der Sessel, nahm Travis' Pullover von einem anderen. Seine Bewegungen waren abrupt, rasch, zu nervös. All diese Energie, dachte Nell, die ihn beobachtete. All diese angestaute Energie.

»Ich werde sie verlassen«, sagte er. »Nächste Woche. Sie wird zu Ted ziehen, oder zu ihrer Schwester nach Kalifornien, irgendwohin. Sie hat Geld, das ganze Geld«, sagte er mit Bitterkeit. »Sie erinnert mich ständig daran, daß wir in ihrem Haus leben, ihren Wagen fahren.«

Nell wußte alles das. Er hatte ihr oft gesagt, daß er Jessie nicht verlassen könne, er schulde ihr zuviel, er habe zuviel Mitleid, sie brauche ihn ... Jessie hatte ihm das Medizinstudium bezahlt, hatte ihm eine Praxis eingerichtet und das Haus gekauft, in dem sie wohnten. Nell beobachtete ihn, ohne ihn zu unterbrechen. Als er endlich in seinem ruhelosen Auf und Ab innehielt und vor ihr stehenblieb, schüttelte sie den Kopf.

»Tu, was du tun mußt«, sagte sie mit leiser Stimme. »Aber gebe nicht vor, es sei für mich oder meinetwegen. Erinnerst du dich, als wir erfuhren, daß Lucas zurückkam? Du fragtest mich, ob ich ihn wieder in mein Bett lassen würde, und ich sagte nein. Ich log. Wäre er so zurückgekommen, wie ich ihn das letzte Mal sah, lachend und glücklich, der Lucas, den ich immer geliebt hatte, wäre er mir willkommen gewesen. Es wäre so mit ihm gewesen, wie es am Anfang war. Was wir hatten, du und ich, ich weiß nicht, wie ich es nennen soll. Nicht Liebe, nicht so, wie es mit Lucas war. Ich weiß nicht, was es mit uns war, aber es ist vorbei. Verlaß sie nicht um meinetwillen, sondern um deinetwillen, wenn du das möchtest.«

Eine Röte verbreitete sich über sein schmales Gesicht, und er wandte sich beinahe heftig ab. Am Kamin machte er wieder kehrt, sah sie an und rief: »Ich glaube es nicht! Du sagtest, daß du mich liebst. Du kannst dich nicht von einem Tag zum anderen so verändern!«

»Du schicktest mich fort«, sagte sie. »Ich wollte nicht gehen, aber du wolltest es so, und es war gut. Es war so am besten. Ich brauchte dich, und du sagtest, geh fort.

Und es war nicht von einem Tag zum anderen. Monate waren es, Doc, Monate. In der Zeit lernte ich etwas. Ich lernte, daß ich dich nicht brauche. Ich brauche niemanden. Ich kann für mich selbst aufkommen!«

Er schüttelte den Kopf, schüttelte ihre Worte ab. »Es ist Clive, nicht wahr? Jessie sagte, ob es nicht hübsch wäre, wenn du und Clive heiraten würdet. Er habe so lange gewartet, und ich dachte, was für eine gute Idee, um jeden Verdacht einzulullen, den sie haben mag, dich in der Öffentlichkeit mit einem Mann sehen zu lassen, der zu haben ist, so daß die Leute vergessen würden, daß ich überhaupt da bin. Wir konnten uns nicht treffen, nicht wenn Leute uns beobachteten, und ich dachte mir, ja, du und Clive einstweilen, für eine kurze Zeit. Er taugt nicht für dich, Nell. Er ist ein … Ich weiß nicht. Zu roh. Zu körperlich, keine wirkliche Idee im Kopf, kein Gedanke. Kannst du mit ihm reden? Kann er über irgend etwas reden, was nicht von Wald und Bäumen handelt?«

Sie weigerte sich, ihn anzusehen, ihn überhaupt zu sehen. Trotzdem spürte sie, wie angespannt seine Züge waren. »Hör auf«, sagte sie in zornigem Ton. »Was hatten wir? Zwanzig Minuten, hin und wieder eine Stunde. Haben wir geredet? Haben wir einander getröstet? Alles, was wir hatten, war Sex, und wir waren beide so einsam, so … leer. Aber das ist nicht genug.«

»Du hast einen Jüngeren gefunden, der es dir besser besorgen kann, ist es das? Du hast mich benutzt. Mein Gott, ich hätte es nicht für möglich gehalten! Du hast mich all diese Jahre *benutzt!*«

Sie sprang auf und warf die Decke von sich. »Vielleicht benutzten wir einander. Es war sicher. Ich sagte dir von Anfang an, daß ich nicht von dir erwarte, Jessie zu verlassen. Ich erwartete außer dem, was wir hatten, nichts von dir, und was wir hatten, ist erledigt. Tut mir leid, Doc. Du solltest jetzt besser gehen, bevor ich anfange zu weinen oder was. Bitte geh!«

Er rannte beinahe zur Tür, dann aber blieb er stehen, und sie sah, daß er am ganzen Leibe zitterte. »Nell, es tut mir leid. Es tut mir leid. Ich brauche dich. Nell, ich kann dies nicht allein tun. Bitte ...«

»Geh nach Hause, Doc! Versuch nicht, dich auf mich zu stützen. Nicht jetzt. Siehst du nicht, daß ich mich selbst kaum aufrecht halten kann? Wenn du versuchst, dich auf mich zu stützen, falle ich um und werde vielleicht nie mehr imstande sein, wieder aufzustehen. Um Gottes willen, geh nach Hause!«

Sie folgte ihm nicht hinaus in die kleine Diele, begleitete ihn nicht zur Tür, bewegte sich nicht von der Stelle, bis sie das Öffnen und Schließen der Haustür hörte, das Heulen des Windes, der für einen Augenblick eindrang und wieder ausgesperrt wurde. Dann ging sie hinaus zur Tür und sperrte das Sicherheitsschloß ab. Sie kehrte zurück ins Wohnzimmer, legte Holz nach und stand am Feuer, die Hände um die Oberarme gelegt. An Schlaf war noch nicht zu denken, soviel war ihr klar, nicht wenn der Wind wie ein wahnsinniger Dämon ums Haus heulte und kreischte. Sie ging zum Computer, den sie vor Monaten im Wohnzimmer aufgestellt hatten, für sie alle, wie sie damals gesagt hatten, aber in Wirklichkeit für Travis, darüber bestand stillschweigendes Einvernehmen. Sie berührte die kalte glatte Oberfläche des Bildschirms, berührte das Gehäuse und ließ sich auf den Stuhl sinken, tränenblind. Zum ersten Mal weinte sie um Lucas, um sich selbst, um ihre Kinder.

Als sie schließlich den Computer verließ, um sich das Gesicht zu waschen und eine Tasse Tee zuzubereiten, begriff sie, daß sie, so sehr sie Ruth Brandywine haßte – und es war ein unbändiger Haß –, ihr auch zu Dank verpflichtet war. Ruth Brandywine hatte ihr Lucas in einer Weise wiedergegeben. Als Kind war ihr Glaube, daß ihre Eltern sie verlassen hätten, eine normale Reaktion auf ihren vorzeitigen Tod gewesen; sie hatte genug gelesen, um das als Erwachsene zu verstehen, obwohl ihr Kindselbst es nie akzeptierte. Dann hatte Lucas sie verlassen, und ihr Großvater war gestorben, und schließlich hatte Doc sie weggeworfen; das Gefühl, daß es niemanden gebe, dem sie jemals wieder vertrauen konnte, war überwältigend geworden.

»Lucas blieb nicht weg«, flüsterte sie ihrem Spiegelbild im Bad zu. Ihre Augen waren gerötet und geschwollen, die Nase rann. Sie nickte sich bekräftigend zu. »Er wurde von mir ferngehalten.« Wie oft hatte sie sich das gesagt, seit sie Ruth Brandywines Zeugenaussage gehört hatte? Sie konnte es nicht sagen, aber sie wiederholte es so oft wie nötig, um die Überzeugung in sich zu festigen, die Leere zu füllen, die Lucas vor so vielen Jahren in ihr zurückgelassen hatte.

»Sehen Sie«, sagte Mike an Franks Tür, »in den Nachrichten sagten sie, hier draußen in der Wildnis sei ein Schneesturm. In der Stadt regnet es bloß, aber ich dachte, wenn Sie hier im Schnee eingeschlossen werden, könnte es lustig sein, mit Ihnen eingeschneit zu sein und die Wölfe mit ihren glänzenden Fangzähnen und ihren von Blutgier befeuerten Augen abzuwehren. Ich werde sie mit der Fackel ablenken, während Sie ihnen die Schaufel um die Ohren schlagen.«

Barbara kam in die Diele heraus und starrte ihn an. »Du mußt völlig verrückt sein. Wie bist du so naß geworden? Bist du zu Fuß gekommen?«

Frank nahm ihm die Jacke ab und hielt sie auf Armeslänge von sich. Er wollte damit zur Garderobe, änderte aber die Richtung und trug sie in die Küche. »Ich hoffe, Sie dachten daran, ein paar Kleider in die Tasche zu tun«, sagte er mit halb erstickter Stimme, das Lachen unterdrückend, das immer wieder hervorbrechen wollte. »Vielleicht können Sie Sachen von mir anziehen«, sagte er dann mit einem Blick auf die triefende

Sporttasche. »Sie sind das nasseste menschliche Wesen, das ich seit langem gesehen habe.«

»Ich ging die letzte Meile zu Fuß«, sagte Mike noch immer grinsend. »Ich hätte angerufen, aber es gibt kein Telefon, wenn man Turners Point hinter sich hat, also ließ ich den Wagen einfach stehen und ging zu Fuß weiter.« Sie folgten Frank in die Küche. Mikes Schuhe schmatzten bei jedem Schritt.

»Schuhe«, sagte Frank.

Mike setzte sich gehorsam und zog sich die Schuhe aus. Er trug Laufschuhe; sie waren völlig durchweicht.

»Warum hast du den Wagen zurückgelassen? Hattest du einen Unfall?« fragte Barbara. Sie stand vor ihm, die Hände in die Hüften gestemmt, und musterte ihn stirnrunzelnd.

»Hatte kein Benzin mehr.«

»Großer Gott!« stieß sie hervor. »Hast du die Kraftstoffanzeige noch immer nicht richten lassen?«

»Ich vergesse es immer wieder.« Er zog die Socken von den Füßen; seine Zehen waren scharlachrot. »Beim letzten Tanken vergaß ich den Reservekanister zu füllen.«

»Nun ja«, sagte Frank, nachdem er Mikes restliche Kleidung begutachtet hatte. »Nehmen Sie ein warmes Bad, bevor Sie merken, daß Ihnen kalt ist. So verhüten Sie eine Erkältung. Kommen Sie. Vorwärts!« Er ging; seine Schultern zuckten.

Etwas später legte Barbara ihren gelben Schreibblock aus der Hand und blickte zu Mike auf, der sie seit Minuten beobachtete. »Mein Vater ist in etwas unziemlicher Hast zu Bett gegangen«, sagte sie. »Du wirst es bemerkt haben, nicht?« Mike trug einen alten Bademantel ihres Vaters und ein paar Hauspantoffeln; er schien sich sehr wohl zu fühlen.

Er nickte. »Ich habe nachgedacht. Weißt du, was mir an dir wirklich gefällt?«

»Mein Verstand.«

»Der auch.«

»Mein langes, kohlrabenschwarzes Haar; meine unergründlichen Augen; mein gazellenschlanker Hals.«

»Wieso kohlrabenschwarzes Haar?«

»Kohlrabenschwarz klingt besser; daß meins anders ist, weiß ich selbst.«

»Gut, alles, was du sagst«, sagte er. »Aber das ist nicht, woran ich denke.«

»Also sag es mir schon.«

»Dein Arsch«, sagte er nüchtern. »Ich sah mich nie als einen Arschfetischisten, aber so ist es nun mal. Ich liebe deinen Arsch.«

Sie prustete vor Lachen und stand auf, streckte ihm die Hände hin. Er erhob sich und legte die Arme um sie; seine Hände glitten ihren Rücken abwärts und folgten der Rundung des Gesäßes.

»Ah«, seufzte er.

»Ah, in der Tat«, murmelte sie. »Laß uns ins Bett gehen.«

Im Gästezimmer, das bereits sein Zimmer geworden war, gaben sie sich mit Leidenschaft der Liebe hin, aber sie war überlagert von einem Bewußtsein ruhiger Zeitlosigkeit, als wüßten sie, daß nichts überstürzt werden sollte und alle Zeit im Universum sie diese Nacht erwartete.

Sie würde nicht schlafen, hatte sie sich gesagt, aber das schien lange her, und sie schlief in seinen Armen ein und erwachte erst am Morgen um fünf. Sein Arm lag auf ihr, ihr Bein über seinem. Mit Bedauern löste sie sich behutsam aus seiner Wärme. Es war Zeit, aufzustehen, zu duschen, Kaffee zu trinken und wieder an die Arbeit zu gehen.

Als Frank ins Erdgeschoß kam, fand er sie bei der Arbeit am Computer. »Hast du etwas schlafen können?« fragte er von der Tür. »Möchtest du Frühstück?«

»Ja, etwas, und nein, ich habe schon gegessen.« Sie

blickte zu ihm auf, ohne die Hände von der Tastatur zu nehmen. Er musterte sie kurz, dann lächelte er und verschwand wieder. Sie blickte stirnrunzelnd zur Türöffnung. Ein feiner Vater! Wo blieb die Entrüstung? Die Schrotflinte? Sie verbiß sich ein Lachen, überlas ihre letzten Worte, und die Erheiterung verlor sich aus ihren Zügen, als sie sich wieder auf das zusammenfassende Plädoyer konzentrierte.

Am Vormittag fuhren Frank und Mike fort, um den Wagen aufzutanken. Frank sagte, er werde anschließend noch bei Doc und Jessie vorbeischauen, ob ihr Haus Sturmschäden davongetragen habe. Barbara hörte die Worte, schenkte ihnen aber wenig Beachtung. Nach einiger Zeit fühlte sie sich steif vom langen Sitzen und ging hinaus auf die Terrasse, um sich unter den überdachten Teil zu stellen und zum Fluß zu blicken, der stahlgrau war. Der Westwind drückte ihn zurück, und die Strömung schien in ihrer Entschlossenheit, die See zu erreichen, noch energischer vorwärts zu drängen. Das Schlachtfeld war gekennzeichnet von weißem Schaum; kleine Wellen wurden aufgepeitscht, größere schäumten gegen die Ufer und schienen sich flußaufwärts vorzuarbeiten. Der Regen fegte beinahe horizontal herein, die Bäume schüttelten sich und beugten die Kronen unter den Güssen des Sturms, mit dem die See das Wasser zurückgab, das die Flüsse ihr das Jahr über zugetragen hatten. Der vom Wind gepeitschte Regen trieb sie wieder hinein, zurück zum Computer und dem Ausdruck, der beinahe beendet war.

Einige Zeit später hielt sie beim Überlesen des Textes inne, um zu lauschen. Ihr Vater lachte in der Küche. Sie versuchte sich wieder zu konzentrieren, mußte aber dann den Arbeitsplatz verlassen und durch den Gang gehen, um vor der Küche zu lauschen, wo es vorübergehend still geworden war. Auf einmal hörte sie Frank sagen: »Passen Sie auf:

Ein namenlos junger Anwalt rief: ›Klage!
Es ist das beste in deiner Lage.
Scher dich nicht um Tatsachen,
Das läßt sich leicht machen!
Aber erst meinen Vorschuß, eh' ich es wage.‹«

Barbara unterdrückte ihr Lachen, als Mike sagte: »Nicht übel. Nun, ich weiß auch einen:

Ein glänzender junger Mathematiker
War als Zahlenjongleur ein Fanatiker.
Als der Zahlensalat ihn verwirrte,
Sagt' er einfach ›ich irrte‹,
Und wurde ein biederer Statiker.«

Frank schnaubte. »Ziemlich schwach.« Ein Teller klirrte, ein Messer oder eine Gabel klapperte. Dann sagte er:

»Ein bekannter Mann der Juristenzunft
Löst Vaterschaftsfälle mit kluger Vernunft.
Schnell konnte sein Scharfsinn erfassen,
Wer die Hosen runtergelassen,
Ohne einen Gedanken an Niederkunft.«

Barbara floh zurück ins Arbeitszimmer, wo sie lächelnd und kopfschüttelnd stehenblieb. Armer Paps, dachte sie dann. Wie sehr hatte er sich einen Sohn gewünscht. Niemals erzählte er ihr schmutzige Witze, und wenn sie da war, achtete er mehr auf seine Sprache als sie auf ihre. »Nicht meine Schuld«, murmelte sie und begann mit einigen Dehnungsübungen. Sollte er Mike adoptieren. Es war nie zu spät, auf irgendeine Weise eine Familie zusammenzubringen.

Am Spätnachmittag rief Nell an und fragte, ob sie vorbeikommen könne. Sie sah schrecklich aus, übernächtigt, blaß und so müde, daß ihre Hände zitterten, als sie versuchte, ihre Jacke aufzuknöpfen. Die Kinder waren mit Freunden zum Pfadfinderlager hinaufgefahren, um im Schnee zu spielen, sagte sie. Es sei ein Ritual, daß ein Schneefest gefeiert wurde, wenn es dort oben zum ersten Mal schneite, während es hier, dreihundert Meter tiefer, noch regnete.

»Können wir reden?« fragte sie Barbara.

»Gewiß. Gehen wir ins Arbeitszimmer.«

Nell blickte fragend zu Frank. »Können Sie auch mitkommen?«

Mike geriet verspätet in Verlegenheit und sagte: »Gehen Sie nur ins Wohnzimmer. Ich wollte gern etwas am Computer arbeiten. Wenn es Ihnen nichts ausmacht.«

Frank nickte, und sie gingen ins Wohnzimmer, setzten sich um das Kaminfeuer und warteten, daß Nell mit dem herauskäme, was sie auf dem Herzen hatte. Wenn Nell eine Veränderung in Barbara bemerkt hatte, zeigte sie es nicht; sie schien so eingehüllt in Niedergeschlagenheit, daß sie wahrscheinlich nichts bemerkte.

Endlich holte sie tief Atem und sagte: »Ich träume immer wieder von Lucas oben auf der Felsterrasse. Er ist da oben mit meinem Großvater und redet und redet. Wenn ich im Traum hinaufkomme, sehen sie mich nicht, aber dann macht Großvater ein überraschtes Gesicht und sagt: ›Es wurde Zeit, junge Dame.‹« Sie hatte starr ins Feuer geblickt, nun sah sie auf ihre Hände, die in ihrem Schoß lagen und einander umklammerten. Sie zog sie auseinander und streckte die Finger. »Großvater versucht mir etwas zu sagen«, sagte sie mit sehr leiser Stimme, die kaum über ein Flüstern hinausging. »Als ich klein war, ging ich oft mit ihm dort hinauf, und wir sprachen über ein Problem oder was. Er sagte mir nie, was ich zu tun hätte, aber nachdem wir gesprochen hatten, hatte ich das Gefühl zu wissen, was ich tun sollte. Ich weiß nicht, wie er das machte. Dann, nach seinem Tod, ging ich öfter hinauf und bildete mir ein, er sei noch dort, sitze auf seinem Stamm, und ich redete mit ihm. Ich erzählte ihm von... verschiedenen Dingen, und es war beinahe wie vorher. Irgendwie konnte ich zu einer Entscheidung finden, die ich vorher nicht hatte treffen können. Es hört sich verrückt an, nicht?« Ihre Stimme verlor sich; ihre Hände umklammerten wieder einander.

Barbara und Frank sagten nichts. Hin und wieder hörte man den Wind im Kamin, dann flackerte und sprühte das Feuer, oder Rauch wurde herabgedrückt. Wenig vom Geräusch des Windes drang durch die Wände und Isolierscheiben des Hauses, aber Barbara spürte, daß Nell den Sturm mit sich hereingebracht hatte, und daß er in ihrem Kopf tobte. Sie war wie erstarrt von dem eisigen Wind, der in ihrem Kopf blies. Endlich räusperte sich Frank.

»Nell, was meinen Sie, sollten Sie tun?«

»Aussagen, daß ich Lucas nicht tötete«, sagte sie leise.

Wieder wurde es still; niemand bewegte sich. Barbara beobachtete ihren Vater, nicht Nell, und wandte den Blick von ihm. Wieder, dachte sie mit Bitterkeit.

»Nell«, sagte Frank bedächtig, »Sie wissen, daß wir darüber gesprochen haben. Sie können Ihrer Sache keinen guten Dienst erweisen, indem Sie von sich aus in den Zeugenstand gehen und diese Aussage machen, aber Sie können ihr viel Schaden zufügen.« Während er sprach, nahm er die Brille ab, putzte die Gläser, spähte durch die Linsen und setzte die Brille wieder auf, um sie dann über den Rand hinweg anzuschauen.

Als Nell still blieb, stand Barbara auf. »Warten Sie einen Augenblick«, sagte sie. Das Eis, das in sie gekommen war, wurde in ihrer Stimme, ihrem Verhalten freigesetzt. Sie eilte hinaus ins Eßzimmer, wo sie in den Papieren zu suchen begann, die noch den Tisch bedeckten. Sie fand Karten und Zeichnungen und trug sie zurück ins Wohnzimmer. Als sie hineinkam, sprach ihr Vater zu Nell.

»Wir trafen uns manchmal unten im Laden, oder im Wald. Plauderten ein bißchen. Er war ein guter Mann, und schlau. Man hatte immer den Eindruck, daß er um einiges mehr wußte als er sagte. Er hätte Ihnen niemals den Rat gegeben, etwas zu tun, was Ihnen in irgendeiner Weise schaden konnte. Aber das wissen Sie so gut wie ich.«

»Vielleicht war es das, was er mir klarmachen wollte, daß es nicht schaden würde, die Wahrheit zu sagen. Das sagte er immer.«

Barbara nahm Zeitschriften und Zeitungen vom Kaffeetisch und breitete die Karte darauf aus, bedeckte sie mit ein paar Skizzen. »Schauen Sie sich diese an, Nell«, sagte sie spröde. »Dies sind nur vorläufige Skizzen, aber sie sind genau. Schauen Sie sie sich genau an.« Sie wartete, bis Nells Blick sich auf die Zeichnung der Felsterrasse gerichtet hatte. »Wenn Sie diesen Pfad hinaufstiegen, wie Sie sagten, was genau konnten Sie gesehen haben?«

»Das habe ich Ihnen erzählt. Das ist der Pfad, und ich sah Lucas. Er sagte: ›Paß auf‹.« Ihre Stimme versagte, und sie blickte zu Barbara. »Das habe ich Ihnen gesagt.«

»Also nehmen wir an, ich sei Tony DeAngelo und würde Sie ins Kreuzverhör nehmen.« Ihre Stimme wurde tiefer, rauher und von Ironie durchtränkt. »Mrs. Kendricks, was sind diese Sträucher in der Zeichnung? Feldahorne? Wie hoch sind sie? Und Sie konnten von da unten auf den Pfad über sie hinweg sehen? Waren Sie auf Stelzen, Mrs. Kendricks? Hatten Sie vielleicht ein Periskop?«

Nell erbleichte, griff zur Zeichnung und studierte sie.

Barbara fuhr im gleichen kalten, harten Tonfall fort: »Waren Sie nicht in Wirklichkeit hier drüben, Mrs. Kendricks? Am Rand der Lichtung, wo der Hauptpfad ist?

Ist das nicht der einzige Ort, von dem Sie die gesamte Felsterrasse überblickt haben konnten, beide Seiten? Ist das nicht der einzige Ort, wo Sie an jenem Tag Lucas Kendricks gesehen haben konnten? Wählten Sie an jenem Tag den Hauptpfad, weil der andere zu steil ist, und weil Sie mit dem Gewehr belastet waren, das Sie trugen? Hoben Sie dort nicht dieses Gewehr, zielten auf Lucas Kendricks und schossen ihn tot?«

»Nein!« wisperte Nell, aber nicht in Beantwortung der Fragen, die Nell auf sie abgefeuert hatte. »Nein!« wiederholte sie, schriller als zuvor. »Ich muß gehen.« Sie stand auf. In ihrem Gesicht war ein abwesender, stierer Blick.

»Was ist los?« fragte Frank. »Ist Ihnen nicht gut?«

»Nein!« rief sie, wich seinen ausgestreckten Händen aus und rannte aus dem Zimmer. »Ich muß gehen. Ich muß.«

Als die beiden sie einholten, war sie schon an der Garderobe und suchte zwischen den Mänteln und Jacken, die dort hingen. Frank umfaßte ihre Schultern und hielt sie fest. »Was ist geschehen? Wohin müssen Sie gehen? Was haben Sie?«

Ein Zittern durchlief sie. »Ich kann es Ihnen nicht sagen. Ich muß jetzt gehen.« Auf einmal war ihre Stimme allzu ruhig geworden.

Frank ließ sie verdutzt los. Sie langte an ihm vorbei, zog ihre Jacke vom Bügel und schlüpfte hinein.

»In Gottes Namen!« sagte Barbara mit scharfer Stimme. »Sie können es nicht dabei belassen? Was haben Sie vor?«

»Ich weiß es nicht«, sagte Nell. Sie knöpfte die großen Holzknöpfe ihrer Jacke zu, zog eine Wollmütze aus der Tasche und setzte sie auf. Mit einem eigentümlichen, beinahe hilflosen Ausdruck blickte sie von Barbara zu Frank; dann schüttelte sie den Kopf, wandte sich um und ließ die beiden sprachlos an der Haustür zurück.

Sie war zu Franks Haus gefahren, da sie es vermeiden wollte, über Docs Grundstück zu gehen. Nun fuhr sie zu schnell nach Hause und hielt mit quietschenden Bremsen vor ihrer Garage. Es regnete noch immer stark, und die Front des Sturmtiefs war noch gar nicht durch; der Wind drohte ihr die Mütze vom Kopf zu reißen. Sie achtete nicht darauf und ging um ihr Haus zu dem Pfad, der zur Felsterrasse hinaufführte.

Schon nach ein paar Dutzend Schritten ließ der Wind nach, gezähmt von den mächtigen Bäumen. Der Pfad hatte sich in einen Wasserlauf verwandelt. Es gurgelte um die Felsbrocken, ergoß sich über Wurzeln und Steine und staute sich hinter dem Damm eines umgestürzten Stammes. Sie stieg mit gleichmäßigem Schritt; ihre Füße kannten diesen Pfad zu gut, um sich durch die Tarnung von Wasser und Schlamm täuschen zu lassen. Während des Aufstiegs wurde die Luft spürbar kälter, und bald bemerkte sie, daß das Wasser unter ihren Füßen weniger wurde, es gurgelte und sprudelte nicht mehr so unbändig. Dann erschienen Schneeflecken, und auf freien Lichtungen hatte sich bereits eine weiße Decke gebildet. Sie stieg vorsichtiger weiter. Wasser und Schlamm waren im steilen Gelände unangenehm, aber Schnee war trügerisch. Er verbarg nicht nur den Weg und seine natürlichen Unebenheiten, sondern konnte ihn gefährlich glatt und rutschig machen, besonders, wenn sich zuerst Eis gebildet hatte. Nach wenigen Dutzend Höhenmetern war die Schneedecke bereits zusammenhängend und knöcheltief; Nell stieg jetzt sehr langsam weiter, achtete auf jeden Tritt und hielt sich an Zweigen fest, wo es möglich war.

Und dann kam der Rand der Felsterrasse in Sicht, noch ein halbes Dutzend Schritte aufwärts, das steilste Stück. Ihre Füße traten den Schnee auf jedem Tritt fest, um sicheren Stand zu bekommen. Sie zog sich an einem Schößling empor, um zusätzlichen Halt zu finden, dann noch einmal. Hier oben hatte der Wind ungehindert Zugang; er heulte und pfiff und blies den nassen Schnee waagrecht vor sich her. Die buschigen jungen Feldahorne waren schon eingeschneit, vom Wind gebeugt. Sie blieb stehen und verschnaufte, und es wurde ihr klar, daß sie damals nicht imstande gewesen war, über die Sträucher und verfilzten Brombeerranken zu sehen. Ein Schaudern überlief sie; sie tat einen weiteren Schritt bergauf, fühlte Fels unter der Sohle und zog sich empor. Der wirbelnde Schnee blendete sie momentan. Wieder machte sie halt und wartete, bis sie etwas mehr sehen konnte, dann stieg sie weiter und erreichte den Rand.

Der Wind pfiff und heulte, trieb Schneewolken vor sich her, die alle Konturen verhüllten, dann folgte vor der nächsten Schneewolke eine kurze Phase mit besseren Sichtverhältnissen. Sie blinzelte zu dem gefallenen Stamm. Für einen Augenblick hatte es den Anschein gehabt, als säße dort eine Gestalt, aber sie wußte, daß es nur Schnee war, der hinter dem liegenden Stamm angeweht war und bis zum Felsabsatz der Rückwand reichte. Da hatte sie Lucas gesehen, dachte sie bei sich. Genau da. Ihr war, als wäre sie in einen Traumzustand eingetreten, wo das Unmögliche normal und keine Fragen erlaubt oder auch nur notwendig waren. Dort hatte sie Lucas gesehen. Zögernd bewegte sie sich über die sturmgepeitschte freie Fläche, in Sorge, der Wind könnte sie umreißen, sie unter seinen weißen Flockenwirbeln begraben.

Sie begriff, daß sie zu ihrem Felsen mußte, selbst wenn er jetzt nur einer unter einer Anzahl von Schneehügeln war. Sie verstand auch, daß sie nicht lange bleiben durfte und bald wieder absteigen mußte. Unterkühlung konnte sehr rasch einsetzen, und sie war durchnäßt. Der Wind heulte. Sie zog den Kopf ein und stapfte gebeugt zu ihrem Felsen und setzte sich in den Schnee, der auf ihm lag.

»Ich bin gekommen, Großvater«, sagte sie in den Wind.

Sie konnte sich seine Stimme vorstellen und an seine Worte in ihrem Traum erinnern: »Es wurde Zeit, junge Dame.« Sie nickte. Ja, es wurde Zeit. Ohne zu überlegen, stand sie auf und sah sich nach den Landmarken um, die durch den treibenden Schnee und den Wind verfremdet wurden. »Hier war Lucas«, sagte sie halblaut. »Und eine Sekunde später war er da drüben und lachte.«

Vor Jahren waren sie zusammen hier heraufgestiegen. Sie hatten in der Sonne gesessen und über ihre Zukunft gesprochen. Sie hatten sich hier oben geliebt, und sie hatte ihm ihr geheimes Versteck gezeigt, die kleine Höhle hinter dem gefallenen Stamm. In ihrem Traumzustand arbeitete sie sich gebückt durch den Schnee zu dem Stamm und um ihn herum, wo der angewehte Schnee schon über einen Meter tief war. Sie mußte ihr Gesicht mit beiden Händen gegen den Sturm und das Schneegestöber beschirmen. Da war der runde Felsen vor ihrer geheimen Höhle. Sie wälzte den Block zur Seite und spähte hinein, dann streckte sie die Hand aus und zog einen Plastikbeutel heraus. »Lucas war hier«, hörte sie sich sagen, und dann noch einmal: »Lucas war hier!«

»Hör auf zu drängeln«, sagte Nell ungeduldig zu ihrem Großvater. »Ich geh ja schon. Drängle nicht so.«

»Komm schon!« rief Lucas. »Fang mich!« Lachend sprang er hinter einen Baum.

Sie tat einen weiteren Schritt. Aber sie sehnte sich nach einer Ruhepause, um sich an einen Baumstamm zu lehnen und eine Minute zu rasten. Nicht länger, eine Minute. »Großvater, laß das Drängeln!« stöhnte sie, als er sie von hinten stieß; sie stolperte, glitt im Schneematsch aus und fiel, ohne aber den Beutel loszulassen, den sie trug. Sie fiel mit der Wange gegen einen von

Lehm und Matsch schmierigen Fels und stöhnte wieder, dann legte sie die Stirn in den gefrierenden Dreck, der sich nicht mehr sehr kalt anfühlte.

»Komm schon, auf die Beine! Los, Mädchen, steh auf!« sagte Großvater in grobem Ton.

Lucas war an ihrer Seite, lachte noch immer. »He, weißt du noch, wie wir den Halleck Creek stauten? Ich sagte immer, das Wasser sei in Ordnung, überhaupt nicht kalt, erinnerst du dich? Das war natürlich gelogen. Gott, war es kalt! Ich konnte kaum reden, weil meine Zähne so klapperten.«

Sie erinnerte sich. Sie war schließlich auch hineingesprungen, und sie hatten sich im kalten flachen Wasser gebalgt; sie hatte versucht, ihn unterzutauchen, weil er vorgegeben hatte, es sei nicht kalt. Lucas nahm sie bei der Hand und zog sie hoch, noch einen Schritt oder zwei; Großvater stieß sie von rückwärts, und auf einmal wankte sie aus dem Wald auf eine Fläche, wo der Wind heulte. Lucas spritzte ihr Wasser ins Gesicht. »Laß das!« rief sie. »Hör auf damit!« Er lachte bloß und tanzte außer Reichweite, und sie folgte.

»Wir haben es geschafft«, sagte Großvater und stapfte auf das Haus zu. Er öffnete die Tür und ging hinein, und Lucas zog sie am Arm, bis sie auch drinnen war.

»Nell! Mein Gott, wir haben uns schon Sorgen gemacht. Wo waren Sie?«

Nell ignorierte die schwarze Frau, die nicht in ihren Traum gehörte. Sie sah ihren Großvater durch das Haus gehen, und Lucas lachte und griff nach dem Plastikbeutel in ihrer Hand. »Gib her!« sagte er; sie zog den Beutel an sich. »Du kriegst ihn nicht. Er ist mein. Ich habe ihn gefunden«, sagte sie. »Wer's findet, dem gehört's.«

»Nell? Was ist los? Nell!«

Als Nell energischer an dem Plastikbeutel zerrte, um ihn aus Lucas' Zugriff zu befreien, riß er auf, und Kassetten ergossen sich klappernd auf den Boden. Auch Disketten fielen heraus, aber sie sah nur die Bänder, Lucas' Bänder. »Entschuldige«, sagte sie plötzlich unter Tränen, und ein heftiges Zittern, das sie nicht kontrollieren konnte, ergriff ihren Körper. »Tut mir leid.« Sie fiel auf die Knie und versuchte die Kassetten wieder zusammenzuscharren, um sie in Sicherheit zu bringen, aber Hände waren an ihren Schultern, zogen sie hoch und drückten sie in einen Sessel. Hände nahmen ihr die durchnäßten Kleider ab; sie schloß die Augen und ließ es geschehen; endlich konnte sie ausruhen.

28

»Was ist geschehen?« fragte Barbara, als Tawna Gresham sie eine Stunde später in Nells Haus einließ.

»Ich weiß nicht. Sie war weg, und ich machte mir Sorgen, weil der Wagen hier war, also blieb ich da. Ich wollte Sie anrufen, als sie hereinkam, ganz außer sich, durchnäßt und halb erfroren. Sie redete wirres Zeug. Jetzt ist Doc bei ihr. Ich rief ihn an. Sie wollte, daß Sie kommen; sie hätte etwas für Sie.«

Barbara eilte die Treppe hinauf zu Nells Zimmer und blieb in der Tür stehen. Doc fütterte sie mit einem Suppenlöffel und redete beruhigend auf sie ein. »Komm schon, mach den Mund auf. Du willst doch jetzt noch nicht schlafen. Zuerst wärmen wir dich von innen auf. So ist es recht. Das wird dir guttun.« Er blickte über die Schulter zu Barbara. »Es fehlt ihr weiter nichts, bloß ein bißchen unterkühlt.« Er wandte sich wieder Nell zu. »Noch einen Löffel, Nell. Nun komm.«

Nell war beinahe ganz unter Decken verborgen. Ihr Haar war feucht. Barbara zog sich von der Tür zurück und ging wieder hinunter. »Er gibt ihr Suppe oder was.«

»Suppe«, sagte Tawna. »Bloß Bouillon. Unterkühlung, sagte er. Ein Wunder, daß sie es nach Hause geschafft hat. Doc brachte Wärmekissen und die Suppe gleich mit. Ich nehme an, es ist nicht der erste Fall von Unterkühlung, den er gesehen hat.«

»Wo sind die Kinder?«

»Oben im großen Haus. Mein Mann gibt ihnen was zu essen und spielt eine Weile mit ihnen Karten.«

Doc kam mit der Schüssel die Treppe herunter. »Mehr Brühe«, sagte er in fröhlichem Ton. »Sie ist beinahe wieder normal. Wenn Sie mit ihr sprechen wollen, tun Sie es jetzt, denn sobald sie sich aufgewärmt hat, werde ich ihr ein Beruhigungsmittel geben. Sie ist etwas erschöpft.« Er ging weiter zur Küche.

Als Barbara zu ihr kam, sah Nell noch immer wie erfroren aus; ihre Haut war blaß, die Lippen farblos. »Was ist passiert?« fragte sie. Sie setzte sich auf den Stuhl, den Doc ans Bett gestellt hatte.

»Ich sagte Ihnen, daß Großvater versuchte, mir etwas zu sagen«, flüsterte Nell. »Es waren die Bänder. Ich fand die Bänder, die Lucas da oben versteckte.« Nervös blickte sie zur offenen Tür, zog die Hand unter der Decke hervor und berührte Barbaras Arm. Ihre Hand war noch kalt. »Ich habe Angst, daß diese Leute herausbringen werden, daß ich sie habe. Sie könnten das Haus noch immer abhören.«

»Was sagen Sie da, Nell? Wo haben Sie Bänder gefunden?«

»Auf der Felsterrasse. In einer geheimen kleinen Höhle. Lucas versteckte sie an dem Tag da oben.« Ihre Hand hielt Barbaras Arm fest, und sie blickte von der Tür zum Fenster und zurück zu Barbara.

»Gut. Möchten Sie, daß ich die Bänder einstweilen für Sie in Verwahrung nehme?«

Nell nickte. »Einstweilen. Bis wir entscheiden, was damit geschehen soll. Haben Sie einen Safe?«

»Mein Vater hat einen Safe. Wir werden sie sicher verwahren. Nun ruhen Sie sich aus.« Sie nahm Nells Hand von ihrem Arm und stand auf. »Sie sind im Sturm zur Felsterrasse hinaufgestiegen?«

»Oben schneite es. Großvater und Lucas halfen mir wieder herunter. Sie waren oben und redeten, wie ich sagte.«

Barbara musterte sie nachdenklich, dann zuckte sie die Achseln und sagte: »Nun, machen Sie sich wegen der Bänder keine Sorgen. Ich werde sie mitnehmen, und morgen reden wir darüber.«

Doc kam mit einer Schüssel dampfender Brühe herein. »Na, schau dich an, besser und besser!«

Er war wie ausgewechselt, dachte Barbara überrascht, ruhig und kompetent. Ein Mann, der Sicherheit und Vertrauen einflößte. Dabei hatte ihr Vater zuvor gesagt, daß Doc furchtbar aussehe, daß er Katzenjammer habe und daß Jessie sich geweigert habe, irgend jemanden zu empfangen. Häusliche Zwietracht, hatte ihr Vater gesagt. Dieser Mann, der Nell Bouillon einflößte, war der idealisierte Hausarzt aus einer goldenen Vergangenheit, der Hausbesuche machte und sich persönlich um seine Patienten kümmerte. Barbara verließ die beiden.

Tawna hielt sich noch immer im Wohnzimmer auf. »Nell sagte, sie habe Kassetten, die ich für sie in Verwahrung nehmen soll«, sagte Barbara. »Wissen Sie etwas darüber?«

Tawna nickte. »Sie brachte sie mit, in einem Plastikbeutel, den sie aufriß. Die Kassetten fielen alle heraus. Ich habe sie dort hingelegt.« Sie zeigte auf zwei Stapel Tonkassetten auf einer Kommode.

»Was sagte sie, als sie nach Hause kam?« fragte Barbara. »Wie verhielt sie sich?«

Tawna verdrehte die Augen. »Sie redete wirres Zeug«, sagte Tawna, »ganz durcheinander. Sie sah mich nicht mal, aber sie sah irgendwas, ich weiß nicht, was es war. Einmal sagte sie: ›Du kannst es nicht haben‹. Und dann sagte sie: ›Wer's findet, dem gehört's‹. Als sie den Beutel aufriß und alles herausfiel, jammerte sie und sagte, es täte ihr leid. Dann wurde sie wie ohnmächtig.«

»Kann sie etwas genommen haben? Drogen oder was? Alkohol?«

Tawna schüttelte den Kopf. »Nell? Bestimmt nicht. Außerdem war sie kalt wie eine Leiche.« Sie ging in die

Küche. »Mal sehen, ob es hier eine Plastiktüte gibt, in die wir die Bänder tun können.«

»So ist es, wenn man ohne Paddel in einem Boot sitzt«, sagte Frank einige Zeit später. Sie saßen am Tisch, wo die Kassetten fächerförmig ausgelegt waren, insgesamt sechzehn Stück. Es war kein Kassettenrecorder im Haus.

Barbara betrachtete die Bänder mit Verwirrung und Frustration. Sie war davon ausgegangen, daß Lucas etwas an sich genommen hatte, was Brandywine und ihre Gruppe mit allen Mitteln wieder zurückzugewinnen suchten. Sie hatte auf gut Glück von Disketten gesprochen, um Brandywine nach Oregon zu locken, und hatte keinen Augenblick an Tonkassetten gedacht, gewöhnliche Kassetten, die jemand aufgenommen oder überspielt hatte. Kurz zuvor hatte sie mit Mike im Abspielgerät seines Autoradios ein paar der Kassetten angespielt, während der Regen aufs Dach getrommelt hatte, und sich vergewissert, daß es sich um Kassetten mit Musikaufnahmen handelte, die jemand mit der Aufzeichnung einer Männerstimme überspielt hatte. Die Tonqualität war schlecht, und der Wind und das Trommeln des Regens hatten es beinahe unmöglich gemacht, die Worte zu verstehen, aber es schien unzweifelhaft, daß Nell gefunden hatte, was Brandywines Detektive so eifrig gesucht hatten. Sechzehn Kassetten!

»Ich gehe einen Walkman kaufen«, sagte Mike. »Wahrscheinlich werde ich nach Springfield fahren müssen. Kann ein paar Stunden dauern.«

»Kauf zwei«, sagte Barbara.

»Oder gleich drei«, ergänzte ihr Vater. »Ich möchte auch hören, was er zu sagen hatte. Übrigens wird das Abspielen verdammt lang dauern. Mindestens zweiunddreißig Stunden, schätze ich. Großer Gott!«

»Mike, macht es dir wirklich nichts aus? Es regnet

noch immer in Strömen. Ich würde selbst fahren, aber ich muß an meinem Plädoyer arbeiten.«

»Kein Problem«, meinte er. »Wer könnte heute nacht schlafen, ohne etwas über den Inhalt der Bänder zu wissen?«

»Wir werden erst essen, wenn Sie zurückkommen«, sagte Frank. »Dann kann jeder einen Walkman einstöpseln und dazu essen. Die amerikanische Methode.«

Nachdem Mike gegangen war, standen Barbara und Frank am Tisch und betrachteten die Kassetten. »Verdammter Mist!« sagte sie schließlich.

»Das kann man wohl sagen«, bekräftigte ihr Vater. »Jedenfalls erklärt es, warum Lucas den Umweg zu der Felsterrasse machte. Nell muß sich schließlich daran erinnert haben, oder sie folgerte es aus irgendwelchen früheren gemeinsamen Erfahrungen.«

»Und sie wählte Regen und Schneesturm aus, um hinaufzusteigen und das Material aus dem Versteck zu holen«, murmelte Barbara. »Nicht ungeschickt, aber warum erst jetzt?«

Nell mußte ihn gesehen haben, als er die Bänder gerade versteckt hatte; als sie die Augen geschlossen hatte, hatte er sich aus ihrer Blickrichtung bewegt. Wahrscheinlich hatte er verhindern wollen, daß zwischen seiner Ankunft und dem Versteck ein Zusammenhang hergestellt werden konnte. Sie runzelte die Stirn und murmelte eine Verwünschung. Nell hatte sich an alles andere über jenen folgenschweren Tag erinnert, warum nicht an dies? Und warum erst jetzt?

Frank kehrte den Kassetten ärgerlich den Rücken. »Wollen wir uns mit deinem Plädoyer beschäftigen? Gehen wir ins Wohnzimmer.«

Als sie in den freundlichen Raum mit seinem einladenden Kaminfeuer kamen, setzte er sich in einen der Ledersessel und nahm einen Schreibblock auf den Schoß. »Ich schlage vor«, sagte er mit abwesendem Blick, »daß ich Notizen mache, wenn ich denke, daß etwas fraglich ist oder der Erörterung bedarf, und du kannst auf und ab gehen, von Zeit zu Zeit auf deinen Spickzettel schauen und dein Plädoyer halten. Wie findest du das?«

Barbara nickte. Ihre Kehle war momentan so beengt, daß sie nichts sagen konnte. Sie räusperte sich, legte den Ausdruck ihres Manuskripts auf den Tisch und fing an. Nach zehn Minuten brach sie ab.

»Es taugt nichts, wie?«

»Nun ... du scheinst ein bißchen abgelenkt und beunruhigt, würde ich sagen, nicht konzentriert.«

»Ehrlich gesagt, Paps, ich bin ins Schwimmen gekommen. Ich weiß nicht, wo ich stehe, wo Nell steht. Ich weiß nicht, ob sie die Aussage verweigern oder ihre Unschuldsbeteuerung wiederholen sollte. Ich kann sie nicht daran hindern, zu tun, was sie sich in den Kopf setzt; einerseits ist sie halsstarrig, andererseits weicht sie aus, wenn sie auf Widersprüche aufmerksam gemacht wird. Am liebsten würde ich eine Vertagung beantragen, aber ich bezweifle, daß Lundgren sich darauf einlassen würde, es sei denn, Nell wäre im Krankenhaus oder aus anderen Gründen vernehmungsunfähig. Ich konnte nicht mit ihr sprechen, als ich drüben war; sie redete wie eine Geistesgestörte. Ich weiß nicht mal, ob sie vorhat, von nun an auf irre zu machen, um sich so aus der Affäre zu ziehen. Heute war ein guter Anfang, wenn sie sich das vorgenommen hat. Und ich kann keiner Seele etwas von diesen Kassetten sagen, solange wir nicht genau wissen, was darauf ist. Und selbst wenn wir es wissen, in welchem Zusammenhang kann es mit der Tat stehen? Ich weiß einfach nicht, wie ich weiter vorgehen soll.«

»Ich fürchte, das kommt dabei heraus, wenn man versucht, zu viele Dinge auf einmal zu tun«, sagte er nachdenklich. »Ja, wer alles erreichen will, wird nichts bewirken.«

»Wie meinst du das?«

»Mir scheint, du hast zu viele Hüte ausprobiert. Richter, Schöffin, Staatsanwältin, Ermittlerin, Verteidigerin. Nach meiner Erfahrung ist jede dieser Aufgaben ein Vollzeitjob.«

Sie blickte nachdenklich ins Feuer. Nach mehreren Sekunden murmelte sie: »Du hast noch ein paar ausgelassen. Sozialreformerin, Theologin, Philosophin, wahrscheinlich noch ein paar mehr, die mir gleich in den Sinn kommen werden.«

»Ganz recht«, stimmte er ihr zu. »Und was du für den Rest dieses Verfahrens brauchst, ist die Rolle der Schauspielerin. Du hast die Verteidigerin ausgereizt. Ich bin sehr stolz auf dich, Bobby. Mehr als ich sagen kann. Vorausgesetzt, Nell wird zur Besinnung kommen, gibt es nichts, was du deinem Fall hinzufügen könntest. Der entscheidende beweiskräftige Zusammenhang zwischen dem Auftauchen der Detektive hier in der Gegend und Lucas Kendricks' Ermordung wird, wenn überhaupt, sehr schwer zu erbringen sein. Und Nells stereotype Unschuldsbeteuerungen, ihr widersprüchliches Verhalten und die gegen sie sprechenden Indizien werden die Geschworenen zum Schuldspruch neigen lassen. Lundgren wird eine Vertagung ablehnen, es sei denn, du könntest gewichtige Gründe anführen, die du einfach nicht hast. Also mußt du es jetzt mit dem dramatischen Akt versuchen. Nell erklärt ihre Unschuld, verweigert darüber hinaus jede Aussage zur Sache, du hältst dein Plädoyer, Schlußszene, Vorhang und das Warten beginnt.«

Sie stand abrupt auf. »Noch etwas«, sagte sie und eilte hinaus in die Küche. Dort drehte sie den Wasserhahn auf, während sie überlegte. Sie wußte, wie Tony mit seinem Plädoyer herauskommen würde, voll von rechtschaffener Empörung, der Forderung nach gerechter Bestrafung und so weiter. Sie hatte Tony zu oft bei der Arbeit gesehen, um nicht zu wissen, wie seine Betonungen sein würden, wie er die Stimme heben und senken und Indizienbeweise hervorheben und auf die Bedeutung der Rechtsprechung im allgemeinen und eines der Tat angemessenen Urteils im besonderen hinzuweisen. In Ordnung, sagte sie sich. In Ordnung. Sie wußte über diesen Fall mehr als Tony, und sie wußte trotzdem nicht, ob Nell ihren Mann getötet hatte oder nicht. Das war der Punkt, auf den es ankam, sagte sie sich, der einzige. Niemand wußte es, außer dem Täter oder der Täterin, die möglicherweise Nell Kendricks hieß. Jedenfalls konnte Barbara irgendwelchen Aussagen Nells nicht mehr trauen. Aber sie wußte es nicht. Tony hatte nichts bewiesen. Sie schenkte sich ein großes Glas ein und kehrte damit ins Wohnzimmer zurück. Ihr Vater hatte sich nicht vom Fleck gerührt. »Ich werde mir die Schauspielerei bis morgen aufsparen. Nun, wo war ich stehengeblieben?« Sie nahm einen Schluck, stellte das Glas ab und begann auf und ab zu gehen und in ihrem Plädoyer fortzufahren.

Gründlich ging sie die einzelnen Schritte ihrer Argumentation durch; hin und wieder sah sie einen erstaunten Ausdruck auf seinem Gesicht, hin und wieder machte er eine Notiz. Nur einmal geriet sie ins Stocken, als ihr eine Erinnerung ungebeten durch den Kopf ging. Sie stand nicht mit diesem Haus in Verbindung, sondern stammte aus einer Zeit, als sie es noch nicht hatte. Sie war als Kind die Treppe hinuntergegangen und hatte seine zornig erhobene Stimme gehört, war ängstlich zur Tür seines Arbeitszimmers geschlichen, wo sie ihre Mutter in einem Sessel gesehen hatte, die Füße angezogen, einen Schreibblock auf dem Schoß, ihr Vater war voll Energie auf und ab gegangen, gestikulierend, und hatte zornig und laut gesprochen, beinahe geschrien. Damit endete die Erinnerung. Sie wußte nicht, was danach geschehen war, was sie getan hatte, ob sie unterbrochen worden war oder weiter gelauscht hatte. Ihre Mutter hatte schön ausgesehen. Sie überbrückte die Pause mit einem Schluck Wasser, dann fuhr sie fort.

Die Erinnerung hatte nur eine Sekunde in Realzeit gedauert, aber in erinnerter Zeit waren es viele Minuten gewesen, und die Bilder, die sie mit sich gebracht hatte, standen scharf und klar vor ihrem inneren Auge. Besonders das Gesicht ihrer Mutter, die so aufmerksam den Worten des Vaters folgte, ein konzentriertes Stirnrunzeln im Gesicht, das Bleistiftende gegen die Lippen gedrückt.

Als sie geendet hatte, grunzte Frank. »Okay«, sagte er, dann nahm er sich seine Notizen vor, und sie begannen die Punkte zu diskutieren, die nach seiner Meinung zu wünschen übrig ließen. Sie lauschte aufmerksam seinen Überlegungen, und er lauschte genauso aufmerksam ihren Argumenten. Sie waren noch dabei, als Mike zurückkehrte.

»Ich habe zwei Walkmen und ein Abspielgerät gekauft, mit dem man Kopien machen kann«, sagte er. Er hatte einen großen Karton unterm Arm. »Und eine Menge Kassetten. Ich dachte, es wäre nicht schlecht, alles zu kopieren und die Originale irgendwo in einem Schließfach zu deponieren, etwas dergleichen. Wenn Brandywines Leute glauben, die Sache sei so wichtig, daß sie Detektive anheuern und Tausende von Dollars ausgeben, dann sollten wir kein Risiko eingehen.«

Barbara schenkte ihm einen dankbaren Blick, und Frank klopfte ihm auf dem Weg hinaus auf die Schulter, um sich dann an die Zubereitung des Abendessens zu machen. Es ging bereits auf halb zehn. Alle schienen gleichzeitig zu merken, daß sie hungrig waren.

»Ich dachte mir«, sagte Mike zu Barbara, »wir könnten die Kassetten unter uns aufteilen und jeweils soviel abhören, bis wir entscheiden können, ob es nötig ist, die gesamten Aufzeichnungen jetzt abzuhören. Und wenn jemand etwas besonders Interessantes findet, können wir es auf dem Kassettenrecorder spielen, so daß jeder mithören kann. Was meinst du?«

»Gut. Schließlich werden wir alles abhören müssen, aber was du vorschlägst, ist ein guter Anfang. Ich bin froh, daß du an diese Dinge gedacht hast. Ich hatte mir keine Gedanken darüber gemacht.«

»Ja, das war mein Eindruck.« Plötzlich kam ein abwesender Ausdruck in seine Züge, und er sagte: »Mir fällt etwas ein, das ich deinem Vater sagen muß. Bin gleich zurück.« Er trottete hinaus.

Barbara begann die Kassetten zu untersuchen. Keine war in dem üblichen Kunststoffetui, keine war mit einer Etikette versehen. Vielleicht hatte Lucas sie aus Gründen der Platzersparnis aus den Etuis genommen, dachte sie und wünschte, er hätte die Kassetten selbst mit Nummern oder Daten oder Kennzeichnungen versehen. Dann hörte sie Frank in der Küche lachen, und Mike kam grinsend zurück. Er sah wie ein kleiner Junge aus, der genau wußte, daß er etwas Altkluges von sich gegeben hatte. Eher einen zotigen Limerick, dachte sie resigniert und vermied es, ihn nach dem Grund seiner Heiterkeit zu fragen.

Frank hatte einen Schmortopf vorbereitet, der vielleicht etwas zu lange geschmort hatte, und Bratkartoffeln, die entschieden verbraten waren. Niemand scherte sich darum. Während des Essens hörten sie keine Kassetten ab, aber unmittelbar danach machten sie sich daran.

Barbara lauschte einer körperlosen Stimme, die tiefer war, als sie erwartet hatte. Sie hatte keinen Grund, irgend etwas zu erwarten, aber als die tiefe Stimme sich als Lucas identifizierte, merkte sie überrascht auf. Er sprach über eine Zeit in der Vergangenheit, und sie vermochte nicht zu beurteilen, wann die Aufnahme entstanden war oder wie weit die beschriebenen Ereignisse vom Zeitpunkt der Aufnahme zurücklagen. Später, sagte sie sich; sie spulte das Band zurück und nahm sich die nächste Kassette vor.

Zwanzig Minuten nachdem sie begonnen hatten, machte Frank ein grunzendes Geräusch und hielt die Hand hoch. Barbara und Mike nahmen die Kopfhörer ab.

»Ich glaube, dies ist das erste«, sagte Frank. Mike hatte mit dem Recorder gearbeitet. Er nahm seine Kassette heraus, und Frank steckte seine in den Schlitz. Dann lauschten sie alle:

»Vierzehnter September 1982. Vor zwei Tagen sagte ich Dr. Frobisher, daß ich aus dieser Sache aussteigen und nach Hause gehen möchte. Nell hat recht gehabt. Das ist alles ein Unsinn und Humbug, und sie behandeln mich wie ein Stück Scheiße. Emil Frobisher schrie mich an und sagte, ich solle warten, bis er mit Schumaker über meinen akademischen Grad sprechen könne. Er sei überzeugt, daß es bloß ein technisches oder terminliches Problem ist, das die Sache verzögert hatte. Er versprach, sich darum zu kümmern. Heute sagte er, ich solle zum Laboratorium gehen und Dr. Brandywine eine Demonstration geben. Jeden Tag halten sie stundenlange Konferenzen ab. Ich habe die Frau noch nicht einmal gesehen. Ich war auch nicht versessen darauf, aber schließlich sagte ich, gut, eine letzte Demonstration, und dann sprechen wir über meinen akademischen Grad, und er sagte, das gehe in Ordnung. Er meint, Schumaker brauche einen wissenschaftlichen Aufsatz für den Ausschuß, für die Akten oder was. Einen einfachen Artikel, keine wirkliche Magister- oder Doktorarbeit, sagte er. Eine Darstellung meiner Arbeit mit ihm würde ausreichen, fünfzehn bis zwanzig Seiten, höchstens fünfzig oder sechzig, wenn ich soviel schreiben wollte, aber das müsse nicht sein. Und dann der Magister. Ich glaube es nicht.

Ich ging zum Laboratorium. Es ist im Gebäude der medizinischen Fakultät, wo auch der Fachbereich Psychologie untergebracht ist, ein kleiner Raum mit einer Anzahl von Stühlen mit Kunststoffsitzen und einem langen Tisch. Ich habe einen besonderen Stuhl mit Armlehnen und Knöpfen auf der rechten Seite. Und es gibt einen großen Bildschirm, einen Computermonitor. Außerdem hat der Raum ein Glasfenster, Einwegglas, wie ich weiß, denn manchmal helfe ich bei anderen Versuchspersonen aus, und dann bin ich auf der anderen Seite dieses Fensters. Wir können hier nur einen Test auf einmal machen. Also setze ich mich auf den Stuhl, und sie sind alle hinter der Glasscheibe, und es beginnt wie immer.

Ich konnte länger als jeder andere durchhalten, aber auch so mußte ich nach gut einer Stunde aufhören. Ich wurde müde. Emil Frobisher wußte das, Schumaker wußte es und Margolis ebenso, aber sie glaubte es nicht. Machen Sie weiter, sagte sie immer wieder über das Mikrofon. Machen Sie weiter, als ob sie glaubte, ich hätte aufgehört, um irgend etwas zu beweisen. Ich sagte ihr, meine Kopfschmerzen seien zu stark, und das entsprach der Wahrheit. Manchmal hatte ich Magenschmerzen, aber gewöhnlich waren es Kopfschmerzen, die so stark wurden, daß ich nicht weitermachen konnte. Und ich wollte nichts als mich hinlegen und entspannen.

Sie kamen in mein Zimmer und setzten sich an den Tisch. Sie sagte, ich solle mir doch eine Cola oder eine Tasse Kaffee besorgen, einen Spaziergang an der frischen Luft machen, um mich aufzumuntern. Zehn Minuten Pause, sagte sie.

Also ging ich hinaus, aber ich wollte nichts zu trinken und auch nicht spazierengehen. Ich wollte mich hinlegen, also ging ich in den anderen Raum, den wir den Kontrollraum nannten, und konnte sie am Tisch sitzen sehen, wo sie miteinander redeten. Ich legte den Kopf auf die Arme, um zu schlafen, hörte aber, was sie sagten. Und die Frau sagte, ich würde Widerstand leisten. Dr. Frobisher sagte, ich sei durchaus kooperationswillig, und Dr. Brandywine sagte, das meine sie nicht, sie wolle nicht damit sagen, daß ich bewußt Widerstand leiste. Ob er meine, das die anderen nach einiger Zeit alle physiologische Symptome hätten. Er bejahte, und sie sagte, darin äußere sich innerer Widerstand. Sie stießen auf eine Wand, die sie ängstige, und das führe zu physiologischen Symptomen, so daß sie sich guten Gewissens zurückziehen könnten. Und sie sagte, sie wolle mich heute hypnotisieren und sehen, was diese Wand bedeute.

Schumaker fragte, ob das bedeute, daß sie mit dabei sei? Und sie sagte, sie wisse es nicht. Noch nicht. Aber sie habe ein paar Anregungen.

Darauf hob ich den Kopf und sah sie durch die Scheibe an, und mir wurde klar, daß Frobisher und Schumaker sie genauso behandelten, wie sie Margolis behandelt hatten, als sie seine Hilfe bei Computerprogrammierung brauchten. Sie waren sehr höflich und benahmen sich, als wäre sie etwas ganz Besonderes, und das gefiel ihr. Ich sah es ihr an.

Ich beschloß, mein Zeug in den Wagen zu packen und nach Hause zu fahren, so schnell ich konnte. Ich stand auf, dann sah ich meinen Rucksack im anderen Raum neben dem Stuhl mit den Armlehnen, und mir war klar, daß ich hineingehen mußte. Meine Wagenschlüssel waren im Rucksack, und mein Wohnungsschlüssel. Auch meine Brieftasche. Also ging ich wieder hinein.

Sie fragte mich, ob meine Kopfschmerzen nachgelassen hätten, und ich sagte ja, es sei wieder besser. Sie lachte und sagte, ich solle nicht albern sein und mich setzen, sie werde mir einen Kniff zeigen, wie man Kopfschmerzen los wird. Man könne diesen Kniff immer anwenden, wenn es nötig sei. Es handle sich um Schmerzübertragung. Ich sagte, nein, es sei alles wieder in Ordnung, aber sie nahm mich beim Arm und drückte mich auf einen Stuhl am Tisch. Ich sagte, ich wolle nicht hypnotisiert werden, und sie lachte und meinte, da niemand hypnotisiert werden könne, der nicht kooperativ sei, bestehe keine Gefahr. Denken Sie daran, sagte sie. Nun wollte sie wissen, wo mich der Kopf schmerzte. Ich berührte den Hinterkopf, ohne zu überlegen, was ich tat, und sie nickte, als hätte sie es sich schon gedacht. Dann begann sie über den Schmerz zu sprechen, wo er lokalisiert sei, wie er sich bemerkbar mache, und so weiter, und riet mir, ich solle ihn mir als etwas Sichtbares vorstellen, etwas, das ich berühren und bewegen könne. Sie sagte, ich solle die Augen nicht schließen, mich nicht zu sehr entspannen, sondern einfach an diesen Schmerz denken. Wir würden ihn dann zusammenfassen und verlagern, den Hals hinunter, über die Schulter in meinen rechten Arm und dann in die Hand. Wenn er ganz in meiner Hand sei, brauchte ich ihn bloß wegzuwerfen. Alles mit offenen Augen. Einfache Schmerzübertragung.

Sie sagte kein Wort über Trance oder Schlaf oder Entspannung, oder daß ich die Augen schließen solle, nichts, was ich mit Hypnose in Verbindung bringen würde, aber sie hypnotisierte mich auch so, und das ist alles, woran ich mich an diesem Nachmittag im sogenannten Laboratorium erinnern kann.

Dr. Frobisher wird es mir erklären. Ich weiß, daß er es tun wird. Es ist jetzt Nacht, und ich habe mich abgemüht und versucht, mich zu erinnern, und mußte es schließlich aufgeben, aber das macht nichts, weil er es mir sagen wird. Nun muß ich schlafen, denn morgen wird es ein langer Tag. Wir werden schon um acht Uhr früh anfangen und alle Disketten durchgehen, alles. Sie sind alle aufgeregt. Ich weiß, ich hatte mir vorgenommen, wieder nach Hause zu fahren, heute, heute nachmittag, oder heute abend, aber ich werde warten, bis ich herausbringe, was geschehen ist. Noch ein paar Tage machen nichts aus, nicht nach all diesen Jahren.

Und ich werde anfangen, Aufzeichnungen von allem zu machen, was ich über unsere Arbeit weiß. Nicht die

Arbeit, von der Dr. Frobisher sagte, ich solle sie schreiben, um den Magister zu bekommen. Das ist Unsinn. Aber eine Aufzeichnung, die ich mitnehmen kann. Ich werde meine Musikkassetten besprechen. Nichts, was sie mißtrauisch machen könnte, denn ich glaube nicht, daß es ihnen gefallen würde, wenn sie wüßten, daß ich von allem, was hier läuft, Aufzeichnungen mache.«

Seine Stimme verstummte, und die Musik von Jimi Hendrix erfüllte den Raum. Mike schaltete das Gerät aus.

»Lieber Himmel!« murmelte Barbara.

»Er hatte keine Chance«, sagte Mike leise. »Dieser arme Kerl hatte nie eine Chance.«

Frank stand auf. »Wer möchte was zu trinken? Ich nehme noch ein Glas Wein, und dann gehe ich zu Bett. Morgen ist auch noch ein Tag.« Er sah mitgenommen aus.

Mike beschloß Kaffee zu machen; es versprach spät zu werden. Barbara stand auf, um im Kaminfeuer zu stochern und Scheite nachzulegen, aber in Wirklichkeit brauchten sie alle Bewegung, wie um den Bann zu brechen, den diese ferne, tote Stimme erzeugt hatte. Armer Lucas, dachte sie. Arme Nell. Alles hatte sich gewandelt. Zuerst hatte sie nur Zorn auf Lucas empfunden, weil er seine Frau und seine Kinder verlassen hatte, und Mitgefühl für Nell, sogar Bewunderung, weil sie so gut damit fertig geworden war. Nun galt ihr Mitgefühl Lucas, und sie war nicht mehr sicher, wie sie zu Nell stand.

Nichts davon, dachte sie düster, hatte etwas mit dem Fall zu tun, über den verhandelt wurde. Sie blickte auf ihre Armbanduhr. Zwölf Uhr vierzig. Noch zwanzig Minuten, und sie würde zu Bett gehen müssen, wenn sie morgen nicht ein Wrack sein wollte. Die Kassetten liefen nicht davon. Sie hatten sieben Jahre und dann noch einmal sechs Monate gewartet. Sie konnten noch ein paar Tage warten. Sie erinnerte sich an ihr glühendes Verlangen, Ruth Brandywine und ihre Komplizen zu vernichten, und dachte, daß es mit diesem Beweismaterial möglich sein mochte.

Um fünf Minuten vor eins fand Barbara eine Kassette, die Lucas auf dem Heimweg im Wald besprochen hatte. Frank hatte sich schlafen gelegt. Mike trank seinen Kaffee, und sie war todmüde, aber gemeinsam hörten sie die Kassette ab. Lucas' Stimme klang erschöpft:

»Der November war kalt. Ich erinnere mich, wie kalt er war, Tag für Tag. In den Bergen lag eine Menge Schnee, und die ganze Zeit blies ein steifer eisiger Wind, der nicht nachlassen wollte. Sie stritten die meiste Zeit. Emil Frobisher drohte, mit der Arbeit anderswohin zu gehen, wenn sie kneifen und ihn im Stich lassen würden. Schumaker drohte, ihn auf die schwarze Liste zu setzen, und Brandywine war wütend auf alle. Zu der Zeit sagte mir niemand mehr etwas, aber ich sah, was vorging. Etwas war mit den Jungen schiefgegangen, die Brandywine hypnotisierte, und sie gaben sich gegenseitig die Schuld. Einer der Väter war sehr aufgeregt, und das Projekt wurde als gescheitert bezeichnet. Einfach so. Emil Frobisher sagte, er werde ohne ihre Hilfe weitermachen, er brauche niemandes Hilfe mehr und habe sie tatsächlich nie gebraucht, bloß habe Schumaker ihn von Anfang an benutzt. Er sammelte in Denver Stricher und Straßenjungen auf, nahm sie mit nach Hause, ließ sie das Programm durchlaufen und testete sie selbst.

Sie wußten nicht, was sie mit mir anfangen sollten. Brandywine sagte, solange ich nichts wisse oder mich erinnere, gebe es nichts zu tun, und so war es. Ich hatte keine Arbeit, kein Studium, nichts zu tun. Während dieser letzten zwei Wochen las ich viel. Heute kommt es mir seltsam vor, daß ich nicht einfach wegging, aber zu der Zeit schien ich nicht daran gedacht zu haben. Sicherlich Brandywines Werk.

Dann rief Emil Frobisher an einem Spätnachmittag

an. Er war wie in Panik, und ich konnte dem, was er sagte, keinen Sinn abgewinnen. Ich setzte mich in den Wagen und fuhr zu seinem Haus. Je näher ich kam, desto mehr fürchtete ich mich, hinzukommen. Ich drehte durch, sah Dinge, hörte Stimmen, und eine der Stimmen war die eines lachenden Jungen. Er schien außer sich vor Begeisterung, anders konnte ich es mir nicht erklären. Er sagte, er verstecke Disketten, und zeigte mir, wo sie waren, in meinem Kopf. Und ich fürchtete mich mehr als je zuvor. Ich muß wie ein Betrunkener gefahren sein, in Schlangenlinien, während ich Erscheinungen und alles sah, dabei war ich nicht auf Drogen oder was. Ich hatte überhaupt nichts genommen. So war ich beisammen, als ich Emil Frobishers Haus erreichte. Der lachende Junge sagte, er würde versuchen, Emil zu beruhigen, in meinem Kopf sagte er mir das, aber als ich die Tür öffnete und hineinging, stand Emil Frobisher mit einer Pistole in der Hand da, und der Junge lag tot am Boden. Überall war Blut. Emil sah mich und feuerte auf mich, schrie irgendwas. Margolis kam direkt hinter mir herein, und als Emil ihn sah, feuerte er wieder, dann richtete er die Waffe auf seinen eigenen Kopf und feuerte noch einmal. Margolis und Brandywine legten die Pistole dem lachenden Jungen in die Hand, dann wickelten sie mich in eine Decke und trugen mich hinaus und setzten mich in meinen Wagen. Sie fuhren mich zu ihrem Haus, und dort blieb ich Wochen und Wochen. Ich weiß nicht mal, wie lang. Niemand fragte mich jemals über Emil Frobishers Tod oder irgend etwas anderes aus.

Damals verstand ich zum ersten Mal, was wir taten, was wir getan hatten, warum der Junge lachte und lachte. Ich sah das Geflecht und das Netzwerk und das Muster, alles wie es war, und sie wußten, daß ich mich diesmal daran erinnern würde. Darum mußten sie mich für den Rest meines Lebens unter Verschluß halten. Heute frage ich mich, warum sie mich nicht einfach umbrachten und fertig. Aber sie dachte, sie könne mich für immer unter Kontrolle halten, und all diese Jahre war es auch so. Dann kam es wieder heraus, und ich wußte, warum der Junge lachte und lachte. Ich weiß, warum.«

Seine Stimme brach; einen Augenblick lang dachte Barbara, daß er schluchzte. Ein Schaudern durchlief sie, als sie erkannte, daß es ein Lachen war, wildes, freudiges Lachen.

Unsicher stand sie auf. Das Lachen brach ab, und es erklang Musik von Paul Simon. Entsetzt starrte sie auf den Kassettenrecorder.

»Brandywine hat nicht gelogen«, flüsterte sie. »Er war verrückt! Sie behandelte ihn tatsächlich wegen Geisteskrankheit.«

29

Wenigstens sah Nell beinahe ausgeruht aus, nicht so, als ob sie jeden Augenblick umkippen würde, dachte Barbara am nächsten Morgen. Sie empfand eine Spur von Eifersucht, als sie daran dachte, daß Doc ihr zu einem ruhigen festen Schlaf verholfen hatte, während sie, Barbara, in ihrem unruhigen Schlaf von wirren Träumen geplagt gewesen war. Sie stand auf der gedeckten Veranda vor Nells Haus und wartete auf Nells Antwort auf ihre Frage, was sie zu tun beabsichtige. Clives Wagen stand in der Einfahrt; er war nicht aus dem Haus gekommen. Der Regen hatte fast aufgehört, der Wind hatte sich gelegt, war kaum noch spürbar. Die Welt roch sauber.

»Clive meint, ich sollte in den Zeugenstand gehen und die Wahrheit aussagen«, sagte sie zögernd. »Er sagt das gleiche wie Großvater. Sie wissen schon, die Wahrheit kann nicht schaden, und so weiter.«

»Clive versteht nichts von Strafrecht und Gerichtsverfahren«, sagte Barbara.

»Ich weiß das. Er sagt, Wahrheit würde das beste sein, oder ich solle einfach aussagen, daß ich mich nicht erinnern könne, was geschah. Darauf bauen, daß die Geschworenen mich bemitleiden, nehme ich an. Er meint, daß es vom Standpunkt eines Außenseiters, eines Beobachters gesehen, am schlimmsten aussieht, wenn ich jede Aussage verweigere und überhaupt nichts sage. Ich bin mehr und mehr auch dieser Ansicht.«

»Aber er irrt sich. Er soll bei seinen Bäumen und Wäldern bleiben und die Finger vom Rechtswesen lassen«, erwiderte Barbara. »Was ist *Ihre* Entscheidung? Vergessen Sie, was Clive sagt.«

»Ich werde nicht lügen. Ich habe es nicht getan. Ich erinnere mich klar daran, was geschah, und ich habe es nicht getan. Aber die Wahrheit ist zu phantastisch, um sie auszusagen, nicht wahr? Es ist die am wenigsten wahrscheinliche Version. Also werde ich Ihrem Rat folgen, Barbara. Ich werde dasitzen und den Mund halten und beten.«

Barbara nickte und sagte in munterem Ton: »In Ordnung. Clive wird Sie zur Verhandlung bringen? Was ist mit den Kindern? Haben Sie Vorkehrungen getroffen, daß nach der Schule für sie gesorgt ist? Sie sollten heute nicht durch Sorgen um die Kinder abgelenkt sein. Die Beratung der Geschworenen kann lang dauern.« Sie wußten beide, was in Wirklichkeit gemeint war: Wenn Nell schuldig gesprochen wurde, konnte Richter Lundgren ihre sofortige Festnahme und Inhaftierung anordnen.

Nell schluckte. »Es ist alles geregelt. John und Amy Kendricks kommen im Laufe des Tages, aber es ist noch nicht klar, wann; sie waren in der Farm eingeschneit. Was haben Sie mit den Kassetten gemacht? Werden sie von Nutzen sein?«

»Wir haben Duplikate gemacht, und die Originale werden heute in ein Schließfach gebracht. Von Nutzen sind sie nicht, fürchte ich. Ich habe nicht alle abgehört, wie Sie sich denken können, aber so sieht es aus. Nun, wir werden Sie im Gerichtssaal sehen. Und ich wünsche uns beiden viel Glück, Nell. Bis später.« Sie wollte ihr die Hand geben, aber dann öffnete sie impulsiv beide Arme und legte sie um sie. Dann eilte sie zurück zum Wagen, wo Frank wartete, und sie machten sich auf die Fahrt zur Stadt.

Am Morgen hatte sie Mike schlafend auf der Couch angetroffen, zu müde, um zu reden, nachdem er die ganze Nacht aufgeblieben war. Frank hatte einen Satz

Kassetten in seinem Aktenkoffer, Mike hütete den anderen. Er wollte sie in die richtige Reihenfolge bringen, hatte er gesagt, und noch ein paar Notizen machen. Darum würde er erst etwas später im Gericht sein. Barbara wünschte, die Bänder wären noch ein paar Tage länger im Versteck geblieben. Die ganze Nacht war sie in ihren Träumen von unheimlichen gesichtslosen Gestalten bedrängt und verfolgt worden; einmal hatte sie, wie von einem widerwärtigen Zauber gebannt, hilflos zugesehen, wie Lucas das Mädchen im Wald vergewaltigt und verstümmelt hatte, um dann den Kopf in rauhem, wildem Gelächter zurückzuwerfen.

Tony brachte in seinem Plädoyer nur ein Argument vor, das Barbara nicht erwartet hatte. »Gemietete Detektive begehen keinen Mord«, sagte er nüchtern. »Eine Detektivagentur wird beauftragt, um bestimmte Ermittlungen auszuführen, die viele von uns unerfreulich oder zweifelhaft finden. Sie spionieren Leuten nach, sie setzen Abhörgeräte ein, sie versuchen Kopien von Dokumenten zu bekommen, sie tun vieles, aber sie morden nicht. Weil lizenzierte Detektivagenturen keine gedungenen Mörder sind und weil es keine Notwendigkeit gibt. Sie werden für ihre Zeit bezahlt, ob sie die gewünschten Ergebnisse erzielen oder nicht.«

Ein überzeugend vorgebrachtes Argument, mußte sie zugeben, als er fortfuhr.

»Meine Damen und Herren Geschworenen«, sagte er zusammenfassend, »die Tatsachen sind einfach und unwiderleglich. Nell Kendricks glaubte, ihr Mann sei unterwegs, um seinen Anteil an ihrem ererbten Eigentum zu beanspruchen, das sie für ihr alleiniges Erbe hielt. Sie drohte jeden zu erschießen, der sich ungebeten auf ihrem Grund und Boden zu schaffen machen würde. Sie feuerte zur Einschüchterung auf zwei Männer, von denen sie annahm, daß sie auf ihrem Grundstück einen Baum fällen wollten. Sie hatte Grund zu der Annahme, daß ihr Mann die Männer dafür angeworben hatte. In Erwartung der Ankunft ihres Mannes schickte sie ihre Kinder zum ersten Mal fort. Als der Computer geliefert wurde, wußte sie, daß Lucas Kendricks die Absicht hatte, wieder einzuziehen, dieses Haus wieder zu seinem Heim zu machen und das gemeinsame Leben dort wieder aufzunehmen, wo er es vor Jahren aufgegeben hatte. Niemand sonst betrat an jenem Tag das Grundstück. Wir wissen das. Niemand sonst hatte Zugang zu ihrem Gewehr. Niemand sonst hatte Grund, Lucas Kendricks zu töten …«

Er begann über Kapitalverbrechen zu reden, die Verwerflichkeit, einem anderen Menschen das Leben zu nehmen, und die Endgültigkeit des Todes. Er näherte sich dem Ende.

Als Barbara an der Reihe war, stand sie langsam auf und trat auf die Geschworenen zu, die Hände vor sich gefaltet. »Meine Damen und Herren Geschworenen, ihre Aufgabe ist vielleicht eine der schwierigsten von allen, die Bürgern dieses Landes zufallen können. Es gibt viele Geheimnisse des menschlichen Herzens und der Seele, die wir nicht ergründen können. Es gibt Geheimnisse menschlichen Verhaltens, die wir nicht begreifen können. Wir können nur wissen, was unsere eigenen Sinne uns sagen; alles andere müssen wir in gutem Glauben aufnehmen. Man kann niemals mit Gewißheit sagen, was ein anderer Mensch denkt oder empfindet. Man kann nur wissen, was diese andere Person sagt. Man kann niemals mit Gewißheit sagen, welche Tat ein anderer Mensch begangen hat, solange man nicht persönlich Zeuge seiner Handlung gewesen ist. Und doch wird heute von Ihnen erwartet, über den Ausgang eines Gerichtsverfahrens zu befinden, das eine Mordtat zum Gegenstand hat, und eine Entscheidung zu treffen, die das Leben eines anderen Menschen und seiner Kinder für immer beeinflussen wird.

Wenn Sie die Beweise betrachten, die hier vorgebracht wurden, bitte ich Sie, sich die Frage vor Augen zu halten: Hat die Staatsanwaltschaft alles getan, was sie tun konnte, und alles, was sie hätte tun sollen, um einige der Rätsel aufzuklären, von denen es in diesem Verfahren nicht wenige gibt? Hat die Staatsanwaltschaft jenseits allen vernünftigen Zweifels bewiesen, daß der Fall, den sie präsentiert hat, der einzig mögliche ist? Sie haben Zeugen gehört, die ihrer eigenen Aussage widersprachen, ihre eigenen Worte zurücknahmen und bekannten, gelogen zu haben. Hat die Staatsanwaltschaft in diesen Fällen alles getan, was sie tun konnte und hätte tun sollen, um die Wahrheit der Aussage zu finden, bevor sie sie als gültig akzeptierte?« Ausführlich schilderte sie Lucas Kendricks' Bewegungen, und hin und wieder stellte sie dieselbe Frage: Hat die Staatsanwaltschaft alles getan, was sie tun konnte und hätte tun sollen, um die Wahrheit aufzudecken?

»Die Anbringung des Überwachungsgerätes auf dem Baum war ein gesetzwidriger Akt. Das heimliche Abhören und Aufzeichnen von Gesprächen ist ein gesetzwidriger Akt. Wo sind die Bänder? Hat die Staatsanwaltschaft Anstrengungen unternommen, sie ausfindig zu machen, um zu erfahren, was sie möglicherweise über das Geschehen auf der Felsterrasse enthüllen konnten? Und wenn nicht, hat die Staatsanwaltschaft alles getan, was sie tun konnte und hätte tun sollen, um die Wahrheit zu ermitteln?«

Sie trank aus ihrem Wasserglas und fuhr fort. Sie sprach ruhig und im Gesprächston, bemüht, jeden einzelnen Geschworenen in die Nachdenklichkeit ihres Plädoyers einzubeziehen.

»An jenem Samstag müssen die Lauscher gehört haben, wie der UPS-Fahrer mit Tawna und James Gresham sprach. Sie mußten gehört haben, wie er den Rat erhielt, zum kleinen Haus weiterzufahren. Es war Zeit genug für einen oder beide, das ihnen zur Verfügung stehende Boot zu besteigen und Nell Kendricks'

Grundstück vom Fluß her anzusteuern, an ihrem Strand festzumachen und ungesehen zu ihrem Haus zu gelangen. In dem Augenblick, als sie es durch eine Tür verließ, konnte eine andere Person es durch eine andere Tür betreten haben. Sie suchten etwas, was Lucas Kendricks angeblich haben sollte; sie waren beauftragt worden, ihm zu folgen, ihn ausfindig zu machen und etwas von Wert zurückzugewinnen. Würde es nicht möglich sein, daß sie annahmen, jenes Etwas, wonach sie suchten, sei von UPS geliefert worden? Also hatte sehr wohl jemand anders Zugang zum Haus und der Waffe, die Nell Kendricks auf der Couch zurückließ, als sie in den Wald und hinauf zur Felsterrasse ging. Daß es jemand anders als Nell Kendricks war, ist der einzige Grund dafür, daß die Fingerabdrücke vom Gewehr abgewischt wurden. Sie hatte keinen Anlaß, ihre Fingerabdrücke davon zu entfernen; das Gewehr gehörte ihr, sie hatte es erst kurz zuvor abgefeuert. Aber jemand hatte einen Grund. Wären ihre Fingerabdrücke daran gefunden worden, hätte niemand etwas Geheimnisvolles darin gesehen, aber überhaupt keine Fingerabdrücke daran zu finden, ist sehr mysteriös.«

Sie ging zu den Zeichnungen, die sie bereits vorgelegt hatte, und zu der Karte, deren Vergrößerung beide Pfade und die vom schluchtartig eingeschnittenen Bachlauf geteilte Felsterrasse deutlich zeigte. »Niemand, der ihr nachging und von ihr ungesehen bleiben wollte, kann gesehen haben, daß sie die Abzweigung hier nahm, die nach rechts führt«, sagte sie und zeigte zuerst auf die Karte und dann auf die Zeichnung, auf der die großen Bäume dargestellt waren. »Und niemand, der mit diesem Pfad und der Felsterrasse unvertraut war, würde von dem kleinen, steilen und kaum begangenen Pfad wissen, der dort hinaufführt. Aber jeder, der auf dem Hauptpfad blieb und hier oben herauskam«, sagte sie und zeigte wieder die Stelle an, »würde einen klaren Blick über die gesamte Lichtung gehabt haben.« Sie wandte sich den Geschworenen zu; sie folgten sehr aufmerksam. »Jeder, der hier stand«, sagte sie mit Nachdruck und zeigte wieder auf den Punkt, »jeder, der größer als einssiebzig groß war, würde freies Schußfeld über die Lichtung haben. Ein Schuß von hier würde den Verlauf des Schußkanals im Kopf des Toten erklären, und wir brauchen nicht mehr von einer knienden Position auszugehen, oder daß Lucas Kendricks gebückt gewesen wäre oder eine andere unnatürliche Haltung eingenommen hätte.«

Sie entfernte sich von der Karte und den Zeichnungen und fuhr in ihrer Zusammenfassung fort, und immer wieder stellte sie ihre Hauptfrage nach der Staatsanwaltschaft und der Vollständigkeit ihrer Ermittlungen.

»Sie hörten die Aussage, die Nell Kendricks den ermittelnden Polizeibeamten machte. Sie konnte dieser Aussage vor diesem Gericht nichts hinzufügen, und meine Damen und Herren Geschworenen, es ist nicht ihre Pflicht, ihre Unschuld zu beweisen. Ihre Unschuld ist von uns allen als gegeben anzusehen, solange nicht das Gegenteil bewiesen ist. Hat die Staatsanwaltschaft wirklich die Schuld bewiesen? Hat sie gegen den Forstaufseher ermittelt, der behauptete, er habe Lucas Kendricks' Wagen im Wald gesehen? Wer sagte ihm, daß der Wagen dort stand? Jemand wußte, daß Lucas Kendricks zu Fuß nach Hause ging. Wer war es? Die Staatsanwaltschaft verfügt über alle Hilfsquellen zu Ermittlungen; es ist nicht die Pflicht eines privaten Bürgers, solch eine Ermittlung durchzuführen.«

Schließlich kam sie zum Schluß. »Nell Kendricks war zu keiner Zeit in Gefahr von seiten Lucas Kendricks', und das war ihr bewußt. Sie hatte ihren Mieter in der Nähe. Sie hatte einen Wagen, mit dem sie wegfahren konnte. Sie hätte die Polizei verständigen können. Jede dieser Möglichkeiten stand ihr offen. Sie hatte keinen Anlaß, seinen Tod zu wünschen. Sie hätte sich jederzeit von ihm scheiden lassen können, wenn sie dies gewünscht hätte. Er war ein armer, ausgemergelter, hungriger Mann, dessen Füße so von Blasen bedeckt und entzündet waren, daß jeder Schritt ihm zur Qual geworden sein mußte. Er war seinen Feinden entkommen und wußte, daß sie ihn verfolgten. Er fürchtete sich. Er war keine Bedrohung für seine Frau, aber er war eine Gefahr für andere.

Hat die Staatsanwaltschaft ihre Schuld bewiesen? Nein, meine Damen und Herren Geschworenen, sie hat es nicht. Hat die Staatsanwaltschaft ihre reichen Hilfsquellen benutzt, um allen Hinweisen nachzugehen, denen sie hätte folgen können, um die zahlreichen Unklarheiten und Rätsel zu lösen, auf die wir hier gestoßen sind? Nein, sie hat es nicht getan. Und bis diese anderen Fragen beantwortet sind, muß es Zweifel daran geben, mehr als berechtigte Zweifel, sogar sehr ernste Zweifel, wer wirklich den Schuß abfeuerte, der Lucas Kendricks tötete.«

Als sie sich setzte, hatte sie das Gefühl, unzulänglich gewesen zu sein. Nach all ihren Vorbereitungen, ihren Notizen und ihren Übungen war es nicht genug gewesen, dachte sie verzagt. Sie fühlte die Hand ihres Vaters auf der Schulter; sie war sehr warm. Er drückte sie und ließ los. Richter Lundgren verkündete eine zehnminütige Pause, bevor er die Geschworenen instruieren würde, und sie ließ den angehaltenen Atem ausströmen.

»Sie waren so gut«, flüsterte Nell an ihrer Seite.

Und hinter ihr murmelte Frank: »Gute Arbeit, Bobby. Hochform.«

Die Pause war quälend. Nell war verwirrt von Barbaras und ihres Vaters Haltung; sie hatte geglaubt, es sei ausgestanden, aber beide waren womöglich noch besorgter als zuvor, und keiner von ihnen sagte ihr, warum. Barbara fühlte sich erschöpft und ausgehöhlt, ein Bündel exponierter Nerven; sie saß ohne eine Bewegung. Frank ging auf und ab. Er sah Mike und schüttelte leicht den Kopf; Mike zog sich in die Menge der Zuhörer zurück, die im rückwärtigen Teil des Gerichtssaals diskutierend durcheinanderdrängte. Clive saß mit angespannter Miene auf einer der Zuhörerbänke. Frank nickte ihm zu. Machte kehrt und wanderte zurück zum Tisch der Verteidigung, wo Barbara bewegungslos verharrte, dann den Mittelgang hinauf und wieder zurück.

Richter Lundgren kehrte in den Saal zurück, um mit seiner Instruktion zu beginnen. Er erklärte den Unterschied zwischen vorsätzlichem, heimtückischem Mord und Totschlag. Er wies sie auf die Pflicht der Geschworenen hin und sagte ihnen dann, sie sollten Ruth Brandywines Zeugenaussage außer Betracht lassen. Sie könnten nichts in ihre Erwägungen einbeziehen, was Lucas Kendricks widerfahren war, bevor er auf der Felsterrasse erschien.

Barbara fühlte, wie sich die Hohlräume in ihr mit Eiswasser füllten, als er fortfuhr, darüber zu sprechen, was irrelevant und was es nicht war, was in Betracht gezogen werden könne und was nicht. Es würden andere Ermittlungen folgen, sagte er zur Erklärung; sie seien bereits eingeleitet, aber nichts davon betreffe den Fall, über den sie zu entscheiden hätten.

Nachdem die Geschworenen hinausgeführt worden waren und der Richter den Saal verlassen hatte, fühlte Barbara wieder ihres Vaters Hand auf der Schulter, aber wo sie vorher warm und ermutigend gewesen war, fühlte sie sich jetzt nur schwer an.

Als Barbara aufstand, um den Gerichtssaal zu verlassen, kam Tony zum Tisch der Verteidigung herüber. Er streckte ihr die Hand hin, und nach einem Augenblick nahm sie den Händedruck an.

»Gute Arbeit«, sagte er. »Sobald dies alles vorbei ist, würde Larry gern mit dir zusammenkommen. Er wird anrufen.« Lawrence Ernst war der Bezirksstaatsanwalt.

Sie nickte.

»Barbara, kürzlich fragtest du, wen ich weinend und bettelnd sehen wollte. Erinnerst du dich? Eine gute Frage. Sie machte mir wirklich zu schaffen.«

Er konnte es noch immer, dachte sie verwundert; er konnte noch immer verletzt und sehnsuchtsvoll aussehen. Mit dem Wiedererkennen dieses Ausdrucks kam augenblicklich die Reaktion; vielleicht könnte sie diese Verletzung lindern, diesen Schmerz heilen. Vielleicht könnte sie ihm helfen. Sie fühlte, wie sich ihre Hände zu Fäusten ballten, und sagte nichts.

»Wir haben viel Zeit zum Nachdenken gehabt, du und ich«, sagte er mit gedämpfter Stimme. »Laß uns zusammen einen trinken, und reden. Nicht jetzt, nicht heute; wenn dies alles hinter uns liegt. Wirst du das tun, nur auf ein Glas und ein Gespräch?«

»Ich … ich weiß nicht«, antwortete sie. »Wir werden sehen.«

»Gut.« Er wandte sich ab, hielt inne und sah sie noch einmal an, diesmal mit einem kleinen Lächeln, das sehr schnell kam und ging. »Ich möchte dich nicht betteln und weinen sehen, Barbara. Du machst dich sehr gut auf dem Pferd, wie du gegen die Burgmauern anstürmst.« Er wandte sich um und ging rasch davon.

30

Frank ging voraus zu einem kleinen Raum, wo sie warten konnten. Als sie eintraten, überblickte er trübe die grauen, vinylbezogenen Sessel, die klumpige Couch und zwei Tische, von denen einer ein Telefon trug. »Viele, viele Stunden meines Lebens verbrachte ich hier drinnen«, bemerkte er. »Aber heute werden wir nicht lang hierbleiben müssen. Sie werden die Mittagspause ansagen, und danach können wir einen bequemeren Warteraum im Büro aufsuchen. Das ist die Routine.«

»Muß ich bei Ihnen bleiben?« fragte Nell. Sie stand in der Mitte des Raums, hatte die Hände um ihre Oberarme gelegt, als ob ihr kalt wäre.

»Sie müssen nicht, aber wenn Sie die Stadt verlassen, geht es dem Anwalt an den Kragen. Erinnerst du dich an den Prozeß gegen Wesley Sims, Bobby?«

Sie schüttelte den Kopf, während sie unruhig in dem kleinen Zimmer auf und ab ging. Es schien eigens dazu gemacht, die düstere Stimmung eines Verteidigers zu vertiefen.

»Nun, Sims war mein Klient und angeklagt, weil er in die Kasse gegriffen hatte, oder so ähnlich. Er saß in jedem Sessel hier, versuchte es mit der Couch und sagte dann, er müsse für ein paar Minuten hinaus und würde gleich wiederkommen. Also ging er. Und er kam und kam nicht zurück. Schließlich sollte die Urteilsverkündung stattfinden, und Sims war noch immer nicht gekommen. Ich ließ die Gerichtsdiener und Angestellte meiner Kanzlei überall nach dem Idioten suchen, und in der allerletzten Minute kam er tatsächlich herein, sternhagelvoll. In nicht einmal zwei Stunden hatte er sich einen Vollrausch angetrunken. Wir gingen in den Gerichtssaal und mußten ihn die ganze Zeit stützen, und ein Gerichtsdiener blieb hinter ihm stehen, um ihn aufrecht zu halten. Dann wurde er mangels Beweisen freigesprochen, und der Gerichtsdiener ließ ihn los, und der arme alte Sims ging sofort zu Boden. Besinnungslos. Der Richter meinte, er hätte es sich wohl anders überlegen sollen.« Er lachte, und Nell zwang sich zu einem kleinen Lächeln.

Es wurde an die Tür geklopft, und Barbara eilte hin, sie zu öffnen. Sie wußte, daß es für ein Urteilsspruch zu früh war, aber trotzdem war der Impuls stärker als die Vernunft. Mike stand draußen und sah sie unsicher an. »Darf ich hereinkommen?«

Barbara wandte sich zu Nell. »Es liegt bei Ihnen, wer mit Ihnen wartet«, sagte sie. »Jeder, den Sie sehen wollen, oder niemand. Wie Sie wollen.«

Nell schüttelte sich. »Ich vergaß«, sagte sie. »Ich vergaß einfach, daß ich Clive sagte, er könne warten. Und auch Sie«, fügte sie zu Mike gewandt hinzu. »Ich bin froh, Leute um mich zu haben.«

»Ich werde Clive auftreiben«, sagte Mike, zögerte aber noch. »Ich habe eine Menge Notizen über die Bänder. Würden Sie lieber nicht darüber sprechen, während Sie hier warten, allein oder mit Clive?«

Sie blickte überrascht auf. »Sie haben die Bänder gehört?«

»Ich hätte es Ihnen sagen sollen«, sagte Barbara. »Aber es war keine Zeit. Außerdem waren es so viele, und ich mußte herausbringen, ob sie Brauchbares enthielten, so daß wir alle stichprobenartig hörten. Mike ist der einzige, der das ganze Material systematisch durcharbeitete.«

Nell befeuchtete sich die Lippen. »Ich möchte gern erfahren, was sie enthalten. Vielleicht kann ich alle abhören, sobald ... später. Aber ich möchte es wissen.

Und Clive ist in Ordnung. Ich habe ihm alles erzählt, wie es ist.«

»Und saumäßigen Rat bekommen«, murmelte Barbara so leise, daß Nell es nicht hören konnte.

Aber Frank fing ihre Worte auf und nickte. »Hat er nicht einen Job oder was? Und Sie«, wandte er sich an Mike, »warum sind Sie nicht in der Universität? Clive hat über diesem Durcheinander bereits einen Job verloren, und wenn ich sehe, wie Sie sich engagieren, werden Sie beide Ihre Jobs verlieren, und wer soll dann die Brötchen bezahlen?«

Mike lächelte. »Ich weiß. Zu Ihrer Zeit mußten Sie sechs Meilen durch den Schnee zur Arbeit gehen, und Sie versäumten keinen einzigen Tag. Ich werde Clive suchen gehen. Vor einigen Minuten sah ich ihn noch.«

Zögernd setzte Nell sich an den Tisch. »Warum sagen Sie, Clive hätte seinen Job verloren?«

»Hat er es Ihnen nicht gesagt? Lonnie auch nicht? Sie hat es mir und wahrscheinlich allen anderen in Turners Point erzählt. Sagte, seit er gewußt habe, daß Sie frei sind, seien ihm bei seinen Schätzungen Fehler unterlaufen. Er habe sich einfach nicht auf seine Arbeit konzentrieren können.« Er lächelte ihr zu. »Und nun geht es ihm wieder so. Ich würde sagen, daß der junge Mann es ernst meint.« Er nahm den Hörer ab und bestellte telefonisch Kaffee. Nachdem er aufgelegt hatte, ergänzte er: »Was Mike betrifft, so scheint er sich in der Universität blicken zu lassen, wenn er absolut nichts anderes zu tun hat, sozusagen als letzter Ausweg.«

Der Unterschied war, daß Mike in seinem Kopf nie aufhörte zu arbeiten, dachte Barbara. Überall sah sie sein Gekritzel herumliegen, Notizzettel und Briefumschläge voller Formeln, Gleichungen und seltsamer geometrischer Darstellungen, die ihr unverständlich blieben.

Die beiden kamen zurück, als ein Junge ein Tablett mit Kaffee hereinbrachte, Clive hatte nur Augen für

Nell; er ergriff ihre Hand und nahm sie zwischen seine, während Frank den Jungen bezahlte und die Pappbecher herumreichte.

»Was nun?« fragte Clive.

»Abwarten«, sagte Frank. »Das ist alles, abwarten und Tee trinken. Oder Kaffee. Manche Leute spielen Karten, oder lesen Bücher, oder stricken Pullover, um sich zu beschäftigen. Andere bestellen Kaffee, der ungenießbar ist, nur um etwas zu haben, was sie umrühren können, was ihren Fingern Beschäftigung gibt.«

»Erinnerst du dich an Peter Neuberger?« fragte Barbara ihren Vater; er nickte. »Er war Anwalt und machte Stickereien«, erzählte Barbara. »Schöne Arbeiten. Er ließ sich von seinen Klienten Material geben, wenn sie daran interessiert waren, und bestickte den Stoff mit hübschen Ornamenten, ihren Namen und den Verbrechen, die ihnen zur Last gelegt wurden – Betrug, Diebstahl, Unterschlagung, Einbruch, was immer es war. Seine Frau säumte die Stickereien und machte Tischdecken daraus.«

Nell entzog Clive ihre Hand und nahm ihren Papierbecher vom Tisch. »Ich bin froh, daß wir etwas anderes zu tun haben«, meinte sie. »Ich kann weder sticken noch stricken oder nähen.«

»Ich auch nicht«, sagte Barbara. »Gut, Mike, jetzt bist du dran. Wo sind die Bänder übrigens?«

Er habe sie am Morgen in sein Bankschließfach gelegt, sagte er. Er zog seinen Notizblock hervor und legte ihn vor sich auf den Tisch, sprach dann aber frei und ohne die notierten Stichworte zu konsultieren.

»Er besprach die meisten Kassetten im Laufe weniger Wochen«, begann er, »immer wenn ihm etwas einfiel, fügte er es hinzu, und so kam es, daß ihm alles durcheinander geriet, ohne Chronologie. Aber ich glaube, daß ich eine ungefähre Reihenfolge hineingebracht habe. Die andere Schwierigkeit ist, daß Lucas nie wirklich wußte, was sie vorhatten, das heißt, welches das praktische und theoretische Ziel der Arbeit war. Er hatte ein übersinnliches Talent, und das brauchten sie, doch fehlte ihm die Ausbildung, um die Bedeutung des Projekts zu verstehen.« Er blickte entschuldigend zu Nell; sie nickte zustimmend. Sie hatte das immer gewußt.

»Frobisher beschäftigte sich mit Chaostheorie, bevor sie diesen Namen hatte«, fuhr Mike fort, »und er hatte seine eigene Hypothese, die er anscheinend nie aus den Augen verlor. Er glaubte an konsensualistische Realität, das heißt, vereinfachend gesagt, daß wir von frühester Kindheit an dressiert sind, dieselbe Welt wahrzunehmen, die unsere Eltern sehen, die fast jeder sieht. Er aber glaubte, dies sei nicht die einzige Art und Weise, wie die Welt wahrgenommen werden könne.«

Clive grunzte skeptisch, und Mike sagte zu ihm: »Wußten Sie, daß Säuglinge in ihrem Geplapper jedes bekannte menschliche Geräusch machen? Die schwierigen französischen Vokale, siebzehn verschiedene Schnalzlaute, die vielfachen Betonungsunterschiede des Chinesischen, Säuglinge bringen sie alle hervor, verlieren aber dann diejenigen, die nicht verstärkt werden. Man nennt es Erlöschen. Sie wiederholen die Laute und Geräusche, die sie hören, und verlieren die anderen, einschließlich jener, die von Erwachsenen nicht erlernt werden können. Frobisher war überzeugt, daß es sich mit dem menschlichen Sehvermögen genauso verhalte. Und er glaubte, er könne geeignete Versuchspersonen so umtrainieren, daß sie die Welt sehen würden, wie sie wirklich ist, als ein mathematisches Geflecht, das völlig verschieden, komplizierter und doch in mancher Weise einfacher sei als dasjenige, was wir sehen. Das war sein Ziel. Und Lucas war sein Mittel, es zu erreichen.«

»Herrgott noch mal!« sagte Clive. »Er war ein Verrückter.«

Mike breitete die Hände aus und lächelte. »Vielleicht. Vom Beginn der Geschichte an, aber auch aus den Hinweisen, die wir prähistorischen Zeugnissen entnehmen können, scheint es immer Menschen gegeben zu haben, die behaupten, daß das Universum eine durch die Himmelserscheinungen der Planetenbahnen, Mondphasen und so weiter bestimmte mathematische Formel sei, die wir mit Hilfe der richtigen Werkzeuge lösen können. Mystiker haben solch eine Welt beschrieben; Künstler haben sie gemalt. Sie erscheint in den frühesten schriftlichen Zeugnissen der magischen Beschwörungsformeln und Deutungsversuche des Weltgebäudes.« Er zuckte die Achseln. »Könnte sein, daß sie alle Verrückte waren, soweit es das betrifft.«

Clives Miene veränderte sich ein wenig; er hatte ablehnend und angewidert ausgesehen. Jetzt war sein Ausdruck eher ungläubig. »Sie nehmen ihm das ab, nicht wahr?«

Mikes Augen blickten ins Leere; ein eigentümlich träumerischer Ausdruck kam in sein Gesicht, und er sagte beinahe sanft: »Die Welt, von der ich spreche, würde keine geringere sein, wissen Sie. Es ist eine große Schönheit in der vollkommenen Lösung, Eleganz in einem unwiderleglichen Beweis, Größe in einer demonstrierten Wahrheit. Es würde keine geringere Welt sein, bloß eine andere.« Er blinzelte, als hätte die innere Vision versagt; aus dem Gesichtsausdruck sehnsüchtiger Vision wurde ein selbstironisches Lächeln. »Die goldene Karotte: Utopia. Jedenfalls hatte Frobisher die Arroganz dessen, der beinahe Bescheid weiß, und das sind die Schlimmsten.«

Barbara nickte verständnisinnig. Die Arroganz des Halbwissens. Es bezeichnete jene, die ständig damit beschäftigt waren, ihre Selbstzweifel zu begraben und gleichzeitig zu beweisen, wie recht sie hatten. Der wahre Wissende verlor die Arroganz und das Bedürfnis, etwas zu beweisen.

Bevor Mike fortfahren konnte, wurde an die Tür geklopft; eine Gerichtsangestellte öffnete sie und winkte

Barbara. Es war eine ansehnliche Frau mittleren Alters mit freundlichen braunen Augen und Lachfältchen. »Sie werden im Geschäftszimmer des Vorsitzenden erwartet«, sagte sie.

Richter Lundgren und Tony erwarteten sie. Das Gericht würde nicht wieder zusammentreten, sagte Lundgren. Sie seien frei, zum Essen zu gehen, sollten aber Adressen oder Telefonnummern hinterlegen, wo sie nach vierzehn Uhr erreicht werden könnten. Wenn bis dahin kein Urteil zustande gekommen sei, würde das Gericht um siebzehn Uhr dreißig wieder zusammentreten. Sie sollten sich bis dahin nicht weiter als fünfzehn Minuten vom Gerichtsgebäude entfernen.

Er sah müde aus; sein Verhalten war kalt und distanziert, sehr formell und sachlich. Es gab keinen Kaffee aus feinen Porzellantassen, keine Pseudogastfreundschaft. Sobald er seine Botschaft mitgeteilt hatte, dankte er ihnen und entließ sie.

»Nun«, sagte Barbara draußen im Korridor, »das wär's. So weit, so gut.«

»Genau«, sagte Tony lächelnd. »Seine Frau ist über das Wochenende nach Maui geflogen, und er sitzt hier in Schnee und kaltem Regen fest. Ich würde sagen, der alte Knabe ist sauer.«

»Und macht uns dafür verantwortlich«, sagte Barbara trübe.

»Ganz gewiß. Ich wäre ihm gern gefällig gewesen, aber ...« Er zuckte die Achseln.

»Zum Teufel damit«, sagte sie verdrießlich. »Soll er durch den Schneematsch patschen wie wir auch.« Sie schritt mit hocherhobenem Kopf davon, konnte aber Tonys glucksendes Lachen bis zu der großen Flügeltür hören, die den Zugang zum öffentlichen Bereich des Gerichtsgebäudes bildete.

Sie gingen ein paar Blocks zur ›Bahnstation‹, einem Restaurant, das neu ausgestattete Eisenbahnwaggons als

Speisezimmer verwendete. Sie waren allein in dem Abschnitt, wo ihr Tisch reserviert war; der Kellner geleitete sie zu ihren Plätzen, dann verschwand er, um kurz darauf mit Kaffee und Speisekarten zurückzukommen, die er neben Frank zurückließ. Dann verschwand er wieder. Souverän, dachte Barbara und nickte ihrem Vater dankbar zu. Frank schenkte Kaffee ein und reichte die Tassen herum, dann sagte er zu Mike: »Also weiter. Sie wollten sagen?«

»Richtig«, sagte Mike. »Da waren also Frobisher und sein Assistent, arbeiteten an seinem Forschungsprojekt und veröffentlichten dann und wann wissenschaftliche Beiträge darüber. Schumaker las einen oder zwei davon und interessierte sich für die Sache. Die Arbeit am Projekt wurde auf Schumakers Veranlassung nach Colorado verlegt. Schumaker, so Lucas, hatte genug Einfluß, um dafür zu sorgen, daß Frobisher sich finanziell erheblich verbessern konnte und von Lehrveranstaltungen freigestellt wurde, um seinen Forschungsarbeiten nachzugehen. Später schuf er für Brandywine gleiche Bedingungen, um sie für das Projekt zu gewinnen. Das könnte tatsächlich so gewesen sein. Schumaker ist ein wahrer Magnet für das College, Stiftungsgelder, Spenden, Unterstützung durch die Elite des Westens, die ihre Sprößlinge dorthin schickte, und so weiter. So waren sie etabliert, und die nächsten Jahre arbeiteten sie weiter an dem Projekt, aber nun war Schumaker Mitautor der Beiträge, und Herbert Margolis wurde beigezogen, um die Programme für den computergestützten Teil der Arbeit zu entwickeln. Aber der erhoffte Erfolg stellte sich nicht ein, oder vielleicht erwies sich der Weg zum erhofften Ziel bei weitem länger als erwartet. Was es auch war, Schumaker wurde des ganzen Projekts überdrüssig, und Frobisher bekam es mit der Angst, daß ihm die Gelder gestrichen würden. So ungefähr war die Lage, als Lucas abreiste und das erste Mal nach Hause kam. Keines der Versprechen, die ihm gemacht worden waren, wurde gehalten. Er war einem wissenschaftlichen Grad um keinen Schritt näher gekommen und ziemlich desillusioniert. Er beschreibt ziemlich detailliert die Vorschläge, die er machte, um die Arbeit wieder ins Gleis zu bringen, und anscheinend beschlossen sie, einen davon aufzugreifen und jüngere Leute als Versuchspersonen zu verwenden. Sie probierten es mit Studienanfängern und sogar mit ein paar Schülern, aber wie es scheint, gerieten sie immer wieder in die gleiche Sackgasse, ganz gleich, was sie taten.«

Nell wandte den Blick nicht von ihm. Sie schien wie in Trance; ihre Augen waren groß und vergaßen zu zwinkern, sie saß bewegungslos. Nun aber nickte sie und sagte: »Das war, als sie ihn riefen und ihm sagten, sie würden die Psychiaterin in das Projekt einbeziehen, diese Brandywine. Sie brauchten ihn, um zu demonstrieren, was sie taten. Sie brauchten ihn noch immer.«

Mike leerte seine Kaffeetasse und stellte sie weg, dann drehte er sie auf der Untertasse im Kreis herum und beobachtete sie, als er weitersprach. »Sie versprachen ihm den Grad eines Magisters, wenn er eine Arbeit vorlegen würde, die dem Prüfungsausschuß eingereicht werden könnte, und wenn er zustimmte, ihre Arbeit dem neuen Mitglied der Projektgruppe, Dr. Brandywine, mit ihnen gemeinsam nahezubringen. Das war der Zeitpunkt, als er anfing, die Bänder zu besprechen; er hatte inzwischen erkannt, daß es eine Lüge war, und wollte wieder fort, erklärte sich aber bereit, zuerst diese eine Demonstration zu machen. Das genügte ihr. Nach diesem Tag erwähnte er nie wieder, daß er gehen wolle. Und an manchen Tagen, sagt er auf den Bändern, hatte er keine Erinnerung von dem Zeitpunkt, als er das sogenannte Laboratorium betrat, bis er am Abend wieder in seinem Apartment war. Keine Erinnerung an irgend etwas, das tagsüber geschehen war. Aber die Mitglieder der Forschungsgruppe waren von neuem Optimismus erfüllt und stürzten sich auf die Idee, Jugendliche zu verwenden, Jungen von dreizehn, höchstens vierzehn Jahren.« Er drehte die Tasse um und um. Barbara streckte die Hand aus und zog sie ihm samt der Untertasse weg; im gleichen Augenblick berührte Frank Nells Arm. Schüttelte ihn dann etwas. Sie fuhr zusammen, als erwachte sie aus einem Traum.

»Wir sollten unser Essen bestellen«, sagte er und verteilte die Speisekarten. Er winkte den Kellner herüber und begann sich nach den verschiedenen Vorspeisen zu erkundigen und machte den anderen Vorschläge, empfahl solche, die er als ausgezeichnet kennengelernt hatte. In diesen Augenblicken waren sie wie jede beliebige Gruppe von Leuten, die genug Freizeit hatten und das Mittagessen beliebig ausdehnen konnten.

Der Kellner kam mit warmen Brötchen und Butter und einer weiteren Kanne Kaffee zurück, und nun wurde nur über das Essen gesprochen. Der Kellner war außerordentlich tüchtig und effizient; er servierte rasch, vergewisserte sich mit einem professionellen Blick, daß alles vollständig und in Ordnung war, und ließ sie allein. Eine Zeitlang aßen sie schweigend, nur Nell schien appetitlos; sie spielte bloß mit dem Salat vor ihr.

»Wenn es dir nichts ausmacht, kannst du während des Essens ruhig weitersprechen«, sagte Barbara. Sie legte die Gabel aus der Hand und stützte das Kinn in die Hände. Nell nickte, ließ auch ihre Gabel liegen und gab nicht weiter vor, etwas zu essen.

Mike bestrich zuerst ein Brötchen mit Butter und biß ab. »Gut, ich überspringe ein paar unwichtige Details. Wir haben noch September, und das Projekt schien sich erfolgversprechend zu entwickeln, dann aber gab es Schwierigkeiten. Zwei von den Jungen, die sie als Versuchspersonen getestet und eingesetzt hatten, stahlen einen Wagen und machten eine Spritztour in die Berge. Dabei kamen sie von der Straße ab und verunglückten. Einer tot, der andere vom Hals abwärts gelähmt. Es wurde als ein gewöhnlicher Unfall behandelt, aber die Projektgruppe geriet in Panik. Es wird hier ein bißchen undurchsichtig, aber ich glaube, ein weiterer Junge verlor den Verstand, und darauf wurde das ganze Projekt in der ersten Oktoberwoche eingestellt.«

Nell griff nach ihrem Wasserglas; ihre Hand zitterte so stark, daß das Eis im Glas klapperte. Sie blickte irritiert darauf und unternahm eine Anstrengung, das Glas ruhig zu halten, um daraus zu trinken, und dann stellte sie es zu hart wieder ab. Sie war geisterhaft bleich. Clive legte den Arm auf die Lehne ihres Stuhls und ließ die Hand auf ihrer Schulter ruhen.

»Sprechen Sie weiter«, flüsterte sie.

»Ja. Nun, Frobisher wollte nicht aufgeben. Es gab Meinungsverschiedenheiten mit den anderen, und er sagte, er werde das Projekt zum guten Ende führen, sich seine Versuchspersonen selbst besorgen und alles andere gleichfalls ohne ihre Unterstützung fortführen. Schumaker sagte, nicht am College, ihr wissenschaftlicher Ruf stehe auf dem Spiel, also beschloß Frobisher, in seinem Haus weiterzumachen. Er sammelte Jungen von der Straße auf, namenlose Jungen, die fünf oder zehn Dollar gebrauchen konnten. Was immer seine Experimente waren, er konnte Lucas nicht mehr dafür gebrauchen; offenbar hatte Brandywine ihm suggeriert, daß er sich zu weiteren Tests nicht hergeben dürfe. Aber er half Frobisher bei den Vorbereitungen, überwachte das Computerprogramm und tat, was von einem Assistenten erwartet wurde.«

Seine Stimme wurde leiser, und er sprach jetzt langsamer. »Der Oktober ging zu Ende. Lucas sah, was in Frobishers Haus vorging, und war überzeugt, daß die Modifikationen, die sie gemacht hatten, wirkungsvoll waren, doch schien es ihm nicht zu gelingen, sich auf diesen Teil zu konzentrieren. Außerdem hatte er Träume, die ihn ängstigten. Im November fand Frobisher dann einen neuen Jungen, einen Chicano, dessen

Namen Lucas nicht kannte, den er aber den lachenden Jungen nannte. Und was immer bei den Experimenten vorging, es funktionierte mit diesem Jungen. Frobisher war außer sich vor Begeisterung, weil der Junge nicht hypnotisiert wurde und es trotzdem klappte. Er hatte den Weg um die Sackgasse gefunden, die ihn jahrelang gehemmt hatte.«

Der Kellner kam zurück und fragte besorgt, ob das Essen nicht zufriedenstellend sei. Ob sie lieber etwas anderes bestellen würden? Frank versicherte ihm, daß es nicht am Essen liege. »Die Damen sind auf Diät«, sagte er. »Bringen Sie bitte noch Kaffee.« Sie blieben still, bis er den Tisch abgeräumt hatte und gegangen war.

Mike blickte auf seine Uhr; es war halb zwei. »Gut«, sagte er und fuhr in seinem Bericht fort. »Wir waren bei diesem letzten Tag. Frobisher rief Lucas an; er war aufgeregt und wie verzweifelt und sagte, er solle gleich kommen. Lucas stieg in seinen Wagen und fuhr zu ihm, aber er sagt, daß er unterwegs Halluzinationen hatte. Ständig hörte er den lachenden Jungen, der zu ihm sprach und lachte. Der Junge sagte, Frobisher sei verrückt und versuche ihn umzubringen. Er habe Disketten versteckt und müsse versuchen, Frobisher zu beruhigen. Als Lucas ins Haus kam, hatte Frobisher die Pistole in der Hand, der Junge war tot, und sie bluteten beide aus Schnittwunden. Frobisher feuerte auf Lucas, und dann kam Margolis, und Frobisher tötete sich selbst. Auch Brandywine war kurz darauf zur Stelle, und sie und Margolis präparierten den Tatort so, daß es aussehen sollte, als ob der Junge Frobisher erschossen hätte, und dann brachten sie Lucas hinaus und versteckten ihn. Von da an bis zu seinem Erwachen im vergangenen Juni hatte er keine Erinnerungen an sich selbst als Lucas Kendricks.«

Nell machte ein unterdrücktes Geräusch und senkte schnell den Kopf. Clive machte ein erstauntes Gesicht.

»Warum sollten sie das tun?« fragte er. »Es leuchtet mir nicht ein.«

»Um die Tatsache zu verbergen, daß ein Forschungsprogramm lief, oder gelaufen war, das zu Wahnsinn, vielleicht sogar zu Mord führte«, sagte Barbara in scharfem Ton. »Ich bin nur überrascht, daß die Polizei sich mit dem zufriedengab, was sie vorfand.«

Frank nickte nachdenklich. »Nicht so überraschend, würde ich sagen. Es kann eine Kombination von Umständen dafür verantwortlich gewesen sein, vor allem Schumaker. Wenn er aussagte, Frobisher hätte eine Schwäche für Strichjungen gehabt, und es würde einen schrecklichen Skandal am College geben, wenn etwas davon ans Licht käme, dann würde das von weiteren Ermittlungen abgelenkt haben, vermute ich. Kleine, teure und entsprechend exklusive Colleges wie dieses bringen allerhand Geld ein, und da überlegt man sich, ob man die Leute abschreckt. Und da beide tot waren, Frobisher und der Junge, machte es für die Polizisten wahrscheinlich keinen großen Unterschied, wer zuerst am Drücker war. Zwei Schwule weniger, sollen sie sich nur alle gegenseitig erschießen. Erklärungen dieser Art habe ich oft genug gehört, um zu glauben, daß man es dort genauso sah.«

Barbara dachte an den Abend, als Clive die gleiche Meinung vertreten hatte, und nickte.

Frank nahm die Rechnung und suchte seine Kreditkarte hervor. Als Clive und Mike sich an den Kosten beteiligen wollten, schüttelte er den Kopf. »Es macht mir überhaupt nichts aus«, sagte er. »Aber ich ziehe es vor, für Speisen zu bezahlen, die auch gegessen werden.« Dies mit einem Blick zu Nell und Barbara. Dann war es Zeit, zu seiner Kanzlei zu gehen. Die Geschworenen würden wieder im Beratungszimmer sein.

Es war ein angenehm kühler Nachmittag; die Sonne erschien, verschwand hinter Wolken, erschien wieder. Sobald sie hinter den Wolken hervorkam, stieg die

Temperatur um mehrere Grade, wenn sie verborgen war, fiel die Temperatur. Clive und Nell gingen vor den anderen und sprachen halblaut miteinander. Neben dem großen, kräftigen Mann sah sie beinahe kindlich aus.

»Was sagte Lucas über das Mädchen im Wald?« wandte sich Barbara an Mike. Auch sie sprach mit gedämpfter Stimme, um Nell an diesem Tag nicht zusätzlich zu belasten. Sie wußte, daß Lucas unter den Bäumen im Wald gesessen und in ein Aufnahmegerät gesprochen hatte; es war eines der Vorstellungsbilder, die sie vergangene Nacht in ihren Träumen verfolgt hatten, dieser von Schmerzen geplagte, hungrige und müde Mann, der allein im schweigenden Wald seine Gedanken aufgezeichnet hatte.

»Er sagte, er habe sie bei dem unterspülten Straßenabschnitt verlassen. Er habe mit ihr umkehren wollen, sei aber überzeugt gewesen, daß Brandywine irgendwo an der Hauptstraße auf ihn warten würde, also habe er mit Mühe den Wagen gewendet und ihr den Schlüssel gegeben und sei zu Fuß weitergegangen. Sie habe Bilder aufgenommen, sagte er.«

Mike nahm sie beim Arm und verlangsamte ihren Schritt noch mehr, um die Distanz zu Nell und Clive zu vergrößern. »Gegen Ende der Aufnahme war er ziemlich übergeschnappt«, sagte er leise. »Am zweiten oder dritten Abend redete er nur noch wirres Zeug; ich konnte keinen Sinn darin finden. Du wirst es dir selbst anhören müssen. Aber ich bin nicht so sicher, daß sie es hören sollte.« Er nickte zu Nell.

»Zu guter Letzt wird sie entscheiden müssen«, sagte Barbara. Ihr kam der Gedanke, daß sie einen guten Fall von Eifersucht konstruieren könnte, wenn sie sich eingehend damit beschäftigte; jeder Mann, der mit Nell zusammenkam, schien früher oder später seinen Beschützerinstinkt zu entdecken. Sie tat den Gedanken mit einem Achselzucken ab und sagte: »Du erwähntest

Disketten. Der lachende Junge sagte, er habe Disketten versteckt. Gab es noch mehr darüber?«

Mike runzelte die Stirn. »Er sagte, der Junge habe ihm gezeigt, wo er die Disketten in der Scheune versteckt hatte. Wie, weiß ich nicht. Auch nicht, ob es wahr ist. Aber das sagte er.«

Barbara fröstelte, obwohl im Moment die Sonne schien und die Temperatur wieder gestiegen war. »Das alles ist mir nicht geheuer«, murmelte sie, und dann erzählte sie Mike, was Bailey über die Leute berichtet hatte, die jetzt in Frobishers Haus wohnten. Ihr kleiner Junge hatte Lucas gesehen, wie er mit einem Plastikbeutel die Scheune verlassen hatte.

»Verdammt. Aber das ergibt mehr Sinn als die Suche der Detektive nach den Bändern. Brandywine und Konsorten könnten behaupten, er sei ein hochgradig Verrückter gewesen, und jeder, der die Bänder abhört, würde wahrscheinlich zustimmen. Aber Frobishers Disketten!«

»Ja, aber wo sind sie?«

Er starrte auf den Gehsteig. Frank hatte schweigend zugehört. Nun sagte er: »Vielleicht ließ Nell sie dort, wo sie die ganze Zeit waren.«

Barbara blickte auf. Nell und Clive waren vor dem Bürogebäude stehengeblieben und warteten auf sie. Als sie näher kamen, fragte Barbara: »Nell, gibt es in diesem geheimen Versteck noch etwas? Dort, wo Sie die Bänder fanden?«

Sie schüttelte den Kopf. »Sicher nicht. Ich langte hinein und fühlte herum.« Dann weiteten sich ihre Augen, und sie sagte rasch: »Da waren noch ein paar Disketten, Computerdisketten. Ich hatte sie vergessen. Sie müssen noch im Haus sein. Ich war nicht an ihnen interessiert, nur an den Bändern.« Sie blickte von Barbara zu Mike und wieder zurück. »Möchten Sie sie haben? Ich kann sie heute abend heraussuchen, wenn...« Sie erbleichte plötzlich und sah aus, als bekäme sie einen Schwächeanfall, als wäre ihr in diesem Augenblick wieder zu Bewußtsein gekommen, daß sie vielleicht für lange Zeit nicht mehr nach Hause kommen würde.

Barbara nahm sie bei der Hand. »Nur nicht den Mut verlieren. Halten Sie durch. Aber es ist richtig, wir sollten diese Disketten auftreiben. Wie wär's, wenn einer von uns hinfahren und sie holen würde? Wo sind sie?«

»Ich weiß nicht. Ich hatte sie ganz vergessen. Vielleicht sammelte Tawna sie auf, als sie die Bänder zusammensuchte, die aus dem Beutel gefallen waren. Ich weiß es wirklich nicht.«

»Ich werde hinausfahren und sie suchen«, erbot sich Mike. In seiner Stimme war eine starke Unterströmung von Erregung zu erkennen. Als Barbara Einwände erhob, sagte er: »Du kannst nicht gehen, und dein Vater sollte bei dir bleiben, und Clives Platz ist bei Nell. Also bleibe nur ich übrig, nicht wahr? Ich werde es machen. Brauche ich einen Schlüssel?« fragte er Nell. »Ich hoffe, Ihr Haus ist zugesperrt.«

Nell nahm ihre Schlüssel aus der Handtasche und gab ihm den für die Haustür.

»Geh schon hinauf«, sagte Barbara zu ihrem Vater. »Ich komme gleich nach.«

Frank führte Nell und Clive ins Gebäude, und sie wandte sich zu Mike. »Paß auf, wir haben keinen Hinweis darauf, was diese Disketten enthalten, aber es muß etwas sehr Wichtiges sein, oder etwas, das Brandywine und ihre Gruppe für sehr wichtig hält. Du solltest von allen Kopien machen und sie im Schließfach verwahren.« Sie sah auf ihre Armbanduhr und ächzte. »Dafür ist heute nicht mehr genug Zeit, wie? Hast du einen sicheren Ort? Vielleicht in der Universität? Irgendwo?«

»Keine Sorge«, sagte er. »Es wird mir schon was einfallen. Und ich werde Kopien machen, bevor ich zurückkomme. Bis später.« Er küßte sie flüchtig und trabte davon.

Sie wollte ihm noch etwas zurufen, doch statt dessen folgte sie ihm mit ihren Blicken, bis er die nächste Ecke umrundete. Sie erinnerte sich an den Tag, als sie ihn kennengelernt hatte. Damals hatte er seinen Jogginganzug getragen. Wie entspannt und locker er darin ausgesehen hatte, wie ungezwungen er von diesem ersten Augenblick an mit ihr gewesen war. Sie besann sich darauf, was sie ihm hatte nachrufen wollen: *Sei vorsichtig!* Sie biß sich auf die Unterlippe, runzelte die Stirn und betrat das Gebäude, um sich für einen der längsten Nachmittage ihres Lebens zu ihrer Klientin zu gesellen. Es war zwanzig Minuten nach zwei.

31

Der Warteraum war groß und hell, mit breiten Fenstern und soliden Eichenmöbeln, Bücherregalen, einem Fernsehgerät. Auf einem Seitentisch stand eine Kaffeemaschine. Frank machte Kaffee. Barbara sah das ausliegende Sortiment von Zeitschriften durch, das jedem etwas bot, von *Time* über *Architectural Digest* bis zum *New England Journal of Medicine*. Es gab Modejournale, Zeitschriften für Innendekoration, Gartengestaltung und anderes mehr; die Unterschiede des Geschmacks und der Interessen waren bei den Klienten einer Anwaltskanzlei nicht geringer als anderswo. Es gab einen Kasten mit einem Schachspiel, ein Damebrett und Spielkarten.

Sie wandte sich um und ging zum Fenster, um Leute zu beobachten, die ein Café auf der anderen Straßenseite betraten und verließen. Frank ging hinaus, kam zurück, setzte sich, stand wieder auf und ging, um die Abfolge noch einige Male zu wiederholen. Nell hatte eine Zeitschrift aufgeschlagen; wenn sie spürte, daß jemand sie ansah, blätterte sie um, aber sie sah nichts. Clive fand einen interessanten Artikel. Er zeigte Nell eine Fotografie, und sie lächelte höflich und sah das Bild an; sie hätte nicht sagen können, was es war.

Um viertel vor fünf kamen John und Amy Kendricks hereingestürzt; die Straßen waren frei, der Gebirgspaß offen, der Verkehr wieder in Bewegung. Barbara und Frank überließen den Warteraum der Familie.

»Was, zum Teufel, tun die Geschworenen?« murmelte sie, als sie durch den Korridor zu seinem Büro gingen, das er für seine seltenen Tage in der Stadt unterhielt.

»Sie kommen zu keinem Mehrheitsurteil«, sagte er grimmig. »Ich hörte es von Joyce.« Sie war die Gerichtsschreiberin, die stets alles wußte, was im Gerichtsgebäude geschah.

»Ach du lieber Gott«, sagte Barbara.

»Könnte schlimmer sein«, sagte er.

»Richtig.« Schlimmer würde das Urteil ›Schuldig im Sinne der Anklage‹ sein.

Inzwischen könnte Mike mit den Disketten auf dem Rückweg sein, dachte sie. Bis halb sechs könnte er mit etwas Glück wieder in der Stadt sein. Er wußte, daß sie um halb sechs wieder im Gerichtsgebäude sein mußten. Aber er brauchte Zeit, um die Disketten zu kopieren und die Originale an einem sicheren Ort unterzubringen. Sie hätte ihm sagen sollen, daß er hierher in die Kanzlei kommen und den Bürosafe benutzen könnte. Würde er von selbst darauf kommen? Vielleicht würde er nach seiner Ankunft in der Stadt gegen halb sechs hier anrufen? Oder um sechs. Sie merkte, daß sie sich nicht auf das Problem konzentrieren konnte. Wie viele Disketten waren es? Wie lang würde er zum Kopieren brauchen? Wessen Gerät würde er gebrauchen? Sicherlich sein eigenes; er würde nach Hause fahren und erst danach zum Gerichtsgebäude. Sie durfte nicht damit rechnen.

Es wurde leise an die Tür geklopft. Frank öffnete sie und ließ einen der Kanzleiangestellten ein. Es war Steve Postel, der zur Firma gehörte, solange Barbara zurückdenken konnte, ein kleiner Mann mit grauem Gesicht und großen dunklen Augen, die von seinen dicken Brillengläsern noch vergrößert wurden.

»Da ist eine Dame, die einen von Ihnen sprechen möchte«, sagte er. »Ruth Brandywine. Ist sie nicht diejenige, der Sie im Gericht eingeheizt haben, Miss Holloway?«

»Um Himmels willen!« rief Barbara aus. »Nicht jetzt!«

»Augenblick«, sagte ihr Vater. »Vielleicht sollte ich

sehen, was sie auf dem Herzen hat, wenn du lieber nicht mit ihr sprechen möchtest.«

Barbara blickte wieder auf ihre Armbanduhr. Fünf nach fünf. »Paps, wir haben höchstens zehn Minuten. Sicher, reden wir mit ihr, was in zehn Minuten besprochen werden kann. Ich dachte, sie würde gleich wieder auf ihren Besen springen und nach Colorado zurückfliegen. Gut, Steve. Lassen Sie sie herein.«

Ungeachtet ihrer sonstigen Eigenschaften hatte die Dame einen guten Geschmack in Kleidern. Das mußte Barbara zugeben, als Ruth Brandywine das Büro betrat. Heute trug sie ein jadegrünes Samtkostüm mit einer cremefarbenen Seidenbluse. Frank stand hinter seinem Schreibtisch, Barbara am Fenster. Frank nickte zu einem Besuchersessel gegenüber.

»Bitte«, sagte er. »Was können wir für Sie tun?«

Sie ignorierte ihn und den Sessel und richtete den Blick auf Barbara. »Ich muß mit Ihnen reden. Ich weiß, daß der Zeitpunkt ungünstig ist, aber ich fürchtete, Sie würden einen telefonischen Anruf abweisen, also kam ich selbst. Können wir zusammenkommen, nachdem das Gericht sich vertagt?«

»Um worüber zu sprechen?« fragte Barbara unverblümt. Wenn Brandywine gute Manieren für überflüssig hielt, konnte sie ihr auf dieser Ebene begegnen.

»Die Disketten. Die Forschung. Sie stecken bis über die Ohren darin und haben keine Ahnung von der Gefahr. Sind Sie bereit zu einem Gespräch?«

Barbara nickte zögernd. »Bleiben Sie in der Stadt?«

»Ja. Im Hilton.«

»Geben Sie mir Ihre Zimmernummer«, sagte Barbara. »Wenn wir heute fertig sind, werde ich Sie anrufen. Wir werden einen neutralen Ort finden, nicht in Ihrem Zimmer, nicht hier.«

»Das ist in Ordnung.« Sie zog eine Karte aus der Handtasche und schrieb die Zimmernummer darauf. »Ich werde dort bleiben, bis ich von Ihnen höre.« Sie reichte die Karte Barbara, dann machte sie kehrt und ging ohne ein weiteres Wort hinaus.

Die Schneekönigin, dachte Barbara abwesend. Sogar die Karte fühlte sich kalt an; sie schien einen fröstelnden Schauer durch ihre Hand und den Arm hinauf zu schicken.

»Gut, gut«, murmelte ihr Vater. »Daß Roy Whitehorse ihr sagte, er habe Disketten, hat sich ausgezahlt, würde ich sagen. Was, zum Teufel, will sie?«

»Würdest du dieser Dame einen Gebrauchtwagen abkaufen?« fragte Barbara. »Ich glaube, wir müssen gehen. Willst du denen draußen erklären, daß die Geschworenen zu keinem Mehrheitsurteil kommen können? Verdammt, das könnte noch Tage dauern!«

Er tätschelte ihr den Arm und ging voraus. Draußen im Warteraum sagte er, als sie alle ihre Mäntel anzogen: »Der Richter kann akzeptieren, daß die Geschworenen nicht in der Lage sind, sich zu einigen, und damit hat es sich dann einstweilen. Oder er kann sie sequestrieren und morgen weitermachen lassen. Beim gegenwärtigen Stand der Dinge kann niemand etwas tun, nur der Richter.«

»Was bedeutet das für Nell?« fragte Clive. Er sah beinahe so abgespannt aus wie sie; seine Stimme klang entmutigt.

»Nun, der Bezirksstaatsanwalt könnte die Anklage fallenlassen, dann wäre der Fall erledigt, oder er könnte von vorn anfangen und hoffen, daß es nächstes Mal besser klappen wird. Das liegt in seiner Hand.«

»Ach Gott«, sagte Clive in Verzweiflung. Er richtete seinen Blick auf Barbara. »Ist es nicht ein gutes Zeichen, daß sie Schwierigkeiten haben, sich zu entscheiden? Wenn ich es mir überlege, ist es ein gutes Zeichen.«

Sie setzte zur Antwort an, aber ihr Vater kam ihr zuvor. »Gewiß ist es ein gutes Zeichen. Eines der besten. Kommen Sie jetzt, es ist Zeit, daß wir uns auf den

Weg machen. Alles in Ordnung, Nell?« Er musterte sie mit forschendem Blick, und sie nickte stumm. »Gut, gut. Dann also los!«

Amy Kendricks nahm Nell beim Arm, und sie verließen die Kanzlei und gingen zurück zum Gerichtsgebäude. Es war dunkel geworden; die Straßenbeleuchtung und die Verkehrsampeln, die Autoscheinwerfer und Heckleuchten waren wie Weihnachtsschmuck. Einige der Schaufenster, an denen sie vorbeigingen, hatten bereits Weihnachtsdekorationen, und Barbara fiel mit einem leisen Schreck ein, daß am Donnerstag Erntedankfest war. Es war Zeit für Dekorationen und Feiern.

Richter Lundgren war frostiger denn je; er sah leidend aus, als er mit knappen Worten verkündete, daß die Geschworenen sequestriert würden, um ihre Überlegungen zur Urteilsfindung um neun Uhr dreißig am folgenden Morgen wieder aufzunehmen.

Bevor Nell mit Clive und ihren Schwiegereltern ging, nahm Barbara Amy Kendricks beiseite. »Sehen Sie zu, daß Sie Nell dazu bringen können, etwas zu essen. Ich glaube, sie hat den ganzen Tag nichts zu sich genommen. Vielleicht könnten Sie Doc bitten, daß er ihr eine Schlaftablette gibt. Sie braucht Essen und Ruhe.«

Amy nickte, Tränen in den Augen. »Das arme Kind«, sagte sie leise. »Unser armes kleines Kind. Danke, Miss Holloway. Wir werden sie am Morgen wieder zurückbringen. Danke.«

Und verdammt noch mal, dachte Barbara mit einer zornigen Aufwallung; sie, Barbara, entwickelte auch schon einen Beschützerinstinkt für Nell.

»Keine Antwort«, sagte Barbara und warf in der Eingangshalle des Gerichtsgebäudes den Hörer hin. »Wo ist dieser Scheißkerl?« Es war beinahe sechs; Mike hätte inzwischen erscheinen müssen. »Paß auf«, sagte sie zu ihrem Vater, »ruf die Brandywine an und verabrede etwas für halb sieben. Im Hilton, der Hotelhalle dort. Ich gehe inzwischen zu Mikes Haus und hinterlasse ihm eine Notiz, daß er dort zu uns kommen soll, wenn er zurückkehrt. Ich weiß nicht, was wir sonst tun können.«

»Uns sorgen, fluchen, mit den Füßen stampfen, graue Haare wachsen lassen, ein Zeichenorakel deuten, eine Vermißtenanzeige aufgeben, einen Spürhund mieten…« Er brach ab, als er ihren wütenden Gesichtsausdruck bemerkte. »Beruhige dich, Bobby. Du bist angespannter als der Bauch einer trächtigen Sau vor dem Wurf. Geh hin und laß deine Notiz zurück. Wir sehen uns im Hilton.« Er winkte ihr zu und ging.

Sie wußte, daß es zwecklos war, sich Spekulationen hinzugeben, aber Verstand und Phantasie verbündeten sich in ihr zu einer Allianz und ließen ihr keine Ruhe. Unfall, Stau, Benzinmangel. Sie knirschte mit den Zähnen. Benzinmangel, selbstvergessen vor seinem oder jemandes Computer, wo er die Disketten durchlaufen ließ, oder mit Kopieren beschäftigt… seine Wohnung war dunkel und leer. Sie schaltete das Licht im Wohnzimmer ein, ging vorbei an den grellbunten Rattansofas, den am Boden verstreuten Kissen, blickte ins Schlafzimmer, wo das Bett ordentlich gemacht war, und ging weiter in die Küche, wo alles Geschirr gespült und verstaut war. Er war ordentlich, ordentlicher als sie. Schließlich setzte sie sich an den Tisch und kritzelte die Notiz. Sie lehnte den Zettel an eine Vase und ging.

Ruth Brandywine und Frank saßen an einem Fenstertisch, als Barbara in die Hotelhalle kam. Zu ihrer Überraschung sah sie, daß Frank einen Scotch mit Soda vor sich stehen hatte. Ruth Brandywine hatte Mineralwasser. Frank stand auf und schob ihr einen Sessel hin, eine Frage in den Augen; sie schüttelte den Kopf und setzte sich. In der weitläufigen Halle herrschte geschäftiges

Kommen und Gehen; am rückwärtigen Ende unterhielt ein Klavierspieler; Bedienungen eilten hin und her, Leute lachten, redeten zu laut. Gerade richtig, befand Barbara. Als die Kellnerin im Vorbeieilen innehielt, bestellte sie eine Bloody Mary. In Wirklichkeit wollte sie einen guten, steifen Bourbon oder etwas ähnlich Kräftiges, aber sie wußte, daß es ein Fehler sein würde. Frank hatte es gesagt; sie war zu angespannt und nervös. Der starke Alkohol könnte wie ein Nadelstich wirken; sie unterdrückte ein Lächeln bei der Vorstellung, daß ein Dutzend quiekende Frischlinge herauspurzelten.

Ruth Brandywine musterte sie, als ob sie ein Versuchsobjekt wäre. Niemand sprach, bis Barbaras Getränk auf dem Tisch stand und die Kellnerin wieder davongeflattert war. Der Klavierspieler fing mit einer Nummer von Scott Joplin an. Die Bloody Mary war gerade gepfeffert genug.

»Hat dieser Mann über die Disketten gelogen?« fragte Ruth Brandywine schließlich. »Woher wußte jemand von Disketten?«

»Ich glaube, Sie scherzen«, sagte Barbara. »Aber ich entscheide im Zweifelsfall zu Ihren Gunsten.«

Ruth Brandywine zuckte die Achseln, blickte zum Fenster hinaus, wo die Prozession der Autoscheinwerfer vorbeizog. »Ich habe Lucas Kendricks wirklich behandelt. Er war verrückt, paranoide Schizophrenie; wenn er nicht ruhiggestellt und in diesem Zustand gehalten wurde, war er außer Kontrolle. Und eine Gefahr für sich und andere, denke ich, obwohl das zu der Zeit nicht klar war. Die Alternative lautete: meine Behandlung oder Fürsorge in einer Anstalt. Andere Lösungen wären unzureichend gewesen.« Ihr Blick kehrte zurück zu Barbara. Ihre schwarzen Augen reflektierten die farbigen Lichter der Hotelhalle wie polierter Onyx. »Es ist wirklich belanglos, ob Sie mir glauben. Nichts läßt sich zu diesem späten Zeitpunkt beweisen. Ich wollte das nur zur Sprache bringen. Ich hatte mit seinem Tod nicht das geringste zu tun, ebensowenig meine Agenten. Auch das muß festgestellt werden. Wenn ich ihn hätte umbringen wollen, hätten sich im Laufe der Jahre viele Gelegenheiten ergeben, das zu bewerkstelligen, meinen Sie nicht? Ich wollte ihn zu keiner Zeit tot sehen.« Sie trank von ihrem Mineralwasser und machte nachdenkliche, schmale Augen. »Mir scheint völlig klar, daß seine Frau ihn erschoß. Nachdem er dieses arme Mädchen im Wald ermordet hatte, mußte er seiner Frau völlig unberechenbar vorgekommen sein, und vielleicht war er vollkommen außer Kontrolle. Das überraschte mich, denn ich glaubte fest, daß seine Gewalttätigkeit nach innen gerichtet war, nicht nach außen auf eine andere Person. Aber das hat jetzt nichts mehr zu sagen, und es interessiert mich auch nicht. Ich kann verstehen, daß Sie Ihre Arbeit zu tun haben und Ihre Klientin schützen müssen. Ich kann das nachempfinden. Wie auch immer, Lucas Kendricks nahm etwas an sich, das ihm nicht gehörte, und es ist zwingend erforderlich, daß ich dieses Material wiederbekomme.«

»Sie sagten Disketten«, murmelte Barbara. Sie wußte, daß es irrational war, so zornig zu sein, wie sie sich fühlte; sie hatte sich selbst und ihrem Vater annähernd das gleiche gesagt: Sie hatte ihre Arbeit zu tun und Nell vor dem schwergewichtigen Staatsapparat zu schützen. Doch hörte es sich anders an, wenn diese Frau es sagte.

»Ja, Disketten. Computerdisketten. Entweder wissen Sie davon und sagten diesem Mann, er solle sie erwähnen, um mich herzulocken, oder Sie haben geraten und Glück gehabt. Daran glaube ich allerdings nicht.«

Barbara blickte auf ihre Uhr und verbiß sich eine Verwünschung. Statt dessen erwiderte sie Ruth Brandywines Blick so kalt und undurchdringlich, wie sie es vermochte. »Was genau wünschen Sie? Wir sind hier einfache Leute. Sie müssen es uns schon erklären. Was versprechen Sie sich davon, wenn ich solche Disketten finde, die Sie von mir wollen, Ihnen helfe, Ihren Namen ins Rampenlicht zu setzen, einen Preis zu gewinnen, auf die Titelseite eines Nachrichtenmagazins zu kommen? Was wollen Sie? Und warum glauben Sie, daß ich einen Pfifferling dafür geben würde?«

Ein winterliches Lächeln ging über Ruth Brandywines Gesicht und schwand. »Es sollte Sie nicht mehr kümmern als Ihre Probleme mich kümmern, doch davon unberührt bleibt die Tatsache, daß unsere jeweiligen Schicksale uns an diesem Kreuzungspunkt in eine Konfrontation geführt haben, und keine von uns kann ihre Bewegungsfreiheit zurückerlangen, solange wir nicht bestimmte Bedingungen erfüllen.« Sie musterte Barbara offen und forschend, dann sagte sie: »Sie sind eine sehr kluge junge Frau mit einem besonderen Talent, der Wahrheit auf die Spur zu kommen. Körpersprache, die Art und Weise, wie jemand die Blickrichtung ändert, wenn er lügt, die Pheromone, die eine Person in Streßsituationen von sich gibt, und anderes mehr. Was immer Sie wahrnehmen, ist Ihnen wahrscheinlich nicht bewußt, aber Sie glauben an Ihr intuitives Gespür für Wahrheit oder Lüge, je nachdem. Ich weiß«, sagte sie, und das eisige Lächeln erschien wieder, so flüchtig wie zuvor. »Sehen Sie mich an, und Sie wissen, daß ich Ihnen die Wahrheit sage. Ich will die Disketten nicht für mich selbst. Ich würde mich weigern, sie länger zu behalten als es nötig wäre, sie zu zerstören. Wenn Sie die Disketten in diesem Augenblick auf den Tisch legten, würde ich sie hinaustragen und anzünden. Ich würde es sogar hier am Tisch tun, wäre nicht der Umstand, daß mich der Gedanke an ein weiteres Kreuzverhör hinsichtlich meiner Motive daran hindern würde.«

Barbara starrte sie während der Stille, die auf diese Worte folgte, nachdenklich an und kam schließlich zu dem Ergebnis: Ja. Sie erschrak, als ihr Vater ein ersticktes Geräusch machte und sich über den niedrigen Tisch beugte, um zu fragen: »Was, zum Henker, ist auf den Disketten? Womit beschäftigte sich Ihre Gruppe?«

»Sie«, erwiderte Ruth Brandywine, »womit sie sich beschäftigten?« Sie trank ihr Mineralwasser aus, stellte das Glas ab und machte einen weiteren Wasserring auf den Tisch, die einander wieder und wieder überlappten. »Es gibt ein berühmtes Experiment, in dem die Versuchspersonen Brillen erhalten, welche die Welt, die sie sehen, umkehren. Haben Sie darüber gelesen?« Sie blickte nicht von ihren Wasserringen auf, um zu sehen, wie die beiden reagierten. »Es ist seltsam, aber innerhalb von achtundvierzig Stunden passen sich Menschen der Existenz in einer Welt an, die buchstäblich auf den Kopf gestellt ist. Nichts verändert sich für sie nach der anfänglichen Anpassungsperiode. Niemand in der Außenwelt kann sagen, was sie sehen, weil sie sich normal verhalten. Wenn das Experiment beendet ist und sie die Inversionsbrillen abnehmen, schließt sich eine weitere Anpassungsperiode an, die der ersten gleicht. Sie müssen wieder lernen, die Welt so zu sehen, wie wir anderen sie sehen.« Nun blickte sie zu Frank auf, dann zu Barbara. »Ich wünschte, ich wüßte, wieviel Sie bereits erfahren haben.«

»Mehr als Sie uns bisher erzählt haben«, sagte Barbara ruhig.

Ruth Brandywine zögerte nur einen Augenblick. »Gut. Emil Frobisher versuchte Menschen darin auszubilden, die Welt in einer besonderen Weise zu sehen, und die Bilder, die er zusammenstellte, um sie auf dem Computer wiederzugeben, sollten diesem Zweck dienen.« Sie sprach langsam und überlegt, als wählte sie jedes Wort, um nicht zuviel zu sagen.

»Und welchen Unterschied würde das für Sie und für mich und alle anderen bis auf die Versuchsperson machen?« fragte Frank. »Damit Leute die Welt verkehrt herum sehen, oder über Kreuz, oder in Schwarzweiß?«

Plötzlich sah sie alt und verbittert aus; das Feuer in

ihren Augen schien erloschen, so daß sie wie schwarze Löcher wurden, die nichts reflektierten. »Ich wünschte, ich wüßte es«, sagte sie mit leiser Stimme. »Ich wünschte, ich wüßte es.« Sie hob ihr Glas und schien überrascht, daß es leer war. »Ich werde jetzt noch etwas trinken, wenn es Ihnen gelingt, die Kellnerin zu rufen.«

Sie bestellte einen doppelten Jack Daniels on the Rocks. Barbara schüttelte den Kopf, ebenso wie ihr Vater. Barbaras Getränk war vom geschmolzenen Eis wässerig geworden; sie hatte es kaum angerührt. Während sie warteten, sagte Ruth Brandywine: »Ich will Ihnen von einem anderen klassischen Experiment erzählen. In Peru gibt es eine halluzinogene Pflanze, aus der die Indianer ein starkes Getränk brauen, das ihnen Halluzinationen verschafft, in denen sie schwarze Panther, Leoparden und fliegende Schlangen sehen, die typischen Bilder, die auch in ihrer Kunst erscheinen. Jemand fragte sich, was Außenseiter sehen würden, wenn sie dieses Getränk zu sich nähmen, und es wurde ein Versuch mit naiven nordamerikanischen Studenten gemacht, Personen, die nichts davon wußten, weder über die Wirkungen noch über die Bilder. Sie sahen schwarze Panther, Leoparden und fliegende Schlangen.« Die Kellnerin brachte ihr Getränk; nachdem sie wieder gegangen war, hob Ruth Brandywine das Glas und sagte: »Viele Hypothesen sind vorgeschlagen worden, aber bisher gibt es keine zufriedenstellende Erklärung. Zum Wohl.« Sie trank.

»Sie können mich nicht glauben machen, daß die bloße Betrachtung von Bildern auf einem Computerbildschirm irgendwelche bleibenden Wirkungen haben kann«, sagte Frank. »Was lassen Sie aus?«

»Sie haben teilweise recht«, sagte sie nach kurzer Pause. »Bei mir war keinerlei Wirkung festzustellen. Auch Emil Frobisher blieb davon unberührt, ebenso Walter Schumaker und Herbert Margolis. Aber Lucas Kendricks wurde psychotisch, und außer ihm mindestens drei weitere Jungen. Es gibt keine Möglichkeit vorauszusagen, wer beeinflußt werden wird und in welchem Maße, wenn er die Trainingssequenz dieser Disketten sieht. Und darum wollen wir, nicht nur ich, sondern auch Schumaker und Margolis, die Disketten vernichten, bevor sie in unrechte Hände geraten und womöglich Unheil anrichten können. Ich weiß nicht, was alles auf ihnen gespeichert ist, ich vermute, daß niemand es weiß, denn sie waren Emil Frobishers Werk, und er veränderte sie immer wieder bis zuletzt. Aber sie sind potentiell gefährlich für jeden, der versucht, ihren Inhalt kennenzulernen.«

Frank gab sich keine Mühe, seinen Unglauben zu verbergen. »Wir haben eine Klientin, die wegen Mordes angeklagt ist. Glauben Sie wirklich, daß wir etwas ausliefern würden, was möglicherweise von Nutzen sein könnte? Oder daß wir es unbesehen vernichten würden? Dr. Brandywine, ich frage Sie noch einmal: was lassen Sie aus?«

»Nein, das glaube ich nicht«, erwiderte sie. »Aber bedenken Sie, Mr. Holloway. In der Kunst der Kinder treten weltweit dieselben Bilder auf, ungeachtet der Nationalität, der Religion, der Rasse und Glaubenssysteme. Dieselben Bilder erscheinen in der Kunst von Psychopathen. Würden Sie unter dem Einfluß der peruanischen Drogen Schlange und Großkatzen sehen? Wahrscheinlich. In unserer Psyche haben wir die gleichen latenten Bilder, Archetypen, wenn Sie so wollen, die gleichen Verhaltensmuster unter bestimmten Bedingungen. Sie sind uns allen gemeinsam, und in Emil Frobishers Arbeit ist eine psychoaktive Komponente enthalten, die ein Verhalten erzeugt, welches von paranoider Schizophrenie nicht zu unterscheiden ist. Aber Sie haben recht, nicht jeder ist beeinflußbar. Mr. Holloway, wenn Sie die Disketten finden und sich entschließen, sie gründlicher zu erforschen, rate ich Ihnen, es selbst zu tun. Nicht sie«, sagte sie mit einer Kopfbewegung zu Barbara. »Sie wissen, was Sie glauben, und die Wahrscheinlichkeit, daß Sie unter Folgeerscheinungen leiden werden, ist geringer. Falls Sie überhaupt eine Wirkung feststellen, wird es wahrscheinlich eine leichte Amnesie sein, wie sie bei Lucas und bei den anderen Jungen auftrat, bis ich sie hypnotisierte, um aufzudecken, was sie erfuhren, warum sie Erscheinungen von Geisteskrankheit zeigten. Darum wurde ich gebeten, an den Versuchen teilzunehmen, um herauszubringen, was in den Köpfen der Jungen geschah. Das war meine einzige Verbindung mit dem Projekt. Was ich ihnen sagte, machte der Forschung ein Ende, soweit sie Schumaker und Margolis betraf. Ich machte dem Projekt ein Ende, sobald ich erkannte, wie gefährlich es war. Aber ich prophezeie Ihnen, Mr. Holloway, daß sie nur eine Serie schöner Bilder sehen werden, und die Welt hat genug schöne Bilder, sie braucht diese nicht. Zerstören Sie die Disketten, Mr. Holloway. Sehen Sie sich die Disketten an und verbrennen Sie sie dann. Oder geben Sie sie mir und schauen Sie zu, wenn ich sie verbrenne.«

Ihre Stimme war leise, aber sie hatte die harte Selbstbeherrschung eingebüßt, die ihr vorher eigen gewesen war; sie sprach mit unverkennbarer Leidenschaft, einer Leidenschaft, die Glauben verlangte. Abrupt stand sie auf und nickte, und dann verließ sie den Tisch.

»Der Teufel soll mich holen«, sagte Frank inbrünstig. »Was bezweckte das Ganze?«

Barbara schob ihr Glas von sich. »Paps, ich mache mir Sorgen. Wo ist Mike mit diesen Disketten? Ich werde wieder zu ihm gehen und sehen, ob er schon nach Hause gekommen ist.«

»Ich komme mit«, sagte ihr Vater. »Nebel! Gott, wie ich diesen Nebel hasse!«

Zuerst dachte Barbara, er sei zurückgekehrt, doch als sie das Haus betraten, wurde ihr klar, daß das Licht von der Lampe kam, die sie nicht ausgeschaltet hatte. Ihre Notiz war noch auf dem Tisch, die Wohnung leer. Wortlos suchte sie in ihrer Handtasche nach dem Adressenverzeichnis, dann rief sie sein Arbeitszimmer in der Universität an. Nach zwölfmaligem Läuten legte sie auf.

»Setz dich hin, während ich ein paar Anrufe mache«, sagte Frank. Sie ging in die Küche, wo sie sich an den Tisch setzte und ihre Notiz anstarrte, während sie seiner Stimme im Wohnzimmer lauschte. Als er fertig war und sagte: »Komm mit!«, folgte sie ihm schweigend aus dem Haus. Er fuhr sie zu einem Restaurant und erklärte ihr, als ob sie nichts gehört hätte: »Ich sagte Billy Whitecomb, daß ich in einer halben Stunde zurückrufen würde, um zu hören, ob er etwas in Erfahrung bringen konnte. Dann würde ich ihm auch die Nummer geben, unter der wir die nächsten paar Stunden erreichbar sein werden. Mike ist wieder irgendwo das Benzin ausgegangen, das ist alles. Der verdammte Dummkopf. Er würde sich nichts dabei denken, den Wagen irgendwo stehenzulassen und zu Fuß weiterzugehen.«

Nachdem er im Restaurant mit Billy Whitecomb vom Büro des Sheriffs gesprochen hatte, bestellte er Steaks für sie beide. Barbara hatte noch immer kein Wort gesagt.

»Kind«, sagte Frank, »er ist ein großer Junge. Er ist herumgekommen und kann auf sich achtgeben.«

Sie nickte. »Wir hätten ihn nicht fahren lassen sollen, die Disketten zu holen«, sagte sie schließlich. »Ich hätte mit ihm nicht über den Fall sprechen und ihn in die Sache hineinziehen sollen.«

»Ach, Bobby, fang nicht damit an, was du hättest tun oder unterlassen sollen. Es führt zu nichts und ermüdet dich bloß. Du hast ihm vertraut, du vertraust ihm noch, und ich tue es auch. Mach dich deswegen nicht selbst verrückt.«

»Du verstehst nicht«, sagte sie heftig. »Er ist Mathematiker wie Frobisher und Schumaker. Glaubst du, er könnte widerstehen, sich anzuschauen, was auf diesen Disketten ist?« In ihrem Kopf hörte sie Lucas Kendricks' ansteckendes Lachen, wie sie es auf seinem Band gehört und wie Nell es geschildert hatte. Sie schloß für einen Moment die Augen. Nicht Mike, hätte sie am liebsten ausgerufen. Nicht er.

Ein paar Minuten später wurde Frank zum Telefon gerufen und kam mit der Meldung zurück, daß es noch nichts Neues gebe. Mike war in keines der Krankenhäuser der Stadt und ihrem Umland eingeliefert worden; er war auch nicht in Polizeigewahrsam. Nichts.

»Ich sagte Billy Whitecomb, daß wir nach Hause gehen«, sagte er. Mißbilligend betrachtete er ihr unberührtes Steak. »Es macht mir keine Freude, für Speisen zu bezahlen, die auf dem Teller liegenbleiben. Komm mit, ich werde dir ein Omelette oder was machen.«

»Du brauchst mich nicht zu bemuttern«, sagte sie gereizt.

Er lachte. »Kind, weißt du nicht, daß ich gerade das möchte? Komm mit, laß uns gehen.«

Er machte einen Umweg, um an Mikes Haus vorbeizufahren. Er hatte die Lampe ausgeschaltet, als sie hinausgegangen waren; die Wohnung lag noch immer im Dunkeln.

32

Unterwegs fragte Frank: »Wieviel von dem, was die Dame sagte, liegt nach deiner Meinung in der Nähe der breiten allgemeinen Wahrheit, die wir alle als solche verehren?«

Barbara mußte sich aus der Leere einer Geistesabwesenheit zurücktasten. »Ah … einiges davon.« Sie überraschte sich selbst mit der Ergänzung: »Viel davon, würde ich sogar sagen. Selbst wenn es ihr zweckdienlich ist. Ich nehme an, die Wahrheit kann manchmal zweckdienlich sein.«

»Hm. Sie ist eine beängstigende Dame. Eine ungemein beängstigende Dame.«

Er überholte einen Lastwagen. Er war ein guter Fahrer. In Barbaras Kindheit hatten sie während der Sommerferien Hunderte, Tausende von Meilen mit dem Auto zurückgelegt. Sie erinnerte sich, was für eine schlechte Fahrerin ihre Mutter gewesen war. Sie hatten immer darüber gescherzt. Sie konnte nicht fahren und gleichzeitig reden oder fahren und anderen zuhören. Frank hatte sie nicht sehr oft fahren lassen, wenn er im Wagen war. Auch darüber hatte er gescherzt, und behauptet, er sei zu anfällig für Nervenzusammenbrüche, um sich vorsätzlich in Gefahr zu begeben.

Nun, nachdem er den Lastwagen überholt hatte, sagte er: »Ich denke, sie hat uns in einigen Punkten reinen Wein eingeschenkt. Einer davon könnte sein, daß die Disketten verbrannt werden sollten. Versprichst du mir etwas, Kind?«

»Du weißt, daß ich keine Versprechungen ins Blaue hinein mache.«

»Ja, das mag sein. Gut, schließen wir ein Kompromiß. Wenn diese Disketten auftauchen, laß es uns machen, wie sie vorschlägt. Laß mich zuerst sehen, was sie enthalten, und dann vernichten wir sie. Abgemacht?«

»Erst nach Mike«, sagte sie. »Laß uns darüber entscheiden, wenn wir sie haben.« Sie sah ihn von der Seite an. Der Widerschein der Armaturenbeleuchtung lag rötlich und trübe auf seinem Gesicht. »Sie sagte, du würdest dich nicht in Gefahr begeben, weil du weißt, was du glaubst. Stimmt das?«

»Eine schwierige Frage, weißt du. Vielleicht sieht sie einen Realisten in mir, mehr als in dir. Mit den Jahren habe ich meine Erwartungen so oft heruntergeschraubt, daß ich schließlich eine Ebene erreicht habe, wo ich von den Leuten so ziemlich das bekomme, was ich erwartete, und das ist das Ende von Illusionen und Täuschungen, vielleicht das Ende der Jugendzeit. Pragmatismus, Realismus, was immer es ist, vielleicht hat sie das in mir verspürt.«

Da sie vermutete, daß sie nicht mehr als das aus ihm herausholen konnte, drängte sie nicht weiter. Aber sie war überzeugt, daß mehr daran war. Er wußte, wie er war, was er glaubte, und er war furchtlos. Das machte den Unterschied. Er war furchtlos. Als ihre Mutter im Sterben gelegen hatte, hatte er ihr die Stärke gegeben, die sie gebraucht hatte, um mit Mut und sogar Würde zu sterben. Im Laufe der Jahre hatte Barbara sich angewöhnt, ihn in seiner Akzeptanz dessen, was jeden Augenblick geschah oder geschehen konnte, lethargisch oder sogar fatalistisch zu sehen, aber nun dachte sie, daß es nicht so sein könne. Es war eher so, daß er sagen und glauben konnte, das war letztes Jahr, oder gestern, oder vor einer Stunde, und dies ist jetzt. Was er über das Herunterschrauben seiner Erwartungen gesagt hatte, stellte sie auch nicht ganz zufrieden. Er akzeptierte die Menschen so, wie sie waren, mit ihren guten und ihren schlechten Seiten; was er auch in ihnen sah, es überraschte ihn nicht. Diese Akzeptanz fehlte ihr. Nicht einmal Mikes Verrat überraschte ihn.

Barbara erkannte, daß sie soweit gekommen war, es als Verrat zu betrachten; der Schrecken hatte sich gelegt und einen dumpfen Schmerz in einem Teil von ihr hinterlassen, der so tief in ihrem Innern war, daß sie nicht wußte, ob er einen Namen hatte, wenn er herausgenommen und untersucht werden konnte. Nicht das Herz, soviel war sicher; das Herz war zu einem Organ geworden, das mit Instrumenten beobachtet werden konnte, wie es pumpte, das seziert und untersucht werden konnte, wenn es seine Arbeit einstellte, um den fatalen Fehler festzustellen. Der Schmerz, den sie empfand, würde sich nicht mit den Instrumenten der Wissenschaft feststellen lassen, das wußte sie. Was dann? Die Seele? Die Seele, dachte sie, genau das. Sie war überzeugt, daß Mike die Disketten in sein Büro oder zu einen Freund gebracht hatte, wo er sie alle durchlaufen ließ und sah, daß er Zeit und Ruhe brauchte, um die Arbeit zu verstehen und ihr Schritt für Schritt zu folgen.

Nach ihrer Einschätzung bestand für ihn keine größere Gefahr als für Brandywine oder Schumaker. Junge, naive Menschen mochten gefährdet sein, nicht aber Wissenschaftler oder Mathematiker oder in die Jahre gekommene Anwälte. Nein, Mike würde sich wohl fühlen und glücklich an der Arbeit sein. Sobald er fertig wäre und sie sich im wahrsten Sinne des Wortes zu eigen gemacht hätte, würde er mit seinem einnehmenden Lächeln wieder aufkreuzen. Und dann? Sie konnte nicht sagen, was dann. Ihre früheren Reaktionen auf Verrat waren intensive Vertiefung in Arbeit gewesen, so daß ihr keine Zeit geblieben war, sich der Beschäftigung mit ihrer persönlichen Katastrophe hinzugeben; oder sie war davongelaufen.

Sie wußte, daß sie selbst schuld war. Sie hätte ihn nicht schicken sollen. Wieder lief es darauf hinaus, daß

Menschen andere Menschen für ihre eigenen Zwecke benutzten. Die Leute in Colorado hatten naive Jungen benutzt, hatten Lucas und einander benutzt. Sie war so schuldig wie jeder von ihnen. Sie war bereit gewesen, Mike zu benutzen, und um den Beweis zu führen, daß der Forstaufseher nicht gesehen haben konnte, was er behauptete, hatte sie Clive benutzt. Und der Forstaufseher hatte die Umstände des Mordfalles für seine eigenen Zwecke benutzt. Aber so ging es, wenn man andere benutzte, fuhr sie unerbittlich fort; die Konsequenzen waren unwichtig. Sie hatte sogar Ruth Brandywine benutzt, nicht in der wirklichen Hoffnung, den Ausgang des Verfahrens zu verändern, sondern vielmehr, um solche Staubwolken aufzuwirbeln, daß niemand mehr imstande sein würde, klar zu sehen. Sie hatte versucht, die Geschworenen, den Richter, die Zuhörer zu manipulieren. Tony sogar. Alle, weil sie entschieden hatte, daß ihre Ziele verdienstvoll waren.

Der Gedanke, wie Ruth Brandywine das Martyrium und den Tod des Mädchens im Wald abgetan hatte. Wie sie Nell und ihre Kinder, Lucas und sein ruiniertes Leben, seinen Tod sogar als für sie bedeutungslos abgetan hatte, erfüllte Barbara mit großer Bitterkeit. Brandywine hatte gesagt, sie, Barbara, habe eine Gabe, die Wahrheit zu erkennen. Sie hätte darüber lachen können.

Sie blickte starr geradeaus; Lichter erschienen, näherten sich, verschwanden, rote Lichter erschienen, wurden überholt, verschwanden. Wahrheit, dachte sie; sie hatte geglaubt, Nell Kendricks sage die Wahrheit. Sie hatte es zu ihrem Vater gesagt, der die Möglichkeit akzeptierte, daß Nell ihren Mann erschossen hatte. Sie hatte an Nells Unschuld geglaubt. Ihr intuitives Selbst hatte es geglaubt, bis ihr rationales Selbst mit seinem ›Ja, aber‹ angefangen und den Glauben zerstört hatte.

Sie fuhren die kurvenreiche Uferstraße am Stausee entlang. Die Wasseroberfläche war schwarz, als hätte sich dort ein Loch geöffnet, und das von seinen Umrissen umgrenzte Stückchen Welt wäre hineingefallen. Sie wies die Vorstellung sofort zurück. Es war wie der schwarze Mittelpunkt eines Mandelbrotsatzes, dachte sie dann. Wenn man das Vergrößerungsglas auf ein Segment des Ufers richtete, würde die Komplexität, das Geheimnis der stets neuen Strukturen erscheinen, die einzigartig waren und doch zugleich allen anderen ähnelten, die an verschiedenen Orten sichtbar werden mochten. Sie und ihr Vater waren Teile einer dieser Strukturen, drehten sich umeinander, berührten einander, zogen sich zurück, flogen in entgegengesetzten Richtungen davon, kehrten zurück. Und in Turners Point würde es hundert, zweihundert andere, ähnliche Strukturen geben; Leute in den Häusern auf dem Höhenrücken über der Siedlung erzeugten ihre eigenen ähnlichen, doch verschiedenen Strukturen. Alle hingen durch unsichtbare Verbindungen zusammen und blieben doch getrennt.

Die Bindeglieder zwischen ihnen waren die gleichen, die Menschen von jeher miteinander verbunden hatten: Liebe, Haß, Eifersucht, Habgier ... Nichts änderte sich, obwohl sich alles im ständigen Wandel befand.

Sie war aus diesem Satz hinausgeflogen, entschlossen, nie zurückzukehren, aber die Anziehungskraft war stärker als die Zentrifugalkraft gewesen, und sie war heimgekommen, genauso wie Lucas. Plötzlich wurde ihr mit erschreckender Klarheit bewußt, daß Richter Lundgren mit seiner Entscheidung, den Umfang des Verfahrens zu begrenzen, weitgehend recht gehabt hatte. Sie hatte nicht wirklich geglaubt, daß gemietete Detektive einen Mann niederschießen würden, aber wenn sie das als Möglichkeit ausschied, mußte sie auch Ruth Brandywine und ihre Kollegen als Tatverdächtige oder Verantwortliche für den Tod Lucas Kendricks' eliminieren. Mit diesem Einverständnis akzeptierte sie, daß das Pendel wieder in die andere Richtung ausgeschlagen hatte; sie war zu ihrer ursprünglichen Ansicht zurückgekehrt, daß Nell unschuldig sei. Etwas in Nells Geschichte hatte Barbara überzeugt, obwohl sie später hatte zugeben müssen, daß die Unwahrscheinlichkeiten, ja Unmöglichkeiten die denkbare Wahrheit überwogen. Ihr rationales Selbst hatte die irrational Gläubige zum Schweigen gebracht, und nun konnte sie sich selbst verwünschen, weil sie ihren Verdacht an Brandywine & Co. festgemacht hatte, statt nach einer möglichen Alternative zu suchen.

Doch selbst wenn der Richter recht gehabt hatte, eine Ausweitung des Verfahrens zu verhindern, hatte er es gleichzeitig zu sehr eingeengt. Zu diesem Verfahren gehörte auch jenes arme Mädchen, Janet Moseley. Diese Mordtat konnte durchaus mit Lucas Kendricks' Tod zusammenhängen und durfte nicht vom Verfahren abgetrennt werden.

Sie fuhren durch Turners Point, wo die meisten Lichter bereits erloschen waren; hier draußen auf dem Land nahmen die Menschen den Nachtschlaf ernst. Dann bog Frank in die ungeteerte Privatstraße ein, und als rechts und links die Fichten nahe an die schmale Straße herantraten, war es, als wären sie in einen ausnehmend dunklen Tunnel eingefahren, den ihre Scheinwerfer nicht durchdringen konnten. Das einzige Licht war unmittelbar voraus, jetzt an einem schwarzen Wall von Baumstämmen und Unterholz, dann wieder auf einer Lichtung, die zu eng begrenzt war, als ob die Dunkelheit sie erinnern wollte, daß sie trotz ihrer Versuche, mit Scheinwerfern über ihren eigenen Sichtbereich hinauszureichen, begrenzte Geschöpfe waren. Und dann waren sie wieder zu Hause.

Frank hielt Wort und beschäftigte sich mit einem Omelett, sobald sie ins Haus kamen. Sie rief Mikes Nummer an, dann sein Büro, und schließlich Bailey Novell. Sein Anrufbeantworter meldete sich. In einer verständlichen, aber ungerechtfertigten Aufwallung von Jähzorn sagte sie dem Gerät, Bailey solle seinen Lahmarsch am nächsten Morgen um zehn in Franks Büro bewegen. Als sie in die Küche gestapft kam, begann Frank unmelodisch zu pfeifen. Gut, dachte sie, Hauptsache, du sagst nichts.

Als sie am nächsten Morgen im Gerichtsgebäude eintrafen, stießen sie im Korridor auf Doc. Er sah beinahe so elend aus wie Nell.

»Werden sie heute entscheiden?« fragte er.

»Wahrscheinlich«, sagte Frank. »Sie sehen ziemlich mitgenommen aus, übrigens.«

Doc richtete sich auf. »Ich möchte mit Ihnen sprechen, Frank. Nur mit Ihnen. Nicht über Nell oder diese Schwierigkeiten. Zuvor aber, wenn sie zu einem Schuldspruch kommen, können Sie veranlassen, daß jemand meine Praxis anruft? Ich kann in fünf Minuten hier sein. Sie ... sie könnte einen Schwächeanfall erleiden, oder einen Nervenzusammenbruch. Ich mache mir Sorgen. Ja, ich ängstige mich um sie. Wird es ein neues Verfahren geben, wenn die Geschworenen zu keiner Mehrheitsentscheidung kommen? Mein Gott, Nell kann das alles nicht noch einmal durchstehen.«

Frank nahm ihn beim Arm und schüttelte ihn leicht. »Sie quasseln, ist Ihnen das klar? Gehen Sie in Ihre Praxis und verzichten Sie heute auf Herzchirurgie, ja? Ich werde Sie anrufen, sobald wir unterrichtet werden.«

Als sie den Gerichtssaal betreten wollten, wurden sie wieder angehalten, diesmal von Clive. »Ich muß zur Arbeit«, sagte er, »aber ich werde zurückkommen, sowie es mir möglich ist. Werden Sie wieder in Ihrer Kanzlei sein, wie gestern?«

»Ja«, sagte Frank. »Sie haben noch einen Job, wo Sie sich sehen lassen müssen? Ich bin überrascht.«

»Ich melde mich krank«, sagte Clive. »In einer halben Stunde bin ich zurück.« Er eilte fort. Sein Aussehen, dachte Barbara, qualifizierte ihn für eine Krankmeldung.

Als sie sich diesmal in Bewegung setzten, gelang es ihnen tatsächlich, in den Gerichtssaal zu kommen. Zehn Minuten später wurden sie mit den gleichen Instruktionen wie am Vortag entlassen.

Draußen im Korridor sagte Nell: »Wir möchten die Bänder hören, wenn Sie nichts dagegen haben. Ich habe einen Kassettenrecorder mitgebracht. Er ist im Wagen.« Sie sah übernächtigt aus; die Haut war über die Knochen ihres Gesichts gespannt, und ihre Augen schienen größer und größer zu werden, je mehr sie Woche um Woche Gewicht verlor.

»Ich werde sie bringen«, sagte Frank. »Gibt es noch etwas, das Sie brauchen?«

Sie schüttelte den Kopf.

»Ist Mike gekommen und hat die Disketten abgeholt?« fragte Barbara. Sie versuchte es beiläufig zu sagen, hörte aber selbst die schrillen Obertöne in ihrer Stimme heraus.

Nell zeigte weder Überraschung noch Interesse. »Ja. Travis war noch zu Hause. Er sagte, Mike sei dagewesen und gleich wieder weggefahren.«

John und Amy Kendricks, die sich ein paar Schritte im Hintergrund gehalten hatten, kamen jetzt näher. Mit der aufgesetzten Munterkeit eines Amateurschauspielers sagte John: »Dann gehen wir hinüber. Wir können Bewegung brauchen, nicht wahr, ihr zwei?«

Barbara und Frank sahen sie fortgehen.

»Ich glaube, Docs Vermutung, daß es zu einem neuen Verfahren kommen könnte, ist nicht so abwegig«, sagte Frank. »Und dieses Mädchen ist wirklich am Rand des Zusammenbruchs.«

Das ganze Problem, worauf sie ihr Plädoyer abstellen sollte, würde sich erneut ergeben. Es war überdies denkbar, daß der Bezirksstaatsanwalt die Anklage auf Totschlag zurücknehmen würde, nur um diesen Fall los zu sein, insbesondere jetzt, da viel größere Fische im Wasser zu sehen waren. Konnte Nell dem widerstehen? Welche Hoffnung konnte sie, Barbara, ihr machen, wenn sie auf ihrer Unschuld beharrte? Nächstes Mal, soviel war gewiß, würde ihr nicht gestattet, den Komplex ins Spiel zu bringen, der schon diesmal als irrelevant zurückgewiesen worden war. Dafür würde Tony sorgen. Aber es sprach nicht allzuviel dafür, daß sie gebeten würde, Nell ein zweites Mal zu verteidigen. Die Familie, Clive, Doc, Nell selbst, alle würden wahrscheinlich einen anderen Verteidiger wollen, und sie konnte es ihnen nicht verdenken. Sie fühlte sich müde und niedergeschlagen, als sie zur Kanzlei gingen. Alles zerfiel, so wie alles, was sie in die Hände nahm, immer zerfiel.

Nell und ihre Familie saßen im Warteraum und hörten die Tonaufzeichnungen. Amy Kendricks Gesicht war von Tränen naß; sie schien es nicht zu merken. Nell glich einer blinden Wachspuppe. Clive war wie angekündigt zurückgekommen; er saß mit gequältem Gesichtsausdruck auf der anderen Seite des Raums und wandte den Blick nicht von Nell. Barbara floh in Franks Büro. Bailey hatte eine Botschaft hinterlassen, daß er nicht vor elf kommen würde, und bis dahin hatte sie nichts zu tun. Sie hatte versucht, Mike zu Hause und in seinem Universitätsbüro zu erreichen, hatte die Sekretärin des Fachbereichs und alle anderen gefragt, die möglicherweise Auskunft geben konnten. Sie setzte sich hinter Franks schweren Schreibtisch und starrte aus dem Fenster auf das hin und herströmende Leben der Stadt. Frank hatte gesagt, er würde wieder ins Gericht gehen und über die Gerüchteküche zu erfahren suchen, was im Besprechungszimmer vorging.

In der Anfangsphase des Verfahrens hatte Barbara eine Liste von Fragen zusammengestellt; viele, sogar die meisten von ihnen, waren noch unbeantwortet. Jedesmal, wenn jetzt ihre Gedanken zu Mike zurückkehrten, leugnete sie, daß das Herzklopfen, das sie spürte, Angst war, sondern nannte es statt dessen Zorn und zwang sich, die Fragen zu überdenken. Warum hatte jemand Janet Moseley über das Lavafeld zum Bach geschleift? Wer hatte den Forstaufseher angerufen, um ihm zu sagen, daß der Wagen entdeckt war, und warum? Und was wußte Jessie, wenn überhaupt?

Es half nichts; immer wieder kehrten ihre Gedanken zu Mike zurück. Wenn er die Disketten durchlaufen ließ, dachte sie, und wenn die Disketten Menschen verrückt machen konnten, welche Form würde seine Verrücktheit annehmen? Würde er für sich selbst eine Gefahr sein, für andere? Sollte sie Brandywine anrufen?

Sie ließ den Schreibstift fallen, den sie zwischen den Fingerspitzen um und um gedreht hatte, und zwang sich, an Jessie Burchard zu denken. Nach einer kleinen Weile nahm sie den Stift wieder auf, und diesmal begann sie Notizen zu machen.

Um elf kamen Bailey und Frank zusammen herein.

»Gibt es etwas?« fragte sie ihren Vater.

»Gerüchten zufolge steht es sieben zu fünf, und schon seit gestern nachmittag. Sieben für schuldig.«

»Gerüchte«, sagte sie wegwerfend. »Hallo, Bailey.«

Frank zuckte die Achseln; er wußte besser als sie, wie die Gerüchtemühle funktionierte. »Du machst dich gut hinter dem großen Schreibtisch«, sagte er und setzte sich ihr gegenüber in einen Klientensessel. Bailey nahm den anderen.

»Hallo«, sagte er. »Sie riefen, ich kam.«

Sie beschrieb Mike, seine Familie, seine Arbeit, sein Haus und alles, was sie über ihn wußte, und beauftragte Bailey, ihn ausfindig zu machen. »Es ist mir auch egal, wieviel Stunk Sie machen«, sagte sie grimmig. Ihr Zorn war momentan stärker als ihre Angst.

Bailey grinste. »Das geht auf zweierlei Weise, wissen

Sie. Soll es heißen, daß ich nicht herumzuschleichen brauche, oder sagen Sie mir, ich soll Lärm machen? Welches von beiden?«

»Machen Sie Lärm. Wenn Sie ihn nicht aufscheuchen können, wird vielleicht einer seiner Kollegen oder Freunde die Nachricht verbreiten, daß Sie Krawall machen.« Er nickte. Dann sagte sie leise: »Und noch etwas, Bailey. Ich habe einen weiteren kleinen Auftrag, und diesmal möchte ich, daß Sie keinen Pieps darüber verlauten lassen, was Sie tun. Also absolute Verschwiegenheit. Ich möchte wissen, ob Clive Belloc aus seiner letzten Stellung entlassen wurde, oder ob er gekündigt hat. Und wenn er gefeuert wurde, welche Jobs er in den letzten Wochen gehabt oder wieder verloren hat, was für Jobs es waren, für wen und wo, alles, was Sie in Erfahrung bringen können. Er arbeitete als Schätzungssachverständiger für eine der großen Holzgesellschaften. Ich weiß nicht mal, für welche.« Sie blickte zu ihrem Vater, der sie betrachtete, als sähe er ein Horn aus ihrer Stirn wachsen. »Weißt du es?«

Er schüttelte den Kopf. »Es ist möglich, daß er es erwähnte, aber wenn es so war, paßte ich nicht auf. Eine der großen Gesellschaften, mehr weiß ich auch nicht.«

»Das wär's also«, sagte Barbara zu Bailey. »Und ich brauche es bis gestern.«

»Mein Gott«, ächzte er. »Geben Sie mir eine Chance. Wann hat er den Job aufgegeben? Wissen Sie das?«

»Ach ja. Ungefähr eine Woche, nachdem Lucas Kendricks ermordet wurde. Im Juni.«

Bailey blickte interessiert auf. »Ja? Gut, das ist schon was. Haben Sie hier Prioritäten?«

»Beides so bald wie möglich.«

Als Bailey gegangen war, sagte Frank: »Clive Belloc? Möchtest du einen alten Mann ein bißchen aufklären?«

»Ich dachte darüber nach, was Jessie wissen konnte. Ich dachte an das Szenarium, das ich vor Gericht ausmalte, über die Privatdetektive, die auf dem Fluß zu Nells Strand fuhren, dann zum Haus hinaufgingen und so weiter. Ich gebe zu, daß ich nicht glaube, einer von diesen beiden sei der Täter gewesen, aber ich denke mir, auf diese Weise könnte es jemand getan haben.«

»Also fängst du wieder an, ihre Geschichte zu glauben?« Verwunderung sprach aus seinen Worten.

»Ja, ich fange wieder damit an. Nehmen wir an, sie hätte die absolute Wahrheit ausgesagt, soweit sie ihr bekannt ist. Ich dachte, Jessie könnte Doc schützen wollen, aber wenn Nell die Wahrheit sagte, und ich glaube, daß es so ist, war er zu Hause, als sie an jenem Samstag anrief, also konnte er es nicht gewesen sein. Außerdem kann ich ihn an dem Tag, als Janet Moseley umgebracht wurde, nicht auf der anderen Seite des Berges sehen. Und ich kann wirklich nicht glauben, daß zwei Mörder hier in der Gegend ihr Unwesen trieben.« Sie schwieg eine Weile und überlegte, dann sagte sie: »Ich dachte an James Gresham. Tawna würde wahrscheinlich für ihn lügen, aber ich sehe ihn auch nicht drüben auf der Forststraße und in Kenntnis des Bachlaufes dort oben. Und sie sagen beide, er habe nie im Leben eine Schußwaffe abgefeuert. Und schließlich würde Jessie keinen Grund sehen, etwas zu verbergen, wenn er es gewesen wäre.«

Frank schüttelte energisch den Kopf. »Langsam, Kind. Ich kann dir nicht folgen. Was hat Jessie damit zu tun?«

»Sie war an dem Samstag auf ihrer Terrasse und beobachtete den Fluß, wo die Suche nach dem Leichnam dieses Mädchens in Gang war. Sie könnte jemand gesehen haben – Clive, zum Beispiel –, der in die falsche Richtung ging, und später stutzig geworden sein. Wahrscheinlich amüsierte es sie, sich vorzustellen, wie er Nells Herz gewinnen würde, nachdem er ihren Mann umgebracht hatte und sie dafür vor Gericht stehen ließ. Ich dachte, es könnte etwas mit dem Feldstecher zu tun haben. Jessie hatte ihn auf der Terrasse bei sich; ich sah ihn selbst. Erinnerst du dich an den Tag, als Clive die Forststraße befahren und mir Gelegenheit geben sollte, herauszubringen, ob jemand wirklich so weit sehen konnte? Ich sah ihn, und ich hätte ihn nicht sehen sollen. Nicht über zehn Meilen. Aber ich sah die Flagge und die Gestalt eines Mannes. Er könnte es vorgetäuscht haben. Er kann keine zehn Meilen entfernt gewesen sein, höchstens drei. Ich wurde abgelenkt, als mir klar wurde, daß der Forstaufseher kein Chrom an dem Wagen gesehen haben konnte, und dann vergaß ich die ganze Sache. Aber warum sollte Clive den Test verfälscht haben? Das ergibt nur einen Sinn, wenn er nicht wollte, daß jemand die Geschichte des Forstaufsehers in Frage stellt. Er wollte nicht, daß Fragen gestellt würden, wer sonst noch gewußt haben mochte, daß der Wagen dort unten stand.«

Frank überdachte es mit abwesender Miene. Schließlich nickte er. »Könnte sein. Aber es ist nicht viel.«

»Ich weiß. Darum möchte ich herausbringen, ob er in der Gegend war, wo dieses Mädchen ermordet wurde. Er wird gewußt haben, daß der Bach dort fließt. Das ist ein Punkt, der mir zu denken gibt. Wer wußte von dem Bach, und warum schleifte er das Mädchen hin? Den zweiten Teil weiß ich nicht, aber die Antwort auf den ersten ist Clive. Er kennt die Wälder wahrscheinlich besser als sonst jemand im Staat.«

Wieder blieb ihr Vater still. Nach einer Weile sagte er: »Hätte die Polizei Lucas festgenommen, würde er die Suppe ausgelöffelt haben. Vorsätzlicher heimtückischer Mord, erschwerende Umstände, Todesstrafe sicher wie das Amen in der Kirche. Lucas hätte nichts dagegen machen können. Nicht drüben im Deschutes County und wahrscheinlich nicht anderswo.«

»Angenommen, das war der Plan. Aber dann sah er Lucas lachen und die Arme ausstrecken, als wollte er Nell umarmen. Ich weiß nicht. Vielleicht wurde er verrückt. Vielleicht dachte er, Nell und Lucas würden wieder zusammenfinden, und sie würde zu ihm halten. Andernfalls hätte es keinen Sinn ergeben, daß er der Justiz zuvorkam. Daß Lucas für den Mord an dem Mädchen hätte büßen müssen, war so gut wie sicher. Diese neue Wendung kann ich mir nur so erklären, daß dies für Clive eine Sekunde wahrer Leidenschaft war; alles andere war absolut kaltblütig.«

Ihr Vater ging zum Fenster und blickte auf die Straße hinab. Er schüttelte den Kopf. »Junge, Junge! Brauchst du jemals einen handfesten Beweis? Bei dir ist alles könnte sein, vielleicht, wahrscheinlich, möglicherweise. Und sechs Monate nach dem Verbrechen handfeste Beweise zu finden, dürfte nicht leicht sein. Gerade so gut könntest du in der Hölle ein Eisstadion suchen. Was hast du vor?«

»Ich weiß nicht. Warten, daß Bailey sich meldet. Und dann – ich weiß einfach nicht.«

Beide vermieden es, Tony oder den Bezirksstaatsanwalt zu erwähnen. Sie wußten, daß es zwecklos wäre. Sobald die Staatsanwaltschaft sagte, schwarz ist weiß, blieb sie dabei. Zuviel war bereits in den Beweis investiert worden, daß schwarz weiß sei; zu viele Egos waren in Gefahr. Jede unbewiesene Theorie würde zu diesem Zeitpunkt einfach als ein weiterer Versuch der Verteidigung abgeschrieben, ihre Klientin aus einer schlimmen Lage zu befreien. Barbara hatte keine Hoffnung mehr, daß die Geschworenen sich auf ein ›Nicht schuldig‹ einigen würden, nicht nach so langer Beratung. Wenn sie auf ›Schuldig‹ erkannten, bliebe ihr noch der Weg, in die Revision zu gehen. Das Beste, was sie erhoffen konnte, war eine Einstellung des Verfahrens, weil die Geschworenen zu keinem Mehrheitsurteil gelangen konnten. Dann blieb ihr Zeit für die nötigen Ermittlungen, um Clive Belloc anzuklagen, bevor die Bezirksstaatsanwaltschaft die Wiederaufnahme des Verfahrens beantragte. Nachdem sie sich wieder festgelegt hätte, würde es genauso schwierig sein wie heute, die Erwägung von Alternativen zu erreichen. Einstweilen kam es darauf an, das Gesicht zu wahren, um so mehr, als das Image für Männer wie Tony DeAngelo viel wichtiger war als die Substanz.

Frank rammte die Hände in die Taschen, schritt ein paar Minuten auf und ab, fluchte dann leise. Sie sah ihm zu und wartete. »Es wird handfester Beweise bedürfen«, sagte er mißmutig. »Das erste Mal konnten sie auf Grund von Indizien Anklage erheben, aber die Indizienbeweise zu widerlegen und einen anderen Täter einzuführen, wird unwiderlegliche Beweise erfordern, und ich sehe nicht, wie wir die bekommen können.«

»Ich auch nicht. Aber danke, Paps.« Als er sie verständnislos ansah, fügte sie hinzu: »Du sagtest *wir.* Ich brauchte das.«

Niemand konnte zur Mittagszeit ein Restaurantessen ertragen; sie ließen sich einen Imbiß in den Warteraum der Kanzlei bringen. Frank gesellte sich dort zur Familie Kendricks, und Barbara ging spazieren. Um drei rief Bailey an.

»Das wird Ihnen nicht schmecken, Barbara. Ihr Typ ist heute früh nach Denver geflogen. Wollen Sie, daß jemand ihn dort beschattet?«

Sie schüttelte benommen den Kopf, sagte dann nein. Als die Verbindung unterbrochen wurde, starrte sie lange das Telefon an, ohne sich vom Fleck zu rühren. Dann rief sie im Hilton an und erfuhr dort, daß Brandywine abgereist war. Denver, dachte sie distanziert. Er war nach Denver gegangen. Wie Lucas.

Um halb fünf kam der Anruf, der sie aufforderte, zum Gerichtsgebäude zu kommen. Und um fünf wußten sie, daß die Geschworenen zu keinem gültigen Mehrheitsurteil gekommen waren. Sie hatten sich mit sieben zu fünf Stimmen festgefahren und kamen aus diesem Kräfteverhältnis nicht mehr heraus.

33

Alle umarmten und beglückwünschten sie; jeder hätte meinen können, es sei wirklich ausgestanden und Nell frei von jedem Verdacht und könne gerechtfertigt nach Hause gehen. Amy Kendricks weinte wieder, und John schneuzte sich zu oft. Clive grinste und grinste, und Nell sah zehn Jahre jünger aus als noch vor einer Stunde.

»Können wir morgen reden?« fragte sie. »Wenn die Kinder in der Schule sind? Hat Mike Ihnen die Disketten gegeben?«

»Er hat sie in sichere Verwahrung genommen«, sagte Barbara. Vermutlich entsprach das so sehr der Wahrheit wie alles andere, was sie hätte sagen können. Nell und ihre Familie und Clive verließen das Gebäude zusammen, und wieder spielte Frank den guten Hirten. Sie machten an der Tür zum Korridor halt, wo die Presse wartete, und nun erschien Doc; er ging zu Nell und küßte sie auf die Stirn, dann ging er schnell fort. Sie sah ihm nach, bis Frank sie mit einer Hand am Arm nahm, Amy mit der anderen Hand am Ellbogen faßte und beide in die Menge steuerte.

Tony kam herüber, um Barbara die Hand zu schütteln. »Du hast den Fall direkt aus dem Feuer gezogen«, sagte er. »Hätte nicht gedacht, daß du es schaffen würdest. Wir bleiben in Verbindung.«

Sie nickte. Ja, sie würden in Verbindung bleiben. Dann wappnete sie sich gegen den Ansturm der Reporter und Fotografen und verließ auch den Gerichtssaal. Sie lächelte und winkte und sagte kein einziges Wort, als sie sich durch die Menge zum Ausgang drängte.

»Nach Hause?« fragte Frank, als sie beide im Wagen saßen.

»Nach Hause.«

Sie legte den Kopf zurück und schloß die Augen. Sie brauchte jetzt an nichts zu denken, sagte sie sich. Sie brauchte den nächsten Tag nicht zu planen, brauchte nicht zu überlegen, was jemand sagen könnte, sei es ungünstig oder hilfreich, brauchte keine Strümpfe anzuziehen und kein Make-up aufzulegen, brauchte kein Wort zu sagen. Wie angenehm wäre es, wenn sie auch ihren Geist für einen Weile stillegen könnte. Keine Worte, keine Bilder, keine Erinnerungen, keine Befürchtungen, nur eine beruhigende, tröstliche Leere. Aber ihre Gedanken kreisten weiter um Mike und die Disketten und Denver und Ruth Brandywine und Schumaker und Margolis. Kreisten und kreisten.

Nach einer Weile murmelte Frank: »Es ist verdammt schwierig, zu entscheiden, was man behalten und was man archivieren soll.«

»Wovon redest du?« Sie ließ die Augen geschlossen.

»Von deinen Kreuzverhören. Manche werden natürlich im Gerichtsprotokoll ihre letzte Ruhestätte finden, aber welche müssen wir zur Wiederverwendung in Griffweite behalten. Am liebsten würde ich sie alle behalten.«

»Das wirst du nicht, wenn du an die Kosten der Abschrift und Beglaubigung denkst.«

»Ach, das ist kein Problem. Ich habe so gut wie alles mitgeschnitten, weißt du.«

»Was hast du?« Sie setzte sich aufrecht und starrte ihn an. »Das darf nicht wahr sein! Lundgren wird dir den Kopf abreißen, wenn er es erfährt.«

»Ich habe nicht vor, es ihm zu erzählen«, sagte er vergnügt. »Ich kann auch nicht sagen, daß ich zwischen dir und dem alten Eisgesicht eine aufkeimende Beziehung bemerkt hätte. Habe ich dir schon von August Tremaine und der Zeit erzählt, als er von seiner

Sekretärin alles mitstenographieren ließ?« Er schmunzelte und fing an zu erzählen, ohne auf eine Antwort zu warten.

»Also saßen sie mit Hunderten von stenographierten Seiten da«, schloß er wenig später, »und sie fing an, alles für ihn abzutippen. Aber der Haken bei der Sache war, daß sie in Wirklichkeit nicht stenographieren konnte, verstehst du? Vier Jahre lang hatte er Briefe diktiert, Memoranden und Gerichtsbeschlüsse, alles das, und sie hatte alles sehr schön geschrieben, gebildet und in einem beneidenswert guten Stil. Der alte Gus hätte diese Briefe und Schriftstücke nicht diktieren können, wenn es um sein Leben gegangen wäre, und klopfte sich selbst auf die Schulter, daß er sich darüber den Arm hätte brechen können, aber er konnte nicht zugeben, daß die Briefe nicht von ihm waren. Seine Sekretärin aber war erfüllt von einer schöpferischen Energie, die Shakespeare beneidet hätte, wenn sie ihre Notizen abschrieb. Es hätte nicht viel gefehlt, und die Leute hätten in ihren Niederschriften in Reimen und jambischen Pentametern gesprochen. Ganz unverkennbar waren jedenfalls die faulknerischen Elemente in ihrer Diktion. Es war wunderschön.«

»Und hielt sich das Ganze noch an den Verhandlungsablauf?« fragte Barbara lachend.

»Nur sehr bedingt. Manchmal verlor sie aus den Augen, worum es in der Verhandlung eigentlich ging. Nun war der alte Gus aber ein fauler Patron, und sein Gedächtnis war schon lange nicht mehr das beste, und so kam es vor, daß, wenn er in Kreuzverhören ihre Niederschriften früherer Prozeßtage zur Hilfe nahm, die Leute im Gerichtssaal das Gefühl einer gewissen Verfremdung hatten, als hätte sich die Wirklichkeit in Raum und Zeit verschoben.«

Als sie später beim Abendessen saßen, wieder am Küchentisch, blickte Frank verdrießlich auf ihren Teller.

»Irgendwie macht es mich ein bißchen sauer«, sagte er, »wenn ich sehe, wie Leute ein gutes, mit Sorgfalt zubereitetes Essen durchrühren und vermantschen.«

Schuldbewußt blickte sie auf ihren Teller; sie hatte die um eine gebratene Hühnerbrust säuberlich voneinander getrennten Hügel aus Bohnen und Karotten, Pilzen und Kartoffelkroketten durch ihr appetitloses, halb unbewußtes Herumstochern in ein wenig einladendes Mischmasch verwandelt und zusammengeschoben …

»Weißt du«, sagte er, »er kann einen guten Grund gehabt haben. Es kommt vor, daß jemand eine verrückte Idee hat und ihr nachgehen muß, egal wohin sie ihn führt. Als ob er wirklich keine andere Wahl hätte.«

Sie lächelte kurz. »Es ist schon gut, Paps. Ich bin inzwischen ein großes Mädchen. Es ist bloß, daß … daß …« Mehr brachte sie nicht heraus. Manchmal, dachte sie dann, muß einer gehen, wohin es ihn treibt. Abrupt schob sie den Teller von sich. »Ich fahre wieder in die Stadt, in Mikes Wohnung. Wenn er bis zum Morgen nicht zurück ist, gehe ich nach Denver und hole ihn.«

Frank blickte überrascht auf. »Das ist nicht genau, worauf ich hinaus wollte«, sagte er milde.

»Verdammter Mist!« stieß sie hervor. Sie hatte vergessen, daß ihr Wagen noch in der Werkstatt war. »Hör zu, entweder nehme ich den Buick und laß dich hier ohne Wagen, oder du mußt mich in die Stadt fahren. Willst du eine Münze werfen?«

»Bobby, du weißt nicht mal, wo er ist.«

»O doch, ich weiß es. Ich kenne die Adresse nicht, aber die kann ich erfahren. Walter Schumakers Haus in Denver. Ich werde es finden, und ihn.«

»Immer langsam, Bobby. Mike ist schließlich ein erwachsener Mann. Er könnte die Idee, gerettet zu werden, recht unfreundlich aufnehmen, besonders wenn es nichts gibt, wovor er zu retten ist.«

»Er ist naiv wie ein Kind«, sagte sie leise. »Du weißt es selbst. Klug, scharfsinnig, intelligent – und einfältig.

So einfältig wie Lucas es war. Diese Leute sind gefährlich, und das weiß er nicht. Er denkt, sein Gehirn sei genug, und das ist es nicht.«

»Und du glaubst, du seist ihnen gewachsen?«

»Darauf kannst du dich verlassen.« Sie stand auf. »Ich werde ein paar Sachen in eine Tasche packen. Zehn Minuten. Du kannst entscheiden, ob du ohne Wagen oder wieder Chauffeur sein willst.«

Während der ersten Minuten der Fahrt zurück zur Stadt murrte er, doch als sie nicht reagierte, beruhigte er sich. Um sieben sei ein Flug aus Denver angekommen, meinte er, und Mike könne mit der Maschine gekommen sein; ein weiterer Flug würde um halb zwölf eintreffen, der nächste dann am Morgen um sechs Uhr fünfundvierzig. Und ohne Zweifel sei Mike entweder schon zu Hause, oder er würde mit einem der anderen Flüge kommen. Auch darauf reagierte sie nicht.

Als sie den Franklin Boulevard und das Universitätsgelände erreichten, fiel ein feiner Sprühregen. Er verschmierte die Windschutzscheibe, und Frank fluchte halblaut. »Iß und trink nichts, was sie dir anbieten«, knurrte er.

»Auf keinen Fall«, sagte sie. »Brandywine kann meine Kopfschmerzen so wenig beseitigen wie meine Rückenschmerzen oder sonst etwas. Keine Sorge, Paps. Ich habe einiges über Hypnose gelesen und werde mich in acht nehmen.« Grimmig fügte sie hinzu: »Ich werde ihnen sagen, daß ich versprochen habe, mich öfter telefonisch zu melden.«

Im Universitätsviertel waren viele junge Leute, die nicht zu merken schienen, daß es regnete; sie waren zu Fuß und auf Fahrrädern unterwegs und standen in Gruppen beisammen. Als sie zu dem Block kamen, wo Mikes Wohnung lag, mußte er fast bis zur nächsten Ecke fahren, bevor er parken konnte.

»Ich begleite dich bis zur Tür. Verdammt alberne Geschichte. Ich warne dich, es wird ihm nicht gefallen, wenn du wie eine besorgte Mutter hinter ihm herläufst. Kein bißchen.«

»Papa«, sagte sie, »wie, wenn es bei dir und Mutter passiert wäre? Würdest du ihr nicht hinterherlaufen?«

»Das ist was anderes.«

»Ich weiß. Komm mit, laß uns sehen, ob der Ausreißer schon daheim ist.«

Als sie sich dem Haus näherten, blieb Barbara stehen, die Hand hart auf dem Arm ihres Vaters. An der Haustür war eine der orangegelben Katzen und wollte offensichtlich hinein; die andere tappte hin und her. »Saber Dance und Ditto«, flüsterte sie. Die Katzen pflegten in den Blumenkästen zu schlafen, wenn Mike nicht zu Hause war. »Hast du letztes Mal nicht das Licht ausgeschaltet?«

Er nickte. Obwohl die Vorhänge zugezogen waren, konnten sie Licht im Wohnzimmer sehen. »Ich sagte dir, daß er hier sein würde«, sagte er verdrießlich.

»Aber etwas stimmt da nicht«, fuhr sie im Flüsterton fort.

»Mikes Wagen ist nirgendwo zu sehen.«

»Das ist auch nicht in Ordnung.« Ihr Griff an seinem Arm lockerte sich. »Gehen wir hinein und schauen nach. Wir werden es auf uns zukommen lassen.« Sie hatte den Schlüssel schon aus der Tasche genommen, doch als sie an der Tür standen, klopfte sie, und dann noch einmal. Die Katzen strichen um ihre Beine und miauten. Sie klopfte ein weiteres Mal, dann sperrte sie die Tür auf. Beide Katzen sausten an ihr vorbei hinein.

Ein breiter weißhaariger Mann saß am Computer; er hatte den Bildschirm geräumt und sich nach ihnen umgedreht. Er sah alarmiert und ärgerlich aus. Mike lag ausgestreckt auf einem der Sofas und hatte die Augen geschlossen. »He!« rief Barbara. »Was geht vor? Seid ihr taub oder was? Mike? Was ist los mit ihm?«

Sie lief zum Sofa und nahm Mike bei der Hand. Er

öffnete die Augen ein wenig, seufzte und schloß sie wieder.

»Er ist gerade umgekippt«, sagte der Mann am Computer. »Betrunken. Wer sind Sie?«

»Paps, ich denke, wir brauchen einen Krankenwagen oder die Polizei«, rief Barbara. »Was geht hier vor? Wer sind Sie? Was ist mit Mike geschehen? Ich bin seine Verlobte, und dies ist mein Vater.«

Ein weiterer Mann erschien im Durchgang zur Küche. »Bitte«, sagte er, »ängstigen Sie sich nicht. Ihrem Freund fehlt weiter nichts. Er hat zum Abendessen und danach einfach zuviel getrunken, fürchte ich.«

Sein Kopf war groß und schien durch sein dichtes, langes Haar, das von grauen Strähnen durchzogen, aber noch immer überwiegend braun war, noch größer. Walter Schumaker, dachte Barbara. Sie erinnerte sich, diesen Kopf im Laufe der Jahre auf den Titelseiten mehrerer Zeitschriften gesehen zu haben.

Frank war bei der Haustür geblieben. Nun zog er sie auf, wandte sich halb um und rief über die Schulter: »Bailey, rufen Sie die Polizei. Schnell!«

»Scheiße«, sagte der Mann am Computer. »Wer ist da draußen?«

»Bailey Novell, ein Privatdetektiv. Wir wollten ihn einige Namen und Telefonnummern notieren lassen, um Mikes Aufenthalt festzustellen«, sagte Frank. Er blickte wieder hinaus, winkte und zog die Tür zu. Die beiden Männer tauschten Blicke. Der am Computer stand auf. »Das wär's. Nichts wie weg.«

»Er blufft«, sagte der andere, der Frank aufmerksam musterte. »Beenden wir, was wir angefangen haben.«

»Beende nur, von mir aus. Ich gehe.« Er nahm einen Regenmantel von einem Stuhl und zog ihn an, während er zur Tür stapfte. Nach einem Augenblick folgte ihm der andere. Auch er nahm auf dem Weg durch das Wohnzimmer einen Mantel an sich. Sie gingen zusammen hinaus.

Frank sperrte die Tür hinter ihnen zu und eilte zu Barbara, die bei Mike geblieben war. Er beugte sich über ihn und zog ein Augenlid hoch, fühlte den Puls und sagte dann: »Ich glaube, es fehlt ihm nichts. Unter Drogen, vielleicht. Nicht betrunken.«

»Gibt es hier in der Nähe einen Arzt? Einen, der hierher kommen kann? Ich möchte ihn nicht ins Krankenhaus bringen, wenn es nicht sein muß. Zu viele Fragen.« Sie lächelte flüchtig. »Und wir kennen noch keine von den Antworten.« Du stellst nie eine Frage, auf die du die Antwort nicht schon weißt, dachte sie abwesend.

Frank nickte und sah sich nach einem Telefon um.

Der Arzt war gekommen und wieder gegangen. Er hatte Frank mit verdrießlichem Ausdruck angesehen und die Diagnose gestellt, daß Mike eine Beule am Kopf und wahrscheinlich ein starkes Beruhigungsmittel bekommen habe. Ohne Urin- und/oder Blutuntersuchung könne er nicht mehr darüber sagen. »Lassen Sie ihn schlafen. Wenn er morgen noch Kopfschmerzen oder Probleme mit dem Kopf hat, bringen Sie ihn zu mir, könnte eine Gehirnerschütterung sein.«

»Nicht hier! Wir können ihn hier nicht allein lassen«, sagte Barbara, als der Arzt gegangen war. Sie hatte die Katzen gefüttert und sich in der Wohnung umgesehen, doch schienen die beiden außer den Computern nichts angerührt zu haben. An beiden Geräten war äußerlich nichts von Manipulation zu erkennen. Der Computer im Wohnzimmer war noch eingeschaltet, der im Schlafzimmer nicht, aber auch er war noch warm.

»Richtig«, sagte Frank seufzend und setzte sich auf das zweite Sofa. Sein Blick ging zu Mike. »Andererseits wissen wir nicht, was diese Burschen suchten, ob sie es fanden oder ob sie zurückkommen werden.«

»Laß uns Bailey anrufen und beauftragen, daß er jemanden schickt, der den Rest der Nacht hier verbringt.

Bis morgen sollte Mike wieder funktionieren.« Die Frage war, ob er die Disketten in ein Schließfach getan hatte. Sie biß sich auf die Unterlippe, als sie die vielen Kästen mit Disketten auf seinem Computertisch durchsah.

Frank rief Bailey an und sprach beschwichtigend auf ihn ein, leugnete, daß es sehr spät sei und arrangierte, daß jemand vorbeikommen und das Haus über Nacht bewachen würde. Es war nach Mitternacht, als sie die Heimfahrt antraten. Ein junger Gehilfe Baileys war im Haus zurückgeblieben, Mike schlief auf den Rücksitzen des Wagens mit dem Kopf in Barbaras Schoß.

»Was, zum Teufel, hat Frobisher entdeckt?« murmelte er während der Fahrt. »Was ist auf diesen Disketten, und wo, zum Henker, sind sie jetzt?«

Barbaras Schlaf war von Träumen heimgesucht, die ohne Erinnerung an den Inhalt Angstgefühle hinterließen, ein vages Unbehagen. Sie versuchte sich an einen zu erinnern, schlief aber wieder ein. Zweimal fuhr sie aus dem Schlaf hoch und dachte jedesmal, sie habe Mikes Stimme gehört; als sie sich aufgerappelt hatte und nachsehen ging, fand sie ihn ruhig schlafend im Gästezimmer. Beim dritten Mal wälzte sie sich auf die andere Seite und schlief weiter. Blasses Licht sickerte bereits durch die Vorhänge.

Als sie hinunterging, war es halb zehn. An der Thermoskanne lehnte eine Notiz. *Sind fort, Mikes Wagen holen. Bald zurück. 7:15.* Das letzte Mal, dachte sie, hatte sie also wirklich Stimmen gehört.

Sie trank Kaffee und las den Notizzettel noch einmal, und nun wurde ihr klar, daß sie zu dieser frühen Stunde nicht weggefahren wären, den Wagen zu holen; das hatte Zeit bis später, wo immer er stand. Es ging also nicht um den Wagen. Die Disketten? Sie schlürfte den Kaffee und nickte. Es mußten die Disketten sein.

Und Mike mußte wohlauf sein, sonst wäre ihr Vater nicht mit ihm weggefahren. Die von ihren Träumen erzeugte Beunruhigung machte sie zu nervös, um still zu sitzen oder an ein Frühstück zu denken.

Sie begann den Tisch im Eßzimmer abzuräumen, faltete die Karten und Zeichnungen und legte alles Material, das sie gesammelt hatte, sorgsam zusammen. Wer konnte sagen, wozu das Material noch gut war? fragte sie sich trübe. Ihr Vater hatte befürchtet, daß er Nell nicht vom Haken bringen würde, und ihr war es auch nicht gelungen. Und das nächste Mal würde es noch schwieriger sein. Sie ging zur Terrassentür und blickte hinaus. Der Fluß war heute grau und still, als hätte er keine Eigenbewegung. Trügerischer Fluß, unbeständig wie ein halbwüchsiger Liebhaber.

Nell rief an und fragte, ob sie herüberkommen könne, und Barbara war erleichtert, etwas zu tun zu haben, während sie wartete.

Nell war von der kalten Luft rosig im Gesicht; sie sei zu Fuß gegangen, sagte sie. Nicht auf dem kurzen Weg durch Docs Grundstück, sondern außen herum auf der Straße. Es sei etwas, das sie vermißt habe, einfach zu gehen. »Wo stehe ich jetzt?« fragte sie am Küchentisch. Sie hatte die Ellbogen aufgestützt und hielt mit beiden Händen ihre Kaffeetasse.

»Es gibt verschiedene Möglichkeiten«, sagte Barbara. »Eine Wiederaufnahme des Verfahrens ist am wahrscheinlichsten.« Sie betrachtete Nell eine Weile, dann sagte sie: »Wenn Sie einen anderen Anwalt wünschen, werden wir das verstehen. Ich würde kooperieren.«

Nell schüttelte energisch den Kopf. »Nein. Aber ich sorge mich um Travis. Er ist zwölf, alt genug, um zu verstehen, was vorgeht, genauso wie jeder von uns. Am Erntedanktag werden wir zu meinen Schwiegereltern fahren, aber am Freitag zurück sein. Sie wollten, daß wir über das Wochenende blieben, aber ich sagte nein. Travis braucht … etwas. Ich weiß bloß nicht, was.

Vielleicht ein Gespräch.« Sie nippte vom Kaffee, starrte an Barbara vorbei. »Ich glaube, er mag Clive.«

Barbara sagte vorsichtig: »Wahrscheinlich braucht Travis, daß Sie eine Zeitlang mit ihm zu Hause sind. Es war für alle ziemlich hektisch in den letzten Monaten.«

Nell nickte, blickte noch immer an ihr vorbei ins Leere. »Ich denke, das ist ein Teil davon.« Sie gab sich einen Ruck und sah Barbara an. »Ich glaube nicht, daß einer von uns die Wiederholung des Verfahrens durchstehen könnte. Nicht John und Amy. Nicht meine Kinder. Und ich vielleicht auch nicht.«

»Sie sind müde. Das war zu erwarten. Auch ich bin müde. Wir alle sind es.«

»Clive würde bereit sein, beide Kinder zu adoptieren. Wußten Sie das? Das ist gut von ihm, nicht wahr?«

»Nell, hören Sie zu. Sie sind durch die Mangel gedreht worden und fühlen sich allein und verzweifelt, aber das Schlimmste liegt hinter Ihnen. Treffen Sie nicht zu früh irgendwelche Entscheidungen. Ruhen Sie sich zuerst aus. Entspannen Sie sich. Machen Sie Spaziergänge, spielen Sie mit den Kindern, tun Sie alles das, was Sie früher mit Ihnen zu tun pflegten, und versuchen Sie nicht, zu weit in die Zukunft zu blicken. Jetzt noch nicht. Wir können zum gegenwärtigen Zeitpunkt nicht wissen, wie der Bezirksstaatsanwalt entscheiden wird, und wir haben nicht aufgegeben, keineswegs. Es gibt noch einige Sachverhalte, die wir untersuchen müssen.«

Nell lächelte. Es war ein seltsam sanftes, fast nachsichtiges Lächeln, wie sie über ihre Tochter lächeln mochte, wenn sie Unsinn daherredete. »Wenn ich sage, was geschehen ist, wird mir nie jemand glauben. Ich kann es selbst nicht glauben. Und wenn ich es selbst nicht glauben kann, dann habe ich vielleicht wirklich eine Amnesie. Vielleicht nahm ich das Gewehr tatsächlich mit hinauf. Vielleicht war ich erschrocken und ängstlich, als er so plötzlich erschien, und feuerte, bevor ich überlegen konnte. Dann vergaß und verdrängte ich es und erfand eine unglaubliche Geschichte. Nicht weil ich erwartete, daß man mir glauben würde, sondern in Wirklichkeit, um herausgefordert und gezwungen zu sein, mich zu erinnern.« Sie nickte. »Wenn die Kinder älter sind, könnten sie das akzeptieren. Travis könnte es schon jetzt akzeptieren, glaube ich. Unfälle kommen vor. Niemand hat behauptet, ich hätte es geplant. Ein Unfall, was meinen Sie?«

Barbara überlief es eiskalt. Sie beugte sich über den Tisch. »Um Himmels willen, Nell, ist das die Wahrheit? Was taten Sie? Stiegen Sie auf einen Felsen, um ihn zu erschießen?«

»Das ist nicht unglaublicher als die Geschichte, die ich erzählt habe«, sagte Nell leise. »Ich weiß nicht die Einzelheiten, oder warum ich das Gewehr danach säuberte. Aber nichts davon ist wichtig. Können Sie nicht verstehen, was ich sage? Nichts davon ist wichtig, weil niemand je die Wahrheit glauben wird. Einer Lüge würden sie glauben.« Sie stand auf. »Vielleicht ist Wahrheit mehr relativ als wir vermuten. Vielleicht bedarf es eines Gläubigen, um etwas zur Wahrheit zu machen. Sie kann nicht unabhängig von mindestens einem Gläubigen existieren. Vielleicht gibt es keine Möglichkeit, jemals zu wissen, was wahr ist. Ich weiß nicht mehr, was ich glaube. Ich dachte immer, daß alles gut ausgehen würde, wenn man die Wahrheit sagt.« Sie lachte ohne Heiterkeit und verließ den Tisch, verließ die Küche.

Im Fortgehen sprach sie weiter. »Ich muß jetzt gehen. Ich wollte Ihnen dies sagen. Daß ich nicht glaube, die Kinder könnten es noch einmal durchmachen. Carol ist so verängstigt, daß sie schlimme Träume hat und wieder zum Daumenlutschen zurückgekehrt ist. Travis ... Heutzutage spricht er kaum noch mit jemandem. Er bringt es nicht über sich, mich gerade anzusehen! Was werden sie in der Schule zu ihm sagen? Im Schulbus?

Kinder können so grausam sein. Ich dachte, wenn sie eine Mutter und einen Vater hätten, wenn wir alle als eine Familie lebten, und wenn ich ... wenn ich eine Zeitlang weg sein müßte, dann würde es trotzdem eine Art Stabilität für sie geben.« Sie war inzwischen an der Garderobe, wo sie ihre Jacke anzog, eine Wollmütze aus der Tasche nahm und aufsetzte. Ihr kurzes, lockiges Haar schaute wie ein weicher Saum darunter hervor. »Kinder brauchen einen Vater«, sagte sie unbestimmt. »Ihren Vater haben sie nie gekannt.«

Barbara begleitete sie zur Tür. Sie fühlte sich hilflos. »Bitte«, sagte sie, »unternehmen Sie nicht zu früh etwas. Lassen Sie es ein paar Tage ruhen. Geben Sie uns eine Chance, einigen der Spuren nachzugehen, die uns vielleicht weiterbringen werden. Wollen Sie das tun? Bitte, Nell, werden Sie mir in der Minute, wenn Sie etwas entscheiden, Nachricht geben? Ganz gleich, was es ist?«

Nell hob die Schultern. »Ein paar Tage, ja. Aber ich wage nicht, zu lange zu warten, wissen Sie. Alles hat seine Zeit.«

Barbara sah ihr nach, bis sie hinter den hohen Bäumen verschwunden war. Dann warf sie die Tür zu. Das Telefon läutete.

Sie stand neben dem Anrufbeantworter, als sie eine tiefe Stimme zuerst nach Mike, dann nach ihr und ihrem Vater fragen hörte. Sie streckte die Hand zum Hörer aus, dann zog sie sie zurück und lauschte.

»Hier spricht Walter Schumaker. Ich würde gern ein Gespräch mit Barbara Holloway, Frank Holloway und Mike Dinesen führen. Heute nachmittag, wenn das angenehm ist. Ich werde die nächsten Stunden unter dieser Nummer zu erreichen sein. Bitte geben Sie mir Bescheid.« Er nannte die Nummer und legte auf. Sie spielte das Band zurück und hörte die Nachricht noch einmal ab. Dann runzelte sie die Stirn, zuckte die Achseln. Das konnte warten, bis ihr Vater mit Mike zurückkehrte. Sollten sie entscheiden, ob sie auf Schumakers Wunsch eingehen wollten.

Das unmittelbare Problem war, daß sie es Nell nicht verdenken konnte. Sie konnte nächste Woche ins Amtszimmer eines Richters gehen, begleitet von Frank; Tony und der Richter professionell und kühl, und es könnte enden: Urteil verkündet, sofortiger Haftantritt, die Zukunft geregelt. Nells Zukunft, die Zukunft der Kinder, Clives Zukunft. Ungewißheit war belastender als eine schlechte Entscheidung; hatte sie nicht das irgendwo gelesen? Wenn nicht, hätte sie es sollen, dachte sie grimmig. Sie konnte ihr nicht einmal sagen, daß sie Clive verdächtigte, nicht ohne irgendeinen Beweis. Aber sie konnte auch nicht zulassen, daß Nell ihn heiratete, nicht, wenn er es getan hatte. Ganz gleich, was, gelobte sie sich, sie durfte nicht zulassen, daß diese Hochzeit stattfand.

Ihre Stimmung war dem Nullpunkt nahe, als Frank und Mike einige Zeit später in ihren beiden Wagen eintrafen. Frank kam zuerst herein; sie blickte an ihm vorbei zu Mike, der gerade den Flur betrat. »Was, zum Teufel, hast du dir dabei gedacht? Wo warst du? Was ist mit dir geschehen? Wie geht es dir?«

Er schaute sie an, als könnten seine Augen nicht die rechte Scharfeinstellung finden; sein Gesichtsausdruck war verdutzt. Er streckte die Hand aus, hielt aber inne, bevor er sie berührte, ließ die Hand einen Augenblick in der Luft hängen und machte dann eine eigenartige Bewegung, als wollte er einen Umriß nachzeichnen.

»Mike! Was ist los?«

Plötzlich schien er aus einem traumähnlichen Zustand in die Gegenwart zurückzukehren. Er hob die Hand an den Kopf. »Ich glaube, ich habe eine Gehirnerschütterung oder was. Es ist jetzt in Ordnung.« Er zog sie in seine Arme und hielt sie umfangen.

Es war falsch, dachte sie beinahe panisch; dies war nicht die beruhigende Umarmung eines Mannes, der zu beweisen suchte, daß alles in Ordnung sei, sondern eher die anklammernde Umarmung eines Kindes, das aus einem Alptraum erwacht und wortlos bettelt, hier bleiben zu dürfen, um nicht in den schrecklichen Traum zurückzusinken.

34

Sie saßen im Wohnzimmer vor einem hell lodernden Kaminfeuer. Mike lag in einem der Sessel, hatte die Beine von sich gestreckt und die Augen geschlossen. Frank saß im Sessel gegenüber, steif und angespannt wie ein werdender Vater. Barbara saß mit angezogenen Beinen auf der Couch.

»Erzähl uns einfach, was geschah«, sagte sie mit leiser Stimme. »Mike, bitte komm zu dir und erzähl uns, was mit dir geschah! Sollen wir einen Arzt rufen?«

Er lachte, ohne die Augen zu öffnen. »Auf keinen Fall. Sie würden mich in eine Anstalt stecken. Solange ich mich nicht bewege und die Augen geschlossen halte, scheint alles in Ordnung zu sein.«

»In Gottes Namen, wie konntest du dann hierher fahren?«

Er machte ein nachdenkliches Gesicht, zog die Stirn in Falten und sagte dann: »Ich weiß nicht. Ich scheine ein verdrehtes Zeitgefühl zu haben, unter anderem.«

Hilflos blickte Barbara zu ihrem Vater. »Er war in der Küche, als ich aufstand«, sagte Frank. »Er wirkte auf mich so normal wie sonst und sagte, er wolle nach Hause, um zu sehen, was sie mit seinen Computern gemacht hätten, und zum Flughafen, um die Disketten zu holen, die er dort in einem Schließfach verstaut habe, und um seinen Wagen zu holen. Das kam mir vernünftig vor. Unterwegs hatte er die meiste Zeit die Augen geschlossen und sagte, er habe Kopfschmerzen.«

»Er fuhr mit geschlossenen Augen nach Hause?« rief sie. »Das ist verrückt!«

»Nun, nicht geschlossen, nicht wie jetzt. Wir fuhren los, er voraus, und er war ein wenig erratisch. Nur ein bißchen. Also überholte ich ihn und hielt an, und wir hatten ein kleines Gespräch, und er sagte, wenn er den Blick auf ein festes Objekt richte, sei es in Ordnung mit ihm. Danach fuhr er hinter mir her, ich nehme an, daß er auf mein Nummernschild starrte. Darum dauerte es so lang; ich fuhr nie über fünfzig.«

Sie starrte ihn ungläubig an. »Du ließest ihn in diesem Zustand fahren? Warum? Warum bist du nicht mit ihm zu einem Arzt gegangen? Wenigstens hättest du seinen verdammten Wagen irgendwo stehenlassen und ihn in deinem Wagen fahren können!«

Frank beobachtete Mike so aufmerksam, daß seine Augen zu tränen begannen. Er wischte sie mit dem Taschentuch und nahm seine Brille aus der Brusttasche. Nachdem er die Gläser sorgfältig geputzt hatte, sagte er: »Bobby, ich weiß nicht, warum, und das ist die heilige Wahrheit, ich weiß es nicht.«

Sie erschrak über ein tiefes Geräusch von Mike; verspätet merkte sie, daß er leise und tief in der Kehle gluckste. Seine Augen blieben geschlossen.

»Ich habe die Disketten«, sagte er. »Ich nahm sie mit nach Hause, um sie zu kopieren und zu sehen, was sie hatten. Einige Zeit später wußte ich, was Frobisher getan hatte, und ich mußte mit Schumaker und Margolis sprechen, auch mit Brandywine, falls sie da wäre. Ich war in Denver und rief Schumaker an. Du siehst, mein Zeitgefühl ist durcheinander. Tut mir leid. Ich tat etwas und dachte, ich sollte etwas anderes tun, und dabei tat ich wieder etwas anderes.« Er lachte dabei; es war wie die erwartungsvolle Freude eines Kindes am Weihnachtsmorgen.

»Was dann?« fragte sie. Ihre Stimme klang unvertraut, zu schrill, zitternd.

»Ich glaube, in Schumakers Büro oder irgendwo wurde ich sprunghaft. Unbeständig. Abweichend von der Norm, unberechenbar. Er sagte, die Arbeit sei erledigt, zerstört. Er log. Ich nehme an, daß sie mich überwältigten und mir dann etwas gaben, um mich zu beruhigen. Es funktionierte sehr gut. Dann waren wir zu Hause bei mir, und sie suchten nach den Disketten, um zu sehen, ob ich sie in meinen Computer geladen hätte, vielleicht unter einem anderen Namen gerettet und versteckt. Er brachte Margolis mit, weil der das Computergenie ist. Die Disketten können sich vor ihm nicht verstecken.« Diesmal brach das Gelächter aus ihm hervor. Beinahe sofort verschwand es wieder. »He, Barbara, nicht weinen. Es ist alles in Ordnung.«

Die Tränen rannen ihr über die Wangen. Aber er hatte die Augen nicht geöffnet.

»Ich werde uns Kaffee machen«, sagte Frank und eilte hinaus.

»Es tut mir leid, daß ich ihn und dich in Angst und Sorge versetzte«, sagte Mike leise. »Anscheinend kann ich jetzt nichts dagegen tun. Hör zu, Barbara. Hör zu. Ich muß diese Disketten noch einmal durchgehen. Ich kann nicht stehenbleiben, wo ich bin, verstehst du? Ich kann die Augen nicht immer geschlossen halten, aber wenn ich sie öffne, bin ich nicht wirklich sicher, was ich sehen werde. So sieht es jetzt aus.« Er lachte wieder, nicht offen, aber unter seinen Worten gluckste es.

»Nein! Wo sind sie?«

»Dein Vater hat sie. Aber Barbara, ich muß sie noch einmal durchgehen. Es ist wirklich notwendig. Ich komme mir vor wie eine flackernde Leuchtstoffröhre, ein und aus, ein und aus. Ich kann die Kopien auf dem Computer hier durchgehen.«

Sie schüttelte den Kopf. »Sag mir, was darauf gespeichert ist. Was sie mit dir gemacht haben. Du benimmst dich, als hättest du eine Gehirnwäsche bekommen oder was.«

»Gehirnwäsche. In der Waschmaschine, um und umgewälzt. Das ist genau richtig. In einem Strudel. Man wird um und umgewirbelt und hinuntergezogen und schließlich hinausgeworfen. Es gibt viele Orte, wo man landen kann, viele Orte, wo man ins Freie kommt, darunter aber einige, wo man nicht landen möchte, weil man sie nicht wieder verlassen kann. Im Strudel herum gewirbelt. Da bin ich jetzt, Barbara, werde herum und herum gewirbelt. Du kannst mich nicht hinausführen, und dein Vater kann es auch nicht. Ich hoffe, die Disketten können es.«

»Du bist auf einem Trip«, flüsterte sie. »Mein Gott, sie müssen dir LSD oder etwas Ähnliches gegeben haben. Eine halluzinogene Droge.«

Er lachte. »Ich will die Disketten, Barbara. Kommen Sie schon herein, Frank. Und bringen Sie Ihre Aktentasche mit. Da haben Sie sie hineingesteckt, nicht wahr?«

Frank kam ins Wohnzimmer. »Ich denke, wir sollten Doc anrufen oder ihn ins Krankenhaus bringen, wenn Doc noch nicht zu Hause ist.«

Barbara nickte niedergeschlagen.

»Damit sie einen zweiten Lucas aus mir machen?« murmelte Mike. »Das ist es nämlich, Barbara, was sie aus ihm machten. Er war im Strudel gefangen, und sie wußten nicht, was sie machen sollten, also setzten sie ihn jahrelang unter Beruhigungsmittel. Nicht mit mir, Frank. Nicht mit mir.« Er zog die Beine an und stemmte sich aus dem Sessel; als er die Augen öffnete, wurde er totenblaß, schwankte, fiel in den Sessel zurück und preßte beide Hände gegen die Ohren, schloß die Augen wieder. »Gott!« wisperte er. »O Gott!«

Barbara stand unsicher auf und trat einen Schritt auf ihn zu, dann noch einen. Er hob den Kopf, aber seine Augen stellten sich nicht auf sie ein; sein Gesicht war verzerrt, ob vor Schmerz oder aus Furcht, war unmöglich zu sagen. Sie hielt inne.

»Ich muß es beenden«, stieß er heiser hervor. »Ich wußte nicht genug, um den ganzen Weg zu gehen. Verstehst du? Ich kann hier nicht haltmachen!« Er hob eine Hand vor sich und machte eine fahrige Geste, als wollte er Spinnweben aus dem Gesichtsfeld wischen.

Er tat es wieder und wandte den Kopf zur Seite, streifte mit den Fingerspitzen seine Wange.

»Mike!« schrie Barbara. »Sieh mich an! Ich bin hier! Sieh mich an!«

Er fuhr weiter mit der Hand vor seinem Gesicht herum, wobei er es immer wieder streifte. Verzweifelt griff Barbara zur Kristallschale mit Süßigkeiten und bewegte sie vor seinen Augen. »Schau dies an, Mike! Du konntest dich auf den Wagen vor dir konzentrieren und nach Hause fahren, also kannst du dich auch auf dies konzentrieren! Schau es an!«

Langsam hörten seine Bewegungen auf, sein Blick richtete sich auf die Schale, die Barbara langsam vor ihm hin und her bewegte. Er holte tief Atem. »Frank«, sagte er erschöpft, »tun Sie es nicht.«

Frank war zum Telefon gegangen. Er blieb stehen.

»Sie wissen, was Brandywines Lösung war«, sagte Mike mit einer Stimme, die sich anhörte, als käme sie aus einem tiefen Tunnel oder Brunnen. »Sie wissen, daß Schumaker und Margolis mit ihr einig waren. Sie wußten nicht, was sie sonst mit Lucas anfangen sollten. Sie wissen nicht, wie sie dies beherrschen können, keiner von ihnen weiß es. Kein Arzt würde eine bessere Lösung haben als sie. Ich muß es beenden. Lucas kam schließlich heraus, wie wir wissen. Das ist der einzige Weg.«

Barbara fühlte Franks Arm um ihre Schultern. Sie starrten Mike an. Ein Lächeln ging über sein Gesicht, und er sagte fast spöttisch: »Im Moment bin ich ganz luzide. Luzide, vom lateinischen *lucere,* was leuchten bedeutet. Und im Laufe der Zeit änderten sie die Bedeutung in hell, durchsichtig, klar oder vernünftig. Falsch. Es bedeutet leuchten. Und ich bin ganz erleuchtet. Was ist geschehen? Alle Synapsen sind durchtrennt, und wenn sie jetzt ihre elektrischen Signale geben, ist es ziemlich willkürlich, aber leuchtend, mit farbigen Mustern und neuen Arten zu sehen und zu hören. Wie wenn ich den Fluß eine melancholische Melodie singen hörte. Er ist kalt – der Fluß – und unglücklich, denkt an den Frühling und an den Sommer und die schnellen silbrigen Fische. Jetzt sind sie träge. Ist das luzide, Barbara? Weißt du, ich habe nie so an den Fluß gedacht. Niemals. Aber das Dumme ist, ich kann den Fluß nicht dort draußen halten. Wenn ich die Augen aufmache, könnte er hier bei uns sein. Oder ich könnte draußen in ihm sein. Und du, Barbara, ich kann nicht sagen, wo du anfängst und aufhörst, wo deine Ränder sind. Oder meine. Besonders meine. Wo sind die Grenzen? Wo fängst du an und wo höre ich auf? Ich bin zu weit ausgebreitet, zu weit. Und ich weiß nicht, wie ich mich wieder zusammenziehen kann. Ich brauche die Disketten, Barbara. Der Strudel wird mich früher oder später auswerfen, die Synapsen werden sich in einem neuen Muster wieder verbinden, die Turbulenz wird enden, und es wird verschiedene Verknüpfungen geben, aber von welcher Art, und was werden sie bedeuten? Das Licht geht an und aus, an und aus, aber es muß aufhören, so oder so.« Er schnitt eine Grimasse und ballte die Fäuste, kniff die Augen noch fester zusammen. Als er wieder sprach, klang seine Stimme so fern, daß es schwierig war, die Worte auszumachen. »Diese Welt wird mich umbringen, Barbara. Ich muß zurückgeleitet werden. Ist das klar genug?«

»Ja«, flüsterte sie. Franks Hand drückte wie im Krampf ihre Schulter, und sie sagte es wieder, klarer und lauter: »Ja.«

»Gut«, sagte Mike ganz ruhig. »Laß uns anfangen.«

Er dirigierte sie, ohne die Augen zu öffnen. Bisweilen verzog er das Gesicht wie in Schmerzen oder vor Schrecken, und dann brach seine Stimme ab. Einmal mußte sie seinen Arm schütteln, um seine Aufmerksamkeit zu gewinnen und weiterzumachen. Sie schaltete den Computer ein, lud das Programm und brachte es in Gang, bevor Mike zu ihr kam. Als er es tat, ging er wie ein Schlafwandler, hielt den Blick starr geradeaus gerichtet und tastete sich mit einer Hand an der Wand vorwärts. Dann setzte er sich an den Arbeitsplatz und atmete tief auf. »Nicht zuschauen«, sagte er; danach ignorierte er sie und Frank vollkommen. Der Bildschirm füllte sich mit tanzenden und zuckenden Mustern. Barbara zog sich zurück. Ihr Mund war wie ausgetrocknet.

Frank nahm sie beim Arm und führte sie in die Küche. »Ich habe wirklich Kaffee gemacht«, sagte er.

»Ich habe solche Angst, Paps. Ich habe solche Angst!«

»Ich auch, Kind. Setz dich. Ich glaube, es blieb uns in der Angelegenheit keine Wahl. Setz dich hin.«

Sie setzte sich und umklammerte die Oberarme mit den Fingern und schaukelte vor und zurück. Frank kam an ihre Seite, legte ihr den Arm um die Schultern und strich ihr sanft übers Haar.

Barbara hatte belegte Brote gemacht, die weder sie noch ihr Vater wollte. Von Zeit zu Zeit ging sie oder er zur Tür des Arbeitszimmers, um zu Mike hineinzublicken, der wie gelähmt vor dem Bildschirm saß. Seine Finger, die über der Tastatur schwebten und hin und wieder zustießen, waren das einzige Zeichen von Bewußtsein, von Leben. Eine Stunde verging, eine weitere.

»Wie viele Disketten sind es?« fragte Barbara verzagt, als sie wieder einmal von der Tür des Arbeitszimmers zurückkam.

»Ich weiß nicht. Acht, zehn. Ein Stapel.«

Beide fuhren zusammen, als die Türglocke ertönte. Frank ging nachschauen, wer es war, und Sekunden später kam er mit Schumaker und Margolis und einem dritten Mann zurück, der einen Revolver hatte. Alle waren in Straßenanzüge, Mäntel und Hüte gekleidet, wie drei Börsenmakler oder Immobilienhändler, die unterwegs waren, ein wichtiges Geschäft abzuschließen.

»Dies ist unser Privatdetektiv«, sagte Walter Schumaker. »Nur ist unserer durchaus real. Mr. Holloway, bitte stellen Sie sich dort neben Ihre Tochter. Ich möchte mein Eigentum zurückholen, das Mike Dinesen gestohlen hat. Mr. Claypole hier ist unsere Versicherung, daß es keine Gewalttätigkeit geben wird.«

Als es schien, daß Claypole nachhelfen würde, wenn Frank der Aufforderung nicht Folge leisten würde, schritt er steif durch die Küche und nahm neben ihr Aufstellung. Schumaker nickte Margolis zu. »Sehen Sie sich schon einmal im Erdgeschoß um, Herbert.«

»Nein!« rief Barbara und rannte zur Tür, um das Arbeitszimmer zuzusperren.

Schumaker vertrat ihr den Weg. »Seien Sie nicht lästig«, sagte er.

»Sie können nicht mit einem bewaffneten Mann hier eindringen!« fauchte sie. »Das macht es zu einem bewaffneten Überfall!«

Schumaker zuckte die Achseln. Der Detektiv und Margolis waren in den Korridor und ins Arbeitszimmer gegangen, dessen Tür offenstand. Frank ging zur Tür hinaus in den Korridor. Schumaker versuchte nicht, ihn daran zu hindern. Der Detektiv blockierte den Eingang zum Arbeitszimmer. Mike, am Computer, schien nicht zu bemerken, daß Margolis zu ihm gekommen war und mit einer Hand an ihm vorbeireichte. Als Margolis das Gerät ausschaltete, wachte Mike auf und wollte sich erheben. Margolis legte ihm eine Hand auf die Schulter, drückte ihn wieder auf den Stuhl; mit der anderen Hand nahm er die Disketten an sich, die neben dem Computer lagen. Er steckte sie in die Tasche. Mike war passiv wie ein Zombie geworden.

»Sieht so aus, als hätten sie alles auf Festplatte gespeichert«, sagte Margolis.

Aus dem Korridor sagte Schumaker: »Nun, dann löschen wir es, nicht wahr? Du bist der Computerfachmann.«

Plötzlich versuchte Mike sich mit einem Ruck von Margolis' Hand zu befreien und aufzuspringen, und diesmal kam der Detektiv mit ein paar langen Schritten hinzu, packte ihn beim Arm, zog ihn herum und drehte ihm den Arm auf den Rücken. Mike schnitt ein Gesicht und ächzte und versuchte den kräftigen Mann mit der freien Hand zu treffen, aber dieser drückte ihm den Arm nur noch höher. Mike stand vornübergebeugt, und plötzlich sackte er schlaff zusammen und wäre zu Boden gefallen, wenn der Detektiv ihn nicht aufgefangen und gehalten hätte. Claypole machte ein verdutztes Gesicht.

Barbara war bereits an Mikes Seite und fühlte nach dem Puls. »Was haben Sie ihm getan? Bringen Sie ihn zur Wohnzimmercouch. Um Gottes willen, was haben Sie ihm getan?«

»Nun mach schon«, sagte Schumaker zu Margolis, dann wandte er sich um und ging voraus durch den Korridor ins Wohnzimmer.

»Sie können jetzt gehen«, sagte er zu Claypole, sobald dieser Mike auf die Couch gelegt hatte. Der Detektiv zuckte die Achseln und ging ohne ein Wort. Schumaker trat an die Couch und betrachtete Mike mit brütendem Gesichtsausdruck. »Er wird wahrscheinlich die nächsten Stunden schlafen«, sagte er. »Das tun sie meistens nach einer Sitzung.« Er zog seinen Mantel aus, legte ihn sorgfältig zusammen und über eine Stuhllehne.

Barbara funkelte ihn haßerfüllt an. Sie hatte neben Mike am Boden gekniet; nun stand sie steif auf und ging zum Telefon. »Ich werde die Polizei verständigen. Hausfriedensbruch. Bewaffneter Überfall. Diebstahl. Körperverletzung.« Sie nahm den Hörer ab.

»Die Beamten werden ihn aufwecken und ein irre redenden Verrückten vor sich haben, und zwei sich ohne Zusammenhang ausdrückende Zeugen.« Schumaker ließ sich auf dem Stuhl nieder, vermied es aber, sich zurückzulehnen, um seinen Mantel nicht zu zerdrücken. »Miss Holloway, Sie und Ihr Vater sind in etwas hineingeraten, was Sie nicht verstehen können. Verschlimmern Sie die Situation nicht unnötig durch das Hinzuziehen weiterer Außenseiter. Sie wissen, daß wir die Disketten verbrennen und alle im Computer gespeicherten Daten löschen können, lange bevor Polizei eintrifft. Lassen Sie uns zuerst miteinander reden.«

Sie blickte von ihm zu ihrem Vater, der aschfahl im Gesicht war. Er nickte wortlos und setzte sich in seinen Sessel. Sie legte den Hörer zurück.

»Reden Sie«, sagte sie, ohne sich von der Stelle zu rühren.

»Setzen Sie sich«, sagte Schumaker müde, dann wartete er, bis sie zur Couch hinüberging und sich neben Mike auf den Boden setzte. »Wenn Sie die Polizei rufen, werde ich folgende Aussage machen: Gestern drang dieser mir völlig fremde Mann gewaltsam in mein Haus ein und stieß wilde Drohungen aus. Er war im Besitz von Arbeit, an der ich vor sieben oder acht Jahren beteiligt war; wie er diese Arbeit an sich brachte, ist mir unbekannt. Er brachte wirre Anschuldigungen vor und verlangte Erklärungen für die Arbeit, an die ich seit einem Jahrzehnt nicht einmal gedacht habe. Schließlich mußten wir ihn bändigen, und dann floh er. Ich verständigte meinen Mitarbeiter, der vor langer Zeit gemeinsam mit mir an dem Projekt gearbeitet hatte, und wir kamen überein, uns am Flughafen zu treffen, um den jungen Mann zu überreden, daß er die Disketten herausgebe, die unser Eigentum sind. Er gab zu, daß sie unsere Arbeit enthielten, wir könnten sie haben, wenn wir ihn nach Hause begleiteten, wo sie lägen. Wir gingen darauf ein. Sie beide unterbrachen uns jedoch inmitten dieser Bemühungen. Heute mietete ich in Befürchtung weiterer Gewalttätigkeit einen Leibwächter, der uns hierher begleitete, um die restlichen Kopien der Disketten zu holen.« Er blickte finster und schüttelte den Kopf. »Es ist nicht hübsch und nicht absolut glaubhaft, aber bedenken Sie folgendes, Miss Holloway: Ihr Freund ist nicht in der Lage, einem Wort davon zu widersprechen. Er bedrohte mich, und er sagte, ich könne die Disketten abholen.«

Frank hatte aufmerksam zugehört. Nun räusperte er sich und sagte: »Sagen Sie uns, Dr. Schumaker, was enthalten diese Disketten, das so wichtig ist, daß sie alle von Denver hier heraufkommen und zu solchen Mitteln greifen, um sie an sich zu bringen?«

Schumaker nickte ernst. »Gut, das haben Sie verdient, denke ich«, sagte er nach kurzer Pause. »Frobisher entdeckte ein perfektes Werkzeug zur Herbeiführung von Wahnsinn. Glauben Sie mir, es war ganz und gar nicht, was er bezweckte und suchte, sondern eine Nebenerscheinung, die er nicht eliminieren konnte. Es dauert nur wenige Stunden, und wie es scheint, ist niemand wirklich immun dagegen. Stellen Sie sich vor, was solch ein Programm in den Händen skrupelloser Leute bewirken könnte. Es könnte in kleinen Teilabschnitten gesehen werden und trotzdem seine Wirksamkeit behalten. Eine oder zwei Minuten während eines halbstündigen Fernsehprogramms. Ein paar Minuten während eines Spielfilms von zwei Stunden. Das würde nach fortgesetzter Verfeinerung ausreichen. Jeder könnte das Material reproduzieren und senden. Darum ist es so wichtig, Mr. Holloway. Während einer sehr kurzen Zeitspanne assistierte ich Frobisher bei seinem Projekt, bis ich verstand, was dabei herauskam; zu diesem Zeitpunkt zog ich mich von der Arbeit und dem Mann zurück und unterbrach alle Verbindungen. Ich dachte, auch er hätte es aufgegeben, als ich hörte, daß er von einer seiner Versuchspersonen umgebracht worden war. Ich hatte keine Ahnung, daß er an dem Projekt weitergearbeitet hatte und daß die Disketten noch immer einsatzbereit waren, bis Dr. Brandywine sagte, jemand habe sie hier wiedergefunden. Gestern überzeugte mich Ihr junger Freund, daß das Programm tatsächlich noch immer wirksam ist, noch immer tödlich. Mindestens vier junge Leute wurden von diesem Programm in den Wahnsinn getrieben, Mr. Holloway, fünf, wenn wir Dinesen hier mitzählen. Vier dieser jungen Männer sind jetzt tot. Sobald wir wissen, daß Ihr Computer von dem Material gereinigt ist, werden wir die anderen Disketten vernichten, in Ihrer Gegenwart, wenn Sie Wert darauf legen, und das wird das Ende der Angelegenheit sein.« Er blickte zu Mike, bedauernd jetzt. »Was die Frage angeht, wie er daraus hervorgehen wird, so habe ich keine Ahnung. Lucas Kendricks wurde soweit gerettet, daß er das ziemlich eintönige Leben einer Hilfskraft in einer Hausmeisterei führen konnte. Er war der Glückspilz unter den vier Versuchspersonen, von denen wir wußten. Und Frobisher ist tot. Es gibt niemanden zu bestrafen, keinen Schuldigen. Dr. Brandywine, Dr. Margolis und ich versuchten die Bedrohung abzuwenden. Wir wußten nicht, daß es Disketten gab; sobald wir davon erfuhren, versuchten wir sie zurückzugewinnen, um jeden möglichen Mißbrauch auszuschließen.« Er breitete die Hände aus und hob die Schultern. »Wenn Sie die Disketten Dr. Brandywine ausgehändigt hätten, würde dieser junge Mann sich nicht der Wirkung des Programms ausgesetzt haben. Wen trifft die Schuld, Mr. Holloway?«

Alle wandten sich um, als Herbert Margolis ins Wohnzimmer kam. »Erledigt.« Er zog eine Handvoll Disketten aus der Tasche und hielt sie in die Höhe. »Das sind alle.«

»Legen wir ein paar Scheite nach, und wenn der Kamin gut zieht, bringen wir die Sache zu Ende«, sagte Schumaker. Er stand auf, um das Feuer neu zu entfachen, und als die neuen Scheite hell loderten, trat er zurück und sah zu, wie Herbert Margolis die Disketten eine nach der anderen ins Feuer warf. Es dauerte nicht sehr lange; niemand bewegte sich, als die Disketten sich krümmten, Feuer fingen und sekundenlang aufflammten, bis sie zu schwarzer Asche wurden.

»Und nun ist es wirklich ausgestanden«, sagte Schumaker und holte tief Atem. »Endlich.«

»Nein«, sagte Barbara mit leiser Stimme. Sie saß noch am Boden neben der Couch, wo Mike schlief. »Es ist nicht ausgestanden. Ich weiß nicht, was Frobisher mit seinem Projekt bezweckte, aber bei Lucas hatte er endlich Erfolg. Er hatte auch Erfolg mit dem letzten Jungen, mit dem er arbeitete, und er tötete diesen Jungen, weil er Erfolg gehabt hatte. Nicht wahr? Ist das nicht, was tatsächlich geschah?«

Margolis sah erschrocken aus und begann energisch den Kopf zu schütteln. »Das ist nicht, was geschah! Die Polizei stellte fest, daß der Junge Frobisher getötet hatte!«

»Sei still«, sagte Schumaker.

Barbara fuhr fort: »Wie, wenn es bei Mike Erfolg gehabt hätte, Dr. Schumaker? Würden Sie ihn auch tot sehen wollen? Ist das der Grund, warum Lucas tot ist, weil das Programm bei ihm erfolgreich verlief?«

Schumaker nahm seinen schönen grauen Mantel von der Stuhllehne und zog ihn an. Den Blick, den er ihr schenkte, war mitleidig und geringschätzig. »Sie wissen so gut wie ich, daß Nell Kendricks ihren Mann tötete. Und Sie sollten dankbar sein, junge Dame, daß der Prozeß bei Ihrem Freund nicht erfolgreich verlief. Denn wenn das geschehen wäre, würde er der einsamste Mensch auf der Welt sein. Lieber verrückt und zufrieden als der einzige von seiner Art auf Erden.«

»Er ist Mathematiker wie Sie«, sagte sie. »Nein, das ist nicht ganz richtig. Nicht wie Sie. Er findet Sie nicht sonderlich gut. Er sagte, Sie hätten Ihren Gipfelpunkt vor fünfundzwanzig Jahren gehabt und seitdem keine eigenständig schöpferische Arbeit mehr leisten können, aber er ist so brillant, wie Sie vielleicht einmal waren.«

Schumakers Gesicht war dunkel angelaufen. Sie stand auf und sagte in der gleichen, leisen angespannten Stimme: »Er weiß jetzt, was auf diesen Disketten ist.«

»Sie sind ein Dummkopf«, versetzte Schumaker. »Wenn das Verfahren bei ihm funktionierte, würde es ihm gleich sein, ob sonst jemand davon weiß oder nicht. Aber es funktionierte nicht, weil es nicht funktioniert haben kann. Das Verfahren selbst ist unmöglich. Frobisher versuchte das Unmögliche und scheiterte. Dinesen wird den Eindruck eines Verrückten erwecken, meine Liebe. Eines Wahnsinnigen. Für wie lange, kann ich nicht voraussagen. Schizophren, vielleicht paranoid, er mag ahnen und träumen, daß diese Disketten etwas Wundervolles enthielten, aber es wird für immer außer Reichweite sein, so unmöglich zu erreichen wie der Regenbogen. Es wird keine Finanzierung geben. Bis er sich erholt, keine Seminartätigkeit, keine Arbeit irgendwelcher Art. Er wird nicht einmal in der Lage sein, ein Gespräch mit einem anderen Menschen zu führen. Ich sah diese Jungen: stammelnde Idioten, jeder einzelne von ihnen. Lucas Kendricks war ein irreredender Wahnsinniger, wenn er nicht unter Beruhigungsmitteln stand. Ich wollte ihn in eine Anstalt geben, irgendwohin. Draußen in der realen Welt wäre er am ersten Tag, in der ersten Stunde umgekommen. Zwei Jungen fuhren über die Böschung, wahrscheinlich dachten sie, sie könnten fliegen oder was. Das ist, was der Prozeß bewirkt, Miss Holloway.« Er bewegte sich zur Tür.

»Was fand Dr. Brandywine, als sie diese Jungen hypnotisierte?« fragte Barbara.

Diesmal war Schumaker erstaunt. »Das hat sie Ihnen nicht gesagt«, erwiderte er. »Sie hat nie etwas dergleichen gesagt.«

»Was erfuhr sie durch die Hypnose von ihnen?«

Herbert Margolis griff hastig zu seinem Mantel und fuhr hinein. »Ich gehe«, sagte er.

»Sie erfuhr etwas, das Sie alle so ängstigte, daß Sie

die Arbeit abbrachen, nicht wahr?« sagte Barbara. »Das war der Anlaß zum Abbruch Ihres Projekts, nicht daß ein paar unglückliche Jungen verrückt wurden oder starben, sondern weil Sie etwas erfuhren, das Sie erschreckte. Was war es, Dr. Schumaker? War es der Umstand, daß das Verfahren tatsächlich so funktionierte, wie Emil Frobisher gehofft hatte? Und daß Sie sich damit etwas aufgehalst hatten, das Sie nicht zu beherrschen wußten? War es das?«

Schumaker zog Glacéhandschuhe aus der Manteltasche und zog sie bedächtig an, ohne den Blick von Barbara zu wenden. Dann sagte er in ruhigem Ton: »Lassen Sie die Finger davon, Miss Holloway. Sie mögen die Gesetze kennen, aber Sie sind hier in einen Bereich getappt, wo Sie so unwissend wie ein Schulkind sind. Das Projekt existiert nicht mehr. Es kann nicht reproduziert werden. Dinesen wird in keiner Verfassung sein, es zu rekonstruieren, und Sie wissen nichts darüber. Ich will Ihnen nur diesen einen Rat geben. Wenn Sie einen Psychologen heranziehen, versuchen Sie mit ihm, Dinesen zu hypnotisieren, und Sie werden bestätigen müssen, daß er verrückt ist, daß er die Verbindung mit der Wirklichkeit verloren hat; er mag sogar über eine fremdartige, seltsame Weltsicht sprechen, aber nicht über die Arbeit, das Verfahren. Lassen Sie die Finger davon.«

Er wandte sich um und ging hinaus. Frank folgte ihm zur Haustür und sperrte hinter ihm ab. Als er ins Wohnzimmer zurückkam, stand Barbara vor der Couch und blickte auf Mike, der sich nicht ein einziges Mal bewegt hatte. Frank legte ihr den Arm um die Schultern und drückte sie kurz.

»Ach, Bobby, in was für ein Hornissennest sind wir da geraten!«

Sie löste sich von seinem Arm. »Da hast du recht. Hast du alles aufgenommen?«

»Gott, woher weißt du das?«

»Ich sah dich mit deinem Kugelschreiber spielen und erinnerte mich daran, daß du immer so ein Agentengerät hattest, mit einem Mikrofon, das wie ein Kugelschreiber aussieht. Hast du damit auch die Gerichtsverhandlung aufgenommen?«

»Ja. Funktioniert prächtig. Ganz ausgezeichnet. Aber ich weiß nicht, was es uns helfen kann?«

Sie blickte wieder auf Mike hinab. Vielleicht braucht er eine Decke, dachte sie vage. Oder Handschellen? Eine Zwangsjacke? Die Bandaufnahme würde nicht das geringste nützen, dachte sie in Verzweiflung. Nicht das geringste.

35

Um vier rief Doc an und fragte, ob er vorbeikommen könne. Frank blickte zu Barbara, die mit einem Buch in den Händen saß, ohne ein Wort zu lesen. Sie zuckte die Achseln. Mike schlief auf der Couch, jetzt zugedeckt. Sie hatte ihm die Schuhe ausgezogen. Er schlief friedlich wie ein Säugling.

»Sicher, Doc«, sagte Frank. »Ich habe nichts vor.«

»Ich glaube, es bringt nichts, wenn er Mike zu sehen bekommt«, sagte sie. »Oder daß ich ihn sehe.«

»Wir werden in meinem Arbeitszimmer reden.« Im Laufe dieses Nachmittags war er dann und wann an die Couch getreten, hatte Mikes Stirn oder seinen Puls gefühlt. Als er sich im Sessel niedergelassen hatte, war er noch nicht einmal auf den Gedanken gekommen, etwas zu lesen. Er hatte ins Feuer oder zum Fenster hinausgestarrt, oder seine Tochter und Mike betrachtet. Er war froh über Docs Besuch, begrüßte die Unterbrechung.

Er ging hinaus und überließ Barbara ihre Aufgabe als Babysitter. Der Gedanke bereitete ihm Kummer. Er hatte ihr nie auch nur andeutungsweise zu verstehen gegeben, wie sehr er sich nach einem Enkelkind, einer ganzen Schar von Enkelkindern sehnte. Er wäre überglücklich gewesen, wenn Tony DeAngelo ihm zu einem Enkelkind verholfen hätte, so wenig er ihn leiden konnte. Aber seine Gene waren wahrscheinlich in Ordnung, hatte er sich gesagt, und er wußte, daß Barbaras nichts zu wünschen übrig ließen. Der Augenblick des Kummers verging, als er einen letzten Blick auf Mike warf. Dann schloß er die Wohnzimmertür und ging in die Küche, um auf Doc zu warten.

Zuerst lehnte Doc seine Gastfreundschaft ab. »Es ist ein geschäftlicher Besuch«, sagte er steif, als er seine lange, schwere Winterjacke auszog. Er bewegte sich ruckartig und nervös wie immer, konnte nicht lang genug stillsitzen, um einen Stuhl anzuwärmen.

»Gut, aber wir können auch bei einem Glas Wein oder einer Tasse Kaffee über geschäftliche Dinge sprechen«, knurrte Frank.

Doc entschied sich für Kaffee und ging zur Schiebetür, die auf die Terrasse hinausführte. Im Licht des Spätnachmittags war der Fluß fast schwarz. Es dämmerte bereits, die Wolken hingen tief und drohten wieder mit Regen und nassem Schnee in den Bergen.

»Ich möchte, daß Sie meine Scheidung einreichen«, platzte Doc heraus und marschierte mit nervöser Energie in der Küche auf und ab, als Frank bei der Kaffeemaschine stand.

»Hm. Haben Sie beide darüber gesprochen?«

»Nein, nein. Ich wollte zuerst mit Ihnen reden. Aber sie weiß es, bloß noch nicht, wann. Und das ist jetzt.«

»Setzen Sie sich, Doc. Sie machen mich nervös.« Frank kam mit dem Kaffeetablett und deutete mit einem Nicken zu einem der Stühle am Küchentisch. Doc setzte sich. »Nun heraus damit.« Er schenkte Doc und sich ein.

»Da gibt es keine langen Erklärungen! Ich will raus. Ich habe es schon lange gewollt, aber es schien – ach, ich weiß nicht – unanständig, denke ich. Jetzt ist es mir gleich. Nichts wie weg.«

»Gibt es eine andere?«

Doc sprang so rasch auf, daß er beinahe seinen Stuhl umgeworfen hätte. Er erwischte ihn bei der Lehne und stellte ihn wieder hin, setzte sich wieder darauf. »Nicht so. Ich meine ... Nichts dergleichen.«

Frank betrachtete ihn trübe. Barbara hatte ihm von Doc und Nell erzählt, aber das war vorbei, dessen war er sicher. »In Ordnung«, sagte er, »aber Sie sollten zur

Eheberatung gehen, wissen Sie. Differenzen können beigelegt werden, wenn beide Teile Versöhnung wünschen.«

»Ich wünsche sie nicht! Mein Gott! Ich sagte, ich will raus! Das ist alles.«

»Erwarten Sie, daß Jessie sich wehren wird?«

»Oh, gewiß. Mit Klauen und Zähnen.«

Frank seufzte traurig. Wenn er Jessie richtig einschätzte, konnte das nur ein böses, widerwärtiges Waschen schmutziger Wäsche werden, peinlich und unangenehm, alles das, was er haßte. »Dann sollten Sie mit einer Partnerin aus meiner Kanzlei sprechen, Sandra Seligman. Wie Sie wissen, befasse ich mich nicht mit Scheidungen.«

»Hören Sie schon auf, Frank!« Er fuhr sich mit beiden Händen durch sein schütteres Haar und stieß mit dem Ellbogen beinahe seine Tasse um. Frank ergriff sie geistesgegenwärtig und schob sie aus der Gefahrenzone. »Jeder Anwalt kann eine einfache Scheidung durchziehen. Ich könnte mir ein Buch über Scheidungsrecht besorgen und es selbst tun. Übrigens habe ich Ihnen in vielen Fällen Beistand geleistet, die nicht in mein Fachgebiet fielen.«

»Nicht ohne viel Geschrei und Aufhebens«, versetzte Frank. »Und Sie hätten mich jederzeit einem Spezialisten überweisen können, wissen Sie.«

»Aber ich habe es nicht getan. Ich will nicht diese Sandra Soundso, wer sie auch sein mag.«

»Das wird keine einfache Scheidung, Sie Optimist! Da ist Immobilienbesitz, da sind Geldanlagen und eine Lebensversicherung, denke ich, und Ihr Einkommen, heute und in der Zukunft. Was für ein Bild wird Jessie in ihrem Rollstuhl vor dem Scheidungsrichter abgeben? Sie können sich freuen, wenn Sie Ihre Socken behalten dürfen!«

»Ich weiß das alles«, sagte Doc kleinlaut. »Es ist mir einfach egal. Helfen Sie mir, Frank. Ich möchte, daß Sie es machen. Heute abend bringe ich sie zu ihrer Schwester nach Palm Springs. Über das Erntedank-Wochenende.« Er stieß ein kurzes, bitteres Lachen aus, das mehr wie ein Schluchzen klang. »Am Freitag werde ich es ihr sagen, dort unten. Wir werden am Samstag darüber reden, und am Sonntag fliege ich zurück. Sie wird nicht mit mir zurückkehren. Noch nicht. Sie wird ihre Schwester haben, die sie tröstet und mit ihr Pläne schmiedet und Rache schwört, was immer. Das ist auch in Ordnung. Danach, ich weiß nicht. Wahrscheinlich werde ich in der Stadt bleiben. Ich möchte nur wissen, ob Sie die Sache in die Hand nehmen werden. Ich erwarte nicht, daß Sie Wunder wirken. Sehen Sie einfach zu, daß ich mit heiler Haut herauskomme. Das ist annehmbar.«

»Verdammt noch mal!« stieß Frank hervor. »Könnte sein, daß Sie das wörtlicher nehmen müssen als Sie es meinen.« Er trommelte mit den Fingern auf den Tisch, dann sagte er: »Hören Sie zu, Doc. Als ich krank war, haben Sie einige verdammt peinliche Sachen mit mir gemacht. Jetzt bin ich an der Reihe. Und Sie bleiben auf dem Stuhl da sitzen und antworten, oder ich schmeiße Sie raus. Ich weiß über Sie und Nell Bescheid. Verdammt, ich sagte, bleiben Sie sitzen!«

Doc war schneller aufgesprungen, als Frank die Hand ausstrecken und ihn festhalten konnte. Er lief zur Schiebetür und stand mit eingezogenen Schultern, starrte in die Dämmerung hinaus.

»Meinetwegen antworten Sie von dort. Mir ist es gleich, aber sagen Sie mir, was ich wissen muß. Ist es aus mit Ihnen beiden?«

Doc nickte.

»Seit wann?«

»Spätsommer, Frühherbst, ich weiß nicht.«

»Hat Jessie Ihnen gegenüber jemals angedeutet, daß sie es weiß?«

»Niemals. Erst bei der Zeugenaussage. Ich hätte es

nie gedacht.« Plötzlich wandte er sich um und kam an den Tisch zurück. Er stützte beide Hände darauf und beugte sich näher. »Sie wußte Bescheid. Gott weiß, wie lange, aber sie wußte es. Es war ihre Idee, daß Nell sich mit Clive Belloc zusammentun sollte. Sie sagte, es sei unnatürlich, daß solch eine hübsche junge Frau mit keinem Mann ausgehe; die Polizei würde das verdächtig finden. Und jeder hier herum wisse, daß sie bis nach Lucas' Tod nichts von ihm wissen wollte; kein Skandal könne den beiden angehängt werden, wenn sie sich zusammentäten. Ich glaubte ihr. Gott helfe mir, ich glaubte ihr, daß sie Nell helfen wollte. Aber die ganze Zeit war es nur auf mich gemünzt, und sie fürchtete, daß ich nach Lucas' Tod ... Ich weiß nicht, vielleicht, daß ich tun könnte, was ich jetzt tue.«

Frank seufzte.

»Aber sie würde es nie zugeben, nicht für eine Million Dollar«, sagte Doc heftig. »Sie ist zu arrogant, um zuzugeben, daß eine jüngere Frau daherkam, daß ihr Mann fremdgegangen sein könnte, daß sie nicht der einzige Stern in seinem Universum war. Das wird sie nicht zugeben.« Er lächelte schief, eine humorlose Grimasse. »Es würde sie mehr verletzen als mich, und das weiß sie. Ich habe den Punkt erreicht, wo mir scheißegal ist, wer was weiß, und auch das hat sie begriffen.«

Frank sparte sich die Mühe, ihm zu sagen, daß viele Leute, die eine Scheidung gegen den Willen eines feindseligen Partners durchsetzen mußten, mit Vergnügen in die Fallgrube springen würden, wenn sie die Gewißheit hätten, daß der einst geliebte Partner auch dort hineinfallen würde. Statt dessen seufzte er wieder. »Okay, rufen Sie mich an, wenn Sie wieder in der Stadt sind. Und denken Sie darüber nach, bevor Sie dieses kleine Gespräch mit ihr anfangen, ja?«

Doc zuckte die Achseln. »Ich sagte ihr, ich würde herüberkommen, um Ihnen unseren Schlüssel zu geben, damit Sie hin und wieder nach dem Rechten sehen. Hier ist er. Keine Lügen. Gott sei Dank, keine Lügen mehr, nachdem dieses elende Wochenende überstanden ist.« Er zog einen Schlüssel von seinem Ring und legte ihn auf den Tisch.

Bald darauf ging er, so nervös wie er bei der Ankunft gewesen war, aber mit einer neuen Entschlossenheit, die all seine Bewegungen zielgerichteter erscheinen ließ, nicht mehr wie die steuerlose, blinde Rastlosigkeit eines verzweifelt unglücklichen Mannes.

Frank öffnete die Wohnzimmertür und sah Barbara neben der Couch knien und Mikes Hand halten. Sie schüttelte den Kopf, steckte seine Hand wieder unter die Decke und stand auf.

»Ich dachte, er käme zu sich. Er bewegte sich, aber das ist alles, nur ein Bewegen. Es bewegt sich, es atmet, es ist lebendig!«

»Du brauchst was zu trinken. Und ich kann auch ein Glas gebrauchen. Komm, schenken wir uns einen ein, und ich erzähle dir von Docs neuem Rückgrat. Ein genialer Orthopäde bekam ihn zu fassen und schob es ihm unter die Haut, ohne ein Tropfen Blut, soweit ich sehen konnte.«

Als er ihr von Docs Plänen erzählte, fluchte sie. Und auf seinen fragenden Blick sagte sie dunkel: »Nichts. Bloß ein weiterer dünner Faden durchschnitten, das ist alles. Wenn Jessie abreist, ohne jemandem zu sagen, ob und was sie über Lucas' Tod vielleicht weiß, werden wir es nie herausbringen. Darin bin ich mit Doc einer Meinung. Sie wird wahrscheinlich nicht mehr hierher zurückkommen. Zu stolz.«

»Kind, sie würde nicht den kleinen Finger heben, um Nell zu helfen, ganz gleich, was geschehen mag. Das weißt du so gut wie ich.«

Nach dem Abendessen schlummerte Frank in seinem Sessel; Barbara versuchte sich auf das Buch zu konzentrieren, auf das sich zu konzentrieren sie den ganzen

Tag versucht hatte. Sie bemühte sich, das Gelesene zu wiederholen: Der normale menschliche Herzschlag ist nicht regelmäßig. Es gibt eine willkürliche Unregelmäßigkeit, die heute als gesund erkannt wird. Gut. Sie nickte dem Buch zu. Wenn der Herzschlag sehr regelmäßig wird, kann ein Infarkt folgen. Wenn er extrem unregelmäßig wird, kann Herzflimmern innerhalb von Minuten den Tod herbeiführen. Dann war der Autor zum Gehirn und seinen Wellen übergegangen, die auch willkürlich unregelmäßig seien. Der Flimmereffekt könne in manchen Menschen die Gehirnwellen in ein regelmäßiges Muster synchronisieren, und das Resultat könne ein plötzlicher Umschwung zur Turbulenz sein, eine chaotische elektrische Aktivität: ein Anfall, gut, sagte sie sich wieder.

Alle Kinder Gottes haben Unregelmäßigkeiten, sagte sie sich. Unregelmäßigkeit, der Ruin der westlichen Zivilisation.

Auf einmal fiel ihr einer der Artikel ein, die Ruth Brandywine geschrieben hatte, einer, der nicht vom Lernverhalten Heranwachsender handelte. Dieser hatte sich mit Kanälen beschäftigt. Synapsen. Zur Zeit der Geburt waren sie alle offen und empfänglich, und dann schloß sich eine nach der anderen und wurde unzugänglich, um für immer außer Reichweite zu bleiben. Es sei denn, jemand wie Emil Frobisher fand einen Weg, sie wieder zu öffnen, dachte Barbara.

Physiologische Veränderungen kommen vor, hatte Brandywine geschrieben, irreversible Veränderungen, die auch die Chromosomen beeinflussen. Mutagene Veränderungen. Drogen können mutagene Veränderungen bewirken, ionisierte Strahlung kann es, und synaptische Neuordnungen des Gehirns.

Barbara schloß die Augen und versuchte sich die begleitenden Diagramme und Bilder von Gehirngewebe und Chromosomenuntersuchungen von Kindern zu vergegenwärtigen, die vor und nach dem Spracherwerb gestorben waren, vor und nach dem Gehenlernen, vor und nach dem Erlernen des Lesens und Schreibens.

Brandywines Kritiker hatten gesagt, sie spreche über den Reifungsprozeß und nichts anderes. Sie hatte behauptet, daß Säuglinge ihre Augen schon nach der Geburt auf die richtige Entfernung einstellen können – eine unwiderlegbare Erklärung –, daß die meisten es aber selten täten, wenn keine hinreichende Verstärkung sie dazu drängt. Sobald sie lernten, ihre Augen in der für richtig gehaltenen Art und Weise auf die Objekte und Personen ihrer Umgebung einzustellen, könnten sie nicht mehr wahrnehmen, was sie vorher gesehen hatten. Was war die Ursache, daß Säuglinge nächtliche Angstzustände haben? hatte sie gefragt und geantwortet: ein turbulentes Gehirnsystem, das zu viele Daten empfing, alle widersprüchlich und überwältigend. Das Gehirn wurde in einen Zustand von Turbulenz versetzt, der die wahrscheinliche Ursache nächtlicher Angstzustände war und andauerte, bis die Verstärkung mancher Synapsen Verbindungen herstellte, die sich über andere Verbindungen hinwegsetzten, welche dann durchtrennt und nicht wieder zusammengefügt wurden. Während der ganzen Kindheit dauerte dieser Prozeß der Verstärkungen auf der einen und der Unterbrechung der Kanäle auf der anderen Seite an, allerdings nicht mit der gleichen Rate wie in der zweijährigen Periode der Turbulenz. Kinder mit eidetischem Gedächtnis verloren diese Fähigkeit, wenn sie lesen lernten. Kinder, die eine telepathische Verbindung zu ihren Eltern hatten – die meisten Kinder, hatte sie behauptet –, verloren diese Fähigkeit mit dem Erlernen sprachlicher Kommunikation.

Und jede Veränderung, so hatte sie in ihrem Beitrag geschrieben, sei begleitet von einer deutlichen physiologischen Veränderung und einem Umbau der Chromosomen.

Ohne Übergang glitt Barbara in einen Traum. Sie war Schlittschuhlaufen auf dem Fluß, der von einem Ufer zum anderen fest zugefroren war. Das Eis war unglaublich klar; darunter konnte sie die Fische mit Knopfaugen zu ihr heraufspähen sehen. Sie sauste über das klare, glatte Eis, begeistert von der Freiheit, der Schnelligkeit und Leichtigkeit der Bewegung. Es war wie Fliegen, dachte sie fröhlich. Obwohl sie wußte, was voraus lag, jenseits der nächsten Biegung, daß der Fluß dort schäumend und tosend über die Felsen und Blöcke der Stromschnellen rauschte, sauste sie mit der glücklichen Hingabe eines Kindes dahin, das keine Zukunft weiß, nur das unmittelbare Jetzt. Sie lachte.

Ihr Traumlachen weckte sie. Sie fuhr in ihrem Sessel auf, das Buch glitt ihr vom Schoß, und als sie sich bückte, um es aufzuheben, blickte sie zur Couch und schrie unwillkürlich auf. Mike saß aufrecht und blickte mit geistesabwesender Miene starr geradeaus.

»Fühlst du dich besser?« fragte sie unsicher. Ihre Stimme war heiser und angestrengt, sie war vor Furcht wie gelähmt.

»Ich denke schon«, sagte er nach einigem Zögern. Er schien sich zu besinnen und richtete den Blick auf sie. »Ich denke schon«, sagte er wieder.

Frank saß steif auf der Kante seines Sessels. Mike sah ihn an und schüttelte den Kopf. »Ich glaube nicht, daß ich gefährlich bin«, sagte er.

Frank lächelte, aber es war ein gezwungenes Lächeln, das seine Augen nicht erreichte. »Sie müssen hungrig sein«, sagte er, ohne einen einzigen Muskel zu entspannen.

»Ja, das bin ich, nehme ich an.«

Noch immer rührte sich keiner von der Stelle. Dann sagte Mike: »Ich hatte im College einen Freund, der unter Epilepsie litt. Nach einen Anfall schlief er stundenlang; wenn er dann aufwachte, sagte er immer, er fühle sich friedlich, aber sehr müde. So fühle ich mich, sehr friedlich und sehr müde. Ich nehme an, daß ich hungrig sein muß. Wie spät ist es?«

»Nach neun«, sagte Frank. Er blickte zu Barbara. »Du könntest ihm ein paar Eier und Toast machen. Etwas Leichtes, was schnell gemacht ist.«

Ihr stockte der Atem, als sie begriff, daß ihr Vater Angst hatte, sie mit Mike allein zu lassen, der wieder diesen seltsamen geistesabwesenden Ausdruck zeigte und in die Ferne blickte, als hätte er vergessen, daß sie da waren. Wortlos stand sie auf und ging in die Küche.

Als die Eier fertig waren, aß Mike ein paar Bissen, dann legte er die Gabel weg. »War wohl ein Irrtum.« Plötzlich stand er auf und sah sich in der Küche um, als sähe er sie zum ersten Mal; er rieb sich die Augen und sank wieder auf den Stuhl zurück. »Ich muß nach Hause«, sagte er.

»Wir können dich nicht allein weggehen lassen«, sagte Barbara. »Mein Gott, was ist mit dir geschehen? Wie fühlst du dich?« Ihre Stimme hob sich in nervöser Erregung, und sie stellte ihre volle Kaffeetasse unnötig hart auf den Tisch; der größte Teil des Inhalts schwappte heraus, und eine winzige Flutwelle raste über den Tisch. Sie schenkte ihr keine Beachtung. »Antworte mir! Du hast den ganzen Tag geschlafen. Sie verbrannten die Disketten. Macht es dir nichts aus? Sag etwas!«

Er betrachtete sie beinahe nachdenklich. »Sie mußten die Disketten verbrennen«, sagte er. »Ich verstehe, warum Emil Frobisher diesen lachenden Jungen tötete. Nicht weil der Junge in der Lage war, das Verfahren zu gebrauchen, damit zu arbeiten, sondern weil Emil Frobisher es nicht konnte und wußte, daß ihm diese Fähigkeit verwehrt blieb. Stell dir vor, du bist ein Affe und schenkst einem anderen Affen den Daumen. Du weißt, du kannst selbst keinen Daumen haben und mußt den Rest deines Lebens in den Bäumen verbringen, während er lernt, Feuer zu machen, Werkzeug herzustellen und Bücher zu schreiben. Die Evolution fragt nicht, ob du es willst oder nicht, es passiert, oder es passiert nicht. Frobisher machte, daß es passierte, und dann machte er es rückgängig und tötete sich selbst. Er muß gewußt haben, daß er ein Blinder mit der Macht war, einen Einäugigen zu schaffen.«

Sie schüttelte entgeistert den Kopf. »Was ist mit dir geschehen?«

»Ich bekam einen Einblick«, sagte er zögernd. »In eine andere Welt. Als ob man aus den gelbbraunen Ebenen Kansas' in die farbenprächtige Welt der Subtropen käme. Es gibt eine andere Welt in Reichweite, hier, dort, überall um uns. Wir haben immer geahnt, daß sie da ist, aber etwas fehlte uns; die Fähigkeit, sie zu erreichen. Die meisten, die es versuchten, wurden verrückt, andere fühlten eine Wand, so kalt und abweisend wie Stahl, und prallten zurück, zornig, und leugneten die andere Welt. Es gab Leute, die sie durch Meditation, Gebet, Fasten oder Drogen zu erreichen suchten … Frobisher lernte das Gehirn umzuschulen und eine latente Fähigkeit freizusetzen; er lernte das Tor zu öffnen, aber er konnte selbst nicht durchgehen. Er mußte sie kurz zu Gesicht bekommen haben, genug, um zu wissen, was ihm verwehrt blieb. Ich glaube, du sprachst einmal über den Schleier der Unwissenheit, aber dies ist das Gegenteil. Die Schleier sind fort. In jener anderen Welt gibt es keine Schleier mehr.« Seine Stimme brach, und er wandte sich ab; unbeholfen stand er auf und verließ den Tisch, um Barbara und Frank den Rücken zu kehren. »Ich muß nach Hause. Ich muß wirklich allein sein.«

»Ich fahre dich in die Stadt«, sagte Barbara. »Ich werde heute nacht auf deiner Couch schlafen.«

Er schüttelte den Kopf. Als er sprach, war seine Stimme undeutlich und schwerzüngig. »Ich möchte einstweilen niemanden in meiner Nähe haben. Ich fahre hinein. In einem oder zwei Tagen werde ich dich anrufen.«

Barbara blickte auf den Tisch, wo sie ihren Kaffee vergossen hatte. Sie sah den Schlüssel zu Docs Haus in der Pfütze und sagte: »Nicht nach Hause. Du könntest zu Doc gehen und ein paar Tage in seinem Haus wohnen. Er und seine Frau sind verreist. Kannst du das tun? Bitte, Mike, du wirst dort allein sein. Sie werden erst Sonntag zurückkommen. Du kannst jetzt nicht allein fahren. Nicht heute nacht.«

»Gute Idee«, sagte Frank und stand auf. »Ich glaube, im Dielenschrank ist ein zweiter Poncho. Du könntest ihn herausholen, dann suche ich eine Taschenlampe und gehe mit Mike hinüber, zeige ihm das Gästezimmer und die Küche bei Doc, damit er sich Kaffee oder Kleinigkeiten bereiten kann.«

Als Mike nicht sofort protestierte, eilte Barbara hinaus, um den Poncho zu holen. Als sie zurückkehrte, hatte sie auch den ihres Vaters bei sich. Mike war sehr distanziert, sehr ruhig. Seine Augen waren gerötet. Energisch begann sie den Tisch abzuräumen und den verschütteten Kaffee aufzuwischen. Frank kam mit der Taschenlampe zurück, und eine Minute später gingen er und Mike. Niemand sprach noch einmal.

Sie stand im stillen Haus, umfaßte die Oberarme mit den Händen und fröstelte. Nie war ihr so unheimlich gewesen.

Am nächsten Nachmittag bemerkte Barbara, daß Frank für drei Personen Abendessen bereitete. Sie hatte Kopfschmerzen und fühlte sich elend wie bei einer beginnenden Erkältung oder Grippe, und als sie daran dachte und Symptome suchte, erkannte sie mit einer gewissen Erleichterung, daß sie nur erschöpft war. Am Morgen hatte Frank sie gefragt, ob sie schlecht geschlafen habe, und sie hatte ihn verdrießlich angesehen und war den ganzen Vormittag und den frühen Nachmittag mißgelaunt gewesen; als sie nun sah, wie er drei halbe Hähnchen briet, verfinsterte sich ihre Miene noch mehr. »Wozu das? Er will allein sein.«

»Ich habe vor, ihn zum Abendessen herüberzuholen«, erwiderte Frank munter. »Nun schauen wir mal, ob Süßkartoffeln da sind. Habe ich Süßkartoffeln?« Er wanderte in die Speisekammer.

Sie lief im Haus hin und her, zu rastlos, um stillzusitzen, zu müde, um nicht jeden Schritt als schmerzhaft zu empfinden. An der Schiebetür blickte sie hinaus zum Fluß, der heute silbern unter einem Himmel lag, der sich nicht entscheiden konnte, ob er die Wolken auflösen sollte oder nicht. Obwohl die Sonne zeitweise hervorkam, verschwand und wieder erschien, blieb der Fluß silbern und reflektierte nicht die abrupten Veränderungen am Himmel. Das neue Sturmtief hatte sich aufgefüllt.

Wie konnte jemand es anders sehen? überlegte sie nicht zum ersten Mal. Dies war die Welt, wie sie sein mußte, mit Wolken, Bäumen, Fluß, Menschen, Brücken, Mülldeponien... Als sie sinnend den schimmernden Fluß betrachtete, fiel ihr plötzlich ein, was Nell über ihren Schrecken angesichts der Vorstellung vom Leichnam des Mädchens gesagt hatte, wie er vom Fluß über Felsen und ertrunkene Bäume gezogen wurde. Es war, als hätte sie ein Echo des wirklichen Ereignisses gehört, als Janet Moseley über den Lavastrom geschleift worden war, dachte Barbara. Sie versuchte den Gedanken abzuschütteln, aber er war beharrlich.

Wie würde es sein, fragte sie sich, der Einäugige in der Welt der Blinden zu sein. Würde man sie verachten, bemitleiden, ignorieren, benutzen? Benutzen, dachte sie düster. Wenn die Art und Weise, wie Menschen andere Menschen benutzten, ein Indikator war, wenn jeder diese Art von Vorteil hätte, würde das Leben höllisch sein, wenigstens bis jeder ein Auge hätte und alles wieder ausgeglichen wäre. Würden die Blinden den

Einäugigen verfolgen und umbringen? Sie nickte. Sie würden es tun müssen. Der Selbsterhaltungstrieb würde es verlangen. Die Gewalt der Übermacht gegen die Gewalt übermenschlicher Fähigkeiten. Es würde blutig ausgehen.

Warum ließen Schumaker und Konsorten Lucas dann am Leben? Sie saß am Tisch und überlegte und bemerkte nur am Rande, daß Frank wieder in der Küche war und sich zu schaffen machte, dann hing sie wieder ihren Gedanken nach, bis er ihren Arm berührte.

»Wein«, sagte er. »Wach auf und trink ein Glas Wein, während ich das Essen mache.«

Sie blickte zu ihm auf. »Paps, Lucas muß völlig normal gewirkt haben, bis Emil Frobisher starb und sie anfingen, ihn unter Drogen zu setzen. Er sagte, er habe Halluzinationen, erinnerst du dich? Auf dem Band sagte er, er würde Dinge sehen, Stimmen hören und den lachenden Jungen. Er wußte, wo der Junge die Disketten versteckt hatte. Sie kommunizierten irgendwie. Aber es fing erst an jenem Tag an, nicht vorher. Warum?«

Frank machte auf halbem Weg zum Herd halt und wandte sich um. »Sprich weiter.«

»Er wußte, daß Frobisher den Jungen getötet hatte. Danach setzten sie ihn unter Drogen und hypnotisierten ihn, und er blieb unter ständiger Kontrolle, bis er davonlief. Aber nachdem er geflohen war, schien er normal zu sein; er konnte einkaufen, Auto fahren und erledigen, was er zu erledigen hatte. Ich kann nicht glauben, daß diese Mädchen in seinen Wagen gestiegen wären, wenn er Anzeichen von Geisteskrankheit gezeigt hätte. Die Leute im Café in Sisters hätten es verhindert, oder sich zumindest daran erinnert, wenn er sich in irgendeiner Weise auffällig verhalten hätte. Niemand erwähnte so etwas. Sein Vater sagte, er habe Angst vor Verfolgern gehabt, aber das war nicht verrückt, war kein Verfolgungswahn. Es war sehr real.«

Frank beobachtete sie mit hochgezogenen Brauen. »Worauf willst du hinaus?«

»Warum nahm Schumaker an, daß Mike verrückt sein würde, zumindest verrückt erscheinen würde?«

Frank schenkte sich ein Glas Wein ein und kam an den Tisch, um sich ihr gegenüberzusetzen. »Bobby, worauf willst du hinaus?«

»Sie wissen nicht soviel, wie sie glauben zu wissen«, sagte sie. »Sie müssen gedacht haben, daß Lucas verrückt geworden war, während es vielleicht ihre eigene Einmischung war, die ihn so machte. Sobald er frei war, schien er offenbar in Ordnung, und nach seiner letzten Bandaufzeichnung wußte er, warum der Junge lachte. Erinnerst du dich? Und er lachte selbst. Auch Nell sagte, er sei glücklich gewesen und habe gelacht, als sie ihn sah. Frobisher muß das Programm stärker verändert haben, als sie erkannten. Der letzte Junge, dem er es anprobierte, wurde anscheinend nicht im mindesten verrückt, aber es schlug bei ihm an. Vielleicht auch bei Lucas, trotz allem, was sie von ihm und ihrer Herrschaft über ihn glaubten, die darauf abzielte, daß er alles vergessen sollte, was mit dem Programm zusammenhing. Ich glaube, daß er darum Proviant und Campingausrüstung kaufte. Er muß vorgehabt haben, einige Zeit allein mit dem Abhören der Bänder zu verbringen, um sich zu erinnern, was vorgegangen war, bevor sie angefangen hatten, ihn zu behandeln. Schließlich muß er sich erinnert haben, und darum war er am Ende glücklich und lachte.«

Frank trank den größten Teil seines Weines auf einen Zug aus. »Ich sage dir eins, Bobby: Ich bin bloß froh, daß diese Disketten verschwunden sind, verbrannt, die Forschung aus und vorbei.«

Sie beachtete ihn kaum. Sie runzelte die Stirn und machte schmale, nachdenkliche Augen. »Wie, wenn Schumaker diesen Detektiv beauftragt hat, Mike für einige Zeit im Auge zu behalten, vielleicht ein paar Wochen? Vielleicht nicht rund um die Uhr oder dergleichen, aber in regelmäßigen Abständen. Wie, wenn sie anfangen, sich zu fragen, ob er verrückt ist, oder warum er es nicht ist, wenn das der Fall sein sollte? Frobisher war der einzige in der Gruppe, der tatsächlich einen uneingeschränkten Erfolg sah, und er tötete den Jungen. Du hast gesehen, wie Herbert Margolis reagierte; er kennt die Wahrheit über diese Todesfälle. Paps, sie können Mike jetzt nicht einfach den Rücken kehren; sie sind zu sehr in Sorge, welche Folgen sich bei ihm zeigen könnten. Was werden sie tun, wenn sie vermuten, das Verfahren habe ihn so beeinflußt, wie Frobisher es beabsichtigt hatte?«

»Gott im Himmel!« Er stand auf und ging zum Herd.

Er wußte so wenig wie sie eine Antwort. Nach einer Weile sagte er, er wolle Mike jetzt holen, denn später würde er zu beschäftigt sein, die letzten Essensvorbereitungen zu treffen, und vielleicht könne sie sich aufrappeln und den Tisch decken. Er klang sehr ärgerlich.

Obwohl das Essen ausgezeichnet war, blieb das Tischgespräch unergiebig, als wüßte keiner etwas zu sagen. Mike war wie ein Schuljunge, der noch die Ermahnungen seiner Mutter im Ohr hat: *Sitz gerade, achte auf ordentliche Aussprache, rede nur, wenn du gefragt wirst, sei höflich und koste von allem, ohne gierig zuzulangen, lache über die Scherze deines Gastgebers* ... Wenn er all diesen Befehlen nicht gehorchen mußte, saß er still, in sich gekehrt und geistesabwesend, versunken in dem, was von ihm Besitz ergriffen und ihn in einen ausdruckslosen Fremden verwandelt hatte.

Schließlich legte Frank seine Gabel auf den Teller, stützte die Ellbogen auf den Tisch und faßte Mike ins Auge. »Hören Sie, Mike, entweder erzählen Sie uns, was Sie durchmachen, was Sie auf dem Herzen haben, was mit Ihnen geschehen ist und wie es auf Sie wirkt, oder ich gieße Ihnen die Soße über den Kopf. Haben Sie mich gehört?«

Mike schaute zuerst verdutzt, dann lächelte er verspätet. Das Lächeln war kurzlebig. Er faltete seine Serviette und legte sie auf den Tisch. »Ich glaube, ich sollte jetzt lieber gehen«, sagte er. »Es tut mir leid. Ich hätte nicht kommen sollen, noch nicht. Ich kann nichts darüber sagen. Ich weiß nicht, was ich sagen soll. Ich weiß nicht, was geschieht oder wie ich darüber reden soll. Es ist, als hörte ich zum erstenmal Musik und sollte sie den Tauben beschreiben. Spricht man darüber in mathematischen Begriffen, in emotionalen Begriffen, als eine Kraft, Resonanzen, Schallwellen, als eine Erinnerung an gestern, an die Vergangenheit? Ich weiß es noch nicht. Oder ob es überhaupt etwas zu reden gibt.«

Er stand auf und sah Barbara mit einem Ausdruck an, der rasch verschwand und durch ein freundliches Lächeln ersetzt wurde. »Ich rufe dich an«, sagte er und verließ sie. Einen Augenblick später hörten sie die Haustür gehen. Keiner von beiden bewegte sich.

Dieser Blick, dachte sie in dem Bemühen, ihr Bewußtsein weit von sich zu halten und überhaupt nicht zu fühlen – dieser Blick war mitleidig gewesen.

36

Die Zeit vergeht, dachte Barbara irgendwann im Laufe der Nacht. Was immer es ist, es wird vergehen. Du denkst, es wird nicht, es wird irgendwo hängenbleiben, und dann siehst du doch, daß es sich verändert hat. Sie hatte das Gefühl, dies sei eine Offenbarung, die großer Diskussionen und Debatten würdig sei. Dann unterdrückte sie ein Kichern, verließ ihr Fenster und tappte zurück zum Bett, welches sie so durchwühlt hatte, daß sie es neu machen mußte, bevor sie unter die Decke kriechen konnte.

Vier Uhr, stellte sie etwas später mit Verwunderung fest. Sie hatte gedacht, die Uhrzeiger würden nie die drei verlassen. Drei Uhr, drei Uhr fünfzehn, drei Uhr achtzehn…

Sie beschäftigte sich mit dem kommenden Tag, um eine Reihenfolge hineinzubringen, aber die Dinge entglitten ihr. Statt dessen dachte sie an die Natur der Gewaltsamkeit, und wie sie wieder in den Käfig mit den Gewalttätigen gegangen war. Trotz all ihrer Proteste, ihres Verlangens, frei davon zu sein, ihrer Entschlossenheit, nicht mehr an einem System teilzuhaben, das irreparabel war – trotz alledem war sie wieder in die Arena gegangen. Nun war sie verpflichtet, Nell aus der Patsche zu helfen. Und dann? Dann wollte sie Ruth Brandywine und Herbert Margolis und vor allem Walter Schumaker zerstören. Die Selbsterkenntnis erfüllte sie mit Verzweiflung.

Nun, sagte sie sich verdrießlich, du versuchtest heiligmäßig zu sein, und du versagtest. Heiligkeit ist eben nichts für dich.

So wenig wie für andere, fügte sie mit einem weiteren Blick auf die Uhr hinzu; diesmal raffte sie sich auf und kroch aus dem Bett. Die angestrengten Versuche zur Entspannung waren erschöpfender als aufzusein und etwas zu tun. Die Küche fegen, Fenster putzen, den Almanach lesen, den Küchenschrank aufräumen, alles war besser als im Bett zu bleiben.

Was hatte Frobisher geboten und dann zurückgenommen? Die Frage drängte sich unerwartet wieder in den Vordergrund, wie ein Geysir, der zur Unzeit seine Wassersäule emporschießt. Sie tappte in die Küche, schaltete die Kaffeemaschine ein und wartete. Wie würde es sein, im Land der Tauben Musik zu hören? Im Land der Blinden zu sehen? Evolution hatte Mike gesagt, angeboten, zurückgezogen, zerstört. Doch das Gefühl von Veränderung verstärkte sich. Sie hatte all die Magazine und Zeitschriften des Neuen Zeitalters gesehen, die psychischen Bibeln, die Anzeigen, die Ankündigungen von Workshops zum Erfahrungsaustausch. Hatten die Affen die Veränderung gespürt, hatten sie verwundert auf ihre daumenlosen Hände gestarrt? Hatte der Neandertaler auf der anderen Seite des Tals den Cro-Magnon erblickt und Furcht und Verwunderung empfunden? Sie schüttelte unwillig den Kopf und schenkte sich Kaffee ein.

Vielleicht brauchten Menschen nicht auf die Evolution der Natur zu warten, dachte sie am Tisch, den heißen Kaffeebecher zwischen den Händen. Keine Zeit, keine Zeit. Die Erde ist bedroht; wir alle sind bedroht. Keine Zeit, den natürlichen Gang der Entwicklung abzuwarten. Frobisher und Konsorten hatten sich als Titanen gebärdet, doch waren sie im Gegensatz zu Prometheus nicht bereit gewesen, den Preis zu bezahlen, die Qual des an den Felsen Geschmiedeten. Sie hatten etwas gefunden, dann hatten sie es zerstört. Etwas Schlechtes, Tödliches? Etwas Wundervolles, was sie selbst nicht haben konnten? Oder bloß etwas so Fremdartiges, daß niemand voraussagen konnte, wohin es führen und welche Veränderungen es hervorbringen würde? Das würde die am meisten beängstigende Alternative sein; die Welt zu verändern, ohne eine Vorstellung, was die Veränderungen letzten Endes bedeuten würden. Aber war das nicht genau das, was die Ausbeuter der Bodenschätze, die Abholzer der Wälder, die Dammbauer, die chemische Industrie bereits taten? Waren sie nicht alle dabei, in einem unmenschlich großen Maßstab Veränderungen herbeizuführen, deren Ergebnisse nicht vorauszusehen waren? Ein Schmetterling erwacht, und jemand in einem Konzernbüro sagt: *Das wird gemacht*, und die Welt verändert sich.

Noch als sie dies dachte, akzeptierte sie, daß es anders war, wenn die menschliche Natur selbst auf der Ebene der Chromosomen verändert wurde. Nicht bloß ein neues Heilmittel für eine alte Krankheit, ein Prozeß von Ursache und Wirkung, sondern ein Prozeß, der weitergegeben werden konnte.

Wie paßte Mike in dieses Bild? Was geschah mit ihm? Wie ging es ihm jetzt, an diesem Morgen, in dieser Minute?

Sie stand auf ging einen Notizblock suchen. Ganz gleich, welchen Ausgangspunkt ihre Gedanken nahmen, sie kehrten zu den gleichen wenigen Fragen zurück, die sie nicht beantworten konnte.

»Ah, Bobby«, sagte Frank, als er um halb neun in die Küche kam. Er ließ die Hand kurz auf ihrem Kopf ruhen; sie langte hinauf und tätschelte sie.

»Paps, es ist in Ordnung. Mir fehlt nichts. Nimm dir Kaffee.«

»Du siehst nicht übel aus«, sagte er und schlurfte zur Anrichte.

»Hör zu, jemand muß sich heute mit Tony in Verbindung setzen, oder Lawrence Ernst, wenn nötig. Wir müssen sie dazu bringen, daß sie wenigstens für ein paar Tage keine Neuaufnahme des Verfahrens ankündigen. Eine oder zwei Wochen wären noch besser.«

»Kind«, protestierte er, »Hausregel: keine geschäftlichen Dinge vor dem Frühstück. Herrgott noch mal!«

Sie nickte abwesend und überblickte die Notizen, die sie gemacht hatte. »Gut. Und ich habe mich so gut wie entschlossen, Clive diesem Sheriff vom Deschutes County zu überlassen. Nicht Tony, das würde ich gern besprechen. Es könnte sein, daß ich bloß ekelhaft bin, ich weiß. Aber ich würde Tony allzugern mit Ei im Gesicht sehen.«

Frank ächzte und schickte sich an, Rührei zu machen. Während er zwischen Kühlschrank und Herd hin und her ging, murmelte er vor sich hin.

Sie blickte auf. »Entschuldige, was sagst du?«

»Nicht viel«, sagte er. »Nur, daß du nicht geben kannst, was du nicht hast.«

»Ich werde ihn kriegen«, sagte sie und blickte wieder auf ihre Notizen. »Ich werde mit Nell sprechen. Sie muß einstweilen aufhören, Clive irgend etwas zu sagen und eine Entscheidung über ein Geständnis zu treffen. Ich werde zusehen, daß ich sie vorerst auf Vordermann bringe, weiß aber noch nicht genau wie, da ich ihr noch nichts Konkretes sagen kann. Aber ich werde da etwas unternehmen.«

Frank schlug mit einem Küchenmesser auf die Bratpfanne. Als sie zu ihm aufblickte, war seine Miene finster dräuend wie eine Gewitterwolke. »Wie lange bist du schon auf?«

»Ich weiß nicht. Stunden.«

»Schon geduscht? Du hast dich noch nicht mal angezogen. Warum kümmerst du dich nicht darum und läßt mich in Ruhe frühstücken?«

Sie fuhr nicht mit Frank zur Stadt. Er nahm den Wagen und wollte nach Eugene fahren, nachdem er seine Zeitung geholt hätte. Er wollte mit Tony oder Lawrence Ernst sprechen, dem Bezirksstaatsanwalt.

»Mach's gut, Paps«, sagte sie und küßte ihn auf die Wange. Er hatte seinen Gleichmut wiedergefunden; das kommt mit dem Essen, hatte er gesagt. Nun durchsuchte er seine Taschen nach den Wagenschlüsseln und sagte mit unbewegter Miene: »Ich werd's gut machen. Sie wissen, daß ich derjenige bin, der Geschäfte macht. So oder so, ich werde uns ein wenig Zeit kaufen.«

Sie legte die Hände an seine Brust und gab ihm einen kleinen Stoß, dann ging sie zurück zu ihren Notizen. Die Werkstatt rief an und sagte, ihr Wagen sei fertig, ob sie ihn abholen könne. Sie sagte ausgeschlossen, und murrend erklärten sie sich bereit, ihn mit einem Fahrer und einem zweiten mit einem Wagen herauszuschicken, der ihn zurückbringen würde. Bei den Preisen, die sie ihr berechneten, dachte sie, könnten sie eine Wagenkolonne herausschicken, ohne Verlust zu machen.

Der nächste Anruf kam von Bailey.

»Hab' was ziemlich Interessantes für Sie«, sagte er, und sie hielt den Atem an. Was für jeden anderen weltbewegend sein würde, war für Bailey bloß interessant. »Es ist besser, ich komme damit hinaus«, fuhr er fort. »In ein paar Stunden. Und noch etwas: kennen Sie diesen Burschen, den Sie im Auge haben? Wenn Sie ein Bild von ihm auftreiben könnten, käme das sehr gelegen. Seine Exfrau hat übrigens einen recht interessanten Job bei der Stadt. Dachte, Sie würden das auch gern wissen, sie ist im Amt des Bezirksstaatsanwalts angestellt. Also bis Mittag.«

Sie setzte sich, um die Neuigkeit zu verdauen. Eugene war keine große Stadt, und so war es nicht überraschend, Clive Bellocs Exfrau im Büro des Bezirksstaatsanwaltes oder anderswo zu finden, dachte sie. Frank sagte, es sei eine Scheidung gewesen, die im beiderseitigen Einvernehmen erfolgt sei; sie hielten noch Verbindung miteinander. Und sie erinnerte sich, daß Clive einmal gesagt hatte, er habe sich über sie und ihren Vater erkundigt. Sie nickte. Er hatte eine Kontaktperson, die seine Fragen beantworten und ihn über die Vorgänge auf dem laufenden halten konnte. Auch über den heutigen Besuch von ihrem Vater? Wahrscheinlich würde er auch das erfahren. Es war ziemlich wahrscheinlich, daß Frank andeuten würde, er könne Nell mit ein wenig Zeit dazu bringen, auf einen Handel einzugehen, aber daß sie, Barbara, Schwierigkeiten mache.

Ein Frösteln überlief sie, als sie sich plötzlich des Steinbrockens erinnerte, der durch ihre Windschutzscheibe gekracht war. Eine weitere Dimension, sagte sie sich; ein weiterer interessanter Aspekt eines Falles, der viele Facetten hatte. Sie stand wieder auf und begann auf und ab zu gehen. Ein Foto von Clive. Hier nicht, wahrscheinlich auch nicht in Nells Haus. Dann fiel ihr ein, daß Jessie auf ihrer Terrasse Fotos aufgenommen hatte. Vielleicht tat sie das regelmäßig und von allen Besuchern.

Es regnete nicht und war nicht sehr kalt; Nebelfetzen hingen zwischen den Bäumen, und ein tiefes Grün in vielen Schattierungen erfüllte den Wald. Alles war gesättigt von Grün, die bemoosten Stämme, die Nadeln, die Farne, Flechten und moosigen Blöcke; alles schien zu leuchten und zu pulsieren. Alles tropfte oder war von Tropfen wie winzigen Schmuckornamenten behängt. Es war ganz still, sogar das Rauschen des Flusses war durch die Bäume gedämpft. Das Lied des Flusses war eine so allgegenwärtige Melodie, daß seine Abwesenheit den Wäldern jetzt eine ungewohnte, fremdartige Qualität verlieh.

Am Waldrand, wo sie Docs weitläufiges Haus vor sich liegen sah, hielt sie inne; dann straffte sich ihre Haltung, und sie ging weiter. Die Haustür war zugesperrt, auch die Tür zur Küche, aber als sie um das

Haus ging und die Glastür zum Wohnzimmer öffnen wollte, stand Mike dort.

»Mach auf«, rief sie.

Er schüttelte den Kopf.

»Ich will nicht mit dir reden, dich nicht mal sehen. Ich suche etwas.« Er wandte sich ab und ging in den Raum zurück, und sie schlug mit der Faust an die Tür. »Mach die Tür auf, oder ich schlage sie ein!«

Nun kam er zurück und öffnete die Tür ein paar Handbreit. »Du kannst es einfach nicht lassen, wie?« sagte er bitter.

»Bilde dir nur nichts ein, Freundchen. Ich sagte dir, daß ich etwas suche. Geh nur und versteck dich unter einem Bett oder was und laß mich machen.«

Nachdem er die Tür ganz aufgemacht hatte, schritt sie wortlos und ohne einen Blick an ihm vorbei. Als sie in der Mitte des Raumes verhielt, um zu überlegen, wo Jessie ihre Fotografien aufbewahren mochte, hörte sie ein Geräusch von Mike und wandte sich um, dann starrte sie ihn verdutzt an. Er lachte. Sein Lachen war rauh und hemmungslos. Er hielt sich an der Glastür fest und krümmte sich vor Lachen.

Sie wandte sich achselzuckend wieder von ihm, unterdrückte aufkommende Panik. Mit einer Gleichgültigkeit, die, wenn echt, übermenschlich gewesen wäre, wollte sie hinaus zum Fernsehzimmer, oder wie sie es hier nannten. Wieder brachte ein ersticktes Geräusch von Mike sie zum Stehen.

Sie fuhr herum, und alle Panik, Angst und vorgetäuschte Gelassenheit wurden von einer wütenden Aufwallung fortgeschwemmt. »Entweder ist es ein privater Witz, den ich schlechterdings nicht verstehen kann, oder du hast einen Sprung in der Schüssel. Und im Moment ist es mir ganz gleich, was von beiden zutrifft.«

Er schloß die Glastür ganz, bewegte sich tastend zu einem langen weißen Sofa und warf sich darauf. »Du bist wundervoll«, sagte er, sobald er wieder zu Atem kam. Seine Heiterkeit war so dicht unter der Oberfläche, daß er mehr Luft schnappen mußte, bevor er fortfahren konnte. »Ich habe mit Geistern und Dämonen und Gespenstern und Schatten gekämpft, und du kommst mit absoluter scharfkantiger Realität herein und gehst ohne ein Wimpernzucken direkt durch meine Quälgeister, ohne einen Blick, und verstreust sie ins Nichts.«

»Bescheuert«, sagte sie, dann mit einem kritischen Blick: »Du siehst furchtbar aus!« Tatsächlich sah er aus, als hätte er nicht einmal so lange geschlafen wie sie, und das war bei weitem zu wenig. Er war unrasiert, das Haar wild zerzaust. Wahrscheinlich hatte er nichts gegessen.

»Ich habe ein Recht darauf. Was suchst du?«

»Zuerst, wie fühlst du dich?«

»Du sagtest es: bescheuert. Aber auf dem Wege der Besserung.«

Sie nickte, als sei sie mit der Antwort zufrieden. »Ein Bild von Clive Belloc.«

Sein Gesichtsausdruck war völlig neutral. Dann blickte er umher und fragte: »Hier?«

Sie nickte und ging in den Korridor, um die anderen Räume zu erforschen. Sie war bisher noch nicht über die Terrasse hinausgekommen und beeindruckt vom Luxus der Inneneinrichtung. Alles war weiß und gold, das Holz hell; hier und dort ein wunderschönes Dunkelblau in einem Kissen oder einem Vorhang: das war der ganze Kontrast. Das Werk eines guten Innenausstatters, befand sie; alles sehr schön, kostspielig, förmlich und von kühler Eleganz.

Sie begann Schubladen in einem Schreibsekretär zu öffnen und ging von dort zu einer Anrichte mit einer einzigen Schublade, und dann weiter zu einem Tisch und fand schließlich eine Schublade mit einem Fotoalbum und darin eine mit einer Sofortbildkamera gemachte Aufnahme von Clive. Sie ließ die angehaltene Luft mit einem Seufzer hinaus.

Während ihrer Suche war sie sich Mikes Anwesenheit bewußt gewesen; er hatte mit verschränkten Armen bei der Tür gestanden und sie beobachtet. Als sie hinausging, trat er beiseite und ließ sie in den Korridor.

Bei der Glastür zur Veranda holte er sie ein und berührte ihren Arm. Sie blieb stehen. Er streckte die Hand aus und berührte sanft ihre Wange, fuhr mit dem Finger über ihr Kinn, und die ganze Zeit studierte er aufmerksam ihr Gesicht. Seine Berührung war elektrisierend; Barbara war verwirrt von der Welle unerwarteter Empfindung, die sie schwindeln machte. Er schien von dem unverhohlenen Verlangen, das seine Berührung geweckt hatte, so überrascht wie sie. Er sah erschrocken aus, nahm seine Hand weg und trat zurück, als auch sie von ihm zurückwich. Sie standen einen Moment bewegungslos und starrten einander an, bis sie sich einen weiteren Schritt entfernte und den Türgriff in die Finger bekam.

Sie schüttelte den Kopf und schloß kurz die Augen; als sie ihn wieder ansah, war es vorbei, was immer es gewesen war. »Ich muß gehen«, sagte sie, erstaunt, daß ihre Stimmbänder normal reagierten, daß ihrem Tonfall nichts anzumerken war.

Er nickte. »Du weißt, wo ich bin, wenn du zurückkommen willst«, sagte sie, schlüpfte hinaus und überquerte die Veranda, lief über die Wiese und in den heilenden Wald.

Sobald sie weit genug gekommen war, daß die Bäume Docs Haus verbargen, sie verbargen, lehnte sie sich an einen Stamm und verschnaufte. »Mein Gott«, flüsterte sie nach einem Augenblick. »Mein Gott.«

Sie begegneten einander immer wieder auf neuem Boden, schufen neue Verhaltensmuster. Zuerst war es gewesen, als hätten sie einander seit Jahrhunderten gekannt, seien alte Freunde, die sich zusammen wohl fühlten. Aufregend, aber angenehm, mit wenigen Überraschungen. Dann hatten sie sich in schüchterne Heranwachsende verwandelt, die Sex entdeckten, gegenseitige Anziehung, die durch den anderen Partner das eigene Selbst entdeckten. Aber dies … Sie hatte kein Wort dafür, was geschehen war. Leidenschaft? Sie schüttelte den Kopf. Abgenutzte Begriffe, die nichts bedeuteten. In ihren frühen Studentenjahren hatte sie eine Zeit leidenschaftlicher Verhältnisse durchgemacht, als Sex mit Leben gleichgesetzt worden war, und der Partner der gewesen war, der sie zum jeweiligen Zeitpunkt am meisten interessiert hatte. Jedesmal hatte es mit Katzenjammer und gebrochenem Herzen geendet, aber schon damals, in einem Alter, das jetzt schrecklich jung schien, hatte sie gewußt, daß Zerwürfnisse zum Spiel gehörten, hatte es akzeptiert und manchmal sogar in einer perversen heimlichen Weise darauf gehofft, weil jedes Zerwürfnis einen Neuanfang in sich trug, ein Wiederentfachen der Erregung, die mit dem neuen Verhältnis verbunden war. Dann war Tony dahergekommen und hatte neue Aufregung, neue Leidenschaft in ihr Leben gebracht, aber niemals Ruhe, Entspannung, niemals Trost. Kein Vertrauen, nichts als Lust und Frust, hatte sie sich gesagt, als sie ihn schließlich verlassen hatte. Er hatte ein Gefühl von Gefahr mit sich gebracht, das die Erregung auf eine höhere Ebene gehoben hatte, und sie hatte das für Liebe genommen. Es war ihre erste wirkliche Enttäuschung gewesen, hatte sie damals gedacht. Seitdem hatte sie keinem erlaubt, sie anzurühren, nicht in einem wirklichen Sinne. Auch nicht Mike.

Sie hatte Regeln erfunden: Er mußte zuerst dies tun, zuerst das sagen, den ersten Zug tun … Sie hatte ein regelrechtes Testprogramm ausgearbeitet. Sie biß sich auf die Lippe, als sie Tränen in den Augen brennen fühlte. »Verdammt«, murmelte sie in sich hinein. Sie stieß sich vom Baumstamm ab und ging weiter, den Blick niedergeschlagen, um Bodenunebenheiten auszuweichen, doch ohne sie richtig zu sehen. Verdammt, dachte sie, sie hatte keine Zeit für diese Gefühle, nicht heute. Sie rieb sich die Augen mit dem Handrücken und trottete weiter durch den Wald.

Bailey kam noch vor zwölf. Er grinste, als Barbara ihn einließ. »Sie bestellen ein rauchendes Schießeisen, ich liefere ein rauchendes Schießeisen. Was sagen Sie zu dem Service?«

»Wunderbar«, sagte sie trocken. »Zeigen Sie es mir.«

»Ist der alte Herr zu Hause?«

»Nein. Sie werden mit mir vorlieb nehmen müssen. Kaffee?«

»Immer. Lehne niemals ein Getränk ab, lehrte mich mein Vater. Das einzige, was er mich jemals lehrte, aber wenn man nur eine Lektion bekommt, muß man sie sich gut einprägen.« Er zog sein Jackett aus und reichte es ihr. Er hatte eine zusammengerollte Karte mitgebracht.

Sie gingen zum Küchentisch, wo er die Karte entrollte und die vier Ecken beschwerte, während sie den Kaffee zubereitete. Er nahm drei Löffel Zucker und viel Sahne für jede Tasse. Wie konnte er trinken, was er alles trank: Kaffee, Schnaps, Bier, Wein, was nur zu haben war, und trotzdem an Marathonläufen teilnehmen? Sie wartete ungeduldig, bis er alles hatte, wie er es mochte, und seinen Kaffee schlürfte, bevor er sich über die Karte beugte.

»Hier ist die Stelle, wo das Mädchen umgebracht wurde«, sagte er endlich. »Auf der Forststraße. Mit einem roten X markiert. Richtig?« Sie nickte. »Gut, und hier unten, rot umrandet, ist eine achtzig Hektar große Fläche, die in der betreffenden Woche taxiert werden sollte. Und hier oben sind zweihundertachtzig Hektar, dito. Und schließlich ist hier noch ein Waldstück von einhundertvierzig Hektar. Ihr Freund hatte sie alle auf der Liste; die Schätzungen sollten vor dem fünfzehnten Juni vorliegen, wenn Gebote gemacht werden sollten. Zuerst reichte er seinen Schätzbericht über diese Fläche ein, Squaw Canyon.« Er zeigte auf ein Waldgebiet fünfzig Meilen nördlich des roten X. »Diesen Schätzbericht reichte er am Abend des sechsten Juni ein. Das war der Tag, als Janet Moseley getötet wurde. Dann, am achten Juni, reichte er diesen ein, südlich des Tatortes, Shadow Rock. Und am zwölften Juni endlich den Schätzbericht über dieses Gebiet, Three Creek Meadow, das an die Forststraße grenzt, wo der Wagen gefunden wurde. Aber alle drei Schätzungen waren fehlerhaft. Die Gesellschaft mußte sie neu machen lassen.«

»Nicht so schnell, Bailey. Ich bin keine Urenkelin von Sherlock Holmes. Was bedeutet das?«

Er trank seinen Kaffee aus und stellte die Tasse ab, bevor er erklärte: »Wie ich es sehe, fuhr er an jenem Tag nicht zum Squaw Canyon und lieferte einfach eine auf Erfahrung beruhende Schätzung ab, ohne aber zu wissen, daß es dort drinnen eine ziemlich große abgebrannte Fläche gibt, wo keine Bäume sind. So lag er mit seiner Schätzung um vierzehntausend Festmeter daneben. Seine Schätzung für Shadow Rock ist genauer, hier beträgt die Differenz nur ein paar tausend Festmeter, aber seine Schätzung der Fläche Three Creek Meadow liegt genauso weit daneben wie bei Shadow Rock. Alle falsch.«

Sie schüttelte den Kopf und studierte die Karte. »Sie sagten, die Fläche Shadow Rock sei die erste auf seiner Liste gewesen. Konnte er an dem Tag dort gewesen sein, als Lucas mit Janet Moseley in das Gebiet kam? Ist es das, was Sie meinen?«

»Ich meine gar nichts, ich fand es bloß interessant. Angenommen, er war im Gebiet Three Creek Meadow und verließ es dann wieder, um die Straße in die Gegend vom Squaw Canyon zu benutzen, ging aber nicht ganz hinein, weil es zu spät wurde. Also vertauschte er die Reihenfolge so, als hätte er diese Schätzung als erste gemacht. Aber er lieferte eine schlechte Schätzung ab, und er war zu gut in seinem Job, um solch einen Fehler zu machen, und das dreimal hintereinander.«

Sie suchte eine mögliche Route von der Forststraße zur Fernstraße nach Norden, und dann wieder in die Berge. »Wenn er das tat, wurde er wahrscheinlich von einigen Leuten gesehen«, meinte sie.

Bailey schmunzelte. »Sehen Sie? Deshalb brauche ich ein Foto. Ich sprach mit Roy Whitehorse, der genau weiß, wohin er gehen muß, um den Leuten ein Bild zu zeigen. In Ordnung?«

»Sie sind ein Genie, Bailey!«

»Ich weiß, ich weiß«, sagte er, errötete jedoch vor Freude. »Roy sagte noch etwas, das ich ziemlich interessant finde. Er meinte, wenn unser Freund mit rotem Lavastaub an seinem Lastwagen daherkam, hätten sie es dort oben bemerkt. Sie sehen solche Dinge, was man fährt, ob man einen Gewehrständer im Wagen hat, mit welchem Schlamm oder Staub der Wagen bespritzt ist. Wo er an diesem Tag hätte gewesen sein sollen, gibt es keine rote Lava. Nur die Straßen mit altem schwarzen Lavaschotter und Lehm, überall in der Gegend.«

»Wenn sich das bewahrheitet, haben wir ihn, Bailey«, sagte sie. »Und wenn es so ist, sollten ihr Freund Roy und Sheriff LeMans diejenigen sein, die ihn festnehmen. Oder sollte ich Roy Whitehorse einen Rosenstrauß schicken?«

Bailey lachte. »Haben Sie was dagegen, wenn ich das durchblicken lasse?«

Sie schüttelte den Kopf. »Überhaupt nicht. Und dieser Scheißkerl erzählte herum, er hätte seine Schätzungen verpfuscht, nachdem Lucas getötet wurde. Hah!«

Als Bailey gegangen war, räumte sie die Karte weg und dachte ans Mittagessen, tat aber nichts dazu. Statt dessen zog sie einen Pullover über und ging hinaus zum Geländer, blickte auf den Fluß und dachte an Mike Dinesen und die neue Dimension, die plötzlich in ihre Beziehung gekommen war. *Beziehung,* dachte sie dann, mit bitterem Nachdruck; so nennt man es heute. Niemals Liebe, sondern eine *Beziehung.* Beiläufige, kameradschaftliche, freundschaftliche, sinnvolle, enge Beziehungen, was immer es zwischen zwei Menschen gab, war auf diese Weise säuberlich etikettiert, verhüllt und irgendwie keimfrei gemacht.

Bei der Betrachtung des Flusses änderte sich ihre Stimmung wieder, und das war auch beunruhigend, denn Stimmungsschwankungen entsprachen nicht ihrem Naturell. Aber sie entspannte sich mit der neuen Veränderung und dachte, wie schön es sein würde, der Fluß zu sein, endlos dahinzuströmen. Oder ein Baum, um in Wind und Regen zu stehen und mit ihren Rhythmen zu schwanken. Oder ein Fels. Sie lächelte über sich selbst und ging wieder ins Haus. So also war es, verliebt zu sein, staunte sie.

Wenige Minuten später läutete das Telefon. Nell rief an, um zu sagen, daß sie wieder zu Hause sei und mit Carol in die Stadt fahren werde, um ein wenig einzukaufen und die Weihnachtsdekoration anzuschauen und einfach ein wenig Zeit mit ihr zu verbringen.

»Ich wollte sie beide mitnehmen«, sagte sie, »aber Travis ... Er hat ein Alter erreicht, in dem er glaubt, einkaufen sei Frauensache, denke ich. Jedenfalls wird er hier sein, aber ich habe ihm gesagt, er solle nicht den Hörer abnehmen, wenn das Telefon läutet. Das wollte ich Ihnen nur sagen.«

»Danke. Ich bin froh, daß Sie es getan haben. Kaufen Sie sich was Hübsches und Albernes, ja? Je frivoler, desto besser.«

Armer Travis, dachte Barbara, als sie aufgelegt hatte. Er war alt genug, um daheimzubleiben und nicht den Hörer abzunehmen und sich ein paar Würstchen heiß zu machen, wenn er hungrig wurde. Aber er war nicht alt genug, um mit der Tatsache zurechtzukommen, daß seine Mutter angeklagt war, seinen Vater getötet zu haben. Bald, versprach sie ihm im stillen; das werden wir bald regeln.

Frank kam nach Hause. Er sah müde und verdrießlich aus; auch er hatte nicht gut geschlafen. »Wir haben eine Woche, mindestens«, sagte er, als er seinen Mantel aufhängte. »Aber sie haben vor, das Verfahren gegen Nell neu zu eröffnen, wenn sie sich nicht freiwillig zu ihrer Tat bekennt. Tonys Worte. Ich fuhr bei der Bank vorbei und holte die Lucas-Tonbänder aus dem Schließfach. Wir können sie geradesogut hierbehalten und uns alle anhören. Und in der Bäckerei besorgte ich gutes Brot.«

Sie erzählte ihm von Baileys Besuch; er nickte, verzichtete aber auf einen Kommentar. Als sie anfing, von Nell und ihren Plänen zu sprechen, musterte er sie mit beinahe mißtrauischem Ausdruck. Dann winkte er ab.

»Was verschweigst du mir?« fragte er, als er an ihr vorbei in die Küche ging. Er öffnete den Kühlschrank und holte Käse heraus, legte ihn auf ein Brett und das frische Brot von der Bäckerei auf ein anderes. Er begann das Brot zu schneiden, dann blickte er plötzlich zu ihr auf und fragte: »Nun?«

»Nichts«, sagte sie hilflos. Dann platzte sie heraus: »Ich bin verliebt.«

Das Messer hörte auf zu sägen. Sekundenlang verhielt er bewegungslos, dann schnitt er weiter.

»Paps? Ich dachte, du würdest dich freuen.«

Er streifte sie nur mit einem flüchtigen Blick, während er Brot schnitt. »Natürlich freue ich mich«, sagte er finster. »Hast du ihn heute gesehen? Wie ist er?«

»Ich glaube, er hat sich gefangen. Er braucht Zeit, um die Dinge in Ordnung zu bringen, das ist alles.«

Als Frank die Brotschnitten auf dem Käsebrett arrangiert hatte, richtete er sich auf sah sie mit steinerner Miene an. »Du glaubst. Was ist, wenn du falsch glaubst?«

Die Ernüchterung kam so schockartig, daß es ihr den Atem verschlug. Den ganzen Tag hatte sie daran nicht gedacht; seit sie ihn in Docs Haus gesehen hatte, hatte sie die Möglichkeit geleugnet, aber nun kehrte die Angst zurück, stärker denn je.

37

»Deine Mutter war eine sehr gute Köchin«, sagte Frank beim Abendessen, »und ich bin ein ausgezeichneter Koch. Wo sind wir mit dir vom Weg abgekommen?«

Sie hatte darauf bestanden, das Abendessen zu machen. »Gerechtigkeit muß sein«, hatte sie gesagt, und dann den Schweinebraten anbrennen lassen, die Bratäpfel zu früh herausgenommen und vergessen, die Erbsen zu salzen. Die Bratkartoffeln waren gut. Obwohl sie den Tisch für zwei gedeckt hatte, hatte sie genug für drei gekocht. Mike war nicht gekommen. Sie runzelte die Stirn und schnitt einen weiteren Bissen vom Fleisch.

Nach dem Essen sagte Frank beim Kaffee: »Wie ich es sehe, hast du den falschen Mord aufgeklärt. Du wirst gute Gründe haben, den Fall Sheriff LeMans zu übergeben. Vielleicht kannst du ihn überreden, Clive für beide Morde in Gewahrsam zu nehmen. Tony würde bestimmt Stunk machen.«

»Ich weiß. Gegenwärtig gibt es noch nicht genug, um mit dem Fall zu LeMans zu gehen. Und ich sehe keine Möglichkeit, durchschlagende Beweise zu bekommen. Er würde jetzt einen guten Klienten für einen Winkeladvokaten abgeben.«

Beide vermieden es tunlichst, Mike zu erwähnen. Sie erinnerte sich, was Bailey über Clives Exfrau gesagt hatte und erzählte es Frank. Er fluchte.

»Also wird er erfahren, was ich heute unternommen habe«, sagte er ärgerlich. »Und dann was? Einen neuen Felsbrocken durch deine Windschutzscheibe? Eine Kugel durch den Kopf? Verdammt noch mal!«

»Ich habe sie nicht ins Büro des Bezirksstaatsanwalts gesetzt oder dafür gesorgt, daß sie eine hübsche, freundliche Scheidung im beiderseitigen Einvernehmen bekam«, entgegnete sie. Auf einmal kam ihr ein Gedanke, und sie verharrte bewegungslos.

»Was hast du?«

»Ich weiß noch nicht. Warte einen Moment.« Sie trank ihren Kaffee, dann hob sie den Kopf und sagte: »Erinnerst du dich, daß ich dich fragte, mit wem Nell schlafe, als diese ganze Geschichte ihren Anfang nahm? Ich dachte nie daran, die gleiche Frage im Zusammenhang mit Clive zu stellen. Aber er ist ein gesunder, vitaler junger Mann, seit vier, fünf Jahren geschieden, nicht? Ich bezweifle, daß er im Zölibat lebt. Andererseits würdest du es von Lonnie gehört haben, wenn er ein festes Verhältnis gehabt hätte. Oder weißt du davon?«

Er überlegte ein paar Sekunden lang, dann schüttelte er den Kopf. »Tatsächlich versuchte sie ihn in diese Richtung zu drängen, soweit mir bekannt ist, aber er ließ sich auf keine Diskussion mit ihr ein und scherzte nur.«

»Er fürchtet AIDS, will nichts von Promiskuität wissen, kann keine Schwulen leiden. Soviel entnahm ich seinen Worten, als wir zum Abendessen bei ihm waren. Er war in dieser ganzen Sache vehement.«

»Zu vehement?« fragte Frank.

»Vielleicht«, antwortete sie. Vielleicht machte er eine Schau daraus.

Frank überlegte, was er von Clive gesehen, was er gehört hatte, und meinte dann: »Er ist der vollkommene Romanheld, edel, wartet geduldig auf die eine Frau, die er liebt, verehrt sie aus der Ferne, rührt sie nie an. Alle sind beeindruckt und gerührt von seiner Hingabe, seiner offenkundigen Liebe zu ihr. Ein richtiger Lederstrumpftyp. Aber ist das genug, und wenn es genug ist, was kannst du damit anfangen?«

»Ich weiß es nicht«, sagte sie müde. »Bloß ein weiterer Punkt auf der Liste, ein Verdachtsmoment ohne Beweiskraft.«

Ein leises Klopfen an die Glasschiebetür unterbrach ihre Gedanken. Barbara sprang auf und brachte die halbe Entfernung hinter sich, bevor Frank aufstehen konnte. Sie zog die Tür auf.

»Hallo«, sagte Mike.

»Komm herein!«

Er tat einen Schritt vorwärts, über die Schwelle. »Ich liebe dich.«

»Wirst du mich heiraten?«

»Ja. Ja«, sagte er.

Sie stand erstarrt, fürchtete sich, ihn zu berühren oder von ihm berührt zu werden, fürchtete sich, wieder ihr Inneres preiszugeben. Er nahm sie in die Arme, und die Furcht verschwand mit dem Kuß, als sie merkte, daß es nicht nur ihr Verlangen war, sondern auch seines, was wie ein Bündnis zwischen ihnen war. Nicht bloß Verlangen, sondern ein quälendes Bedürfnis, und sie wußte, daß er es mit ihr teilte. Als sie sich endlich aus seiner Umarmung löste, hörte sie ihren Vater in der Türöffnung sich räuspern. Sie sah sich nicht nach ihm um.

»Wir werden heiraten«, sagte sie. Ihre Stimme kam ihr selbst fast unkenntlich vor.

»Und keinen Augenblick zu früh, wie es scheint«, sagte ihr Vater. Seine Schritte entfernten sich im Korridor, die Tür zu seinem Arbeitszimmer schloß sich.

»Ich liebe dich«, flüsterte sie. »Wirklich. Ich liebe dich.«

»Laß uns ins Bett gehen.«

»Ja, ja.«

Sie liebten sich mit Hingabe, und wieder mit Zärtlichkeit. Sie standen auf und wanderten Hand in Hand hinunter, um sich vor das Kaminfeuer zu setzen. Sie aßen Käse und Brot und tranken Wein und liebten sich wieder. Sie sprachen nur sporadisch.

»Es ist immer wieder neu«, flüsterte sie einmal während der langen Nacht. »Wie kann das sein?«

»Wir arbeiten uns durch so viele Schichten«, sagte er. »Schichten des Selbstschutzes. Ich glaube, ich habe keine mehr übrig.«

»Ich auch nicht. Ich wußte nicht mal, daß dieses Ich hier drinnen steckt.« Sie erschauerte, und sein Arm zog sich enger um ihre Schultern. »Kein Schutz mehr«, sagte sie. »Es ist beängstigend. Beinahe.«

Er nickte. »Ja, beängstigend.«

Endlich schliefen sie ein, und als sie am Morgen aufwachten, ging es auf halb zehn. Sie öffnete die Augen und sah in sein lächelndes Gesicht. Sie hob die Hand, seine Wange zu berühren, und diesmal sah sie, wie seine Augen sich erschrocken weiteten. Sie lachte.

Auf dem Tisch lag eine Notiz von ihrem Vater. Er war in die Ortschaft gegangen, um seine Zeitung zu holen. »Also mache ich Frühstück«, sagte sie. »Eier? Obst? Getreideflocken?«

»Alles. Ich werde dir helfen.«

»Ich dachte, du kochst nie?«

»Frühstück zählt nicht«, sagte er ernst.

»Gut. Spiegeleier. Dazu brauchen wir die Pfanne.« Sie bückte sich, um die Pfanne aus ihrem Fach zu nehmen, ächzte und richtete sich langsam wieder auf.

»Was ist los?«

Sie fühlte, wie ihr Gesicht heiß wurde. »Wund. Mein Gott, bin ich wund!«

Sie lachten. »Setz dich hin«, sagte er, »ich werde es machen. Wohlgemerkt, nur dieses eine Mal. Aus einem einmaligen Vorkommnis darf kein Gewohnheitsrecht gefolgert werden.«

Dankbar schenkte sie Kaffee ein und brachte ihn an den Tisch und sah dann zu, wie er nach den Dingen suchte, die er brauchte, und sie in einer Art und Weise bereitstellte, die ihr seltsam vorkam. Der Wissenschaftler bei der Arbeit. Zuerst trägt man alles zusammen, was man braucht, dann folgt der nächste Schritt. Das war offenbar seine Methode, aber niemals die ihre, jedenfalls nicht beim Kochen. Aber das war genau, wie sie den Anwaltsberuf zu praktizieren vorzog, und warum Nells Fall so schwierig und kompliziert gewesen war. Sie war nicht in der Lage gewesen, die Dinge zu irgendeiner Zeit auf die Reihe zu bringen; zuviel war außer Kontrolle gewesen, außer ihrer Kontrolle. Unberechenbare, nicht vorauszusehende Ereignisse waren zu oft dazwischen gekommen.

Mit einem leisen Schreck wurde ihr klar, daß sie seit seiner Rückkehr nicht ein einziges Mal an Mikes Erfahrung mit dem Frobisher-Programm gedacht hatte; die Frage nach seiner geistigen Gesundheit war ihr keinen Augenblick in den Sinn gekommen; und erst recht nicht hatte sie danach gefragt.

Er pfiff unmelodisch, dann brach er ab und begann zu glucksen. Rasch wurde er wieder ernst, drehte die Bratwürstchen um, machte die Spiegeleier fertig und legte sie auf Toast und brachte alles an den Tisch.

»Entschuldige mich einen Augenblick«, sagte er und ging, um gleich darauf mit einem Notizblock zurückzukommen. Er kritzelte etwas darauf und gab es ihr über den Tisch, dann begann er zu essen.

Mit einiger Schwierigkeit las sie sein Gekrakel:

Eine junge Juristin aus Eis,
Taute kaum jemals auf, wie es heißt.
Als Liebe verwirrte die Sache,
Schmolz sie alsbald hin zur Lache,
Grinst, der am Strohhalm zu saugen weiß.

»Oh«, rief sie aus, »du arroganter, selbstzufriedener, egoistischer ...« Sie riß die Seite vom Block; er griff über den Tisch und versuchte sie ihr zu entreißen. Als sie die Hand schnell zurückzog, kam er um den Tisch, sein Kunstwerk zu retten, und bei diesem Stand der Dinge kam ihr Vater herein.

Hastig faltete Barbara das Blatt und steckte es in ihre Tasche. Mike nahm mit schuldbewußter Miene seinen Platz am Tisch ein. Barbara richtete sich auf und nahm ihre Gabel in die Hand.

»Einen schönen guten Morgen euch beiden«, sagte Frank.

Als Barbara zu Mike blickte, grinste er, und sie begann zu lachen und sagte guten Morgen zu ihrem Vater.

Er schenkte sich Kaffee ein und brachte ihn an den Tisch. »Ich bekam heute früh ein paar interessante Anrufe«, sagte er. »Bist du in der Stimmung für Geschäftliches, oder ist noch Kinderstunde?«

»Erzähl uns«, sagte sie, erfreut, wie natürlich er sich gab.

»Gut. Zuerst machte ich ein paar Anrufe und bekam eine Antwort. Deine Spekulation über unseren gemeinsamen Freund ist zutreffend.«

Sie schüttelte ungeduldig den Kopf. »Was du mir zu sagen hast, kannst du ruhig offen aussprechen. Du meinst Clive?«

»Ja. Nicht allgemein bekannt, aber es gibt da etwas. Er ist sehr diskret. Eine seit langem bestehende Beziehung zu einer sehr respektablen Person, die verheiratet ist, alles sehr ruhig und geordnet.«

»Ah«, sagte Barbara, obwohl sie nicht wußte, was sie mit der Information anfangen konnte. »Was noch?«

»Sheriff LeMans rief an. Sagte, er würde in diese Gegend kommen und gern um drei bei uns hereinschauen. Sicherlich möchte er wissen, was du hast und wie gut es ist.« Dann nickte ihr Vater Mike zu und sagte sehr bedächtig: »Nun, wie steht es mit Mike? Barbara, ich vertraue deinem Urteil mehr als dem der meisten Leute, die ich kenne, aber ich lernte schon vor langer Zeit, daß man Verliebten nicht trauen darf, soweit es den Gegenstand der Zuneigung betrifft.«

Barbara ließ ihre Gabel auf den Teller fallen, aber Mike nickte.

»Dagegen ist nichts einzuwenden«, sagte er. »Ich glaube, daß ich normal bin, jedenfalls so normal wie ich immer war. Keine bleibenden Nachwirkungen, die ich feststellen kann. Aber ich wollte das Programm.« Er blickte an Frank vorbei und wiederholte mit leiser Stimme: »Ich wollte es. Ich versuchte das Programm mit einer Willensanstrengung so zu akzeptieren, wie ein Kind mit einer Willensanstrengung wünscht, daß ihm Flügel wachsen, oder daß es fünf oder zehn Zentimeter wächst. Man will es und will es, und wenn man sich im Spiegel betrachtet, kann man sich beinahe überzeugen, daß sich Verdickungen bilden, daß es klappt, aber man weiß im Grunde, daß es nicht so ist, und nicht sein kann. So war es mit mir. Ich wollte es mehr, als ich jemals etwas in meinem Leben gewollt habe. Ich hätte meine Seele für den Erfolg gegeben. Ich dachte, es würde gelingen, setzte meine ganze Willenskraft daran, und dann ...« Er zuckte die Achseln. »Die Tür schloß sich, und ich blieb auf dieser Seite.«

»Sind Sie in der Lage, die Finger davon zu lassen?« fragte Frank unverblümt.

»Das war Frobishers Problem«, sagte Mike nach einer Pause. »Er konnte es nicht haben. War er bereit, es anderen zu überlassen? Am Ende sagte er nein. Ich kann es ihm nicht verdenken. Es wäre übermenschlich, alles das jemandem zu geben und dabei zu wissen, daß man selbst doch für immer davon ausgeschlossen bleibt. Ich kann Frobisher sogar nachfühlen, daß er den Jungen tötete, der den Beweis für die Durchführbarkeit des Projekts lieferte. Am Ende kehrten ihm alle den Rücken, und Frobisher brachte sich selbst um. Ich werde die Finger davon lassen.« Seine Stimme klang ermattet und rauh. Gramvoll, dachte Barbara. Plötzlich stand er auf und ging mit seiner Kaffeetasse durch die Küche, füllte sie an der Anrichte und kehrte ihnen eine weitere Minute den Rücken. Niemand sprach, bis er die Schultern hochzog, wieder hängen ließ und sich zu ihnen umwandte. »So, zufrieden? Was ist das mit Clive und dem Sheriff? Anscheinend habe ich was versäumt?«

Frank begann ihn in knapper Form vom Stand der Dinge zu unterrichten, aber Barbara überlegte unterdessen, wie es sein würde, im Land der Tauben Musik zu hören, im Land der Blinden zu sehen, im Land der Kriechenden zu fliegen. Obwohl sie mit Mike fühlte, war sie froh, daß es für ihn nicht geklappt hatte. Andernfalls würde er nicht hier sein, nicht ihr gehören. In diesen Augenblicken konnte auch sie Verständnis für Frobisher aufbringen, dem, wenn auch nur für kurze Zeit, das ruhmvolle Werk eines Halbgottes gelungen war, der in dieser Spanne die Macht der Schöpfung gekannt hatte und ein Gott gewesen war, dem das Paradies seiner eigenen Schöpfung verwehrt geblieben war.

»Das darf doch nicht wahr sein!« rief Mike aus, während sie auf den Sheriff warteten. »Barbara, sag Nell, was du vermutest, und schaff sie weg von ihm.«

Frank schüttelte den Kopf. »Es wäre dumm, die Karten auf den Tisch zu legen, bevor man sie alle beisammen hat. Er könnte für Nell gefährlich werden. Er könnte sich einfach nach Alaska absetzen. Oder er könnte auf Barbara losgehen.«

»Am wahrscheinlichsten würde er einfach einen Anwalt nehmen und bluffen, bis die Anklage zusammenbricht«, sagte Barbara. »Bei dem wenigen belastenden Material, das wir bis jetzt haben, könnte ihn jeder angehende Anwalt, der frisch vom Jurastudium kommt, mit Erfolg herauspauken.«

»Er kann nicht einfach so davonkommen«, sagte

Mike empört. »Du sagst es selber. Aber wann willst du Nell warnen? Nach der Hochzeit?«

»Nun, Mike«, sagte Frank, »soweit würden wir es nicht kommen lassen. Aber jetzt ist es noch zu früh. Wir brauchen einen durchschlagenden Beweis, den wir nicht haben.«

»Und wenn kein Beweis geführt werden kann, kommt er als zweifacher Mörder ungestraft davon.« Mikes ungläubige Empörung war nicht zu überhören.

»So arbeitet das System«, sagte Barbara. »Und so muß es arbeiten, nicht wahr? Das Gericht muß in jedem Fall von der Unschuldsvermutung ausgehen und die Schuld beweisen.«

Er schnaubte und warf die Hände hoch.

»Wir brauchen eine unfehlbare und unbestreitbare Kristallkugel, die stets bereit ist zu zeigen, was wirklich geschah. Wir brauchen Menschen, die genetisch unfähig sind zu lügen. Wir brauchen Menschen, die eher sterben würden, bevor sie anderen Leid zufügen. Und bis wir diese Welt bekommen, müssen wir uns mit einem unvollkommenen Rechtssystem behelfen, das stinkt, und immer stinken wird. Wir basteln hier und dort daran herum, aber es stinkt. Und wir wissen nicht, wie wir es in Ordnung bringen können.« Barbaras Zorn war so tief wie Mikes, ihre Hilflosigkeit aber frustrierender, weil sie besser als er wußte, daß Clive ohne einen Flecken auf seiner Weste aus der Sache herauskommen konnte, während Nell eine Neuauflage ihres Mordprozesses gewärtigen mußte. Auch kannte sie die Qualen, die Nell beim Versuch der Abwägung zwischen der Gewißheit eines mildernden Strafmaßes bei einem Teilgeständnis und der Ungewißheit eines neu aufgerollten Verfahrens durchlitt.

»Ich gehe wieder hinauf zu Docs Haus und sehe nach, ob ich nichts zurückgelassen habe«, sagte Mike, noch immer zornig, hilflos. »Ich weiß, daß im Gästezimmer ein ungemachtes Bett und wahrscheinlich Unordnung im Bad ist. Laß mich wissen, wenn der Sheriff wieder gegangen ist.« Er nickte Barbara zu und ging mit zornig gerunzelter Stirn.

»Nichts Menschliches ist vollkommen«, bemerkte Frank. »Das System mag stinken, aber es ist das einzige, das wir haben.«

»Richtig. Laß uns nicht dem Kirchenchor predigen, ja?«

Sheriff LeMans verspätete sich. Um zwanzig nach drei stand Barbara an der Glastür und blickte zum Fluß hinaus, der sich heute unter einer dichten weißen Nebeldecke verbarg. Später würde der Nebel höher steigen, die Anglerhütten und den Laden von Turners Point verschlucken, den Hang heraufkriechen und das Haus erreichen. Lautlos würde er versuchen, bei den Türen und durch die Fenster einzudringen. Der Fluß darunter war unsichtbar, heimlich, still. Sie wußte, daß es ein eiskalter Nebel war, fröstelte und kehrte ins Wohnzimmer zurück.

»Wer ist Clives Geliebte?« fragte sie. »Kenne ich sie?«

Frank zog die Brauen hoch. »Ich sagte meinem Informanten zu, daß es nicht herumerzählt würde«, sagte er. Dann fügte er hinzu: »Bill Meyerson. Das erklärt, warum Clive hierher zog. Meyerson hat ein paar Meilen die Fernstraße hinauf eine Ranch.«

»Lieber Himmel! Unser Goldjunge in der Gesetzgebenden Versammlung! Bist du sicher?«

»Wer kann irgendeiner Sache sicher sein? Es ist, was man mir sagte.«

Die Türglocke läutete, und sie ging hinaus, den Sheriff einzulassen. Er war in seiner vollen Cowboyausrüstung. Beinahe hätte sie den Hals gereckt, um über seine Schulter zu spähen, ob er seinen Kumpan Tonto bei sich hatte, oder wenigstens einen Schimmel.

Sie nahm ihm den Schaffellmantel und seinen breitkrempigen Hut ab, den sie achtsam behandelte. Mindestens zweihundert Dollar, schätzte sie. Sie tauschten

Höflichkeiten aus, als sie seine Sachen in die Garderobe hängte und ihn dann ins Wohnzimmer führte.

»Tut mir leid, daß ich mich verspätet habe«, sagte er, als er Frank die Hand schüttelte. »Fuhr aus Versehen hier vorbei und landete bei Mrs. Kendricks.« Er zwinkerte ein wenig und fügte hinzu: »Natürlich war ich neugierig, wie es bei ihr aussieht, wie leicht es sein würde, ungesehen vom Fluß zu ihrem Haus hinaufzukommen. Sah mich ein bißchen um, nachdem ich schon in der Nachbarschaft war.«

»Was kann ich Ihnen anbieten, Sheriff? Bourbon, Scotch, Kaffee?«

»Nein, nein. Nichts.« Er überblickte das Sortiment von Flaschen, das Frank aufgestellt hatte, dann sagte er: »Na, vielleicht ein klein wenig von diesem Jack Daniels. Um die Kälte zu vertreiben. Hübsche Gegend hier, aber, mein Gott, es ist zu naß. Zu verdammt naß.«

Barbara verstand die Regeln sehr gut, aber sie wurde ungeduldig mit dem einleitenden Geplauder; sie setzte sich in ihren Sessel und wartete auf den geschäftlichen Teil. Es dauerte aber nicht so lang wie befürchtet. Sobald der Sheriff es sich bequem gemacht und sein Glas in der Hand hatte, richtete er seine Aufmerksamkeit auf sie.

»Ihr Vertrauensmann Bailey Novell und mein Helfer Roy Whitehorse scheinen sich gut zu verstehen. Richtige Kumpel, wie es aussieht.«

»Was haben Sie herausgebracht?« fragte sie, überrascht, daß sie in ihrer eigenen Stimme die Unverblümtheit ihres Vaters hörte.

»Nun, Roy ging mit ihm in die Bars oben um Redmond, wo er sein Revier hat, in Lokale, wo die Forstleute und die von der Holzabfuhr gern herumhängen, wenn sie Feierabend haben. Sie können bezeugen, daß Belloc zur falschen Zeit am falschen Ort und mit dem falschen Dreck an seinem Wagen war, ziemlich genauso, wie Ihr Vertrauensmann Novell vermutet hatte. Aber es genügt nicht. Was gibt es noch?«

Sie zählte die wenigen Anhaltspunkte auf, die es noch gab, und er schüttelte enttäuscht den Kopf. »Ich weiß«, fügte sie hinzu. »Nicht ausreichend.«

»Nun, wir können von da ausgehen und alle Nebenstraßen dort oben abklappern und versuchen, jemanden zu finden, der ihn an dem betreffenden Tag sah, aber es ist lange her. Viel Staub ist seit damals herumgeblasen worden.«

»Sheriff«, fragte sie, nachdenklich ins Feuer blickend, »besteht die Möglichkeit, daß dieses Mädchen überhaupt nicht von einem Mann penetriert wurde, sondern daß er einen Gegenstand irgendwelcher Art benutzte? Wurden bei der Obduktion Spuren von Samen festgestellt?«

Es dauerte eine Weile, bevor er antwortete. »Könnte vielleicht sein, aber da müßten Sie den Gerichtsmediziner fragen, der die Obduktion vorgenommen hat. Samen waren nicht vorhanden. Der Pathologe meinte aber, der Gebirgsbach und dann der Fluß könnten alle Spuren weggespült haben.«

»Vielleicht. Vielleicht aber gab es gar keinen Samen. Ich bin nicht sicher, daß er sie vergewaltigte; er kann den Kontakt gefürchtet haben. Wenn er Kontakt mit ihrem Blut oder anderen Körperflüssigkeiten scheute, würde das auch erklären, daß er sie am Strick über das Lavafeld schleifte. Würde das Laboratorium einen AIDS-Test gemacht haben?«

»Ja, das weiß ich; der Befund war negativ.« Er beobachtete sie sehr aufmerksam, ohne auf sein Glas zu achten.

»Aber der Test wurde nicht erwähnt, oder?«

»Nein. Es bestand kein Grund, den negativen Befund zu melden.« Er blickte zu Frank, der ohne Bewegung saß und nachdenklich vor sich hinsah. »Aber nun kommen Sie doch heraus mit der Sprache und sagen Sie, was Sie denken«, sagte der Sheriff und griff endlich zum Glas, um von seinem Jack Daniels zu kosten.

»Damals wurde festgestellt, daß Lucas Kendricks' Hände keinerlei Verletzungen aufwiesen, nicht einmal eine Hautabschürfung. Aber wenn jemand dieses Mädchen so brutal schlug, daß der Unterkiefer brach und Zähne ausgeschlagen wurden, mußte seine Hand gezeichnet, die Haut verletzt worden sein. Und er fürchtet sich vor AIDS. Bloß ein Gedanke.«

»Sie greifen nach Strohhalmen«, sagte Sheriff LeMans seufzend. »Selbst wenn Sie uns eine Handverletzung zeigen, ist das noch nicht genug. Er arbeitet im Wald; in den Wäldern gibt es viele Verletzungen. Mit einem Fall, wie ich ihn hier belegen kann, möchte ich mich nicht beim Staatsanwalt blamieren.« Er leerte sein Glas, stellte es weg und schüttelte verneinend den Kopf, als Frank die Flasche hob. »Besser, ich mache mich auf die Socken«, sagte er. »Dieser Nebel wird immer dichter.«

Sie waren alle aufgestanden und im Begriff, zur Tür zu gehen, als es wieder läutete.

»Ich geh«, sagte Frank.

»Wir werden die Ermittlungen an unserem Ende fortsetzen«, sagte Sheriff LeMans, »aber ich habe nicht viel Hoffnung, Miss Holloway.«

Sie nickte und lauschte zur Haustür hin. Nell und Clive?

»Wir wollten es Ihnen als ersten sagen«, sagte Clive zu Frank.

Zorn und Beklemmung beengten ihre Brust. Sie hielt die Hand hoch, um den Sheriff zum Schweigen zu bringen. Clive sprach weiter.

»... nicht stören, wenn Sie Besuch haben.«

Sie hatte sich schon wieder gefaßt, trat in die Diele hinaus und rief geistesgegenwärtig: »Hallo, kommen Sie nur herein.« Dann wandte sie sich zum Sheriff und bedeutete ihm, sich wieder zu setzen. »Bitte«, flüsterte sie. Er sah nicht erfreut aus, setzte sich aber in seinen Sessel und ließ Barbara sein Glas auffüllen.

»So eine Überraschung, Nell, ah, Clive«, sagte sie, als die beiden hereinkamen, gefolgt von Frank. Nell sah blaß und verfroren aus und mied Barbaras Blick. Clive lächelte breit. »Sie erinnern sich an Sheriff LeMans, nicht wahr?« Barbara wartete, bis die Begrüßung vorbei war, dann fragte sie: »Übrigens, wo sind die Kinder?« Wenn sie dabei waren, würde dies bloß eine weitere kleine gesellige Zusammenkunft sein.

»Sie sind bei den Greshams. Travis und Celsy haben ein Computerspiel oder was«, sagte Nell, »und Tawna läßt Carol mit ihren Farben malen. Celsy ist über das Feiertagswochenende zu Hause.«

Barbara nickte. »Setzen Sie sich ans Feuer, Nell. Sie sehen durchgefroren aus. Dieser verdammte Nebel geht durch und durch.« Nell folgte der Aufforderung, setzte sich und streckte die Hände zum Kaminfeuer aus. »Übrigens«, sagte Barbara dann, »sprachen wir gerade über Sie beide. Nell, dies ist eine schrecklich unverschämte Frage, aber ich muß sie stellen. Haben Sie mit Clive Sex gehabt?«

Nell starrte sie groß an, und Clive machte ein kehliges Geräusch.

»Nein!« sagte Nell.

»Das ist doch die Höhe!« fing Clive an, aber Barbara schnitt ihm das Wort ab. »Seien Sie still und bleiben Sie sitzen. Auch Sie müssen dies hören. Sehen Sie, dieses im Wald ermordete Mädchen, Janet Moseley, hatte AIDS, und wer immer sie vergewaltigte, hat sich möglicherweise infiziert.«

»Nell, wir gehen.« Clive war aufgesprungen und streckte die Hand nach Nells Arm aus.

»Warum bleiben Sie nicht sitzen?« sagte Barbara. »Ich wiederhole, auch Sie sollten dies hören. Selbst wenn der Kerl ein Kondom benutzte, oder selbst wenn er sie nicht penetrierte, ist es möglich, daß er sich durch ihr Blut infizierte, als er sich an ihrem Kiefer die Haut abschürfte.«

Clive zog die Hand zurück, als wäre sie verbrüht. Einen Augenblick lang hielt er sie mit der linken Hand umfaßt. »Sie sind ja verrückt«, sagte er. »Was, zum Teufel, hat dies alles zu bedeuten? Was hat das mit uns zu tun?«

Sheriff LeMans hatte sein Glas bedächtig auf den Tisch zurückgestellt; er saß angespannt, sprungbereit. Frank stand noch in der Nähe der Tür. Nell starrte Barbara wie gebannt an. Und sie war womöglich noch blasser geworden.

»Ich denke«, sagte Barbara, »alle Sexualpartner sollten unterrichtet sein, wenn Infektionsgefahr besteht, und sei sie noch so gering. In Nells Fall sollte sie sich bewußt sein, bevor sie irgendwelche Heiratspläne verkündet, daß ihr zukünftiger Ehemann homosexuell und sehr wahrscheinlich mit AIDS infiziert ist. Und ich meine, auch seine anderen Sexualpartner sollten verständigt werden. Bill, zum Beispiel.«

Clive stürzte sich auf sie; sie sprang beiseite, und der Sheriff schnellte aus seinem Sessel, packte Clive am Arm und zog ihn herum. Clive wandte sich zu ihm. »Sie ist verrückt, das falsche Luder! Was redet sie da? Das ist totaler Blödsinn!« Er war rot angelaufen und zitterte.

»Setzen wir uns und reden wir in Ruhe darüber«, sagte Sheriff LeMans beinahe begütigend.

Clive riß sich von ihm los und schrie Barbara an: »Das laß ich mir nicht gefallen! Sie sind verrückt!«

»Vielleicht. Aber wer unterrichtet Bill? Sie oder ich?«

»Da gibt es nichts zu unterrichten! Ich weiß nicht, von wem Sie reden. Ich weiß nicht, was Sie reden.«

»Oder«, fuhr Barbara kühl fort, wir können ihn ganz aus dem Spiel lassen, ohne seinen Namen jemals wieder zu erwähnen, und Sie erzählen uns einfach, was damals geschah. Eine sehr diskrete Person kann ihm raten, einen AIDS-Test machen zu lassen. Routineuntersuchung, mehr braucht kein Mensch zu erfahren. Vielleicht wird er zu schätzen wissen, daß Sie seinen Namen aus der Sache herausgehalten haben, und vielleicht würde er auf Sie warten, so wie Sie auf Nell gewartet haben.«

»Das ist Erpressung!« stieß Clive heiser hervor.

»Nein, es ist ein Handel. Eine Hand wäscht die andere. Das wird überall so gehalten. So funktioniert das System.«

Clive wandte sich zum Sheriff. »Sie geben sich zu dieser Art von Erpressung her?«

»Ich bin ein interessierter Zuhörer«, sagte Sheriff LeMans.

»Er kennt den Nachnamen nicht«, sagte Barbara, »und es gibt keinen Grund, ihn ihm zu sagen, es sei denn, wir müssen eine Ermittlung einleiten.«

»Lassen Sie mich überlegen«, murmelte Clive; er schlug die Hände vors Gesicht. »Gott, das ist verrückt.«

Plötzlich riß er den Arm in einen Rückhandschlag vom Gesicht, traf den Sheriff vor die Brust und warf ihn zurück auf den Sessel. Clive flog herum und rannte; im Vorbeilaufen rammte er Frank die linke Faust in die Magengrube, stieß ihn nieder und stürzte hinaus, warf die Haustür hinter sich zu. Sheriff LeMans lief ihm nach, doch ehe er die Haustür erreichte, heulte draußen ein Motor auf, durchdrehende Reifen verspritzten Kies, und ein Wagen beschleunigte mit röhrendem Auspuff.

Sheriff LeMans kam mit grimmiger Miene zurück. Sein finsterer Blick fixierte Barbara. »Wo ist das Telefon?«

Sie zeigte darauf; sie hatte sich neben Frank auf ein Knie niedergelassen und half ihm auf. »Bist du verletzt?«

»Geht schon«, keuchte er. »Nichts gebrochen, glaube

ich. Lieber Gott, Bobby, warum hast du mich nicht gewarnt?«

»Was für einen Wagen fährt er?« fragte Sheriff LeMans vom Telefon.

»Wir sind zu Fuß herübergegangen«, sagte Nell.

»Herrgott noch mal«, knurrte der Sheriff. »Er fuhr mit einem Wagen weg. Wessen Wagen?«

Sie mußte hinausgehen und nachsehen. Er hatte Barbaras Wagen genommen. Sie erinnerte sich, daß der Mechaniker der Werkstatt bei der Ablieferung gesagt hatte, er habe den Zündschlüssel stecken lassen. Sie beschrieb ihn dem Sheriff und gab ihm die Zulassungsnummer. Nell saß wie betäubt am Kaminfeuer.

Als der Sheriff telefoniert hatte, kam sie zu sich und fragte: »Kann ich jetzt gehen? Ich möchte nach Hause zu meinen Kindern.«

»Gewiß, Nell«, sagte Frank. »Ich fahre Sie hinüber.« Zu Barbara gewandt, fügte er hinzu: »Ich werde nicht länger als ein paar Minuten ausbleiben. Halte die Stellung.«

»Ich sollte lieber gehen und Mike holen«, sagte sie.

Das Telefon läutete; der Sheriff nahm den Hörer auf und begann wieder zu sprechen. Er winkte sie alle hinaus.

Draußen auf der Terrasse zog Barbara sich die Mütze über den Kopf und stellte den Jackenkragen auf. Der Nebel war vom Fluß heraufgekrochen und schuf ein neues Landschaftsbild, verband die Uferhänge, die der Fluß gegraben hatte. Der Nebel schien dicht genug, um darauf zu gehen. Sie schlug den Pfad durch den Wald zu Docs Haus ein, benommen von den Ereignissen der letzten halben Stunde, ohne ein Gefühl des Triumphes über ihre Überrumpelungstaktik und Clives Zusammenbruch. Benommen war das richtige Wort, aber sie spürte, daß es noch nicht alles sagte. Sie fühlte sich besudelt, beschmutzt.

Nell kauerte mit eingezogenen Schultern auf dem Beifahrersitz des Buick und starrte geradeaus. Frank warf ihr Seitenblicke zu, während er fuhr, wußte aber nicht, was er zu ihr sagen sollte. Als er in ihre lange Zufahrt einbog, brach sie das Schweigen.

»Nach unserem Besuch bei Ihnen wollte er, daß ich mit ihm zu seinem Haus ginge. Er sagte, er hätte Champagner, den er seit Monaten für diesen Tag aufgespart habe. Wir hätten ...«

»Es ist vorbei, Kind. Entspannen Sie sich. Es ist wirklich vorbei«, sagte Frank, und dann stockte ihm der Atem. Barbaras Wagen stand vor dem kleinen Haus.

Nell unterdrückte einen Aufschrei; ihre Stimme kam wie ein Schluchzen: »Er ist fort. Er hat seinen Kleinlaster genommen. Das ist alles, er kam nur deshalb her.« Dann sah sie zum ersten Mal Frank an und flüsterte: »Er hat ein Gewehr in seinem Kleinlaster. Das muß er auch mitgenommen haben.«

38

Das Betreten des Waldes war wie ein Verlassen der Zeit, dachte Barbara, als sie langsam und in Gedanken versunken ging. Der Weg war so schmal, daß zuwenig Licht durchdrang, um dichtes Unterholz wachsen zu lassen; die Baumkronen schlossen sich über ihr zu einem undurchlässigen Dach und schufen ein immerwährendes Zwielicht. Seit zehntausend Jahren war es so: Bäume wuchsen, starben, fielen; und neue Bäume wuchsen in ihrem Schutz auf, immer gleich inmitten der Veränderung. Moos und Flechten waren überall, hingen von den Ästen, überzogen Stämme und Felsen, samtig und feucht, tiefgrün und duftend, oder blaßgrau und gelb. Sogar die Stille war unheimlich, wie eine andere Welt; Entfernung, Bäume, Nebel dämpfte die Stimme des Flusses und verwandelte ihn in einen Geisterfluß, der auch einer anderen Welt anzugehören schien, erstarrt unter den wallenden Gewändern des Nebels.

Dann hörte sie irgendwo voraus ein Geräusch auf dem Weg. »Mike? Bist du es?«

Die Stille kehrte zurück, tiefer als zuvor. Sie strengte ihr Gehör an und mußte aufgeben. Nichts. Der Pfad beschrieb viele Windungen; kein Waldpfad war gerade. Immer wieder mußte er ragenden Baumstämmen ausweichen, sich um Blöcke und umgestürzte, modernde Baumleichen schlängeln. Sie konnte nicht weiter als fünf oder sieben Meter sehen und hörte nichts mehr. Sie verhielt ihren Schritt und lauschte, hielt unwillkürlich den Atem an, dann faßte sie sich wieder und setzte ihren Weg fort. Ein Vogel, dachte sie. Ein Eichhörnchen oder ein Kaninchen. Ein Coyote, Hirsch, Bär oder

Elch ... Sie ging schneller, fast geräuschlos auf dem weichen Teppich endloser Zyklen modernder Nadeln, und dann hörte sie wieder ein Geräusch, das Knacken eines Zweiges, einen Fuß, der einen Stein streifte, irgend etwas. Diesmal war es zu ihrer Linken.

Rechts von ihr, ungefähr fünfzig Schritte entfernt, war der Rand des Kliffs über dem Fluß. Zu ihrer Linken, ungefähr genauso weit entfernt, war die geschotterte Straße. Sie mußte die Hälfte der Entfernung zu Docs Haus zurückgelegt haben, dachte sie. Dann würde sie die freie Fläche überqueren müssen und das Haus erreichen ... Das Geräusch kam wieder, zu ihrer Linken, schräg hinter ihr, wo die Straße vorbeiführte, zwischen ihr und Franks Haus. Sie begann zu laufen.

»Laufen Sie nur, Barbara«, spottete Clive. Er war noch hinter ihr, abseits zur Linken. »Schnell, schnell.«

Sie sprang vom Pfad weg und hinter einen Baum. Er lachte. Langsam entfernte sie sich rückwärtsgehend von dem Baum, sprang zum nächsten, nur um wieder sein spöttisches Lachen zu hören.

»Lassen Sie das, Clive. Gehen Sie zurück zum Haus. Lassen Sie uns darüber reden. Sie können mildernde Umstände geltend machen.«

»Psst«, machte er. »Es ist komisch – in gewisser Weise. Ich wollte Lucas nicht töten. Ich sah das Gewehr liegen und ärgerte mich, daß Nell es auf der Couch gelassen hatte, wo die Kinder damit herumspielen und Schlimmes anrichten konnten. Das war alles. Ich nahm das Gewehr und die Patronen an mich und dachte nicht daran, jemanden zu erschießen, bis er da oben auftauchte und herumsprang, bald hier, bald dort. Aber Sie, Barbara Holloway, möchte ich umbringen. Nicht zu schnell, nicht von hinten, so daß Sie nicht wissen, was geschieht. Nein, Sie sollen es wissen. Ich hatte Sie schon mindestens zweimal im Fadenkreuz und wartete, weil ich wollte, daß Sie es wissen. Und nun wissen Sie es.«

»Was ist mit diesem Mädchen? Warum haben Sie dieses arme Mädchen getötet?« rief sie. Sobald sie gesprochen hatte, verließ sie ihre Deckung und sprang hinter den nächsten Baum.

»Ich sah Lucas und sie die alte Halleck Hill Road hinauffahren, die durch den Erdrutsch unterbrochen ist, und war neugierig, als sie nicht wieder zurückkamen. Dann sagte sie, er ginge nach Hause, und ich dachte, sie wollte mich auf den Arm nehmen.« Er verstummte, und sie hörte keine Bewegung mehr. Sie selbst rührte keinen Muskel. Dann sagte er plötzlich: »Ich hätte die kleine Schlampe nicht für alles Gold der Welt angerührt. Ich besorgte es ihr mit dem Schaufelstiel. Sollten sie denken, der verrückte Lucas sei es gewesen. Ich wollte ihn nicht tot. Im Gefängnis, in der Klapsmühle hätte mir gereicht. Ich wäre Nells guter, treuer Freund gewesen – gut zu ihr, gut zu den Kindern.«

Als er wieder zu sprechen begonnen hatte, war sie weitergeschlichen; nun erstarrte sie wieder, und die unheimliche Stille kehrte zurück. Dies war seine Welt, dachte sie verzagend; er wußte sich in ihr zu bewegen, wußte seine Beute zur Strecke zu bringen. Sie war nicht einmal sicher, wie weit sie inzwischen vom Weg abgekommen war, wie nahe sie dem Rand des Kliffs war. Und sie konnte nichts hören.

Sie schrak zusammen, als seine Stimme ganz in der Nähe wie erheitert sagte: »Warum halten Sie den Atem an, Miss Holloway?«

»Sie können einen guten Anwalt bekommen, der den Fall in die Hand nimmt«, rief sie und lief ein Stück weiter, suchte hinter einem anderen Baum Deckung. »Sie könnten sagen, Sie hätten den Wagen gefunden, und niemand sei dort gewesen. Sie waren bereit, Lucas die Schuld in die Schuhe zu schieben; das können Sie noch immer. Ein guter Anwalt würde in den Geschworenen Zweifel an Ihrer Schuld wecken.« Sie hielt den Atem an und lauschte. Die Stille zog sich hin. Sie zog ihre Mütze vom Kopf, eine hellblaue Wollmütze, die im dunkelnden, nebligen Wald gut sichtbar sein mußte. Sie spähte herum und sah einen abgebrochenen Ast, der in Kopfhöhe einem Baumstamm entragte; dann kauerte sie sich nieder.

Er schmunzelte glucksend, und sie rannte geduckt zu dem Baum mit dem Ast. Was sie entnervte, war der Umstand, daß sie ihn noch nicht gesehen hatte, während er sie genau beobachten mußte.

»Danke für den guten Rat. Ich wollte bloß nicht hineingezogen werden. Ich hatte keine Ahnung, daß ein Verbrechen begangen worden war. Ich nahm an, der Wagen gehöre Wanderern, die draußen im Wald unterwegs waren. Sehr gute Verteidigung, Miss Holloway.«

Seine Stimme trug in einer Weise, daß sie nicht genau sagen konnte, wie weit er entfernt war. Er aber sah jede ihrer Bewegungen. Raubtier und Beute, Beute und Raubtier. Nur einer mußte in diesem uralten Spiel den anderen sehen. Sie zog die Mütze über den abgebrochenen Ast, so daß gerade genug davon zu sehen war, um Clive vielleicht zu täuschen, wenn er noch hinter ihr und zu ihrer Linken war. Sie bückte sich so tief sie konnte, ohne ihre Bewegungsfähigkeit zu verlieren, und diesmal kroch sie von dem Baum fort, um hinter einem anderen Schutz zu suchen. Kein Geräusch folgte.

»Vergessen Sie nicht das Atmen, Barbara«, sagte Clive mit ruhiger Stimme. »Warten Sie nicht auf mich. Ich hab's gern, wenn Sie rennen. Rennen Sie, Miss Holloway.«

Seine Stimme war weiter entfernt; sie war sicher, daß sie weiter entfernt war und er zu ihrer Mütze sprach. Verzweifelt spähte sie umher; die Bäume waren hier nicht so stark, und zwischen ihnen begann sich Unterholz auszubreiten. Sie näherte sich dem Waldrand. Das Tageslicht verblaßte, Zwielicht und Nebel verdüsterten den Wald. Schon begannen die Baumstämme und die

Schatten zu verschmelzen und wie eine Wand auszusehen. Aber draußen im Freien würde sie klar zu sehen sein.

»Ich sagte, Sie sollen rennen, verdammt!« sagte Clive. Seine Stimme war klar, zu laut.

Das Krachen eines Schusses ließ sie zusammenfahren. Sie rannte zum nächsten Unterholz und warf sich in seine Deckung. Er feuerte wieder. Auf ihre Mütze, merkte sie, als er zu lachen begann.

»He, guter Trick! Wirklich gut gedacht.« Er feuerte noch einmal, und Barbara hörte die Kugel zischend durch das Laub des Unterholzes fahren. »Das Problem ist, Barbara, daß Ihnen der Wald zum Verstecken ausgeht.«

Ich weiß, dachte sie verzweifelnd. Ich weiß. Sie hielt den Kopf am Boden, schob die Hände unter sich, um im Halbdunkel der Schatten nichts Blasses hervorscheinen zu lassen. Bald mußte es so dunkel sein, daß er sie nicht mehr sehen konnte; wenn sie bis dahin ein Schatten zwischen Schatten sein konnte …

»Clive, hören Sie auf damit!«

Barbara keuchte. Mike! Sie hob den Kopf, um zu sehen, wo er war. »Bleib weg von ihm!« schrie sie.

»Ich dachte mir«, sagte Mike im Gesprächston, »daß Lucas Ihnen einen Mordsschrecken eingejagt hat.«

»Sie auch«, erwiderte Clive und feuerte wieder, diesmal offenbar in Mikes Richtung. »Ich bin nicht Ihretwegen hier, Dinesen. Aber Sie auch.«

»Ja, es muß ein Schock gewesen sein. Was machte er, sprang er herum, erschien er und verschwand wieder? Muß Sie ziemlich aus der Fassung gebracht haben.«

Clive feuerte abermals.

»Ungefähr so, nehme ich an«, sagte Mike.

»Verdammt! Satanskerl!« schrie Clive, und wieder krachte ein Schuß.

»Hierher«, sagte Mike. »Kommen Sie, Clive, hier entlang. Gehen wir zum Haus.«

»Wie er«, zischte Clive. »Sie sind wie er! Teufel!« Er feuerte noch einmal.

Mikes Stimme kam niemals von einer und derselben Stelle. Barbara überlief es heiß und kalt. Sie erhob sich vorsichtig auf alle viere, um durch die Zweige des Strauches zu spähen, unter dem sie Zuflucht gesucht hatte. Sie sah Clive mit dem Gewehr im Anschlag, sah Mikes schemenhafte Gestalt hinter einem Baum verschwinden. Ringsum stand der Wald wie eine dunkle Masse, die sich in grauem Nebel verlor. Clive fuhr herum, starrte in ihre Richtung, dann wieder zu Mike. Sein Gesicht war kaum zu erkennen, doch verriet sein Verhalten, daß er in Panik und nicht mehr bei klarem Verstand war.

Wo die dunkle Wand des Waldes mattes graues Licht durchschimmern ließ, mußte die Lichtung um Docs Haus sein. Sie nahm ihren Mut zusammen, sprang auf und rannte darauf zu, erreichte die Lichtung und brachte sie glücklich hinter sich.

Eine Minute später versuchte sie die Telefonnummer ihres Vaters zu drücken, als er erschien und ihr den Hörer aus der Hand nahm. Er hielt sie auf Armeslänge von sich und musterte sie, dann zog er sie in eine feste Umarmung. Der Sheriff war neben ihm.

»Wo ist er? Sind Sie verletzt?« fragte LeMans.

»Drüben im Wald! Und Mike ist dort!«

»Wir haben ihn eingekreist«, sagte LeMans grimmig. »Als wir den ersten Schuß hörten, forderte ich über Funk Hilfe an. Unsere Leute sind dabei, das ganze Gelände zu umstellen. Er entkommt uns nicht.«

»Mike ist dort!« schrie sie.

»Nun, es wird dunkel. Wenn er noch ein wenig länger außer Sicht bleiben kann…« Aus dem Wald hallte ein weiterer Schuß. Dann fuhr ein Einsatzwagen vor; die Staatspolizei war eingetroffen.

Sie hatten ein Megaphon und Scheinwerfer und viele Männer, die eine Weile vor dem Haus durcheinanderliefen. Barbara saß unbeweglich. Keine weiteren Schüsse drangen aus dem dunkelnden Wald. Überhaupt kein Geräusch drang von dort herüber.

»Eine Gruppe durchkämmt den Wald von der Ortschaft her«, erklärte LeMans ihrem Vater. »Wir gehen von den beiden anderen Seiten vor; bald werden wir sie beide herausbringen.«

Barbara schüttelte den Kopf. »Mike führte ihn aus dem Nebel und ließ ihn über das Kliff in den Fluß fallen. Und Mike ging einfach weiter, lachend. Er lachte.« Ihre Stimme klang undeutlich und gepreßt, als müßte sie selbst ein verrücktes Lachen unterdrücken, oder ein Schluchzen. Sie preßte die Lippen zusammen.

LeMans sah ihren Vater an und sagte: »Sie sollten Ihre Tochter lieber nach Hause bringen. Ich werde hereinschauen, wenn es vorbei ist.«

»Ja«, seufzte Frank. »Wir gehen. Komm mit, Bobby. Komm, wir können hier nichts mehr tun.«

Sie ging ohne Widerspruch mit ihm. Es spielte keine Rolle, wo sie war.

Später saß sie im Wohnzimmer. Hin und wieder überlief sie ein Frösteln, bis Frank eine Decke herunterbrachte und ihr um die Schultern legte. Er stellte ein Glas auf den Tisch neben ihrem Sessel und setzte sich ihr gegenüber.

Noch später kam der Sheriff zurück und sprach in der Diele halblaut mit ihrem Vater. Sie konnte jedes Wort hören. Sie hatten Blut gefunden. Sie hatten Clives Gewehr gefunden, ungefähr fünf Meter vom Rand des Kliffs; dort mußten sie gekämpft und zusammen abgestürzt sein, hinunter in den Fluß. Es war zu dunkel und zu neblig, um die Suche fortzusetzen. Sie würden sie am Morgen wieder aufnehmen. Ein Suchtrupp mit Taucherausrüstungen war bereits angefordert. Sie bewegte sich nicht vom Fleck.

Im kleinen Haus sagte Nell: »Seid ihr noch nicht müde, Kinder?«

Travis zuckte die Achseln in jener unvollkommenen Geste, die ihr jedesmal, wenn sie sie sah, ans Herz griff; sie wandte sich ab. Tawna wartete an der Tür. Sie war gekommen, ihre Tochter abzuholen.

»Macht nichts, lassen wir sie noch eine Weile dabei«, sagte sie, als Nell sie ins Bild gesetzt hatte. »Wenn Celsy hungrig oder müde wird, kann sie nach Hause kommen.« Die beiden Frauen ließen Travis und Celsy am Computer allein.

»Sehen wir mal, was auf diesem anderen Programm ist«, sagte er. Sie hatten den Drachen erschlagen, die Prinzessin gerettet und waren dem fremden Raumschiff entkommen. Er gab einen Befehl ein, und der Bildschirm wurde geräumt, füllte sich wieder mit einem leuchtenden Mandelbrotmuster, ganz stahlblau, silbern und leuchtend rosa.

»Phantastisch!« sagte Celsy. »Was ist das?«

»Wieder was von Mikes Mandelbrotzeug, glaube ich. Er brachte die Disketten mit, und ich kopierte sie, bevor er sie wieder mitnahm. Ich hab sie noch nicht durchgesehen. Sehen wir mal, was drauf ist.«

Barbara stand in ihrem Zimmer. Da sie nicht hungrig war, mußte sie gegessen haben. Da sie in ihrem Zimmer war, mußte Schlafenszeit sein. Da es im Haus totenstill war, mußte ihr Vater schon zu Bett gegangen sein.

»Die Tür schloß sich nicht«, murmelte sie zu sich selbst. »Nicht ganz. Darin irrte er. Es war doch eine Pendeltür.« Sie nickte und begann sich mechanisch auszukleiden. Dann zog sie den wärmsten Bademantel an und stand am Fenster. Die Welt dort draußen war völlig schwarz und still. Der Fluß war stumm, enthüllte nichts. Sie zog einen Stuhl ans Fenster und setzte sich, starrte in die Schwärze, als könnte sie hindurchsehen, und versuchte jedes Wort, jeden Blick und jede Berührung vom ersten Tag an, als sie ihn in seinem Jogginganzug gesehen hatte, wieder einzufangen.

Auch Celsy war in ihrem Zimmer im großen Haus am Fenster. Sie streckte den Arm hinaus, krümmte die Finger in der Luft, wie um einen Gegenstand zu ergreifen, und lachte lautlos. Travis lag in seinem Bett im kleinen Haus, reckte die Hand über sich in die Luft und lachte, ohne ein Geräusch zu machen.

Der Nebel war wieder sichtbar geworden, eine leuchtende, bewegungslose Welt aus weißlicher leerer Stille, die gegen ihr Fenster drängte. Eine Illusion, dachte Barbara; überhaupt kein Nebel, sondern eine kalte stählerne Wand. Ein Schmetterling flatterte, und die Wand hatte sich für Mike geöffnet, aber sie war noch da, unnachgiebig, unsichtbar und real.

Sie suchte in ihren Jeans nach dem gelben Papier, das sie zusammengefaltet und in die Tasche gesteckt hatte und dachte: »Eine junge Juristin aus Eis…« Sie fand das Papier, entfaltete und glättete es, und dann öffnete sie ihr Fenster weit und atmete tief ein. Als ob ihr Atem ein Signal gewesen wäre, regte sich hoch in den Wipfeln der Fichten ein Murmeln. Der Wind setzte ein. Nun konnte sie die von Millionen Fichten- und Kiefernnadeln gefilterte Luft riechen. Einschläfernd, dachte sie. Endlich ging sie zu Bett, legte das gelbe Papier unter ihr Kopfkissen und weinte; und weinend schlief sie ein.